KB116199

바리스타가 읽은 말 — 꽃

카페 확성기 2

이호걸 지음

도서출판
청어

바리스타가 읽은 말-꽃

카페 확성기 2

이호걸 지음

발행처·도서출판 **청어**
발행인·이영철
영 업·이동호
홍 보·최윤영
기 획·천성래 | 이용희
편 집·방세화 | 원신연
디자인·김바라 | 서경아
제작부장·공병한
인 쇄·두리터

등 록·1999년 5월 3일
(제321-3210000251001999000063호)

1판 1쇄 인쇄·2017년 4월 10일
1판 1쇄 발행·2017년 4월 20일

주소·서울특별시 서초구 효령로55길 45-8
대표전화·02-586-0477
팩시밀리·02-586-0478

홈페이지·www.chungeobook.com
E-mail·ppi20@hanmail.net
ISBN·979-11-5860-477-6(04810)
      979-11-5860-472-1(세트)

확성기

네가 소리 지르면 난 더 크게 지를 거야
너와 만인을 위해서

『카페 확성기 1』을 쓰고 원고 투고한 시점 곧바로 2권을 썼다. 2권 머리말을 쓰는 지금 말끔하게 제본한 『카페 확성기』 1권, 책을 보고 있다. 책 쓰는 사람으로 직접 쓴 책을 받아보는 이 느낌은 무어라 형용할 수 없을 정도로 기쁨이 가득하다.

아무튼, 『카페 확성기 2』를 바로 내게 된 것은 필자에게는 무한도전이자 무모한 도전인지도 모르겠다. 글을 읽지 않으면 하루가 무모해서 뜻깊은 글 읽기가 되었으면 하고 시를 보았다. 시에 관심은 있으나 보기가 두렵거나 꺼리는 분들도 함께 공유하는 마당을 마련하고 싶었다.

통계청에 따르면 매년 우리나라 사람은 책 보는 비율이 점점 줄어든다고 발표했다. 이러는 와중에 책 쓰는 사람은 예전보다 더 많다. 자신을 표현하고 싶은 사람이 예전보다 더 많아진 게다. 책을 쓴다는 것은 좋은 문장을 구사하기 위한 각고의 노력이 필요하다. 그러기 위해서는 많은 책을 탐독해야 한다.

구술과 문자는 생각만큼 손에 잘 맞지 않아 쓰는 데 부단히 노력하여야 제법 읽을 수 있는 책을 쓸 수 있다. 그렇다고 시를 많이 읽는다고 해서 좋은 문장을 얻는 것도 아니다. 적절한 비유를 쓰지 않는다면 좋은 글을 쓸 수 없으니 이러한 목적에 시를 보게 된 것도 사실이다.

시詩는 문학의 꽃이라 비유한다. 그만큼 문장의 완전성에 이른 것이 詩겠다. 하지만 요즘 현대 詩는 많은 독자를 잃은 것도 사실이다. 문학의 독보적 발전은 詩를 소비하는 독자의 눈은 살피지 못했다. 그만큼 간

격이 생겼다.

필자는 웹진 〈시인광장〉, 〈올해의 좋은 시〉에 선정한 작품으로 詩 감상문을 썼다. 일반인은 이 감상문을 읽음으로 詩에 더 가까워졌으면 하고 썼다. 물론 詩는 문장이 다의적이라 읽는 이에게 각기 다르게 해석된다. 필자는 오로지 詩에 중점을 두었다. 우리가 바라는 이상, 꿈, 희망, 사랑, 죽음 그 어떤 것도 詩로 맺어 설명했다.

이 책에 소장한 詩는 모두 200여 편과 필자의 일기와 그간 시인의 시를 읽고 감에 겨워 썼던 몇 편의 詩를 포함하면 약 300여 편 이상 될 거로 생각한다. 공자께서는 시 삼백, 일언이폐지, 왈 사무사詩三百, 一言以蔽之, 日 思無邪라 했다. 시詩 삼백 편을 한마디로 말하자면 생각에 사악함이 없다고 하겠다.

공자는 춘추시대에 민요를 중심으로 약 3천여 편 중 311편을 간추려 『시경』으로 정리했다. 오늘날 전하는 것은 305편이며 시 삼백이라 함은 이를 두고 하는 말이다. 필자의 글이 공자의 시 삼백에 견줄만한 글은 아니다만, 우리 문학의 현대 詩를 보는 것은 시경과 크게 다를 것도 없겠다는 생각이다.

호! 그나저나, 필자의 짧은 시간에 200여 편의 詩를 감상하다 보니 잘못된 것도 많을 것이다. 독자는 너그럽게 읽어주셨으면 한다.

끝으로 이 詩를 제공한 여러 시인께 진심으로 감사드린다. 혹여나 필자와 가까운 곳에 계신다면, 카페 조감도(경산 사동 삼성현로 484-2)에 오셨으면 한다. 커피 한 잔 나누며 詩와 여러 이야기를 나누었으면 좋겠다.

    필자의 詩 감상문은 '시와 그리움이 있는 마을'에 모두 발표한 것이다. 시와 그리움이 있는 마을(약칭 시마을 www.feelpoem.com)은 우리나라 유일무이한 대중성을 확보한 문학 사이트다. 시마을 여러 동인 선생께 이 자리를 빌려 감사함을 표한다. 어느 문단보다도 일반 서민이 마음껏 글을 쓰며 발표하는 장으로 크나큰 발전을 기대한다.

경산 사동

카페 鳥瞰圖에서

鵲巢

contents

곰손이

D _ 김지율

나에게 오렌지는 세 개다 아니 네 개일 때도 있다 당신의 이야기는 어디에서 시작해야 할까

당신의 상자 속에 얼마만큼의 오렌지가 있는지 빨간 팬지나 체조 선수들은 오렌지가 몇 개 필요한지

문예지에 실린 모르는 당신은 오렌지가 많아 아는 사람처럼 보이다가 달리는 트럭에 깔려 박살 난 오렌지의 기분이 들 때,

혹은 허겁지겁 밥을 먹고 충분하고 윤리적인 잠을 자거나 일기를 쓰면서 누구에게 한 표를 주어야 할지 생각하지만,

오렌지를 다섯 개 가지고 있는 어떤 사람이 나에게 물었다 당신은 좋은 사람입니까

솔직히 옥상보다 화장실에서 더 자주 바뀌고 세 번째 보다 네 번째가 더 좋았다는 말은 모두 오렌지 때문이다

무서워서 도망치는 오렌지의 꿈을 꾼 어젯밤, 당신의 순간들에는 몇 개의 오렌지가 있었나

이런 시대에 오렌지를 말하는 건 부끄러운 일이지만 오렌지 때문에 깃발이 흔들

리고 옥수수가 익는 건 사실이다

　전화를 끊고 나서, 뺨이 뜨거울 정도로, 웃거나 울겠지만, 8층에서 3층으로, 당신과 당신에게, 세 시에서 네 시로

鵲巢感想文

　시제 'D'는 마음의 상태를 말한다. deep-black, 깊고 검은 마음이다. 마음을 표현하는데 오렌지라는 단어를 시어로 사용했다. 하트는 분홍색이듯 핑크색하면 오렌지가 떠오른다. 하지만, 오렌지를 표현하는 데는 어떤 특정된 시어로는 부족하다. 그러므로 오렌지는 마음의 어떤 상태를 표현하는 상징이다.

　나에게 오렌지는 세 개다. 아니 네 개일 때도 있다. 마치 옷을 몇 개나 입었는지 표현하는 것 같은 문장이다. 이처럼 마음은 몇 겹을 가리는지 우리는 모른다. 당신의 이야기는 어디에서 시작해야 할까? 마음을 표현하는데 당신은 어디서 시작하면 좋을까?

　당신의 상자 속에 얼마만큼의 오렌지가 있는지 빨간 팬지나 체조 선수들은 오렌지가 몇 개 필요한지. 여기서 상자와 옷장 그리고 마음을 중첩하며 문장을 이끈다. 팬지라는 시어도 깜짝 놀랄 일이다. 팬지는 꽃 이름이지만 마치 팬티와 같은 소리 은유로 유추해 보는 것도 나쁘지 않다. 하지만, 시는 팬티를 이야기하고 싶은 건 아니다. 팬티 같은 껴입은 마음이다. 다음은 체조 선수가 나오고 이 선수들도 마음은 있으니까?

　문예지에 실린 모르는 당신은 오렌지가 많아 아는 사람처럼 보이다가 달리는 트럭에 깔려 박살 난 오렌지의 기분이 들 때, 문예지에 실린 시는 마음이 풍부하다. 마음이 풍부하니까 이러한 시를 쓰겠지. 하지만, 시가 해체될 때는 트럭에 깔려 박살 난 마음과 같다.

　혹은 허겁지겁 밥을 먹고 충분하고 윤리적인 잠을 자거나 일기를 쓰면서

누구에게 한 표를 주어야 할지 생각하지만, 마음도 밥을 먹어야 하며 마음을 속일 수 없는 잠은 자연히 이루어야 하지, 누구에게 한 표 주어야 하는 것은 모두 마음이지.

오렌지를 다섯 개 가지고 있는 어떤 사람이 나에게 물었다 당신은 좋은 사람입니까. 오렌지를 다섯 개 가졌다는 것은 그만큼 가식적인 사람을 표현한다. 당신은 좋은 사람이냐고 묻는 것은 마음을 묻는 것이다.

솔직히 옥상보다 화장실에서 더 자주 바뀌는 건 마음이다. 세 번째 보다 네 번째가 더 좋았다는 말은 모두 마음의 표시다.

무서워서 도망치는 오렌지의 꿈을 꾼 어젯밤, 당신의 순간들에는 몇 개의 오렌지가 있었나? 악몽을 꾼 건 마음을 덮은 꿈이며 당신의 순간순간은 마음이 몇 개나 되는지 말이다.

이런 시대에 마음을 말하는 건 부끄러운 일이지만 마음 때문에 깃발이 흔들리고 옥수수가 익는 건 사실이다. 깃발과 옥수수 또한 상징적인 시어다. 깃발처럼 옥수수와 같은 마음의 표시는 이 시대에 사는 시인의 화두다.

전화를 끊고 나서, 마음은 단절되고, 뺨이 뜨거울 정도로, 마음은 붉어지고, 웃거나 울겠지만, 마음은 표현하는 것이고, 8층에서 3층으로 마음은 가라앉으며 세 시에서 네 시로 마음은 흘러가는 것이다.

대학에 있는 말이다. 심부재언心不在焉 시이불견視而不見 청이불문聽而不聞 식이부지기미食而不知其味. 마음이 없으면 보아도 보이지 않고 들어도 들리지 않고 먹어도 맛을 모른다는 말이다.

시인은 마음을 묘사하였지만, 정녕 우리는 마음을 어디에 두었단 말인가? 마음은 중심이다. 중심을 잃으면 전체가 흔들린다. 마음이 없으면 사물에 혹은 사업에 집중할 수 없다. 고객을 위하는 마음, 국민을 위하는 마음이 바로 서지 않는다면 가게는 국가는 바로 설 수 있을까!

전화를 끊고 나서, 우리는 단절된 마음이 아니라 서로 주고받는 의사소통은 있어야겠다. 뺨이 뜨거울 정도로 서로를 의식하며 8층에서 3층으로 안정된 마음을 가진다면 우리는 세 시에서 네 시로 어깨동무하며 갈 수 있겠다.

*김지율: 경남 진주 출생. 2009 〈시를 사랑하는 사람들〉 등단.

각시투구꽃을 생각함 _ 문성해

　시 한 줄 쓰려고 저녁을 일찍 먹고 설거지를 하고 설치는 아이들을 닦달하여 잠자리로 보내고 시 한 줄 쓰려고 아파트 베란다에 붙어 우는 늦여름 매미와 찌르레기 소리를 멀리 쫓아내 버리고 시 한 줄 쓰려고 먼 남녘의 고향집 전화도 대충 끊고 그 곳 일가붙이의 참담한 소식도 떨궈 내고 시 한 줄 쓰려고 바닥을 치는 통장 잔고와 세금독촉장들도 머리에서 짐짓 물리치고 시 한 줄 쓰려고 오늘 아침 문득 생각난 각시투구꽃의 모양이 새초롬하고 정갈한 각시 같다는 것과 맹독성인 이 꽃을 진통제로 사용했다는 보고서를 떠올리고 시 한 줄 쓰려고 난데없이 우리 집 창으로 뛰쳐 들어온 섬서구 메뚜기 한 마리가 어쩌면 시가 될 순 없을까 구차한 생각을 하다가 그 틈을 타고 쳐들어온 윗집의 뽕작 노래를 저주하다가 또 뛰쳐 올라간 나를 그 집 노부부가 있는 대로 저주할 것이란 생각을 하다가 어느 먼 산 중턱에서 홀로 흔들리고 있을 각시투구꽃의 밤을 생각한다

　그 수많은 곡절과 무서움과 고요함을 차곡차곡 재우고 또 재워 기어코 한 방울의 맹독을 완성하고 있을

鵲巢感想文

　시어로 사용한 '각시투구꽃'이, 이 시를 읽는데 요점이다. 각시투구꽃은 미나리아재빗과의 여러해살이풀로 높이는 25cm 정도며, 잎은 어긋나고 잎자루가 길다. 뿌리는 굵고 줄기는 섬세하며 곧다. 7~8월에 짙은 자주색 꽃이 줄기 끝에 1~3개 핀다. 독이 있는 식물로 높은 산의 계곡에서 자라며, 한국의 함경, 중국의 만주 등지에 분포한다. 물론 사전적 의미다. 필자는 촌에서 크고 자랐지만, 이 의미를 알고 눈여겨본 꽃이 아니라 실은 꽃을 모른다. 하

지만, 이 꽃의 가장 큰 의미는 독이 있는 식물이라는 것이다.

이 시는 '시 한 줄 쓰려고'라는 시구가 반복적으로 읽혀 어떤 운을 띄우는 역할을 한다. 이 시의 가장 큰 요점인 각시투구꽃은 시 중간쯤에 그 모습이 더러 나는데 마치 영화 '관상'을 보는 격하다. 주인공 수양은 무뢰배로 그 무리와 더불어 배경음악까지 심상치 않게 등장하는 장면이 있다. 보는 이로 하여금 압도적인데 영화에 비하면 어떤 카리스마적인 모양은 좀 덜할지 모르지만, 이 시 또한 만만치는 않아 보인다. 시 한 줄 쓰려는데 죽 진행하다가 시 중간쯤 각시와 각시투구꽃 그리고 진통제로 사용했다는 맹독을 그린다. 결구에 나아가 각시투구꽃의 자태는 시의 맹독을 결국, 품게 했다.

시인은 시 한 줄 쓰려고 사소한 일상의 어떤 존재는 망각하고 또 뿌리쳐 버리지만 결국 시 한 수 쓰는 것은 만만치 않은 일이다. 하지만 시인의 이러한 몸짓에도 불구하고 자연의 각시투구꽃은 그 수많은 곡절과 무서움과 고요함을 차곡차곡 재우고 또 재워, 기어코 한 방울의 맹독을 완성한다. 물론 각시투구꽃이라는 자연의 소재로 그 비유를 놓은 셈이지만, 그 어떤 것도 시가 되지 않을 소재가 있겠는가마는 각시투구꽃이 품는 맹독은 세상을 보는 각시투구꽃만의 생존과 환경을 지키려는 의지가 몹시 강하다고 보아야겠다.

화자는 시인으로서 최선을 다하려는 모습을 이 시를 통해 표현했다. 대학에 지어지선至於至善라는 말이 있다. 말하자면, 지극히 선에 머물러 움직이지 않는 상태를 말한다. 이 상태가 되려면 무단한 노력이 필요하다. 그러므로 지어지선至於至善은 최선을 다하는 자세 완전무결한 태도를 뜻한다.

시의 창업과 수성은 일의 창업과 수성이다. 당 태종은 어느 길이 가장 어려운 것이냐고 신하를 불러 모아 물어보기도 했지만, 어느 길이든 극치의 길이다. 일의 시작에 그 어려움을 어찌 다 표현할 수 있을까마는 창업과 더불어 이것을 지켜나는 것은 그 평행선을 유지하는 것과 다름이 없으니 그 어려움을 무엇으로 표현한다고 해도 부족할 듯싶다.

시 한 줄 쓰려고 저녁을 일찍 먹고 설거지를 하고 설치는 아이들을 닦달하여 잠자리로 보내고 시 한 줄 쓰려고 마음을 가다듬고 자리에 앉아 보지만, 세상은 여러 군소리로 점철되어 있음이다. 이 소란한 정국에 나를 지키는 것은 오로지 고요함을 바탕으로 심성을 다듬는 것이며 한 방울 맹독 같은 철학과 불굴의 의지만이 나를 지켜줄 수 있음을 이 시는 내심 강조한다.

근래에 시인은『밥이나 한번 먹자고 할 때』시집을 발표했다. 책거리 삼아 이 중 한 편을 감상에 붙인다.

배꼽 / 문성해

오래전의 누가 내 아랫배에다 꿰매놓았다 꾸들꾸들하고 말랑한 단추 하나를

그 속에는 돌돌 말린 때가 있고 나는 이따금씩 오십 년이나 묵은 그 때를 후비며 나를 이 땅에 쏟아낸 이의 아랫배 깊숙이 숨어 있는 내 것보다 더 우묵하고 오래된 그것을 생각한다 그 속에 깃든 수많은 협곡과 어둠도 생각한다

당신과 내가 연결되어 있었던 한때 우리를 이어주던 뜨겁고 붉은 실이여

하여 내 단추와 당신의 단추는 굳이 대보지 않아도 우리의 제비초리처럼 참 많이도 닮았을 거란 생각이 든다

鵲巢感想文

어쩌면 필자의 시 감상문은 배꼽이겠다는 생각을 했다. 모태는 역시 시인의 글이다. 이렇게 한 줄 꿰매놓는 것은 돌돌 말린 때다. 공부는 모태가 되는 경전 같은 글이 없다면 어렵다. 읽고 필사하며 왜 그래야만 했는지 곰곰 생각하며 자아의 철학을 다지며 심어나간다.

회사후소繪事後素라는 말이 있다. 공자와 그의 제자 자하와의 대화에서 나온다. 그림 그리는 일은 흰 바탕에 먼저 있고 나서 색칠을 한다는 것으로 공자의 숨은 뜻은 인이 있고 나서야 예가 있다는 말씀이었다.

어떤 일이든 바탕이 있어야 한다는 말이다. 바탕과 기초가 없는데 어찌 건물이 오르며 인간관계가 바로 서겠는가? 반듯한 시집을 원한다면 우선 반듯한 삶이 있어야 하며 모태 같은 시집을 읽으며 배꼽 같은 돌돌 말린 철학을 남겨야겠다.

학문은 널리 배워서博學 꼬치꼬치 물으며審問 신중하게 생각한愼思 다음 명확한 판단이明辯 따라야 한다. 그 다음은 거침없는 행동篤行으로 그 가치를 이끌어야 할 것이다. 그 가치가 바로 섰다면 활자화 하는 데 있어 머뭇거리지 마라!

떳떳하라.

*문성해: 경북 문경 출생. 1998 〈매일신문〉, 신춘문예 2003 〈경향신문〉 당선.
시집 『밥이나 한번 먹자고 할 때』, 문학동네, 68p

감수성 _ 조말선

이 옷감은 가능해서 따뜻하다. 올 수 있는 가능성과 울지 않을 수 있는 가능성 사이에서 팔 한쪽을 잘라낸다면 나를 다 감싸 안을 수 있다. 이 옷감은 옷이 되지 않아서 가능하다. 추위를 막을 가능성과 추위를 못 막을 가능성 사이에서 다리 한쪽을 잘라낸다면 나는 폭 안길 것이다. 이 옷감은 감수성처럼 마무리하지도 않고 퍼져 나가기 때문에 불성실하다. 따뜻한 옷이 되는 순간 육체가 느끼는 감정에 무책임하다. 감수성은 형태를 잡지 않은 옷감처럼 어떤 가능성이다. u자로 드러나거나 v자로 드러나는 목선을 결정할 때, 허벅지가 드러나거나 드러나지 않는 치맛단을 결정할 때 감수성은 무한하다. 무한한 감수성은 용서받는 감정이다. 이 옷감은 결정되지 않아서 따뜻하다.

鵲巢感想文

감수성感受性은 외부 세계의 자극을 받아들이는 성질이다. 옷감은 옷을 짓는 데 쓰이는 천이다. 이 시에서 옷감과 감수성만큼 중요한 시어는 없다. 감수성은 일종의 상상력을 제유한 것이며 옷감은 시를 짓는 데 쓰이는 각종 어휘로 보는 것이 맞을 것 같다.

이 옷감은 가능해서 따뜻하다. 시를 짓는데 가능치 않은 시어가 있을까마는 감정에 닿는 따뜻한 시어를 선택하는 것은 시인의 일이다.

올 수 있는 가능성과 울지 않을 수 있는 가능성 사이에서 팔 한쪽을 잘라낸다면 나를 다 감싸 안을 수 있다. 감수성 즉 상상력의 표현이다. 올 가능성은 머릿속 상상력, 이미지를 띄울 수 있는 가능성과 울지 않을 가능성은 올 가능성에 대치되는 말로 글이 쓰이지 않을 가능성이다. 여기서 팔 한쪽을 잘라낸다면 즉 시의 몸통 중 팔 한쪽을 잘라낼 정도면 그 시를 이해했다는 묘사다. 그러면 나를 다 감싸 안을 만큼 마음을 드러내 보이는 것이 된다.

이 옷감은 옷이 되지 않아서 가능하다. 추증이다. 아직 마음에 닿지 않은 거로 마음에 닿았다면 옷이 되는 상황을 묘사한다. 즉 감수성은 상상력을 동반한 시 이해다.

추위를 막을 가능성과 추위를 못 막을 가능성 사이에서 다리 한쪽을 잘라낸다면 나는 폭 안길 것이다. 추위를 막을 가능성은 시 이해를 묘사하며 추위를 못 막을 가능성은 그렇지 못함을 이야기한다. 다리 한쪽을 잘라낸다는 것은 의미 전달이며 시 이해다.

이 옷감은 감수성처럼 마무리하지도 않고 퍼져 나가기 때문에 불성실하다. 따뜻한 옷이 되는 순간 육체가 느끼는 감정에 무책임하다. 시 성질에 대한 묘사다. 시는 무한한 상상력을 발휘하지 못하고 퍼져나가는 것 즉 이해 부족으로 널리 알리는 것은 불성실이며 시가 올곧게 받아들이고 이해되었다면 감정표현에 무책임한 것이나 다름없다.

감수성은 형태를 잡지 않은 옷감처럼 어떤 가능성이다. 시적 상상력은 즉, 시 교감은 형태가 없다. 그 형태를 잡을 수도 없거니와 어떻게 옷을 짜야 하는지 옷감에 대한 선택도 아직 없으니 가능성은 무한하다. 하지만 시적 교감은 무한한 상상력, 즉 감수성을 일으키는 것만은 분명하다.

u자로 드러나거나 v자로 드러나는 목선을 결정할 때, 허벅지가 드러나거나 드러나지 않는 치맛단을 결정할 때 감수성은 무한하다. 유용성utility과 다양성variety으로 목선까지 오르면, 허벅지가 드러나거나 드러나지 않는 치맛단을 결정할 때 즉 시적 표현력과 상상력(감수성)은 무한하다.

무한한 감수성은 용서받는 감정이다. 무한한 상상력은 용서받는 감정이다. 이 옷감은 결정되지 않아서 따뜻하다. 이 시는 아직 닿지 않아서 따뜻하다.

이참에 시인의 시집 『둥근 발작』에 담은 詩다. 시 「행렬」을 본다.

행렬 / 조말선

암탉 한 마리와 나 사이에 긴 행렬이 있다 나는 암탉을 키우지 않는다 암탉 한 마리와 나 사이에 순행하는 자연이 있다 암탉이 밀어낸 알들의 차례가 있다 어제의 달걀판은 오늘의 달걀판을 받든다 총상꽃차례의 꽃대에서 어제의 꽃송이가 오늘의 꽃송이를 받든다 보이지 않게 세계는 부패하고 있다 믿음을 잃지 않기 위하여 암탉 한 마리와 나 사이에 긴 행렬이 있다 마침내 내게 당도한 꽃다발이 안심하고 냄새를 피우고 있다

鵲巢感想文

시집 『둥근 발작』 첫 시가 「행렬」이다. 시인의 서시나 마찬가지다. 암탉 한 마리는 시인이 본 세계관이다. 시인이 본 세계관과 나 사이에 긴 행렬이 있다. 차례가 있다는 말이다. 그러니까 역사는 앞의 세대가 이룬 바탕 위에 새로움을 더하며 발전하는 형태를 띤다. 이것은 자연이다. 마치 어제의 달걀판은 오늘의 달걀판을 받들 듯 총상꽃차례의 꽃대에서 어제의 꽃송이가 오늘의 꽃송이를 받들듯이 말이다. 보이지 않는 세계는 부패한다. 그러니까 사라져가는 앞 세대다. 현실을 받을 수 없는 구태의연한 세대다. 새로움은 새로움에 맞춰 가야 하는 것이 행렬이며 또 그 세대를 이끌 수 있겠다. 앞 세대가 있었으므로 나는 내 차례에 꽃다발을 추어올릴 수 있고 냄새를 피울 수 있는 것이 된다.

시인의 시 「감수성」은 암탉이 밀어낸 알들의 차례가 있듯 어제의 달걀판은 오늘의 달걀판을 받들듯이 시인께 당도한 꽃다발로 안심하고 피운 냄새다. 그러니까 수작이라 아니할 수 없다.

만천귀해 萬川歸海 라는 말이 있다. 만 갈래 물줄기가 바다로 흘러든다는 말

이다. 시는 언어의 바다다. 만언귀시萬言歸詩다. 말이 될까마는 시학 공부는 만 가지나 되는 시인의 말을 들여다보며 세태를 이해하는 것부터 시작이다. 우물 안 개구리가 바다를 알지 못하듯 한 철 여름 벌레가 어찌 겨울과 겨울에 내리는 눈을 알 수 있겠는가! 시를 읽음은 마치 작은 돌 하나가 큰 산에 있는 것과 다를 바 없다. 무슨 일이든 그 일에 지식과 지혜와 더불어 통찰력이 더한다면 성공하지 못할 것도 없다.

다만, 볼품없는 까만 해바라기 씨앗 하나가 큰 곡간에 앉아 여러 씨앗을 보는 격이니 필자는 갈 길이 아직 멀다.

*조말선: 1965년 김해 출생. 1998년 〈부산일보〉 신춘문예 등단.

거리의 식사 _ 이민하

하나의 우산을 가진 사람도 세 개의 우산을 가진 사람도
펼 때는 마찬가지
굶은 적 없는 사람도 며칠을 굶은 사람도
먹는 건 마찬가지

우리는 하나의 우산을 펴고 거리로 달려간다
메뉴로 꽉 찬 식당에 모여
이를 악물고 한 끼를 씹는다

하나의 혀를 가진 사람도 세 개의 혀를 가진 사람도
식사가 끝나면 그만
그릇이 비면 조용히 입을 닥치고

솜털처럼 우는 안개비도 천둥을 토하는 소나기도
쿠키처럼 마르면 한 조각 소문

하나의 우산을 접고
한 켤레의 신발을 벗고

鵲巢感想文

    시詩 「거리의 식사」는 한 끼 영혼의 식사다. 거리는 어떤 물건이나 장소

간의 떨어진 길이, 혹은 공간이나 사람 간의 감정 따위의 간격을 말한다. 여기서는 시와의 간격을 말한다.

시 1연을 보면, 하나의 우산을 가진 사람도 세 개의 우산을 가진 사람도 펼 때는 마찬가지다. 하나의 우산을 펼 수밖에 없다. 굶은 사람이나 그렇지 않은 사람도 먹는 건 마찬가지다. 입은 하나다.

시 2연은 시 1연을 더 사실적으로 진술한다. 우리는 하나의 우산을 펴고 거리로 나가며 메뉴로 꽉 찬 식당에서 한 끼 식사를 즐긴다.

시 3연은 시의 관점이 바뀌었다. 시의 처지다. 시는 하나의 혀를 가질 수도 있고 세 개의 혀를 떠나 천 개의 혀를 가질 수도 있다. 독자다. 식사가 끝나면 그만 그릇이 비워지고 조용히 입을 닥치고 있어야 한다. 책을 덮었다는 뜻이다.

시 4연, 솜털처럼 부드러우나 안개비처럼 흐릿한 글도 천둥을 토하며 격렬한 소나기 같은 글도 쿠키처럼 마르면 한 조각 소문으로 전락한다. 여기서 쿠키라는 시어가 재밌다. 쿠키는 과자의 일종이지만, 컴퓨터 용어로 사용할 때는 정보를 담는 파일이나, 방문 기록 같은 것을 은유한다. 쿠키처럼 왔다 간 흔적만 있을 뿐 그 흔적에 소문만 무성할 뿐이다. 시는 잊혀 가는 존재다.

시 5연, 하나의 우산을 접고, 잠시 영혼을 다독인 책은 덮고 한 켤레의 신발을 벗고 즉, 너와 나의 행보, 너와 나의 교감은 여기서 접게 되는 것이다. 어떤 시인은 신발이라는 표현보다는 구두라는 표현을 즐겨 쓰기도 한다. 구두는 신발을 뜻하는 그 구두가 아니라 구두口頭다. 여기서 시인 이수명 시인의 시「검은 구두」를 잠시 보자.

검은 구두 / 이수명

구두를 신고 그는 잠이 들었다.

나는 흙이 묻은

그의 커다란

검은 두 귀를

벗겨주었다.

여기서 구두는 시의 제유다. 잠이 들었다는 말은 시의 결정체다. 커다란 검은 두 귀를 벗겨 주었다는 말은 화자, 즉 시인의 시 해체를 말한다.

나는 이 시를 패러디한 적 있다.

거뭇한 비문 / 鵲巢

비문을 새긴 그의 무덤을 본다.

나는 지방이 고운

그의 일대기

거뭇한 두 발을

닦아주었다.

시는 무덤과 같다. 그만큼 무겁다. 시인 유홍준 선생은 유골*이라 비유하기도 했다. 뼈대 있는 말은 그 살과 내장과 눈이 없어도 우리의 가슴을 적신다. 내가 쓴 시어에 지방이라는 말도 여러 가지 뜻이 있음이다. 서울에 대치되는 말인 지방, 신주神主, 길 가의 개울 등을 뜻한다.

이민하의 시 「거리의 식사」를 보았다만, 필자 또한 거리라는 시제를 사용한 시가 있다. '거리는 쫄깃하다', 잠깐 소개하자면,

거리는 쫄깃하다 / 鵲巢

반들거리고 짙은 고동색 접시 위 회칼로 정갈하게 빚은 도다리 한 접시 있다. 잘 버무린 초장과 한쪽 모서리에다가 방점 놓은 고추냉이 위태하다.

접시는 모두 둘,

간소하게 붙은 살점이 서로 붙들고 있다. 이미 결딴난 등지느러미 쓰레기통으로 가고 핏기 없는 게 촘촘하다.

한 점 한 점 젓가락으로 집는다. 물컹하게 씹는 것 사이 이와 이, 혀와 침, 초장과 고추냉이가 번갈아가며 저울질한다.

어떤 거는 잔가시가 삐죽거리기도 하지만 그나마 씹는 데는 별별 괜찮다.

잘 씹으세요. 비늘, 걸리적거릴 거예요.

한 때는 저 깊은 바다 곳곳 다녔을 도다리, 소금기 가르며 들여놓고 빼는 아가미의 조율 더는 없다. 하얗게 잘 바른 살점 한 점,

젓가락 허방 짚다가 단단히 한 점 집는다. 어느새 오돌오돌 씹는 것도 금방 비우고 짙고 반들거리는 고동색 접시만 유난히 밝다.

*『카페 확성기』 1권 참조.
*이민하: 전북 전주 출생. 2000년 〈현대시〉 등단.

거인의 정원 _ 최형심

　　나는 거인에 속해 있었다. 니체가 거인을 죽인 후, 20세기적 고통으로 더는 그를 정의하지 않는다.

　　칠월이 해바라기 밭을 지날 즈음, 한 줌의 머리를 잘라 거인을 추억한다. 촉촉한 실비가 이른 새벽을 걸어가면 천장이 낮은 집 지붕 밑 그늘까지 하얗던 나날들. 잠자리가 그려 놓은 나른한 하늘 아래 초록 거미의 여름이 엄지발가락에 닿곤 했다. 익명의 이별을 위하여 우리가 서로에게 간이역이었던 곳, 문득, 푸른 스카프를 두른 여장 사내가 기억을 놓친다.

　　겨울이 드나들던 자리에서 한여름 한기에 발이 젖는다. 샛노란 레몬 달이 뜨면 신물 나는 세상을 뒤로 걷는 사람들, 온몸을 흔들어 제 안에 쌓인 고요를 휘젓는다. 허기의 무늬가 둥근 파문을 일으키면 지난 밤 만났던 꽃의 이름을 더는 묻지 않는 풀벌레들이 작은 귀를 떼어낸다. 밤이 한 방향으로 몰려오고.

　　나는 내부로 들어가 공명한다. 너무 많은 사랑이 나를 죽였어. 콧등을 덮은 불빛에 얼굴을 잃었다. 살별을 벼리다 위험한 저녁이 내게 이르러서였다. 지금은 뼛속에 묻어둔 그 이름을 꺼내어 닦아야 할 때, 비망록을 꺼내 들며 타는 갈증으로 키 큰 해바라기 목을 친다. 꽃대롱이 떠받치던 하늘이 성큼, 비가 되어 쏟아진다. 어둠이 비에 쓸려 바닥에 고인다. 이제, 그 어둠을 찍어 거인에게 편지를 써야 하리. 나는 오랫동안 절망을 만졌으므로 조금도 절망하지 않겠다.

鵲巢感想文

　시를 읽으며 마음을 차분히 가라앉힌다. 나는 진보라고 생각했지만, 어떤 때는 보수에 위치에 서 있었다. 어렵게 잡은 일이지만, 내가 고용한 사람은 진보였기 때문이다. 대우가 좋지 않았다거나 어떤 불평등을 기했던 것도 없지만, 대표는 밑에서 수군거리는 소리를 들을 수밖에 없는 위치다. 그러니 사람이 있는 곳은 어찌 다 마음을 맞출 수 있을까! 서로 이해하고 노력하는 마음이 있어야 하지만, 그렇지 못하니 마음이 아픈 것이다.

　정치하는 사람을 생각한다. 매일 신문에 오르는 소식은 대부분 좋지 않은 소식으로 가득하다. 정치인의 도덕성과 그들의 정책도 믿을 수는 없지만, 우리는 믿을 수밖에 없는 현실이 아닌가! 몇 사람을 이끄는 것도 이리 힘 드는데 대중을 선동하고 목표로 이끄는 것은 얼마나 힘든 일인가를 생각했다. 사족이 길었다.

　시제가 '거인의 정원'이다. 첫 문장을 보면 나는 거인에 속해 있었다. 니체가 거인을 죽인 후, 20세기적 고통으로 더는 그를 정의하지 않는다. 화자는 거인은 아닌 것 같다는 생각과 또 거인은 아니지만, 그와 비슷한 위치에 선 것 같다는 생각을 한다. 화자는 거인에 속해 있었기 때문이다. 거인은 제유다. 문장이나 시나, 여타 다른 무엇을 상상할 수 있겠지만, 시가 가장 가깝다. 니체가 거인을 죽였다는 말이 나오는데 니체의 명언을 생각하지 않을 수는 없겠다. 가장 유명한 말은 '신은 죽었다', '침묵 당하는 모든 진실은 독이 된다' 등 여러 가지 말은 있겠지만 여기서는 이를 포함한 니체의 철학이다. 화자는 니체에게 영향을 받은 건 사실이다. 니체의 영향으로 거인을 죽였기 때문이다. 그러니까 니체의 영향으로 거인과 같은 시를 내 마음에서 없앴다는 어떤 추측을 해 볼 수 있겠다. 없앤다는 말은 거인을 생산하기 위한 어떤 통과의례다. 20세기적 고통으로 더는 그를 정의하지 않는다. 20세기는 과거다. 화자의 과거로 더는 그를 해석하지는 않겠다는 것이다. 그는 거인이며 시다.

　칠월이 해바라기밭을 지날 즈음, 한 줌의 머리를 잘라 거인을 추억한다.

시인은 시어의 성격을 잘 알아야 하며 마음을 시어에 이입하는 방법도 도가 튼 사람이어야 한다. 칠월에 화자는 해바라기밭 즉, 시-밭 어쩌면 거인의 정원일 수도 있겠다. 한 줌의 머리를 잘라 거인을 추억하는 행위는 나의 모태인 그 시를 기억하며 거인을 생산하고픈 시인의 욕망 같은 것이 묻어나 있다. 다음 문장은,

촉촉한 실비라든가 천장이 낮은 집 지붕은 시인의 마음을 이입한 시구다. 이는 주어부며 그와 같은 마음으로 다음 시구를 이끈다. 때는 새벽이고 마음은 하얗다. 시에 대한 접근과 사랑이다. 잠자리가 그려놓은 하늘과 그 아래 초록 거미의 여름은 어떤 시의 탄생을 그리는 화자의 심적 묘사다. 잠자리가 그려놓듯 불명확한 사실과 초록 거미의 새파랗게 떠오른 얽히고설킨 진실을 말한다. 그것이 엄지발가락에 닿곤 했으니 시작에 불과하다.

익명의 이별을 위하여 우리가 서로에게 간이역이었던 곳, 문득, 푸른 스카프를 두른 여장 사내가 기억을 놓친다. 시인의 시적 교감이다. 만해의 회자 정리가 떠오르는 문장이다. 이별은 곧 만남이다. 시와의 결별은 진실 된 결별이어야 한다. 어영부영 보고 넘기는 것이 아니라 착실한 사랑을 말함이며 이는 너와 나의 간이역 같은 것이다. 너는 나를 도착지로 이끈다. 그것은 완벽한 문장만이 모이는 곳이다. 푸른 스카프는 초록 거미와 맥이 같으나 하나가 작용이면 하나는 반작용이다. 흔히 완벽한 문장을 구사하는 것은 간이역처럼 끊길 수 있으나 도착지만 분명하면 시는 완성할 수 있겠다.

겨울이 드나들던 자리에서 한여름 한기에 발이 젖는다. 이 문장은 때는 여름이다. 앞에 자리를 수식하는 것이 겨울이다. 그러니까 겨울 같은 문장을 제유한다. 발이 젖었으니 읽었다는 표현이겠다.

샛노란 레몬 달이 뜨면 신물 나는 세상을 뒤로 걷는 사람들, 온몸을 흔들어 제 안에 쌓인 고요를 휘젓는다. 여기서 달은 시인의 이상이다. 샛노란 레몬은 색감 표현으로 하나의 수식어에 불과하다. 뒤로 걷는 사람들로 표현이 참 재밌다. 시는 거꾸로 보는 세계관, 주관적 처지는 배제하며 읽는 눈을 가져야겠다. 시인 박성준 시 「내일」에서는 '감염된 사람들'로 표현한 것도 주

목하자. 온몸을 흔들어 제 안에 쌓인 고요를 휘젓는다는 말은 시 태동의 암시다.

허기의 무늬가 둥근 파문을 일으키면 지난 밤 만났던 꽃의 이름을 더는 묻지 않는 풀벌레들이 작은 귀를 떼어낸다. 문장이 제법 길다. 하지만, 단순하게 여겨야 한다. 주어부와 서술부를 확인하며 말이다. 풀벌레들이 떼어내다가 요지다. 풀벌레가 있기까지 화자의 심적 묘사를 앞의 수식어에서 볼 수 있다. 꽃의 이름을 더는 묻지 않는 풀벌레다. 허기의 무늬가 둥근 파문을 일으켰다는 말도 시 탄생의 조짐을 뜻하는 묘사다. 그러니까 시 읽기에 부족한 마음과 이 속에 그려내는 파문 같은 꽃詩題을 지난 밤 본 셈이다. 그러면 풀벌레는 시인을 제유한 시어며 작은 귀는 공부의 흔적 같은 것이다. 큰 귀가 아니고 작은 귀에 주목하자. 밤은 한 방향으로 몰려오고, 밤은 깊어 가고 말이다.

나는 내부로 들어가 공명한다. 시인은 시에 들어가 동화가 된다. 시인의 시적 교감이다. 너무 많은 사랑과 콧등을 덮은 불빛은 모두 같은 형질이다. 글과 자아의 동화작용이다. 살별을 벼리다 위험한 저녁이 내게 이르러서였다. 살별은 혜성을 말함이며 벼리는 것은 무딘 연장을 날카롭게 하는 것 즉 무딘 마음을 단련하여 심성을 강하게 하는 시인의 의지다. 때는 저녁에 이르러서였다.

지금은 뼛속에 묻어둔 그 이름을 꺼내어 닦아야 할 때, 비망록을 꺼내 들며 타는 갈증으로 키 큰 해바라기 목을 친다. 드디어 시인은 비장의 무기를 빼 들었다. 나는 시가 거울 같다는 생각을 여러 번 한다. 문장을 보고 있으면 마치 미래에 태어날 나의 문장을 보는 격이다. 그것을 그려내느냐가 중요하다. 여기서 시인은 결심한다. 시의 갈증으로 키 큰 해바라기 목을 쳤다. 어쩌면 나의 이 시 감상문은 또 하나의 키 큰 해바라기다. 이 해바라기의 목을 치는 과정이다.

꽃대롱이 떠받치던 하늘이 성큼, 비가 되어 쏟아진다. 시인의 결실과정을 보는 심적 묘사다. 어둠이 비에 쓸려 바닥에 고인다. 이제, 그 어둠을 찍어 거인에게 편지를 써야 하리. 나는 오랫동안 절망을 만졌으므로 조금도 절망하지 않겠다. 시인은 절망 같은 시, 어쩌면 키 큰 해바라기의 목을 칠 수 없었을지도 모르는 그 일련의 과정을 절망이라 했다. 하지만 조금도 절망할 필요가 없다. 키 큰 해바라기의 목을 방금 나는 쳤으니까 말이다.

그러므로 시인은 방금 거인의 정원에 입성하게 된 것이다. 그러면 내가 쓴 거인을 보자.

슴베로 낚는 쇠 흰머리 깡깡 족 / 鵲巢

모어母語칸 족을 나는 알고 있다. 마지막 남은 전사는 손목이 굽었다. 태어날 때부터 어둠을 안았다. 숲의 전사로 나기까지 거친 돌바닥 딛고 선 깎은 나뭇가지였으며 굳은 풀뿌리였다. 숲은 모어母語칸의 전통이 낳은 손때 묻은 집이다. 굽은 손목은 푸른 이끼가 바라보는 숲에서 수련했다. 이곳은 아버지 있었고 할아버지가 있었다. 할아버지의 그 할아버지는 담장을 쌓았으며 넘보지 못한 물고기를 흘려보냈던 기억이 있다. 모어母語칸 족을 쓰레기처럼 받았던 쇠 흰머리 깡깡 족은 어제 잡은 물소를 돌칼로 펼쳤다. 거칠고 탁한 물소 뼈를 굵고 튼튼한 동아줄로 촉촉 은비가 슥슥 슴베로 낚는 쇠 흰머리 깡깡 족, 무릎처럼 하늘 본다. 깎은 햇살, 곧은 단소처럼 푸른 이파리 본다. 이곳은 더 많은 물소를 몰기 위해 그믐에서 보름까지 가마우지가 물어다 준 바람의 씨앗처럼 제단에 올려 제례 했다. 이때 어제 가지에 묶었던 멧돼지 오줌보가 휘파람에 흔들렸다. 부족의 칼바람을 예견하듯 말발굽은 숲에서 각인처럼 있었다. 선명했다.

*최형심: 2008년 〈현대시〉 등단.

검시관 _ 강영은

차 유리창을 노크 했을 때

머리를 맞댄 두 죽음이 입을 벌리고 있었다

텅 빈 입 속에서 뇌조가 튀어나왔다

수 천 미터의 상공으로 날아오른 뇌조는

날카로운 쇳소리로 울부짖었지만 구름을 뚫지 못한

지층은 그 소리를 듣지 못했다

뇌조가 이 세상의 초록빛 말을 버리는 순간

허공이 무덤을 팠으므로

허공이 제 몸을 뒤집어 뇌조의 행방을 알려주기 전까지

죽음의 배후에 입이 있다는 것을

입이 입을 껴안는 방식은 귀에 있다는 것을

귀가 말의 무덤인 것도 알지 못했다

뇌조가 빠져나간 몸을 알코올로 적실 때마다

입에서 흘러나온 악취에 얼마나 자주 젖어야 했던가

입과 귀가 통하지 않는 세상과 만날 때 마다

그 구멍을 솜으로 틀어막아야 했다

뇌조 속에서 돋아나온 기표들

세상에 뿌려놓은 입들이 무성하게 자라나도록

내 손은 귀의 행방을 오래도록 더듬을 것이다

아직 태어나지 않은 초록빛 귀에 대하여

죽음 뒤편의 말을 골라 먹을 것이다

무덤 속에 든 입을 꺼낸 것처럼

鵲巢感想文

검시관檢視官이 아니라 검시관檢屍官이다. 하지만 詩를 본 것이므로 검시관檢視官이다. 필자는 시인의 시를 감상하므로 마치 檢屍官이 된 것 같다. 그러면 檢屍官으로서 이 詩를 들여다보자.

차 유리창은 시인의 세계관이다. 뭐 세계관이라는 거창한 말로 하기보다는 단순하게 거저 시집이라 하자. 머리를 맞댄 두 죽음은 시집에 든 시와 자아 즉 시인이다. 입을 벌리고 있다는 말도 재밌다. 아직 해석 불가인 詩와 이해 못 한 시인의 입이다. 그러니까 순간적인 만남을 묘사한다.

뇌조란 남의 도움을 받는 것을 뇌조賴助라 하기도 하며 들꿩을 우리는 뇌조雷鳥라 한다. 시적 어휘로 괜찮다는 생각이 들었다. 수천 미터의 상공으로 날아오른 뇌조는 날카로운 쇳소리로 울부짖었지만 구름을 뚫지 못한 지층은 그 소리를 듣지 못했다. 지층은 화자를 말하며 뇌조를 날카로운 쇳소리로 비유한 것은 이미 고착한 시를 부러뜨릴 수는 없으므로 쇳소리에 비유한 것이다. 구름은 시인의 시 해체에 앞서 여러 가지 몽환 같은 그림이 된다.

뇌조는 굳은 세계며 초록빛 말은 인쇄되지 않은 세계다. 허공은 시의 독자로 무덤은 공부가 된다. 저 스스로 시간을 파는 것이므로 무덤이다. 입은 입으로 볼 것이 아니라 풀지 못한 시의 몸통이다. 그러니까 아직 고착화하지 못한 글 따위다. 그러니까 입이 입을 껴안는 방식은 귀에 있다는 말은 입 즉 아직 풀지 못한 시의 몸통을 이해하는 것은 귀, 즉 詩에 있다. 그러니까 시로 이해가 되었으면 하는 소원이 묻어 있음이다. 귀는 詩가 된다.

그러면 귀는 말의 무덤이 되는 것이다. 뇌조는 죽은 자의 詩다. 뇌조가 빠져나간 몸을 알코올로 적실 때마다 입에서 흘러나온 악취에 얼마나 자주 젖어야 했던가! 그러니까 시인은 시 해체를 하며 문장을 여러 번 곱씹었음을 묘사한다. 필자 또한 시 검시관을 읽으며 검시관의 악취를 맡고 있으니 말이다.

이 악취를 틀어막는 것은 솜이다. 솜은 근본적으로 하얗다. 깨끗한 종이에 얼마나 많은 검시의 흔적을 남겼을까 심히 이해가 되는 장면이다.

귀의 행방은 죽은 시를 말하며 초록빛 귀는 아직 시로 맺지 못한 시인의 시초詩草다.

　詩를 읽음으로 시인의 話法이 보이기도 하는데 가끔 웃음이 날 때도 있다. 왜냐하면, 검시관이라면 신중하여야 할 자세와 죽음에 대한 겸의 같은 것이 묻어 있어야 한다는 고정관념에서 비롯된다. 하지만 그런 고정관념과 시의 문맥은 어쩌면 뒤틀려 있기에 웃음으로 이끌기도 하는 것이다. 예를 들면, 죽음을 바라보고 있는 독자와 뇌조가 튀어나오거나 울부짖었거나 뚫지 못한다는 말, 더 나가 초록빛 말, 뇌조의 행방, 입과 귀가 통하지 않고, 솜으로 틀어막기까지 하니 우스운 것이다. 약간의 해학적임은 선한 그림 한 장 보는 것과 같다.

　예전에 시인의 시집 『녹색비단구렁이』를 사 본 적 있다. 이참에 들여다본다.

닻 / 강영은

　잠자리 한 마리 풀잎 끝에 앉아 있다 / 가느다란 발목이 흔들리는 날개를 / 꽉 붙들고 있다 / 잠자리가 붙들고 있는 것은 바닥에 닿으려는 마음일지 모른다 / 흙냄새 향한 간절함으로 / 풀잎처럼 땅에 뿌리박고 싶은 것이다 / 일평생 / 바닥을 딛지 않고 살아가는 것들에게 / 어찌 무거움만이 닻이라고 할 것인가 / 소슬바람과 햇살도 / 제 각각의 무게로 닻을 내리는 풀잎 끝, // 잠자리 한 마리 / 날아갈 듯 / 높아진 하늘을 내려놓는다

鵲巢感想文

　닻은 배를 정박하기 위한 배에 딸린 갈고리다. 굳은 말, 고착화 한 시 등으로 보는 것이 좋다. 잠자리는 허공에 맴도는 언어를 상징한다. 풀잎은 시인을 제유하며 흙냄새와 땅, 더 나가 바닥은 시인이 바라는 세계관이다. 잠자리는 높은 하늘을 버림으로써 詩가 되었다.

접시 위의 한 문장 / 강영은

산 낙지 흡반, 느리게 흘러가는 문장을 읽는다
접시 넘어 테이블 위로 떨어진 토막 난 문장
꿈틀거리는 기표 위에는
편도차편 같은 얼굴 하나 어른거리는데
한 생을 지나는 길은 개펄 하나 밀고 가는 거라고,
식도를 지나 위장까지
낱말 한 칸씩 밀고 가는 완행열차 한 량
내 뻘 속, 차 안에서 피안으로 들어간다

鵲巢感想文

　우리는 어쩌면 낙지처럼 허물 거리는 언어의 바다에 떠 있다. 시인은 사각 테이블 같은 시집을 읽고 시 해체를 하며 꿈틀거리는 사고를 기록하고 표기한다. 시 독해는 되돌릴 수 없는 일방적인 사고다. 시를 읽음은 그 사람의 세계를 읽는 것이므로 낙지의 개펄을 우리는 밀고 가는 것과 다름없다. 식도를 지나 위장까지 낱말 한 칸씩 밀고 가는 완행열차 한량이듯 내 가슴에 오래도록 젖는 이것은 지금 이 시점에서 또 다른 세계를 보기 위함이다.

　양곡봉주陽穀奉酒*라는 말이 있다. 양곡이 목마른 주인에게 술을 바쳤다는 말이다. 이 뜻은 충성스런 부하가 충성이 너무 과하여 제 주인을 죽이는 결과를 낳았다는 말이다. 간단히 얘기하자면 자반子反이라는 장군이 있었다. 시국은 전쟁 상황이었다. 바깥일에 지치다가 너무 목이 말라 막사로 들어와 부하 양곡에게 물을 청했지만, 주인이 원래 술을 좋아하여 양곡은 술 항아리 한 동 받쳤다. 자반은 술을 좋아하기에 이 항아리 한 동 그만 다 마셨다. 근데 군주가 전쟁의 위급한 상황에 장군을 불렀지만, 장군 자반은 고

주망태가 되었으니 군주는 이를 군법에 부쳐 결국 목숨을 잃었다는 말이다.

마치 필자의 시 감상이 양곡 같다는 생각이 들었다. 그러니까 나의 시 감상은 어쩌면 시 본질을 흩으려 놓은 것은 아닐까 하는 그런 우려와 독자의 마음을 왜곡시키는 행위는 아닐까 하는 그런 마음에서다. 필자는 그런대로 읽었음은 그만인 것을 구태여 활자화하였으니 괜한 일을 했나 하는 마음도 든다. 하지만, 읽고 생각한 것은 순간, 나의 공부였으니 이것으로 만족한다. 고군분투孤軍奮鬪하시라!

*강영은: 제주 출생. 2000 〈미네르바〉 등단.
*회남자淮南子, 인간훈人間訓 양곡봉주陽穀奉酒

국지성 폭설 _ 정다인
− 노숙

휘갈겨 쓴 이 눈발은 누구의 서체입니까 웃자란 불빛과 건물들이 엉켜 치렁거립니다 나는 이미 멀리 와 버렸습니다

너무 많은 것을 보아버린 새의 동공이 사그락사그락 내려 쌓입니다 내 뒤로 늙은 나무의 가지가 툭툭 부러집니다 지지직거리는 실금들이 귓속으로 휘몰아칩니다 중심을 잃고 흔들리는 나는 누구의 이명입니까

폭설 속으로 걸어가 스스로를 밀렵하는 겨울 산짐승의 허기가 나를 끌고 갑니다 비척거리며 주저않는 절망이 나의 문맹입니다 아무 것도 나를 빠져나갈 수 없는 어둠입니다

나의 껍질은 쓸쓸해서 구겨버린 폐지입니다 그 위에 하얗게 열린 새의 눈이 쌓이고 또 녹습니다 천천히 흘러내리는 공중입니다 서서히 물이 차는 잠입니다

나는 너무 멀리 와 버렸습니다 나는 또 너무 멀리 와 버렸습니다

鵲巢感想文

시는 원관념과 보조관념의 관계에 중첩적 이미지를 띄움으로써 읽는 독자는 수많은 상상을 한다. 詩 「국지성 폭설」도 어느 한정된 곳에 폭설이 내렸다는 그 이미지를 머릿속에 띄워놓고 작가의 마음을 살피는 것 아니냐! 휘갈겨 쓴 이 눈발은 누구의 서체이냐고 묻지만, 내가 나를 들여다보며 읽는 독백

이다. 웃자란 불빛과 건물들은 하나의 시적 묘사다. 세상을 바라보는 시인은 웃자란 것이 되며 내가 쌓은 글 맵시는 건물과 다름없을 정도로 탄탄하다. 이러한 것들이 치렁거린다. 치렁거림은 길게 드리운 물건이 이리저리 부드럽게 흔들리는 것과 어떤 일을 할 시일이 자꾸 늦어지는 것을 말한다. 여기서는 전자다. 나는 이미 멀리 와 버렸다는 말은 독자와의 거리감을 말한다. 읽히면 그만큼 가까운 것도 없을 것이며 못 읽으면 멀어진 거니까!

너무 많은 것을 보아버린 새의 동공이 사그락사그락 내려 쌓입니다. 여기서 새는 독자를 제유한다. 이러한 독자의 눈은 눈처럼 시인에게 쌓이는 것이 된다. 내 뒤로 늙은 나무의 가지가 툭툭 부러집니다. 이미 앞서간 시인은 독자의 사랑에 함뿍 받음과 결국 그 사랑에 시는 해체가 되고 말았음이다. 지지직거리는 실금들이 귓속으로 휘몰아치는 것은 이미 나의 詩도 문단에서 알려지기 시작한 어떤 신호탄임을 밝히는 것이 된다. 중심을 잃고 흔들리는 나는 누구의 이명입니까? 詩의 중심을 바로 잡지 못한 어떤 잡음에 대한 한탄을 표현했다.

폭설 속으로 걸어가 스스로를 밀렵하는 겨울 산짐승의 허기가 나를 끌고 갑니다. 스스로를 밀렵하는 겨울 산짐승의 허기는 시 평론가 즉 독자를 제유한 시구다. 나를 끌고 간다는 말은 나를 이해하려는 시 해체 작업을 말한다. 비척거리며 주저앉는 절망이 나의 문맹입니다. 시는 비척거리지는 않는다. 이미 고체화되었으니까 말이다. 독자의 시 해석의 잘못에 대한 시인의 마음을 묘사한다. 시를 바르게 읽지 못한 절망은 시인에게는 문맹으로 다가서는 것과 같다. 시적 교감을 나누지 못했으니까! 아무것도 나를 빠져나갈 수 없는 어둠입니다. 나를 이해 못 했으니 이는 곧 어둠이 되는 것이다.

쏟아지는 것들의 영혼에 몸을 묻습니다. 시 독자를 의식하며, 더운 미음처럼 끓다가 형체도 없이 사라지고 있습니다. 시 독자의 시 의식 부재를 고하는 것이 된다. 여기서 미음이라는 시어가 참 괜찮다는 생각을 피력해 놓는다. 여러 가지 뜻이 있으니 시적 용어로 적합하겠다.

나의 껍질은 쓸쓸해서 구겨버린 폐지입니다. 내가 쓴 詩는 어떤 시적 교감 없이 버려지는 종이입니까? 그 위에 하얗게 열린 새의 눈이 쌓이고 또 녹습니다. 새의 눈이라는 표현도 재밌다. 곧 다른 장으로 넘어간 또 다른 누구의 시가 되겠다. 천천히 흘러내리는 공중입니다. 시 독자와의 거리를 나타내며, 서서히 물이 차는 잠입니다. 나는 읽히지도 않은 채 넘어가는 장으로 서서히 묻히게 됨을 묘사한다.

나는 너무 멀리 와 버렸습니다. 나는 너무 깊게 파묻혔고 나는 또 넘어 멀리 와 버렸습니다. 나는 정말 여러 시인에게 내 존재의 확인을 드러내지도 못하고 그만 떠나게 되었음을 이 세상에 고하는 것이 된다.

이 시는 시 등단을 목표로 하는 예비 시인의 마음을 표현했다. 올해의 좋은 시로 선정된 작품이다. 국지성 폭설에 부재로 노숙을 달아놓았다. 읽히지 않는 시로 존재의 부각에 실패한 시는 일종의 노숙일 수도 있겠다.

나는 이 시를 읽고 문학에 대해 이러한 생각이 들었다. 자신의 글에 떳떳함이 있다면 그 어떤 일을 도모하더라도 등단의 기회는 많다고 생각한다. 단지, 등단의 문이 어떤 곳이냐가 작가의 명예까지 생각한다면 어쩔 수 없는 일이지만, 글의 세계에 스스로에 얼마나 기여하느냐가 중요하다고 나는 본다. 자본주의 시대에 그 어떤 것도 자본과 결탁하지 않은 것이 있을까 말이다. 공정해야 할 문학의 세계에 과연 공정한 것이 있는가 하는 의문점이 생기는 것도 바다 깊숙이 들어와 보면 보이는 현실이다. 그렇다고 마냥 표현의 자유를 우리는 잃고 사는 것은 아니다. 문학은 언제나 현실을 바탕으로 한다. 나의 본바탕을 어떻게 꾸미고 어떠한 자세로 나가느냐가 중요하겠다. 더불어 문학을 곁들이고 보태고 다져나가면 이보다 더 좋은 삶은 없겠다. 더욱 윤택한 삶은 그 경험의 질을 높이는 것이다. 경험의 질을 높이는 것은 글만큼 좋은 것도 없지 싶다.

무용지용無用之用이라는 말이 있다. 무용지물無用之物이 유용지물有用之物이 된다는 말이다. 즉 다시 말하면 쓸모없는 것의 쓸모. 쓸모없다고 생각하는 것이 실은 쓸모가 있음을 말한다. 이 이야기는 장자에 나오는 얘기다.

우리가 길을 걸을 때 실지 필요한 땅은 몇 평 되지 않지만, 우리가 딛고 선 그 몇 평 외에 다른 땅을 다 없앤다면 우리는 걷는 것은커녕 제대로 서 있지도 못하게 된다.

경영에 있어 마케팅은 실지 큰 효력은 없다. 어찌 보면 기업 자금의 낭비일 수도 있다. 낭비 같은 이 마케팅은 기업의 생산품을 소비자께 인식하는 데 큰 효력을 발휘하며 암묵적으로 기업의 가치까지 올려준다. 이 인식과 인지도가 높아 감에 고객의 소비문화를 압도하는 것도 사실이다.

문학은 경영인에게는 필요 없을 것 같은 얘기일 수 있으나 기업의 영혼을 심는 것이니 혼이 들어간 상품은 고객의 이야기를 주도하게 된다. 나의 껍질은 쓸쓸해서 구겨버린 폐지가 아니라 하얗게 열리는 새의 눈으로 쌓여 천천히 흘러내리는 공중으로 거듭날 것이다. 이리하여 서서히 물이 차면 어쩌면 나는 물 위에 뜬 배로 순항할지도 모르겠다. 희망을 품는 것은 언제나 내일을 기대하게 한다. 그러니 하루 마감하며 발바닥 들여다보며 하얗게 닦는 것은 잊지 말도록 하자.

*정다인: 2015년 〈시사사〉를 통해 등단.

귀조경 _ 이홍섭

일평생 나무만 길러온 노인이 말씀하시길, 조경 중에 제일은 귀조경이라 하신다. 키 큰 나무, 키 작은 나무, 잘생긴 나무, 못생긴 나무를 두루 심어놓고 보고, 만지고, 냄새 맡고, 이따금 이파리와 꽃잎의 맛을 보는 조경도 일품이지만, 무엇보다 제일의 조경은 이 나무들이 철 따라 새들을 불러 모으고, 새들은 제 각기 좋아하는 나무를 찾아들어 저마다의 소리로 목청 높게 노래 부르는 것을 듣는 일이라, 키 큰 나무를 심어 놓으면 키 큰 나무에만 둥지를 트는 새의 노래를 들을 것이요, 키 작은 나무만 심어 놓으면 키 작은 나무에만 날아오는 새의 노래를 들을 것이니, 그것은 참 된 귀조경이 아니라 하신다.

오랜만에 봉창을 열고 목노인木老人처럼 생각하거니, 나는 이 세상에 나서 어떤 나무를 심어왔고, 내 정원에는 어떤 목소리의 새가 날아왔던가, 나는 또 누구에게 날아가 키 큰 나무, 키 작은 나무에 둥지를 틀고 오늘처럼 봄날의 노래를 들려줄 것인가.

鵲巢感想文

시인은 조경만 하시는 어느 노인을 만나 선문답 같은 철학적인 말을 듣는다. 조경 중에서도 제일은 귀 조경이라 하시는데 귀하게 여길 만한 것을 말하겠다. 그러니까 키 큰 나무, 키 작은 나무, 잘생긴 나무, 못생긴 나무를 두루 심어놓고 보고, 만지고, 냄새 맡고, 이따금 이파리와 꽃잎의 맛을 보는 조경도 일품이지만, 무엇보다 제일의 조경은 이 나무들이 철 따라 새들을 불러 모으고, 새들은 제각기 좋아하는 나무를 찾아들어 저마다의 소리로 목청 높게 노래 부르는 것을 듣는 일이라 한다.

여기서 나무는 노인이 가르친 제자쯤으로 보는 것이 맞겠다. 무엇을 가리켰든 제 삶을 찾아 나간 제자와 제자를 믿고 찾아온 고객은 나름의 배움을 청하거나 필요 때문에 날아든 새다. 이것을 보는 것이 가장 큰 낙이며 참된 인생이 되는 것이다. 하지만, 키 큰 나무를 심어 놓으면 키 큰 나무에만 둥지를 트는 새의 노래를 들을 것이요, 키 작은 나무만 심어 놓으면 키 작은 나무에만 날아오는 새의 노래를 들을 것이니, 그것은 참된 귀 조경이 아니라 하신다. 이는 편협한 삶을 빗대어 말한다. 이 부분을 읽으니 조선 후기 정치 상황을 보는 것 같다. 조선 말기 1801년 신유사옥(천주교 탄압사건) 이후 당쟁은 노론 독주체제로 이어졌고 결국 조선말에 나라가 망하게 된 것도 노론 독주체제였기 때문이다. 정치의 견제와 균형이 깨짐으로써 국가는 폐국의 길을 걸었다.

하여튼, 시인은 목노인의 선문답 같은 이야기를 듣고 생각한다. 나는 이 세상에 나서 어떤 나무를 심었고 내 정원에는 어떤 목소리의 새가 날아왔던가, 그러니까 어떤 철학을 가지며 얼마나 많은 사람에게 영향을 주었는지 이 영향을 받은 사람은 어떤 삶을 살았는지, 나는 또 누구에게 날아가 키 큰 나무, 키 작은 나무에 둥지를 틀고 오늘처럼 봄날의 노래를 들려줄 것인가, 나는 어느 업을 선택하여 열심히 살았는지 취미나 부업을 가졌다면 그 일은 또 얼마나 헌신하며 살았는지 깨우칠 일이다.

이 시를 읽으니 나무가 눈에 들어온다. 나무로서 한 사람이 보인다. 찾아온 새들도 이파리처럼 보이며 노래 부르고 날아간 새와 나무처럼 삶을 살아가는 모습도 보인다. 새는 새로서 살아가는 모습도 보이고 철새처럼 찾아드는 새도 보인다. 나무가 나무를 본다. 우거진 숲에 나무는 어떤 역할을 하며 살아야 하는가? 밝은 태양 빛 아래 풍성한 잎을 맺으며 충분한 산소를 내뿜으며 사는 나무,

적소이고대積小以高大 라는 말이 있다. 작은 것을 쌓아서 높고 크게 이룬다

는 뜻이다. 알고 보면 우리 인생은 단순하다. 그리 복잡하게 생각할 필요가 없다. 정보는 옛사람에 비하면 엄청난 양에 파묻혀 살지만, 정녕 우리는 한 나무로서 바르게 서려면 천릿길도 한 걸음부터다. 적소積小는 적은 것을 쌓는다는 말이다. 처음부터 우리는 잘 걷지는 않았다. 한 발씩 떼며 연습하며 이리하여 온전히 선 것이 먼저며 균형을 이루며 앞으로 나아갔다.

인간이 이룬 모든 결과는 누구든 노력하면 그 일을 알 수 있다. 필자는 문과 출신이라 기계 수리에 믿음이 없었다. 이것도 하겠다는 마음을 가지니 수리 못 할 것도 없었다. 기계를 누구보다 많이 뜯어보아야 하고 조립하다 보면 그 부품 하나하나가 눈에 들어온다. 자주하면 전문가가 된다.

하지만, 세상은 무한 경쟁이다. 현대에 사는 우리는 이러한 수리뿐만 아니라 많은 것을 필요로 한다. 개인이 미치는 영향은 이미 그 영역이 따로 없게 됐다. 그러니 온전한 시스템은 어쩌면 우리가 살면서 영원히 바라는 상일지도 모르겠다. 산에 나무 한 그루 있다. 맑은 날도 있고 굳은 날도 있다. 비가 오고 눈이 내리고 새는 날아와 앉았다가 가지만, 구름은 오늘도 피었다가 진다.

*이홍섭: 강원도 강릉 출생. 1990 〈현대시세계〉 등단.

그믐밤 _ 최승호

시간이라는 섬
사방에서
영원이라는 바다가 출렁거린다

등대는
너의 안구
밤이면 걸림 없는 한 줄기 빛이 무한으로 뻗어나간다

13월의 그믐밤이다
죽은 사람들이 뒤늦게
무덤에서 기어 나와
팔다리도 없이 캄캄한 바다로 헤엄쳐간다

鵲巢感想文

   시가 짧지만, 색감 표현이 이렇게 명확한 시도 없을 것이다. 시제가 그믐
밤이다. 그러니 캄캄한 밤이다. 시 1연을 보면 시간이라 섬, 시간관념을 갖
고 사는 우리다. 사방에서 영원이라는 바다가 출렁거린다. 그러니까 영원을
꿈꾸는 섬이다.

   이를 뒷받침하는 것이 시 2연에 등대는 너의 안구며 한 줄기 빛이 무한으
로 뻗어 나간다는 표현이 있다. 여기서 섬은 어쩌면 고립된 우리의 자아, 즉
고독과 소통의 단절, 일시적 유행 등을 묘사한다.

시 2연도 참 재미나게 표현했다. 우리의 안구는 등대다. 등대란 항로 표지의 하나로 주로 섬에 세워놓은 광탑 光塔이다. 뱃길을 알려주는 역할을 하며 위험한 곳 따위를 알려준다. 그러니까 빛이 뻗어 나가는 것은 영원에 귀원 하고픈 어떤 심리적 묘사다.

시 3연, 13월의 그믐밤이다. 12월도 아니고 13월이라 표현한 것은 1년 12달도 모자라, 사시사철 매 그리는 영원을 향한다. 그러니까 어떤 일에 대한 철저한 사랑의 표시다. 몰입이겠다. 이 몰입의 결과,

죽은 사람들이 뒤늦게 무덤에서 기어 나와 팔다리도 없이 캄캄한 바다로 헤엄쳐간다. 무덤은 시인을 상징하며 시인이 있는 그 모든 곳을 포함한다. 죽은 사람은 시인이 쓴 글을 제유한다. 시인이 생산한 시는 바다와 같은 그 불멸과 영원성을 지닌 세계로 뻗는다.

13월의 그믐밤이다. 13명으로 이룬 캄캄한 조직이다. 조직원의 대표는 등대 같은 안구를 가져야 한다. 대표는 낮이고 밤이고 크게 가려서는 안 되겠다. 조직을 위해 일하는 것은 25시간의 사랑뿐이다. 그러니까 몰입이다. 바다와 같은 고객을 위하는 가게 운영방침이 있다면, 바다와 같은 일은 존폐를 떠나 오래 할 수 있겠다.

*최승호: 1954년 강원도 춘천 출생. 1977년 〈현대시학〉 등단.

깊은 일 _ 안현미

그날 이후 누군가는 남은 전생애로 그 바다를 견디고 있다

그것은 깊은 일

오늘의 마지막 커피를 마시는 밤

아무래도 이번 생은 무책임 해야겠다

오래 방치해두다 어느 날 더 이상 존재하지 않는 어떤 마음처럼

오래 끌려다니다 어느 날 더 이상 쓸모없어진 어떤 미움처럼

아무래도 이번 생은 나부터 죽고 봐야겠다

그리고도 남는 시간은 삶을 살아야겠다

아무래도 이번 생은 혼자 밥 먹는, 혼자 우는, 혼자 죽는 사람으로 살다가 죽어야겠다

찬성할 수도 반대할 수도 있지만 침묵해서는 안 되는

그것은 깊은 일

鵲巢感想文

시제는 '깊은 일'이지만 시점은 '그날'이다. 그날의 이전과 이후는 판이한 세상이다. 그날의 이전이 고뇌와 아픔과 사색의 몰입이라면 그날의 이후는 어쩌면 무책임한 길이며 삶이 존재하지 않은 쓸모없는 어떤 미움과도 같고 더는 존재하지 않는 어떤 마음, 즉 굳은 마음이다. 그래서 시인은 매번 성찰의 시간을 갖는다. 아무래도 이번 생은 나부터 죽고 봐야겠다는 말, 죽은 자는 죽은 자로 삶을 이을 것이며 어떤 시인은 발로 배를 걷어 차버린 강아지처럼 따르는 길일지도 모른다고 했다. 아무래도 이건 무책임한 생이겠다.

무책임한 생이라지만 이것만큼 깊은 일은 없다. 오래 끌려 다니다가 어떤 날 더는 쓸모없어진 어떤 미움처럼 천대받더라도 매번 죽음을 맞는 연습과 실지 죽음을 써내려가는 일만큼 소중한 것은 없다. 혼자 밥 먹는, 혼자 우는, 혼자 죽는 사람으로 살다가 죽어야겠다는 시인, 이것은 시인의 거울이다. 결코, 침묵해서는 안 되는 일, 그것은 시 쓰는 일, 이것만큼 깊은 일도 없다는 말이다.

궁즉변窮則變, 변즉통變則通, 통즉구通則久, 이는 주역에 나오는 문구다. 궁하면 변하고 변하면 통하고 통하면 오래간다는 말이다. 내가 아직도 움직이지 않는다는 말은 궁함이 없다는 말이고 궁함이 없다는 것은 변하는 것도 없어 이러다가는 통하는 것도 없어 금시 사라질 것이다. 조금이라도 지속하며 오래 가려면 쇄신해야 한다. 즉 변화하여야 한다. 그렇지 않으면 지금의 모습도 유지하기 어렵다.

안주하는 것은 편하다. 편한 만큼 위험에 빠지는 일도 잦다. 일은 즐겨야 한다. 마치 파도를 타듯 말이다. 파도는 그 모양과 형태가 매번 다르다. 경기도 마찬가지다. 조그마한 가게를 하든 큰 공장을 이끌든 우리가 대하는 사건에 같은 일은 하나도 없다. 이것을 이해하고 받아들이는 사람은 오히려 일을 즐기는 사람일 게다. 이것을 받아들이기 힘들다면 각종 중압감에 이 일을 끝까지 해낼 수는 없겠다.

시 쓰는 일은 마음의 궁함을 메우는 일이다. 마음의 궁함을 메우는 일이야말로 변화를 촉구하는 원동력을 제공하는 것이며 이렇게 하여 기른 힘의 바탕은 일을 도모하는 데 밑거름이 된다.

중국 송나라에 자기 논의 곡식이 잘 자라지 않아 고민에 빠진 사람이 있었다. 어느 날 그 사람이 집에 돌아와서 가족들에게 말하였다.

"오늘은 일을 너무 많이 했다. 몸살이 날 것 같다."

가족들은 이상하여, 무슨 일을 그렇게 많이 하였는지 물었다. 그는 말하기를 "들에 가 보았더니 우리 곡식이 남의 것보다 훨씬 키가 작았다. 그래서 하나하나 뽑아 당겨서 키가 커지도록 도와주었다"고 했다. 이 말을 들은 아들이 부랴부랴 들로 뛰어갔다만 벌써 곡식들은 다 말라 죽어 있었다.

이 이야기는 '맹자'에 나오는 내용이다. 여기서 '조장助長 자라는 것을 도와준다'란 말이 나오는데, 이야기 내용을 보면 '억지로 키운다'는 뜻이 있다. 맹자는 인격을 닦는 방법으로 '억지로 바르게 하지 말 것, 그러나 마음속에서 목표를 잊지는 말 것, 그리고 조장하지 말 것 勿正, 心勿忘, 勿助長'을 말하였다.

취침하기 전, 자기와 진솔한 대화는 하루를 살면서 그 어떤 것보다 중요하다. 성찰을 억지로 하는 이는 없을 것이다. 명상은 마음의 꽃밭에 물을 주는 것이다. 내가 무엇을 바라며 어떤 일을 하며 그 일은 얼마만큼 진행하였는지 사색의 물을 주는 것이다. 꽉 막힌 나와 변화무쌍한 세계와 통풍구를 만드는 것은 다시 내 삶에 숨통을 틔워주는 것이니 이보다 더 깊은 일은 없겠다.

*안현미: 1972년 강원도 태백 출생. 2001년 〈문학동네〉 등단.

꽃의 다비식 茶毘式 _ 이선이

아랫도리에서 불을 꺼내
사내는
아내의 자궁에 군불을 넣어주었다

여보,
불 들어가오

아궁이 속
그녀는 뼈로 꽃대를 세우고
살을 발라 여린 꽃잎을 빚는다

사내는 산山을 열고 들어가
돌이 되고

봄산
화장터

돌을 깨는 울음으로

꽃이
타오른다

鵲巢感想文

시제가 '꽃의 다비식'이다. 여기서 꽃은 어떤 남자의 아내를 제유한 시어며 다비식茶毘式은 시체를 화장하여 그 유골을 거두는 것으로 불교 용어다. 시를 겉으로 읽으면 관능미적인 내용 같지만, 이 시는 엄연히 어떤 남자의 아내의 다비식이다.

행 가름과 짧은 묘사는 독자들에게 많은 것을 상상하게 한다. 이 시는 총 7연으로 15행으로 이루었다. 시 1연만 보면 분명 부부의 성적인 묘사다. 아랫도리에서 불을 꺼내 사내는 아내의 자궁에 군불을 넣어주었다. 불은 남근을 상징하면 군불은 사랑의 결정체다. 하지만, 시 5연은 여기는 봄산 화장터다. 우주의 관념으로 확대해석하게 한다. 그러면 아랫도리는 현시점에 사는 우리를 말하며 자궁의 일부분이다. 그러니까 우리가 사는 현 세상은 자궁이 된다.

언제 기독교 관련 서적을 읽은 적 있다. 우리가 현재 삶을 추구할 수 있는 건 어머니의 자궁에서 치열한 삶이 있었기에 가능하다는 말에 가슴 깊이 닿은 적 있었다. 현재의 우리의 삶 또한 그러하다면 내세는 온전한 성체로 태어날 수 있다는 이야기다. 아내의 자궁에 군불을 넣어주는 남편은 내세를 위한 희생정신을 담은 것이다.

시 2연은 여보, 불 들어가오 시의 돈호법으로 주의를 끈다. 여보라고 부르고 행 가름을 하였다. 불 들어가오. 시의 열정을 불러들인다.

시 3연은 아궁이 속 / 그녀는 뼈로 꽃대를 세우고 / 살을 발라 여린 꽃잎을 빚는다 연 가름과 행 가름에 이미지를 마치 수제비 띄우듯 하지만, 시의 전개와 착상이다. 아궁이 같은 시인의 마음, 아내를 읽음으로써 그 뼈로 꽃대를 세우고 그 뜻을 발라 여린 시를 빚는다.

시 4연은 시 후반부의 시작이자 결말로 잇는다. 더며 사내는 산山을 열고 들어가 돌이 되었다는 말은 시의 고체화다. 시 5연 봄산은 때와 장소로 봄산만큼 화창하며 따뜻하게 와 닿는 느낌도 없으련만 다음 이미지는 화장터다. 봄산에서 화장터로 이미지 급전환한다. 돌 깨는 울음으로, 자아의 분열과 어떤 고통을 얘기한다. 꽃이 타오른다. 시는 그냥 이루어지지 않음을 내심 강조하듯 읽힌다.

부부는 일심동체라는 말이 있다. 이 시에서는 부부의 관념으로 접근하여 우주와 내세로 확장한다. 여기서 장자의 이야기를 예로 들어보자.

> 남쪽 바다의 황제는 이름이 숙儵이다.
> 북쪽 바다의 황제는 이름이 홀忽이다.
> 중앙의 황제는 이름이 혼돈混沌이다.
> 숙과 홀이 혼돈의 땅에 찾아오면 혼돈은 극진히 대접해 주었다.
> 어느 날 숙과 홀은 혼돈의 성의에 보답할 계획을 의논하였다.
> "사람은 모두 일곱 구멍이 있어 보고 듣고 먹고 숨 쉬는데 혼돈은 구멍이 없으니 우리가 뚫어주자."
> 날마다 한 구멍씩 뚫었는데 7일째에 혼돈은 죽고 말았다.

'혼돈의 죽음'을 이야기한 장자의 유명한 문장이다. 장자는 만물을 지배하는 근본 원리를 '도道'라 칭하고, 말로 설명하거나 배울 수 있는 도는 진정한 도가 아니라고 보았다. 도라는 것은 시작도 끝도 없고 한계나 경계도 없으며, 우리 인생은 도의 영원한 변형에 따라 그저 흘러갈 뿐이다. 따라서 세상 만물은 저절로 흘러가도록 내버려 두어야 하며 여기에 인간이 끼어들어 좋은 것, 나쁜 것, 선한 것, 악한 것을 구별 짓거나, 이 상태가 저 상태보다 낮다는 등의 가치판단을 해서는 안 된다고 했다. 덕이 있는 사람은 항상 환경, 개인적인 애착과 인습 등의 욕망에서 벗으나 흐르는 물이나 바람처럼 살 것을 요구하고 있다.

혼돈에게는 숙이와 홀은 남이 아니다. 만물일체萬物一體다. 혼돈은 세계 그 자체고 안과 밖의 구분을 모른다. 또 구분할 필요도 없다. 인위적인 행위는 도를 깨뜨리는 것이 되며 이는 곧 죽음을 뜻한다. 말하자면, 구분은 뒤에 차별이 생기고, 차별 뒤에 선택이 생기며, 선택 뒤에 쟁탈이 생기기 때문에 죽음은 불가피하다.

시 감상하다가 너무 거창하게 나갔다. 시는 일심동체를 넘어 만물일체다. 만물일체의 그 이행은 마치 인위적인 것 같아도 시인의 언변력으로 사실을 확인한 것에 불과하다. 안해가 있어도 없는 것 같고 없어도 있는 것 같은 세상 한 자락에 걸터앉아 바라보는 필자다. 모든 것이 꽃이 아닌 것이 없고 모든 것은 꽃이 아니다.

*이선이: 경남 진양 출생. 1991년 〈문학사상〉 등단.

꽃의 블랙홀 _ 김길나

　나는 귀를 그의 입으로 가져갔다 / 입 없는 그가 입을 달기 시작한 것이다 / 이데올로기는 어느 때나 어느 곳에서나 / 전복되기 위해 존재하는 것이라고 / 그 입이 말하는 걸 들었다 / 혁명을 꿈꾸는 돌연변이가 변질시킨 식충 식물류의 종족, / 그에게서 분출되는 색광은 붉은빛 / 그 긴 파장에서 섬세하게 흘러넘치는 광파는 황홀 / 먹기 위해 끌어당기는 마력과 / 마력에 매몰되는 죽음의 불꽃이 맞붙었다 / 사멸과 생성을 돌려대고 갈아엎는 통로를 / 입에서 꽃이, 꽃에서 입이 피어나는 에로틱한 구멍을 / 꽃의 바깥, 외계에서 누가 들여다보고 있다 / 지상에서는 꽃잎 한 장에서 폭발하는 별이 자주 / 눈물로 반짝이고, 잎에서 회오리치는 바람은 드셌다 / 꽃잎 위로 포개지는 꽃잎들 틈새에서 요동하는 구름, / 구름이 감추고 있는 번개, / 낱낱의 꽃잎이 제 블랙홀을 덮어 숨기는 비경을 / 꽃의 바깥, 외계에서 어느 기호가가 기록 중에 있다

　심미는 늪으로 빠르게 빨려 들어가는 시간이 오고 / 꽃의 중력에 붙들린 거기, 천 길 낭떠러지에서 / 한 생애가 단숨에 날아가고 / 존재를 부수는 시공의 열렬한 소용돌이 속에 / 조각난 조각의 조각들을, 끝끝내 / 시간이 멈추는 경계까지 밀어붙이고 / 그리고는 깜깜한 침묵이다 / 저녁이 오고, 닫힌 끝과 열린 끝이 주고받는 침묵이 / 짙은 어둠으로 내려 꽃의 입을 덮는다

鵲巢感想文

검은 돌풍 / 鵲巢

나는 오렌지를 그의 마트로 가져갔다 / 마트 없는 그가 마트를 입기 시작한 것이다 / 성기는 어느 때나 어느 곳에서나 / 일으키기 위해 붙은 것이라고 / 그 마트가 말하는 걸 들었다 / 도전을 꿈꾸는 쿠데타가 전복한 혁명, 붉은 띠 군단, / 그에게서 표출되는 열정은 검정빛 / 그 긴 율동에서 우람하게 넘치는 묵도는 빈도 / 넣기 위해 잡아당기는 괴력과 / 괴력에 녹아드는 숲속의 내성이 아물었다 / 야합과 배척을 둘러매고 휘몰아치는 터널을 / 마트에서 총기로, 총기에서 마트로 얼룩만 그리는 난로를 / 총기의 바깥, 정원에서 누가 악수하고 있다 / 연병장에서 총알 하나로 잃어가는 헬멧이 자주 / 웃음으로 보고, 총기에서 내뿜는 방사는 산발적이었다 / 총기 위로 얹는 총기 그 틈새에서 요동하는 연기, / 연기가 내뿜는 지면, / 낱낱의 총알이 검은 돌풍을 매워 파묻는 미관을 / 총기의 바깥, 정원에서 어느 레이서가 토크를 자른다

허물은 좌충우돌 황톳길로 비틀거리게 오고 / 총기의 흡수력에 말려드는 거기, 연옥의 절벽에서 / 한 생애가 한 방에 날아가고 / 부재를 확인하는 도전의 맹목적 복종에 / 새기고 새김으로서 새기는 것을 끝끝내 / 헬멧을 벗어 던지는 그 날까지 이르면 / 콩나물 같은 환호성이다 / 노을빛 그리는 석양은, 동쪽에서 서쪽에 이르는 폭발음이 / 두꺼운 함성으로 내려 총기의 구멍을 막는다

시제 꽃의 블랙홀은 시적 교감을 통해 詩를 완성했다. 이 시에서 나와 꽃으로 극성을 이룬다. 꽃은 꽃이기 이전에 입이었다. 입 없는 그가 입을 달기 시작함으로 詩의 의미를 전달하고 교감한다. 이 입詩은 식충과 다름없고 식물류의 종족이지만 표현한 색광은 붉은빛이다. 이는 작가가 느끼는 감정이다. 거울을 보며 선 시인의 마음을 묘사한다. 입은 죽음의 불꽃으로 승화하고 꽃이 된다. 꽃은 다시 입을 피워내는데 마치 아메바의 번식을 느끼게 한다. 어쩌면 먹고 먹는 일련의 시적 과정을 얘기하는지도 모르겠다. 시인은 이를 에로틱한 구멍으로 묘사하여 시를 완성한다. 다시 말하면 입과 꽃, 꽃과 잎 주고받는 침묵과 어둠 다시 혁명을 꿈꾸는 돌연변이가 나타나 하늘이 처

음 열리고 모든 산맥이 바다를 향해 휘몰아 돌진할 때 백마白紙는 매화 꽃 한 송이詩 피운다는 말이다.

망매지갈望梅止渴이라는 말이 있다. 요약하자면 매실을 바라보며 갈증을 해소한다는 뜻으로, 공상으로 마음의 위안을 얻는다는 말이다. 詩는 불안한 현실을 잊게 한다. 근본은 어려울 수 있으나 마음의 평정을 이루어야 큰일을 도모할 수 있음이다. 언제나 현실은 높은 산 아래에 있다. 갈증은 목이 타듯 하지만 우리는 우리가 정한 목표를 넘어야 우리의 생명까지 보전할 수 있다. 입에 매화 같은 詩를 넣고 군침을 바르며 저 힘겨운 산을 넘어가자.

어설프지만, 필자의 검은 돌풍은 시인의 꽃의 블랙홀을 패러디한 것이다. 오렌지는 마음을 상징한다. 오토바이 군단을 띄워 시를 완성해 보았다. 부족한 것이 많지만, 시인의 시를 읽는데, 조금이나마 도움이 되었으면 하고 쓴 것이다.

*김길나: 1995년 시집 『새벽날개』 등단.

는개

나는 늙은 여자가 좋다 _ 강은진

나는 늙은 여자가 좋다

어떤 손놀림에도 일어서지 않을 / 평온한 유방을 가졌기 때문에 / 바람에게 여러 갈래 길을 터주는 / 성근 머리칼을 가졌기 때문에 / 빈 등을 쓸어줄 때 바스락 소리를 내는 / 비닐 같은 손가죽을 가졌기 때문에 / 늙은 여자가 좋다

구름을 닮아 가는 실루엣을 / 기교 없는 음성을 / 눈가의 주름을 / 좋아한다

치욕을 먼저 잊는 망각의 기술로 여자를 잊고 / 달처럼 흐르고 흙처럼 젖으며 몸으로 치르는 계절 / 시간만이 우리에게 줄 수 있는 그 파동 속에 있어서 / 나는 늙은 여자가 좋다

태어날 때 그랬듯 잇몸으로 울고 웃고 / 물 말아 밥을 먹다가 문득 / 제사상에 바나나와 커피를 올려 달라 유언하는 소리 / 가까운 험담은 못 듣고 / 먼 산 꽃 지는 건 가장 먼저 알아챌 때 / 어느 새벽 고요히 머리 빗는 소리

그래서 나는 늙은 여자가 좋다 / 좋아서 억새처럼 누웠다가 / 여자처럼 늙을 것이다

나는 그렇게 늙은 여자가, 좋다

鵲巢感想文

집에 어머님을 생각나게끔 하는 시 한 편이다. 따뜻하게 읽었다. 시인이 말한 늙은 여자는 이상이다. 시는 비유이기 때문에 실지, 늙은 여자로 되어 가겠지만, 여기서 말한 늙은 여자는 겉이 중요한 것이 아니라 내면의 안식을 말한다. 그러므로 나는 늙은 여자가 좋다.

어떤 손놀림에도 일어서지 않을 평온한 유방을 가졌고 바람에게 여러 갈래 길을 터주는 성근 머리칼을 가졌기 때문에 빈 등을 쓸어줄 때 바스락 소리를 내는 비닐 같은 손가죽을 가졌기 때문은 모두 시의 묘사다. 문장의 도치로 어떤 강조점을 앞에 내세웠다.

그러니까 어떤 손놀림에도 일어서지 않는다든가 여러 갈래 길을 터준다든가 빈 등을 쓸어줄 때 바스락 그리는 소리는 모두 늙은 여자가 가지는 특성이자 시가 갖는 특징이다.

구름을 닮아 가는 실루엣 같은 글은 늙은 여자처럼 우리가 바라는 상이다. 기교 없는 음성을 담은 것 같아도 눈가의 주름을 잡아도 한 편의 시가 편안하게 닿을 수 있으면 좋겠다.

시 한 편에 치욕 같은 것은 먼저 잊었으면 싶고 달처럼 흐르고 흙처럼 젖으며 몸으로 치르는 계절이었으면 바란다. 시는 태어날 때 그랬듯 잇몸으로 울고 웃고 물 말아 밥을 먹다가 문득 제사상에 바나나와 커피를 올려 달라는 유언하는 소리처럼 닿기도 한다. 바나나와 커피의 색감에 주목하자. 시는 가까운 험담은 못 듣고 먼 산 꽃 지는 건 가장 먼저 알아챌 때 어느 새벽 고요히 머리 빗는 소리와 같다. 그러니까 시의 선견지명先見之明이다. 어느 새벽에 고요히 머리 빗는 소리와 같다는 말은 내 삶을 성찰하는 장면을 묘사한다. 그 방법은 여러 가지가 있겠지만, 책을 본다거나 기도를 한다거나 또 다른 여러 수련법이 있겠다.

그래서 나는 늙은 여자가 좋다. 좋아서 억새처럼 누웠다가 여자처럼 늙을 것이다. 억새의 색감도 억새가 사는 환경도 한 번 생각해 보는 것도 좋겠다. 억새는 하얗고 주위가 훤한 산마루 같은 곳에 사니 화자의 심정까지 얼추 헤아려볼 만하다 싶다.

나는 그렇게 늙은 여자가, 좋다.

시인의 詩가 차분하고 읽는 맛까지 더하니 언뜻 생각나는 시가 있다. 시인 송찬호 선생의 시 「얼음의 문장 12」이다. 선생의 시 「얼음의 문장」은 탐미적인 데가 있기는 하지만, 그렇게 의도적이지는 않다.

얼음의 문장 12 / 송찬호

그는 나뭇가지 속에 매장되었다 나뭇가지들이 그의 몸 안에서 길을 찾기 위해 서로 격투를 벌였다 그들의 오랜 무기였던 횃불을 밝혀 든 채,

탁, 탁 불꽃은 격렬한 소리를 내며 탄다 불꽃이 그를 높이 치켜올린다 다른 해안, 다른 새벽으로 그를 밀어보내기 위하여

마침내 그들은 노 젓기를 멈춘다 새들의 얼어 떨어지는 높은 곳에서 그의 늙은 손, 그 노를 가슴에 얹어놓은 채

이제 오랫동안 뱃사람들은 그를 기억할 것이다 그의 혼을 외쳐 부르던, 그의 몸에 달라붙은 조개 구멍들이 그 치명적인 항구를 보여줄 것이다

선생의 시집 『10년 동안의 빈 의자』에 수록한 시 한 편이다. 위 시 '나는 늙은 여자가 좋다'와 차분히 읽다가도 시 종연에 이르면 조개 구멍들이 그 치명적인 항구를 보여준다는 것에 그만 웃음이 일었다. 왜냐하면, 조개껍데기가 나올법한데 조개 구멍이었다. 거기다가 노 젓는 것과 나뭇가지는 해학적인 표현이 아닐 수 없다.

나뭇가지는 자아를 제유한 시어며 이를 갑이라 하면 그는 을이다. 나뭇가지는 횃불과 불꽃으로 변이하다가 노와 늙은 손으로 이동한다. 을인 그는 그들에 한 부분이며 그들은 새들의 얼어 떨어지는 높은 곳에 있으며 우리가 모르는 조개 구멍까지 붙어 있다. 치명적인 항구를 보여준다는 말은 결국,

문장을 보겠다는 말이다.

　詩는 역지사지 易地思之 다. 이리저리 바꾸어 생각하다 보면 시가 참 재밌게 닿을 때가 있다. 그리 어렵지 않고 재미까지 얹어놓고 어떤 교훈까지 심었다면 시가 독자들께 외면당하지는 않겠다.

*강은진: 서울 출생. 2012년 〈문화일보〉 신춘문예 등단.
*송찬호: 시집 『10년 동안의 빈 의자』, 58p, 얼음의 문장 12 詩全文

나의 늙은 군대는 _ 천서봉
- 詩의 나라

나의 늙은 군대는, 사람들 가끔씩 올려다보는 저녁의 추억,
그 추억을 일시에 점령하는 붉은 구름의 영혼 같은 거
착한 상인들을 가족에게 돌려보내는 저녁의 셔터음처럼
드르르륵 발사되는 단호한 외침 같은 거

나의 군대, 수명을 모르는 빈 마당의 촉수 낮은 전구와
그 전구가 지배하는 평상의 낡은 네모와
네모가 만들어내는 엄격한 그림자에 놀라 커어컹 짖는
개 한 마리, 누렁이가 지키는 놋쇠그릇의 둥근 상처 같은 거

후회스러운 것은 때때로 사람을 지키지 못했다는 거
점호 나팔 혹은 그 소리를 닮은 노트에 적힌 긴 주어들을
자꾸만 잃어버렸으므로, 달콤한 잠이 조금씩 회군하던
내 머릿속 위태한 연안으로부터의 어떤 망명-

그리하여 홀로 남겨진 외로운 抒情의 가치가
시월의 빽빽한 숲 속으로부터 우리를 이끌었다는 거

그러니 나의 늙은 군대는, 그 숲의 백양나무처럼 서서
낡은 고독을 기억하고 고독의 처음 느낀 입술을 기억하네
언제든 불러 모을 수 있는 이 가난하고 슬픈 기운들,
나는 지금 노을 지는 쪽에 자리 잡은 어떤 작고 오래된 제국을 보네

鵲巢感想文

나는 詩 감상을 며칠째 하는지 모르겠다. 두 달 되었나 아니, 석 달 되었지 싶다. 시인 이성복 선생의 시를 읽고 거저 어설프게 마음 한 자락 놓았다가 시작한 일이었다. 그때가 작년 12월 초였다. 이 시를 읽는 시점 2월 26일이니 근 석 달이다. 매일 글을 썼으니 어쩌면 강행군이고 어쩌면 푼수 판수다.

詩人의 詩 시제는 '나의 늙은 군대는'이고, 詩 부제로 '詩의 나라'라 표기했다. 그러니까 나의 늙은 군대는 詩를 제유한 시구다. 시 문장은 전체적으로 그렇게 어렵지는 않다. 다만, 묘사의 특색이 짙은 곳을 잡자면 시 1연에서는 '사람들 가끔 올려다보는 저녁의 추억'과 '붉은 구름의 영혼', 그리고 '저녁의 셔트음', '드르륵 발사되는 단호한 외침'이겠다. 시 문장을 대변한다. 시에 어떤 맹렬한 사랑이 없다면 이러한 문장은 어렵겠다. 시인의 시에 대한 자세를 볼 수 있다.

시 2연은 '수명을 모르는 빈 마당의 촉수 낮은 전구와 그 전구가 지배하는 평상' 이하 모두 나의 군대를 묘사하는 장면이며 詩의 묘사다. 시는 개밥그릇이다. 물론 시인만의 그릇임을 비유 놓은 것인데 시인은 이를 좀 더 길게 표현한 것도 주목할 만하다. 누렁이가 지키는 놋쇠그릇의 둥근 상처 같은 거, 놋쇠그릇의 재질을 한 번 더 떠올리게 되고 둥근 상처로 시의 상태를 한 번 더 읽게 된다.

시 3연은 시에 대한 사랑의 부재다. 하지만 한 편의 시를 쓰는 것은 예삿일만은 아님을 볼 수 있다. 잠을 제대로 잘 수 없고 머릿속 감아 도는 위태한 사선을 탈피하기까지 한다. 시인은 이를 망명이라 했다.

시 4연은 이러한 고통에 남겨진 한 편의 서정의 가치는 시월의 빽빽한 독서로부터 우리를 구했다는 거, 빽빽한 숲 속은 책이나 글을 제유한다.

시 5연은 고독이며 언제든 꺼내 읽을 수 있는 이 가난하고 슬픈 기운 같은 것이다. 나는 지금 해 저문 노을 가, 어떤 작고 오래된 제국을 바라보듯 시집을 본다.

시인은 가난한 사람이다. 근본적으로 시인은 안에 담은 것 모두 내어 드리니 가난할 수밖에 없다. 뼈대 있는 말씀을 내어주시니 어찌 가난하지 않을까! 점호 나팔 혹은 그 소리를 닮은 노트에 적힌 긴 주어처럼 우리가 그렇게 마냥 산다면 우리가 생각한 어떤 목표는 이루겠다 싶다.

사업을 처음 시작할 때였다. 그때가 26살 때였다. 봉고 한 대로 커피 장사를 시작했다. 날품팔이로 하루 근근이 먹고 살 때였다. 혼자 먹고사는 것도 불안하여 이른 새벽에 일어나 녹즙 배달할 때도 있었다. 2년 가까이했다. 지금 생각하면 아찔하다. 차량 운행은 시냇가 도로지만 목숨이 위태한 적도 있었기 때문이다. 버는 수익이야 나가는 지출 생각하면 크게 도움이 되지 않았지만, 그때는 앞을 내다볼 자본이 없었다. 자본의 제약은 보는 눈까지 제약받은 시절이었다.

달콤한 잠을 뿌리칠 수 있는 능력이면 그 어떤 일도 해내지 않을까 싶다. 어떤 일이든 애착을 가지고 꿈을 심을 줄 알아야겠다.

가난한 내가 아름다운 글을 사랑해서 오늘밤은 척척 백지가 깔리면,

우리는 왜 글을 쓰는가? 더 나가 왜 예술 활동을 하는가? 어떤 외로움으로 나의 표현을 위한 활동이거나 아니면 돈 벌기 위한 어떤 욕망의 표출 아니면 누군가의 만족을 위해서인가! 이것도 저것도 아니면 사회적 영달을 위한 글쓰기인가! 물론 글은 그 어떤 목적성을 가지고 있다. 하지만 그 어떤 것도 이제 글은 이 사회에 미치는 영향은 그리 커 보이지는 않아 보인다. 그렇지만, 시인은 오늘도,

만리성 / 김소월

밤마다 밤마다
온 하룻밤!
쌓았다 헐었다

긴 만리성!

詩는 끊임없는 뇌의 분비물 같은 것이다. 뒷간에 닦은 휴지다. 있어도 살고 없어도 사는 글 쪼가리 같겠지만 어떤 사람에게는 안도와 위안 같은 것도 된다. 말하자면, 우리를 따뜻하게 하는 것은 옆집 불빛 같은 것, 이 밤, 늦도록 불 켜놓음으로써 내 옆에 앉은 까만 고양이는 오늘도 외롭진 않다는 것.

詩는 왜 쓰는가? 그냥 시시해서 더 나가 심심해서.

*천서봉: 서울 출생. 2005년 〈작가세계〉 등단.

나자스말 _ 금시아

어항에 말未을 하나 심었습니다 / 드문드문한 말이 금세 큰 말이 됩니다 / 어항 속이나 물속의 물풀 끝에 붙는 말 / 물의 혀, 말未은 물을 투석합니다

색색의 이파리들이 모두 채근할 때 게으름은 / 계절의 특별한 외도입니다 / 소식은 멀리 돌아서라도 와야겠지요 / 밀려온 파도는 짧은 순간 흰 꽃을 피우고 돌아가지만 / 그 겹겹마다 피는 꽃의 말이 있습니다 / 꽃말의 순간은 긴 꼬리를 달고 있어 / 그 전후의 반복을 셀 수가 없습니다 / 흰 꽃의 달음질로 피는 초록의 물거품들

물에서는 물거품이 자랍니다 / 아이들이 돌아간 자리 / 말의 겨드랑이에서 피어난 꽃잎들 무성합니다 / 아이들은 초록으로 돌아갔을까요 / 우리의 말은 어느새 아이들의 색깔로 포말 중입니다 / 사람의 혀, 말름은 세상을 투석합니다

바쁘다는 건 어디서나 통하는 변명, / 그렇다면 햇빛과 바람, 밤과 낮의 소식들 / 모두 다 채근이겠지요 / 채근 속에 나자스말이 무성합니다

채근하지 않는 말은 죽은 말입니다

鵲巢感想文

우선 이 詩를 읽으려면 시제 '나자스말'에 대해 알아야겠다. 나자스말은 다음과 같다.

연못이나 논에 자라는 침수성 한해살이풀이다. 줄기는 길이 20~50cm

이다. 잎은 보통 3장이 겹쳐나며 돌려나는 것처럼 보인다. 잎은 밑이 짧은 잎집으로 되어 있고, 잎몸은 선형이고 길이 1~3cm, 폭 약 0.5mm이다. 잎 가장자리에 미세한 거치가 있다. 꽃은 6~10월에 암수 한 포기로 피며, 잎겨드랑이에서 난다. 수꽃, 암꽃 모두 난형으로 포가 없고, 투명한 막질의 화피로 싸여 있다. 열매는 수과로 씨가 1개 들어 있다. 구대륙의 온대 및 열대에 분포하는 종으로 우리나라 전역에 자생한다.

나자스라는 말은 물의 요정이라는 뜻이 있다. 시인의 시에서도 진술하였듯이 이 나자스말은 번식력도 꽤 괜찮아 보이며 물 투석 기능도 하는 것으로 보인다. 그러니까 물의 세계에서는 유익한 식물이다. 시인의 시 1연은 나자스말의 개요다.

시 2연은 나자스말의 생태와 이 생태와 더불어 물과의 관계를 설명한다. 시 3연은 물에서 나자스말이 있고 이 흰 꽃의 달음질로 물거품이 자라듯 어항은 채근하듯 투석하는 기능이 있다면 아이들 말은 나자스말처럼 금세 피어나지만, 나자스말처럼 초록을 그리지는 않아 세상을 투석한다고 보기는 어렵다는 얘기다.

그러므로 시인은 시 4연에 바쁘다는 건 어디서 통하는 변명이라는 것을, 햇빛과 바람, 밤과 낮의 소식은 모두 채근이므로 나자스말처럼 투석할 일이 많음을 주지한다. 종연에 시인은 한 번 더 강조한다. 채근하지 않은 말은 죽은 말임을,

축토선득逐兎先得이라는 말이 있다. 출처가 삼국지다. 먼저 토끼를 쫓는 사람이 토끼를 잡을 수 있다는 뜻이다. 매사에 좋은 기회가 잘 나오지 않는다. 어떤 기회가 생겼다면 이 기회를 포착하는 능력도 있어야 하며, 잡은 기회에 도전하는 능력도 갖춰야 한다. 이러한 힘은 그냥 생기지 않는다. 매사 나자스말처럼 초록을 그리며 바라보는 세상 그 어떤 것도 변명이란 있을 수 없는 일, 햇빛과 바람, 밤과 낮의 소식은 모두 채근하는 일만큼 중요한 것은 없겠다. 이러한 힘이 없다면 나는 살아도 산 것이 아니며 죽어도 죽은 것

이 아니다.

잊지 마라! 나자스말처럼 물의 세계는 그 어떤 것도 투석하며 볼 일임을,

*금시아: 1961년 광주 출생. 2014년 〈시와 표현〉 신인상 등단.
*[네이버 지식백과] 나자스말(국립생물자원관 생물다양성정보, 한반도 생물자원 포털 [SPECIES KOREA])

내 아들의 말 속에는 _ 최서림

　　내 아들의 말 속에는 세심해서 상처투성이인 나의 말이 들어있다 거간꾼으로 울퉁불퉁 살아온 내 아버지와 내 아버지의 아버지의 꺼칠꺼칠한 말이 숨 쉬고 있다 조선 후기 유생 최서림崔瑞琳의 한시漢詩가 들어있다 초등학교 3학년 내 아들의 비뚤비뚤 기어가는 글자 속에는 내 아버지처럼 글자 없이도 잘 살아온 이서국 농부들이 공손하게 볍씨를 뿌리고 있다 눈길을 더듬으며 엎어지며 쫓기듯 넘어온 알타이 산맥의 시린 하늘과 몽골초원의 쓸쓸한 모래먼지 냄새가 박혀있다 바벨탑이 무너진 후 장강長江처럼 한반도까지 흘러들어온 광목 같은 말에는 우리 아버지와 아버지의 아버지들이 흘린 눈물과 피와 고름만큼의 소금이 쳐져 있다 내가 살고 있는 당堂고개에는 비린 말들이 60년대 시골김치처럼 더 짜게 염장되어 있다 가난해서 쭈글쭈글한 말들이 코뚜레같이 이 동네 사람들의 코를 꿰고 몰고 다닌다

鵲巢感想文

　　말言과 말馬로 버무린 시다. 말을 통하여 우리의 얼과 문화를 강조하였다. 그러니까 우리 삶의 역사다. 한평생 사는 것은 그리 순탄한 것만은 아니다. 이는 나만 그런 것이 아니라 우리, 더 나가 민족을 이룬 우리의 삶을 대변한다.

　　내 아들의 말 속에는 세심하고 상처투성이인 나의 말이 들어 있다. 그뿐만 아니라 거간꾼으로 거칠게 사셨던 아버지와 그 윗대 아버지의 까칠까칠한 말까지 모두 숨어 있다. 그것뿐인가? 조선 후기 유생 최서림의 한시가 들어 있기까지 하다.

　　초등학교 3학년 내 아들의 비뚤비뚤 기어가는 글자는 내 윗대 조상께서

눈밭에 뿌린 볍씨와 같다. 아버지처럼 글자 없이도 잘 살아온 우리의 조상이 었다. 말하자면, 이서국의 그 뿌리로 말이다.

시인께서 말한 이서국은 신라가 통일하기 이전으로 청도를 중심으로 활동하였던 옛 성읍국가였다.

필자가 머문 압량 일대를 압독국이라 하고 영천 일대를 골벌국, 의성 일대를 조문국, 강원도 삼척지대의 실직국도 있었다. 모두 삼한시대의 성읍국가다. 이 시를 읽다보면 시인은 청도가 고향인 셈이다.

시는 점차 그 윗대로 오른다. 삼한시대를 넘어 민족을 형성하게 했던 어족의 근원지인 우랄 알타이 산맥까지 뻗쳐오르며 더 나가 바벨탑이 무너진 후 장강처럼 한반도까지 흘러들어온 광목 같은 언어를 이야기한다. 그러니까 이는 윗대 할아버지의 할아버지 그 삶과 피와 눈물과 고름만큼 짜다.

여기서 시인께서 바벨탑을 비유로 든 것은 원래 한 갈래였던 언어가 여러 갈래로 나뉜 것에 대한 강조다. 인간은 문명의 발생과 더불어 웅장한 신전과 궁전을 하늘 높이 세웠다. 특히 신과 더욱 가까이 소통하기 위해 바벨탑을 세웠다만, 신은 인간의 오만한 행동에 실망한 나머지 언어를 여럿으로 분리하는 벌을 내렸다. 바벨탑 건설은 혼돈에 빠지고 사람들은 불신과 오해 속에 뿔뿔이 흩어지고 말았다.

시인이 사는 당⁕고개에는 60년대 시골김장 김치처럼 폭폭 삭아 짜고 시어 우리의 삶 주변에 흔히 묻힌 말뿐이다. 말이 말을 낳고 말이 말을 묻어 버린 이 세상에 마치 코뚜레처럼 우리의 말은 우리를 꿰고 다니는 것이다.

이 시를 읽다가 필자도 비슷한 경험이 있어 쓴 시가 있다. 물론 말⁌을 두고 지은 시다.

커피 50잔 / 鵲巢

하마 같은 아이가 문명의 아침에 마주 먹는 한 술 그 뜨는 밥주걱에 밥가락이라 했다 잠깐 아찔하면서도 섬뜩하게 잉카의 아타우알파가 스친다

에스파냐가 말 타고 종횡무진 칼 휘두르다 한 문장 빛깔 좋은 홍시 하나 착 펴지다 제국은 벙어리였고 강가의 모래였다 라마와 말의 시소 속에 밥가락이 폭주족 지나가듯 한다

턱턱 막힌 언어가 그 라마 목에 달라붙은 이 하나 잡지 못하고 꾸덕꾸덕 굳는 목뼈 비트는 일은 없어야겠다 언뜻 내지른 하마의 아침,

그 밥가락으로 뜬 밥 한 그릇 오돌오돌 씹는다 말고삐 잡고 달리는 것도 기지국 소리 잘 읽어야겠다

아직 공중파 하나 없이 떠도는 알파파가 한 잔 짧게 마시는 에스프레소처럼 비웠다 가는 한 종지 나날 자석이면 착 달라붙는 쇳가루처럼 문자와 서로 맞지 아니한 해바라기의 끝은 무엇인가

10년도 더 됐다. 가족과 더불어 아침을 먹었다. 둘째아이가 이제 말이 트는 시기였다. 그나마 아버지께 밥 한 그릇 담겠다고 밥주걱 들고 밥솥을 열었는데 아이는 밥가락이라 하여 아침에 온 가족이 함께 웃었다. 아이는 숟가락, 젓가락이라는 말의 착안에 밥가락이라 했을 것이다. 아이만의 언어가 생긴 셈이다.

아타우알파는 잉카제국의 마지막 황제다. 스페인과의 전투 일화는 유명하다. 이를 다 얘기할 순 없고 이 제국이 멸망했던 원인은 재러드 다이아몬드 교수께서 설명한 한 대로 첫째 총기, 둘째 병원균, 셋째 문자였다. 문자도 한몫했다는 게 중요하다. 스페인은 자국의 국왕께 알릴 수 있는 문자가 있었다. 하지만, 잉카제국은 신하의 고변으로 황제의 의중을 살피기까지 하니 보고가 잘 될 일 없다. 제국의 멸망은 필연적이었다.

카페 사업하는 나는 어쩌면 더 나은 길을 걸을 수 있을까 고민을 참 많이

했던 것 같다. 고객께 더 가까이 더 믿음으로 갈 방법은 무엇인가? 조직의 성패는 문자에도 있었음을 깨달았다. 책은 인세보다 더 많은 것을 가져다줄 수 있다는 것을 깨닫는 데는 그리 많은 시간이 걸리지 않았다.

밥가락은 둘째 아이가 만든 언어였다. 나는 공중파 하나 없이 떠도는 알파파였다. 나만의 문자를 만든다는 것은 일의 그 어떤 것보다 시급한 문제였으며 필연적임을 깨달았다. 나만의 문자가 절실했던 기억을 되살려본다.

*최서림: 경북 청도 출생. 1993년 〈현대시〉 등단.
*필자의 시집 『카페 조감도』, 84p, 청어.

내일 _ 박성준

    감염된 사람들은 결정을 서둘렀다 왼쪽으로 울렁거리는 혀와 오른쪽으로 기울어진 입술에서 뜻하지 않게 뜻이 흘러나왔다 이것이 당신의 뜻입니까 당신의 의지입니까 누군가 질문을 했지만 질문은 묵살되었고 곧이어 노래가 시작되었다 찬양할 신이 없었고 허락된 예감이 없었다

    감염된 사람들은 모래보다 얼굴이 더 많았고 나무보다 신성했으며 바람보다 더 많은 돌들을 감추고 있었다 이제 불이 필요했다 불은 뜻이었고 불은 질문이자 대답이었다 뜻밖에도 우리는 우리가 필요했다고, 우리는 우리에게 말을 서둘러 저질렀다 감염된 청중들은 귀가 녹았고 함성 속에서 머리가 없는 아이들이 파랗게 기어 나왔다 다 병균들이었다

    말이, 말이 없는 자살을 시작하자 아무도 누가 죽은 것에 대해 말하려고 하지 않았다 뜻을 보지 않으려고 일제히 눈을 감았고 이제 뜻이 없는 곳에서 길이 보이기 시작했다 주저 없이 우리는 그곳을 꿈이나 혁명 따위로 바꿔 부르며 감염 속에서 달려 나갔다 변증이었고 변화였고 다시 또 감염이었다

鵲巢感想文

어떤 약 / 鵲巢

    숨은 골방에서 '마-이르나'를 복용했다. 아내도 모르게 조용한 시간에 그 백색 가

루를 흡입하곤 했다. 나는 정신이 몽롱했다. 잠시 머리가 띵하다가도 하늘에 별 총총 밝아 기분은 아주 좋았다. 기분이 좋습니까? 네 기분이 좋습니다.

나는 그 후유증으로 한동안 정신을 놓고 살았다. 한쪽 손을 들고 바람에 날리는 그 까만 봉지에 무어라 흔들며 얘기하기도 했고 두 손을 가지런히 모아 얼굴을 내려다보며 잉크를 띄우기도 했다. 그러니까 잉크는 파랗게 날아갔다.

계절과 관계없이 핀 그 꽃에 보기만 해도 흐뭇하여 침을 묻혀가며 그 꽃잎을 만지기도 하였다. 혹여나 찢어지지는 않을까 마치 엄지의 지문 끄트머리에 닿아 당기는 정도였다. 왼쪽에서 오른쪽으로 넘기는 과정에 눈이 핑 돌았지만, 동공을 끌어내리는 마력 같은 게 있었다.

가끔 입맛 다셔가며 쪽쪽 거리다가도 한 번씩 탄성을 지르기도 했다. 그럴 때마다 다 비운 그 백색 봉지는 미치겠는지 거저 나의 얼굴만 똑바로 보았다. 드립 커피와는 비교도 하지 마! 블루마운틴 보다 더 맛있어 그러니까 당신도 한 번 흡입해 봐! 미칠 거야.

나는 까만 코피를 연방 터트렸지만, 왼쪽을 눌러 지압하고 중앙에 수레바퀴 지나는 것을 보았다. 다시 오른쪽으로 가볍게 누른 후 끌고 갔다. 코피는 그단새 굳어 있었다.

시제 '내일'을 본다. 일단, 내일은 무엇을 뜻하는지 알아야겠다. 가만 생각하면 시는 의미 두고 보면 마치 '나의 일'처럼 보인다. 하지만, 이 시를 끝까지 읽으면 내일 일어날 일에 대한 현재의 투철한 노력 같은 것이 보인다. 그러므로 시제는 '내일'이 된다.

이 시는 총 3연으로 되었다. 1연에 '감염된 사람들'이란 시어를 볼 수 있다. 시어가 무엇을 뜻하는지 먼저 파악이 되어야 한다. 그러니까 '감염된 사람들'이란 이미 등단하여 생산한 시를 말한다. 시인은 지금 감염된 사람들을 보고 있다. 그러니까 시를 보고 있는 셈이다. 하지만 도무지 이해가 안 된다. 시인은 이를 '왼쪽으로 울렁거리는 혀와 오른쪽으로 기울어진 입술'로 심적 묘사를 했다. 질문했지만 질문은 묵살되었다는 말은 이해가 되지 않았다는 말이다. 그러니까 시 1연은 시 접근에 관한 시의 묘사다. 곧이어 노래가 시작되었고 찬양할 신이 없었고 허락된 예감이 없었다는 것은 시 측 대변이자 시인의 시에 대한 이해 부족의 묘사다.

시 2연은 시 속성과 본질을 두고 얘기한다. 그러니까 시는 쉽게 볼 그런 글이 아님을 얘기하는 것이다. 감염된 사람들은 모래보다 얼굴이 더 많고 나무보다 신성했다는 말은 뜻이 그만큼 많다는 얘긴데 여기서 하필 신성했다는 표현을 나무에 비교하였을까? 그건 글도 심는 작업이니 나무를 끌어다 놓은 것이다. 여기서 시인은 언술을 더 늘리고자 시적 장치로 불을 쓴다. 불은 열정이라 보면 좋겠다. 열정을 다하여 글을 읽다 보면 그 속뜻을 알게 되니까 말이다. 우리는 우리가 필요했다고, 우리는 우리에게 말을 서둘러 저질렀다는 말은 앞에 우리는 우리(집)다. 이제는 이 글을 이해하기 시작했다. 그러니까 감염이 된다. 그러므로 감염된 청중이라는 시구가 나오고 이 속에서 머리가 없는 아이들이 파랗게 기어 나오는 것이 된다. 드디어 뚜껑 열린 셈이다. 시인은 이를 모두 병균이라 표현했다.

시 3연은 말이 말이 없는 자살을 시작하자 아무도 누가 죽은 것에 대해 말하려고 하지 않았다는 것은 시 해체다. 그러니까 완벽한 시적 교감이다. 뜻을 보지 않으려고 일제히 눈을 감았다는 것은 시 이해에 대한 시인의 심적 묘사다. 시를 완벽히 이해하면 시가 나온다. 이것을 시인은 뜻이 없는 곳에서 길이 보이기 시작했다고 표현한다. 여기서 뜻이 없는 곳은 정말 뜻이 없는 곳이 아니라 아까 이해한 그 '감염된 사람들'을 이해하였으니 더는 뜻이 없어진 거나 다름없다. 이것은 곧 혁명이다. 하지만 감염된 것이므로 변종이고 변화고 또 감염이다.

그러니까 나의 시 「어떤 약」이 나오는 것이다. 이는 변종이고 변화고 감염이다.

이런 생각이 들었다. 논어에 '기욕립이립인己欲立而立人하며 기욕달이달인己欲達而達人이니라'는 문장이 있다. 내가 서려는 곳에 다른 사람도 서게 하며 내가 다다르는 곳에 다른 사람도 다다르게 한다는 말이다. 시는 이미 立이며 達의 세계다. 立과 達은 그냥 존재하는 것도 아니라 옥돌 같은 시어로 징검다리를 놓아주고 있다. 연과 행과 시구와 시어로 말이다. 그러니까 시를 정확히 읽는 문제는 얼마나 또박또박 읽으며 그 원인을 묻고 대답하는 과정의 성실에 있겠다. 이 시에서도 시 2연에는 부연설명과 같은 시 문장이 있지 않은가? 굳이 쓴다면, '이제 불이 필요했다 불은 뜻이었고 불은 질문이자 대답이었다.'

마무리하자면, 시는 그 자체가 시 해석과 더불어 우리를 시로 이끈다. 굳이 이렇게 시 해석과 감상이 있겠나 싶다. 하지만, 글은 읽는 이에게 각기 다른 상을 이끄는 것도 사실이라 비교하며 읽는 맛도 있을 것이라 본다.

*박성준: 1986년 서울 출생, 2009년 〈문학과 사회〉 등단.

너무 오래된 이별 _ 김경주

불을 피운 흔적이 남아 있는 숲이 좋다 햇볕에 검게 그을린 거미들 냄새가, 연기가 남아 있는 숲은 잔정이 많아 우리가 쓴 풀을 쥐던 체험을 떠올린다

부스러기가 많은 풀이 좋다 화석은 인정이 많아 금방 우스워질 거야 그 속에 피운 불은 정말로 수척하다

버린 운동화 속에 심은 벤자민이 좋다 나는 오래 빈 항아리를 안아본 사내라서 사생활이 없다

물보라가 가득한 나의 모음들이 좋다 철봉에 희미하게 남은 손가락 자국처럼, 악력이 스르르 빠져나가던 흔적이, 내가 어두운 운동장이라서 너는 가만히 내 입에 넣어 주었다

鵲巢感想文

가끔 이런 생각이 든다. 시 감상은 혼자서 즐기고 말아야 하는 것은 아닌지 말이다. 어쩌면 천기누설과 같은 느낌을 받을 때가 있다. 종일 커피 관련 일하다가 밤새 책을 읽으며 시 한 수 나름으로 감상하면 잠은 곤해서 꿀맛 같다. 하지만, 코 고는 것은 여사고 다리는 후들거리다가도 몸서리까지 친다고 하니 신의 세계에 꼭 드나드는 것 같은 느낌말이다. 정녕 시 한 수 정히지어야 할 일이다만, 별빛을 너무 본 것 같다.

시인 김경주는 꽤 이름 있는 시인이다. 그의 시는 아예 어려워서 가끔 피

할 때도 있지만, 필자는 시집을 꼭 해석하며 읽지는 않는다. 그 어떤 시집도 일반 책을 보듯 우선 읽고 책거리하지만, 그나마 짤막한 것은 뜯어보기도 한다. 이 시는 비교적 단문이라 선택했다. 2013 올해의 좋은 시로 선정된 작품이다.

이 詩는 총 4연으로 구성한다. 詩 1연은 도입부다. 불을 피운 흔적이 남아 있는 숲이 좋다. 불을 피운 흔적은 어떤 열정을 가한 것으로 보면 좋겠고 왠지 어감은 따뜻한 느낌이다. 숲은 어떤 낙서로 빽빽한 노트 같은 것을 제유한 것으로 보인다. 검게 그을린 거미들 냄새가, 거미의 속성은 그물 치는 곤충으로 먹이를 낚으므로 검게 그을렸다니 공부의 흔적으로 보는 것도 좋을 듯싶다. 연기가 남아 있는 숲은 잔정이 많아, 시 쓰기 위한 낙서로 이 노트는 잔정이 많고 우리가 쓴 풀을 쥐던 체험을 떠올린다는 말은 풀의 속성을 생각하게끔 한다. 진득한 어떤 상태를 묘사한다. 오랫동안 앉은 의자를 묘사할 수 있겠다.

부스러기가 많은 풀이 좋다. 굳은 풀의 찌꺼기가 부스러기다. 그러니까 시 문장으로 변이하지 못한 어떤 문장이다. 화석은 인정이 많아 금방 우스워 질 거야, 여기서 화석은 굳은 세계다. 시의 고착화 즉 시는 인정이 많아 금방 읽을 수 있고 우습다. 그 속에 피운 불은 정말로 수척하다. 시는 문장의 완결이므로 군더더기 없다는 것을 묘사한다.

버린 운동화 속에 심은 벤자민이 좋다. 시를 읽을 때는 시어의 속성을 먼저 파악해야 한다. 버린 운동화는 운동할 때 신는 신발로 버렸다는 말은 시 쓰기 위한 어떤 낙서를 일종의 버린 운동화로 묘사한 것으로 보이며 벤자민은 실내 공기 정화 효과가 탁월한 식물로 그늘에서도 잘 자라는 화초다. 버린 낙서장에도 쓸 만한 문장이 있고 이는 나의 마음마저 다시금 보게 한다. 나는 오래 빈 항아리를 안아본 사내라서 사생활이 없다. 시인이야말로 쓰는 즉시 비워내는 항아리 아닌가! 그러니 사생활이라곤 없다. 필자 또한 글을 많이 써내다 보니까 시인의 표현을 충분히 이해가 간다.

물보라가 가득한 나의 모음들이 좋다. 물보라는 안개 상태의 물의 입자로 뿌옇다는 것을 띄우는 시어다. 모음은 모음母音으로 모태의 언어다. 시를 제유한다. 철봉에 희미하게 남은 손가락 자국처럼, 악력이 스르르 빠져나가던 흔적이, 내가 어두운 운동장이라서 너는 가만히 내 입에 넣어 주었다. 철봉은 매달리는 기구다. 시 한 수 쓰기 위해 매달렸던 시간의 흔적, 끈질기게 시를 쥐며 완성하기까지 가지 못했던 흔적, 이러한 것들이 다시 생각하게끔 한다. 여기서 너는 버린 운동화며 부스러기가 많은 풀과 불을 피운 흔적과 햇볕에 검게 그을린 거미다.

토적성산土積成山이라 했다. 시인이 되고 싶다면, 끊임없이 읽어야 하며 야이계주夜以繼晝하듯 무언가 쓰는 것을 게을리 해서는 안 되겠다.

필자는 시인이 되고 싶어 글을 시작한 것은 아니었다. 카페를 어떻게 잘할 수 있을까 고민하다가 책을 썼고 이 책을 전국 서점에 배포하였다. 내가 운영하는 카페도 있다는 것을 알리기 위함이었다. 지금도 시인이라 부르면 나는 돌아보지 않는다. 부끄럽다. 지금도 먹고살기 위한 한 방편이지 시를 쓰는 사람은 절대 아니다.

내게 남은 시간이 있다면, 앞에 쓴 글 중에 무작정 낸 글이 많다. 이 글을 모두 제대로 다듬었으면 싶다.

*김경주: 서강대 철학과 졸업. 2003년 〈대한매일〉 신춘문예 등단.

넥타이 _ 박성우

늘어지는 혀를 잘라 넥타이를 만들었다

사내는 초침처럼 초조하게 넥타이를 맸다 말은 삐뚤어지게 해도 넥타이는 똑바로 매라, 사내는 와이셔츠 깃에 둘러맨 넥타이를 조였다 넥타이가 된 사내는 분침처럼 분주하게 출근을 했다

회의시간에 업무보고를 할 때도 경쟁업체를 물리치고 계약을 성사시킬 때도 넥타이는 빛났다 넥타이는 제법 근사하게 빛나는 넥타이가 되어갔다 심지어 노래방에서 넥타이를 풀었을 때도 넥타이는 단연 빛났다

넥타이는 점점 늘어졌다 넥타이는 어제보다 더 늘어져 막차를 타고 퇴근했다 그냥 말없이 살아 넌 늘어질 혀가 없어, 넥타이는 근엄한 표정으로 차창에 비치는 낯빛을 쓸어내렸다 다행히 넥타이를 잡고 매달리던 아이들은 넥타이처럼 반듯하게 자라주었다

귀가한 넥타이는 이제 한낱 넥타이에 불과하므로 가족들은 늘어진 넥타이 따위에 아무런 관심도 없었다

鵲巢感想文

시인 박성우 선생의 시는 그리 어렵지 않으면서도 우리에게 시사示唆하는 바가 크다. 혀와 넥타이는 그 속성이 얼추 비슷하다. 시 넥타이는 직장인의

비애를 담은 것으로 현대사회를 살아가는 대부분 남성의 얘기다.

우리는 아침 출근할 때면 넥타이를 매며 목줄과 같은 삶의 현장을 뛰어간다. 초침처럼 분침처럼 초조하고 분주한 나날의 연속이다.

회의시간에 업무보고를 받고 경쟁업체를 물리치고 계약을 성사시킬 때도 넥타이는 더없이 빛나기만 했다. 심지어 퇴근하며 뒤풀이 노래방 가서도 넥타이는 단연 빛난다.

이제 중년의 나이, 넥타이가 되었다. 넥타이는 막차를 타고 퇴근하면서도 말없이 준엄하고 근엄한 표정으로 살아간다. 어쩌면 이 넥타이 덕택에 자식들 뒷바라지하며 살았다. 자식은 넥타이처럼 반듯하게 자라주었다.

집에 들어온 넥타이, 한평생 직장만 다녔던 FM이었던 우리의 넥타이, 넥타이에 불과하므로 가족은 넥타이 따위에 아무런 관심도 없다.

이 시를 읽는 필자는 시인과 동갑이다. 사십 대 후반이다. 모르겠다. 나는 글을 좋아해서 나 자신을 매번 돌아보는 일이 잦다. 한 번씩 끔쩍 놀란다. 20대 대학 시절이 엊그제 같다. 대모도 참 많았던 학번, 나름은 삶에 고민해야 했던 시절이 있었다. 참! 인생은 순식간이다. 시간이 어떻게 흘렀나 싶다. 오늘 신문에 본 내용이다. 남자 평균 연령이 81세라 한다. 그리고 보면 30년 남짓 남은 것 생각하면 왔던 시간은 너무 빨리 지나갔다.

친구는 모두 하루 사는데 바쁘고 자식들 뒷바라지하느라 모두 고생이다. 어쩌다가 한 번씩 만나면 직업의 비애를 듣곤 하지만, 이제는 빼도 박도 못하는 실정이라 가슴만 조인다. 나는 애초 자영업 길을 걸었다. 고난과 역경은 직장 다니는 것보다 더하면 더했지 덜하지는 않다. 그리고 보면 인생은 끊임없는 투쟁이다. 스스로 체력을 유지하며 스스로 삶의 목표를 정하고 새로운 것에 두려움을 없애며 생각은 쇄신하고 늘 청바지 같은 자세로 나아가야겠다는 확고한 신념만 있으면 넥타이의 비애를 넘지 않을까?

그러는 우리는 똑같은 계단을 밟고 어제 앉았던 식탁에 앉아 밥을 먹고 어제 만났던 사람은 내일도 보아야 한다. 우리는 계단을 딛는 느낌과 밥의 의미와 어제 만났던 사람은 내일도 볼 것이지만 그 사람의 진정 내면은 살피지 못했다. 내일이 정말 올 것인지도 모르면서도 우리는 늘 확신하며 살아간다. 헝클어진 넥타이를 펴고 가끔 넥타이를 묶어주는 아내, 혹은 밥을 한 끼 먹어도 마음은 강 건너 시를 바라보고 있지는 않은가!

넥타이처럼 묶은 세계다. 이제는 한 겹 느슨하게 풀어도 멋은 있고 말은 없어도 글은 있으며 아무리 바쁜 일이라도 내 곁에 있는 사람은 끝에 있으니 눈빛은 별빛처럼 보아 따뜻하게 살피는 일이야말로 더 중요한 것도 없겠다.

그러니 자강불식 自强不息 에 시 한 수만큼 마음 더 졸이며 다지는 것도 없겠다.

*박성우: 1971년 전북 정읍 출생. 2000년 〈중앙일보〉 등단.

두멧길

다시 쓰는 별주부전 _ 강희안

　　세상 사 다 '간'이란 '통'에서 나왔다는 이가 있다 그는 '책 읽는 바보', 간서치라 불렸다 즉 시전에 함부로 간을 내놓지 않았다는 뜻이다 그가 오건을 쓰고 '해어도' 평문의 서두를 꺼낸 어느 가을날 저녁, 명민한 토끼 한 마리가 쫑긋 그림 속에서 튀어 나왔다 거기 용궁에는 싱싱한 간을 찾는 힘센 자라가 있는데, 그런 간은 여기에 있다며 꾀어 왔단다 그때 쪽창이 화안하더니 노을이 빠지며 깊숙한 그림자를 드리웠다 그는 정갈한 자리끼 사발에 푸른 소금을 뿌려 훠이훠이 주문을 외웠다 그러자 작은 자라가 코를 킁킁 들이밀더니 물그릇 한가운데로 들어앉았다 머리가 마치 남근같이 발기하였으므로, 재빨리 다른 문맥에 덧붙여 적었다 또 한편에서는 전복이 앙큼당큼 기어와서는 주억대는 자라의 목을 넙죽 사타구니에 받아 넣으니 더욱 기이하였다 토끼가 놀라 도망갈까봐 급히 행간에 잡아놓고 말하였다 "일을 다 끝냈다. 토끼의 간정에 놀아났는데, 자라와 전복의 서사가 통했구나!" 그는 '간통'이란 말이 예서 나왔다는 문장을 완성하고는 쟁그렁 붓을 던졌다

鵲巢感想文

　　별주부전은 조선 후기의 판소리계 소설로 토끼의 간을 먹어야 병이 낫는 용왕을 위해 육지로 나간 별주부 곧 자라가 토끼를 용궁에 데려오는 데는 성공하지만, 토끼가 간을 빼놓고 다닌다는 말로 잔꾀를 부려 죽음의 위기에서 벗어나 도망친다는 내용이다.

　　시인은 별주부전으로 시의 묘사를 그렸다. 시인이 사용한 '간', '통'은 어찌 보면 간통으로 보이기도 하나, 틈이나 사이를 뜻하는 '간', 통한다는 뜻의 '통'이다.

시에서 간서치 看書癡는 지나치게 책을 읽는 데만 열중하거나 책만 읽어서 세상 물정에 어두운 사람을 비유적으로 이르는 말로 자아를 제유한 것으로 보인다. 간서치는 오건을 쓰고 '해어도' 평문의 서두를 꺼낸 어느 가을날 저녁, 문장을 읽고 틈, 즉 생각에 이르는데 이 번득이는 사색이 토끼다. 해어도海語圖는 시인의 세계관이며 오건烏巾은 머리에 쓰는 쓰개다. 한자가 묘하게도 시적이다.

토끼라는 시어도 참 재밌는데 성적인 용어로 쓰면 마치 조루증처럼 퍼뜩 일만 보고 나가는 남자를 빗대어 말한다. 여기서는 번득이는 사색으로 보는 것이 좋을 듯싶다. 이에 반해 용궁과 자라와 전복은 토끼와 극을 이룬다.

용궁은 해어도와는 별도의 세계다. 시인이 그리는 지적세계. 싱싱한 간은 싱싱한 문장을 말하며 쪽창이 화안하다는 말은 해어도와 토끼에 그 틈이 생겨 사색의 변화를 묘사한다. 노을이 빠지며 깊숙한 그림자를 드리웠다는 말이 나온다. 시인의 시집도 시인광장에서 낸 책도 기우숙한으로 표기했는데 아무래도 이건 오타지 싶다. 문맥으로 보아 '깊숙한'이 맞다. 교정한다.

자리끼는 밤에 자다가 마시기 위하여 잠자리 머리맡에 준비하여 두는 물을 말하지만, 마치 자리+끼로 읽히기도 한다. 아무래도 시라서 여러 가지 해석이 가능하므로 용어의 다변화를 볼 수 있다.

결구에 가까워 "일을 다 끝냈다. 토끼의 간정에 놀아났는데, 자라와 전복의 서사가 통했구나!"라는 말은 드디어 시가 완성됐음을 말한다. 시인 즉 간서치는 간통이라는 말이 예서 나왔다는 문장을 완성하고는 쟁그렁 붓을 던진 셈이다. 한마디로 말하자면 모든 시는 간통이란 말이다. 서로 통하지 않으면 시의 분화와 발전, 진화는 없겠다.

마지막으로 덧붙인다. 이 시는 오타가 너무 많다. 시인의 의도로 보기에는 맞지 않는 것이 많아 원문을 최대로 살려 필사했지만, 토끼의 간정도 토끼의 감정이 맞을 것 같고 쪽창이 화안하다는 말도 쪽창이 환하다는 말이 맞다. 쟁그렁은 쨍그랑이 오히려 의성어로 적합하겠다. 출판과 더불어 활자 배열이 잘못되었으리라 보인다.

필자는 시인의 시집 『물고기 강의실』을 읽은 적 있다. 이 중 인상 깊었던 시 한 편을 더 소개한다.

투명한 극지 / 강희안

남극의 로스빙상으로부터 들려오는 늑대의 소리를 들어 봐요

눈사태로 흘러내린 거대한 암흑의 시간을 지나

시푸른 바다 위를 둥둥 떠다니는 빙붕의 소리를 들어 봐요

사람들이 지상의 설원에서 난파한 얼음에 떠밀렸는지

크레바스의 행간을 따라 탁상형 빙산으로 운집하고 있어요

소름끼치도록 푸른 기척으로 남은 황량한 눈밭에서

노랗게 비틀린 나바호족의 신화가 첫 장을 펼치고 있어요

차디찬 빙하의 사막을 가르며 날아오른 파리의 소리

사람들의 어깨 위에 앉아 위독한 사생활을 타전하고 있어요

귓가에서 파랑파랑 파르릉 무너져 내리는 빙산의 고독과

나침반이 가리키는 바람의 일대기를 탁본하고 있어요

사막이 모래의 기억에 바스라져 회오의 일갈에 든다면

극지는 눈발의 문장으로 남아 투명한 지느러미 키우고 있어요

쩍쩍 빙진의 파장이 잦아들 때쯤 사람들은 주문에 걸려요

나바호들은 그 파리를 '작은 파도'라 믿고 섬기며

남극의 로스빙상으로부터 들려오는 혼미한 소리 받아 적어요

그들의 영혼이 처음으로 발을 디딘 극지, 루스빙하

가장 성스러운 얼음의 행간을 오독하며 책을 덮어요

여기에는 도무지 따뜻한 생명의 기척이라곤 없어요

누군가 멀리 스키를 타고 험한 빙산을 미끄러져 내려갈 때

크레바스 지대를 뒤덮은 설원 위에 찍힌 발자국 하나

그 발자국은 매킨리 산에서 내려와 얼음 절벽을 거쳐

멀고 먼 북극점을 향해 뻗친 난독의 길을 가요

바위와 얼음으로 뒤덮인 밤마다 홀로 꺼내 읽는 무기질의 책

늑대의 발자국을 따라 혼돈의 시간 저편으로 사라진

남극의 로스빙상으로부터 들려오는 아득한 소리를 읽어 봐요

鵲巢感想文

투명한 극지는 투명하고 명백한 모태, 맨 끝의 땅 즉 시의 성전이다. 시 1행에서 시 26행까지 시의 묘사다. 화자와 화자가 본 세계가 대립한다. 그 세계관은 남극의 로스빙상과 그것과 어우러진 생물의 묘사 즉 늑대의 소리, 암흑의 시간, 빙붕의 소리, 난파한 얼음, 크레바스 행간, 나바호족 신화, 빙산의 고독, 바람의 일대기, 눈발의 문장, 모래의 기억, 설원 위에 찍힌 발자국, 얼음 절벽, 난독의 길, 아득한 소리는 모두 문장을 비유한다.

각운으로 쓴 들어 봐요, 있어요, 적어요, 걸려요, 덮어요, 길을 가요, 읽어 봐요는 읽는 맛이 다분한데 마치 한 여성이 옆에서 다소곳한 목소리로 읽는 듯 시적 교감을 불러일으킨다.

소지황금출掃地黃金出, 개문만복래開門萬福來 라는 말이 있다. 봄이 오면 대문짝에 크게 붙이는 글귀 중 하나다. 땅을 쓰니 황금이 나오고 문을 여니 만복이 온다는 말이다. 소掃자는 비로 쓸다, 라는 뜻이다. 어느 농부가 마당을 열심히 쓸었더니 파랗게 밝아 오는 새벽빛에 놀라 그 바닥을 확인하니 황금이었다. 요즘 경기가 매우 좋지가 않다. 서민은 돈 걱정하다가 하루가 간다. 어쩌면 이런 기회에 복권이라도 사서 작은 희망을 품기도 한다. 하지만, 황금은 일반적으로 운으로 닿지는 않는다. 인생은 어차피 힘들고 어려운 과정이다. 이것을 당연히 받아들이고 학문과 덕을 쌓는 이는 반드시 황금 같은 빛을 보게 될 거로 믿는다.

시인의 시, 「다시 쓰는 별주부전」과 「투명한 극지」를 보았다. 어쩌면 시뿐

만 아니라 우리의 일도 로스빙상과 크레바스와 같은 험난한 길이며 그러므로 이 길을 각오하고 걷는 자, 매일 비를 들고 마당을 쓸 듯 마음을 닦고 내 마음을 활짝 열어놓는다면 어찌 세상과 간하고 통하지 않을까 말이다. 소지 황금출, 개문만복래다. 내가 아침을 맞았다면 마음의 마당을 먼저 쓸 것이며 이로써 마음이 열렸다면 복은 들어올 것이다.

*강희안: 대전 출생. 1990년 〈문학사상〉 등단.
詩集 『물고기 강의실』, 78p-79p

달걀 _ 고영

조금 더 착한 새가 되기 위해서 스스로 창을 닫았다.
어둠을 뒤집어쓴 채 생애라는 낯선 말을 되새김질하며 살았다.
생각을 하면 할수록 집은 조금씩 좁아졌다.

강해지기 위해 뭉쳐져야 했다.
물속에 가라앉은 태양이 다시 떠오를 때까지 있는 힘껏 외로움을 참아야 했다.
간혹 누군가 창을 두드릴 때마다 등이 가려웠지만,

房門을 연다고 다 訪問이 되는 것은 아니었다.
위로가 되지 못하는 머리가 아팠다.

똑바로 누워 다리를 뻗었다.
사방이 열려 있었으나 나갈 마음은 없었다. 조금 더 착한 새가 되기 위해서
나는 아직 더 잠겨 있어야 했다.

鵲巢感想文

달걀로 시적 묘사를 이루었다. 조금 더 착한 시가 되기 위해서 스스로 창을 닫았다. 어둠을 뒤집어쓴 채 생애라는 낯선 말을 되새김질하며 말이다. 이를수록 생각은 더 좁았다.

강해지기 위해 달걀처럼 뭉쳐야 하는 거 안다. 물속에 가라앉은 희망이 다시 떠오를 때까지 있는 힘껏 외로움을 참아야 하는 거 말이다. 간혹 누군

가 창을 두드리듯 이 시를 읽는다면 나는 등이 가려울 거야.

누가 문을 열고 나를 찾으며 읽어도 그것이 모두 다 교감을 전제로 만난 것은 아니듯 시는 위로가 되지 못하는 머리처럼 아프기만 하다.

똑바로 누워 다리를 뻗듯 시를 적어 놓는다. 시는 사방을 터놓고 세상 바라보지만 나갈 마음은 도로 없어 보인다. 조금 더 착한 새가 되기 위해서 나는 달걀처럼 책 속에 더 잠겨 있어야 한다.

삼년불비우부명三年不飛又不鳴이라는 말이 있다. 3년 동안 날지도 않고 울지도 않는다는 뜻으로, 큰 뜻을 펼칠 날을 기다리는 것을 비유한다. 춘추오패春秋五覇의 한 사람으로 초나라 제23대 왕 장왕에 관한 얘기가 있다. 장왕은 충신과 간신을 알아내기 위해 3년 간 정사를 보지 않고 주색에 빠져 살았다. 장왕은 이 일로 훗날 목숨 걸고 간언한 신하와 중원의 패업을 이루었다.

물론 시는 시인께서 달걀로 마음을 묘사했다. 아직 새가 되지 못한 시적 완성도를 그렸겠지만, 시는 대중의 마음을 이끈다. 이는 완벽한 기반 다짐을 강조하는 내용이다. 사회는 어설프게 뛰어들다가는 큰코다친다는 말도 있다. 남이 하니까 따라 하는 경우는 절대 없어야겠다. 나는 어떤 꿈을 갖고 이 꿈에 대해 얼마만큼 준비하였는지 이 준비는 실전에 어떤 도움을 줄 것인지 생각해보아야 한다.

21c 지식 정보화 시대다. 내가 어떤 일을 하더라도 사회는 이미 다각적인 분화로 전문가의 손이 필요하다. 이러한 길은 사회에 모두 나와 있다. 스스로 파는 우물에 숭늉 한 사발 마실 수 있듯 자조하여야 한다.

한 때 멜 깁슨 영화 '아포칼립토'라는 영화를 본 적 있다. 시대는 마야문명, 외세의 문명에 압도되기 전 이미 내부는 멸망의 길을 걷고 있었다. 부족 간 싸움으로 주인공 '표범 발'의 끈질긴 생존을 그린 영화다. 결국, 해안까지 도망쳐 왔지만, 바다 저 멀리 아주 큰 배와 작은 돛단배 하나가 노 저으며 오는 걸 본다. 표범 발은 아내와 아들을 데리고 다시 산속으로 들어간다. 아내가 남편 표범 발에게 묻는다. 여보 우리 어디로 가야 해? 산속으로,

영화는 끝을 맺는다.

사회에 사는 우리는 어디로 가야 하는가? 집으로 가야 하는가? 우리는 사회에서 무엇이든 얻고 읽으며 삶을 마련해 왔다. 인간은 사회를 떠나서는 그 어떤 존재도 생각할 수 없다. 사회에 어떤 일을 하며 내가 무엇을 할 것인지 곰곰 생각해야 한다. 이에 맞는 삼년불비우부명三年不飛又不鳴으로 갖춘다면 분명 우리가 기대한 어떤 대가보다 더 크게 하늘 보며 날아갈 수 있겠다.

*고영: 1966년 경기 안양 출생. 2003년 〈현대시〉 등단.

달의 왈츠 _ 박서영

당신을 사랑할 때 그 불안이 내겐 평화였다. 달빛 알레르기에 걸려 온몸이 아픈 평화였다. 당신과 싸울 때 그 싸움이 내겐 평화였다. 산산조각 나버린 심장. 달은 그 파편 중의 일부다. 오늘 밤 달은 나를 만나러 오는 당신의 얼굴 같고, 마음을 열려고 애쓰는 사람 같고, 마음을 닫으려고 애쓰는 당신 같기도 해. 밥을 떠 넣는 당신의 입이 하품하는 것처럼 보인 날에는 키스와 하품의 차이에 대해 생각하였지. 우리는 다른 계절로 이주한 토끼처럼 추웠지만 털가죽을 벗겨 서로의 몸을 덮어주진 않았다. 내가 울면 두 손을 가만히 무릎에 올려놓고 침묵하던 토끼.

당신이 화를 낼 때 그 목소리가 내겐 평화였다. 달빛은 꽃의 구덩이 속으로 쏟아진다. 꽃가루는 시간의 구덩이가 밀어 올리는 기억이다. 내 얼굴을 뒤덮고 있는 꽃가루. 그림자여, 조금만 더 멀리 떨어져서 따라와 줄래? 오늘은 달을 안고 벙글벙글 돌고 싶구나. 돌멩이 하나를 안고 춤추고 싶구나. 그림자도 없이.

鵲巢感想文

당신을 매일 같이 사랑합니다. 혹여나 하루라도 거를까 불안합니다. 당신의 눈빛에 매료되어 바라보는 것만도 저는 마음이 안정됩니다. 당신의 고집에 마음 풀지 않은 것에 대하여 저는 마음이 평온합니다. 산산이 조각나버린 심장. 당신은 그 파편 중 일부분이 문장이라 오늘도 굳건히 세우겠죠. 오늘 밤 당신은 마음을 열려고 애쓰는 사람 같고 마음을 닫으려고 애쓰는 사람 같아요. 당신은 하품처럼 지겹다가도 키스처럼 몰입하실 거예요. 우리는 다른 계절에 만난 토끼처럼 금시 왔다가 서로의 마음을 싸늘히 보고 말 거예요. 내 무릎에 고이 잠들며 하늘만 보던 당신.

인상 찌푸리며 당신을 볼 때 그때 평화랍니다. 내 문장은 당신의 흔적입니다. 당신의 발자취는 한때는 나의 기억에 한 자락 놓입니다. 온통 그대의 필봉에 쌓인 내 마음은 단지 어두운 그림자일 뿐입니다. 조금만 더 멀리 떨어져 함께 걸었으면 싶어요. 오늘은 문장을 보며 방글방글 웃고 싶어요. 돌멩이 같은 시 한 수 쓰고 싶어요. 그 어떤 그림자 없이 말이에요.

서시빈목西施矉目이라는 말이 있다. 장자에 나오는 우화다. 간략히 기술하면 이와 같네.

미인美人 서시西施는 가슴앓이 병이 있어 언제나 얼굴 찡그리고 다녔네. 그러자 그 마을의 추녀醜女가 이 모양을 보고 아름답다고 생각하여 자기도 가슴에 손을 대고 미간을 찡그리며 마을을 돌아다녔지. 그 흉한 모습을 본 마을 사람 중에 부자들은 문을 걸어 잠그고 나오지 않았고, 가난한 사람들은 처자를 이끌고 먼 마을로 도망逃亡쳐 버렸다고 하네. 이 추녀醜女는 무엇이 서시西施를 아름답게 했는지 몰랐던 것일세. 성인聖人이 한 일이라고 무작정 흉내 내는 것은 이 추녀醜女와 같다고나 할까.

그렇다. 창조는 모방에서 나온다는 말도 있다. 서시의 얼굴 찡그림은 속이 좋지 않아 그런 것이었다. 그러니까 억지로 한 것이 아니라 자연스레 한 행동이었다. 하지만, 주위 사람은 이것이 어찌 예뻐 보였나 보다. 더욱 동네 추녀까지도 주위 사람의 반응에 따라 하는 것은 그 미의 근원이 무엇인지 모르고 한 행동에 불과하다. 자기중심이 없는 행동이었다.

창작은 어느 정도 모방이 따르겠지만, 전문가의 길은 내 철학이 있어야 하고 오랜 경험 끝에 나의 손맛이 있어야 한다. 고객은 그 바른 철학을 보고 싶어 찾아오는 것이니 내 안에 믿음이 있다면 그 믿음을 저버리지 않았으며 싶다.

*박서영: 1968년 경남 고성 출생. 1995년 〈현대시학〉 등단.

도둑게 별자리 _ 김춘

1

도둑게였지 집게다리 들고 그늘 진 뒤꼍을 드나들던, 두 개의 문을 밀고 들어가면 항아리들 구석구석 쥐똥의 이정표 봄에 청상이 된, 두견주를 빚는 젊은 저 어머니 나는 두견주를 훔쳐 먹으며 치마가 짧아져 갔고 꽃은 항아리 속에서 제 빛을 잃어갔지 저 어머니 뜨거운 체액으로 잘 익히던 알콤한, 순식간에 달아오르던,

2

내 애인은 북서풍을 사랑해 상처를 나에게 건네준 걸 감추려고 주머니를 자꾸 뒤적이지 가방에 들어있나 그게, 서툰 인사법은 언제 익혔나 자꾸 숙어지고 내 입에선 으깨진 꽃잎, 붉은, 나는 처음부터 되새김질하는, 긴 혀를 가진 사람 입속에 접혀있던 혀가 주책없이 퍼지면서 끌고 나온 것들, 문밖에는 밤이 와서 서걱거리네 작은 주먹들이 창문을 두드리고 빨리 이 계절이 옆으로라도 지나갔으면 좋겠어 나는 중얼거리며 혀를 접어 넣다가 목구멍에 꽂힌 별 하나를 건드렸네

鵲巢感想文

이 시는 총 두 단락으로 나뉜다. 첫 번째 단락은 시 접근이며 두 번째 단락은 시 생산을 묘사한다.

문맹은 시를 알지 못한 시기라 할 수 있겠다. 도둑게처럼 드나들며 보는 詩集, 그늘진 뒤꼍 같은 까만 글, 두 개의 문 같은 표지를 열면 항목마다 구석구석 쥐똥 같은 깨알로 쓴 글씨 마치 방향이라도 알려주는 듯, 봄 같이 대청마루에 오른 듯, 두견주 빚는 젊은 모태 같은 시, 여기서 두견주라는 시어

도 참 재밌다. 두견주頭見主라 합성해 본다. 나는 몰래 시를 읽으며 나의 숨은 애기가 점차 쉬워졌다. 꽃은 모태 같은 글로써 제 빛을 잃어갔지, 저 모태의 글은 뜨거운 체액처럼 알콤한, '알콤한'이라는 시어는 시인의 조어로 보인다. 달콤하다는 표현의 강조다. 순식간에 달아오르면.

내 애인은 북서풍을 사랑해 하며 진술한 것 같지만, 묘사다. 북서풍이라고 하지만 역시나 바람이며 바람은 불었다.

상처를 나에게 건네준 걸 감추려고 주머니를 자꾸 뒤적이지 가방에 들어있나 그게, 서툰 인사법은 언제 익혔나 자꾸 숙어지고 내 입에선 으깨진 꽃잎, 붉은, 이는 시 생산의 전초전이다.

공부는 무딘 칼로 단단한 바위에 암각화 하는 것과 마찬가지다. 이것은 일종의 상처다. 하지만, 무언의 상처가 그냥 생기는 것은 아니므로 그 뿌리를 찾는 것은 시인의 행위다. 가방을 들여다보듯 혹여나 주머니에 있을 듯, 하지만 찾기는 어렵고 대면에 한술 뜨는 바람은 으깨진 꽃잎이나 다름없다. 오로지 마음만 붉다.

나는 처음부터 되새김질하는, 긴 혀를 가진 사람 입속에 접혀있던 혀가 주책없이 퍼지면서 끌고 나온 것들, 문밖에는 밤이 와서 서걱거리네 작은 주먹들이 창문을 두드리고 빨리 이 계절이 옆으로라도 지나갔으면 좋겠어 나는 중얼거리며 혀를 접어 넣다가 목구멍에 꽂힌 별 하나를 건드렸네 이는 시에 대한 매료와 접촉, 그리고 생산을 의미하는 문장이다.

시 쓰는 행위는 어떤 교감이 없으면 불가능한 작업이다. 예전, 공자가 살았던 시대와는 조금 다른 것도 있어 여기서 공자의 말씀을 사족으로 달아본다.

공자는 제자들에게 시를 많이 읽으라고 권장하였다. 시는 인간미 있는 성품을 기르는데, 아주 좋다고 했다. 자기 아들에게도 시 공부를 적극적으로 권장하였다. 시를 읽지 않는 사람과 이야기하는 것은 담벼락을 맞대고 서 있는 것과 같다고 했다. 다음은 공자의 말씀이다.

"여러분, 왜 시를 배우지 않나요? 시는 흥이 나게 할 수 있고可以興, 마음을 들여다볼 수 있고 可以觀, 어울릴 수 있고 可以群, 불만을 털어놓을 수 있고 可以怨, 가깝게는 부모를 모시고 멀게는 임금을 섬기며, 새나 짐승, 나무와 풀의 이름을 많이 알 수 있습니다."

시는 마음을 표현한 것이다. 요즘 현대문학은 공부와 취미로 일종의 글쓰기로 변천한 것도 실은 있다. 그러니까 시인이 본 사건과 어떤 진실을 담아내는 것도 있겠지만, 글의 극성을 살펴 문장의 놀이도 있기 때문이다. 어쩌면 시는 시를 읽는 독자에게 머릿속 상상의 자리를 펼치며 박하 향 같은 매료에 선한 느낌을 선사하기도 한다.

위 시인의 글을 잠시 보자. 문밖에는 밤이 와서 서걱거리고 작은 주먹들이 창문을 두드린다는 표현 말이다. 문과 창문은 자아를 뜻하는 제유다. 밤은 밤 같은 어두운 사색이나 문장 아직도 오지 않는 표현력을 묘사한다. 어떤 시인은 가구架構라 했다. 그러니까 우리가 사용하는 모든 언어를 단면적으로 볼 것이 아니라 삼차원적으로 생각해볼 필요가 있다.

*김춘: 충남 안면도 출생. 2010년 〈리토피아〉 등단.
*도둑게: 동해 북부를 제외한 우리나라 전 해역에 분포하며, 해안에 가까운 습지, 방축 돌 밑 또는 논밭에 구멍을 파고 산다. 갑각의 앞부분은 붉은색 또는 옅은 갈색이고 집게다리는 선홍색이며 손가락은 황색 또는 흰색이다. 주 포란기는 7~8월이며, 8~9월 상순의 만월이나 신월 때 포란 암컷이 집단으로 해안으로 내려와 부화하는 유생들을 바닷물에 털어 넣는다. 유생은 5기의 조에아단계를 거치며, 최대 갑각나비는 40mm 정도이다.(네이버 지식참조)
*두견주: 진달래꽃을 넣어 빚은 술.

독서 _ 민구

나는 조용히 박쥐떼가 우글거리는 동굴로 들어갔다 산 아래부터 길을 인도하던 빛은 두려운 존재를 맞닥뜨린 듯 어느새 저만치 물러나 있었다

주머니 속의 두 손은 눈앞이 캄캄해진 틈을 타서 황급히 시야를 빌려 왔고, 아무것도 보이지 않는 눈알은 처음 망치를 쥐어본 이처럼 허공의 만만한 자리를 골라 쾅쾅 못을 박기 시작했다

나의 내부, 기울고 습한 창고에서 꺼낸 연장은 녹이 슬고 날이 무뎠지만 어둠의 세계에서는 무엇이든 자르고 끼워 맞추기 또한 쉬웠다

불현 듯 머릿속을 지나는 산양의 엉덩이를 때려 침대를 만들고 현관을 달기 위해 재채기를 했다 연탄가스를 마신 기억을 떠올리자 지붕 위로 검은 새가 날고, 한 사발 제때 들이켠 국물로 집 앞 호수에 보트가 떴다

나는 내가 못 박은 것이 누군가의 옷자락임을 알 수 있었다 그는 커다란 대못이 박힌 외투를 벗었다 나는 천천히 그의 알몸에 새겨진 문신을 읽어나갔다 어떤 그림은 그의 살갗에 스몄고, 어떤 문장은 몸 밖으로 날아가서 동굴 천장에 매달렸다

자정을 알리는 종이 울리자 나는 돌아가야 했다 무언가 근사한 건물이 하나 세워지리란 기대를 풀어 허기진 배를 달래고 자리에서 일어났다

鵲巢感想文

시제 '독서'는 시인의 독서와 시를 중첩적으로 그린 묘사로 이룬 시다. 시는 총 6연이다. 두 연씩 묶어 기, 전, 결 즉 서론, 본론, 결론으로 묶을 수 있다.

기起에 해당하는 부분은 독서를 시작하는 계기다. 물론 책을 읽는 것은 시를 쓰기 위한 전초전이다. 박쥐 떼가 우글거리듯 글자와 산 같은 책을 맞닥뜨린 자아의 개념이다. 황급히 시야를 빌려온 행위와 처음 망치를 쥐어본 이처럼 아무것도 보이지 않는 눈알은 독서를 통한 사색과 그 사색을 통한 글쓰기의 시작 단계를 묘사한다. 결국, 시인은 허공의 만만한 자리를 골라 못을 박는다.

전轉에 해당하는 3연과 4연은 본격적인 시인의 글쓰기에 대한 묘사다. 내면은 기울고 습한 창고나 다름없다. 그러므로 우리 인간의 두뇌는 97%가 부정적인 사고로 뒤덮였다고 해도 과언은 아니다. 얼마만큼의 긍정적 사고로 전환하느냐에 따라 우리의 미래는 확연히 달라질 것이다.

시 4연을 보면, 불현 듯 머릿속을 지나는 산양의 엉덩이를 때려 침대를 만들었다고 하는데 거기다가 현관을 달기 위해 재채기를 했다. 시적 묘사의 탁월한 문장을 우리는 보고 있는 셈이다. 머릿속에 산양이 지나가겠는가마는 산양이 지나듯 불현듯 획기적인 아이디어가 떠올랐음을 느낄 수 있다. 거기다가 그 엉덩이를 때렸으니 산양이라는 사색은 얼마나 놀라며 날뛸까! 불현 듯 떠오르는 사색임을 알 수 있다. 침대를 만들고 현관을 달기 위해 재채기를 한 행위는 시에 대한 접근의 신호탄이다. 그만큼 독서의 효과를 톡톡히 보는 셈이다.

연탄가스를 마신 기억과 한 사발 제때 들이킨 국물 그러자 새가 날고 보트가 뜨고, 이는 기억력에 대한 묘사다. 연탄가스를 마신 것처럼 머리가 띵하다가도 국물 한 그릇 비운 만큼 시원한 것도 없으니 마치 새가 날 듯, 보트가 떠 있듯 글쓰기의 난조와 순항을 묘사한다.

결結에 해당하는 5연과 6연은 독서의 이해와 시 쓰기로 맺는 글이다. 5

연은 시 해체다. 어렵든 글을 파악한 묘사로 문신을 파악하듯 고대문자를 밝힌 것과 같은 어떤 기쁨이 숨었다. 시인은 자정까지 이 글을 읽었으며 시의 해체는 또 다른 건축을 올리려는데 충분한 재료로 희망을 안겨다 주었다.

논어에 나오는 말이다.

자왈子日 가여언이불여지언可與言而不與之言, 실인失人 불가여언이여지언不可與言而與之言, 실언失言.

물론 이 문장 뒤에 공자의 말씀은 더 이어진다. 知者, 不失人, 亦不失言. 지혜로운 사람은 사람을 잃지 않으며 역시 말도 낭비하지 않는다는 말이다. 시와 크게 와 닿는 말은 아니다. 독서라는 시를 읽으니 필자는 책에 더 관심이라 하는 말이다.

원문의 내용은 함께할 사람인데도 더불어 말하지 않는 것은 사람을 잃는 것이고 함께 말할만하지 않은데도 말하는 것은 말을 낭비하는 것이다. 즉 실언이다.

역린逆鱗이라는 말이 있다. 용이라는 동물 그 목 밑에 거꾸로 박힌 비늘이 있다. 이 비늘을 잘못 만지기라도 하면, 용의 목숨 또한 위태한 것이라 이를 건드린 자는 목숨까지 위태롭다. 용은 성질이 유순하고 잘 길들이면 타고 다닐 수 있겠으나 역린만큼은 조심하여야 한다. 이것은 비유다. 역린이 용에게만 있겠는가? 모든 사람은 이 역린을 가지고 있다. 인간의 미묘한 심리를 무시하고 설득하려다가 오히려 반발을 사서 자기의 목적과 전혀 다른 길을 갈 수 있음이다. 그만큼 말이 중요하다는 얘기다.

말이 나와서 말이지,

세상 살다 보면 나에게 맞는 사람이 있고 즉 친구가 될 만한 사람이 있고 그렇지 않은 사람도 있다. 행동보다 말이 앞서는 사람은 믿을 만한 사람이 못 된다. 너무 이득을 좇는 사람도 좋은 친구는 아니다. 책만큼 좋은 친구는 없고 책처럼 남에게 서 있다면, 친구가 왜 없겠는가!

200여 년 전 다산이 즐겼던 놀이와 지금은 많이 달라졌다. 거기다가 민주주의도 꽤 발전한 나라다. 한때 문화계에 블랙리스트라는 말이 공공연하게 떠돌았다. 추후 관련 책임자들은 문책을 받기도 했지만, 뜻이 있다면 얼마든지 표현하며 사는 사회다. 올바른 뜻을 가지고 세상을 바르게 보는 것만큼 행복한 것도 없을 것이다.

*민구: 인천 출생. 2009 〈조선일보〉 신춘문예 등단.

두 개의 수요일 _ 최호일

수요일엔 행복해지고
수요일엔 불행하다
수요일 속에 수요일이 쑤셔 박혀 있다

나는 매일 내 마음을 혼자 사용하는 걸 허락하고 있다
저녁을 생각하면 눈에 들어온 이물질처럼 저녁이 오고
그래서 나무와 풀, 모르는 꽃들의 이름을 외우고 잊지

풀빛의 왼쪽 젖가슴은 어떤 색 피가 흐르고 있을까

두 개의 긴 팔과
투명한 팔이 하나 더 달린 복싱선수처럼
비가 오는데

저녁이 한 가슴을 여러 사람이 더듬는 것처럼 야비해진다
어두워지기 때문이지

수요일이 될 때까지
일주일에 한번 수요일을 살자

이런 방법을 기뻐하지 않지만
아주 어두워지자

저녁과 저녁 사이의 모든

죄 없는 바퀴벌레와 쥐

그리고 모든 사람에게 미안해질 때까지

수요일의 스파링 상대처럼

수많은 얼굴을 너에게 맡기는 것이 좋다

鵲巢感想文

『카페 확성기 1』에서 시인 정원숙 님의 시 「월요일」이라는 시를 읽고 감상에 붙인 적 있다. 이번 시는 시제가 '두 개의 수요일'이다. 여기서 수요일은 여러 가지 뜻을 내포한다. 물론 표면적인 뜻인 수요일에 이 시를 썼을 것이며 수요일은 시를 제유하며 자아를 포함한다.

감상하자면,

시에 행복해지고 시에 불행하다. 시 속에 시自我가 쑤셔 박혀 있다.

나는 매일 내 마음을 혼자 사용하는 걸 허락하고 있다. 저녁을 생각하면 눈에 들어온 이물질처럼 저녁이 오고 그래서 나무와 풀, 모르는 꽃들의 이름을 외우고 잊지

풀빛의 왼쪽 젖가슴은 어떤 색 피가 흐르고 있을까

두 개의 긴 팔과 투명한 팔이 하나 더 달린 복싱선수처럼 비가 오는데

저녁이 한 가슴을 여러 사람이 더듬는 것처럼 야비해진다 어두워지기 때문이지

시가 될 때까지 일주일에 한 번 시自我를 위해 살자

이런 방법을 기뻐하지 않지만 아주 어두워지자

저녁과 저녁 사이의 모든 죄 없는 바퀴벌레와 쥐 그리고 모든 사람에게 미안해질 때까지

시의 스파링 상대처럼 수많은 얼굴을 너에게 맡기는 것이 좋다

행 가름하지는 않았다. 연 구분하여 행으로 정리했다. 시인 사용한 저녁은 현실의 고뇌를 타파하기 위한 유일한 시간이자 이물질처럼 껄끄러운 시간이다. 자아의 어두운 세계를 표명한다. 풀빛의 왼쪽 젖가슴은 자아를 제유한 시구이며 시의 세계다. 어떤 색 피가 흐르고 있을까 하며 자문하지만, 역시 검은 피가 흐르는 것은 사실이다. 두 개의 긴 팔과 투명한 팔 하나, 너와 나 서로가 이해하지 못한 팔은 두 개며 역시나 통하면 이것만큼 투명한 것도 없으니 팔은 하나다.

저녁과 저녁 사이의 모든 죄 없는 바퀴벌레와 쥐 그리고 모든 사람에게 미안해질 때까지, 시 몰입에 따른 자연의 부재다. 그러므로 우리는 시인의 시 스파링처럼 내면과의 역투를 우리는 볼 수 있다.

인일기백人一己百이라는 말이 있다. 남이 한 번에 성공하면 나는 백 번을 한다는 말이다. 인간은 모두 신 앞에 평등하다. 재능도 마찬가지다. 누가 좀 더 낫고 누가 좀 떨어지는 것은 모두 연습량이다. 글을 잘 쓰고 싶다면 방법은 단순하다. 무엇이든 쓰는 것이겠다. 무엇을 쓰려고 하면 무엇을 읽지 않으면 되지 않는 일, 하루에 활자로 된 그 무엇은 어떤 것이든 관계없이 읽어야 한다.

삶에 행복해지고 삶에 불행한 것은 삶 속에 삶이 쑤셔 박혀 있기 때문이다. 저녁을 생각하면 눈에 들어온 이물질처럼 저녁이 피곤할지도 모르겠지만, 우리는 나무와 풀, 모르는 꽃들의 이름을 외우고 또 잊을 것이다. 두 개의 긴 팔, 나는 너(책)에게 가까이하기에는 너무 멀고 책 또한 나를 잡아당기기에 너무 먼 위치에 있을지도 모른다. 하지만, 우리가 읽겠다고 마음만 먹으면 이것만큼 투명한 팔도 없을 것이다.

저녁과 저녁 사이 모든 사람에게 미안해도 괜찮다. 나와 또 다른 나와의 스파링은 내면과의 역투다. 아와 비아의 투쟁 속에 아는 내 모르는 발전을 거듭할 것이다.

*최호일: 충남 서천 출생. 2009년 〈현대시학〉 등단.

등 _ 문정영

거울에 비친 등은 쓸쓸하다. 죽은 날벌레 같은 뾰루지 몇 개 달고 있다. 원형이 사라진 엉덩이와 뼈대가 보이는 척추를 따라 머리칼은 오래된 이력처럼 적을 것이 없다. 내내 앞의 눈치에 뒤를 열어 두지 못한 사내의 모습이 거기 있다. 사랑은 앞에서 오는 것이라고, 뒤태를 소홀하게 대하더니 어느 하나 비추지 못한다. 귓속말처럼 등은 소소한 일을 처리하면서 많은 굴욕을 겪었다. 흔들리지 않고 버티는 중심이 생겼다. 쉽게 붉히는 얼굴을 가진 앞은 결핍성을 감추고 있다. 등은 스스로를 비추는 줄 모르고 비춘다. 등은 뒤돌아서도 등이다.

鵲巢感想文

등은 사람이나 동물, 척추동물의 몸통을 지지하는 가슴과 배의 반대쪽 부분을 일컫기도 하며 물체의 위쪽이나 바깥쪽에 볼록하게 내민 부분을 말한다. 또 등은 어두운 곳을 밝히는 불빛을 내보내는 기구다.

이 시에서 등은 상징으로 여러 가지 뜻을 지녔으며 중첩적으로 쓴 시다. 거울에 비친 등은 쓸쓸하다. 여기서 등은 등 같은 자아를 말하기도 하며 자아에서 파생된 흔적으로 보아도 괜찮겠다.

원형이 사라진 엉덩이와 뼈대가 보이는 척추를 따라 머리칼은 오래된 이력처럼 적을 것이 없다. 시적 묘사로 그린 문장이다. 세월의 무상함을 표현하였지만, 문장의 탐구로 빚는 학식의 비애감이 묻어나 있다.

내내 앞의 눈치에 뒤를 열어 두지 못한 사내의 모습이 거기 있다. 한 사내로서 사회와 조직에 당당하지 못한 태도를 그렸다. 어쩌면 시는 앞의 눈치에 말 못할 사정이다. 그러므로 사랑은 앞에서 오는 것이고 뒤태를 소홀하게 대하더니 어느 하나 비추지 못한 결과가 된다.

귓속말처럼 등은 소소한 일을 처리하면서 많은 굴욕을 겪었다. 등燈, 背面, 詩, 自我 같은 문장은 귓속말처럼 나를 비추기도 하고 나를 지지하고 북돋워 주지만, 한편으로는 이것은 굴욕이다.

흔들리지 않고 버티는 중심이 바로 등이다. 나의 지식과 지혜는 등처럼 밝을 수는 없으므로 결핍을 안고 있다. 등은 등인 줄도 모르고 스스로 비춘다. 뒤돌아서도 등이다.

거저 시를 읽다가, 등을 생각한다.

나에게 등은 무엇인가? 등처럼 나를 지지할 수 있는 것은 무엇인가? 책인가? 사람인가? 아니면 다른 무엇을 생각하고 있는가?

이덕보덕 以德報德이라는 말이 있다. 공자의 말씀으로 남이 덕을 베풀면 자기도 덕으로 그것을 갚는다는 뜻이다. 더 나가 노자는 도덕경 63장에 보원이덕 報怨以德이라 했다. 원망을 덕으로 갚는다는 뜻이다.

전국시대 위나라 사람 중에 오기(吳起, ?~B.C 381)라는 장군이 있었다. 그는 위나라의 부잣집에서 태어났으나 생활이 방탕하여 재산을 다 날렸다. 그 뒤에 위나라를 떠나 증자(曾子, 공자의 제자)의 문하에 들어가서 글을 배우고, 노나라의 공부(曲阜, 중국 산동성)에서 병법을 배워 한 사람의 병법자가 되었다.

노나라에서 벼슬을 하고 있을 때 노나라는 오기를 시켜서 제나라를 치려고 하였다. 그러나 오기의 아내가 제나라 출신이었기 때문에 의심을 받게 되었다. 그러자 오기는 아내를 죽이고 대장이 되어 제나라 군사를 크게 쳐부수었다. 제나라와 전쟁하여 큰 공을 세우자 오기를 시기한 어떤 신하가, 오기는 출세를 위하여 아내까지 죽인 냉혹하고 인정 없는 인물이라고 비난했다. 오기는 죄를 입을 것이 두려워 위나라로 달아났다. 위나라의 문후 文侯가 오기를 장군으로 기용했다.

오기는 진나라와 싸워 다섯 개의 성城을 빼앗았다. 전쟁 중에 오기는 병졸들과 먹고 자는 것을 함께 했다. 어느 날 한 병사가 독한 종기 腫氣로 고생을 하는 것을 오기 장군이 직접 입으로 고름을 빨아 주었다. 그 병사의 어머니는 그 말을 전해 듣고 목 놓아 울었다.

사람들은 무슨 까닭이냐고 물었다. 그 병사의 어머니는 이렇게 말하였다. "그 아이의 아버지도 몇 해 전에 군대에서 종기를 앓았어요. 그런데 그때 오 장군이 직접 고름을 빨아주셨답니다. 남편은 그 은혜에 감복感服하여 앞장서 싸우다가 얼마 안 가서 전사戰死하고 말았어요. 이번엔 그 아이의 고름을 빨아주셨으니 그 아이도 은혜에 보답하려다 또 전사할 것 아닙니까? 아아! 불쌍한 내 자식."

참으로 안타까운 사정이지만 엄연한 현실이다. 어떤 목적을 위한 것이든 사람은 자기에게 덕을 베푼 사람에게 보답하고자 하는 마음이 있다. 물론 그것이 사람 마음의 전부는 아니다. 그러나 인간사人間事의 여러 부분에서 이 원리는 작용하고 있다. 지도자는 자기를 따르는 사람들을 모아야 한다. 자기를 따르는 사람이 생기면 그들을 이끌고 큰일을 할 수 있다. 물론 목적이 잘못된 것이면 큰일을 하는 것이 아니라 큰일을 저지르고 말겠지만, 사람을 얻지 못하면 큰 사업을 경영할 수 없다.

시는 마음을 표현한 것이다. 『사기』손자오기열전에 나오는 오기의 얘기를 굳이 할 이야기는 없지만, 시 「등」을 읽다가 등처럼 나를 받들 수 있는 것은 무엇인가 하며 생각했다. 개인 사업가인 나는 등이 될 수 있는 '덕'을 쌓고 있는지 생각했다. 많은 사람에게 사랑받을 수 있는 카페로 거듭나야 할 일이다. 편안한 자리 제공, 메뉴개발 등 여러 가지로 일이 많겠지만, 무엇보다 가장 중요한 것은 고객에 친밀히 다가설 수 있는 친절함이 몸에 배야 한다.

*문정영: 전남 장흥 출생. 1997 〈월간문학〉 등단.
*『고전의 품격』, 이현구 지음, 문화문고, 155p
*오기吳起, ?~B.C 381 : 중국 전국시대의 군사 지도자며 정치가였다. 위나라 사람이며 공자의 제자인 증자曾子 밑에서 공부한 적 있다. 군대를 이끄는 데 재능을 보였으며

노나라, 위나라, 초나라를 섬겼다.

전국 7웅七雄 가운데 가장 먼저 발전한 나라는 위魏였다. 위의 문후文侯는 이회와 서문표를 등용하여 농업생산력을 증진하는 한편, 오기. 악양등의 장군을 기용하여 영토를 확대했다.

위나라에서 그는 큰 전투를 지휘하여 많은 공을 세웠으며, 당시 재상으로 임명된 전문田文과의 공로를 비교한 문답이 『사기』 '손자오기 열전'에 나온다. 후에 그는 초楚나라로 가서 도왕悼王에 의해 재상으로 임명되었다. 그는 초나라에서 봉건 혁명을 이끌어 초나라를 강국으로 만들었다. 그러나 혁명이 구 귀족을 노하게 하고 초왕의 사후 피살되었다. 그는 초나라의 법을 이용해 죽을 때도 화살이 죽은 초나라 왕의 시신에 맞게 하여 50여 명 이상의 초나라 귀족의 일족들을 멸하게 하였다.

그가 남긴 저서로 〈오자병법吳子兵法〉이 있다. 연저지인(吮疽之仁, 종기를 빨아주는 인자함)의 고사로도 유명하다. 그는 법가의 인물로 구분된다.

딜버트의 법칙 _ 강윤순

국화빵 속에 국화는 없다 잠자리에 잠자리가 없다 밤 속에 밤이 없으므로 내 안에 나는 없다 그래서 내가 맞춘 구두는 내 신발이 아니다 그러므로 어젯밤에 내가 꾼 악몽은 네가 꿈꾸는 꿈이고 네가 키우는 자라는 자라지 않아서 자라가 아니다 그리하여 네가 맞은 만점이 내가 본 시험이고 뻐꾸기 알은 개개비가 키울 것이다 그렇게 때문에 천 년 전의 강물이 오늘의 강물이고 백일 후의 강물로 흘러갈 것이다 자루 안에 연필이 들어 있었지만 새털구름 안에 새가 없었으므로 해이리에는 해가 뜨지 않았고 모스크바 광장에 레드카펫이 깔리지 않았다 그래서 바람이 불고 너의 바람은 없고 내 머리카락은 휘날리지 않는다 그러므로 쇼윈도 부부는 앵무새 같이 같은 말을 되풀이 하는 것일 뿐이고 밤이 선글라스를 끼고 있을 뿐이다 그리하여 유리천장은 블루칼라가 아닐 수밖에 진열장에 들어간 코끼리는 어디까지나 인형일 수밖에 없다 그렇기 때문에 지구본은 더 빨리 돌아야 하고 내 꿈은 해바라기도 모르게 피어야 한다 위를 모르는 장은 분별력이 없으므로 흰색와이셔츠를 입은 너는 언제까지 너를 몰라야 한다

독버트가 달을 보고 짖는다 엘리베이터 밖 어디에도 망원경은 없다

鵲巢感想文

詩 딜버트의 법칙은 시 의미 부재를 비판한다. 문학의 꽃이라는 詩, 과연 그 의미는 있는 것인가 말이다. 詩는 詩人만의 놀이가 되었으며 문장의 조합에 불과한 시대의 산물이 되었다. 딜버트의 법칙은 '무능력하고 비효율적인 직원일수록 중간 경쟁 단계를 거치지 않고 곧바로 간부로 승진한다'는 역설

적 주장을 나타낸 법칙이다. 위 詩는 詩가 詩 같지 않은데 현대문학을 이끄는 괴이한 현상을 말한다.

국화빵 속에 국화가 없듯 속이 없고 잠자리에 잠지리가 없듯 쉴 수도 없으며 밤 속에 밤이 없듯 내 안에 나는 없다. 내가 맞춘 구두口頭는 내 신발信發이 아니다. 어젯밤에 내가 꾼 악몽 같은 시는 네가 꿈꾸는 시며 네가 키우는 자라는 자라지 않아서 시가 아니다. 그리하여 네가 맞은 만점이 내가 쓴 시고 뻐꾸기 알은 개개비가 키우듯 詩는 작소鵲巢가 감상한다.

그렇기 때문에 천 년 전의 詩가 오늘의 시고 백일 후의 시로 우리는 읽는다. 자루 안에 연필이 들어 있었지만, 새털구름 안에 새가 없듯 해이리에는 시가 뜨지 않았고 모스크바 광장에 시는 깔리지 않았다. 그래서 바람이 불고 너의 바람은 없고 내 詩는 휘날리지 않는다. 그러므로 쇼윈도 부부는 앵무새 같이 같은 시를 되풀이하는 것일 뿐이고 밤이 선글라스를 끼고 있는 것과 같다.

그리하여 유리천장은 블루칼라가 아닐 수밖에 왜 하늘을 가렸으니까! 색깔 넣은 창이잖아. 진열장에 들어간 코끼리는 어디까지나 인형일 수밖에 없다. 진열장 같은 시집에 코끼리 같은 거대한 말을 욱여넣어도 이건 단지 인형일 수밖에 없다. 사람이 아니라 모형 같은 시다. 다시 말해 시 의미 부재다.

그렇기 때문에 지구본은 더 빨리 돌아야 하고 내 꿈은 해바라기도 모르게 피어야 한다. 그러므로 시 독자를 무시하는 처사가 되었다. 위를 모르는 장은 분별력이 없으므로 흰색 와이셔츠를 입은 너는 언제까지 너를 몰라야 한다. 내가 없는 백지는 언제까지 내가 없는, 그런 시 문학이 안타까움이다.

이제는 딜버트가 아니라 독버트가 되었다. 완벽한 시를 보고 짓는다. 상하승하는 엘리베이터처럼, 수직상승과 수직하강하며 바라보는 詩, 어디에도 멀리 들여다볼 것은 이제는 없다.

해대어海大漁라는 말이 있다. 제나라 제상이었던 전영은 막대한 부를 축적한 자산가였다. 이를 바탕으로 퇴임 후 지낼 궁궐을 제나라 땅이 아닌 다른 곳에 짓고 있었다. 어느 날 어부가 찾아와 이를 보고 재상 전영께 세 마디만 하겠다며 고했다. '해대어海大漁' 재상은 무슨 말인지 몰라 어부에게 물었다. '바다에 사는 가장 큰 물고기도 바다를 떠나면 작은 개미에게 뜯기고 맙니다.' 무슨 말인지 알아들은 재상은 궁궐 짓기를 그만두었다.

우리는 조직생활을 한다. 조직 내에서 우리는 나름의 역할이 있다. 하지만, 조직을 떠나 우리의 가치는 정말 있는 것인가? 직장 다닐 때는 직장 문화에 갖은 불만을 토로하며 마지못해 다니는 직장인도 있다. 하지만, 직장을 그만두고 떠난다면, 정녕 몇 달을 버틸 수 있을까 말이다.

문학의 꽃인 詩, 정말 꽃다운 꽃으로 바로 서는 것은 만방에 알리는 꽃가루가 있어야겠다. 시인은 조직이 없는 직장인이 아니라 독자가 없는 시집의 생산자일 수도 있다. 아무리 큰 물고기海大漁도 바다를 떠나면 살 수 없듯이 언어의 조탁 기술도 세간의 이목을 받을 필요가 있다. 하여 詩人은 詩만 생산할 것이 아니라 詩를 알리는 데도 게을리 해서는 안 되며 소비에 좀 더 매진하여 많은 독자를 이루어 따뜻한 사회를 만들 수 있도록 노력하여야 한다. 더 나가 씨앗을 품은 잠자리는 내일, 혹은 1년 10년 100년 1,000년 후에도 꽃으로 피겠다.

시인의 시 한 편만 더 보자.

기하 / 강윤순

깃발 밑은 비장했다 도형의 성질은 미지수였다 오늘이 어제 속에 빠져 있던 나에겐 하루하루가 지옥이었다 귀하의 분량은 몇입니까, 나는 어찌합니까, 칡과 등나무와 땅으로 곤두박질치는 랩소디, 깃발을 알아야 했지만 공간 속은 숨이 막혔다 당신보다 낮은 곳에 내가 있었으므로 모양과 치수는 판이하게 달랐다 우리 관계는 점, 설, 면이기도 했고 예각 둔각이기도 했다 처녀작이 낯설다구요, 삼인칭이 생소하다구요, 그렇다면 저 수많은 대상들은 어떻게 할까요, 네모 필라와 보름달과 사다리차, 깃발에서 거리를 두기도 해보고 바람으로 저격도 해봤지만 관계는 미동도 하지 않았다 더욱 냉랭해진 깃발 아래 부르지 못한 노래는 용암이 되었다 슬픈 노래는 비가 되어 흘렀고 사랑니는 정체성에 몸부림을 쳤다 화살과 추와 부메랑, 이쯤에서 관계를 포기해야 하나, 아니지 우리에겐 기우가 있지, 기우로 해서 당신+나=기우라는 공식이 성립되므로 기우는 곧 우리의 합일점이 되는 거지, 우리는 하나의 깃발이었어, 깃발은 곧 공리, 정리, 계로 증명을 요하는 진리였으므로 지오메리트는 측지술인거지, 모든 정리는 대정각으로 정의가 내려졌다 은연중 우리 속에 우리가 물들어 있었으므로 기우와 당신과 내가 맞꼭지각이 같은 대정각을 이룬 것이다 깃발아래 오래된 스펀지가 온유를 머금고 있었다

鵲巢感想文

시제 기하는 여러 가지 뜻이 있다. 1.幾何 얼마, 수량이나 정도를 묻는 2.도형 및 공간의 성질에 대하여 연구하는 학문 3.基下 발해에서, 상류 계급에서 임금을 부르던 칭호. 4.旗下 깃발의 밑 5.記下 예전에, 자기보다 신분이나 계급이 조금 높은 사람을 상대하여 자기를 낮추어 이르던 일인칭 대명사다.

詩文을 읽으면 중간쯤에 기우라는 말이 나온다. 기우도 몇 가지 뜻을 지녔는데 다음과 같다. 1. 杞憂 앞일에 대해 쓸데없는 걱정 2. 奇偶 홀수와 짝수를 아울러 이르는 말 3. 奇遇 기이한 인연으로 만남 4. 祈雨 날이 가물 때 비가 오기를 빎.

이 시는 기하라는 제목에 詩 쓰는 과정으로 기하와 기우의 여러 가지 뜻을 중첩적으로 그려낸 문장이다. 詩人은 詩를 통해서 동음이의어인 우리말을 일깨운 셈이다.

건곤지도乾坤之道는 이간지도易簡之道다. 하늘과 땅의 도는 쉽고 간단하다는 말이다. 그래서 인간은 하늘과 땅의 도를 따른다는 얘기다. 詩學이 깊

고 넓다고 하나 이는 문장이므로 하늘과 땅만큼 하지는 않는다. 모두 마음을 표현한 것이므로 그 깊이를 헤아려 보는 일이다. 모든 시는 교감이다. 내가 펼쳐보지 않으면 정은 나눌 수 없고 읽지 않으면 속을 알 수 없다. 너와 나의 교감, 대정각을 이루는 것이고 내 깃발 아래 오래된 스펀지처럼 은유를 머금는 길이다.

덧붙인다. 시 「기하」에 몇 군데 오타지 싶은데 원문 그대로 실었다. 예를 들면, 시 끝에 이르면 온유는 은유가 맞을 것 같고 초장에 점, 설, 면은 점, 선, 면이 맞다. 또 있지만, 그냥 넘어가기로 한다.

*강윤순: 2002년 〈시현실〉을 통해 등단.

뚱뚱한 여자 _ 김기택

눈을 떠보니 / 어느 작고 어둡고 뚱뚱한 방 안에 들어와 있었다. / 뒷덜미에서 철커덕, 문 잠기는 소리가 들렸다. / 머리가 너무 크고 무거웠으므로 / 끊임없이 마음을 낮게 구부려야 했다. / 창문을 찾아 기웃거릴 때마다 / 몸에 착 달라붙어 있는 벽도 따라 움직여서 / 어디가 바깥인지 알 수가 없었다. / 우선 눈에 띄는 대로 / 빛이 뚫려 있는 콧구멍에다 얼른 얼굴을 들이밀고 / 급한 대로 차가운 빛줄기 몇 가닥을 들이마셨다. / 숨통을 통해 바깥이 조금 보였다. / 밖으로 나가려고 몇 차례 몸을 뒤틀어보았으나 / 모든 문은 이미 내 안에 들어와 있었고 / 나를 찢거나 부수지 않고는 열릴 수 없게 되어 있었다. / 아홉 개의 좁은 구멍을 찾아 간신이 빠져나간 건 / 거친 숨과 땀방울과 뜨거운 오줌과 입 냄새뿐이었다. / 숨 쉴 때마다 / 나를 가둔 벽은 출렁거리며 뒤룩뒤룩 융기하였으며 / 브래지어는 팽팽하게 부풀었다. / 엉덩이며 젖가슴, 겨드랑이, 사타구니까지 / 막힌 숨이 가득 차 있었고 / 터져나가지 못하도록 / 온갖 시큼하고 구린 비린내로 단단하게 밀봉되어 있었다. / 가까스로 내가 있는 곳을 찾아내어 살펴보니 / 거울 속이었다. / 어항 같은 눈을 뻐끔거리고 있는 얼굴이 / 살 속에 숨은 눈으로 살살 밖을 쳐다보는 얼굴이 / 포르말린 같은 유리 안에 담겨 있었다. / 나자마자 마흔이었고 거울을 보자마자 여자였다. / 그렇게 관리를 하지 않고서야 / 언제 시집이나 한 번 가볼 수 있겠느냐는 소리가 / 방 안을 찌렁찌렁 울리며 들어왔다. / 그게 구르는 거지 걷는 거냐고 / 내 뒤뚱거리는 걸음을 놀려대는 소리가 / 벽을 뚫고 살을 콕콕 찌르며 들어왔다. / 움직일수록 더 세게 막혀오는 숨통을 놓아주기 위해 / 나는 방 하나를 통째로 소파 위에 누이고 / 개처럼 혀를 다해 헉헉거렸다.

鵲巢感想文

시는 비유다. 얼핏 읽으면 여성 비하한 글 같기도 하지만, 시는 분명히 그 의미를 담았다. 우리는 시를 쓴답시고 충분히 다듬지 않았거나 숙성하지 않은 글은 없는지 반성하게 한다. 나는 시인의 글을 읽고 가슴이 뜨끔했다. 그간 썼던 글이 포르말린 같은 냄새로 풍겨오기까지 했으니까 말이다. 그렇다고 글을 무서워하며 쓰지 않는다면 좋은 글을 생산하기는 어렵다. 어쩌면 숨통을 틔우기 위한 노력일 수도 있다.

여기서 여자란 여성이라는 측면에서 그 비유를 들었지만, 꼭 그렇게 보이지 않는다. 여자는 여자餘子로 보아도 괜찮기 때문이다. 시제 뚱뚱한 여자, 거울 같은 내 글, 구린내 폭폭 풍기는 내 삶의 찌든 때, 좀 더 정갈하고 깔끔하게 덜어낼 필요가 있지 않나 하는 생각이다.

시인 김기택 선생께서 시에 충분한 묘사로 얘기하셨기에 덧붙일 이유는 없지만, 시와 어울릴지는 모르겠다만 고전 한 가닥 풀어보자.

진시황이 중원 천하를 통일한 것은 기원전 221년이다. 그러나 진나라는 춘추시대부터 내려온 오래된 나라였다.

전국시대에는 중국 대륙에서 7개국이 서로 경쟁한 시기였다고 하지만 서쪽의 진나라와 동쪽의 제나라가 강대국으로서 대결하는 동서 대립 형세를 이루었다. 그중에서도 진나라는 특이하게 다른 나라 출신의 인물들이 진나라로 들어가서 유능한 인재가 되는 경우가 많았다. 외국 인재를 잘 활용한 나라라고 할 수 있겠다.

진나라가 강대국으로 되는 시기는 춘추시대 목공穆公 때가 기점이 된다. 진 목공은 진시황보다 4백 년 이상 앞서서 진나라를 부강하게 만든 왕인데, 그는 남달리 포용력이 있었다고 한다. 언젠가 무척 아끼던 그의 말이 왕궁의 마구간에서 달아났다. 마구간 책임자가 수소문하여 찾아보다가 기산岐山 기슭의 마을로 갔다는 사실을 알아냈다. 그런데 그 마을에 가보니 이미 백성들이 왕의 말을 잡아먹은 뒤였다. 왕의 말을 잡아먹은 일은 관리의 처지에서 볼 때 어마어마한 사건이다. 급히 마을 사람 3백 명을 잡아들이고 사건을 목공에게 보고하였다. 그러자 목공은 '말은 이미 죽었는데 백성들을 잡아서 무엇을 하겠는가? 말고기를 먹으면 반드시 술을 먹어야 탈이 없다'고 하면서 백성들에게 술까지 내려주도록 하였다. 그 뒤에 목공이 전쟁터에서 포위되는 사건이 생겼다. 포위망이 좁혀져 죽기 일보 직전의 상황인데 돌연히 한 무리의 병사들이 적진 속에 돌입하여 목숨을 걸고 싸워 포위망을 뚫어냈다. 이 병사들은 왕의 말을 잡아먹고 술까지 받아먹었던 기산 마을 사람들이었다.

진 목공의 포용력에 관한 일화는 많다. 특히 유능한 인재에 대한 신뢰는 본받을만한 점으로 알고 있다. 언젠가 목공은 맹명시孟明視를 총사령관으로 임명하여 진나라를 공격하도록 명령하였다. 이 전투에서 맹명시는 대패하고 포로가 되었다. 뒤에 그가 돌아올 때 목공은 상복을 입고 성 밖까지 마중 나가 "모든 것이 나의 잘못이요. 그대는 이 수치를 잊지 말고 계속 직무에 힘써 주시오." 하고, 이전보다 더욱 두텁게 신임하였다. 수년 뒤 다시 진나라를 칠 때 목공은 또 맹명시를 보냈다. 맹명시는 목숨을 걸고 분전奮戰하여 승리하였다. 이때 목공은 전장에 직접 나와 그곳에서 전사한 장병들을 엄숙하게 장례 지내고, 전사자들이 생명을 잃게 된 책임은 자기에게 있다고 하고 다시는 이러한 잘못을 반복하지 않겠다고 군사들 앞에서 맹세하였다.

부하의 잘못은 책임 추궁하고 공은 가로채기 쉬운 것이 단순한 인간의 마음이다. 그러나 이러한 사람은 다른 사람들의 진정한 도움을 받을 수 없을 것이다. 목공은 아랫사람을 탓하기 전에 자신이 책임을 짊어지고 손해를 감당하였다. 이러한 포용력과 덕이 사람들의 진심에서 우러난 충성忠誠을 이끌어냈다.

『대학』에서는 '덕이 있으면 곧 사람이 모인다有德比有人'고 하였다. 덕은 진실에 민감한 반응을 보이는 인간 내면의 깊은 곳을 올려, 상대방이 감동하도록 만드는 힘이 있다. 이른바 덕의 감화력感化力이다. 덕의 포용력을 가진 지도자 주위에는 마음 깊이 복종服從하는 인물들이 많이 따르게 되어 있다. 이러한 유대로 조직된 집단은 외부조건이 어려울 때 견디는 힘도 강하고, 조건이 좋을 때 새로운 것을 개척하는 창의력도 뛰어날 것이다.

시제 '뚱뚱한 여자'와 고전의 한 가닥은 뭐 그렇게 어울려 보이지는 않지만, 그렇다고 영 맞지 않는 것도 없다. 시는 마음을 표현한 것이다. 누구의 마음이든 그 표현에 있어 대중성을 갖게 되면 시의 역할은 충분하다. 여자, 뚱뚱한 여자는 안 되겠다. 그렇다고 '뚱뚱한'이라는 형용사에 꽂힐 필요는 없다. 글을 얼마나 정갈하고 맛깔스럽게 쓸 수 있느냐가 중요하겠다. 진 목공의 예를 들었지만, 여자余子에게도 덕을 베풀 수 있는 그런 포용력까지 곁들인 글쟁이라면 하는 생각이 들었다.

*김기택: 경기도 안양 출생. 1989년 〈한국일보〉 신춘문예 등단.
*『고전의 품격』, 156p~158p

마지기

렌트 _ 조동범

차창으로 바람은 물렁하게 저녁을 속삭인다. 지평선 너머로 모래바람은 불어오고, 렌트, 당신은 속도를 높여 죽은 자들의 지평선 너머를 상상하며 절망에 빠진다. 라디오에서 들려오는 흑인 영가의 음역은 어디로 흘러가는가. 그것을 알 수 없다고 렌트, 당신은 천천히 읊조린다.

렌트, 쿵쾅거리는 엔진은 육기통이다. 여섯 개의 피스톤은 단 하나의 속도가 되어 이곳을 떠나려 한다. 죽은 자는 어느새 무덤을 나와 붉은 사막과 붉은 언덕이 있는 지평선 너머로 사라지는가. 도로의 끝에 과연 끝은 있는가.

일기장은 타오르며, 저녁 어스름을 들려주던 검은 재가 되어 사라진다. '누구의 것도 아닌 이번 생이여'라고, 라디오의 늙은 가수는 노래하며 흐느낀다. 렌트, 길의 저편에는 오래 전에 죽은 동물의 냄새가 피어오르는구나. 불길한 무덤처럼 부풀어 오르는

한줌 태양을 향해, 단 한 번도 내 것이 아니었던 생을 향해 렌트, 당신의 속도는 사라지는구나. 핸들을 잡은 나의 손은 렌트, 당신의 전생을 기억하지 못한 채 길의 끝을 그저 가늠해볼 뿐이구나. 내 것이 아닌 별빛을 바라보며 렌트,

당신을 바라보며 나는 육기통의 엔진처럼 두근거린다. 어디선가 붉은 사막의 밤을 서성이던 여우의 울음소리가, 언제나 허상인 렌트, 당신의 비밀을 속삭인 듯도 하였다. 그리하여 렌트. 쿵쾅거리는 엔진은 육기통이고 그것은 영원토록, 당신과 나의 심박이 되지 못하는구나. 렌트

鵲巢感想文

몇 년 전이었다. 시인의 시집 『카니발』을 사다 읽은 적 있다. 시인의 시 「울고 있는 빅 브라더」를 감상에 붙인 적 있다. 시인은 사용하는 시제부터 남다른 데가 있다. 예를 들면, 지금 이 시도 「렌트」이듯 울고 있는 빅 브라더, 보이스카우트, 퍼레이드, 크루즈, 캠프, 화창한 엘리베이터의 오후 등 외래어가 한 마디씩 들어가는 경우가 많다.

이 시의 시제 「렌트」에서 렌트의 의미는 뭔가? 사전적 의미는 집세, 방세, 지대, 임차료 정도로 되어 있다. 그리고 이 시에서 사용하는 중요한 시어로 6이라는 숫자를 이용한 육기통이 나온다. 6의 의미는 두 가지로 해석해 볼 수 있다. 첫째는 완벽 수다. 1+2+3=6과 같이 인간의 미적인 완전을 갖는 것과 6각 정, 정 6각형, 벌집이나 자동차 촉매변환장치 등으로 생각해 볼 수 있다. 둘째는 종교적 입장이다. 사람은 6일째 창조되었다는 6은 인간을 상징하는 수가 된다. 이에 7은 완벽의 수다. 완벽의 수에 하루가 모자라다. 신과 인간의 분간이 가는 숫자가 되었다.

시인의 시는 어째 좀 우울하게 읽힌다. 완벽을 추구하는 인간과 현실의 불완전한 삶의 갈등이다. 우리는 육기통 엔진처럼 이 세계의 주인으로서 세상의 도로를 밟고 싶다. 절망에 빠진 무덤 같은 세상이 아니라 검은 재 뽈뽈 날리며 생을 담보 받은 그 대가로 각종 렌트로 점철된 인생이 아니라 오로지 태양을 향해 태양처럼 태양으로 속도 제한 없는 육탈한 삶을 살고 싶다.

어디선가 붉은 사막의 밤을 서성이듯 여우의 울음소리 같은 당신의 비밀이 없는 세계, 마치 흑인의 음산한 영가의 음역 같은 세계를 떠나 렌트와 같은 낯선 삶이 아니라 육기통 같은 심장으로 완벽을 향해 나는 달리고 싶다. 우울과 비극은 가라! 불안과 정서불안은 가라! 오로지 붉은 태양을 행해 태양처럼 태양의 속도로 나는 달리고 싶다.

세상은 하루가 다르게 변화한다. 세상은 변화하는데 정녕 나는 변화하지 않으면 세상에서 도태되는 건 당연하다. 세상의 흐름은 육기통이다. 육기통은 완벽의 수를 지향한다. 경제적으로 사회적으로 나의 위치는 달라져야 하지만, 변화는 세계에 동조하며 발맞추는 것도 실은 버겁다. 어떻게 하면 이 변화하는 세계를 앞질러 갈 수 있는가 말이다.

소인혁면小人革面, 군자표변君子豹變이라는 말이 있다. 혁면革面은 얼굴을 바꾼다는 뜻이다. 사람은 이치가 궁하거나 실수하게 되면 얼굴이 발갛게 변한다. 소인혁면은 얼굴을 바꾸는 정도에 그치는 것을 말하며 군자표변은 표범과 같이 변하는 것을 말한다. 표범과 호랑이는 여름에서 가을로 바뀔 때 털갈이를 한다. 이 털갈이와 마찬가지로 이전과 이후 분간 가는 엄청난 큰 변화를 일컫는다.

왕조시대에는 임금이 바뀌면 기존의 임금이 사용했던 연호를 바꾸었다. 새로운 질서로 세상을 바라보겠다는 말이다. 하지만, 날은 더할수록 우리가 맞춰놓은 그 일정은 조금씩 틀린다. 그러므로 윤달이 나왔으며 이로 조정하며 살았다.

자본주의 시대에 사는 우리는 왕조시대 때보다는 훨씬 명확한 시간에 살고 있다. 하지만, 우리는 옛 습관을 저버리지 못하고 구태의연한 삶을 살아가고 있지는 않은지 육기통에 버금가는 시스템은 갖추었는지 이 시스템에 맞는 운영자는 변화한 세상에 걸맞은 경영철학은 갖췄는지 다시 곱씹어보아야겠다.

*조동범: 1970년 경기도 안양 출생. 2002년 〈문학동네〉 등단.

만년필 _ 송찬호

이것으로 무엇을 이룰 수 있었을 것인가 만년필 끝 이렇게 작고 짧은 삽날을 나는 여지껏 본 적이 없다

한때, 이것으로 허공에 광두정을 박고 술 취한 넥타이나 구름을 걸어두었다 이것으로 경매에 나오는 죽은 말대가리 눈화장을 해주는 미용사 일도 하였다

또 한때, 이것으로 근엄한 장군의 수염을 그리거나 부유한 앵무새의 혓바닥 노릇을 한 적도 있다 그리고 지금은 이것으로 공원묘지에 일을 얻어 비명을 읽어주거나, 비로소 가끔씩 때늦은 후회의 글을 쓰기도 한다

그리하여 볕 좋은 어느 가을날 오후 나는 눈썹 까만 해바라기 씨를 까먹으면서, 해바라기 그 황금 원반에 새겨진 '파카'니 '크리스탈'이니 하는 빛나는 만년필시대의 이름들을 추억해보는 것이다

그러면서 나는 오래된 만년필을 만지작거리며 지난날 습작의 삶을 돌이켜 본다 만년필은 백지의 벽에 머리를 짓찧는다 만년필은 캄캄한 백지 속으로 들어가 오랜 불면의 밤을 밝힌다 ―이런 수사는 모두 고통스런 지난 일들이다!

하지만 나는 책상 서랍을 여닫을 때마다 혼자 뒹굴어 다니는 이 잊혀진 필기구를 보면서 가끔은 이런 상념에 젖기도 하는 것이다― 거품 부글거리는 이 잉크의 늪에 한 마리 푸른 악어가 산다

鵲巢感想文

　필자와 시인과는 반 세대쯤 차이가 난다. 어릴 때였다. 만년필은 아버지 시대였다. 만년필 하나, 가격이 만만치 않았다는 것을 기억한다. 이를 선물하는 것은 아주 귀한 값어치로 여겼다. 물론 필자는 만년필이 귀하다는 것만 알지, 실지 써 보지는 못했다. 하루는 모 기획사 사장으로부터 만년필 하나 선물 받은 적 있었다. 그리고 그 만년필은 어디로 갔는지 흐지부지 없어졌는데 하루는 대형 문구점에 들러, 진열장에 전시된 만년필을 보고 그 가격에 놀랐던 적이 있었다. 싼 것도 몇만 원이었고 비싼 거는 20만 원 가까이 하는 것도 보았기 때문이다. 요즘 만년필로 무엇을 쓰기에는 시대가 너무 진보하였다. 필기구의 혁명 아닌 혁명을 맞았다. 더구나 이제 무엇을 갖고 쓰는 것도 후진 시대가 되었다. 휴대전화기에 석석 그려서 날리는 시대다. 하지만, 가끔은 현대인도 백지에 무언가 쓰고 싶은 충동은 있으리라! 그럴 때면 만년필도 한 번 생각이 난다.

　시인 송찬호 선생께서 쓰신 이 시는 만년필에 관한 기억 한 소절과 시를 낚고 싶은 욕망을 중첩적으로 그린 시다. 시 2연을 보면 이것으로 허공에 광두정을 박고 술 취한 넥타이나 구름을 걸어두었다는 말은 글쓰기를 표현한 묘사다. 광두정(대갈못)이라 함은 못대가리가 둥글넓적한 장식용 못이다. 술취한 넥타이는 자아를 그린 시구다. 못처럼 앉아 이것저것 생각을 그렸다는 말이다. 근엄한 장군의 수염을 그리거나 부유한 앵무새의 혓바닥 노릇을 한 것도 만년필에 얽힌 추억 한 소절이다. 시 4연을 보면, 눈썹 까만 해바라기 씨를 까먹으면서라는 표현도 탁월하다. 실지, 해바라기 씨를 까먹으면서도 해바라기 씨와 같은 까만 글을 보았으니까, 호! 보는 걸 너머 익혔으니 말이다. 시의 묘사는 이처럼 시인의 행위와 의지를 한꺼번에 담는다. 시 종연을 보면, 이 시의 핵심을 볼 수 있다. 거품 부글거리는 이 잉크의 늪에 한 마리 푸른 악어가 산다. 독자를 꽉 물을 수 있는 그런 시, 오랫동안 사랑받을 수 있는 그런 시, 늘 푸르게 태양(독자)을 바라볼 수 있는 그런 시 하나쯤은 시인이면 바라는 상일 게다.

만년필 얘기가 나와서 말이지 '2016 올해의 영화'로 나홍진 감독의 '곡성'
이 선정됐다는 신문을 읽은 적 있다. 영화 '밀정'의 송강호와 '덕혜옹주'의 손
예진은 각각 올해의 남녀 주연상을 받았다. 영화 '밀정'은 일제강점기 조선인
출신 일본 경찰로 나선 신분과 정체성 혼돈에 따른 캐릭터를 묘사한다. 주연
배우를 맡은 송강호다. 중요한 것은 '올해의 영화상' 시상식에 모든 수상자는
파카 만년필을 부상으로 받았다는 것이다.

파카 만년필 가격은 싼 거는 몇 만 원에서 비싼 거는 5백만 원 가까이 한
것도 있다. 좀 괜찮다 싶은 것은 4, 5십만 원 호가한다. 괜히 만년필 한 자
루 갖고 싶다는 생각이 들기는 하지만, 볼펜 한 자루만 있어도 감지덕지다.
하루 커피 판매에 매진하는 필자다. 만년필은 대학교수나 식자에게 어울리
는 말이겠다.

*송찬호: 1959년 충북 보은 출생. 1987년 〈우리시대의 문학〉 6호로 등단. 시집 『고
양이가 돌아오는 저녁』

말의 눈 _ 송재학

눈동자가 달린 것들을 먹지 않는 사람들이 생겼다 허긴 나는 말의 눈을 먹었다 몽골에서 말고기를 먹으면서 나는 말의 외부였다 질겅거리다 문득 삼킨 말의 눈은 내 안에서 내내 동그마니 눈을 뜨고 있었다 말의 눈에 언어가 생긴 것은 아니지만 어떤 속삭임은 피할 수 없다 분명 말의 울음 같은 진부한 외면 때문에 천천히 씹지 못했다 미안하지만 두 개의 눈동자 중 하나는 내 입안에서 부서지면서 먹물이 튀자마자 삼켰기에 그 맛을 알지 못했다 눈의 전후사는 나에게 미각이기 전에 시각으로 기록 중이다 말의 눈은 그 후 어디서 누군가의 쪽창이 되었다는 소문을 들었다 눈을 가려도 고기를 먹지 못하는 사람들이 있다 풀과 과일에도 눈이 있다는 것을 믿지 못하는 사람들도 있다 아직 내 배 속에서 헤엄치는 눈동자의 반복이 있기에 채식주의를 기웃거리기도 했다

鵲巢感想文

말ㄹ과 말馬의 동음이의어를 착안하여 지은 시다. 송재학 선생의 시 시제 '말의 눈'은 말馬에다가 말ㄹ을 얹어 중첩적 화법으로 그려낸 수작이다.

눈동자가 달린 것들을 먹지 않는 사람들이 생겼다. 허긴 나는 말의 눈을 먹었다. 우리가 사용하는 말ㄹ에도 눈이 있다. 필자는 이를 씨앗이라고 표현하고 싶다. 그러니까 무언가 씨앗 같은 말은 듣지 않는 사람이 있고 시인은 이런 씨앗 같은 말을 읽었다. 물론 읽었다는 말은 본 것도 포함한다.

몽골에서 말고기를 먹으면서 나는 말의 외부였다. 이는 화제를 돌림으로써 시의 긴장과 효력을 증폭시킨다. 시인은 몽골에서 말고기를 먹었다지만 이는 말고기일수도 있을 것이며 중요한 것은 말ㄹ을 이해한다는 의식적 표

현이다. 거기서 외부니 말이 통하지 않았다는 말이겠다. 어쩌면 시인은 말의 중요성을 부각한다.

질겅거리다 문득 삼킨 말의 눈은 내 안에서 내내 동그마니 눈을 뜨고 있었다. 언어의 이해는 장벽이었고 이 속에 시인은 큼직한 눈을 뜨게 된다.

말의 눈에 언어가 생긴 것은 아니지만 어떤 속삭임은 피할 수 없다 분명 말의 울음 같은 진부한 외면 때문에 천천히 씹지 못했다. 언어의 장벽과 이해의 어려움을 표방한 묘사다.

미안하지만 두 개의 눈동자 중 하나는 내 입안에서 부서지면서 먹물이 튀자마자 삼켰기에 그 맛을 알지 못했다. 말言은 겉으로 표방하는 의미가 있지만, 그 속뜻도 있어 우리는 흔히 흘려듣는 경우가 많다. 시인은 아마, 이중 겉치레로 표방하는 말을 곰곰 생각지 않고 흘려버렸을 거란 얘기다.

눈의 전후사는 나에게 미각이기 전에 시각으로 기록 중이다. 여기서 눈은 말言의 눈으로 앞뒤 일은 음미하기도 전에 눈目으로 먼저 본다는 말이다.

말의 눈은 그 후 어디서 누군가의 쪽창이 되었다는 소문을 들었다. 쪽창이라는 말은 갸름하고 긴 창문을 말한다. 본 창은 넓고 환하게 트인 창이라면 이와 대조적이다. 갸름하게 뜬 눈을 묘사하며 매운 회초리 같은 느낌이다.

눈을 가려도 고기를 먹지 못하는 사람들이 있다. 즉 말하자면, 말의 의미를 모른다는 말이다.

풀과 과일에도 눈이 있다는 것을 믿지 못하는 사람들도 있다. 풀과 과일은 말馬의 주식으로 언어의 속성과 관계에 여러 눈이 있음을 우리에게 주지시킨다.

아직 내 뱃속에서 헤엄치는 눈동자의 반복이 있기에 채식주의를 기웃거리기도 했다. 시인은 이 언어와 언어의 속뜻에 매료가 된 것은 분명하다. 언어가 좋아하는 채식주의 즉 말과 말의 씨앗에 맴도는 것이 된다.

말과 말의 차이, 부富와 복福의 차이, 도독과 도둑의 차이 언어의 차이는 크게 있어 보이지는 않는다. 더욱 말言과 말馬의 차이는 겉은 같으나 속은 달라 이를 중첩적으로 묘사하여 시가 되었다. 언어의 예술이다. 부富는 집안에 한 사람이 충분히 먹을 수 있는 밭이 있다는 말이다. 밭이 있으니 굶을 일 없고 굶을 일 없으니 넉넉하다. 그러니 부富가 된다. 복福은 한 사람이 충분히 먹을 수 있는 밭이 내다보이니 행운과 같다. 부에 못 미치나 거의 부에 가깝다. 도독都督은 통틀어 거느리고 감독한다는 뜻이다. 근데 오ㅗ자를 뒤집어 놓으니 도둑이다. 아 다르고 어 다른 것이 아니라 오 다르고 우 다르다.

우리는 말의 바다에 산다. 바다에 푹 빠져 산다. 헤엄을 잘 치는 사람은 살아갈 수 있으나 그렇지 못한 사람은 빠져 죽는 것은 당연하다. 2,500년 전 현자가 살았던 시대에도 말의 의미를 캐고 살았던 사람은 지금도 살아 있다. 이 진리는 인류가 멸망하지 않는 한, 몇 천 년이 지나도 유용할 것 같다. 말을 타고 복을 불러들이며 도둑으로서 언어의 바다를 누비는 자는 살 것이다. 영원한 삶이 아니라도 좋다. 목숨이 붙은 이상 풀칠은 하며 살아야 할 것 아닌가! 그러면 도둑처럼 창고를 꾹꾹 채울 것이 아니라 창고 대 방출이어야 한다. 말의 으뜸에 서려는 자는 수많은 말을 바다에 풀어야 한다. 바다를 풍요롭게 하여야 이 풍족한 바다에서 살 수 있을지도 모른다는 이 논리, 가당치 않은 것 같아도 이는 사실이다.

*송재학: 경북 영천 출생. 1996년 〈세계의 문학〉 등단.

매미 _ 윤제림

내가 죽었다는데, 매미가 제일 오래 울었다

귀신도 못되고, 그냥 허깨비로
구름장에 걸터앉아
내려다보니
매미만 쉬지 않고 울었다

대체 누굴까,
내가 죽었다는데 매미 홀로 울었다,
저도 따라 죽는다고 울었다

鵲巢感想文

시인 윤제림 선생의 시를 읽으면 어떤 때는 웃음이 인다. 그만큼 해학적
이며 익살스럽다. 시는 역지사지다. 첫 문장을 보면 내가 죽었다는데, 매미가
제일 오래 울었다. 매미가 활동하는 시기와 활동시간에 비하면 죽은 것은 영
원한 세계며 비문과 같다.

나는 이 부분을 읽다가 마치 내가 매미처럼 되지 않았나 하는 생각을 하
기도 한다. 사람은 어떤 일에 매진하다가도 작심삼일이라는 말도 있지 않은
가! 커피에 관심을 가지겠다며 교육에 입문했지만, 며칠 하다가 흐지부지 끝
나는 셈이다. 그러니까 끈기와 인내 부족이다.

시 2연을 보면, 귀신도 못되고, 그냥 허깨비로 구름장에 걸터앉아 내려

다보니 매미만 쉬지 않고 울었다고 했다. 여기서 시적 주체 나는 이미 고체화된 어떤 형질이다. 귀신이나 허깨비는 매미 울음의 변형체, 즉 시적 주체로 이전을 의미한다. 하지만, 매미는 여전히 울고 있었다. 매미는 어떤 노력을 하는 셈이다.

시 3연을 보면, 매미는 아직도 울고 있다. 그러니까 시에 향한 울부짖음이요. 아직도 고체화된 삶, 영구적인 어떤 생을 구하지 못했다. 물론 시로 얘기했지만, 경제적 자립과 공간의 자유도 포함한다. 시간과 공간에 대한 자아 독립은 누구나 바라는 상이다. 그러니 매미는 이상향에 그리움이며 오늘도 울고 있다.

이 시는 우리는 어떤 일을 하여도 매미 같지는 않았는지 생각하게끔 한다. 아전인수我田引水라는 말이 있다. 문자대로 풀면, 내 논에 물 대는 것이다. 그러니까 자기만 생각하며 이롭게 한다는 뜻을 지녔다. 역지사지로 생각하면, 단절된 사회가 소통의 사회로 바뀐다. 상대방의 처지나 입장을 먼저 생각해 보자는 말이다. 그러니까 상생을 의미한다.

내가 운영하는 카페 조감도 옆집은 오리고기집으로 '터줏대감'이다. 매년 조류파동에 사장은 경제적 몸살을 앓았다. 올해는 장사 더는 못하겠다며 간판을 내렸다. 소고기로 바꿨다. 하루는 간판을 어떻게 달까 하며 고심하였다. 다니는 교회에 목사께서는 '청량숯불'로 동문에서는 '자연숯불'로 하라며 부추겼다.

하루는 사장께서 커피 한 잔 드시러 오셨는데 나에게 무엇이 좋으냐고 물으신다. 나는 둘 다 아니었다. 이름이 어찌 고급스럽지 못하고 어떤 문화를 이끌기에도 좀 낮아 보였다. 가만히 생각하다가 언뜻 생각이 났는데 '논둑을 걷는 소'는 어떤지 물었다. 사장은 동공이 커지고 머리가 쭝긋하게 섰다. 아주 괜찮다는 말씀을 주셨다. 하지만, 길다는 것이었다. 그러면, 이를 줄여 '논둑소'로 하이시다. 했더니, 박장대소하며 이것으로 하겠다는 말씀이었다.

내가 소고기로 영업한다는 생각을 바꿔 보는 것이다. 둑은 어쩌면 경계다. 삶과 죽음을 가름하는 길 같기도 하고 그 길을 무뚝뚝하게 걸어야 하는 우리의 삶을 대변한다. 옆집이 장사가 잘되었으면 좋겠다. 옆집이 잘 돼야 우리가 살기 때문이다. 더 나가 우리 국민이 모두 경기가 좋아, 여유가 풍족한 사회면 얼마나 좋을까 하며 생각해본다.

시인 윤제림 선생의 시를 읽다가 매미의 처지를 한 번 생각해 보고 간다.

사족으로 덧붙여 놓는다. 혹시 소고기 좋아하시면 오시라! 우리 집 옆집 논둑소에 들러 함께 구워 먹자.

*윤제림: 충북 제천 출생. 1987년 〈문예중앙〉 등단.

멀리서 온 책 _ 김지율

발이 아주 큰 사람들은 아직 돌아오지 않았습니다 하나의 질문이 끝나면 또 다른 질문이 시작되고 이 겨울은 아주 오래 추웠습니다 밖에는 며칠째 눈이 내리고 헌 오리털 잠바를 수선하여 갔습니다 주인은 잠바를 자르는 순간 날리는 털 때문에 고칠 수 없다더군요 빠르게 결론을 내리면 한 번에 끝낼 수 있었을까요 당신을 보내고 읽은 오독의 문장들이 빛나는 저녁입니다 이 문장과 진술 뒤의 굴욕으로 나는 나의 악몽입니다 긁흡입니다 종이 끝에 베인 손가락으로 벌린 제 항문의 시작과 끝은 여기까집니다 뛰어내릴 빈 곳이 어디에도 없어요 한 발짝도 더 움직일 수가 없었습니다 몸속으로만 울다 죽은 사람들 나는 당신의 피 묻은 책이 두렵고 미쳐 도망간 자들과 추방된 자들 사이에서 늘 쫓기고 있습니다 뒤를 돌아본 얼굴과 말이 없었던 사람들 뒤에 남은 것은 무엇일까요 왜 그렇게 살고 있느냐는 말 어디쯤에서 뜨거워져야 하는지 한 장씩 찢은 책을 삼킬 때마다 또 묻습니다 그때 누군가 손가락으로 가리킨 곳과 생략된 문장은 같은 뜻인지 자신을 다 버린 자들과 아무도 모르게 사라진 사람들의 기록은 어디에서 끝나는지, 나는 귀신을 쫓아 준다는 부적을 붙이고 꽃잎처럼 가벼워졌는데

鵲巢感想文

책은 문자 또는 그림을 수단으로 표현된, 정신적 소산물所産物을 체계 있게 담은 물리적 형체다. 초기에는 대·나무·깁·잎·가죽 등의 재료로 만들어 사용했다. 그 뒤 점차 종이가 사용되었으며 이것을 일정한 차례로 잇거나 겹쳐 꿰매고 철하여 책을 만들었다.

시제가 '멀리서 온 책'이라 책에 관한 정의를 잠깐 내렸다. 이 시는 시의

나르시시즘으로 일종의 독백 형태를 띤다. 그러니까 책은 이 시에서 주어가 되며 즉 '나'로 내 마음을 표현한다. 멀리서 온 책은 내 마음을 어렵게 떼어 놓았으니 멀다는 표현을 했다. 그러면 문장을 하나씩 떼어서 들여다보자.

발이 아주 큰 사람들은 아직 돌아오지 않았습니다. 큰 자취를 남기고 싶지만, 선뜻 착상이 떠오르지 않았다는 시적 묘사다.

하나의 질문이 끝나면 또 다른 질문이 시작되고 이 겨울은 아주 오래 추웠습니다. 시를 쓰는 것은 기차간처럼 문장의 일관과 의미의 맥이 맞아야 하므로 질문은 필연적이며 또 다른 질문으로 확인하며 건축하는 것과 다름없다. 겨울처럼 춥고 아무것도 소생하지 않은 어떤 상황이지만 봄은 곧 올 것으로 내면의 갈등을 묘사 한다.

밖에는 며칠째 눈이 내리고 헌 오리털 잠바를 수선하여 갔습니다. 마음의 밖은 눈 같은 백지장뿐이고 마음은 날지 못한 오리털 잠바와 같아 수선하여 날고 싶은 시인의 욕망을 표현한 묘사다.

주인은 잠바를 자르는 순간 날리는 털 때문에 고칠 수 없다더군요. 주인은 세탁소 주인이 아니라 시의 주인은 시인이므로 '자아'가 된다. 여기서 잠바라는 표현이 재밌다. 시인은 문장의 나열, 어떤 정립되지 않은 미완성의 시초를 잠바로 묘사했다.

빠르게 결론을 내리면 한 번에 끝낼 수 있었을까요. 말하자면, 시 쓰는 일은 단번에 끝날 일은 아니다.

당신을 보내고 읽은 오독의 문장들이 빛나는 저녁입니다. 여기서 당신은 현실의 '자아'가 되며 오독의 문장은 시초로 시간은 시 쓰는 저녁이다.

이 문장과 진술 뒤의 굴욕으로 나는 나의 악몽입니다 訃音입니다. 이 글은 묘사로 이룬 문장을 말한다. 묘사로 이룬 문장과 이것을 풀어헤친 진술은 의미가 맞아야 하지만, 여기서 오는 갈등은 악몽이나 다름없다. 굴욕적이다. 그러니 부음이나 다름없다. 부음이라는 시어를 유심히 볼 필요가 있다. 부음은 부음訃音도 있으며 자음에 대치되는 부음父音이라는 말도 있다. 시적 용어로 충분히 쓸 만한 단어라 적어보았다.

종이 끝에 베인 손가락으로 벌린 제 항문의 시작과 끝은 여기 까집니다. 종이 끝은 마음을 제유한 시구며 손가락으로 벌린 제 항문의 시작과 끝은 시 해체로 지금까지 쓴 마음을 확인하는 시적 묘사다.

뛰어내릴 빈 곳이 어디에도 없어요 한 발짝도 더 움직일 수가 없었습니다. 시의 역지사지로 문장의 측면에서 자아를 대변한다. 이미 고착화한 상황에서 는 절정적인 표현임에는 분명하다. 인쇄된 글의 처지로 보면 뛰어내릴 빈 곳 이 어디에도 없으며 한 발짝도 더는 움직일 수 없는 것이 된다.

이 문장 이하,

몸속으로만 울다 죽은 사람들 나는 당신의 피 묻은 책이 두렵고 미쳐 도 망간 자들과 추방된 자들 사이에서 늘 쫓기고 있습니다 뒤를 돌아본 얼굴과 말이 없었던 사람들 뒤에 남은 것은 무엇일까요 왜 그렇게 살고 있느냐는 말 어디쯤에서 뜨거워져야 하는지 한 장씩 찢은 책을 삼킬 때마다 또 묻습니다 그때 누군가 손가락으로 가리킨 곳과 생략된 문장은 같은 뜻인지 자신을 다 버린 자들과 아무도 모르게 사라진 사람들의 기록은 어디에서 끝나는지, 나 는 귀신을 쫓아 준다는 부적을 붙이고 꽃잎처럼 가벼워졌는데

시 문장과 현실의 자아, 그러니까 시 독백이다. 끝 문장을 보면 나는 귀 신을 쫓아 준다는 부적을 붙이고 꽃잎처럼 가벼웠는데 하며 말꼬리를 흐렸 다. 여기서 나는 시라는 문장으로 꽃이 되었음을 묘사한다. 귀신을 쫓아 준 다는 부적을 붙였다는 말에 중요한 시어는 '붙였다'다. 썼다 뭐 이런 뜻으로 보면 좋겠다.

맹자의 동심인성 動心忍性 이라는 말이 있다.*

하늘이 어떤 사람에게 큰일을 시키려 할 때는 먼저 그의 마음을 괴롭히고 근육과 뼈를 수고롭게 하며 몸과 피부를 굶주리게 하고 그를 어렵게 하여 일 에 실패하도록 만든다. 이렇게 함으로써 마음을 분발시키고 성질을 참게 하 여 그가 잘할 수 없었던 부분을 향상하는 것이다. 사람은 대개 허물이 있고 나서 고치며, 마음에 괴롭고 생각에 쉽지 않은 일이 있는 뒤에 분발하여 일어

난다. 나라 안에 법도 있는 정의로운 가문과 직언하는 신하가 없고 나라 밖에
적국敵國과 외환外患이 없으면 그 나라는 반드시 망한다. 사람들은 나라가
망한 뒤에야 비로소 근심 걱정에서 살아나고 안락에서 죽는다는 것을 안다.

　시인으로서 시 쓰는 행위는 그리 쉽지 않은 일임을 위 시 '멀리서 온 책'
을 통해 알 수가 있다. 겨울처럼 냉혹한 마음을 깨뜨려야 하며 어쩌면 오독
의 문장과 피나는 전투다. 이로 인해 악몽으로 점철된 삶을 스스로 자처하
며 왜 그렇게 살고 있느냐는 말로 자문하기도 한다. 귀신처럼 무엇인가 씐 것
처럼 생활에 무질서를 겪어야 하는 일일지도 모르지만, 시 한 수는 시인에게
는 큰 광명이나 다름없다.
　맹자의 말씀 동심인성動心忍性이라는 말도 있듯이 매사 노심초사勞心焦
思하고 인내하며 노력하는 사람은 반드시 좋은 성과를 올리지 않겠는가?

*김지율: 1973년 경남 진주 출생. 2009 〈시사사〉로 등단.
*『고전의 품격』, 이현구 지음, 문화문고, 308p

명랑한 이별 _ 김미정

꽃이 꽃병을 던지고
식탁 위엔 컵이 반복한다

휘파람이 문장 속으로 사라지는 순간이에요 꽃들은 바람을 뚫고 피어나는데 내
것이 아닌 것들이 내 발을 밟고 서성이네요 신발을 뒤집어 울음을 꺼내요 그날 당
신을 따라가지 않은 것은 이미 읽어버린 발자국 때문일까요

비로소 안개가 보이고 마침내 펄럭이는 표정으로
모든 건 눈앞에서 사라져간다
신발 가득 고인 눈물을 태양에
비춰보아요 시간의 테두리를 떠나 오래 전 사라진 존재들, 조금만 빨리 달리면
잡을 수 있을까요 오늘의 세계를 안녕이라 부르지 않기로 해요 안개처럼 우리가 우
리 밖으로 걸어 나갈 수 있다면

플라타너스 시든 잎과 시들고 있는 잎 사이
환하게 벌어지는 이별의 각도들
컵이 창문을 밀어내고 휘어진 꽃이 식탁이 되는

투명한 그림자들이 나를 들여다본다
간유리를 사이에 두고 웃을 때 보이는 슬픈 얼굴처럼

鵲巢感想文

꽃이 꽃병을 던지고 식탁 위엔 컵이 반복한다. 꽃이 꽃병을 던질 수 있겠는가마는 여기서 꽃은 화자를 제유한다. 꽃병은 꽃이 있어야 할 장소다. 그러니까 내가 머무를 어떤 장소를 박차거나 저버리는 일이다. 물론 꽃을 자아로 볼 수도 있으며 화자의 이상향으로 그려볼 수도 있음이다. 화자의 꽃 인식을 묘사할 수도 있다.

식탁은 음식을 놓는 가구다. 시에서는 앞의 문장에 따라 무엇을 받드는 어떤 성질로 보아야겠다. 컵은 무엇을 담는 거로 보아 이에 맞는 어떤 소재로 생각해보는 것도 좋겠다. 앞 문장과 대조적으로 식탁과 컵으로 보아도 좋을 듯싶다. 그러니까 꽃과 꽃병으로 보듯이 말이다. 움직이는 물체와 그렇지 않은 것과의 구별도 좋을 듯싶다. 식탁과 꽃병, 컵과 꽃으로 말이다.

휘파람이 문장 속으로 사라지는 순간이에요. 휘파람이 주어다. 제유다. 휘파람처럼 나는 문장 속으로 몰입하는 과정을 묘사한다. 꽃들은 바람을 뚫고 피어나는데 내 것이 아닌 것들이 내 발을 밟고 서성이네요. 화자의 시 인식과 성찰을 표현한다.

신발을 뒤집어 울음을 꺼내요. 가는 길 멈추고 내 마음을 표현한 묘사다. 그날 당신을 따라가지 않은 것은 이미 잃어버린 발자국 때문일까요. 시 사랑에 대한 단절과 각성을 표현한다.

비로소 안개가 보이고 마침내 펄럭이는 표정으로 모든 건 눈앞에서 사라져간다. 안개처럼 현실은 까맣고 마침내 펄럭이는 어떤 깃발처럼 표정은 잃고 말았다.

신발 가득 고인 눈물을 태양에 비춰보아요. 시인의 노력과 삶을 비춰보는 거울 같은 태양을 그렸다. 시 인식과 각성을 표현한다.

시간의 테두리를 떠나 오래 전 사라진 존재들, 조금만 빨리 달리면 잡을 수 있을까요. 추억 같은 기억과 이를 표현하고 싶은 시인의 욕망이 보인다.

오늘의 세계를 안녕이라 부르지 않기로 해요. 그러니까 시 세계에 들어서면 그 어떤 것도 안 소중한 것이 없기 때문이다. 모든 것이 소재로 가구 鵲

構가 된다.

안개처럼 우리가 우리 밖으로 걸어 나갈 수 있다면 플라타너스 시든 잎과 시들고 있는 잎 사이 환하게 벌어지는 이별의 각도들 컵이 창문을 밀어내고 휘어진 꽃이 식탁이 되는 투명한 그림자들이 나를 들여다본다. 연 가름과 행 구분이 되어 있지만 한 문장으로 나열해 보았다. 말하자면 자화상이다. 플라타너스 시든 잎은 시인의 추억 같은 기억을 제유한 시구며 시들고 있는 잎 또한 과거로 묻히는 현재의 일을 제유한다. 컵이 창문을 밀어낸다는 표현은 현실의 컵 같은 자아와 세상을 들여다보는 창 그러니까 현실이겠다. 휘어진 꽃이 식탁이 되는 것은 세상에 내놓는 시인의 철학으로 세상 삶에 주춧돌이 되겠다는 말이다.

간유리를 사이에 두고 웃을 때 보이는 슬픈 얼굴처럼, 간유리는 불투명한 유리다. 그러니까 시는 자아를 투영하며 그랬지만, 독자는 그 속뜻을 모르는 것만큼 슬픈 일도 없을 것이다. 시제가 '명랑한 이별'이니 어쩌면 시인은 아니 모든 시인은 이를 추구하는 것은 아닌지 하는 생각도 든다. 하지만 이렇게 쓸 수밖에 없는 문학의 진보를 우리는 슬퍼해야 하는가? 아니면 몇몇 독자를 위한 글쓰기가 맞는 것인가? 아무튼, 퍼뜩 떠오르는 생각이었다.

詩는 거울이다. 시 쓰는 것은 거울을 보며 자신의 내면을 들여다보는 것이니 어찌 보면 이이제이以夷功夷와 같다. 이이제이는 오랑캐를 이용하여 다른 오랑캐를 제압한다는 말이다. 여기서는 오랑캐로 표현하는 것보다는 적으로 적보다는 다른 그 무엇으로 읽는 것이 낫겠다. 자아의 내면도 어쩌면 하나의 상이니까 말이다.

조선 선조나 영조는 당쟁을 잘 이용한 군주였다. 하지만 광해군은 이러한 용인술은 없었으니 군주로서 실력은 있었으나 자리보전은 어려웠다. 시를 쓴다는 것도 어쩌면 내면의 사각지대를 잘 읽을 수 있도록 거울을 적절히 이용하는 일임은 속일 수 없는 일이다. 맛있는 시, 참한 시, 의미가 깊고, 뜻이 있으며 문장은 올곧아 그야말로 보배 같은 시로 나의 시 노트를 빽빽이 작성해 나가는 것은 어떤지! 하여 내 글의 단단한 초석으로 말이다.

그러면 투명한 그림자가 간유리를 사이에 두고 슬픈 얼굴처럼 웃을 일은 없겠다.

*김민정: 2002년 〈현대시〉 등단.

모래수렁 _ 마경덕

달리던 바람이 잠깐 몸을 눕히는 바람의 집. 사막을 떠돌다가 발바닥을 데인 바람이 마른 모래 속에 발을 묻는 곳. 이때 깊은 수렁이 생긴다. 세상에서 버림받은 바람들이 모여들면 사막은 바람을 매장하고 곳곳에 봉분처럼 사구砂丘를 쌓는다. 갇힌 바람은 지나가는 발소리를 끌어들여 아직 살아있음을 확인한다.

죽은 척하는 유사流砂, 때론 회오리에 말려 기절도 하지만 지상으로 내려오면 곧 깨어난다. 전갈이 독침을 들이대도 눈알 한 번 굴리지 않고 수만 년, 바람을 따라 꿈틀거리는 유순한 모래들.

미세하고 부드러운 입술을 가진 유사流砂의 식사법은 천천히 진행된다. 비명을 낚아챈 뒤 두 눈을 뜨고 제 죽음을 확인하도록 내버려두는 것은 오래된 그들의 식사예절, 질긴 낙타의 무릎은 정처없이 떠돌다 온 바람의 뼈를 닮아 가끔 목구멍에 걸린다. 낙타의 젖은 콧잔등, 어지러운 수화, 수천의 터번을 순장한 유사는 늘 침묵한다. 마지막 유언조차 기록하지 않는 것은 그들의 불문율.

바람의 혀가 닿아 죽은 자의 뼈에 구멍이 났다. 먼지가 된 뼛가루는 바람을 타고 그 무덤에서 나올 수 있다.

鵲巢感想文

선생의 시, 「모래수렁」을 읽는다. 필자는 시마을에서 선생으로부터 짧지만, 글을 강습 받은 적 있다. 스승의 시를 이리 접하니 혹여, 선생께 누가 되지 않을까 조심스럽다. 하지만, 선생께서는 시를 우리에게 헌사하신 만큼 충분히 이해하시라 본다.

시제가 모래수렁이다. 수렁은 웅덩이다. 헤어나기 힘든 어떤 곤욕을 비유하기도 한다. 시는 총 4연으로 구성한다. 시 1연은 주체가 바람이다. 객체는 사구다. 이는 바람의 집이기도 하며 바람이 마른 모래 속에 발을 묻는 곳이다. 심지어 버림받은 바람들이 모여 사막을 형성한다. 선생께서는 이를 바람을 매장한 곳곳에 봉분과 같은 사구라 했다. 사구는 지나가는 발소리를 끌어들이는 역할을 한다. 그러므로 살아있음을 확인한다.

시 2연은 사구의 세계관이다. 유사는 바람의 결정체다. 때론 회오리에 말려 기절도 하지만 지상으로 내려오면 곧 깨어난다. 이는 유사의 상황 묘사다. 전갈은 사막에 사는 동물로 여기서는 문장의 비평가다. 이러한 전갈에도 불구하고 유사는 바람 따라 자유롭게 떠다닌다.

시 3연은 시(유사)의 진실과 생명력이다. 진정한 시(유사)는 우리에게 참된 마음을 일깨우며 많은 사람의 희망을 안았다. 하지만, 시는 고요하고 그 어떤 사족도 없이 바르게 서는 것이 이들의 불문율이다.

시 3연과 시 4연과의 이미지는 그 거리가 좀 큰 것 같다. 문제는 시어인 뼈에 있다. 앞에 문장에서 뼈와 더불어 어떤 연결고리가 보이지 않는다. 하지만, 뼈는 하얗다. 그러니까 하얀 그 무엇을 제유한다. 이것을 연결할 수 있는 고리가 죽은 자다. 즉 죽은 자의 뼈는 곧 유사의 잔해다. 그러므로 먼지가 된 뼛가루는 바람을 타고 그 무덤에서 나올 수 있음이다.

어쩌면 필자가 쓴 이 문장은 유사의 뼛가루가 되며 시의 군락 사막이라는 사구에서 건져 올린 나의 바람에 의한 선생의 무덤이므로 세상 밖으로 나온 셈이다.

선생의 시 「모래수렁」을 읽다가 송재학 선생의 「모래장」이 떠올랐다. 3년 전이었다. 시인 송재학 선생의 시집 『내간체를 얻다』를 읽고 감상한 적 있었다. 그러니까 사막의 모래를 어찌 다 헤아릴 수 있겠는가마는 시인은 수많은 말, 어찌 다 헤아릴 수 있겠는가! 우리가 사용하는 말은 모래처럼 많아 종 종 사막에 비유한다.

*마경덕: 전남 여수 출생. 2003 〈세계일보〉 신춘문예 등단.

모래시계 _ 김추인

한 생이 다른 생을 밀고 가는 세상이 있습니다

추락하면서 날아오르면서 거기 착지할 바닥이 있다는 것을 믿으며 밀리어 끝까지 가보다 어느 지점에선가는 뛰어 내려야 하는 모래의 시간이 있습니다

거꾸로 뒤집히면서 비로소 / 다시 뛰어 내릴 수 있는 힘이 축적된다는 거 / 앞서 거니 뒤서거니 뒤의 생이 앞의 생을 / 밀어주기도 받쳐주기도 한다는 거

한 알 한 알 그 지점에 닿기까지 닿아서 낙마하기까지 바닥에 손 짚고서야 가슴 저리게 오는 시간들이 있습니다

지금보다 눈부신 나중이 있다고 믿는 일 / 착각의 힘이여 신기루여 / 그대들 없이 무슨 힘으로 날이면 날마다 물구나무 설 수 있으리

하루 스물 네 번씩이나 몇 십 몇 백 번씩이나 뒤집히면서 깨지면서 찰라 또 찰라를 제 생의 푸른 무늬 짜 나가는 것은 / 죽어서도 그리울 개똥밭에서 쳇바퀴 돌며 뒤집히고 넘어지는 우리 모래의 시간에도 기다릴 것이 있는 때문이겠습니다

한 번 손잡은 일 없이도 / 함께 세상 끝까지 가보다 뛰어내리는 모래의 시간이 있습니다

鵲巢感想文

인간 사회에 변하지 않는 것은 절대 없다. 모 철학자*는 영원히 변하지 않는 것은 없다며 얘기하기도 했다. 그러니 삶이 있는 한 움직여야 한다. 고정적이고 굳고 융통성이 없는 삶은 죽은 거나 다름없기 때문이다.

노자 도덕경 76장*에 나오는 말이다. 사람이 살아 있을 때는 부드럽고 약하나, 그 죽음은 굳고 강하다. 만물인 풀과 나무도 삶은 부드럽고 연하다. 그 죽음은 마르고 딱딱하다. 그러므로 굳고 강한 것은 죽음의 무리고, 부드럽고 약한 것은 삶의 무리라 했다.

독일의 철학자 쇼펜하우어는 너무 불행해지지 않는 방법은 너무 행복해지기를 바라지 않는 것이라고 했다. 그러니까 어차피 인생은 고행을 기반으로 한다. 이것을 당연히 받아들이고 삶을 이끈다면 매 순간순간 짧은 희열을 느끼며 이를 바탕으로 새로운 희망을 품을 수 있다.

한 생이 다른 생을 밀고 가는 세상이 있다. 인생이 육체적 고통이라면 정신적 교감을 통한 수련과 이것이 새로운 세계를 이끌 자극제가 된다면 더할 나위 없이 좋겠다. 이것은 심적 충전을 통한 육체적 고통을 덜어주며 일의 안정성을 도모할 수 있기 때문이다.

경영학에 포트폴리오라는 말이 있다. 일종의 분산투자를 말한다. 위험을 배제한 투자의 한 방법론이다. 삶도 마찬가지다. 물론 모든 것이 자본으로 이끌 생각은 아예 접자. 돈 없이도 여러 가지 시스템을 창안할 수 있는 능력이야말로 진정 자산이기 때문이다. 삶이 즐겁다면 삶이 바쁘고 해야 할 일로 넘친다면 자본은 뒤에 따른다. 시인의 시 '거꾸로 뒤집히면서 비로소 다시 뛰어내릴 수 있는 힘이 축적된다는 거, 앞서거니 뒤서거니 뒤의 생이 앞의 생을 밀어주기도 받쳐주기도 한다는 거' 말이다.

필자는 책을 참 좋아했다. 그러니까 잘 쓰지는 못하나 글을 자주 쓰게 되었다. 모래시계로 말하자면, 글과 삶은 병목을 기점으로 양극 병이었다. 현실의 삶이 있으면 백지의 누각은 현실의 삶의 거울이었다. 나름의 병은 하나가 채워지면 비우고 비운 것은 다른 삶을 북돋워 주었다. 생활 나름의 지혜를 얻은 셈이다.

하루는 커피 공장 운영하는 사장께서 오셨다. 요즘 세간 돌아가는 이야기를 주고받는다. 공장은 납품 의존도가 높은 어느 한 업체가 있다. 공장에서 생산한 물량 70%를 공급한다. 근래, 이 업체는 가격조정을 요구하다가 미치지 못하니, 조만간 거래처를 바꾸겠다는 미리 말도 있었던 것 같다. 사장은 더는 가격을 조정할 수 없는 수익분기점이라 앞을 준비해야 한다. 그러니 직영점을 준비하려고 여러 가지 구상을 한다.

우리는 절대 독립적이어야 한다. 의존도가 높다는 것은 그만큼 위험하다. 대리점이 많고 딜러가 많은 것은 절대 부러워할 대상은 아니다. 나와 직거래하는 현 고객이 가장 중요하며 얼마만큼 고객망을 구축하느냐가 중요하다. 소비심리는 변한다. 보드를 띄우고 파도를 잘 타는 사람이 있다. 그는 굳은 자세로 있지는 않다. 손짓, 발짓, 몸짓, 더 나가 온몸을 균형에 맞춘다.

삶은 위험의 연속이다. 위험을 회피하는 것이 아니라 똑바로 주시하며 가야겠다. 한 알 한 알 그 지점에 닿기까지 닿아서 낙마하기까지 바닥에 손 짚고서야 가슴 저리게 오는 시간이 있다. 우공이산愚公移山이라 했다. 오늘의 일을 내일로 미루지 말며 이왕 하는 일 좀 더 열정을 가한다면 즐거움은 배로 이룬다. 열정 없이 사느니 차라리 죽는 게 낫다고도 하지 않는가!

이 글을 쓰는 시점, 17.02.27이다. 벌써 새해도 두 달이나 지났다. 주위를 돌아보는 시안을 가져야겠다. 어떤 것은 모래시계처럼 뒤집어야 한다. 전도가 아니라 도전 말이다. 내 가슴에 심는다.

詩 한 편 더 보자. 나는 한때 이성복 시인을 꽤 좋아했다. 가끔 글 생각하면 꺼내 읽는다. 아래는 선생의 시집 『뒹구는 돌은 언제 잠 깨는가』에 실은 詩다. 필자는 시를 그렇게 좋아하지는 않았지만 또 싫은 것도 아니었다. 가끔 글을 쓰고 싶다는 생각은 들어도 일기 한 장 제대로 쓰지 않았던 시절도 있었다. 어쩌다가 시를 읽다가 몇몇 시인을 꽤 좋아했다. 어떤 때는 나의 일기를 쓰기 위해 잠깐 읽다가 만 것도 많다. 제대로 한 번 감상해보지도 않

고서 말이다.

그날 아침 우리들의 팔다리여 / 이성복

그날 아침 비 왔다 개이고 다시 흐리고 갑자기 항아리에서
물이 새고 장독이 깨지고 그날 아침 工員들 실은 트럭이
장사진을 이루고 어떤 녀석은 머리에 흰 띠 두르고 깃발을
흔들고 계집애들 소리내어 껌 씹으며 히히닥거리며 줄 맞춰
가고 버스를 타서나 내려서나 우리는 한결같은 군대 얘기
잠시 침묵. 다시 군대 얘기 〈비상 걸리면 높은 양반들도
불나게 뛰었지......〉 그날 아침 鐘樓에는 鐘이 없고 종이로 접은
새들 곤두박질하고 우리는 나직이 군가를 흥얼거렸다 그날 아침
안개와 뜬소문은 속옷까지 기어들었고 빈 터엔 유리 조각이
굽이 쇠못이 벌겋게 녹슨 철근이 파밭에는 장다리가 길가에선
〈이 옘병할 놈아, 네 에미를 잡아 먹어라〉 그날 아침
테니스 코트에는 날씬한 여자와 건장한 사내가 흰 유니폼을 입고
흰 모자 흰 운동화를 신고 흰 공을 가볍게 밀어 치고
그날 아침 동네 개들은 물불 안 가리고 올라타고 쫓아도
도망 안 가고 여인숙 門을 밀치며 침 뱉는 작부들 우리는
다시 군대 얘기 〈휴가 끝나고 돌아올 때 선임하사를 만났더랬어
그 씨팔놈.......〉 그날 아침 매일 아침처럼 라디오에선 미국사
람이 〈What is this?〉라고 물었고 학생들이 따라 대답했다
〈핫 이즈 디스?〉 그날 아침 헤어지며 우리는 식은 욕망을
피로를 기억 상실을 군대 얘기로 만들었고 대충 즐거웠고
오 그날 아침 우리들의 팔다리여, 무한 창공의 깃발이여

鵲巢感想文

아침, 빨간 차양을 길게 널어놓는다. 비가 보슬보슬 내린다. 무거운 책가방을 서재 위에다가 놓는다. 도롯가에 차가 많이 있어 지나는 차들이 뭔고 싶어서 빠끔히 들다 보며 가는 차들이 몇 있다. 실은 일요일 옆 성당에 오신 사람이다. 일요일이면 동맥경화증처럼 차가 많다. 나는 혹여나 커피 찾는 손님일까 해서 작은 창문 하나 열어 놓는다.

한 손님 들어오신다. 나는 커피 찾는 손님인가 싶었다. 아니 경주에서 오신 단골손님이다. 근데 오늘은 커피 찾는 게 아니라 동생과 함께 왔다. 커피 교육문의였다. 경주에서 오기에 교통이 얼마나 불편할까 하는 생각 잠시 했다.

또 한 손님 들어오신다. 민트초코스무디라는 메뉴는 있어도 민트초코라떼는 없다. 하지만 민트초코라떼를 주문한다. 있어요 하며 묻는다. 네 있어요. 나도 오늘 처음 만들어 본 메뉴지만 생각보다 따뜻하고 맛있었다.

외제차 한 대 선다. 중절모 쓰고 까만 제복 입은 동그란 안경 쓴 남자가 뒤에서 걸어오고 여자가 먼저 와서 초록 문 연다. 아!, 어서, 그녀는 감탄사를 아끼지 않았고 나는, 마저 인사하지 못했다. 그러고는 중절모 쓰고 까만 제복 입은 동그란 안경 쓴 남자가 뒤에서, 마저 다 걸어오지 못하고. 야! 가자. 옆 큰 창문은 웃었고 걸어가는 그 여인도 웃었다.

단골손님이다. 이름은 모른다. 키 큰 남자 초록 문 연다. 아이스아메리카노 두 잔하고 요구르트는 뭐에요. 네 요구르트 주스 생각하면 좋은데 딸기 조금 넣어 드릴게요. 마시기에 훨씬 좋습니다. 네 그것 한 잔 주세요. 잠시 기다려 주세요. 손님은 잠시 바깥에 나가 건물 외벽에 붙여놓은 각 파이프에 앉아 담배 한 대 피운다. 그리고 다시 들어와 건물 위, 아래 옆 본다. 자리에 앉는다. 커피 다 됐습니다.

위 감상문이라고 적은 글은 시인의 글을 읽고 쓴 감상이 아니다. 거저 나의 일기를 적기 위한 글 읽기였다. 위 일기는 2013년 4월 13일자 나의 일기였다. 그때 상황이 지금 읽어도 생생하다.

*김추인: 1947년 경상남도 함양 출생. 1986년 〈현대시학〉 등단.

*그리스 철학자 헤라클레이토스 - 영원히 변하지 않는 것은 없다. 宇宙中唯一不變的是變化

*필자의 책『카페 간 노자』, 노자 도덕경 76장, 368p

*인지생야유약 人之生也柔弱, 기사야견강 其死也堅强, 만물초목지생야유취 萬物草木之生也柔脆, 기사야고고 其死也枯槁故, 고견강자사지도 堅强者死之徒, 유약자생지도 柔弱者生之徒

夢想家 _ 박성준

　　돼지는 집중한다 혼신의 힘을 다해 제 위장을 움직이면서 고기가 자란다 돼지는 날씬하다 돼지는 차분하고, 고기는 중력을 향해 늘어지기 위해서 수없이 서로를 껴안는다 고기들의 연대감은 시끄럽고 돼지의 뒤집힌 코는 수그려서 먹기가 편한 형태로, 열등하다 목숨을 걸고 소화를 시키려는 집단의 고요은 비우려는 것이 아니라 다시 채우기 위해 유혹이 깊다 돼지는 자라지 않는다 한 번도 몸을 사랑한 적이 없고 한 번도 하늘을 올려다 본 적이 없다 전생으로부터 알아차린 일관성 있는 식사의 궁리는 저절로 외로워지기 위해서다 탄력 있는 웃음이 되기 위해서다 고요한 고통을 위해 돼지는 막다른 운명을 택한다 축사 바닥에 쓸리고 있는 찰랑거리는 배는 돼지의 유일한 불감이다 돼지는 울음으로, 살찐 머릿속의 말을 다 옮겨 적지 못한다 기꺼이 고기가 되기 위해 심장이 뛴다 생각이 날씬하다 그런 집중

鵲巢感想文

　　시제 '夢想家'는 실현될 수 없는 헛된 생각을 즐기는 사람을 말한다. 시인은 돼지로 비유를 놓아 우리의 삶을 되짚어 본다. 그러므로 돼지는 몽상가를 제유한다. 이 몽상가는 시인이 될 수도 있지만, 다른 무엇을 상상해도 무관하다.

　　몽상가는 돼지처럼 온 힘을 다해 생각을 부풀린다. 하지만 부풀린 생각은 단순하며 날씬하고 차분하다. 몽상은 중력을 향해 늘어지기 위해서 수없이 서로의 생각을 껴안는다. 이러한 생각은 연대처럼 시끄럽고 무엇을 먹듯 편하다. 하지만, 이러한 몽상은 비우는 것이 아니라 무엇을 채우기 위한 일련의 활동 같은 것이다. 몽상은 열등하기까지 하지만, 목숨을 걸고 소화는

고요하기까지 하다.

몽상가는 더는 자라지 않는다. 한 번도 제 몸을 사랑한 적이 없다. 한 번도 하늘 올려다본 적 없고 오로지 일관성 갖춘 식사의 궁리로 저절로 외로움을 표한다. 이는 오로지 탄력 있는 웃음을 쫓는다.

고요한 고통을 위해 몽상가는 막다른 운명을 택한다. 축사 바닥 같은 허접스러운 마당에 불감증 같은 언어의 남발과 시초는 나름의 살찐 머릿속을 다 비울 순 없다. 기꺼이 삼겹살을 내어주듯 몽상가의 수첩은 심장만 뛴다. 그러니 아무 생각이 없다. 그런 집중만 한다.

나는 이 시를 읽고 한참 몽상에 젖는다. 마치 나를 비판하듯 그렇게 읽었다. 하지만, 나는 꼭 나만의 존재가 아니라 우리 모두 될 수 있다. 21c 현대자본주의 시대에 사는 우리는 접속의 공간에 사는 돼지일지도 모르겠다.

돼지는 제 살만 찌우는 데 급급하다. 나중은 생각지 않는다. 열녀전에 나오는 말로 남산현표南山霧豹라는 말이 있다. 남산의 검은 표범은 7일간 안개비 내려도 먹이를 찾아 산을 내려오지 않는다고 했다. 자신의 털을 기름지게 하여 무늬를 이루기 위함이다. 그리고 보면 주역에 군자표변君子豹變과 같은 뜻이기도 하다.

몽상이 아니라 현실에 맞는 공부다. 공부를 차곡차곡 축적해서 지혜를 갖춰야겠다. 돼지처럼 찌운 몽상가, 잠시 포만감은 있을지는 모르겠지만 실속은 없다. 빛 좋은 개살구다. 남산현표南山霧豹처럼 문체文體를 다듬고 문장을 이룬다면 세상 그 어떤 것도 바라보는 데 있어 주눅 들 일은 없다. 더 나가 눈빛은 검은 표범과 같아 세상 바라보는 것만도 더 빛나는 것도 없을 것이다.

*박성준: 1986년 서울 출생. 2009년 〈문학과 사회〉 등단.
*군자표변君子豹變: 조동범 詩人 詩「렌트」참조.

묘생 _ 이용한

고양이는 깊다, 라고 써야 하는 밤은 온다

짐승에겐 연민이 없으므로 때때로 서쪽에서 부는 한 마리의 방랑을 약하게 읽어
본다 언제나 옳다는 노랑둥이의 진리는 이미 무지개다리를 건넜다 나에게 남은 건
등이 휜 저녁과 길게 우는 일요일이다 골목에 적힌 소변금지가 대변하는 것은 갸
륵한 분별력이다 이를테면 너의 심층을 걸어 내려가는 계단에 앉아 짧은 꼬리를 덧
붙이는 것 모든 고양이의 세습이 고독한 영역을 관장하지는 않는다 다만 그것을 묘
생이라 불러도 좋다 지붕이 있든 없든 상관없다 배경은 배후로써만 최후다 어떤 역
할은 파랗게 녹슬어서 늙은 고양이처럼 가르랑거린다 단지 잊기 위해 너는 꼬리를
쓰다듬는다 거참 묘한 일이다 상처가 깊을수록 아프지 않다는 건, 바퀴에 뭉개진
묘생을 바람에 부쳐본들 기억은 점점 창과 구름 사이에서 쓸모없어질 것이다 문득

고양이별에는 분노가 없다고 믿어보는 겨울이다

鵲巢感想文
시는 냄비 받침대다. 라면 한 젓가락은 있을 수 없는 일, 하지만 뜨거운
라면을 먹고 싶은 것은 어쩔 수 없는 일, 아침에 쓰레기가 내리고, 차는 하얀
눈 밭길 달리고, 방금 따랐던 커피는 식어가는 마당, 나는 입술이 데지 않을
거라는 것을 알고 있으므로 한달음에 이 커피를 마셨다. 오늘은 묘생을 본
다. 전에는 미생을 보았다만,
첫 문장을 보면, 고양이는 깊다고 써야 하는 밤은 온다고 했다. 그러니까

149

묘생 卯生은 묘생이 아니라 묘생 猫生이다. 고양이는 깊다는 문장에서 어찌 고양이는 깊겠는가마는 동사의 깊다를 보았을 때 고양이는 제유한 시어임을 알 수 있다. 그러니까 문장이다. 고양이 같은 문장은 깊다고 표현한 것이다. 고양이와 문장과의 중첩이다.

짐승에겐 연민이 없으므로 때때로 서쪽에서 부는 한 마리의 방랑을 약하게 읽어 본다. 글은 연민으로 보는 것이 아니므로 이미 문턱을 넘은 개미가 된다. 서쪽에서 부는 한 마리의 방랑은, 해는 항상 동쪽에서 솟아오르니 글 읽는 화자는 동쪽이 된다. 화자의 마음과 이미 등단한 시인의 글과 여기서 고양이와의 이미지 중첩을 노린 글쓰기다.

언제나 옳다는 노랑둥이의 진리는 이미 무지개다리를 건넜다. 여기서 노랑둥이는 고양이에서 짐승으로 짐승에서 노랑둥이로 화자의 시에 대한 친근감이다. 화자가 읽는 시는 인쇄가 되었으니까 비문이다. 그러니 무지개다리를 건넌 셈이다. 나에게 남은 건 등이 휜 저녁과 길게 우는 일요일이다. 책은 고양이로 제유하였으니 펼치면 등이 휘어진 것이고 때는 저녁이다. 길게 우는 일요일이라 일요일에 아주 오랫동안 고양이를 들여다보고 있다.

골목에 적힌 소변 금지가 대변하는 것은 갸륵한 분별이다. 갸륵하다는 말은 착하고 장하다, 딱하고 가련하다는 뜻이 있다. 책을 보는 행위는 이 두 가지 뜻을 모두 지녔다. 책을 보는 행위는 소변 금지가 되는 것이며 뿐만 아니라 시인은 더는 말은 안 했지만, 대변 금지도 되는 것이므로 읽기 몰입을 은유한다.

이를테면 너의 심층을 걸어 내려가는 계단에 앉아 짧은 꼬리를 덧붙이는 것 모든 고양이의 세습이 고독한 영역을 관장하지는 않는다. 다만 그것을 묘생이라 불러도 좋다. 계단과 관장이라는 시어가 보인다. 고양이와 묘한 이미지 중첩을 노린 시적 장치로, 독서의 진보와 시의 보수다. 다만 그것을 묘생이라 불러도 좋다. 다만 그것을 시라고 불러도 좋다.

지붕이 있든 없든 상관없다. 배경은 배후로써만 최후다. 어떤 역할은 파랗게 녹슬어서 늙은 고양이처럼 가르랑거린다. 단지 잊기 위해 너는 꼬리를 쓰다듬는다. 이는 화자의 소변적 행위를 묘사한다. 좀 시원히 내뱉을 수 있는 오줌발 같은 것은 아직 못됨으로 녹슬었다는 표현이 나오는 것이고, 꼬리를 쓰다듬는 행위는 부드러운 길을 찾기 위한 화자의 심적 묘사다.

거참 묘한 일이다. 상처가 깊을수록 아프지 않다는 건, 바퀴에 뭉개진 묘생을 바람에 부쳐본들 기억은 점점 창과 구름 사이에서 쓸모없어질 것이다. 시 독해의 몰입과 그 결과로 인한 시 탄생을 묘사한다. 이 과정에 바퀴에 뭉개진 「묘생」(시)은 자연히 쓸모가 없어진다. 어쩌면, 내가 적는 이 감상문 또한 시 「묘생」을 나의 바퀴에 뭉개고 지나는 행위다.

문득, 고양이별에는 분노가 없다고 믿어보는 겨울이다. 문득, 등단의 세계에서는 분노가 없다. 이미 천 개의 눈을 가졌으므로 독자의 눈은 별의 이전移轉으로 갈망하므로 오늘도 이 밤은 고양이를 끌어안으며 고독한 영역을 관장하는지도 모른다. 이 시 문장에서는 겨울이라 했지만, 거울로 표현하는 것이 더 낫겠다는 생각도 가져본다.

*이용한: 충북 제천 출생. 1995년 〈실천문학〉 등단.

물메기를 읽다 _ 김지요

내 몸의 물기가 마르는 날이 있을까

생각한 적이 있다

누수의 출처를 찾지 못했다

물주머니처럼 흐느적거리며

물의 나라에서 나고 자란 태생을 탓할 뿐이었다

어느 날 내장이 비워진 채

베란다 난간에 내어 말려졌다

잠이 없는 밤

혼자였다

그리고 혼자였다

점자를 읽듯 밤들을 건넜다

날것으로 요동치는 바람을 이기지 못해

한동안 허공에 마음을 두었다

가시 하나 없는 섬모를 가진 보자기가

나를 받아 안을 것만 같았다

추락의 탄성彈性이 오히려 나를 붙들었다

아가미에 꿰어진 끈 놓지 않으려

한 방울의 눈물도 버렸다

뼈대만 남은 말라비틀어진

한 마디의 말씀이 되고 있었다

칠흑 같은 밤들을

간단없이 건너온 순례기를 몸으로 쓰는 중이다

허공에 뜬 탁본은

아기미 속으로 울음을

삼켜 본 자만이 읽을 수 있다

鵲巢感想文

여기서 물메기는 제유다. 빨랫감으로 제유한 것이지만 이는 자아를 그린다. 물메기는 쏨뱅이목 곰칫과의 바닷물고기이다. 피부와 살이 연하여 일정한 모양을 갖추기 어렵다. 옛날에는 생선으로 취급하지 않았으나, 지금은 물메기탕, 곰치국 등이 유명하다. 시제 물메기는 물메기가 아니라 세상에 폭 젖어 사는 우리, 혹은 자아를 뜻한다.

이 시의 7행에 보면 '베란다 난간에 내어 말려졌다'는 문장에 시인의 시작법을 얼추 이해가 닿는다. 시인은 빨랫감으로 자아와 대치되는 세계를 중첩하며 그렸다. 이 시를 읽듯 한평생 산다는 것은 그리 순탄치만은 않다. 말 못할 사정이 얼마나 많겠는가! 이러한 말을 제대로 표현하고 사는 사람은 과연 몇이나 되겠는가! 자신의 의중을 곧이곧대로 풀며 사는 사람이 있는가 하면 이 시와 더불어 품격을 더 높여 시로 승화시켜 놓은 시인도 있다.

사회를 이루며 사회에 사는 우리는 남을 이해하지 못하고는 더불어 하기는 어렵다. 사람이 너무 똑똑해도 무리를 이루지 못하며 너무 아둔하면 실익을 추구할 수 없다. 귀머거리 3년 벙어리 3년 장님 3년이라는 말이 있다. 시집살이만 그런 것이 아니라 우리는 우리와 함께할 때 때로는 이처럼 처세한다면, 나의 실익은 분명히 있겠다. 하지만, 그렇지 못함이 화를 불러들이는 것이다.

우화 한 편 보자.

전갈이 강을 건너가려 했지만 헤엄칠 줄 몰라 망설이고 있던 차에 물속에서 개구리 한 마리가 나타났다. 전갈이 강 저편으로 데려가 달라고 부탁하자 개구리는 "네가 꼬리의 독침으로 나를 쏠지도 모르니 그건 좀 곤란해"라고 대답했다. 당황한 전갈이 곧바로 해명했다. "그렇지 않아. 너를 쏘아 죽이면 나도 물에 빠져 죽잖아. 우리는 같은 배를 탄 거나 마찬가지기 때문에 절대로 너를 해치지 않을 테니 걱정 마." 개구리는 전갈의 말이 그럴듯하다고 생각해 등에 전갈을 업고 강으로 들어갔다.

그런데 강 중간에 이르자 전갈이 갑자기 꼬리의 독침으로 개구리를 찔렀다. 개구리가 힘들게 고개를 돌려 전갈을 쳐다보며 말했다. "나를 물지 않겠다고 말하지 않았어? 우리는 생사를 같이하기로 했는데 왜 나를 죽이는 거지?" 개구리의 몸이 서서히 마비되면서 물 밑으로 가라앉았다. 전갈은 온 힘을 다해 머리를 쳐들고 하늘을 보며 외쳤다. "나도 모르겠어. 남을 독침으로 물어 죽이는 천성은 어쩔 수 없나 봐!" 전갈도 결국에는 개구리와 마찬가지로 물속에서 죽음을 맞이했다.

우화를 예로 들었지만, 사회에 사는 우리는 이러한 일은 비일비재하게 접한다. 정치권에서는 수도 없이 많겠지만, 일반 서민의 삶도 마찬가지다. 사촌이 땅을 사면 배가 아프다는 속담도 있지 않은가! 조직 내에 시기 질투는 자신도 파멸로 잇는다. 나의 본능을 자제할 줄 아는 것이야말로 현명한 사람이다.

자공이 물었다. "어떠해야 선비라 할 수 있습니까? 子貢 問曰 何如 斯可謂之 士矣"

공자께서 말씀하셨다. "나의 행동에 부끄러움이 있어야 한다. 子曰 行己 有恥"

부끄러움은 어째서 생기는 것인가? 정말 그대는 떳떳한가?

*김지요: 2008년 〈애지〉 등단.

미궁이 자라나는 티타임 _ 황성희

시는 조사 하나까지 주석이 달린 채로 발견되었다.
k는 수상후보가 되고픈 c의 장난질이라고 하고
c는 손 떨림을 감추기 위한 k의 의도라고 한다.
우리는 저마다의 미궁 속에서 커피를 주문하고
소음으로 뒤덮인 시의 본문을 바라본다.
혓바닥이 입술에 묻은 커피를 핥는다.
어떤 수정란은 그 사이에도 태어나 자라 죽고
어떤 나무는 그 사이에도 씨앗을 뚫고 나와
사거리까지 뿌리를 뻗치지만,
커피를 마시며 우리는 이구동성
이것이 누구의 시이든 상관없지요.
중요한 것은
주석을 읽으며 허비하게 될 무엇
사전을 뒤지며 허비하게 될 무엇
그 무엇을 은폐하기 위해 시작된
미궁의 역사니까요.

鵲巢感想文

문학은 왜 발생하였으며 어떻게 태동한 것인가? 모방창조설인가 아니면 유희 본능설인가 이것도 저것도 아니면 오로지 외로움을 분출하는 하나의 넋두리에 불과한가!

우리 인간은 원시시대 때부터 표현의 예술이 있었다. 사슴과 고래를 잡으면서도 바위에 새기는 나름의 기록문화도 남겼다. 춤과 노래로 문화를 만들고 계승하였다. 이러한 구비문학이 형성되고 구전되면서 신화와 전설이 생겼다. 인류는 원시적인 기록에서 문자를 만들어 사용하고 이를 더 체계적으로 기록하면서 기록문화에 접어들었다.

왕정시대가 끝나고 자본주의 시대가 도래하였다. 현대사회는 반도체를 기반으로 다양한 기록문화를 갖추었다. 암각화에 비하면 현대인은 상상할 수 없을 정도의 엄청난 정보를 누리며 산다. 하지만 이러한 많은 정보를 등에 업고 사는 현대인도 시간은 부족한 것 같아도 여유가 많은 것도 사실이다.

우리는 시 공부를 왜 하는 것인가? 흥을 돋을 수 있으며 마음을 들여다볼 수 있고 어울릴 수 있고 불만을 털어놓을 수 있다는 공자의 말씀도 있었지만, 무엇을 읽으며 허비하게 될 무엇, 무엇을 뒤지며 허비하게 될 무엇, 그 무엇을 은폐하기 위해 시작된 미궁의 역사라는 것.

시는 조사 하나까지 주석이 달린 채로 발견되었지만, k의 변론도 c의 변론도 상관할 필요가 없는 그러니까 누구의 詩든 아무런 관계가 없는 것이다. 수정란 같은 뇌세포의 뉴런을 일깨우며 멍한 머릿속 사거리에 활기를 불어넣는 사색의 뿌리가 올곧게 뻗으면 어쩌면 생활의 활력소 같은 그 무엇을 얻을 수 있기 때문이다.

그러면 미궁이 자라는 티타임을 가져보자. 이구동성 혼선의 바다를 바라보며 나른한 시간을 만들어보자.

중요한 것은 주석을 읽으며 허비하게 될 무엇에 대하여 사전을 뒤지며 허비하게 될 무엇에 대하여 이로써 우리는 마음의 평정을 이끈다. 옛사람은 평정된 마음을 깨끗한 거울明鏡이나 고요한 물止水에 비유하였다. 거울이나 잔잔한 물은 다가오는 대상을 있는 그대로 비추고, 대상이 사라지면 깨끗함과 고요함을 그대로 간직하여, 자체는 늘 변함이 없었다. 수련하지 않은 사람의 마음은 때가 낀 거울, 출렁이는 물과 같아서 대상을 제대로 비추지 못한다.

동양 철학자들은 대상과 주체에 대한 동적動的인 이론을 내놓았다. 우리가 어떤 일을 처리하는 것은, 말을 타고 달리면서 토끼를 쏘아 맞히는 것과 같다고 한다. 대상도 움직이고 자신도 움직인다는 인식이다. 그러나 이 과정에서도 마음은 평정된 상태로 만 가지 변화에 대처해 나갈 수 있어야겠다.

마음의 비밀에 대한 원리를 깨우친다면 큰 보배를 얻는 것과 같다. 명경지수와 같은 마음을 유지하는 것은 인생 최고의 목표다.

*황성희: 경북 안동 출생. 2005년 〈현대문학〉 등단.
*고전의 품격

미생 未生 _ 권규미

　사월이었다 태양은 에레보스의 작은 풀밭이었다 때때로 나른한 풍우風雨를 저어 쌓아올린 제단마다 허방이었다 백발의 북두성과 붉은 입술 풍뎅이마저 소매를 당겨 얼굴을 가리던 어느 아침이었다 불각 중 인간체험을 하는 영적존재처럼 모든 말들은 사막의 모래알이던 전생으로 내달리고 만만파파의 적막들이 숟가락을 빼앗긴 저녁의 꽃처럼 물방울의 팔에 매달려 엄마, 엄마, 가슴을 치고 시간의 녹슨 튀밥냄비 불멸의 옥수수 한 알 삼키지 않았다 천진한 바다엔 출렁거리는 푸른 심장과 심장들의 타오르는 밤이 오고 삶이란 무지막지 낡은 한 잎의 벽화였다 화엄장엄의 사월, 지상의 계단마다 지하의 벼랑마다 고요히 등촉이 켜지는 축복의 계절, 누가 병속의 물을 쏟았을까 누가, 누가, 쉴 새 없이 중얼거리는 사이 낳지도 않은 아이 삼 년을 찾아 헤매는 석장승처럼 빈 수레만 돌고 도는 사이 해 지는 물가에 앉아 거북아 거북아 노래하는 사이……. 벽해상전의 수만 년 후쯤 옛날 옛날로 시작하는 꽃다운 동화 속에 감자를 캐고 콩을 심었으나 키가 자라지 않는 난쟁이처럼 여전히 낭자한 사월이었다

鵲巢感想文

　미생未生은 12간지에서 양띠 해에 태어난 사람을 말한다. 하지만, 여기서 미생은 생이 아닌 그러니까 미未 자가 아직 오지 않은 무엇을 의미한다. 쪽빛 같은 시를 건져내지 못했거나 아니면 양 띠 해를 가진 자아를 그리는 시제라 할 수도 있겠다.

　때는 사월이고 태양은 에레보스의 작은 풀밭이다. 이 문장은 시를 묘사한다. 그러니까 태양은 시를 제유한 시어며 에레보스는 그리스 신화의 어둠

의 신으로 어둠이나 암흑을 뜻한다. 시인을 치환한 은유다.

나른한 풍우風雨를 저어 쌓아 올린 제단마다 허방이었다는 말은 바람과 비로 그러니까 꿈과 난관을 이겨내며 쌓은 성과가 모두 구덩이나 마찬가지라는 말이다. 백발의 북두성과 붉은 입술 풍뎅이마저 소매를 당겨 얼굴을 가리던 어느 아침은 시인의 시에 대한 사랑을 표현한 어느 아침이다. 백발의 북두성은 백지 위 시라든가 글을 제유한 시구며 붉은 입술 풍뎅이는 열정 가득한 자아를 그린다. 풍뎅이는 속어로 쭉정이라는 뜻도 있다.

다음 문장은 제법 좀 길다. 불각이라는 말은 깨닫지 못한 것을 말한다. 한자로 표기하면 불각不覺이다. 만만파파는 일파만파와는 좀 다른 여러 심적인 작용을 묘사한다. 만만파파식적萬萬波波息笛이라는 피리가 있다만, 이를 줄여 만만파파라 할 수 있겠으나 여기서는 시 문장이라 마음을 담는 것이 좋겠다.

숟가락을 빼앗긴 저녁의 꽃처럼은 물방울의 팔에 매달려, 저녁도 먹지 못하고 꽃 같은 시에 몰입한다는 말을 은유한다. 여기서도 엄마라는 시어가 나오지만, 엄마는 엄마가 아니라 경전 같은 시, 나의 시의 모태라 할 수 있겠다.

시간의 녹슨 튀밥 냄비란 어떤 결실이 없는 자아를 빗대어 하는 말로 시간의 경과성까지 보탠 시구다. 녹이 슬었다는 것은 부드럽지 못한 것을 의미하며 냄비는 자아를 제유한 시어다. 불멸의 옥수수 한 알 삼키지 않았다는 것은 불멸의 이빨 하나 까지 못했다. 옥수수가 튀밥으로 변이한 것은 시다.

다음 문장도 화려하다. 천진한 바다엔 출렁거리는 푸른 심장과 심장들의 타오르는 밤이 왔다는 뜻은 시인의 시에 대한 맹렬한 복종과 탐구를 뜻한다. 천진난만한 바다 같은 문장에 푸른 마음과 몰입하는 열정의 밤이다. 삶이란 무지막지한 낡은 한 잎의 벽화란 그만큼 보잘것없는 삶을 말한다.

화엄장엄華嚴莊嚴은 만행萬行과 만덕萬德을 닦아 덕과德果를 씩씩하고 장엄하게 한다는 뜻이다. 그런 사월이다. '지상의 계단마다 지하의 벼랑마다 고요히 등촉이 켜지는 축복의 계절'이란 시 해체이자 시 완성의 단계를 묘사한다. 그만큼 공부의 성과다.

누가 병속의 물을 쏟았을까, 묻는 말이 아니라 자아의 반문이다. 병은 시인을 제유한 시어다. 물은 시 결정체다. 누가, 누가, 쉴 새 없이 중얼거리는 사이 낳지도 않은 아이 삼 년을 찾아 헤매는 석장승처럼 빈 수레만 돌고 도는 사이 해 지는 물가에 앉아 거북아 거북아 노래하는 사이, 이 문장은 시인의 시에 대한 투쟁으로 신화적 내용을 끌어다 쓰는 인유 같은 문장이라 할 수 있다. 거북아 거북아 머리를 내 밀어라는 시구는 김수로 왕의 구지가로 가락국 건국신화에 삽입한 주술적인 노래다.

벽해상전碧海桑田이라는 말은 상전벽해와 같은 말로 뽕나무밭이 변하여 푸른 바다가 된다는 뜻이다. 세상일의 변천이 심함을 비유적으로 이르는 말이다. 수만 년 후쯤 옛날 옛날로 시작하는 꽃다운 동화 속에 감자를 캐고 콩을 심었으나 키가 자라지 않는 난쟁이처럼 여전히 낭자한 사월이었다. 시의 장엄한 결실을 은유한다.

일단, 선을 넘어서는 것이 중요하겠다. 어떤 시인은 절취선이라 했지만, 이생과 전생을 구분하는 현실과 꿈을 분간하는 시작법은 어느 시인이든 바라는 바이다. 문턱을 넘은 개미가 문턱을 넘는 개미를 보고 있다. 문턱을 넘은 개미는 더는 자라지 않는 난쟁이처럼 신화가 되었다.

지금껏 시를 보았다. 우리말로 쓴 시 문장이지만, 해석이 필요하다는 것에 쓸쓸한 마음을 얹어 놓는다. 하지만, 누구도 흉내 낼 수 없는 문장력이라는 것은 틀림없는 사실이다. 자신만의 예술적 기치를 가졌다는 것은 그만큼 도에 이르렀음이다.

*권규미: 경북 경주 출생. 2013 월간 〈유심〉 등단.

밑 _ 이승희

이제 그만 혹은 이제 더는 이라고 말할 때 당신 가슴에도 눈이 내리고 비가 내리고 그랬을까. 수면처럼 흔들리던 날들이 가라앉지도 못하고 떠다닐 때 반쯤 죽은 몸으로 도시를 걸어보았을까. 다 거짓말 같은 세상의 골목들을 더는 사랑할 수 없었을 때 미안하다고 내리는 빗방울들을 보았을까. 내리는 모든 것들이 오직 한 방향이라서 식탁에 엎드려 울었던가. 빈자리들이 많아서 또 울었을까. 미안해서 혼자 밥을 먹고, 미안해서 공을 뻥뻥 차고, 미안해서 신발을 보며 잠들었을까. 이제 뭐를 더 내려놓으라는 거냐고 나처럼 욕을 했을까. 우리는 다시 떠오르지 않기 위해 서로를 축복해야 한다. 더는 늙지도 죽지도 않는 손들을 늦지 않았다고 물속에 넣어보는 것이다. 세상에 속하지 않은 별들로 반짝여 보는 것이다.

鵲巢感想文

詩는 묘한 상상을 이끈다. 가끔은 벽 앞에 서서 이거 아니냐고 묻기도 하고 그렇지 그것이지 하며 중얼거리기도 한다. 그러면서도 인제 그만 혹은 이제 더는 이라고 말할 때, 詩는 하얀 눈 같은 무명옷 한 벌 내어다 주며 날 더러 입으라 한다.

여기서 시에 대한 색감 표현을 유심히 보자. 예를 들면, 눈은 하얗다, 시인이 바라본 세상도 하얗고 마음을 표현하는 곳도 하얗다. 마음을 까맣게 표현하는 곳은 하얀 종이다. 무명옷도 하얘서 감상에 적절히 사용해보았다. 비는 감정표현이다. 비처럼 감정이 내린다는 것을 표현했다.

옷은 깔끔하고 단정하게 입었다만, 마음은 아직도 미온적 하여 수면처럼 이리저리 흔들리다가도 반쯤 죽은 몸으로 도시를 걸을 때쯤이면 깜깜한 별빛은 그때야 볼 수 있다는 것을 우리는 안다.

시인은 '수면처럼' 직유로 표현했다. 수면에 대한 여러 가지 뜻이 먼저 지나갈 것이다. 다음은 그 직유에 대한 여러 생각이 오고 간다. 여기서는 물에 내 얼굴을 비춰보는 것으로 해석하는 게 좋을 것 같다. 도시라는 시어도 재밌다. 도시는 복잡하며 다양한 사람으로 한태 뭉쳐 사는 군락지다. 그러니까 도시처럼 복잡한 글을 제유한다.

사랑은 오로지 한 방향이라고 별빛이 노래할 때 목련은 피는 거라고 바람이 불고 아직 이해하지 못한 마음에 혼자 밥을 먹듯 눈 빠지게 보는가 하면 미안해서 볼펜 볼만 튕기며 미안해서 걸을 수 있다는 의지만 보이는 것은 당신이 시라서 그렇다.

시 쓰는 것도 시 읽는 것도 오로지 한 방향 사랑이다. 식탁을 식탁으로 보는 눈빛과 식탁을 시 쓰는 어떤 소재로 보는 눈빛도 가져야 한다. 빈자리와 미안하다고 표현하는 것은 화자의 심적 묘사며 밥과 공과 신발은 시와 교감을 뜻한다.

이제 더는 내려놓을 것이 없을 때 도시는 완성되며 완성된 도시에서 더는 잠자리처럼 날아가는 이상은 없을 때 우리는 늙지도 죽지도 않는 세계에 까맣게 놓이는 것이다. 드디어 세상에 속하지 않은 별로 하얀 밤하늘에 까맣게 별빛은 보는 것이다.

시제 '밑'과 시문은 얼추 상관성이 맞아야 한다. 마음을 아래다가 놓는 것은 안정이다. 시는 세상을 표현하지만, 모두 거꾸로 보는 세계다. 맛깔스러운 꿀을 하얀 목련에다가 담았으니 세상에 속하지 않은 별들로 반짝거리게 된다.

詩는 그렇다 하더라도, 사회를 본다.

맹자는 나라를 다스리는 사람이 가장 먼저 해야 할 일은 민생 안정이라고 했다. 백성은 생활이 안정되지 않으면 마음이 흔들린다. 이와 달리 선비는 생활이 어려워도 마음은 흔들리지 않는다고 했다.*

우리 국민은 작년 한 해 어려운 시기를 맞았다. 그 여파가 아직 가시지 않은 17년 연초를 보낸다. 필자는 자영업 세계에 있으니 이쪽 계통의 여러 사람을 만나면 하나같이 어렵지 않은 사람이 없다. 모두 일을 그만두었으면 하는 바람이다. 물가, 인건비, 대외 수출도 암담하기까지 하며 거기다가 각종 세금 부담은 예전보다 더 힘에 겹다.

이제는 뭐를 더 내놓을 것도 없는 국민이다. 이런 마당에 맹자의 말씀은 가슴 깊게 와 닿는다. 선비는 의지를 중시하는 사람이고 뜻이 굳어야 한다. 지금 그 어느 때보다 실업률이 높다. 물질적 어려움을 정신력으로 이겨 나가는 것도 한 방법이겠다만, 시 한 수 읽으며 세상 바라보는 서민은 암담하기만 하다.

무엇이 항산恒産이며 이를 뒷받침하는 선비 같은 정치지도자는 누구며 얼마만큼 서민의 마음을 안정으로 이끌 것인가?

*이승희: 1965년 경북 상주 출생. 1997년 〈시와 사람〉 당선. 1999년 〈경향신문〉 신춘문예 당선.
*맹자 왈 선비는 항산이 없어도 항심이 있다고 했다. 無恒産而有恒心

바지랑대

바닥에 관한 성찰 _ 권현형

저녁이 깊이 헤아려야 할
말씀처럼 두텁게 내려앉는 11월
뱀은 껍질을 발자국처럼 남기고
숲으로 사라진다
얼굴은 들고 허물은 벗어놓고

온몸의 발자국 같은
발자국의 온몸 같은 너의 껍질을
목간木簡처럼 받아들고 나는 깨닫는다

얼굴을
꼿꼿이 들고 낡은 몸을 버리고 숲속으로 사라진
너의 내성이 인류를 구하리라
바닥에 납작 엎드려 너는 자존심을 감추고 살아있다

현란한 무늬와 꿈틀거리는 육체성 때문에
관능의 화신으로 악마의 화신으로
돌팔매질당해 온 너의 깊은 슬픔
바닥을 쳐본 너의 고통이 세계를 구원하리라
짐승에서 인간으로, 짐승에서 인간까지

鵲巢感想文

글을 좋아하는 사람은 모두가 시인이다. 꼭 등단했다고 하여 시인만은 아니다. 등단한 사람마저 그 이후로 글을 쓰지 않는 사람도 꽤 많다. 등단은 아니 하여도 글은 좋아 꾸준히 작품 활동하는 사람도 많다. 21c는 출판문화도 많이 달라졌다. 책이라는 매체가 이제는 독자에게 미치는 영향이 예전보다는 적은 것도 사실이고 다른 매체로 정보를 구하는 길이 더 수월한 것도 사실이기 때문이다. 그렇다 하더라도 책이 갖는 의미는 인류가 살아 있는 한 가장 압도적이며 중요한 자리에 있음이다.

시인은 학자만 시인이 아니라 시인은 다양한 직업군을 형성한다. 이러한 다양한 직업에 쏟아내는 목소리야말로 문학을 더욱 풍성하게 할 것이다. 학자가 아닌 시인은 저녁이면 글을 파며 헤아리며 고독과의 싸움을 거치거나 어두컴컴한 숲속의 한 줄 빛처럼 문장을 남기기도 한다. 나의 문장을 만들기 위해 인류가 남긴 목간 이래로 책을 탐독하는 것은 시인만의 일이다. 여기서 시인이 사용한 뱀은 문장을 제유한 시어며 숲은 자아를 표현한다.

하지만 역시 詩는 다의적이라, 뱀은 남성을 상징하며 숲은 여성을 상징한다. 뱀으로 묘사한 작품 중 미당의 시 '화사'가 있다. 화사는 꽃뱀이다. 화사를 보자.

花蛇 / 미당 서정주, 詩 全文

麝香 薄荷의 뒤안길이다.
아름다운 베암······.
을마나 크다란 슬픔으로 태여났기에, 저리도 징그라운 몸둥아리냐

꽃다님 같다.
너의 할아버지가 이브를 꼬여내든 達辯의 혓바닥이
소리 잃은채 낼룽 그리는 붉은 아가리로

167

푸른 하눌이다. ....물어뜯어라. 원통히 무러뜯어.

다라나거라. 저놈의 대가리!

돌팔매를 쏘면서, 쏘면서, 麝香 芳草ㅅ 길
저놈의 뒤를 따르는 것은
우리 할아버지의안해가 이브라서 그러는게 아니라
石油 먹은 듯...... 石油 먹은 듯 ....가쁜 숨결이야

바눌에 꼬여 두를까부다. 꽃다님보단도 아름다운 빛........
크레오파투라의 피먹은양 붉게 타오르는 고흔 입설이다........슴여라! 베암.

우리 순네는 스물난 색시, 고양이 같이 고흔 입설.......슴여라! 베암.

　화사는 남성을 상징한다. 이에 극을 이루는 것이 '크레오파투라'다. '고흔
입설'이다. 시인이 사용한 숲은 마치 구스타프 쿠르베의 '생명의 기원'이 생각
나게 한다. 미당은 '돌팔매를 쏘면서'로 표현했다면, 시인 권현형은 돌팔매질
당해 온 너의 깊은 슬픔이라 했다. 어찌 보면 시의 진화를 우리는 보는 셈이
다. 하여튼,
　詩 바닥에 관한 성찰은 화간和姦 처럼 성애를 표현한 시로 읽을 수 있음
도 밝혀둔다.

　묵수墨守라는 말이 있다. 묵적지수墨翟之守라고도 한다. 묵적이 성을 굳게
지켰다는 말로 어떤 융통성을 부리지 않고 있는 그대로를 지킨다는 뜻이다.
어쩌면 시가 묵수墨守라면 누가 읽을 것인가 하는 생각이 들었다. 詩는 마음
이다. 그 마음을 상대에게 보이는 것이므로 묵수墨守는 없어야겠다.

*권현형: 강원도 주문진 출생. 1995년 〈시와 시학〉 등단.

*구스타프 쿠르베: 1819년 6월 10일~1877년 12월 31일 사실주의 미술의 선구자. 미술가동맹의 회장이었던 쿠르베는 정치활동에도 가담함. 파리 코뮌이 무너진 후 체포되었고 그 결과 파산함. 작품으로 '안녕하세요 쿠르베 씨', '오르낭의 매장' 이외 다수.

바람의 구문론 _ 이종섶

바람은 형용사다 나무를 흔들리게 하고 깃발을 휘날리게 한다 나무와 깃발 같은 것들 앞에 흔들린다와 휘날린다를 붙이는 것은 목숨과도 같아서 그런 표현이 사라지면 흔적조차 사라져버리는 것이다 바람은 동사도 된다 바닥에 있는 것들을 날아가게 하고 무생물체까지도 움직이게 한다 생명을 가지고 있는 것들이야 바람 따라 움직이지 않겠지만 생명이 없는 것들은 바람 부는 대로 움직이며 생명을 흉내 낸다 바람을 통해 잠깐씩 살다 가는 목숨들이 아주 많다 바람은 접속사 역할도 한다 나무와 나무를 이어주며 꽃과 꽃을 연결하고 사람과 사람까지도 만나게 한다 바람이 없으면 외롭게 살다가 저 혼자 마감하는 세상 바람이 있어 서로가 손길을 스치고 눈빛을 주고받으며 마음을 나눌 수 있는 것이다 바람은 그러나 명사는 아니다 명사의 형질이 없어 무엇이든 명사로 보이는 순간 힘 한 번 쓰지 못하고 그 자리에서 죽어버린다 꾸며줄 수도 있고 움직여 줄 수도 있으나 대상 그 자체는 결코 되지 못하는 비문秘文 바람은 그러므로 존재사다 모든 것이 되고 싶으나 아무것도 되지 않는다 한 점 미련도 없이 대상의 존재를 다양하게 그려내는 문법에 만족한다 명사와 명사 사이에 불기도 하고 한 명사를 불러 다른 명사를 붙게도 하는 구문론 읽을수록 끝이 없고 쓸수록 신비롭다

鵲巢感想文

바람은 시의 제유다. 시제 바람의 구문론은 시의 구문론이다. 구문론構文論은 문장의 구성이나 구조, 기능 따위를 논한다. 시는 형용사라는 말은 형용사와 같은 역할을 말한다. 직유다. 나무를 흔들리게 하고 깃발을 휘날리게 한다. 나무와 깃발도 제유다. 나무와 같은 무엇을 상징하며 깃발과 같은 그

무엇이다. 나무와 깃발 같은 것들 앞에 흔들린다와 휘날린다를 붙이는 것은 목숨과도 같아서 그런 표현이 사라지면 흔적조차 사라져버리는 것이라고 했다. 그러니까 시는 비유다. 이는 비유가 생명이라는 말이다. 비유를 쓰지 않으면 구태여 시라 할 수 없기 때문이다.

시(바람)는 동사다. 시의 기능이다. 바닥에 있는 것들을 날아가게 하고 무생물체까지도 움직이게 한다. 생명을 가지고 있는 것들이야 바람 따라 움직이지 않겠지만, 생명이 없는 것들은 바람 부는 대로 움직이며 생명을 흉내 낸다. 시의 형태나 속성을 생각하게 하는 문장이다. 생명을 갖는 시를 창조하는 것은 시인의 자존이다. 바람을 통해 잠깐씩 살다 가는 목숨이 아주 많다. 어쩌면 이 시 감상도 잠깐 머물다 가는 바람이겠다.

시(바람)는 접속사 역할도 한다. 나무와 나무를 이어주며 꽃과 꽃을 연결하고 사람과 사람까지도 만나게 한다. 그러므로 시는 매개체다. 시가 없으면 외롭게 살다가 저 혼자 마감하는 세상일지도 모른다. 시가 있어 서로가 손길을 스치고 눈빛을 주고받으며 마음을 나눌 수 있다.

시는 그러나 명사는 아니다. 명사의 형질이 없어 무엇이든 명사로 보이는 순간 힘 한 번 쓰지 못하고 그 자리에서 죽어버린다. 여기서 명사는 이름 그 자체를 말하니 시라는 단어는 아무런 의미가 없다. 꾸며줄 수도 있고 움직여줄 수도 있으니 대상 그 자체는 결코 되지 못하는 비문이다.

시(바람)는 그러므로 존재사다. 모든 것이 되고 싶으나 아무것도 되지 않는다. 한 점 미련도 없이 대상의 존재를 다양하게 그려내는 문법에 만족한다. 명사와 명사 사이에 불기도 하고 한 명사를 불러 다른 명사를 불게도 하는 구문론 읽을수록 끝이 없고 쓸수록 신비롭다.

바람의 구문론은 시의 묘사다.

글쓴이는 완벽한 문장을 구사하기 원한다. 비문과 같은 시 한 수에 목숨을 걸기도 한다. 목숨 걸만큼 가치 있는 것이 또 시다. 자신의 철학과 화법, 나름의 비법을 창조한 것만큼 예술의 경지도 따로 없겠다. 그러니 매일 같이 글에 매진하며 산을 만들고 그 만든 산을 오르고 산 정상에 오르려고 한다.

사상연마事上練磨라는 말이 있다. 일상적으로 하는 일 속에서 자신을 연마하는 것을 말한다. 달리는 자동차에서 업무를 보고 시안을 헤아리며 일과를 보내는 것만큼 더 큰 학습도 없다. 그러니까 일은 일이 아니라 놀이다. 놀이가 되지 않고는 그 일을 할 수 없다. 억지로 하는 일이 아니라 좋아서 하는 일은 나의 발전을 도모한다. 그러니 공부는 절대 위기지학이 되어야 하지 위인지학이 되어서는 안 된다. 세상을 스스로 바라보고 책임지는 학문이 되어야겠다.

시 바람의 구문론은 시의 큰 테두리를 그려놓았다. 우수 창작시 100여 편을 모아도 시를 어찌 다 설명할 수 있으리까! 마치 구름이 흘러가는 것과 같다. 그 형태를 이루 말하기에는 인간 능력은 역부족이다. 신의 세계에 도전하는 것은 인간의 자만이다. 오로지 즐기며 깨우치고 함께하는 시의 세계, 노자가 말한 취빙驟騁이다. 말 달리면서도 흥에 겹고 그 흥에 맞춰 토끼를 잡았다면 더할 나위 없는 사회 일꾼으로서 으뜸이겠다.

*이종섶: 경남 하동 출생. 2008년 대전일보 신춘문예 등단.

반도네온 _ 성동혁

아이들은 죽어서 그곳에 묻힌다

아이들이 어깨를 맞대고 커져간 움집을 파낸다 아이들은 죽어서 그곳에 묻히지
만 나는 살아서 모종삽을 가지고 그곳으로 간다 아이들의 발톱에 모종삽이 닿을 때
나는 삽 끝으로 아이들의 심장소리를 듣는다 모종삽 모종삽 그곳을 파낸다 아이들
의 발이 드러난다 발이 많다 그곳이 띈다

바람이 얇은 커튼을 제치며 낙원으로 노를 저어간다 잎을 뚫고 팔분음표처럼 새
들이 떨어지네 모자를 벗으면 어둠이 커지고 그들의 어머니는 영원한 자장가를 부
른다 모종삽으로 솟은 발가락을 두드려도 평원은 하늘은 안고 움직이다 어른들은
주머니 안에서 양초를 켠다 환한 노래들이 밀려간다

자 마지막으로 아이들에게 박수를 치자*

*아르헨티나에선 이승을 떠나는 자들에게 박수를 치는 장례 풍습이 있다. 그곳에선
파랑새넝쿨이 자란다.

鵲巢感想文

시제 '반도네온'은 아르헨티나 탱고에 사용하는 손풍금이다. 음색·구조가
아코디언과 비슷하나, 아코디언으로 표현하기 어려운 스타카토 주법이 가능
하다. 근데, 이 시에서는 반도네온이 어떤 큰 역할로 작용하는 것은 아닌 것
같다. 거저 무의미하나 시는 노래나 다름이 없으므로 내세운 제목에 불과한

것 같다. 그리고 독자는 시의 내막을 몰라도 시 문장과 시로서 그 맥이 맞는지 보는 수밖에 없는데 그 맥만 읽어도 어떤 선한 느낌을 받을 때도 있다. 이 시는 그 맥만 보더라도 아주 잘 쓴 시다.

이 시에서 중요하게 등장하는 시어 몇 가지 들자면, 아이들, 움집, 모종삽, 아이들의 발톱, 심장소리, 발, 팔분음표, 새, 어머니, 양초를 들 수 있겠다.

아이들은 詩를 제유한 詩語며 움집은 詩集, 모종삽은 시인의 필기도구, 아이들의 발톱은 詩 문장, 심장소리는 詩의 의미지만 詩는 거울이므로 시인의 심장소리도 된다. 발은 詩의 실체를 말하며 팔분음표, 이 팔분음표라는 시어가 참 재밌다. 필자는 팔푼이로 읽었다. 말하자면 소리은유다. 새는 시인의 문장, 어머니는 모태가 되는 詩, 양초는 독자의 마음을 제유했다고 보면 좋겠다.

詩 구성은 총 4연으로 1연은 시의 생성을 2연은 詩 해체, 3연은 詩 생산을 4연은 그 감동에 일종의 자화자찬 自畵自讚이다.

이 시를 접하게 된 것은 올해의 좋은 시 선정 작품이라 알게 됐지만, 시인은 아주 젊은 분이다. 문장이 좋아 필자는 시인의 시집을 사다 보게 되었다. 위 시는 시인의 시집 『6』이라는 책에 실려 있으며 이참에 시인의 시 한 수 더 읽어보자.

수컷 / 성동혁

나는 스스로를 여자라고 부른다 애인의 가슴은 어젯밤 내가 모두 빨았다 하지만 나는 도덕으로 살고 있다 가슴을 깎아 내리면 연필처럼 검은 젖이 나온다

점궤를 믿는 것을 애인의 부족에선 도덕이라 칭했지만 나는 정해진 불행은 믿지 않는다

하나둘

나는 애인에게 걸음마를 배운 것 같다 그녀의 젖을 빨고 어깨를 펴면 엽록소가

흰자에서부터 분열한다 걸어 나갈수록 숲은 궁금하다

그 뒤로도 나는 머리를 땋는 사람들의 젖을 함부로 물었다

애인은 내가 가장 싫어하는 여자에게도 젖을 물렸다 애인은 작아진다 나는 사라

진 애인에게서 여자를 물려받았다

詩 시작부터 재밌게 읽힌다. 나는 스스로를 여자라고 부른다고 했다. 남
자지만 말이다. 여기서 애인은 시를 제유한 것이며 검은 젖은 글을 제유한 것
이다. 점궤라는 시어는 시인의 조어다. 점을 모아놓은 궤다. 애인에게서 걸
음마를 배운 것 같다는 것은 시집을 읽고 글을 익혔다는 말이다. 시 종장
은 더 재밌다. 애인은 내가 가장 싫어하는 여자에게도 젖을 물렸다고 했다.
여기서 여자는 특정인을 은유한다. 그러니까 글을 좋아하는 동인쯤으로 보
면 좋겠다. 여자의 가슴을 보고 젖을 빨고 검은 젖을 쏟은 시인, 결국 여자
를 생산한다.

꽃 / 성동혁

언 강 위에서 춤을 추는 나의 할머니

시집에 든 시는 고체화다. 굳은 것은 언 강물과 같다. 허연 선생의 시
「얼음의 온도」가 생각나게 하지만, 길다고 좋은 시는 아니듯 이 시 또한 짧지
만, 선한 느낌으로 닿는다. 시인은 젊다는 것도 이 시에서는 한 몫 한 셈이
다. 시집에 든 시와 나비로 환생한 할머니, 그 현란한 춤으로 마그마 같은 느
낌마저 읽는다.

허일이정虛一而靜은 순자의 말이다. 도를 인식하려면 마음을 텅 비우고 한
결 고요하게 할 수 있어야 외부 사물이 크고 맑고 밝은 상태에 이른다고 했
다. 허虛는 비움을 말함이요. 일一은 집중을 말한다. 이로써 정靜에 이르는

데 이에 이르면 마음은 고요하여 몸은 움직이지 않아도 초연히 모든 상황을 관찰할 수 있다는 것이다.

마음이 가득 차 있다면 새로운 정보를 받을 수 없고 두 마음이면 한 가지 일도 제대로 처리할 수 없다. 평정을 잃으면 판단은 정확할 수 없으니 어찌 경쟁에 살아남길 바라겠는가!

詩는 비우는 일이며 이 비움이 있기에 새로운 것을 담을 수 있다. 시는 몰입이 없으면 절대 가까이할 수 없으며 몰입은 사색의 깊이를 늘이니 현실을 가름하는 데 크게 돕는다. 이는 더욱 마음을 고요하게 하여 초연한 상황에 이르니 어찌 모든 일이 일처럼 보이겠는가!

우리의 주머니에 양초를 켜듯 마음을 환하게 하여 아이처럼 낙원 하나쯤 만들면 어떨까 말이다.

*성동혁: 서울 출생. 2012년 〈세계의 문학〉 등단.

반도네온이 쏟아낸 블루 _ 정재학

　　항구의 여름, 반도네온이 파란 바람을 흘리고 있었다 홍수에 떠내려간 길을 찾는다 길이 있던 곳에는 버드나무 하나 푸른 선율에 흔들리며 서 있었다 버들을 안자 가늘고 어여쁜 가지들이 나를 감싼다 그녀의 이빨들이 출렁이다가 내 두 눈에 녹아 흐른다 내 몸에서 가장 하얗게 빛나는 그곳에 母音들이 쏟아진다 어린 버드나무인 줄 알았는데 이렇게 깊은 바다였다니……. 나는 그녀의 어디쯤 잠기고 있는 것일까 깊이를 알 수 없이 짙은 코발트 블루, 수많은 글자들이 가득한 바다, 나는 한 번에 모든 子音이 될 순 없었다 부끄러웠다 죽어서도 그녀의 밑바닥에 다다르지 못한 채 유랑할 것이다 그녀의 목소리가 반도네온의 풍성한 화음처럼 퍼지면서 겹쳐진다 파란 바람이 불었다 파란 냄새가 난다 버드나무 한 그루 내 이마를 쓰다듬고 있었다

鵲巢感想文

　　신춘문예에 접수한 작품을 심사한 유명 시인도 시 감상평은 어설프기 짝이 없는 것도 많다. 심지어 시와 동떨어진 얘기로 얼버무린 것도 많아 시의 본질을 훼손하는 경우도 적지 않다. 이것은 시를 정확히 읽지 못한 결과다. 필자는 시 감상평을 적기 위해 혹여나 이 시와 관련한 자료가 있나 싶어 찾아보고 읽기도 한다. 하지만, 제대로 감상평을 놓은 것은 찾지 못했다. 시 감상 들어가기 전에 거저 필자의 아둔한 생각을 피력했다.

　　덧붙인다. 어쩌면, 시 감상이라는 것은 거저 독자의 눈에 들어온 어떤 이미지를 말하는 것이므로 영 틀리게 말하는 것도 괜찮겠다. 원관념에서 보조관념, 보조관념에서 제3의 관념이 나올 수 있으니까 말이다. 하여튼, 뭐 그렇다는 얘기다.

이 시를 읽으면 약간은 이국적인 향이 묻어나 있기도 하고 바다와 항구 그리고 반도네온의 선율까지 아름답기까지 하여 어딘가 휴양 나온 듯 그렇게 느낌이 든다.

이 시는 어떤 한 젊은 시인의 글을 읽고 내 마음이 미처 그 글에 깨닫지 못함을 비유로 쓴 글이다. 글을 읽는 동안 여러 비유의 색채가 다채롭다.

때는 항구의 여름이다. 항구라는 시어도 이 시에서는 어떤 상대를 바라보는 시점으로 보인다. 곧 떠날 것 같은, 닿을 것 같은 감정이 묻어난다. 반도네온이 파란 바람을 흘리고 있었고 홍수에 떠내려간 길을 찾는다. 이 부문은 시인의 심적 묘사다.

버드나무는 여기서, 시인의 미치는 대상, 객체다. 버드나무 하나 푸른 선율에 흔들리며 서 있었다는 말은 화자가 버드나무의 글을 읽고 흔들리고 있었다는 말이다. 그러니까 버드나무는 제유가 된다. 버들을 안자 가늘고 어여쁜 가지들이 나를 감싼다. 그 글을 읽자 어여쁜 맵시가 시인에게 닿았다는 말이다.

화자는 버드나무가 뱉은 말을 모음이라 했다. 어머니의 소리다. 내 글을 쓰기 위한 모태가 된다. 어린 버드나무인 줄 알았는데 이렇게 깊은 바다였다니……. 그러니까 화자는 그 글에 탄복한다. 나는 그녀의 어디쯤 잠기고 있는 것일까, 이 글을 통해 버드나무는 여성임을 알 수 있다.

짙은 코발트블루, 바다의 가장 깊은 곳은 아마 이 색으로 보일 것이다. 그만큼 글 깊이가 있다는 말이겠다. 글도 내공이 있다. 전혀 글을 쓰지 않는 사람은 모래사장이라면, 가벼운 글을 쓰는 사람은 바다의 연안쯤으로 시인의 글은 그 내공이 깊으니 바다의 중앙, 그 깊이로 얘기한다.

나는 한 번에 모든 子音이 될 순 없었다. 그 여류 시인의 글을 한 번에 읽을 수 없었다는 말이겠다. 어떤 시적 교감을 뜻한다. 결국, 화자는 그 여인의 시에 부끄러움을 느낀 나머지 후유증으로 이 글을 쓰게 됐다. 그녀의 목소리가 반도네온의 풍성한 화음처럼 퍼지면서 겹쳐지고 파란 바람이 불고 파란 냄새가 났으니까! 버드나무 한 그루 내 이마를 쓰다듬는다.

커피 한 잔 / 鵲巢

카페 바 위에 올려놓은
잔을 본다

흐릿한 하늘 달이 뜨고
여러 번 닦았을 그 잔을 본다

까맣게 마신 커피 한 잔
누가 목구멍도 없이
하얗게 쏟는다

*정재학: 1974년 서울 출생. 1996년 〈작가세계〉 등단.

밤의 누드 _ 박상순

두 개의 둥근 달이 있습니다. 한쪽에는 자전거, 다른 한쪽에는 자동차, 자전거 위에는 피아노, 자동차 위에는 구름, 피아노 위에는 그녀가 다닌 고등학교 창문, 구름 위에는 그녀가 걸어 나오던 전철역 입구의 표지판, 고등학교 창문에는 오렌지 꽃물, 전철역 표지판 위에는 작은 꽃봉오리가 그려진 그녀의 가방, 오렌지 꽃물 속에는 쓴 맛이 나는 비가라드 오렌지 나무, 그녀의 가방 위에는 포도주 한 병, 오렌지나무 위에는 기린 한 마리, 포도주병 위에는 새벽별.

두 개의 둥근 달이 있습니다. 한쪽에는 겨울, 한쪽에는 봄, 겨울나라에는 털모자를 쓴 그녀가 눈길을 걷고 있습니다. 봄의 나라에는 활짝 핀 벚꽃들이 나뭇가지 위에서 눈부시게 빛납니다. 한쪽 달이 기울면 다른 한쪽의 달도 기웁니다. 봄과 겨울 사이에서 날아온 꽤 커다란, 교장 선생님 같은 나방 한 마리가 묻습니다. 뭐니까? 왜 달덩이가 두 갭니까? 마침내 내가, 나의 존재를 드러낼 순간입니다. 보세요. 납니다. 나를 그린 그림입니다. 내 손에는 두 개의 둥근 달이 있습니다.

이쪽 손에는 푸른 달, 다른 손에는 하얀 달, 푸른 달 속에는 자전거, 하얀 달 속에는 자동차, 자전거 위에는 피아노, 자동차 위에는 구름, 피아노 위에는 그녀가 다닌 고등학교 창문, 구름 위에는 표지판……. 오렌지나무 위에는 기린 한 마리, 포도주병 위에는 새벽별, 겨울 나라에는 털모자를 쓴 그녀가 눈길을 걷고 있습니다. 봄의 나라에는 활짝 핀 벚꽃들이 나뭇가지 위에서 빛납니다, 이렇게 내 한 손에는 푸른 달, 또 다른 손에는 하얀 달. 울다가, 울다가……. 빛납니다. 눈부시게.

鵲巢感想文

시제가 '밤의 누드'다. 여기서 밤은 어두운 어떤 그림자, 나의 그림자다. 밤 같은 나의 어두운 어떤 한 장면을 벗긴다는 뜻이다.

시의 대립관계를 알면 시가 보인다. 위 시에서 첫 문장은 "두 개의 둥근 달이 있습니다."라고 했다. 그러니까 벌써 그 해답을 풀어놓은 셈이다. 그런데 이 시를 모두 읽으면 좀 슬프다. 그러니까 짝사랑이었거나 어떤 불완전한 사랑, 삼각관계 같은 느낌을 읽을 수 있으니 말이다. 물론 사랑이라고 표현했지만, 그 대상은 이성일 수도 있고 다른 무엇도 가능한 이야기다.

시는 총 세 단락으로 수미상관법首尾相關法으로 구성한다. 수미상관은 수미상응首尾相應이라고 하고 수미쌍관법首尾雙關法이라고도 한다. 시의 첫 연을 끝 연에 다시 반복하는 문학적 구성법이다. 첫 연(단락)을 보자.

두 개의 달이 있다. 한쪽에는 구체적이고 사실의 어떤 기억을 표현한 것이라면 한쪽은 추상적이거나 가공 혹은 허구, 시인의 상상일 수도 있으나 시인이 추구하는 이상향이다. 예를 들어 한쪽을 보자. 자전거라든가 자전거 위 피아노, 피아노 위 그녀가 다닌 고등학교 창문, 오렌지 꽃물, 오렌지 꽃물 속에는 쓴맛이 나는 비가라드 오렌지나무, 오렌지나무 위 기린 한 마리라 했다. 이는 시인의 기억에서 펴낸 이미지다. 그러니까 사실이며 구체적인 사건이다. 오렌지 꽃물에 눈에 좀 뜨이기도 하고 기린도 재밌는 표현이다. 오렌지나무 위에 기린 한 마리가 있으면 위태하다는 느낌도 들지만, 기린은 길인吉人을 늘인 표현 같기도 하니까 말이다.

두 번째 단락도 시작은 시의 첫 번째 단락과 마찬가지로 반복한다. 두 개의 둥근 달이 있다. 한쪽은 겨울 같고 털모자를 쓴 그녀만 기억할 뿐이지만, 한쪽은 봄의 나라에 활짝 핀 벚꽃으로 이미지를 띄웠다. 활짝 핀 벚꽃을 감상하라! 좁은 거리와 어깨동무 그리고 만방에 핀 그 열정 말이다. 이는 겨울 같은 자아의 달이 아니라 다른 쪽 봄 같은 달의 이미지라 시의 느낌은 대충 감이 잡히는 것이다. 시에 교장 선생님과 나비, 그림이라는 시어가 나오지만, 일종의 시적 장치.

세 번째 단락은 첫 번째 단락을 반복한다. 시의 강조이자 구체화다. 과거 이미지에 착안하여 현실에 떠오른 아픔을 시로 승화한 작품이다.

시의 접근에 나의 속도는 얼마인가? 시는 구름으로 자동차를 몰며 전철역 표지판 같은 확실한 목적지로 향한 작은 꽃봉오리며 새벽별이다. 나는 자전거 타며 피아노 같은 흑백논리에 죽은 장미를 그리거나 창문 같지도 않은 쪽문만 그리고 있지는 않은지!

맹자는 말했다. "본심을 기르는 데는 욕심을 줄이는 것보다 좋은 것이 없다. 養心莫善於寡慾" 우리의 마음은 본심을 잃으면 아주 뻔한 이치도 보지 못하고 판단력은 사라지고 만다. 소탐대실小貪大失이라는 말이 있다. 작은 것을 탐내다가 큰 것을 잃는다는 말이다. 본심이 흐려지고 판단력이 흐릿하니 이러한 결과를 초래하는 것이다.

하루 마음을 비우고 시 한 수 읽으며 하루를 마감하라! 태양은 오늘도.

둥실

둥실

둥실

떠오르며 그 벅찬 일감을 소화했다. 이해관계에 풀지 못한 중압감은 도로 나를 무너뜨리기까지 하니, 어찌 이것이 제대로 된 삶이라 할 수 있을까! 놓아라. 놓고 시 한 수 읽어라!

시를 읽는 것은 글을 쓰기 위함이다. 밤의 누드다. 나의 밤 같은 어두운 거리를 벗겨내는 작업이다. 때 묻은 거리는 그리 쉽게 벗겨지지 않는다. 머리는 마치 무딘 돌과 같아 어떤 마중물을 부어야 깊은 샘물이 솟는 것과 같다. 시는 일종의 마중물이다. 나를 예쁘고 단정하게 말끔하고 정갈하게 다듬어보라! 어쩌면 인생은 내가 보지 못한 무지개 동산에 와 있음을 느낄 때 있다. 그 무엇과도 바꿀 수 없는 그 동산 말이다. 아직도 이해하지 못했는가! 부동산이 아니라 동산 말이다.

마! 읽어라.

*박상순: 1962년 서울 출생. 1991년 〈작가세계〉 등단.

방어가 몰려오는 저녁 _ 송종규

별들이 앉았다 간 네 이마가 새벽 강처럼 빛난다
어떻게 여기까지 왔는지
어떻게 너를 증명해 보일 수가 있는지
물어 볼 수가 없었다 너는 아마, 몇 개의 국경을 넘어서
몇 개의 뻘을 건너서 온 것이 분명하지만
사실은, 우주 밖 어느 별을 거쳐서 왔는지도 모른다

지금 허공에 찍힌 빛들의 얼룩 때문에
누군가 조금 두근거리고 누군가 조금 슬퍼져서
주머니에 손을 찔러 넣고 바닷가를 걷고 있다는 것
우리가 오래 전에 만난 나무들처럼 마주보며 서 있을 때
그때 마침 밤이 왔고, 그때 마침 술이 익었다는 것

나는 네 나라로 떠나간 사람의 안부가 궁금하지만
그 나라의 언어가 알고 싶지만
붉어진 눈시울을 들키지 않으려고
눈을 감았다

술이 익은 항아리 속으로 네가 들어가고 나서, 나는
아주 잠깐 소리 내어 울었던 듯하다

새벽 강처럼 빛나는 저녁의 이마 위에 누군가 걸어놓고 떠난

모자, 만년필, 그리고 저 많은 빛줄기들 그 아래

꽃이 핀다, 술이 익는다, 방어가 몰려온다

鵲巢感想文

방어가 몰려오는 저녁이라 할 때 여기서 '몰려오다'라는 동사에 눈이 끌린다. 방어가 마치 바닷고기인 방어에 시선이 돌려지기도 하지만, 방어는 방어邦語다. 나라말이다.

시 1연에서 시 6연까지 시적 대화를 나누듯 혹은 어떤 만남에 감화로 차분히 들려주는 이야기처럼 읽힌다. 방어가 마치 여러 별님의 보호 아래 술익는 마을을 지나 새벽 강 따라 너른 바다로 향하는 이리하여 별이 되는 어떤 여정과도 같다.

시 1연은 시의 탄생과 출현에 대한 묘사다. 시는 새벽 강처럼 유구한 흐름으로 쓰인 것이며 별과 같은 수많은 시인이 머물 수 있는 좌표가 된다. 이는 누구에게 물어볼 수 있는 처지도 못되며 증명할 방법은 없다. 어쩌면 몇 개의 국경을 넘어서 왔거나 몇 개의 뻘을 건너서 온 것 같지만, 실은 우주 밖 어느 별을 거쳐 왔는지도 모를 일이다.

시 2연 시 접촉과 교감의 결과다. 마치 허공에 찍힌 별빛의 얼룩으로 누구는 조금 두근거리기도 할 것이며 누구는 슬프기도 할 것이다. 주머니에 손을 찔러 넣는 시인의 여유가 돋보이며 바닷가라지만, 언어의 바다로 마치 우리가 오래전에 만난 나무들처럼 마주 보며 서 있는 기분이다. 시와 몰입은 밤으로 연결되고 마침 술이 익었다지만, 술처럼 내가 젖어 들었음을 얘기한다.

시 3연 또한 시적 교감이다. 당신이 쓴 시를 이해하기 위해 나는 밤새 눈시울 붉히며 책을 보았다. 그 나라의 언어가 알고 싶다는 시인의 시 문장처럼 시는 하나의 성곽을 이룬다. 그러므로 국경이라는 시어가 나오게 되며 국경을 넘는 것은 곧 시의 이해를 뜻한다. 그 나라城에 모여 있는 사람의 안부가 궁금한 것은 한 국가城를 어떻게 만들었을까 하는 의문이자 궁금증이다. 한 국가의 성립조건은 영토, 국민, 주권이라는 이 3요소를 갖춰야 한다. 이는 외람된 말이지만, 시의 성립조건은 문장과 비유와 표방하는 뜻意이 있어야 한다. 성곽 같은 시에 표방하는 그 뜻을 찾아 헤매는 것은 어쩌면 시인의 의무다. 그러니 눈시울이 붉어질 정도로 밤을 새우는 것은 허다한 일이다.

시 4연 또한 시적 교감으로 시 해체와 이해다. 나는 아주 잠깐 소리 내어 울었던 듯하다. 슬픔을 표현하였다기보다는 시 이해에 따른 감탄이다. 술이 익은 항아리는 시인의 행위적 어떤 결과물이다. 시 2연의 술이 익은 것에 진일보한 상태다. 이 속에 네가 들어가고 나서, 즉 너의 시가 네 마음에 들어온 것을 묘사한다.

시 5연은 새벽 강 같은 언어, 저녁의 이마라는 표현도 참 재밌다. 의인화다. 때와 시詩의 중첩으로 시詩와 조우하고 있는 느낌이다. 즉 이를 조탁한 시인과 시인, 모자와 만년필 그리고 저 많은 빛줄기 그 아래로 표현하였다. 마치 중년 신사가 오는 듯 느낌이다만, 모자와 만년필이라는 시어는 일종의 시제다. 그러니까 그와 같은 방어다. 이러한 시를 이해함으로 나의 하얀 밭에는 꽃이 피고 술이 익듯 만감이 교차하는 것이며 방어가 몰려오는 저녁이 되는 것이다.

방어가 몰려오는 저녁이지만, 벽에 붙은 치어라든가 고등어가 좌판에 놓인 이유 등으로 시를 지어볼 만하다. 그러니까 어語와 어魚의 동음이의어로 시를 생각해보자는 뜻에서 하는 말이다.

위 시를 읽었듯이 시 창작은 천 갈래 만 갈래 흩은 내 마음을 통일하는 과정이며 나를 구제하는 행위다. 경기호황이면 마음은 잡지 못한 새와 같을 것이고 경기불황이면 도구 바닥에 헤매며 다니는 쥐와 다를 바 없겠다. 주역周易의 '겸괘謙卦' 단전彖傳에 이런 말이 있다. "하늘의 도는 가득 찬 것을 덜어서 모자라는 것에 보태고天道 虧盈而益謙 땅의 도는 가득 찬 것을 틔워서 낮은 데로 흐르게 하고_{地道 變盈而流謙} 사람의 도는 가득 찬 것을 미워하고 겸손한 것을 좋아한다. _{人道 惡盈而好謙}"고 하였다. 겸손을 통한 지혜를 말한다. 인생은 파도와 같다. 항상 좋을 수 없고 항상 나쁜 것도 없다. 마음을 다잡는 것은 겸손이다. 시 창작은 겸손과 같으니 평생 즐긴다 하여도 덕을 쌓는 것이지 덕을 해하는 길은 아님을 밝혀둔다.

*송종규: 경북 안동 출생. 1989 〈심상〉 등단.

버드나무집 女子 _ 유홍준

버드나무 같다고 했다 어탕국수집 그 여자, 아무 데나 푹 꽂아놓아도 사는 버드
나무 같다고……. 노을강변에 솥을 걸고 어탕국수를 끓일 때, 김이 올라와서 눈이
매워서 솥뚜껑을 들고 고개를 반쯤 뒤로 빼고 시래기를 휘저을 때, 그릇그릇 매운
탕을 퍼 담는 여자를, 애 하나를 들려 업은 여자를, 머릿결이 치렁치렁한 여자를
　아무 데나 픽 꽂아놓아도 사는
　버드나무 같다고
　버드나무를 잘 알고 물고기를 잘 아는 단골처럼
　여기저기를 살피고 그 여자의 뒤태를 훔치고
　입 안에 든 어탕국수 민물고기 뼈 몇 점을
　상 모서리에 뱉어내곤 했다
　버드나무 같다고 했다

鵲巢感想文

복사집 男子 / 鵲巢

자투리 같다고 했다 제일복사집 그 남자, 아무거나 픽 던져도 석 해내는 자투리
같다고……. 가시밭길에 기계를 걸고 제본 뜰 때, 카본이 올라와서 얼굴이 붉어서
기계 덮개를 들고 눈을 반쯤 지그시 감고 낱장을 바르게 놓을 때, 한권 한권 제본을
묶는 그 남자, 갖은 빚만 안은 남자를, 먼지 폴폴 날리는 남자를
　아무거나 픽 던져도 석 해내는

자투리 같다고

자투리를 잘 알고 원고를 잘 아는 뜨내기처럼

뭐 없나 싶어 두리번거리고 그 남자의 꼬장을 훔치고

손에 든 제본 한 권에 낀 배춧잎 한 장을

구두 밑창에 숨기곤 했다

자투리 같다고 했다

　선생께 송구하게 됐다. 나는 패러디도 아니고 그렇다고 자투리도 아닌 글을 썼다. 시 문장을 보고 감상하는 장이니 너그럽게 보아주시리라 믿는다. 이 시는 선생의 시집 '저녁의 슬하'에서 필사한 것이기도 하고, 2011 웹진 시인광장에서 올해의 좋은 시로 선정된 작품이다.

　시 「버드나무집 女子」는 시의 억센 생명력을 묘사한다. 이 시는 총 8행으로 구성하고 시 1행은 다소 길지만, 시 3행까지가 버드나무와 어탕국수 집 그 여자의 삶을 비롯하여 시의 생명력을 중첩적으로 그린다. 근데 시 4행에서 시 8행까지는 반어적으로 읽힌다. 시의 반전이다.

　버드나무를 잘 알고 물고기를 잘 아는 단골처럼 / 여기저기를 살피고 그 여자의 뒤태를 훔치고 / 입 안에 든 어탕국수 민물고기 뼈 몇 점을 / 상 모서리에 뱉어내곤 했다 / 버드나무 같다고 했다 즉, 시인은 시인의 예술성의 어떤 문제점을 고발한다. 그러니까 절대 버드나무는 하나로 만족해야 하지만, 버드나무 같아서는 안 되는 일을 현 세상은 버드나무 같은 것이 너무 많은 것이 문제다. 시인은 이를 꼬집어서 폭로한다.

　논어에 나오는 문장이다. 흥어시興於詩하며 입어례立於禮하며 성어락成於樂이니라 하였다. 시와 예와 악을 통해 사람다움을 꾀하는 감성이 묻은 철학이다. 시를 읽고 일어나고 예를 통해 바르게 서며 음악을 통해 완성한다는 말이다.

하루는 저녁 늦게 커피 배송 일로 모 카페에 갔더니 점장 내외분은 모임에 가고 없었다. 아들이 가게를 보고 있었는데 나는 잠시 카페에 앉아 책을 보았다. 그런데 점장 내외분이 모임이 끝났는지 들어오시어 이것저것 대화를 나누었다. 근데 이 사장은 무슨 재미로 사시오? 물으신다. 거저 책보는 재미로 산다고 했더니 웃으신다. 내 손에는 시집 한 권이 있었다.

시는 우리가 사용하는 말의 교본이다. 어려운 시도 많겠지만, 해학적이며 우습기도 한 시도 많다. 시를 읽으며 마음을 다잡으며 생활에 바르게 서는 것이야말로 이 시대를 살아가는 바른 처세일지도 모르겠다. 경기가 너무 좋지 않아서 하는 말이다.

*유홍준: 경남 산청 출생. 1998년 〈시와 반시〉 등단.

벽 _ 이해존

줄넘기하는 아이의 발목 없는 그림자가 떠 있는 오후, 줄에 걸려 넘어진다 뻗쳐 있던 머리카락이 어둠으로 내려앉는다

사소해서 몸집을 부풀리는 속임수는 독이 없다 한 번이라도 나를 스쳐가지 않는 것이 없다 이제 모서리가 필요하다

벽을 따라간 대치 끝에 너와 악수하고 또 다른 모서리에서 만난다 모서리가 향한 곳에서 모든 것을 지켜보고 있는 거리

마임처럼 벽에 새겨진 손바닥들, 저편에서 같이 벽을 밀어내고 있다

버스를 기다리다 지친 그림자가 주저앉는다 벽 앞에서, 얼굴을 괸 손바닥을 벽 쪽으로 밀고 있다

손바닥 사이에서 납작해진 몸이 벽이 되어간다

鵲巢感想文

시가 마치 추상화 보는 것 같다. 추상화란 사물의 사실적 재현이 아니고 순수한 점·선·면·색채에 의한 표현을 목표로 한다. 일반적으로 대상의 형태를 해체한 입체파 등의 회화도 포함한다. 예를 들어 맛있는 음식을 먹고 달콤한 느낌은 부드러운 터치로 분홍색으로 표현하고 고소한 맛은 나무색 같

은 것으로 동그라미 모양으로 그린다면 이는 추상화다. 또 음악을 듣고 분위기가 어떤지에 따라서 명암과 색상을 고르고 악기에 따라서 선이나 점을 이용하여 그 음악에 맞게 그린다면 이것도 추상화다. 구체적인 형상을 그리지 않고 색상과 점, 선, 면 등을 이용해서 대상을 알아보지 못할 정도로 변형하기도 하며, 느낌과 생각을 표현한다.

시 1연을 보자. 줄넘기하는 아이의 발목 없는 그림자가 떠 있는 오후, 라고 했다. 시제가 벽이다. 줄넘기하는 아이는 자아다. 놀이의 줄넘기를 생각하면 안 되고 어떤 선을 넘으려는 작가의 의도가 숨어있다. 여기서 발목 없는 그림자가 떠 있는 오후니까 이것만큼 위태한 것도 없다. 현실의 부정과 실체의 부재다. 결국, 이는 줄에 넘어지고 뻗쳐 있던 머리카락이 어둠으로 내려앉는다. 줄에 넘어진다는 말은 어떤 선을 넘지 못하고 좌절했다는 묘사다. 머리카락은 글의 제유며 어둠은 실현치 못한 꿈을 묘사한다.

사소해서 몸집을 부풀리는 속임수는 독이 없다. 시는 어쩌면 사소하기까지 하며 몸집을 부풀리는 속임수다. 시가 독이라 얘기하는 사람은 아무도 없다. 시는 나를 스쳐 가지 않는 것이 없고 이를 표현하자니 우리는 모서리가 필요하다. 모서리는 시집을 제유한 표현이다. 시집은 직사각형 모서리며, 모서리만 모아놓은 글뿐이다.

벽을 따라간 대치 끝에 너와 악수하고 또 다른 모서리에서 만난다. 시집은 경전이나 다름이 없다. 나의 글을 표현하는 데는 말이다. 화자가 표현한 것은 모서리라 했지만, 어떤 시인은 검劍이라 표현한 이도 있으며 어떤 이는 신전神殿이나 심지어 어머니, 아버지, 다족류 더 자세히는 오징어나 문어까지 표현하기도 한다. 보트나 기차, 식탁이나 가구 등 표현에 안 미치는 것이 없을 것이다. 문제는 이를 끌고 들어오면서 문장과 맥이 맞아야겠다.

모서리가 향한 곳에서 모든 것을 지켜보고 있는 거리, 모서리가 을이면 모든 것을 지켜보고 있는 거리는 갑이다. 다시 말하면 내 속을 들여다보는 거리다. 자아를 거울에 비추어놓고 그 내면을 보는 격이다.

마임처럼 벽에 새겨진 손바닥들, 저편에서 같이 벽을 밀어내고 있다. 마임은 대사 없이 표정과 몸짓으로 하는 연극을 말한다. 손바닥은 시인의 마음을 제유한다. 결국, 거울 보고 추상화 한 점이 완성되는 순간이다. 저편에서 같이 벽을 밀어내고 있으나, 이는 이쪽에서 뿌리치는 또 하나의 모서리다.

버스를 기다리다 지친 그림자가 주저앉는다 벽 앞에서, 버스는 화자의 마음을 담은 보자기나 다름없다. 시인 김선우의 「보자기의 비유」*라는 시도 있다만, 버스는 온전한 마음을 대신한다.

얼굴을 괸 손바닥을 벽 쪽으로 밀고 있다. 실은 손바닥 같은 벽에 얼굴 담은 것을 묘사한다. 그러니까 시의 탄생이다. 손바닥 사이에서 납작해진 몸이 벽이 되어간다. 시집이 하나 완성된다. 시집 한 권은 여러 손바닥을 묶은 거나 다름없다.

맹자의 말이다. 인유계견방즉지구지人有鷄犬放則知求之 유방심이부지구有放心而不知求 사람들은 기르던 개나 닭이 도망가면 찾으려 하지만 자기의 마음이 도망가면 찾으려 하지 않는다. 학문지도學問之道 무타無他 구기방심이이의求其放心而已矣 학문을 하는 것은 다른 것이 없다. 자기가 드러내놓은 마음을 찾는 것일 뿐이다.

시학은 마음을 들여다보며 마음을 다잡는 것이다. 맹자는 마음을 수양하는 것은 다른 데 있는 것이 아니라 흩은 마음 즉 방심을 되찾아 오는 것이라 했다. 매사 우리가 바쁘다고 뛰어다니지만, 진작 그것이 바쁜 일인지 생각해 볼 필요가 있다. 책을 읽는 것도 마찬가지다. 눈은 책에 있으나 마음은 딴 데 있다. 마음이 흐트러진 상태. 정신일도精神一到 하사불성何事不成이란 말도 있다. 정신이 한 곳에 모이면 무슨 일을 이루지 못하겠는가!

벽,

우리는 진정 무엇을 벽으로 두고 있는가? 마임처럼 가위에 눌리고 있지는 않은가? 발목 없는 아이로 공중에 떠 있거나 누가 내 얼굴을 누르고 있지는 않은지 말이다. 마음을 한곳에 모아라! 정신을 집중하고 성심을 다하면, 무엇이든 뚫리지 않는 일은 없다.

송곳처럼 사물의 눈에 집중하라!

*이해존: 1970년 충남 공주 출생. 2013년 〈경향신문〉 등단.
*보자기의 비유 / 김선우

　처음엔 보자기 한 장이 온전히 내 것으로 왔겠지
　자고 먹고 놀고 꿈꾸었지 그러면 되었지
　학교에 들어가면서 보자기는 조각나기 시작했지
　8등분 16등분 24등분 정신없이 갈라지기 시작했지
　어느덧 중년-
　갈가리 조각난 보자기를 기우며 사네
　바늘 끝에 자주 찔리며
　지금이 없는 과거의 시간을 기우네
　미래를 덮지 못하는 처량한 조각보를 기우네

　한번 기우기 시작하면 걷잡을 수 없어지네
　그러니 청년이여 우리여
　가장 안쪽 심장에 지닌 보자기 하나는
　손수건만하더라도 통째로 가질 것
　난풍잎만하더라도 온전히 통째일 것

　온전한 단풍잎 한 장은 광야를 덮을 수 있네

벽옥賦 _ 강영은

  사내는 돌 속에서 벙어리여자를 꺼냈다 돌로 눌러놓은 금문을 꺼낸 것처럼 풍찬
노숙의 입술에는 다른 색이나 꽃무늬가 전혀 없었다 침묵의 깊이에 눈이 먼 옥공들
은 평범한 돌멩이라고 의심을 꺼냈다 돌 앞에 두 다리를 내주고 무릎마저 꿇은 사
내, 한 번도 본적 없는 여자를 읽기 위해 돌의 입술에 입을 맞추고 돌의 심장에 금
침을 꽂았다 물고기가 물가로 나오는* 것처럼 헐떡이는 입술에서 꽃이 피어났다 누
구는 말이라 했고 누구는 문자라 했지만 꽃의 가장 상서로운 부위는 깎아지른 절
벽, 꽃잎 지는 소리 천길 벼랑을 메웠다 사내는 굳어진 여자의 혈을 깎아 무명지에
끼웠다 무명지는 빛나는 돌의 속국, 옥쇄가 되었다

  티끌 하나 머물 수 없고 사악한 귀신을 물리치기도 하는 몸의 안부란 어두운 곳
에 놓아두면 빛을 발하는 옥중의 옥, 구중궁궐의 비단금침 아래 주고받은 헛맹세처
럼 화광지벽의 빛나는 비사 속에 입술을 가두었으니

  몸이란 얼마나 오묘한 감옥인가

*詩經小雅 鶴鳴편

鵲巢感想文

  시제로 쓴 벽옥璧玉은 품질이 좋고 아름다운 옥이라는 뜻으로, 고상한
인품을 비유적으로 이르는 말이다. 부賦는 조세를 뜻하는 한자지만 여기서
는 문채文彩를 뜻하는 말로 쓰인다. 그러니까 벽옥賦는 고상한 문장을 비유

하는 것으로 보인다.

벙어리여자는 시를 제유한다. 풍찬노숙風餐露宿은 바람을 먹고 이슬에 잠 잔다는 뜻으로, 객지에서 많은 고생을 겪었음을 이르는 말이다. 금침金針은 금바늘이다. 그러니까 시의 첫 단락은 이렇다.

사내는 돌 같은 어떤 문장에서 벙어리 같은 시를 생산한 것으로 보이네. 이 사내로 말하면 풍찬노숙과 같은 격한 세월을 보냈네. 뚝심은 매우 강해서 자기 색이 있는 사람이라 시에 눈에 먼 사람들은 평범한 시라고 치부해 버리고 말았다만, 사내는 오로지 돌 같은 문장에 온전한 공부에 매진한 결과 시를 생산했네. 이는 금침을 가슴에 박듯 굳은 결심으로 이룬 것이라 물고기가 물가로 나온 것처럼 사생결단 한 것과 다름없네. 결국, 꽃은 피었네. 그러니까 시를 이루었다는 말일세. 누구는 말이라 했고 누구는 문자라 하네. 시의 가장 상서로운 부위는 아무래도 깎아지른 이 절벽, 한풀 꺾인 시가 될 수 있었으나 이것으로 천길 벼랑을 벗은 셈이지. 사내는 굳은 시를 정히 무명지 같은 흰 종이에 썼네. 무명지는 빛나는 시집이라고 보면 되네. 옥쇄 같은 시집일세.

여기서 무명지無名指는 약손가락(가운뎃손가락과 새끼손가락 사이에 있는 손가락) 이지만, 독자 나름으로 읽을 필요가 있네.

시의 둘째 단락은 시집에 대한 호평好評이다.

티끌 하나 머물 수 없고 사악한 귀신을 물리치기도 하는 몸의 안부란 시집의 품격을 묘사한다. 티끌 하나 머물 수 없다는 말에 가람 이병기 선생의 시조 '난초'가 생각나게 한다. '미진微塵도 가까이 않고 우로雨露 받아 사느니라' 그만큼 고상함을 뜻한다. 사악한 귀신을 물리칠 정도로 단호함과 위엄성을 표현했다. 어두운 곳에 놓아두면 빛을 발하는 옥중의 옥이며 구중궁궐의 비단금침아래 주고받은 헛맹세처럼 여기서 좀 헷갈린다. 어떤 부부의 연을 비유 들었다. 헛맹세란 무엇을 뜻하는가? 지키지 못할 거짓 맹세니 시가 그리 좋아 보이는 것도 아니다. 화광지벽의 빛나는 비사 속에 입술을 가두었느니, 불타는 옥(화광지벽火光之璧)같은 비유에 입술을 숨긴 것이 된다. 여기서 비사比辭는 비유로 쓰는 말이다.

몸이란 얼마나 오묘한 감옥인가 시집은 그 얼마나 오묘한가 하는 말이다.

비단緋緞 금침衾枕은 명주실로 짠 광택이 나는 피륙과 이부자리와 베개를 아울러 이르는 말이다.

작년 한 가구가 책을 사서 읽는데 한 달 평균 1만 5천 원을 쓴 것으로 조사됐다. 점차 책을 읽지 않은 풍조 속에 서적 구매 비용은 6년 연속 줄어 역대 최저기록을 새로 썼다는 뉴스가 보도됐다.*

통계청에 따르면 작년 전국 2인 이상 가구는 서적을 사는데 1만 5천 335원을 썼다. 재작년 1만 6천 623원보다 7.7% 줄어든 금액이다. 문화체육관광부의 조사에 따르면 작년 신간 단행본 정가(교보문고 납품도서 기준)는 1만 8천 108원이었다. 작년 우리나라 한 가구는 한 달에 책 한 권을 채 사지 않았던 셈이다.

월평균 책 구매 지출액은 2010년 2만1천902원을 기록한 이후 작년까지 꾸준히 감소했다. 2012년에는 처음으로 2만 원 아래(1만 9천 26원)로 떨어지더니, 지난해에는 급기야 1만 5천 원대까지 내려앉았다.

작년 연말 모 신문사 기자의 말이다. 한국소설과 시 등 한국문학이 대약진을 이루었다고 하나, 필자가 보기에는 일부 도서에 한정한 것으로 보인다. 예를 들면 맨부커상 수상작인 한강의 『채식주의자』는 폭발적 인기를 끈 것은 사실이다. 이 외 복고풍을 주도한 윤동주 시인의 일생을 담은 영화 '동주'와 그의 시집 『하늘과 바람과 별과 시』, 김소월의 『진달래꽃』, 백석의 『사슴』 등 초판본 시집은 예전 활자 느낌을 그대로 살려 고객의 시선을 이끈 건 사실이다.

詩集은 이제 시인의 시처럼 티끌 하나 머물 수 없고 사악한 귀신을 물리치기도 하는 몸의 안부로 자리매김한 것은 아닌지 다시 생각하게끔 한다. 이제 시집은 어두운 곳에 놓아두면 빛을 발하는 옥중의 옥으로 구중궁궐의 비단금침 아래 주고받은 헛맹세처럼 화광지벽의 빛나는 비사 속에 입술을 영원히 가둔 금서일지도 모르겠다는 생각도 든다.

이제 카페에 가면, 거저 장식으로 한 권 꽂혀 있을 정도의 시집, 곰곰 생각하며 앞을 내다보는 시가 아니라 현실의 생활과 문화를 반영한 시가 아니라 말 그대로 옥중의 옥으로 침묵의 깊이에 평범한 돌멩이 바라보듯 반듯한 자세인 시집 말이다.

*강영은: 제주 출생. 2000년 〈미네르바〉 등단.
*KBS 뉴스 2017.03.04. 오후 3:30 카카오스토리

복사꽃 아래 천 년 _ 배한봉

봄날 나무 아래 벗어둔 신발 속에 꽃잎이 쌓였다.

쌓인 꽃잎 속에서 꽃 먹은 어린 여자 아이가 걸어 나오고, 머리에 하얀 명주수건 두른 젊은 어머니가 걸어 나오고, 허리 꼬부장한 할머니가 지팡이도 없이 걸어 나왔다.

봄날 꽃나무에 기댄 파란 하늘이 소금쟁이 지나간 자리처럼 파문지고 있었다. 채울수록 가득 비는 꽃 지는 나무 아래의 허공. 손가락으로 울컥거리는 목을 누르며, 나는 한 우주가 가만가만 숨 쉬는 것을 바라보았다.

가장 아름다이 자기를 버려 시간과 공간을 얻는 꽃들의 길.

차마 벗어둔 신발 신을 수 없었다.

천년을 걸어가는 꽃잎도 있었다. 나도 가만가만 천년을 걸어가는 사랑이 되고 싶었다. 한 우주가 되고 싶었다.

鵲巢感想文

시가 전설의 고향을 보듯 어쩌면 우주의 시간을 타며 보는 어떤 여행처럼 아득한 세월을 거슬러 오르기도 하고 아득한 세월을 내다보는 듯하다. 봄날 나무 아래 벗어둔 신발 속에 꽃잎이 쌓였다. 때는 봄날이다. 시인은 벗어둔 신발에 꽃잎이 쌓이는 것을 바라보고 있다.

이 쌓인 꽃잎을 통해 시인은 연상한다. 꽃잎 하나씩 꽃 먹은 어린 여자아이가 걸어 나오고, 꽃잎 하나에 머리에 하얀 명주수건 두른 젊은 어머니가 걸어 나온다. 꽃잎 하나에 허리 꼬부장한 할머니가 지팡이도 없이 걸어 나오고 있다.

봄날 꽃나무에 기댄 파란 하늘이 소금쟁이 지나간 자리처럼 파문지고 있었다. 봄날 꽃나무는 이상향이다. 여기에 기댄 파란 하늘은 주어부로 시인을 제유한다. 파란 하늘처럼 맑고 티끌이 없으면 했지만, 소금쟁이 같은 어떤 파문으로 시인을 깨우는 동기를 유발했다.

채울수록 가득 비는 꽃 지는 나무 아래의 허공, 생각할수록 허무하지만, 손가락으로 울컥거리는 목을 누르며, 어떤 아픔으로 시인은 고통스럽기만 하고 나는 한 우주가 가만가만 숨 쉬는 것을 바라보았다. 우주의 떠 있는 별빛처럼 온몸으로 그 꽃잎과 교감한다.

꽃잎은 가장 아름다운 시기를 버렸다. 그렇게 버림으로서 시간과 공간을 얻었으며 꽃들의 길을 놓았다.

차마 벗어둔 신발 신을 수 없었다. 왜? 꽃잎 같은 연상은 화자의 마음을 울렸기 때문이다.

천년을 걸어가는 꽃잎도 있었다. 나도 가만가만 천년을 걸어가는 사랑이 되고 싶었다. 한 우주가 되고 싶었다. 떨어진 꽃잎처럼 함께하고픈 시인의 마음을 담았다.

시는 전반적으로 슬픔 같은 것이 배여 나온다. 신발은 화자의 몸에서 떼어낸 물건이지만, 봄날 꽃나무는 화자를 제유한 시구로 보이며 꽃잎은 화자의 또 다른 분신이다. 천년이라는 아득한 시간을 얘기했다.

시인의 시 「복사꽃 아래 천 년」을 읽다가 시간의 아득함은 예전에 필자가 쓴 시가 생각나게 했다. 이참에 아래에 잠깐 소개한다.

커피 16잔* / 鵲巢

까아치가 하필 천 년 넘은 무덤가에 앉아 있을까 하며 곰곰 생각했네 까아치, 아마 그 옛날 산신령께서 좋아하셨던 가야국의 "김옥분"이라는 소실을 압독국 왕비로 삼았던 게 그 연유일지도 몰라

압독국 그 왕비께서는 이 임당의 산과 물을 꽤 좋아하시었네만 어느 해 도화 필 때쯤일 게야 무릎에 작은 종기 하나 생겼더랬지 별 대수롭지 않게 여기다가 그만, 그 종기 하나 잡질 못했지

산신령께서는 얼마나 애 닳도록 눈물 흘렸는지 몰라 눈물은 흐르다가 남천을 이루었다지 산신령 또한 제명 다하지 못하고 왕비가 좋아했던 이 임당을 지키고 온 것이라네 그때 죽었던 왕비가 나의 할머니로 환생한 것은 아닐는지

왜냐면 그때 가야국에서 가지고 온 이름으로 평생을 사셨기 때문이지

까마귀 많은 동네에 살았는데 어느 날 눈 펑펑 오고 살 에는 바람 부는 날이었지 그날 하염없이 추위를 잊고자 두꺼운 담요 하나 덮고 잠을 자고 있었는데 산신령께서 부르시는 것 아닌가 임당으로 오라는 것이야 그 부름 받은 해 이곳에 작은 방 하나를 얻어 발붙이고 살 때부터 할머니께서 뒷바라지 해주었지

내가 어느 둥지에 발을 디딜 때 하늘의 부름을 받고 가셨지만, 또 얼마나 지났을까 창가에 무심코 앉아, 내리는 가랑비 보고 있으며 가신 할머니 생각하였는데 마침 할머니께서 오신 겐가

물끄러미 바라다본 까아치와 하도 오래 눈을 마주하였던 게야 까아치의 선명한 눈을 아직도 잊지 못하고 있지 아마 할머니는 까아치로 환생한 것인지도 몰라 그

때 이후로 까아치라는 이름으로 살고 있는지도 모르지 저 너른 하늘 그리며 말이야

　필자가 머무는 곳은 경산이다. 예전에는 압독국이었다. 그러니까 이천 년 쯤 거슬러 오르면 그렇다. 신라는 그때 이름은 사로국이었다. 지금의 경주에 소재한 이름 있는 고분과 별 차이 없는 고분이 여기에도 수타 많다. 사로국 에 합병되기 전까지는 한 국가로서 건재함을 떨쳤을 것이다. 역사는 언제나 승자의 것이었다.

　실은 우리가 사용하는 언어 또한 경주어임에는 부인할 수 없는 사실이 다. 신라가 삼국을 통일하였으며 한동안 신라가 한반도를 통치했기 때문이 다. 조그마한 반도국가지만 지방마다 쓰는 사투리가 있으며 억양 또한 다름 을 본다.

　특히 미당의 시집을 한 번 읽어보라! 전라도 말씨는 톡톡 즐겨볼 수 있 음이다. 이건 사족이지만 미당이 남긴 국문학적 의의는 높으나 외세와 정치 세력에 여러 굴한 자세는 비평을 사고도 남는다. 하지만 그의 시집 『질마재 의 마을』은 꼭 읽어보아야 할 중요한 詩集임은 틀림없다. 필자 또한 읽었다.

　위 필자가 쓴 시는 '김옥분'이라는 인명이 나온다. 필자의 할머니다. 독자 께서는 별 중요하지 않은 내용이나 윤회는 볼만하다. 하루는 카페 비 오는 창가에 앉아 책을 읽고 있었는데 창 바로 앞에 까치가 날아와 앉아 필자와 눈이 마주쳤다. 그 시간이 약 1분이 넘도록 눈을 마주하였는데 어찌나 인상 이 깊었던지 그때 하필 할머니를 떠올렸을까! 지금껏 까치집이라고 쓴 이유 인 게다.

　이 필명도 쓰다가 보니 이미 별명으로 쓴 詩人이 있었다. 책과 시를 좋아 하다 보니 얼떨결에 이상의 시전집을 읽게 되었고 이상이 쓴 글은 죄다 끌

어모아 읽어보기도 했다. 거기다가 이상을 이야기한 책은 웬만하면 사다 읽었다. 그러니까 이상의 별명이었다. 詩人 이상은 머리를 잘 감지도 않아 늘 새집처럼 해가 다녔다. 많은 문인이 그의 이름 대신 鵲巢라 불렀다고 한다.

*배한봉: 경남 함안 출생. 1998년 〈현대시〉 등단.
*필자의 詩集 『카페 鳥瞰圖』, 36~37p, 청어

부드러운 칼 _ 이만섭

사과를 깎다 보면
과도의 예리한 날이 육즙을 즐긴다

칼은 한 마리 활어처럼
스륵스륵 과육 사이를 헤엄쳐 다니고
은근히 피워내는 사과 향기
주변이 오롯하다

제 몸 베이면서도 어느 한 곳
상한 데 없는 사과의 짜릿한 비명이
환하고 둥글게 피어난다

상큼한 맛을 즐길 칼은
이윽고 사과의 몸을 빠져나와
포만감에 겨운 듯 소반 위에 드러눕는다

꽃 핀 자리처럼
눈부신 사과의 속살 지어놓고
달콤한 육즙에 젖어
자르르 윤기 흐르는 과도의 날
그 견고한 부드러움

鵲巢感想文

우리말은 어떤 부정적인 생각을 떠올릴 수 있는 시어가 많다. 시제 '부드러운 칼'에서 칼은 날카롭고 잘못 다루기라도 하면 오히려 큰 상처를 입을 수 있는 그런 소재다. 하지만, 이 시에서는 칼만큼 부드러운 것도 없다 싶을 정도로 시인은 소재를 잘 다루었다. 시제가 부드러운 칼이다. 두 시어詩語에서 '부드러운'이라는 형용사에 더 관심이 끌린다. 칼의 소재에 그 의미를 전환하는 중요한 시어가 되었다.

이 시는 함수관계가 그리 복잡하지도 않아, 독자는 읽는 맛이 톡톡 배여 있다.

이 시에서 극을 보자면, 사과와 칼이다. 시 1연은 시적 계기로 시 발단이다. 사과를 깎다 보면 과도의 예리한 날이 육즙을 즐긴다는 표현은 얼핏 읽으면 사과 깎는 행위지만, 칼이 사과의 그 속을 즐기는 것이다. 칼이 사과의 몸통을 깎음으로써 고통을 호소하거나 사과가 칼이 지나가므로 참지 못한 아픔을 얘기하는 것이 아니다. 오로지 육즙을 즐긴다고 시인은 분명히 얘기한다.

시 2연을 보면 칼은 한 마리 활어처럼, 이라고 했다. 직유다. 활어의 그 탱탱함 졸깃함 뭐라 말할 수 없는 어떤 미묘한 감정 같은 것을 활어에다가 뭉뚱그려 놓았다. 그러니까 읽는 독자는 이거 뭐지 하며 상상을 하게 된다. 정말이지, 머릿속 활어 한 마리 지나는 것처럼 선한 느낌을 주는 것이다. 더욱이 주변이 오롯하기까지 하니 충분히 넘쳐나고도 남은 것이 칼의 행위다. 오롯하다는 말은 형용사로 모자람이 없이 온전함을 뜻한다. 행위자는 칼이다. 칼이 주도적임을 볼 수 있다. 사과 향기가 주변에 오롯함은 결국 칼의 행위에 대한 결과다.

시 3연은 더욱 압권이다. 제 몸은 성한 데 없이 온통 상처, 아니 아예 표피를 다 벗겨냈으니 홀가분한 어떤 감정을 대신한다. 거기다가 짜릿한 비명까지 내 둘렀으니 세상은 그 무엇과도 비교할 수 없으리만큼 환하다.

시 4연은 칼의 처지다. 상큼한 사과의 맛을 보았다. 사과의 몸을 빠져나와 그 포만감에 소반 위에 드러누웠다. 어찌 소반이 침대 같은 책으로 보이는 것은, 나만 느끼는 감정일까!

시 5연은 시인은 이제 그 홀가분한 마음에 사과의 속살을 짓는다. 달콤한 육즙에 젖어 자르르 흐르는 윤기, 과도의 날을 되새기며 그 견고한 부드러움을 잊지 못한다.

시는 전반적으로 관능미가 철철 묻어나 있는 작품이라 할 수 있겠다. 물론 시는 여러 가지 해석이 가능함으로 어떤 독자는 칼 같은 고통을 느끼거나 사과 같은 아픔으로 읽는 이도 있을 것이다. 시는 독자에게 맡겼으므로 활어처럼 살아 움직이는 바다를 누비는 것이다.

한 선비가 친구를 찾아갔다. 어릴 때부터 같이 놀던 죽마고우라 서로 편한 사이였다. 지금은 서로 멀리 떨어져 살기 때문에 자주 만나기 힘든 형편이다. 이 친구는 그런대로 형편이 괜찮았지만 옛날부터 좀 인색 吝嗇한 편이었다. 돈이 있어도 선뜻 한턱내는 일이 거의 없었다.

이날도 오랜만에 찾아온 옛 친구에게 내놓은 술상이 시원치 않았다.

"이보게, 우리 오랜만에 만났는데 술 한번 진탕 먹어 보세. 어디 이런 날이 자주 있겠나?"

"그럼, 그거 좋은 말일세. 나도 자넬 만나니 무척 반갑네."

"안주가 좀 더 있어야 할 텐데……. 내가 타고 온 말을 팔아서 안주를 마련하세."

"아, 이 사람아! 그럼 먼 길을 어떻게 돌아가려고 그러나?"

"웬 걱정인가? 저기 마당에 뛰어다니는 암탉 한 마리만 주면 그걸 타고 가지."

"하하, 이 친구! 알았네 알았어. 내가 암탉을 잡지."

부드러운 칼과 사과 그리고 과도의 날이다. 시적 교감을 생각하다가 그려본 고사다. 커피 집을 운영하는 사람은 커피가 상품이다. 우리가 흔히 말하는 커피 한잔하게, 마! 푼돈 생각하다가 거저 한 잔 얻어 마시는 것은 무례다.

　최소한 도리를 지킨다면 부드러운 칼과 윤기 자르르 흐르는 과도의 날, 사과는 은근한 향으로 오롯하겠다.

*이만섭: 전북 고창 출생. 2010 〈경향신문〉 신춘문예 등단.

부석사에서 _ 윤제림

이륙하려다 다시 내려앉았소,
귀환이 늦어질 것 같구려

달이 너무 밝아서 떠나지 못했다는 것은 핑계, 실은
사과꽃 피는 것 한 번 더 보고 싶어서 차일피일
결국은 또 한철을 다 보내고 있다오

누가 와서 물으면 지구의 어떤 일은
우주의 문자로 설명하기도 어렵고
지구의 어떤 풍경은 외계의 카메라에는
담기지 않는다고만 말해주오

지구가 점점 못쓰게 되어 간다는 소문은 대부분 사실인데
그냥 버리기는 아까운 것들이 너무 많소
어르고 달래면 생각보다 오래 꽃이 피고
열매는 쉬지 않고 붉어질 것이오

급히 손보아야 할 곳이 있어서 이만 줄이겠소
참, 사과꽃은 당신을 많이 닮았다오

鵲巢感想文

詩人 윤제림 선생의 詩集『새의 얼굴』을 읽고 몇 편 감상한 바 있다. 詩「부석사에서」를 유심히 읽지 못했다. 2013 웹진 시인광장 선정, 올해의 좋은 詩에 오른 작품을 본다.

詩를 읽으니 마치 어딘가 편지라도 한 편 띄우고 싶은 생각이 들 정도로 차분히 읽힌다. 무대가 지구와 사과나무 꽃 그리고 우주로 확장한다. 지구는 자아를 제유하며 사과 꽃은 지구의 노력으로 핀 결과물이다.

詩 2연에 달은 詩人의 이상향이다. 詩人의 예술 활동을 짐작해 볼 수 있는 대목이다. 사과 꽃 피는 것 한 번 더 보고 싶어서 차일피일 보내다가 결국 한 철 다 보내고 만다.

詩人의 상상력은 詩 3연에서 압권을 이룬다. 우주의 문자로 설명하기 어렵다는 말, 물론 지구의 일이니까, 그 어떤 풍경도 외계의 카메라에는 담을 수 없으니 말이다.

지구가 점점 못쓰게 되어 간다는 소문은 어쩌면 시인의 겸손이겠다. 그저 한 작품을 이루는 결과는 우주와 지구, 그리고 달을 향한 시인의 마음을 우리는 얼추 생각해 볼 수 있다. 붉은 사과를 맺기 위해 쉼 없이 정진하는 詩人을 본다.

참한 작품을 이루려는 詩人의 의지와 다정다감한 詩人의 말은 그간 어렵게 보냈거나 힘든 하루를 녹이고도 남는다. 사과 꽃은 당신을 많이 닮았다오. 그러게 말이오. 사과 꽃 맺는 일 그리 소홀히 해서는 안 되겠다는 생각 드오. 그럼 내내 어여쁘소서.

인생은 초로草露라고 했다. 풀잎에 맺은 이슬처럼 덧없는 것이 인생이다. 그러므로 인생초로人生草露, 초로인생草露人生이라고 한다. 詩人의 詩를 읽으니 철학자 스피노자의 말이 생각난다. '지구가 멸망한다 해도 나는 사과나무를 심겠다'고 했다. 이건 비유다. 지구가 멸망한다는 것은 주어진 삶이 다했다는 뜻이다. 사과나무는 철학자의 사상이다. 사상은 사과나무처럼 자라고 사과 꽃을 피우며 사과를 맺는다. 사과는 여러 씨앗을 품고 있다. 또 어딘가 사과 씨앗 같은 철학자의 사상이 채택되고 실무에 적용하여 사과나무와 같은 현실의 꿈을 이루면 사과 꽃으로 사상은 더 빛나며 사과와 같은 결실을 보는 것은 철학자의 꿈이다. 사과는 인류역사에 없어서는 안 되는 유익한 먹거리다. 우리의 육체와 정신을 맑게 한다. 사과 꽃이 피는 것은 사과나무가 올곧게 자랐다는 뜻이다. 뿌리 같은 기반을 다지고 기둥처럼 하늘 향해 우주의 시간을 바르게 행하므로 꽃은 피는 것이다. 지구에 나와 사과나무를 심고 꽃을 피우고 사과를 맺었다면 이는 성공한 인생이라 할 수 있겠다.

詩人은 부석사에서 사과나무를 온몸으로 끌어안으며 꽃을 피웠다.

*윤제림: 1959년 충북 제천 출생. 1987년 〈문예중앙〉「뿌리 깊은 별들을 위하여」외 9편이 당선되어 등단.

분서焚書 _ 정원숙

의심이 점점 늘어간다. 책장을 정리해도 의심은 사라지지 않는다. 기억도 나지 않는 줄거리. 감정도 먼 흑백사진 몇 장. 그들은 죽어 여기 없고 오늘의 눈동자는 살아서 그들의 사진을 본다. 창밖으로 매미 껍질이 바스락거리며 떨어진다. 매미도 한 시절을 불살랐을 것이다. 그들의 웃음을, 사진을, 기억도 희미한 페이지를 불사르기로 한다. 의심들을 불사르기로 한다. 불을 당기자. 기억나지 않는 상징 속에서 수런수런 말소리 들려온다. 의심이 점점 늘어간다. 불타오르면서도 의심은 멈추지 않고 재로 쌓인다. 오로지 순간에만 집중하자. 불타오르는 순간만은 완전한다. 하나의 점이 될 때까지. 불타오르는 순간만은 순수하다. 하나의 실재가 될 때까지. 책을 불사른다. 이데아를 불사른다. 죽은 저자들의 사회를 불사른다. 영원히 죽지 않을 작자들의 난무하는 상상력, 죽은 광기가 저토록 아름다울 수 있을까 불타오르는 순간은 완성된다. 하나의 철학이 될 때까지. 불타오르는 순간은 순정하다. 하나의 완성하지 못한 역사들을 불사른다. 의심은 영영 줄어들지 않는다.

鵲巢感想文

분서焚書는 불사를 번焚에 글 서書다. 그러니까 글을 불사른다는 뜻이다. 시인께서 각주 처리하지 않아 글로 쓴다만, 분서焚書라는 책이 있다. 중국 명대 양명학 좌파 이탁오의 사상서다. 또 분서焚書는 언론통제를 목적으로 지배자의 의향에 맞지 않는 서적을 불태운다는 뜻도 있다. 대표적인 것이 진시황제의 분서갱유焚書坑儒가 있다. 전국시대에서부터 학자가 자유로이 정치를 비판하는 습관을 싫어해서 진의 기록과 의학, 약학, 농업 이외의 모든 서적을 불태우고 비판적인 언론을 하는 학자를 생매장한 사건이다.

여기서 분서焚書는 단지 글을 불사른다는 뜻에 불과하다. 더 나가, 시는 마음을 담은 것이니 시인의 글에 대한 애착과 공부, 이 결과로 맺은 문장의 욕구다.

시인이 쓴 비유를 보자. 창밖으로 매미 껍질이 바스락거리며 떨어진다. 실체는 없고 잔재만 남은 이상을 말한다. 매미의 한철은 극히 짧다. 인생을 매미에 비유하겠는가마는 시간의 절대성 앞에 실은 매미와 비유하지 못할 것도 없다. 시인이 쓴 분서는 글을 불사르는 것이 아니라 글을 불사를 정도로 열정을 다하여 탐독한다는 비유다. 책은 읽을수록 의심만 늘어간다. 물론 책은 시나 시집이겠다.

불타오르면서도 의심은 멈추지 않고 재로 쌓인다. 열정을 다하여 책을 탐독하면 할수록 그 잔재는 남는다. 시는 거저 써지는 것이 아니기 때문이다. 감정은 마치 화산폭발 하듯이 순간의 몰입을 필요로 하며 온전한 실재가 될 때까지 책과 사상을 분서한다.

영원히 죽지 않을 작자들의 난무하는 상상력, 죽은 광기가 저토록 아름다울 수 있을까 불타오르는 순간은 완성된다. 이는 이미 분서의 단계를 넘어선 자다. 죽은 광기는 시의 고체화다. 시인은 시인이 쓴 문장을 보고 감탄하며 자신도 이에 못지않게 문장을 불사르며 완성단계에 이른다.

다음 문장은 결론에 해당한다. 굳이 써보자면,

하나의 철학이 될 때까지. 불타오르는 순간은 순정하다. 하나의 정치가 될 때까지. 아직도 할 말이 많은 입술들을 불사른다. 아직도 완성하지 못한 역사들을 불사른다. 의심은 영영 줄어들지 않는다.

시인으로서 온전한 철학을 세운다는 것은 명예다. 정치가 된다는 말은 옳고 그름을 논하는 자리가 된다는 말이다. 정치가 될 정도라면 시는 이미 명성을 얻은 셈이다. 필자는 비록 정치를 논하는 것이 아니라 감상을 하니, 문학적으로 크게 가치를 부여하는 길은 아니다만, 시인의 분서焚書는 2016년 올해의 좋은 시에 올랐으니 명예를 얻은 셈이다.

의심은 영영 줄어들지 않는, 詩

이 시를 읽으니,

공자의 앎에 관한 유명한 격언이 생각난다. 공자는 자신감에 넘치는 제자 자로子路에게 앎의 도리를 깨우치기 위함이었다. 말하자면, 지지위지지知之爲知之요 부지위부지不知爲不知이 시지야是知也니라. 아는 것을 안다고 하고 알지 못하는 것을 알지 못한다고 하는 것이 바로 앎이라고 했다. 노자의 도덕경에도 이와 비슷한 말이 있다. "知, 不知, 上, 不知, 知, 病" 도덕경 71장에 나오는 말이다.* 알아도 알지 못하는 것이 최상이며 알지 못한 것을 안다고 하는 것은 병이라고 했다.

책과 글을 모르던 시절이 있었다. 독서는 좋아했다만, 글은 그 가치를 몰랐다. 어느 경영강좌를 듣고서 글의 중요성을 알게 되었는데 그때부터 일기를 썼다. 더욱 이 일기를 남에게 보이기까지 했다. 글을 더 잘 알기 위함이었다. 우리나라 글이지만, 그때부터 어렵다는 것을 알았는데 그 부끄러움은 말해서 뭐하겠는가! 발전은 저 스스로 모르고 있음을 깨우칠 때 오는 것임을 그때 알았다.

지금도 무엇을 많이 알아서 글을 쓰는 것은 아니다. 글은 스스로 깨우치는 것이 목적이고 글을 씀으로써 배우는 길이다. 하나의 놀이고 평생 즐겨도 후회스러움은 없다만 공자의 철학을 넘어 노자의 철학에 이르기까지는 길은 아직도 멀다.

*정원숙: 충남 금산 출생. 2004년 〈현대시〉 등단.
*필자의 책 『카페 간 노자』, 청어, 352p 참조, 2016

불시착 _ 윤의섭

앞집 담장에는 수의를 맞춰준다는 현수막이 걸렸다

싸늘한 가을바람이 휘감긴다

어젯밤부터 눈치는 채고 있었다

길가의 풀벌레들이 다가서는 기척에 가로등 점멸하듯 울음을 끌 때

좀 전까지 보이던 별이 갑자기 사라졌을 때

그러나 이 과묵한 아침에 어김없이 돌고 있는 미장원 간판과

필사적으로 햇살을 헤집는 플라타너스 잎새는 왜 낯설지 않은가

베란다에서 세상과 연을 다한 장미는 줄기에 매달린 채 풍장을 선택하고

몇 개월째 방치되었던 차는 감쪽같이 사라졌다

한 무리가 모여 앉아 밥을 먹는다

수북한 고봉의 묘혈을 판다

새로 이륙하기 어렵다는 사실은 모두 알고 있다

언제나 마당을 깨끗이 쓸어 싸리비 자국이 선명하다

활주로 표식처럼 돌멩이를 가지런히 고르고 물을 뿌렸다

방바닥의 먼지를 걷어내고 제식처럼 하루 종일 가구를 문지른다

오늘도 별빛은 내려올 것이다

鵲巢感想文

시인 윤의섭 선생의 시 두 편을 『카페 확성기 1』에서 감상한 바 있다. 오늘은 시인의 시제 '불시착'을 감상한다. 시제가 불시착인데 어찌 불시착 不時着이 아니라 불시착 不詩錯으로 보인다.

시 1행에서 16행까지 시에 대한 묘사다. 어쩌면 시는 어긋나지 않게 짜맞추는 것이다. 말하자면 맹점을 찔러 요점을 찾는다. 앞집 담장에는 수의를 맞춰준다는 현수막이 걸렸다는 문장을 보자. 담장은 너와 나의 경계다. 그 경계에 수의를 맞춰준다는 현수막이 걸렸다. 시인은 그 현수막을 지금 보고 있다. 마치 현수막을 보듯 글을 본다는 말이다. 글을 보는 목적은 예쁜 수의를 얻기 위함이다. 싸늘한 가을바람이 휘감긴다. 1년 4계절을 인생으로 보면 가을은 장년기를 넘어 중년기다. 싸늘한 가을바람이니 중년기도 지나가는 나이다. 이러한 때 가을바람은 싸늘하게 불고 이러한 때 늦은 꽃이라도 맺고 싶은 게 시인의 마음이다. (휘감긴다.)

시인은 어젯밤부터 시에 대한 몰입으로 밤샘 작업을 한 셈이다. 길가의 풀벌레 기척과 가로등 울음, 별이 사라졌다는 말은 시 불시착에 가까워졌다는 말이다. 시라는 물체가 오고 있는 어떤 전조의 암시다. 이것은 쉽지만은 않은 것으로 이 과묵한 아침에 어김없이 돌고 있는 미장원 간판에 묘사했다. 한마디로 돌 지경이다. 하지만, 미장원처럼 깔끔하게 다듬고 싶은 욕망이 숨었다.

필사적으로 햇살을 헤집는 플라타너스 잎새는 왜 낯설지 않은가! 자아의 이미지 변환을 볼 수 있다. 현수막→가을바람→풀벌레→별→미장원 간판→잎새로 전환한다. 이는 모두 자아를 뜻하는 시어로 볼 수 있다. 그러니까 자아 심적 묘사의 변이다.

베란다에서 세상과 연을 다한 장미는 줄기에 매달린 채 풍장을 선택하고, 여기서 베란다는 세상과 소통할 수 있는 마지막 보류며 장미는 시인이 그리는 꽃은 아니지만, 시인이 곧 피울 꽃의 모태는 된다. 그러니까 풍장 하듯 바람에 제 뜻대로 교감한다. 이는 수많은 눈을 가질 수 있으며 수많은 꽃의 아버지다.

몇 개월째 방치되었던 차는 감쪽같이 사라졌다. 차車를 시어로 사용했다. 차는 바퀴가 있으며 무엇을 실어 나르는 물체다. 여기서 차는 시인의 정신적 교감이었던 부산물의 총체다.

한 무리가 모여 앉아 밥을 먹는다. 시는 만들어지는 것이다. 단어(시어)와 문장과 시인이 본 사물을 이용하여 불시착한다. 이미지를 작가의 중심에 착 붙여서 작가의 감정을 이입하며 문장을 만들고 행을 만든다. 이러한 모든 자료는 가구라 하며 이러한 모든 자료가 수북한 상태는 고봉이다. 이 고봉으로 묘혈을 판 것이 시다.

언제나 마당을 깨끗이 쓸어 싸리비 자국이 선명하다. 시인의 시에 대한 복종과 지긋한 사랑을 볼 수 있다. 싸리비는 싸리+비다. 싸리는 콩과의 식물이지만 작은 고추를 뜻하기도 한다. 그만큼 작고 맹랑하며 맵다는 뜻이다. 말 그대로 시에 대한 악착이다.

활주로 표식처럼 돌멩이를 가지런히 고르고 물을 뿌렸다. 시 탄생의 임박이다. 활주로 표식으로 시 불시착에 대한 이미지 중첩을 노렸다. 방바닥의 먼지를 걷어내고 제식처럼 온종일 가구를 문지른다는 말은 시 문장을 다듬는다는 말이며 여기서 가구는 가구家具가 아니라 가구架構다. 전에 이승희 시인의 시 「모든 가구는 거울이다」에서 한 번 쓴 적 있다.*

오늘도 별빛은 내려올 것이다. 오늘도 시는 쓰일 것이다. 그러므로 시는 불시착不詩錯으로 온다, 내려온다는 말이겠다.

공자는 여러 나라에 구전되던 시 3천 편을 모아 그 가운데 305편을 가려서 '시경'이라는 책을 만들었다. 그리고 말하기를 시 삼백 수는 한마디로 말해 사특함思無邪이 없다고 하였다. 시는 진솔한 마음을 담았기 때문이다. 굳이 거짓을 각종 은유로 말할 이유는 없지 않은가!

벌가벌가伐柯伐柯 기칙부원其則不遠이라는 말이 있다. 물론 시경에 나오는 말이다. 뜻은 도끼 자루를 베고 도끼 자루를 베네. 그 법칙은 멀리 있지 않구나, 즉 딱 맞게 자르는 법은 멀리 있지 않다는 말이다. 나무꾼은 도끼 자루를 만들기 위해 나무를 잘랐는데 얼마만큼 잘라야 옳은 것인지 생각에 잠겼다. 하지만, 그것은 어디 멀리 있는 것이 아니었다. 손에 쥔 도끼 자루를 갖다 대보면 알 수 있는 것을 까맣게 몰랐다.

시를 쓴다고 많은 고민을 하지만, 고민할 필요가 있겠나 싶다. 정녕 우리가 사용하는 언어를 나열하며 써보면 어떨까! 그 언어에 감정이입을 잘하는 것이야말로 좋은 시인이 아니겠나 하는 생각이 들었다.

하얀 쌀밥에 한 젓가락씩 오른 보시 한 점 / 鵲巢

새롭게 단장한 간판 '동태찜' 그 어떤 수식어도 없었다. 겨울이 끝날 무렵, 배 출출한 정오였다. 문 꽉 닫은 가게 유리창은 뜨거운 김으로 가득하고 문 열자 자리는 한 군데 꿰차고 앉을 곳 없다. 멀뚱멀뚱하게 선 허공은 어떤 의미도 없는 푯대였다. 바깥은 고요하여 나뭇잎 한 장 떨어지며 물 위에 앉는다. 나이테처럼 봄 햇살만 따갑다. 작업복 입은 남자 셋 나오고 정장 차림의 여성과 신사복 입은 남자가 나왔다. 나는 다시 문 열고 빠끔히 들여다보았다. '아줌마 저쪽에 앉아도 되나요?' 콩나물 폭폭 동태찜 한 접시.

하얀 쌀밥에 한 젓가락씩 오른 보시 한 점

오늘 일기에서 낚은 시 한 수다. 부모님 모시고 동네 '동태찜' 식당에 갔다. 바깥은 7, 80년대 풍 거리, 문은 닫혀 조용하게만 보였다. 식당은 만 원이었다. 바깥에 서서 기다리느니 차 안에 앉아 몇 명의 손님이 나오는 모습을 보고 우리는 안에 들어갔다. 역시나 시장도 시장이겠지만, 따끈한 동태찜 한 그릇은 그 무엇과도 바꿀 수 없는 입맛이었다. 더구나 부모님과 함께 한 이 시간은 무엇과도 바꿀 수 없는 소중한 시간이었다.

*『카페 확성기』 1권 참조
*윤의섭: 1968년 경기도 시흥 출생. 1992년 〈경인일보〉 신춘문예와 1994년 〈문학과 사회〉 등단.

붉은 사슴동굴 _ 김정임

오동나무 안에 당신이 누워있다 부은 무릎을 펴는지 나무 틈 사이 삼베옷 스치는 소리가 새 나왔다

한 무리의 사람들이 빙 둘러서서 제를 올렸다

어디쯤에 꽃잎이 열린 곳일까 눈이 어두운 사람처럼 오동나무 무늬를 더듬어야 우리의 흔적을 만날 수 있다

추억들이 푸른 핏줄을 터뜨리며 둥글게 솟은 흙 속으로 스며들자 검은 구름이 터질 것같이 어깨를 들썩였다

이미 저 빙하기 붉은 사슴동굴에서 슬픔이 깃든 뼈를 수만 번 누이고 있는데 나는 어느 시간의 물거품을 이곳에서 휘젓고 있는 것은 아닌지

물기 빠져나간 바람의 흰 깃털이 소나무 숲에 흩날렸다 깊은 숨을 쉬며 당신은 달력 속에 굵은 빗금을 그으며 떠났다

鵲巢感想文

우선 詩를 읽을 때는 극성을 살펴야 한다. 첫 문장에 그 극성이 잘 나타나 있는 시도 많지만 그렇지 않은 시도 많아서 요즘은 시 읽기가 갈수록 어려운 것도 사실이다. 위 시를 보면,

부은 무릎이 현실이면 오동나무는 굳은 세계다.

두 번째는 시의 색감을 살펴야겠다. 나무와 삼베옷은 색감이 뚜렷하다.

시는 거울이기 때문에 왼쪽을 그렸다고 해도 오른쪽 세계를 뜻하기도 하며 반대로 오른쪽 세계를 그려도 왼쪽을 대변하는 것 같이 읽히기도 한다. 모 시인의 도리깨처럼 한바탕 머릿속 훑고 가는 기분이다.

세 번째는 가변과 불변의 세계를 가려야겠다. 오동나무는 고착화한 삶을 대변한다면 한 무리의 사람은 많은 것을 시사한다.

네 번째 시인의 심적 묘사를 유심히 보아야겠다. 부은 무릎을 편다거나 눈이 어둡다거나 추억이 푸른 핏줄을 터뜨리는 것과 빙하기 붉은 사슴동굴, 시간의 물거품은 시인의 마음을 묘사한다.

한 무리의 사람들이 빙 둘러서서 제를 올렸다. 이 부분을 읽을 때 시인 이수명 선생의 글이 스쳐 지나간다. 아래에 필사하며 보자.

케익 / 이수명

커다란 케익을 놓고

우리 모두 빙 둘러앉았다

누군가 폭탄으로 된 초를 꽂았다

케익이 폭발했다

우리는 아름다운 노래를 불렀다

그리고

뿌연 먼지 기둥으로 피어오르는 폭발물을

잘라서 먹었다

시인의 시 「케익」을 패러디로 쓴 적 있어 아래에 소개한다.

詩 / 鵲巢

대문장가 시를 놓고
우리 모두 죽 둘러보았다
누군가 시론으로 된 칼을 됐다
시가 낱낱이 뜯겼다
우리는 흐뭇한 미소를 지었다
그리고
투명한 극지 칼날에 곱게 흐르는 피를
핥아서 먹었다

몇 년 전의 일이다. 시집을 꽤 사다 보았다. 나도 왜 그렇게 시를 읽었는지는 모르겠다. 한 마디로 집착이었다. 석 달 읽은 시집이 100권 넘었으니 그렇다고 뭐 좀 알고 읽은 것은 절대 아니다. 무작정 독서였다. 하지만, 詩를 읽으니 詩人이 보이고 詩人이 활동한 동인과 여러 가지 정보도 읽었다. 지금 생각하면, 거저 아무것도 아니다. 오로지 내 글을 쓰기 위한 마중물일 뿐이다.

글은 오로지 자기 수양이다. 이는 현실을 잘 보기 위함이다. 더는 그 무엇도 없고 그 무엇을 바라서도 안 된다.

*김정임: 2002년 〈미네르바〉 등단.

블랙커피 _ 손현숙

올해도 과꽃은 그냥, 피었어요 나는 배고프면 먹고 아프면 아이처럼 울어요 말할 때 한 자락씩 깔지 마세요 글쎄, 혹은 봐서, 라는 말 지겨워요 당신은 몸에 걸치는 슬립처럼 가벼워야 해요

천둥과 번개의 길이 다르듯 짜장면과 짬뽕 사이에서 갈등하는 거 흙산에 들면 돌산이 그립고, 가슴의 A컵과 B컵은 천지차이죠 한 생에 딱 한 목숨 몸뚱이 하나에 달랑 얼굴 하나, 해바라기는 장엄하기도 하죠

비개인 뒤 하늘은 말짱해요 당신이 나를 빙빙 돌 듯 지구 옆에는 화성, 그 옆에는 목성, 또 그 옆에는 토성 톱니바퀴처럼 서로 물고 물리면서 우리는 태양의 주위를 단순하게 돌아요

당신, 돌겠어요?

시간을 내 앞으로 쭉쭉 잡아당기다보면 올해도 과꽃은 담담하게 질 것이고, 때로는 햇빛도 뒤집히면서 깨지기도 하지요

鵲巢感想文

시제 블랙커피는 시를 제유한 시 제목이다. 말 그대로 까만 글, 하지만, 애인과 커피 한 잔 마시듯 시는 부드러워요. 시는 오로지 애인을 다루듯 해야 해요. 거칠 거나 모질게 굴다가는 여차 없이 이해하기 어려워요. 그러니

까 '글쎄'라든가, 혹은 봐서, 라는 말은 통하지가 않죠. 나를 읽으려면 당신의 몸은 어떤 잡생각도 없이 슬립처럼 가벼워야 해요. 시 1행은 시 접근에 관한 묘사다.

시 1행에서 나는 배고프면 먹고 아프면 아이처럼 울어요. 주체와 객체의 도치다. 내가 배고프면 먹는 것이 아니고 여기서 시는 하나의 생물처럼 다룬 것에 기가 막힐 일이다. 우리가 시를 들여다볼 때 이해 못하면 시에 먹히는 것이 된다. 도로 우리가 시를 이해했다면, 시의 아픔이겠지! 아니면, 그 반대든가.

시 2행을 보면, 시의 모양과 성질이다. 제목 하나에 늘어놓는 문장들이니, 몸뚱이 하나에 달랑 얼굴 하나를 묘사한다. 시는 천둥과 번개의 길이 다르듯, 짜장면과 짬뽕 사이의 갈등과도 같으며 흙산 같다가도 돌산도 무관하며 A컵이든 B컵이든 어려운 건 마찬가지, 해바라기처럼 제 주인 얼굴만 바라보는 것도 시가 된다.

시 3행은 시의 습성과 형태미다. 습관이 된 성질이다. 시를 읽고 이해하면 비개인 뒤 하늘처럼 말짱하지요. 천체 우주, 즉 태양계를 마치 구슬처럼 어찌 뒤흔들어 놓을 수 있을까 말이다. 그 순서가 있듯, 시의 구조 또한 뒤바꿀 수는 없는 것이다.

시 4행은 시인의 능청이다. 당신, 돌겠어요? 그래 돌겠다.

시 5행은 시 해체는 과꽃이 핀 것이고 때로는 햇빛도 뒤집히면서 깨지는 것처럼 다시는 이 글을 보지 않을 수도 있겠지. 뭐!

이 시를 읽다가 사족으로 덧붙인다.

중국 역사에서 요순 임금은 최고의 성군聖君이고, 걸주는 가장 포악한 군주로 그려졌다. 근데, 걸왕이나 주왕도 백성에게 나쁜 짓을 하라고 명령을 내리지는 않았다. 왜 걸주의 시대에는 사회가 혼란하고 난폭한 백성이 많아졌는가. 〈대학〉은 이렇게 설명한다.

백성이 자기 왕이 정말 좋아하는 것(소호所好)을 했을 뿐이다. 걸주는 유능한 신하를 탄압하여 스스로 폭력의 모범을 보였다. 백성에게 "착하게 살라"는 걸주의 명령은 자기가 진짜 좋아하는 것과 모순되는 것이었다. 백성은 걸주가 정말 좋아하는 것을 따랐을 뿐이다.

〈후한서〉*에 이런 말이 나온다. 오나라 왕이 검객을 좋아하자 백성의 몸에 상처가 많아졌고, 초나라 왕이 가는 허리를 좋아하자 궁중에는 굶어 죽는 사람이 많아졌다. 왕이 허리가 가느다란 미녀를 좋아하자, 궁녀가 너무 심하게 다이어트를 하여 많이 굶어 죽었다고 하니 좀 과장된 표현이긴 하다. 그러나 윗사람이 무엇을 좋아하느냐가 조직의 구성원에게 얼마나 큰 영향을 미치는지를 잘 나타낸 이야기다.

주체가 무엇을 좋아하느냐. 시를 군림하는 군주 즉, 자아와 시의 객체 즉, 백성과 같은 문장이다. 시를 얼마나 사랑하느냐에 따라 시력詩力을 가질 수 있음이겠다.

*손현숙: 1959년 서울 출생. 1999년 〈현대시학〉 등단.
*후한서[참조]
　오왕호검객 吳王好劍客　백성다창반 百姓多瘡瘢
　초왕호세요 楚王好細腰　궁중다아사 宮中多餓死

비꽃 _ 사윤수

폭우는 허공에서 땅 쪽으로 격렬히 꽃피우는 방식이다. 나는 비의 뿌리와 이파리를 본 적이 없다. 일체가 투명한 줄기들, 야위어 야위어 쏟아진다. 빗줄기는 현악기를 닮았으나 타악기 기질을 가진 수생식물이다. 꽃을 피우기 위해 비에겐 나비가 아니라 영혼이 깨지는 순간이 필요한 것. 두두두두두두 타닥타닥타닥타닥 끊임없이 현이 끊어지는 소리, 불꽃이 메마른 가지를 거세게 태울 때의 비명이 거기서 들린다. 꽃무릇의 핏물을 한 방울도 남김없이 다 뺐다고 치자. 그게 백혈병을 앓는 군락지처럼 줄기차게 거꾸로 드리우는 것이 폭우다. 추락의 끝에서 단 한 순간 피고 지는 비꽃. 낮게 낮게 낱낱이 소멸하는 비의 꽃잎들,

비꽃 한 아름 꺾어 화병에 꽂으려는 습관을 아직 버리지 못했다.

鵲巢感想文

어떤 때는 詩가 시인의 시제 비꽃처럼 속 시원히 뚫고 지날 때도 있다. 시 한 수 짓는 게 저럴 수 있다면 하루가 이것보다 더 좋은 성찰은 없겠다. 하지만, 이렇게 좋은 시 한 편 감상하는 보람도 시 짓는 것보다 더 좋은 성찰임을 이 비꽃을 통해 깨닫는다.

詩人은 땅바닥에 맹렬히 퍼붓는 폭우를 비꽃이라 했다. 비는 줄기며 땅바닥에 부딪는 순간 꽃을 피우는 게다. 이를 시인은 현악기를 닮은 빗줄기로 타악기를 닮은 꽃에 그러니까 수생식물로 명기한다. 꽃을 피우는 건 영혼이 깨지는 순간이라 했다. 현이 끊어지고 불꽃이 메마른 가지를 거세게 태울 때, 비명이 거기서 들린다. 번개를 메마른 가지로 치환한데다가 더 나가 자아를 그리는 언어 중첩 기술은 압권이다. 산뜻하다.

223

이제 시인은 시의 결말로 내디딘다. 꽃무릇의 핏물을 한 방울도 남김없이 다 뺏을 때, 시는 오는 것인데 백혈병을 앓는 군락지처럼 줄기차게 거꾸로 드리우는 것이 폭우라 했다. 그러니까 시다. 폭우는 시초詩草를 제유한 것이며 백혈병은 흰 종이를 제유한다. 군락지는 말 그대로 뭉뚱그린 글이겠다.

추락의 끝에서 단 한 순간 피고 지는 비꽃, 詩다. 낮게 낮게 낱낱이 소멸하는 비의 꽃잎들, 시의 문장들, 비꽃 한 아름 꺾어 화병에 꽂으려는 습관을 아직 버리지 못했다. 시인은 시를 쓴다. 쓴 시를 시집으로 내는 일이야말로 詩人의 행복이다.

詩人의 詩 한 편만 더 보자.

청자상감매죽유문장진주명매병의 목독 木牘 / 사윤수
靑磁象嵌梅竹柳文'將進酒'銘梅甁의 木牘

그날 밤 소쩍새 소리에 처음 눈을 떴습니다 검은 허공이 실핏줄로 금이 가 있었습니다 사깃가마 속 사흘밤낮 회돌이치는 불바람이 나를 만들었지요 흙이던 때를 잊고 또 잊어라 했습니다 별을 토하듯 우는 소쩍새도 그렇게 득음 하였을까요 나는 홀로 남겨지고, 돌아보니 저만치 자기瓷器 파편 산산이 푸른 안개처럼 쌓여 있었습니다

모서리에 기러기 매듭 끈이 달린 국화칠색단 남분홍 보자기가 나를 데려갔습니다 다포 겹처마 팔작지붕 아래 슬기둥 덩뜰당뜰 당다짓도로 당다둥 뜰당* 거문고 소리 깊은 집이었습니다 달빛 애애한 밤 오동 잎사귀 워석버석 뒤척이면 나는 남몰래 사수 겹머리사위체 춤을 추곤 했지요 대숲에 댑바람 눈설레 치고 지고 내 몸에 아로새겨진 버드나무에도 당초호접무늬 봄이 수백 번 오갔습니다

여기는 커다란 하나의 무덤 그 속에 작은 유리무덤들, 이제 나는 침침한 불빛에

갇혀 있습니다 내가 죽은 것인지 산 것인지 나도 모르는데 날마다 많은 사람들 들어와 나를 쳐다봅니다 밖에는 복사꽃 붉은 비처럼 어지러이 떨어지는지** 전해주는 이 아무도 없고 그 사이로 천 년의 강물 흘러갑니다 때로는 내가 흙이던 날의 기억 아슴아슴 젖어옵니다 누가 이곳에 대신 있어준다면 나는 잠시 꿈엔 듯 다녀오고 싶건만 아, 그 소쩍새는 아직 울고 있을까요

鵲巢感想文

우선 이 詩, 감상에 앞서 시제를 보아야겠다. 청자상감매죽유문장진주명매병青磁象嵌梅竹柳文'將進酒'銘梅瓶의 목독木牘으로 목독木牘은 글씨를 쓴 나뭇조각으로 시제가 마치 목독目讀으로 읽힌다. 눈으로 읽는다는 뜻으로 말이다.

매병梅瓶은 아가리가 좁고 어깨는 넓으며 밑이 홀쭉하게 생긴 병이다. 상감象嵌은 금속이나 도자기, 목재 따위의 표면에 여러 가지 무늬를 새겨서 그 속에 같은 모양의 금, 은, 보석, 뼈, 자개 따위를 박아 넣는 공예 기법. 또는 그 기법으로 만든 작품. 고대부터 동서양에서 두루 이용하였으며, 우리나라에서는 상감 청자와 나전 칠기에서 크게 발달하였다.

청자상감青磁象嵌은 고려시대로 추정되는 도자기 고려청자의 일종이다. 詩人은 이 명품을 보며 詩 한 수 지었다. 이 자기는 매화와 대나무 버드나무가 새겨져 있는가 보다. 시제가 매죽유문梅竹柳文이라 하니 말이다. 장진주將進酒는 중국 당대의 시귀로 불리는 이하790~816의 작품이다.

詩 내용은 이 병에 얽힌 전설을 이용하여 작문한 것으로 보인다. 천 년을 기리는 소쩍새 울음소리는 시를 제유한 시구다. 청자상감매죽유문장진주명매병에 갇힌 시, 소쩍새처럼 만약 천 년 뒤 시가 읽히는 것만큼 시인은 시대를 떠나 명예를 갖는 셈이다.

詩 2연을 보면 '슬기둥 덩뜰당뜰 당다짓도로 당다둥 뜰당' 시인의 언어유희를 볼 수 있는데 이는 거문고 뜯는 소리 은유다. 슬기인 듯 기둥인 듯 덩

뜰당뜰 집(당) 다 짓도록 집(당) 다 둥 뜰도 있다 둥 당 마치 이렇게 읽힌다. 웃기고 재밌다.

이 詩는 시도 참 잘 된 작품이지만, 이 작품을 더욱 빛나게 한 건 역시나 우리 고유의 문화자산을 한층 더 격상한 것에 주안점을 둬야겠다. 시제만 보아도 천년의 세월에 얼 지경이다. 솔직히 말하자면,

천년은 아득한 세월이다. 한 생애가 30년이라면 몇 대를 거쳐야 천 년인가? 시도 아득하게 읽히고 전설처럼 소쩍새가 이 시를 감상하는 마당에 소쩍,소쩍거리며 날아가는 것만 같다.

*사윤수: 1964년 경북 청도 출생. 2011년 〈현대시학〉 등단.
詩人曰 슬기둥 덩뜰당뜰 당다짓도로 당다둥 뜰당 – 어느 책에서 빌림.
*詩人曰** 매병에 새겨진 시문 장진주將進酒 가운데, 도화난락여홍우桃花亂落如紅雨

비유법 _ 이규리

방과 후 날마다 비유법을 가르쳐주시던 선생님이 계셨다
비유법을 밥처럼 먹던 시절 있었다
비유는 하나로 여럿을 말하는 일이야

노을이 철철 흘러 뜨거워서 닳아가는 저녁
우리는 서쪽 창가에 앉아 흰 단어들을 널었다
나뭇가지에 서늘한 시간이 척척 걸리곤 했다

그 놀이에 탐닉하는 동안
놀이 끝에 서서히 슬픔이 베어나고 있었다 글쎄 그게 아픈데도 좋았다
그 찬란에 눈이 베이며 울며 또 견디며

그런데 비유법을 가르쳐주시던 선생님들은 다 어디 갔을까
비유법을 모르는 추운 꽃밭, 죽어가는 나무, 무서운 옥상들

뭐 이런 시절이 다 있어
이건 비유가 아냐 방과 후가 아냐

제 생이 통째 비유인 줄 모르고,

저기 웅크리고 혼자 지는 붉은 해
눈 먼 상처들이야 자해한 손목들이야

鵲巢感想文

詩 한 수 읽어도 이렇게 간담이 서늘하게 읽은 것도 없을 것 같다. 비유법이 이렇게 큰지 새삼 느끼는 시다. 시는 총 7연을 이룬다. 시 1연은 어린 시절을 보내는 자아다. 비유법을 가르쳐주시던 선생님과 비유법처럼 밥을 먹고 그러니까 인생을 미리 알기 위해 공부하고 어른이 되기 위해 커간다.

詩 2연은 벌써 인생 막바지에 들어선 자아다. 노을이 철철 흘러 뜨거워서 닿아거는 저녁, 우리는 서쪽 창가에 앉아 흰 단어들을 넣었다. 그만큼 인생을 회상하며 본다는 뜻이다. 나뭇가지에 서늘한 시간이 척척 걸리곤 했다. 나의 일, 나의 자식, 나의 사상 등 나 어떤 것도 생각해 볼 수 있는 비유다.

詩 3연, 인생 말기에 접어든 자아와 성찰이다. 이러한 성찰의 시간을 겪는 것도 아픔은 있지만, 좋았다. 놀이에 탐닉한다는 말, 놀이 끝에 서서히 슬픔이 배어난다는 말, 그 찬란에 눈이 베이고 울며 견디는 이 말에 가슴이 뭉클했다.

詩 4연 그런데 비유법을 가르쳐주시던 선생님들은 다 어디에 갔을까? 이미 떠나고 없는 선생이 그립다. 그만큼 자아는 이미 늙었다. 인생이 무엇인지 가르쳐주셨던 옛 선생님 마음을 이해한다. 비유법을 모르는 추운 꽃밭, 즉 이는 인생이다. 한평생 살았다만, 진작 어릴 때 배웠던 선생의 말씀은 이제야 떠오른다. 죽어가는 나무는 자아를 제유하며 죽음은 무섭기만 하다.

詩 5연 뭐 이런 시절이 다 있어 하며 후회하지만, 이건 비유가 아니라고 인생이 아니라고 방과 후가 아냐, 하지만 방과 후는 모두 끝났다.

詩 6연, 인생이 통째 비유인 줄 모르고 말이다.

詩 7연, 저기 웅크리고 혼자 지는 붉은 해, 자아다. 해가 저물 듯 인생은 저물었고 눈먼 상처와 자해한 손목 같은 노을만 깊다. 묘사다.

한 편의 시가 마치 영화 보는 것보다 더 명징하다. 시 1연의 유연 시절과 시 2연으로 넘어가는 과정은 순식간이다. 그만큼 시간은 빠르게 묘사했다. 여기서 시 감상하는 독자는 생각한 만큼 아득하게 느꼈을 것이다. 시 4연과 5연에서 인생의 막바지 노을은 왜 그리 깊게 닿는지. 특히 4연의 비유법을 모르는 추운 꽃밭, 죽어가는 나무, 무서운 옥상들은 죽음을 인식하며 그리 아리따웠던 꽃밭 같은 삶만 아득하게 지나고 만다. 아마 이 부분을 읽는 독자가 나이가 많을수록 더 가슴 아프게 닿을 수 있겠다는 생각을 했다. 40대 후반인 필자는 이미 지나간 40년이 순식간에 지나가 버리니 온몸이 전율이 일 정도다.

시가 짧다고 하지만, 감동을 안겨다 주는 시는 오래도록 머리에 남아 많은 것을 느끼게 한다.

인생을 그릇에 많이 비유한다. 이 그릇도 금 그릇, 은 그릇, 동 그릇으로 비유한다면 금수저, 은수저에 버금가는 우스운 이야기가 될 수 있겠으나 수저와 태생은 다르다. 내가 어떻게 태어났던 인생은 그 누가 대신하지 않기에 무엇을 담는다는 것은 오로지 자신의 몫이다.

대기만성大器晩成이라고 했다. 천천히 내가 갖은 꿈에 급할 것도 서두를 것도 없이 한 계단씩 준비하며 오르는 현명한 사람이 되어야겠다.

*이규리: 1955년 문경 출생. 1994년 〈현대시학〉 등단.

빈 방 있습니까 _ 조말선

46개의 방이 있는 호텔에서 / 빈 방에 관한 세미나를 하네 / 46개의 방이 텅 빌 수 있는 확률은 단 한 번, / 수학이 이렇게 걱정 없다면 경제학이 되었을까 / 빈 방 있습니까, 예약을 할 때 / 있습니다, 고 말할 확률은 백프로 / 수학이 이렇게 명징 하다면 / 문학에 흡수 되었을지도 몰라 / 더욱 중요한 것은 빈 방 있습니다와 / 빈 방 없습니다의 이음동의라네 / 있고도 싶은 없고 싶은 / 있어서 안타깝고 없어서 안타까운 / 있어서 다행이고 없어서 다행인 / 빈 방에 관한 세미나를 하네 / 지금부 터 딱 세 시간 비워줄 수 있다면 / 세 시간은 무슨 일이든 일어날 수 있는 시간 / 한 시간을 삼천육백 조각 낸다면 / 조각난 시간들을 조립하면서 / 완강기에 목을 매단 사람들을 상상하거나 / 거울을 보다가 빈 방에 있는 빈 방이 낯선 시간 / 비로소 낯 선 빈 방을 발견할지도 몰라 / 빈 방에 있는 세 시간은 / 빈 방이 그 방의 키를 쥔 시간 / 빈 방에 관한 세미나를 빈 방에서 하네 / 거울을 보다가 빈 방이 빈 방을 낳 는 것은 / 어떻게 보면 퍽 고무적인 일이라네 / 빈 방과 빈 방이 꽉 찬 방의 유기적 인 관계에 대해 생각하다보면 / 수학은 모호하다는 생각이 드네 / 빈 방 있습니다 와 빈 방 없습니다는 / 서로가 서로에게 미끄러지는 말이네

鵲巢感想文

얼마 전에 시인 천서봉 선생의 시 「행성관측 2-원룸」에 관한 시를 감상 에 붙인 적 있다. 원룸은 시를 상징한다. 시 종연에 이르면 원룸에 관해 여러 가지로 묘사해놓는다. 중얼거리는 방. 두 개인 것 없는 방. 미라처럼 햇살이 쓸쓸함을 깊이 감아 도는 방. 아무도 깨워주지 않는 방. 〈잠만 잘 분〉 그렇 게 구한 방. 자고 일어나 또다시 잠만 자는, 홀로 자전하는 방이라고 말이다.

시인 조말선 선생의 시 「빈 방 있습니까」를 본다. 여기서 빈 방은 마음의 공백 상태나 혹은 있어도 표현하지 못하는 멍한 상태다.

46개의 방이 있는 호텔에서 빈 방에 관한 세미나를 한다. 물론 여기서 빈 방은 그 무엇을 제유했다. 제유한 그 시어만 제외하면 이 문장은 단지 진술이다. 호텔에 무슨 이유인지는 모르나 세미나를 열었던 것은 사실로 보인다. 그것도 46개의 방이 있는 호텔이다. 하지만 이 숫자에 관해서도 민감하게 대응할 이유는 없다. 시를 쓰기 위한 하나의 장치에 불과하기 때문이다.

46개의 방이 텅 빌 수 있는 확률은 단 한 번이다. 시인은 이렇게 걱정 없다면 경제학이 되었을까 하며 얘기한다. 46개의 방이 텅 빌 수 있는 경우는 단 한 번밖에 없다. 우리가 잠자는 경우다. 빈 방이 없어지는 경우다. 물론 경제학 따위는 논할 필요가 없게 된다. 경제학이란 본시 희소한 자원을 어떻게 효율적으로 이용하느냐에 따른 학문이기에 잠자는 일은 자원 따위는 생각할 틈이 없는 것이 된다.

빈 방 있습니까? 예약할 때 있습니다, 고 말할 확률은 백 프로다. 빈 방 있느냐고 묻는 것은 깨어있는 상황이니 대답할 확률은 백 프로가 된다. 어떤 대답을 표현할지는 모르겠지만, 마음은 전달할 수 있으니까 말이다. 그러니까 시인은 수학이 이렇게 명징하다면 문학에 흡수되었을지도 모른다고 했다. 지금까지 시적 묘사로 보면 맞는 말이다.

더욱 중요한 것은 빈 방 있습니다와 빈 방 없습니다의 이음동의라는 사실, 왜냐하면 빈 방이 있다는 말은 빈—노트와 같은 공백 같은 상태를 말하며 빈 방이 없다는 말은 아예 마음이 없는 것이므로 다른 소리지만 어쩌면 같은 뜻이다. 마음은 이래나 저래나 일단은 없으니까 말이다. 그러니 안타깝고 다행한 일도 생긴다.

빈 방에 관한 세미나를 한다. 물론 누구와 하는 것은 아니다. 시인 본인과의 세미나다. 한 시간을 삼천육백 조각낸다면 조각난 시간을 조립하는 일은 마치 완강기에 목을 매단 사람을 상상하거나 거울 보며 자아를 그리다 보면 새로운 마음은 떠오르기도 하니까 이를 땐 빈 방은 그 방 열쇠를 쥐는 시간이며 이러한 일은 퍽 고무적인 일이다.

빈 방과 빈 방이 꽉 찬 방의 유기적인 관계에 대해 생각하다 보면 수학은 모호하다는 생각이 든다. 빈 방이 꽉 찬 방이 되었다는 말은 마음을 온전히 채웠다는 말이다. 그러므로 문장도 앞뒤가 맞아야 하며 시로서 그 맥 또한 맞아야 하기 때문이다. 그러니 모호할 수밖에 없다.

빈 방 있습니다와 빈 방 없습니다는 서로가 서로에게 미끄러지는 말이네. 아까도 얘기했듯이 빈 방 있습니다는 빈-노트와 같은 마음의 공백 상태, 빈 방 없습니다는 마음이 아예 없는 상태니 서로가 서로에게 미끄러지는 말이다.

공자의 말씀에 인능홍도人能弘道, 비도홍인非道弘人이라는 말이 있다. 사람이 길을 넓히는 것이지 길이 사람을 넓히는 것은 아니라 했다. 시인이 시의 영역을 넓히는 것이지 시가 시인을 넓히는 것은 아니란 말이다. 시를 쓴다는 것은 새로운 것을 창조하는 길이기에 끊임없는 노력과 연구가 뒤따라야 한다.

시 감상은 시인이 이미 걸었던 길을 되짚어 봄으로써 시 창작을 미루어 보는 길이다. 우리말은 그 어떤 단어라도 마음을 담지 못할 것도 없을 것이다. 이러한 마음을 담는 길은 시인만의 창조적 시 쓰기에 달렸다.

빈 방이 마음을 표현한다는 것은 우리가 어떻게 알았을까 말이다. 빈 방이 많으면 많을수록 좋겠다는 생각은 오로지 시를 도전하는 사람만이 갖는 의식이다. 하지만 빈 방이 없다면 시인에게 그만큼 고통을 안겨다 주는 것도 없을 것이다.

빈 방을 채울 방법은 단 한 가지밖에는 없다. 오로지 읽어야 한다.

*조말선: 1965년 김해 출생. 1998년 〈부산일보〉 신춘문예 당선.

빨간 컨테이너 _ 김지율

- 프리즈버드

창문 너머로 기울어지는
그림자들 속에
잃어버린 말이 있고
기다려온 말이 있다

어쩌면 더 빨리 끝날지도 몰라

밤중에 손톱을 깎으면 검은 새와 가까워진다 미안하다는 말은 새가 많다는 말 폭
염은 리얼하고 혁명은 오래 전의 일 그러니까 나무속에는 숨을 수 있는 구멍이 많
아, 입을 여는 순간 새가 튀어나온다

컨테이너에서 죽은 남자는 아직 새를 모른다 밖에는 비가 내리고 돌멩이에서 피
냄새가 난다 끝까지 눈을 감고 끝까지 귀를 닫고, 한 번 더 해봐

공기 속에는 비밀이 많아서

빈곳의 벽이다
검은 밤을 날아가는 돌멩이
매번 다른 기도를 위해
잠시 눈을 감고 잠시 숨을 참는 것을
프리즈버드, 라고 부를 때
흰 발을 보여줄게

가끔 구름이 들어왔다 나갔다

죽을 만큼 아프지는 않았지만

종이를 찢을 때마다, 흰 새가 날아갔다

鵲巢感想文

시제 '빨간 컨테이너'는 시인의 감정을 이끌 교두보다. 창문은 시인의 마음 창이다. 창문은 경계가 된다. 내가 내 마음을 들여다보는 그 창이다. 그림자는 실체를 받아주는 먹의 세계다. 이 속에는 잃어버린 말이 있고 기다려온 말이 있다. 하고 싶은 말은 많지만, 이것을 어떻게 정립하여 내뱉느냐가 중요하겠다. 그러므로 빨간 컨테이너는 시인의 교두보가 된다.

어쩌면 이러한 말 타기는 작가가 생각한 것보다 더 빨리 끝날 수 있을지도 모른다. 안에서 그 창문을 활짝 열어놓기까지가 일이다.

밤중에 손톱을 깎는다는 것은 시인의 각성이다. 몸 일부분을 깎듯 내 마음을 일깨우는 행위다. 검은 새는 글을 제유한 말로 컨테이너에서 죽은 남자와는 대조적이다. 죽은 남자가 시의 고체화라면 검은 새는 아직 활자화하지 않은 비정형의 포플러와 같은 바람의 몸짓에 불과하다. 미안하다는 말과 새가 많다는 말은 감정의 표현이다. 감정이 없다는 것은 가슴이 메마르다는 것으로 어떤 검은 새도 만들지 못할 것이다. 때는 폭염이 쏟는 여름이고 이제는 혁명 같은 시가 나올 시기도 되었다.

나무속에는 숨을 수 있는 구멍이 많아, 여기서 나무는 그 속성이 딱딱하다는 것을 생각하자. 물론 시인을 제유한 시어다. 어떤 내면의 심리가 굳은 상태를 묘사한다. 이것이 풀리면 나무속 잠든 새를 일깨울 수 있을 텐데 말이다.

컨테이너에서 죽은 남자는 다른 나무에서 죽은 새다. 물론 다른 나무라 표현했지만, 다른 국경, 국가 등으로 표현해도 괜찮다. 마치 살인사건의 실마리를 푸는 듯 그 느낌이 들지만, 컨테이너의 그 폐쇄성을 고려할 때 시의 비유는 읽는 이의 상상력을 유발하는 데 크게 이바지한다. 죽은 남자와 돌멩이 그리고 피 냄새, 돌멩이에 맞은 죽은 남자가 아니라 죽은 남자가 던진 돌멩이가 맞다. 이 돌멩이는 시인에게 혹은 독자에게 닿아서 그 느낌을 조금이라도 받았다면 시의 의미는 전달되었으므로 피 냄새와 같은 향은 오른 것이 된다. 하지만 죽은 남자詩는 끝까지 눈을 감고 끝까지 귀를 닫고 있다. 아마, 그 어떤 억겁의 시간을 더해도 감은 눈과 닫은 귀는 시다.

공기 속에는 비밀이 많다. 이를 잡는 것은 시인의 일이다. 물론 어떻게 체계적 묘사로 이끄느냐가 중요하다.

그러니 빈 곳의 벽이다. 빈 곳은 시인을 제유한다. 아직 검은 밤을 날아가는 돌멩이를 이해하지 못했으므로 피 냄새만詩香 맡았을 뿐 굳은 세계 컨테이너에 가둘 죽은 남자는 아직 만들지 못했다. 프리즈버드……. 자유롭게 날아가는 새를 잡는 것은 시인의 일, 흰 발을 보여주듯 백지를 깔고 구름처럼 왔다가 가는 새, 흰 새만 날아가고…….

하지만, 이 시는 탐미적으로 읽어도 무관하다. 흰 발과 돌멩이 그리고 빨간 컨테이너와 피 냄새, 눈을 감고 끝까지 귀를 닫고 흰 새가 날아갔다.

새가 나와서 말이지 일석이조一石二鳥라는 말이 있다. 시인은 공부도 하고 좋은 시까지 남겨 철학을 남긴 셈이다. 하나의 교본을 이루었다. 이왕 쓰는 경비, 좋은 일도 하면서 상대를 돕고 조직의 안정을 도모한다면 경영인으로서는 더 바랄 게 없다. 이를 일거양득一擧兩得이라고도 한다.

시는 일석이조一石二鳥다.

마음을 굳게 닫으면 길은 어둡기만 하다. 이는 좁은 길이다. 골목길 같은 암담한 세계라 하지만, 가로등 같은 책 읽기는 결코 어두운 길도 그리 어둡지만은 않게 한다.

아침에 조회할 때였다. 사람은 취미가 다양하다. 어쩌다가 산악회 관한 말이 나왔다. 산악회는 등산하며 몸을 가꾸고 자연까지 벗 삼아 휴양을 즐기는 셈이다. 하지만, 이러한 산악회가 있는가 하면 산 근처만 가는 어떤 놀이도 있다는 거였다. 그러니까 오며 가며 버스에서 즐기고 산 근처 식사를 하며 놀다 오는 그런 산악회,

사람은 다양한 취미생활을 누린다. 산을 좋아하는 사람이 있는가 하면 책을 좋아하는 사람도 있다. 따분한 삶에 어떤 유쾌한 틈은 도로 삶을 더 돈독하게 한다. 프리즈 버드, 일석이조 나에게 일거양득은 무엇인가?

*김지율: 경남 진주에서 출생. 2009년 〈시를 사랑하는 사람들〉 등단.

산말

선인장 입구 _ 강정

표적은 죽음으로써 긴장과 공포로부터 해방되지.

그것 때문이지, 그렇게 웃는 얼굴이 되는 건

−스즈키 세이준 감독 영화 〈피스톨 오페라〉에서

상처를 천 년 정도 문지르면 꽃이 필까 / 이 몸이 만 년을 견디는 나무가 될까 / 그러나 / 가시는 최초의 고백이거나 / 최후의 사정射精 / 아무도 사랑하지 않는 입술이 천지를 헤매다 / 한낮 소나기로 지난밤의 지도를 바꾼다 / 우뚝 선 허공에 물기가 마른다 / 은박銀箔을 두른 태양이 애인의 머나 먼 창문 앞에서 혼절한다 / 신기루 같은 기억의 방사선이 / 대기의 과녁으로 떠오르면 / 나는 백 개의 다른 이름으로 쪼개져 / 세계의 궁륭 깊숙이 칼침을 던진다 / 마지막 물기를 베어 물고 / 낱낱의 공기입자로 바스러지는 바람 / 매 순간의 절벽 앞에서 / 사랑은 더운 향기를 깨물고 / 온몸에 가시를 두르는 천형 아닌가 / 독 오른 신열이 한 줄로 꿰어내는 땅과 하늘 사이 / 숨어 있는 빛의 허물이 이 몸 안에서 눈뜰 때 / 뭇매 맞은 영혼들 데불고 천진한 원귀寃鬼를 두드려 깨우리 / 이곳은 대지의 마지막 문 / 제 몸과 사별하는 도마뱀과 / 만 년을 침묵하는 이구아나와 / 시체를 먹고 살찐 까마귀 떼도 정렬하라 / 최선의 종말로 최악의 이해를 얻는, / 웃음이 가시로 뻗친 초록의 총구銃口 앞으로

鵲巢感想文

시 「선인장 입구」는 마치 선인장 앞에 앉아 이젤 놓고 데생한 것과 다름없겠다. 이 시는 부제를 달았는데 표적은 죽음으로써 긴장과 공포로부터 행

방되지, 그것 때문이지, 그렇게 웃는 얼굴이 되는 건, 하며 끊긴다. 다음 시로 잇는다.

이 글을 쓰는 시점 17년 2월 16일이다. 북한 최고 지도자의 이복형이다. 김정남이 피살됐다. 김정남은 이복동생 김정은이 정치를 잡고부터 늘 표적이었다. 어쩌면 김정남은 그 긴장과 공포로부터 해방은 되었을지 모르겠지만, 김정은은 다르겠다. 한 민족의 두 개 정부로 대치되는 현 시점에서는 늘 표적이 아닌가! 사족이 길었다만,

상처를 천 년 정도 문지르면 꽃이 필까, 이 몸이 만 년을 견디는 나무가 될까, 역사는 민족이 살아 있는 한, 천년이고 만년이고 흐를 것이다. 시는 역사와 같이 함께 흐른다. 상처는 시인의 세계관이자 시 이해다. 천 년과 만 년은 거울 보듯 상처와 이 몸 그리고 꽃과 나무는 대칭을 이룬다. 탐미적으로 읽어도 무관하다.

가시는 최초의 고백이거나, 최후의 사정이라고 했다. 가시는 시 문장(이상)을 제유한 표현이다. 최초로 와 닿는 문장은 시며 그것은 고백과 다름없고 이것을 읽으므로 꼭 답장과 같은 최후의 까마귀를 날려 보내니 사정과 다름없다.

아무도 사랑하지 않는 입술이 천지를 헤매다, 낮 소나기로 지난밤의 지도를 바꾼다. 아무도 사랑하지 않는 입술과 낮 소나기 그리고 천지와 지도는 대칭이다. 한쪽은 상처를 천 년 정도 문지르는 세계면 한쪽은 만년을 견디는 나무겠다. 시 접근과 시 이해다. 입술과 천지 이와 대칭을 이루는 지도는 그 형태와 속성까지 보아야겠다.

우뚝 선 허공에 물기가 마른다, 은박銀箔을 두른 태양이 애인의 머나먼 창문 앞에서 혼절한다. 허공은 화자를 제유한 시어며 은박을 두른 태양이 된다. 은박은 가식과 치장이며 또 한 편의 은색은 남성을 상징한다.

신기루 같은 기억의 방사선이, 대기의 과녁으로 떠오르면, 나는 백 개의 다른 이름으로 쪼개져, 세계의 궁륭 깊숙이 칼침을 던진다. 신기루 같은 기억의 방사선은 시 문장이 변이한 사색의 묘사다. 대기의 과녁은 허공으로 시

인을 제유한 시구며 백 개의 다른 이름으로 쪼개지는 것은 시의 다의성이다. 세계의 궁륭 깊숙이 칼침을 던진다는 말은 세상에 내놓는 나의 의지다. 시다. 궁륭은 활이나 무지개같이 한가운데가 높고 길게 굽은 형상으로 천장이나 지붕을 말한다.

마지막 물기를 베어 물고, 낱낱의 공기입자로 바스러지는 바람, 매 순간의 절벽 앞에서, 사랑은 더운 향기를 깨물고, 온몸에 가시를 두르는 천형 아닌가. 마지막 물기는 문장(이상)이며 낱낱의 공기입자는 허공과 대기의 과녁과 그 맥이 같다. 매 순간의 절벽 또한 문장을 제유한 시구다. 사랑은 더운 향기를 깨물었다는 말은 그만큼 시적 교감을 뜻하며 온몸에 가시를 두르는 천형 아닌가 하며 의문형으로 종결지었지만, 곧 시의 확인이다. 천형天刑은 천벌이다. 탐미적임을 밝혀둔다.

독 오른 신열이 한 줄로 꿰어내는 땅과 하늘 사이, 숨어 있는 빛의 허물이 이 몸 안에서 눈뜰 때, 뭇매 맞은 영혼들 데불고 천진한 원귀冤鬼를 두드려 깨우리. 독 오른 신열이 한 줄로 꿰어내는 땅은 온몸에 가시를 두르는 천형이다. 하늘은 시인을 제유한 시어다. 숨어 있는 빛의 허물은 선인장 입구며 모태의 빛으로 그 허물을 이야기한다. 이러한 시적 교감은 뭇매 맞은 영혼으로 몰려와 원통하게 죽은 귀신을 깨우겠다는 말이다. 즉 원귀는 시인의 모습이다.

이곳은 대지의 마지막 문, 제 몸과 사별하는 도마뱀과, 만 년을 침묵하는 이구아나와, 시체를 먹고 살찐 까마귀 떼도 정렬하라. 여기서 도마뱀과 이구아나와라는 파충류가 나온다. 이는 시의 다의성, 다족류 혹은 다변화를 뜻하는 말로 모두 시의 제유다. 도마뱀과 이구아나와는 변온동물로 충분히 시적 용어로 쓸 만하다.

최선의 종말로 최악의 이해를 얻는, 웃음이 가시로 뻗친 초록의 총구銃□ 앞으로. 최선과 최악, 종말과 이해, 가시와 총구는 모두 대칭으로 시는 거울을 보는 것과 같다.

자왈子曰 : 인무원려人無遠慮, 필유근우必有近憂

공자께서 말씀하시길 사람이 멀리 내다보는 생각이 없으면 가까운 시기에 근심거리가 생긴다는 말이다. 먼 장래의 삶의 계획이 없다면, 가까운 지금은 불안하기 짝이 없다. 공부는 먼 장래를 내다보며 하는 것이다. 하루 깨우침은 그 어떤 일보다 즐겁다. 또한, 이것이 쌓여 나의 철학서까지 이루니 어찌 기쁘지 아니한가! 공부하지 않는다면 하루 근심거리로 그 불안은 이루 말할 수 없을 것이다. 또 이 근심으로 잘못된 생각과 판단으로 이어진다면 영영 헤어나지 못한 길로 접어들 수 있다. 인생의 그 짤막짤막한 순간, 하루는 신께서 주신 보배와 같다. 이것을 어떻게 꿰어 엮느냐는 것은 나에게 있다.

하루가 즐거움만 있는 것도 아니고 그렇다고 좋지 않은 일만 있으라는 법도 없다. 일음일양지위도一陰一陽之謂道라고 했다. 음이 있으면 양이 있고 양이 있으면 음이 잇는다. 양과 음을 조율할 수 있는 능력이야말로 인생 최대의 능력자라 필자는 생각한다. 이것을 어떻게 평준화하며 내 마음의 균형을 이끄느냐가 참된 도의 핵심이라 여긴다.

시 선인장 입구, 마치 거울 앞에 선 당신, 지나온 하루가 문지르면 가시와 같고 만 년을 견디는 나무로 서고 싶지만, 세상은 호락호락하지 않는다. 그렇다고 허공에 마른 물기로 있을 당신은 더욱 아니다. 방사선 같은 기억을 더듬으며 대기의 과녁을 정조준하고 매 순간 절벽 같은 향기를 피우는 일은 초록의 총구 앞에 웃음의 가시로 서는 것이다. 이리하여 땅과 하늘 사이 숨통 트이는 빛이 있다면 상처가 상처로만 남지는 않겠다. 그 빛은 반하여 널리 세상을 일깨우고도 남겠다.

*강정: 부산 출생. 1992년 〈현대시세계〉 등단.

松下步月圖 _ 이인주

투영된 나무그림자 솔바람에 휘모리진다 밑둥에서 우듬지까지 늣다리밟기 한 길이다 하늘에 닿은 절절한 발자국 땅 위로 끌어내려 본떠본다 그림자에 잠긴 행보, 깊이가 골똘하다 달빛이 뉜 나무의 진면목이 검은 토설을 하고 있다 어느 의연한 뿌리의 족보가 이렇듯 아픈 침엽의 사서를 내장하고 있었을까 갈피마다 흘린 수액의 경전 낙락장송 흰 서사다 시간의 침식을 훔치고도 꿈쩍 않는 나무와 흔들어야 직성인 바람의 화간처럼 달빛이 풀린다 근경이 원경을 업고 내려놓을 자리를 살필 동안 동자가 줄곧 달빛 보폭을 헤아린다 가늠할 수 없는 걸음을 재는 어리고 티 없는 걸음, 그 사이 잠긴 뜻이 고요하다 구름에 자맥질하는 발이어도 그림자 거느린 음덕이 山高水長이다 환하게 빚은 절편에 꽂힌 솔바람 한 그루, 밟히지 않는다

鵲巢感想文

우선 이 시를 감상하기에 앞서 시제 '松下步月圖'를 보자. 송하보월도는 조선 전기 화가 이상좌李上佐가 그렸다고 하나 정확한 근거는 없다. 제작 시기는 15세기 말~16세기 초쯤으로 보고 있다. 그림을 간략히 설명하자면 심하게 구부린 소나무 한 그루 좌편에 있고 어느 고사高士가 동자를 데리고 산책하는 모습이다. 근경을 중점적으로 다루고 원경을 시사적으로 나타낸 표현법이라 볼 수 있다. 중국 남송의 영향을 받은 그림이라 전문가는 말한다. 이 외에 소나무·매화·대나무, 세한삼우歲寒三友가 그려져 있다고 하나 필자의 눈에는 보이지 않는다.

휘모리와 늣다리밟기 시어가 나오는데 휘모리는 휘모리장단(판소리나 산조[散調] 장단에서, 가장 빠른 속도로 처음부터 급하게 휘몰아 부르는 장단)를 표현한 것 같

다. 놋다리밟기는 경북 안동, 의성 등지에서 음력 정월 보름밤에 부녀자들이 하는 민속놀이의 하나로 부녀자들이 한 줄로 서서 허리를 굽히고 앞사람의 허리를 안아 다리를 만들면 공주로 뽑힌 여자가 노래에 맞추어 등을 밟고 지나간다. 기와밟기 혹은 놋다리 놋다리놀이, 놋자리밟기라고도 한다.

이 시를 읽는 데 중요한 시어가 하나 더 있다. 화간이다. 근데 이 화간을 한자로 표기하지 않으니 해석이 묘호苗乎하게 됐다. 그러면 화간의 몇 가지 뜻을 적어보자. 화간和姦은 부부가 아닌 남녀의 육체적 관계를 말한다. 또 화간禾竿은 볏가릿대를 말하며 화간華簡은 편지를 말한다. 여기서 간簡은 대쪽을 뜻한다. 종이가 없던 시절은 대쪽에다가 글을 썼다. 화간花間은 꽃과 꽃 사이를 말한다.

시 「송화보월도」는 그림과 시인의 마음을 중첩한 시다. 이 그림을 그린 화가는 노비였다고 한다. 하지만, 그의 재능은 역사에 이름을 남겼다. 세파에 흔들려도 나무는 휘어질지언정 뿌리째 뽑히지 않는 굳건함이 묻어나 있고 그러한 굳건함 속에 내면을 깎는 시인의 보폭 어린 예술이 있다. 그러므로 여기서 화간花間은 꽃과 꽃 사이로 보는 것이 맞다. 꽃을 보며 꽃을 피우는 시인이 보인다.

여기서 좀 아쉬운 것은 마지막 문장이다. 환하게 빛은 절편에 꽂힌 솔바람 한 그루, 밟히지 않는다가 아니라 환하게 빚는 절편에 꽂은 솔바람 한 그루, 밟지 않는다고 표기하는 것이 낫지 않을까 하는 생각을 조심스럽게 피력해 놓는다. 왜냐하면, 피동사는 될 수 있으면 쓰지 않으므로 더 적극적 표현에 임할 수 있기 때문이다. 詩니까!

맹자의 충실지위미라는 말이 있다. 맹자의 '진심하盡心下' 편에 나오는 말이다.

가욕지위선可欲之謂善 유제기지위신有諸己之謂信 충실지위미充實之謂美 충실이유광휘지위대充實而有光輝之謂大 대이화지지위성大而化之之謂聖 성이불가지지지위신聖而不可知之之謂神

243

바라볼 만한 가치가 있는 것을 선善이라 한다. 선善이 자기에 있음을 신信이라 일컫고 선善이 자기에 충만해 있는 것을 미美라 한다. 선이 충만해 있고 빛이 발하는 것을 대大라 하고 대大가 있고 나서 그것이 발하는 것을 성聖이라 한다. 성聖이 넘쳐 신神에 이른다는 말이다. 불가지不可知는 온갖 사리에 통달함을 뜻한다.

중요한 것은 충실充實에 있다. 속이 꽉 차면 어찌 아름답지가 않겠는가! 겉이 아무리 예쁘고 멋이 있으면 뭐하겠는가? 마음이 빈 사람은 그 어떤 덕업도 쌓지 못한다. 송하보월도松下步月圖처럼 세파에 꿈쩍하지 않는 자세와 오로지 달빛에 휘날리며 낙락장송 흰 서사시 흘린 수액의 그림자는 예나 지금이나 선비의 도리며 멋이다. 그러니 어찌 문필의 힘이 아니 곱다고 하겠는가!

자세를 가다듬고 마음을 채우라! 충실充實하라!

*이인주: 경북 칠곡 출생. 2006년 〈서정시학〉 등단.

수상가옥 _ 양승림

거기에서는, 다 뜬다. 배도 뜨고 집도 뜨고 찌푸리기도 뜨고 고양이와 강아지도 뜨고 할머니와 할아버지도 뜨고 땔나무도 뜨고 물에 다 씻어버린 생선비린내도 뜨고 은과 주석이 2대 8로 섞인 술잔도 뜨고 별과 달도 뜨고 메콩강 상류에서 떠내려온 쇼팅 깡통과 22인치 중국산 흑백 TV도 뜨고 오줌도 뜨고 구멍 난 철조망도 뜨고 막내 삼촌 비명을 잡아먹은 발목지뢰도 뜨고 어망에 꽂힌 리알도 뜨고 토종닭과 집오리도 뜨고 앙코르 왓트 일몰도 뜨고 시엠립 국제공항도 뜨고 선박용 엔진 오일도 뜨고 크메르 루즈 군도 뜨고 심지어 떠 있던 물까지 한 번 더 뜨고

마음에 부력만 있으면, 무조건 다 뜬다. 죽은 사람들과 거기를 슬프게 바라보고 있는 나만 가라앉는다

거기에서는 콘돔도 쓰지 않는다. 모든 걸 물로 씻어버린다

鵲巢感想文

시제가 수상가옥이다. 그러니까 수상과 가옥이다. 세상은 거기와 나와의 관계다. 거기는 모든 것이 물 위에 떠 있다. 거기를 바라보고 있는 나만 가라앉았다. 심지어 거기는 콘돔도 쓰지 않는다. 그러니까 근심 걱정이라고는 조금도 없다. 세상 바라보는 시각이 나만 우울하고 두렵고 어렵다.

하지만 시는 수상가옥이다.

하루는 카페 상담을 하였다. 어느 신시가지에 상가를 분양받았다고 했다. 없는 돈 끌어 모으고 대출까지 내어 장만한 상가다. 먼 장래를 바라보고 부

동산에 투자한 셈이다. 한 달 이자만 무려 200 가까이 나간다고 했다. 커피 전문점으로 세를 냈지만, 입주자는 1년 못 버티고 나갔다. 이제는 주인이 가게를 직접 해야 할 판이다.

이자 생각하면, 하루가 답답하지만, 집에 배우자는 그 어떤 걱정 하나 없이 시간 가면 다 해결되겠지 뭐, 이렇게 얘기했다고 한다. 수상가옥이다.

세상을 무사안일로 바라보는 것도 좋지 않은 일이며 그렇다고 우려로 볼 일도 아니다.

가뜩이나 지갑이 얇은 서민은 정치까지 요동이니 하루가 불안하다. 노자는 상선약수上善若水 라 했다. 최상의 선은 물과 같다는 말이다. 물은 많은 사람이 싫어하는 곳에 자리하며 제 몸을 낮춘다. 물은 만물을 이롭게 하지 다투지 않는다고 했다.(수선이만물이부쟁水善利萬物而不爭) 마음을 물처럼 가져야겠다. 몸에 병은 약이 있으나 마음의 병은 고치기 어렵다. 물 같은 시, 물처럼 바라보는 세상, 물을 마시며 세상 바라보는 어떤 여유는 있어야겠다.

그러니 콘돔처럼 가식을 버리고 물처럼 쓰고 물처럼 씻자.

*양승림: 강원도 춘천 출생. 2010년 〈시와 세계〉 등단.
*노자 도덕경 8장, 필자의 책 『카페 간 노자』, 58p
*신병가약 身病可藥 심병난의 心病難醫

수첩 _ 김경미

도장을 어디다 두었는지 계약서를 어디다 두었는지

구름을 어디다 띄웠는지 유리창을 어디다 달았는지

적어놓지 않으면 다 잊어버린다

손바닥에 적어 놓기를 잊어버려 바다도 그냥 지나쳤다
발뒤꿈치에라도 적었어야 했는데 새 구두에 절룩대며
약국도 그냥 지나쳤다
시계도 적는 걸 잊자 한 달이 어디선가 썩어 버리거나
토끼 똥같이 작고 새까매졌다

어디 단단히 적어 두지 않으니
살아 있다는 것도 깜박 잊어 살지 않곤 한다

다만 슬픔만이
어디 따로 적어 두지 않아도
기어이 눈물 자국을 남긴다

鵲巢感想文

필자는 시간을 잊지 않기 위해 일기를 쓴다. 간혹 이 일기도 나를 먹고 있다는 생각을 할 때도 있다. 그때는 집착이었다. 우스운 일이다. 하루 마감하며 되돌아보는 시간이 그 하루를 먹고 있으니 말이다. 수첩 같은 인생이다.

나이 들수록 형편은 좀 더 나아질 거로 생각했지만, 시간은 오히려 더 젊고 발 빠르고 민첩함을 필요로 한다. 생활비는 점점 더 들고 소득은 예전에 비하면 크게 나아진 게 없다. 그러니 더 열심히 뛰어다녀야 현상유지라도 할 수 있을 것 같지만, 몸은 늙었다.

16년 말에서 17년 초, 우리는 대통령 탄핵을 맞아 국정 공백 상태로 연말·연초를 보냈다. 중국은 사드 문제로 부지를 이양한 롯데그룹에 제재를 본격화하였으며 소녀상과 더불어 일본과의 외교 문제와 미 트럼프체제의 신자국보호주의 정책 기조는 우리 경제를 더 암울하게 한다. 정부는 어떤 대책을 내놓아야 하지만, 목 없는 몸뚱어리는 몸부림만 치고 있다.

이런 와중에 국내 물가는 하루가 다르고 서민은 조세와 준조세에 부담은 더 가중되었고 가처분 소득은 더 줄어들었다. 그러니 삶의 수준은 예전보다 더 떨어졌다. 국민 소비 증가는 쉬워도 소비 감축은 그리 쉽게 이루어지지는 않는다. 한 달 평균 200만 원 쓰는 집이 170만 원이나 그 이하로 줄일 수 없다는 얘기다. 그러니 허리띠 더 졸라매며 일을 하지만, 그렇다고 영업이 더 나아지는 것도 아니라 가슴만 답답하다. 여유는 더 없어졌고 매사 일은 뒤죽박죽이다.

잊자, 잊자, 이겨나가자. 나비는 거저 하늘 나는 것이 아니었다. 작은 알이었던 시절이 있었다. 한 점의 공간을 우주로 삼고 소중히 생명을 간직하며 고독과 적막의 밤을 이겼다. 징그러운 번데기의 옷을 입고도 한시도 자신의 성장을 멈추지 않았던 각고의 시절을 이겼다. 이제 꽃잎처럼 나래를 열어 찬란히 솟아오른 나비, 우람한 승리의 화신으로 가볍게 하늘 나는 나비를 보라.

이제 봄이다. 세상 만물은 새 세상 그리며 튀어 오르고 있다. 그래서 봄이다. 수첩처럼 인생을 적는 것이 아니라 도장은 도장이 있는 곳에 있고 계약서는 계약서가 있는데 있으며 구름은 늘 하얗게 떠다녀도 구름이며 유리창 보며 밝은 태양을 여유 있게 바라볼 수 있는 나를 확인하며 살자.

나타샤는 봄을 사랑하고 벚꽃 팍팍 터뜨리는 어느 막창집 식탁에 앉아 다만 슬픔이 아닌 희망 품은 내일을 생각하며 가볍게 소주 한잔 마시는 것도 좋다. 풀이 눕고 바람이 불고 날이 흐려서 더 울다가 쓰러지는 것이 아니라 직근과 만근의 뿌리를 다지며 바람보다 먼저 웃고 바람보다 먼저 일어나 날은 흐려도 절대 쓰러지지 않는 민초의 삶을 엮어나가자. 태양은 구름에 가려도 올곧게 떠 있으니 당당하게 서서 하루 이겨나가자.

*김경미: 1959년 서울 출생. 1983년 〈중앙일보〉 신춘문예 등단.
*신영복의 언약 '처음처럼' 나비역사 107p

시간의 천국 _ 김길나

이곳, 시계포의 시간들을 아나키즘이 장악중이다

시간의 질서가 어긋난 공간에서

시간은 따로따로 혼자씩 제멋대로 돌아간다

현재가 부재중인 이 시계포에는 고장 난 오늘이 걸려 있다

수많은 시계들이 한결같이 현 시간을 지워버렸다

시간의 굴레에서 벗어나기 좋은 이 시계포에는

벌써 시간의 천국이란 간판이 나붙었다

시간의 천국에서는 어제와 내일이 나란히 붙어 있다

과거에서 온 정오 곁에서 미래에서 온 밤이 11시를 알린다

계절들은 한자리에 혼재한다

아직도 과거를 운행 중인 시계가 지나간 계절을 펼쳐놓을 때

자전속도가 빨라진 시간에 앞당겨온 내일의 내가

오늘의 나를 언뜻 건너다본다

이곳 시계들은 여전히 각각 다른 시간을 보여주고 있다

서로 다른 시간으로 가는 생체시계를 각자 펄떡이는 심장에 달고

이 시계포의 고객들이 시계와 시계 사이, 자유 만발한 꽃길을 오가는 동안

시계포의 출입문이 닫혀졌다

현재의 출구를 찾지 못하고 헤매는 시간을 시간의 천국이 장악중이다

鵲巢感想文

시제 '시간의 천국'은 시인의 세계관이다. 현실에 또 다른 몰입의 시간이

다. 시계포時計舗는 시계를 수리하는 가게지만 여기서는 자아를 제유한 시어로 보인다. 아나키즘anarchism은 무정부주의로 일체의 정치권력이나 공공적 강제의 필요성을 부정하고 개인의 자유를 최상의 가치로 내세우려는 사상이다. 그러므로 이곳, 시간의 천국은 개인의 자유를 최상으로 받들며 소모한 시간을 말한다. 현재 진행형이다.

그러면 시간은 무엇인가? 시계포가 겪은 일련의 경험이나 어린 추억 혹은 기억이다. 이를 아직 쓰지 않은 시 문장으로 보아도 괜찮다.

현재가 부재중인 이 시계포는 또 다른 자아로 시계포의 거울이다. 경전 같은 문장의 합체, 시집이다. 고장 난 오늘은 시인을 제유한 시구다. 완벽한 이해로 넘어가는 순간 시계포의 수리는 끝난다.

수많은 시계는 현재가 부재중인 이 시계포의 시간이다. 현 시간을 지운 것은 시계포의 시간을 지운 것이다. 그러니까 시인은 시간을 쓴 셈이다. 시간의 굴레는 시인을 억압하는 사회의 어떤 모순적 질서다. 받아들이기 어려운 시간 같은 것으로 보인다.

시간의 천국에서는 어제와 내일이 나란히 붙어 있다. 거울로 바라본 시계포와 누가 미래에 열어볼 시계포가 함께 공존한다. 과거에서 온 정오 곁에서 미래에서 온 밤이 11시를 알린다. 계절들은 한자리에 혼재한다.

아직도 과거를 운행 중인 시계가 지나간 계절을 펼쳐놓을 때 자전속도가 빨라진 시간에 앞당겨온 내일의 내가 오늘의 나를 언뜻 건너다본다. 이 문장은 어찌 보면 말놀이다. 그러니 시는 고급스러운 말놀이라는 것을 우리는 알 수 있다. 시계는 자아를 제유한다. 시계가 협소한 시간을 표현한다면 시계포는 전체다. 내가 어떤 경험을 생각하여 펼쳐놓기라도 하면 이것이 시라고 정립이 되었더라면 시는 시계포보다는 오래 산 것이 되므로 오늘의 나를 건너다보는 시간여행 같은 언술이다.

시계포의 출입문이 닫혀졌다는 문장에서 닫혀졌다고 표현하는 것보다는 시계포의 출입문은 닫았다고 쓰는 것이 훨씬 시적임을 밝혀둔다. 시는 능동이어야 한다. 시간의 천국은 시의 세계다.

이 시는 시를 묘사한 작품이다.

우리는 시간을 어떻게 사용하나? 200년 전의 시간이 아득하게 느껴질 때가 있었다. 마치 오래된 시간처럼 오래된 과거와 같은, 시간의 잣대가 얇고 크지 않았기 때문이다. 소싯적보다는 그 잣대가 길고 크다는 것은 200년이라는 시간도 마치 엊그제처럼 느끼게 한다. 먼 미래의 시간까지 내다보게 하는 우리는 현재, 시간 여행을 하는 셈이다.

내가 안은 시계는 어쩌면 그 태엽이 다 풀렸을지도 모른다. 바늘은 엄청난 속도로 달려왔지만, 우리는 느낄 수 없다. 이 시간의 속도를 느낄 수 없었으므로 시간을 기록한다. 어쩌면 먼 미래에 현재가 부재중인 이 시계포는 오늘처럼 걸려 있을지도 모른다.

드디어 시간은 굴레를 벗어 아득히 넓고 깊은 시간의 천국에 이르고 어제도 내일도 어쩌면 현재를 내다보는 영원한 생명 은하철도 999호에 탑승한 승객일지도 모르겠다.

시간의 절대성 앞에 잠시 생명의 탈을 쓰고 이 여행을 바라보고 있다.

*김길나: 전남 순천 출생. 1995년 〈새벽 날개〉 등단.

시계 _ 송종규

언젠가 나는 네 아버지를 본 적이 있다 언젠가 나는 네 할아버지를 본 적이 있다 언젠가 나는 네 할아버지의 할아버지를 본 적이 있다

언젠가 나는 네 아버지의 손목을 비틀었고 네 할아버지의 얼굴에 더러운 물을 쏟아부었다 언젠가 나는 네 할아버지의 할아버지에게 연애편지를 썼던 듯하다, 분홍 글씨 자욱한 봄날이었다 더러 분홍빛 자욱한 내 안에

해일이 일기도 했지만

수많은 너와 수많은 아버지와
수많은 할아버지들로 강을 이룬 마을 어귀에는
순록의 뿔처럼 당당한
햇빛 시계가 걸려 있다

그들 중 누군가 슬쩍
어깨를 스치며 지나간 것 같기도 하고 어디선가 내 뒤통수를 조준하고 있을 것 같기도 하다 더러는 오토바이에 꽃다발을 매달아 보내거나 손바닥 위에 때 묻은 동전을 던지기도 했을 것이다

당신이 나에 대해 어떤 확증도 없는 것처럼
사실 나는 당신을 알지 못한다
하모니카 소리나 벼랑, 그 봄날의 바람처럼
당신은 아마 내 곁을 스쳐 갔을 것이다

鵲巢感想文

시계는 시간을 측정하는 기구다. 시간은 모든 것을 밝힌다. 무화과 열매는 한 시간 만에 수확할 수 있을 정도로 익지 않는다. 시간에 시간을 주어야 한다. 물론 시간에 얽힌 속담이다. 시간은 많은 것을 담는다. 시간을 다른 말로 바꿔 사용해 보자. 시는 모든 것을 밝힌다.

여기서 시계는 시를 제유한 시어다. 시 구성은 총 4연에 13행이다. 솔직히 마지막 연 4행을 읽지 않는다면, 이 시를 이해하기는 어렵겠다. 당신이 나에 대해 어떤 확증도 없는 것처럼, 사실 나는 당신을 알지 못한다. 하모니카 소리나 벼랑, 그 봄날의 바람처럼 당신은 아마 내 곁을 스쳐 갔을 것이다. 여기서 나는 시를 뜻한다.

시를 써내려가는 과정은 마치 한 가계의 족보를 들여다보듯 한다. 그러니까 한 집안과 무슨 특별한 관계가 있듯 서술한다. 그것도 세대를 거쳐서 말이다. 하지만, 시는 불멸이다. 우리의 현대 시문학이 그 역사가 100년쯤이라면, 세대는 증조, 고조부까지 오르지 않을까, 지금 쓴 시는 증손자, 고손자까지 내려가니, 글은 두고두고 보는 격이다. 그러니까 여기서 시계는 불멸이다.

수많은 할아버지로 강을 이룬 마을 어귀는 시다. 그러니까 모서리다. 그 내부다. 순록의 뿔처럼 뾰족하면서 하늘만 바라보고 있다. 그러니 햇빛시계다. 언제가 이 시계를 볼 수 있으니까 말이다.

이 시는 시계와 시와 족보를 언급하면서도 시의 영속성과 불멸에 관한 시인의 주지를 담았다고 할 수 있겠다.

가끔 시를 읽을 때, 이러한 생각이 든다. 필자는 그간 시라고 쓴답시고 시를 썼든가! 하는 생각 말이다. 오로지 시는 시만을 위한 글이어야 함을 말이다. 그러면서도 시에 자신의 철학을 담는 것은 시인의 예술이며 인생이라, 불멸의 영속성을 지니게 된다. 많은 시인은 글 한 편에 자신의 생애를 바치기도 하니 그러면서도 진정 후대에 남는 글은 과연 몇 편이나 남을까? 이러한 가운데 좋은 시를 읽고 글을 쓰는 것은 시를 위함이어야 함을 또 깨우친다.

스필버그 감독의 영화 '쉰들러 리스트'를 보면 해방된 유태인들은 생명의 은인인 쉰들러를 위해 금니를 뽑아 반지를 만들어 준다. 거기에 탈무드의 한 구절을 새긴다. "한 생명을 구하는 것은 우주를 구하는 것이다."

필자는 잠시 어처구니없는 생각을 했다. 필자가 쓰는 시는 시의 구제라고 하면 과장된 표현일까 말이다. 하나의 시가 우주를 구할 수도 있겠다는 생각도 해 본다. 시를 읽는 이는 마음의 평정을 오게 하고 어떤 큰일을 행함에 차분한 성과를 맺게 했다면, 더없는 일일 수도 있으니까 말이다.

*송종규: 경북 안동 출생. 1989년 〈심상〉 등단. 시집 『공중을 들어 올리는 하나의 방식』, 36~37p

시계악기벌레심장 _ 이수정

부서진 첼로에서 살아남은 음악은

상체를 내민 채 구조되었다

첼로는 음악을 감싸 안고 있었다고 한다

감싸 안고 있었다고 한다

음악은 뿌리내려

여름 나무가 되었다

두근두근

나무에겐

시계이자 악기인 심장이 있어

두근두근

6시를 가리키면

반으로 갈라진 시간의 양쪽에서

여명과 황혼이 일시에

하늘을 물들였다

눈 뜨는 감각, 눈 감는 생각

탈출하는 빛, 감도는 어둠

구체적이고 추상적인 감정이

일시에 튀어 올라 거울을 보았다

거울 속 하늘은 부드러운 금속으로 빛났다

검고 큰 뿔, 자이언트 장수하늘소 한 마리

첼로에서 빠져 나오고 있었다.

鵲巢感想文

　시를 감상한다는 것은 시에 더 가까이 가고자 함이다. 시인이 쓴 시에 그 의도에 가깝게 가면 더할 나위 없이 좋으련만 그렇지 못한 것에 낙심할 이유는 없다. 시인은 시를 내놓았지만, 시인의 손을 떠난 이상 독자의 몫이다. 독자는 시를 읽었다고 하지만, 그 설명은 터무니없이 부족할 정도로 이해가 되지 않는 경우도 많다. 글은 그 말을 다 표현할 수 없고 말은 그 뜻을 다 표현할 수 없기 때문이다. 아무튼, 이 시를 보자.

　부서진 첼로에서 살아남은 음악은 상체를 내민 채 구조되었다. 시인은 언어의 연금술사다. 첼로가 무엇을 뜻하며 음악은 무엇을 뜻하는지 만감이 교차한다. 예를 들면, 첼로가 건물더미를 얘기하는지 음악은 사람을 뜻하는지 아니면 문장 곧이곧대로 읽어야 하는지 말이다. 음악은 구조되었다. 그것도 상체를 내민 채. 여기서도 문장에 가정이 생긴다. 상체를 내밀었다는 말에 그럼 하체도 있었다는 생각을 안 할 수는 없게 됐지만, 시 전체와는 무관하다.

　첼로는 음악을 감싸 안고 있었다고 한다. 의인법이자 강조다. 뒤에 감싸 안고 있었다고 한다는 것을 한 번 더 쓴다. 감싸 안았다니 첼로는 사람이 될 가망성이 높다. 음악은 뿌리내려 여름 나무가 되었다. 첼로의 이야기는 여기서 단절이다. 음악은 첼로의 어떤 도움을 받은 거로 보인다. 음악에서 변이된 여름 나무는 심장이 있다. 심장을 수식한 시어는 시계이자 악기다. 시간의 개념과 직업관을 심어놓은 것 같이 읽힌다. 두근두근 6시를 가리키면, 반으로 갈라진 시간의 양쪽에서 여명과 황혼이 일시에 하늘을 물들였다. 기점은 6시다. 6시 이후와 이전의 삶이 다름을 볼 수 있다. 이는 다음 문장에서 더 자세히 묘사한다. 눈 뜨는 감각, 눈 감는 생각 / 탈출하는 빛, 감도는 어둠으로 분간한다.

　구체적이고 추상적인 감정이 일시에 튀어 올라 거울을 본다. 이는 반으로 가른 또 다른 세계에 대한 묘사다. 시인이 그리는 동경이며 이상이다.

　거울 속 하늘은 부드러운 금속으로 빛났다. 자아 관념으로 확고한 의지를 말한다. 이 의지를 표현하는 데는 부드러운 금속에 있다. 첼로의 금속 소리가 부드러우며 첼로의 금속과 같은 확고한 의지로 그 꿈은 빛나기만 했다. 검고 큰 뿔, 자이언트 장수하늘소 한 마리 첼로에서 빠져나오고 있었다. 자이언트 장수하늘소 한 마리는 확고한 의지를 바탕으로 생산한 또 한 작품이겠다.

시인은 무엇인가? 시 쓰는 사람이다. 물론 시만 쓰는 것이 아니라 때론 수필도 쓰며 소설도 쓴다. 단지 시나 글만 쓰는 역할을 할까? 아니다. 시인은 더 나가 이 사회를 이야기하며 잘못된 정치 상황을 고발하거나 다수의 꿈을 대변하기도 한다. 한마디로 이 시대를 함께 고민하고 함께 소통하며 대변하는 것이다.

자신의 꿈을 안고 이 사회를 펼쳐나가기에는 개인은 터무니없을 정도로 미약한 존재다. 하지만 이 터무니없을 정도로 부질없는 일을 하며 기어코 꿈을 이루는 것이 우리들의 모습이다.

음악을 좋아하는 소년이 배움의 과정을 지나, 자신의 꿈을 펼치는 것은 가히 감동적이다. 모두가 불가능할 거라는 현실을 꿰뚫는 존재가 된다. 이는 그 어려운 삶을 통해 우리는 알 수 있다. 시간은 여섯 시였다. 이중적인 삶을 통해 자신의 꿈을 잊지 않으며 도로 밑거름이 되게끔 노력하는 삶은 많은 사람에게 감동을 안겨다 준다. 우리 주위에는 이러한 사람이 많다.

진인사대천명盡人事待天命이라는 말이 있다. 인간으로서 노력을 다한 후에 하늘의 명을 기다린다는 말이다. 하늘은 스스로 돕는 자를 돕는다. 당신의 꿈은 무엇인가? 그 꿈을 위해 하루라도 노력한 사실은 있는가? 한 번 생각해 보라.

*이수정: 서울 출생. 2001년 〈현대시학〉 등단.

시멘트 _ 강해림

좌익도 우익도 아닌 것이 돌처럼 서서히 굳어간다 침묵이 더 큰 침묵으로 덮어버리고 견딘다 이 숨쉬기조차 끊어버린,

내 안의 무수한 내가 반죽되고 결합작용을 하느라 벌이는 사투를, 불화의 힘으로 고립된다 외롭지 않다

가슴에 철로 된 뼈를 박고 나는 꿈꾼다 불임의 땅을, 내 자궁 속 무덤에 태胎를 묻은, 위대한 건설을

나라는 극단을 위해 극단을 버린 내 비겁함을, 국경 없는 국경을 넘어가는

조작된 유전자처럼 내 안에 들어오면 감쪽같이 은폐 된다 암매장 된다 폐륜의 저 뻔뻔한 얼굴도 살인의 추억도

불나방 같은 네온 불빛을 불러들이기 위해 밤 화장을 하고 더욱 요염해진다 도시는, 회색분자들이 장악한

사막에 홀로 피는 꽃처럼 오래 견딘 만큼 강렬해진 갈증과 독기로 제 육체에 새기는 균열의 문장을

내 데스마스크의 창백한 입술에서 새어나오는, 잿빛 글씨들

鵲巢感想文

시가 콘크리트처럼 단단하고 굳건하다. 문장도 딱딱 맺고 끊는 맛이 있어 읽는 맛까지 더한다. 시는 좌익도 우익도 그 어느 쪽도 편향적이어서는 안 된다. 중립적이어야 하며 비종교적이어야 한다. 문장은 돌처럼 흩뜨림이 없어야 하며 앞뒤 맥이 맞고 의미까지 온전히 전달하여야 한다. 침묵은 한층 더 해서 경솔함이 배어나서는 안 되겠다.

시는 아와 비아의 투쟁이다. 내 안의 무수한 내가 융합하고 결합하여 한 편의 철학으로 올곧게 서는 일이라 시간과 사투를 벌이고 이로 인한 불협화음을 극복하고 일률적 행진에 고립한다. 이러한 사열로 시는 절대 외롭지 않다.

시는 철처럼 단단한 의미를 품고 뼈처럼 굳은 문장으로 세상 바라보는 일이라 자궁과 같고 태를 묻은 무덤과 같다. 하지만 시는 결코 쌍둥이가 되어서는 안 되겠다. 시는 철저한 불임을 주장하며 경전으로 자리매김하여 세상 바라보아야겠다. 시인이여 그대만의 문장의 국가를 건설하라.

어쩌면 나는 시를 위해 현실의 삶을 버린 내 비겁함일지도 모르겠다. 마음은 국경 없이 이심전심以心傳心하여 서로 통하는 경전이 되어야겠다.

세상 그 어떤 악의 행위는 정화하여 조작된 유전자처럼 잘못된 일은 없어야 하며 패륜 같은 반인륜적 행위를 없애며 생명경시의 살인은 더욱 없어야겠다. 그러므로 시는 당당히 서 있어야겠다.

불나방 같은 네온 불빛을 불러들이거나 밤 화장처럼 요염한 자태는 시멘트에 묻어야겠다. 회색분자들이 장악한 도시가 아닌 희망을 품고 내일이 있는 도시로 나가기 위해서는 말이다.

갈증을 극복하고 독기로 세상 우뚝 바라보며 선 이 육탈한 문장 위에 홀로 핀 꽃처럼 사막을 바라보듯 세상을 보아야겠다.

시인이여 창백한 입술로 죽음처럼 굳건한 이 시를 세상에 독고 한다.

시는 해어화解語花처럼 세상 바라보아야 한다. 解語花는 말을 이해하는 꽃이란 뜻으로, 미인을 비유한다. 이 말은 유래가 있다. 당나라 현종玄宗은 비빈妃嬪과 궁녀들을 거느리고 연꽃을 구경하였다. 현종은 양귀비楊貴妃를 가리켜 연꽃의 아름다움도 '말을 이해하는 이 꽃'에는 미치지 못한다고 했다. 현종의 이 말은 고사로 '해어지화解語之花'라고도 한다.

원래 양귀비는 현종의 18번째 아들인 수왕壽王의 비妃였으나 현종의 눈에 띄어 그녀의 나이 27세 때 귀비貴妃로 책봉되었다. 그 후 현종의 총애를 받아 그 일족이 모두 높은 벼슬에 오르는 등 영화를 누렸으나, 안녹산安祿山의 난이 일어나 피난 가던 도중 길가의 불당에서 목매어 죽음을 맞았다.

시는 문학의 꽃이다. 꽃처럼 세상 바라보며 사회의 묵은 때를 씻기며 독려한다. 시는 나팔꽃으로 지붕을 엮은 오두막과 같다. 정실로 비유하기에는 필자는 직업이 따로 있다. 잠시 쉬어가는 오두막에 앉아 흐르는 강을 보며 나팔처럼 꽃을 엮어서 유유자적하는 것도 좋다. 잠시 일의 속박에 떠나 나름의 여유를 찾는 일이다.

시 시멘트는 시에 대한 묘사로 더 설명할 것이야 있겠는가마는 창백한 하루가 서로 교감하는 장으로 이보다 더 좋을 순 없다. 그러니 하루 저문 후에 눈앞에 떠오르는 모란꽃은 없어야 하며 석공의 손이 뜯기는 일이 있더라도 정은 두드려야 맛이다.

*강해림: 1954년 대구 출생. 1991년 〈현대시〉 등단.
*[네이버 지식백과] 해어화[解語花] (두산백과)

시인의 제국 _ 배익화

    시인은 감각의 제국을 가졌다. / 시인은 망상의 제국을 가졌다. / 시인은 분열증의 제국을 가졌다. / 시인은 마침내 제국의 통치자로 인정되어 종합병원 폐쇄병동에 수감되었다. / 종합병원 폐쇄병동은 제국의 통치자를 통치하는 제국이었다. / 통치자를 통치하는 병원의 알약은 제국의 감각을, 망상을, 분열증을 다스렸다. / 마침내 시인이 퇴원하는 날, / 친구도 떠나고 사랑도 떠나갔다. / 스승도 떠나고 이웃집 다정한 눈빛도 떠나갔다. / 아니 세상의 모든 관심과 배려가 떠나갔다. / 시인의 유일한 벗은 배고픔과 감각과 망상과 분열증만 남아 서러운 지상과 천국을 논하는 것이었다.

    아무도 시인과 같이 밥을 먹으려고 하지 않았다. / 시인은 언제나 혼자서 식탁에 앉아 밥을 먹는 것이 익숙해졌다. / 시인은 감각과 망상과 분열증과 함께 밥을 먹으면서 생각한다. / 광활한 초원위에서 말을 달릴까. / 검푸른 바다위에서 말을 달릴까. / 아니면 구름 위에 왕국을 짓고 사막의 전차를 몰고 다닐까. / 시인은 생각했다. / 세상에 배고픔과 사랑, 전쟁과 탐욕이 없다면 / 세상사는 맛이 날까. / 아니세상을 사는 재미가 있을까.

    시인은 / 제국의 통치자답게 나지막하게 중얼거렸다. / 세상이 너를 버렸다고 생각하지마라. 세상은 너를 한 번도 가진 적이 없으니, / 한번은 희극처럼, 또 한 번은 비극처럼 / 시인은 감각을, 망상을, 분열증을 사랑했다. / 무엇보다도 그 어느 곳이라도 망상하고 갈 수 있는 시인의 제국을 사랑했다. / 시인은 어린아이같이 악동처럼 중얼거렸다. / 너희가 나같이 망상하지 아니하면 결단코 천국의 문을 두드릴 수 없으니,* / 시인은 마지막으로 / 제국의 통치자답게 근엄하게 중얼거렸다. / 한번은 희극처럼, 또 한 번은 비극처럼 / 제국이 너를 버렸다고 생각하지마라. / 제국은 너를 한 번도 가진 적이 없으니.

鵲巢感想文

　　시인의 제국은 문장골 더 나가 문장의 제국, 즉 문의 제국을 말한다. 이 詩는 총 3연으로 행 구분이 있었으나 연 구분만 하여 정리했다.

　　詩 1연은 詩의 서론에 해당한다. 시인과 제국, 종합병원 폐쇄병동의 정의를 내리고 시인의 상태를 조명한다. 한마디로 시인은 감각과 망상 그리고 분열증 같은 것을 지녔지만 이러한 감각과 망상과 분열증에서 결코 떠날 수 없다. 그러니 친구도 사랑도 떠나갔고 스승도 이웃집 다정한 눈빛도 떠났다. 오로지 글만, 글 속에서 사는 詩人이다.

　　詩 2연은 詩의 본론이다. 詩人은 이제는 주변과의 이해관계는 없으며 오로지 글만 다루며 이 속에서 삶을 찾는다. 글 속에서 광활한 초원을 그리며 말을 달리고 검푸른 바다를 생각한다. 구름 위에 왕국을 짓고 사막의 전차를 몰고 다닌다. 이러한 묘사는 모두 글과 문장이다. 결국, 詩人은 세상에 배고픔과 사랑, 전쟁과 탐욕이 없다면 세상 사는 맛이 없다고 단정 짓는다. 이러한 재미는 현실에서 찾는 것이 아니라 모두 글 속에서 찾는 데 있다.

　　詩 3연은 詩의 결론이다. 詩人은 스스로 자기를 위안한다. 문장과 글의 통치자답게 한 번은 희극처럼 또 한 번은 비극처럼 살다가 가더라도 감각과 망상과 분열증을 스스로 사랑하기로 한다. 이는 모두 詩人의 제국이다. 오로지 사회는 모르고 마냥 어린아이처럼 악동처럼 변모한 詩人이다. 詩人은 마지막으로 혼자 중얼거린다. 한번은 희극처럼 또 한 번은 비극처럼 글은 나를 버렸다고 생각하지 마라. 제국은 나를 버리지 않았다고 말이다. 나는 오로지 글의 제국에 통치자임을 천명한다.

　　시인의 제국으로 시를 묘사했지만, 실은 사회에 적응하지 못하고 자신의 어떤 구속적인 삶을 비판한다. 한때 피시방에 커피를 납품 간 적 있다. 이곳에서 모 씨를 만났는데 온종일 피시방에서 살다시피 한 친구다. 결국, 나중에 피시방 열기까지 했다. 나는 그를 볼 때 여간 폐쇄적이라 피시방 말고는 그 어떤 일도 하지 못하겠다는 생각이었다. 경기와 각종 경비에 이겨나갈 수는 없었다. 세상은 변화하는데 이 변화의 물결에 발맞추어 나가야, 일도 오래 할 수 있는 법이다.

효시嚆矢라는 말이 있다. 우는 화살이다. 옛날에 전쟁을 시작할 때 소리가 나는 화살을 쏘아 올려 신호 삼아 전투를 開始(개시)했다. 사물의 맨 처음을 효시라 하기도 한다. 사마천 사기에 따르면 흉노족 선우 묵특이 처음 만들었다고 한다. 그러니까 북방민족은 그 이전부터 만들어 사용했을 것 같다.

효시嚆矢를 생각한다. 사회에 가장 먼저 쏘아 올린 신호탄 같은 일은 무엇인지 곰곰 생각해보아야겠다. 그러니까 일의 창안이다. 제국은 문만 이루어도 되지 않는다. 절름발이다. 문과 무가 조화를 이루며 나아갈 때 나의 일에 제국을 만들 수 있겠다. 무에 해당하는 일의 창안은 무엇인지 그 일을 어떻게 잘 이끌 수 있을지 어떻게 하면 생존에 도태되지 않고 반듯한 업체로 거듭할 수 있는지 말이다.

子曰: 質勝文則野, 文勝質則史. 文質彬彬, 然後君子.

(자왈: 질승문즉야, 문승질즉사. 문질빈빈, 연후군자.)

공자께서 말씀하셨다. '바탕이 꾸밈을 이기면 거칠고, 꾸밈이 바탕을 이기면 호화로우니, 꾸밈과 바탕이 어우러져 빛나야 한다. 그런 연후에야 비로소 군자답다'는 말이다.

*배익화: 2016년 제5회 웹진 〈시인광장〉 통해 등단.
*마태복음 18:1-4
*공자

신호대기 _ 류인서

어제의 벽에 등을 대고 서 있다 오늘의 벽에 등을 대고 서 있다
다중국적자처럼 우리는
달아나도 좋겠지 역주기로 오는 계절과
사수처럼 매달린 제3의 창문에게서
얼굴을 공유하는 화장술에게서

출구를 감추는 불빛들,
나는 무릎에서 흘러내린
기다림의 문턱 값을 밟고 서있다
바람이 열어 보이는 틈바구니에서
마른 유칼리 나뭇잎의 고독한 살 냄새가 난다

동쪽에서 꺾은 가지를 서쪽 창에서 피울 수 있을까
화분을 안은 여자의 아이가 손 안경을 만들어 다른 곳을 볼 때
그림자들이 살아났다
밀도가 다른 두 공기 덩이가 길 가운데서 만난다 전선이 통과한다
우리의 몸에 시간이라는 전류가 흐르기 시작한 것도 이때였을 것이다

鵲巢感想文

가끔 詩를 읽을 때 벽처럼 서 있을 때 간혹 있다. 이는 그대가 지나간 자리와 내가 머문 자리에 대한 신호대기 상황이다. 빨간불에서 파란불이 뜰 때

까지 마냥 기다린다. 이 불빛은 시적 교감이라는 전류가 얼마만큼 흐르느냐에 따라 불이 켜질 수 있으며 또 영영 켜지 못한 채 사장되는 경우도 있다. 이러한 신호대기를 여러 번 대하며 즐기는 詩 동호인이 많다면 詩 쓰는 詩人은 보람은 클 것이다.

이 詩는 총 3연이다. 시 1연은 시적 교감을 위한 신호대기상황을 묘사한다. 일종의 언어 도치법으로 시적 효력을 발휘한 문장이다. 우리는 다중국적자처럼 어제의 벽에 등을 대고 서 있다 오늘의 벽에 등을 대고 서 있다. 다중국적자는 어떤 특정한 국가를 지정한 것도 아니어서 이방인의 혼란상까지 제기한다. 이미 詩의 나라에 들어와 있는 상황을 묘사한다.

詩 2연은 시적 교감의 전초전이다. 詩는 출구를 감추고 있다. 하지만, 詩人은 이를 인식한다. 불빛이 있다는 것을 얘기하였으니까 말이다. 나는 무릎에서 흘러내린 기다림의 문턱 값을 밟고 서 있다. 이 문턱 값을 얼마나 지급하였는지 모를 일이나 시인의 내공마다 그 값은 다를 수 있겠다. 詩 한 수에 대한 기회비용이 클수록 시간의 벽은 높다. 어제 벽에 등을 붙인 자도 있을 것이며 10분 전에 등을 뗀 자도 있기 때문이다.

詩 3연은 완벽한 詩 인식을 넘어 새로운 세계에 대한 무지개를 띄운다. 동쪽에서 꺾은 가지는 詩의 세계며 서쪽 창은 현실을 묘사한다. 화분을 안은 여자의 아이가 손 안경을 만들어 다른 곳을 볼 때 그림자들이 살아났다. 화분은 詩集을 제유하며 여자의 아이가 손 안경을 만들어 다른 곳을 본다는 것은 詩 문장을 제유한 시구다. 그림자는 시 인식의 실체다. 밀도가 다른 두 공기 덩이가 길 가운데서 만난다. 전선이 통과한다. 번개처럼 시를 인식했다는 말이다.

詩를 읽을 때는 마음의 여유를 가져야 한다. 시인의 문장에서 보듯이 '나는 무릎에서 흘러내린 기다림의 문턱 값을 밟고 서 있다'고 했다. 이 기다림도 너무 오래 가면 기회비용이 크겠지만, 평소에 독서를 자주 하신다면 시를 보는 안목은 넓어 재미가 톡톡할 것이다.

물론 詩는 비유다. 여기서 시는 내가 좋아하는 어떤 이상일 수 있으며 내가 쫓는 목표일 수도 있다. 그 목표는 어떤 수치일 수도 있을 것이다. 그러나 이러한 이상을 쟁취하기 위해서는 얼마만큼 정보를 가지고 있느냐 한 번 생각해보아야겠다. 분명 내가 쫓는 이상은 내가 얼마나 그 이상에 다다랐는지 확인하며 무작정 기다리는지도 모른다.

시는 시인이 하얀 멍석을 깔고 석고대죄席藁待罪하듯 공 들여놓은 것은 아닌지 하는 생각도 든다. 교감의 장은 서로 다른 밀도가 한 덩이 되어 가는 과정이므로 이러한 융합의 장을 이루면 새로운 세계에 발 디딜 기회는 분명 싹 트겠다. 더 나가,

시를 짓는 것도 좋지만, 시를 읽으므로 생활에 얽히고설킨 일들을 풀어나가 보자. 처지를 바꿔서 생각해보면 일은 또 순탄하게 갈 수 있는 문제다.

*류인서: 경북 영천 출생. 2001년 계간 〈시와 시학〉 등단.

아름드리

애리조나에서 온 소년 _ 고은강

　추워요. / 소년은 자꾸만 옷깃을 여몄다 / 재채기를 할 때마다 / 검은 눈동자에서는 탁탁 / 불씨가 튀어 올랐다 / 나는 소년의 눈동자가 꺼질까 봐 / 자꾸만 입김을 불어주었다 / 소년의 머리 위로 / 벙어리장갑 같은 구름들이 피어올랐다 사라졌다 / 형들이 아버지를 속기하는 동안 / 생선이 늘고 / 언니들이 어머니를 표절하는 동안 / 고양이는 코끼리처럼 뚱뚱해져 / 추워요, 소년은 자꾸만 / 검은 병病 속으로 파고들었다 / 보고 싶어 / 병을 흔들면 발기하는 욕처럼 / 음악들이 쏟아져 나와 / 귀의 예언대로 / 눈에도 해발고도가 그어지고 / 춥다, / 밤사이 서리가 유골처럼 쌓여 / 나도 모르게 / 너를 꼬옥 끌어안고 잠이 들었지

鵲巢感想文

앞치마는 검은 넥타이만 매고 / 鵲巢

　앞치마는 검은 넥타이만 매고 일할 거야! 넥타이가 지워질 때마다 나는 바닥을 쓰며 밀대로 닦을 거야! 어제보다 더 멋진 바를 만들고 그건 더 길게 고객에게 더 다가설 수 있게 낮은 분위기를 만들 거야 앞치마가 데웠던 우유의 얼룩이 먹고 꾀죄죄한 얼굴이 찢어지거나 구겨져도 잠시 쉬었다 가는 그런 영화처럼 멋지게 그릴 거야 신맛이라며 모두가 예언했던 아주 맛깔스럽게 뽑은 커피 한 잔, 관계자 외 출입금지가 아닌, 따지 못한 병마개가 아닌, 거울 같은 넥타이를 매고 박장대소하며 웃을 수 있는 숟가락대로 깜빡거리는 그 길 따라갈 거야 그 검은 넥타이를 매고 앞치마를 두르고

시 「애리조나에서 온 소년」은 시에 관한 묘사다. 시 첫 행에서 마지막 행까지 절묘하다. 한 마디로 충분한 상상력이 이끈 결과다. 밑에 필자가 적은 시는 이에 반품어치도 되지 않는다. 시인의 시를 읽고 언뜻 떠오른 생각에 급히 써내려갔다.

물론 창작에 도움이 되었으면 하고 쓴 것이다. 검은 넥타이는 시를 제유한다. 실은 '검은'이라는 색감을 표현하지 않아도 무관하다. 색감을 표현함으로써 시에 더 가까이 갈 수 있으나 식상함에 빠질 수 있겠다. 어제보다 더 멋진 삶을 바라는 것도 시인이며 어제보다 더 나은 글을 쓰고 싶은 것도 시인이다. 커피가 여러 맛이 있듯 시인의 글도 여러 가지 향이 있다. 나는 어떤 향인가? 곰곰 생각해 본다.

시 「애리조나에서 온 소년」은 정말 애리조나에서 온 소년을 그린 것은 아니다. 이국적 향을 그리며 어떤 그리움이자 시에 대한 애착이다. 여기서 소년은 글을 제유한다. 시어 하나하나가 눈동자다. 입김을 불어 넣는 행위와 벙어리장갑 같은 구름은 시 공부에 대한 열정과 이로 인해 생기는 착상을 묘사한다.

생선이라는 시어를 사용한 것에 주목하자! 10년도 더 됐다. 『꿈을 볶는 커피집 비미남경 이야기』이라는 책을 썼던 바리스타가 생각난다. 그는 '커피는 생선이다'는 표현을 썼다. 즉, 생선처럼 신선해야 한다는 것이다. 커피도 신선해야 하며 시도 신선해야 한다. 우리는 신선한 것을 좋아한다. 모든 시인은 갓 오른 글을 좋아하며 이 글로 번득이는 사색을 즐긴다. 번득이는 사색은 새로운 창작에 또 번개처럼 무언가를 사선처럼 긋고 지나가기 때문이다. 두부라는 물렁물렁한 한 모 그 움푹 팬 자리에 말이다. 신선함은 그만큼 강한 효력을 가진다.

이건 사족이다만, 책은 참 오래간다. 『꿈을 볶는 커피 집 비미남경 이야기』는 2004년도에 출판하여 절판된 책이다. 더는 구할 수 없지만, 이 책을 검색하면 책을 읽은 분이 있나 보다. 각종 블로그에 오른 것을 본다. 그러니까 책은 모 시인이 말했듯이 푸름의 세계다. 늙지 않는다. 우리를 할아버지

할머니라 얘기하듯이 책은 소년이며 소녀며 이상한 나라의 엘리스와 같은 존재다. 그러니까 많은 시인은 책을 쓰려고 노력한다. 왜? 젊음을 잃지 않으려는 어떤 욕망 때문이다. 필자 또한 많은 책을 썼지만, 어떤 것은 3년이 지났음에도 불구하고 읽은 내용에 탄복하여 문자가 온다. 책은 가장 저렴한 비용으로 상대를 도와주는 역할을 한다. 그러므로 책을 쓰라! 최소한 책처럼 반듯하며 어긋나는 삶은 있을 수 없다.

검은 병病 속으로 파고든다는 것은 소년(책, 글)을 읽으면 글이 쓰인다는 묘사다. 예언과 해발고도, 유골이라는 시어는 이 시를 더욱 신비롭게 하는 시적 장치다. 시인은 들은 대로 글을 써야 할 것이며 눈에 핏발이 맺히는 것도 모르도록 글을 쓴다는 묘사다.

*고은강: 1971년 대전 출생. 2006년 제6회 〈창비 신인시인상〉 등단.

어떤 부름 _ 문태준

늙은 어머니가

마루에 서서

밥 먹자, 하신다

오늘은 그 말씀의 넓고 평평한 잎사귀를 푸른 벌레처럼 다 기어가고 싶다

막 푼 뜨거운 밥에서 피어오르는 긴 김 같은 말씀

원뢰遠雷같은 부름

나는 기도를 올렸다,

모든 부름을 잃고 잊어도

이 하나는 저녁에 남겨달라고,

옛 성 같은 어머니가

내딛는 소리로

밥 먹자, 하신다

鵲巢感想文

　　필자는 70년대에 소싯적 시절을 보냈다. 초등학교 다니는 것도 산 하나를 넘어야 갈 수 있었다. 고무신은 초등학교 4년까지 신었던 기억이 있다. 집 앞에는 못 물이 지나는 도랑이 있었는데 장마철에 범람하는 그 도랑을 건너다가 고무신 한 짝 잃었던 기억은 잊을 수 없다. 아버지께 호되게 꾸지람을 들었기 때문이다. 필자는 참 개구쟁이였다. 동네 어디든 놀러 다니기 바빴다. 그 놀이터는 다름 아닌 못이었다. 여름이면 못에 올라 수영하며 놀던 기억과 겨울이면 꼬당꼬당 언 못에 장치기하며 놀던 기억도 선하다. 겨울은 추위도

만만치 않아서 그 꼬당 언 못 중앙에 모닥불 피워놓기도 했는데 그 두꺼운 얼음이 깨지거나 갈라지는 것 없어 참 신기하기만 했다. 아직도 꽁꽁 언 못의 울음소리가 들린다. 뚜둥뚜둥거린다.

언제나 어머님은 밥 때가 되면 아들 부르는 소리로 동네가 떠들썩했다만, 우리 집 어머님만 그런 것도 아니었다. 지금은 그 높던 산이 다 무너져 아파트가 들어섰으며 황톳길은 포장도로가 되었다. 논밭이 개간되었고, 부유한 사람이 몰려와 한 집 두 집 생겨나더니 새로운 동네가 형성되었다. 예전은 숭오 3리가 전부였지만 아버지 말씀은 숭오 7리까지 있다니 놀랄 만하다. 그렇게 깊고 넓었던 동네가 지금은 왜 그리도 좁고 작게만 보이는지, 거기다가 예전만큼 어떤 따뜻함이 없어 보이는 것은 세월 탓인가? "야야 밥 먹자" 그리 예뻤던 어머님도 이제는 산만 몇 겹이다.

시도 마찬가지다. 옛 성 같은 어머니 말씀, 그 내딛는 소리로 저녁은 밥 먹자고 하시듯 한 치 잊지 않으신 그런 말씀은 있었으면 좋겠다. 따뜻한 시를 읽고 훈훈한 저녁 같은 시를 맞으며 하루 마감하고 싶다.

*문태준: 경북 김천 출생. 1994년 〈문예중앙〉 등단.

어떤 오후가 끝날 무렵 _ 강재남

유독 무덤가에서 누구에게 무례하다 누구에게 친절하다 그러므로 나는 계속 늙어야 하고 태양은 죽지 않아야 한다

오후에 나는 늙었고 태양은 죽지 않았으므로 신경안정제 한 움큼 털어 넣는다 물푸레나무가 한 뼘 자란다

물푸레나무는 철학적이어서 어떤 물음과 대답이 공존한다 불규칙한 무늬를 입은 상냥한 그 여자, 입술이 붉다

입술에서 입술로 환승하는 나는 요망스런 계집, 아무도 죽지 않은 무덤에서 편지를 쓴다 마른 꽃편지를 받으면 반드시 죽은 이름을 불러야 할 이유는 없다

상냥한 그 여자와 여자들 입술이 부풀고 부푼 입술에서 뒷담화가 핀다 아름다운 생장력을 가진 치명적인 꽃,

꽃잎을 뜯어 혀에 심는다 오후에 나는 늙었고 태양은 죽지 않았으므로 햇살 한 움큼 털어 넣는다 붉은 꽃술에 혓바늘이 즐비하다

鵲巢感想文

나는 한때 시는 나팔꽃으로 지붕을 엮은 오두막과 같다고 했다. 그만큼 시를 주로 보는 것이 아니라 일의 후미로 시적 교감을 얘기했다. 하지만, 시

에 몰입은 어느 수렁에 빠진 듯 자꾸 말려드는 것도 사실이다. 취미가 아니라 이건 무덤처럼 제자리에 옴팡지게 묶어놓는다.

위 詩「어떤 오후가 끝날 무렵」은 마치 이와 같은 일을 묘사한 것 같다. 무덤가는 시인이 들여다보는 시집을 제유한다. 각종 시에 무례하다가 또 친절히 읽기도 한다. 시인은 늙고 내 마음의 꽃 같은 시, 태양은 죽지 않는다.

오후에 시인은 늙었다. 늙었다는 말은 어른이 되었다는 말이다. 어른의 어원은 '얼운'이다. 어룬, 어르다로 변천하여 어른이 됐다. 어르다는 말은 성관계를 맺는다는 뜻이 있으니 장가를 갔거나 결혼한 사실을 말한다. 그만큼 시에서는 시적 교감을 나타낸다.

태양은 죽지 않았고 신경안정제 한 움큼 털어 넣는 시인이다. 시간은 흘렀으므로 지적세계는 진보하였다. 그러므로 물푸레나무는 한 뼘 자랐다. 물푸레나무는 시인을 제유한 시어다.

시인은 철학적이어서 어떤 물음과 대답이 공존한다. 불규칙한 무늬를 입은 상냥한 그 여자는 시인이 들여다보는 시를 제유한 시구다. 아직 의미가 파악되지 않았으므로 불규칙한 무늬로 묘사했다. 말하자면 얼룩말이다. 입술이 붉다. 그만큼 열정이 붉다.

입술詩에서 입술詩로 환승하는 나는 요망스런 계집이다. 아무도 죽지 않은 무덤에서 편지를 쓴다. 백지는 아무도 죽지 않은 무덤이나 다름이 없기에 시인은 편지 같은 시를 쓴다. 마른 꽃 편지는 이미 쓴 시를 말하며 한 번 써 먹은 글은 다시 불러야 할 이유는 없다. 아니 절대 불렀어도 안 된다. 이는 희소성을 위반하는 일이라 가치를 떨어뜨린다.

상냥한 그 여자와 여자들, 이미 고체화한 시는 해석이 되었으므로 이것만큼 상냥한 것도 없다. 입술이 부풀고 부푼 입술에서 뒷담화가 핀다. 시적 교감과 시 해체다. 하지만 이것은 아름다운 생장력을 가진 치명적인 꽃이라 시인은 고한다. 이는 거울처럼 닮아 가는 일이라 절대 있어서는 안 되는 일이기에 시 강조다.

꽃잎 같은 시어를 뜯어 혀에 심는다. 오후에 나는 늙었고, 이미 시는 이루었고 태양은 죽지 않았으므로 마음의 꽃은 늘 살아서 그 꽃 같은 시 의미를 입안 가득 넣는다. 붉은 꽃술에 혓바늘이 즐비하다. 꽃 같은 글이 편지에 자욱하다.

詩는 정중동靜中動과 동중정動中靜의 수련이다. 정중동靜中動은 고요한 가운데 움직임을 뜻한다. 물론 다른 해석도 가능하다. 깨끗한 가운데 욕심을 드러내거나 맑은 가운데 혼탁함을 표현하기도 하며 쉬는 듯 끊임없이 움직이는 지적세계로 대변할 수도 있겠다.

시를 읽는 행위는 정중동에 가깝다.

동중정動中靜은 움직이는 가운데 고요를 찾는다. 겉으로는 강하게 대치되는 움직임 같은 것이 있더라도 속은 차갑도록 냉정함을 잃지 않는다. 시 쓰는 행위는 동중정動中靜에 가깝다.

시인은 시를 유독 무덤가에서 누구에게 무례하다 누구에게 친절하다는 묘사를 하였으므로 정중동과 동중정이라는 말을 끄집어낸 것이다. 휴식도 여러 가지가 있다. 경험이 많은 사람은 남보다 몇 배나 많은 일을 처리한다. 이러한 사람은 일이 휴식이다. 내가 휴식이 필요하다고 해서 며칠 아니 하루만 아무것도 하지 않아도 사람은 미친다.

그러므로 우리는 늘 하던 일을 가꾸고 보살피고 더 나가 일을 넓히는 것은 적극적이어야 하며 이 일에 매진하여 후계자를 양성하는 것도 게을리 해서는 안 되겠다.

이 일과 더불어 마음의 수련으로 시가 따른다면, 인생에 금상첨화錦上添花는 없겠다.

*강재남: 경남 통영 출생. 2010 〈시문학〉 등단.

얼음의 온도 _ 허연

얼음을 나르는 사람들은 얼음의 온도를 잘 잊고, 대장장이는 불의 온도를 잘 잊는다. 너에게 빠지는 일, 천년을 거듭 해도 온도를 잊는 일. 그런 일.

鵲巢感想文

한마디로 말하면 시詩의 고체화固體化다. 얼음을 나르는 사람들은 얼음의 온도를 잘 잊으면 얼음이 녹겠지. 그런데 이와 대치되는 말이 다음 문장에 잇다. 대장장이는 불의 온도를 잘 잊는다. 대장장이는 철로 무엇을 만드는 직공이다. 대장장이가 불의 온도를 잊으면 작품에 손상이 간다. 그것만큼 시 쓰는 일은 어렵다. 시에 빠지는 일은 천 년을 거듭해도 온도를 잊는 일이라며 시인은 말한다. 강조다. 절대 잊으면 안 되는 것이 온도다. 그러니까 온도는 시의 고체화에 가변적인 사상이라 할 수 있겠다.

당랑박선(螳螂搏蟬 사마귀 당, 사마귀 랑, 잡을 박, 매미 선)이라는 말이 있다. 사마귀가 매미를 잡으려 한다는 뜻으로 이익을 탐내다가 자신의 위험은 돌아보지 못한다는 말이다.

장자가 밤나무 밭 근처를 산책하다가 이상한 까치 한 마리가 남쪽에서 날아오는 것을 보았다. 그 날개의 넓이는 일곱 자이고 눈 둘레는 한 치나 되었다. 까치는 장자의 이마를 스치고 날아가서는 밤나무 숲에 앉았다. "저놈은 어떤 새인가?" 저렇게 큰 눈을 갖고도 잘 보질 못하다니 장자는 옷깃을 걷어 올리고 급히 다가가 화살을 겨누었다. 그런데 한쪽을 보니 매미 한 마리가 나무 그늘에서 자신을 잊고 맴맴 거리고 있었다. 또 그 곁에는 사마귀 한 마리가 매미를 잡으려고 정신이 쏠렸다. 그 이상한 까치는 기회를 보아 사마귀를 잡으려고 정신을 놓고 있었다. 장자는 이 광경을 보고 놀라면서 말했다.

"아 슬픈 일이다. 만물은 서로를 해치고, 이익과 손해는 서로 관계되어 있구나." 장자는 활을 버리고 도망치듯 그곳을 빠져나왔다. 그때 밤나무 숲을 지키던 사람이 그 모습을 보고 도둑이라 생각해 쫓아오면서 욕을 퍼부었다. 장자는 집에 돌아와 석 달 동안 뜰 앞에도 나가지 않았다.

포정해우(庖丁解牛 부엌 포, 사내 정, 풀 해, 소 우)라는 말이 있다. 소를 잡는데 신기에 가까운 기술을 가진 자를 말한다. 제齊나라의 백정 도우토屠牛吐라는 사람이 있었다. 하루아침에 아홉 마리의 소를 잡아도 칼이 전혀 무뎌지지 않아 소의 털까지 자를 수 있었다고 한다. 그런데 포정庖丁이라는 사람은 그보다 한 수 위였다. 무려 19년 동안이나 칼을 갈지 않아도 여전히 그가 사용하는 칼의 날은 전혀 무디어지지 않았다고 하니 말이다.

원래 포정은 전국시대 위나라 사람이다. 문혜군文惠君의 주방장이기도 했던 그는 소를 잡는데 도통하여 소 한 마리쯤은 눈 깜빡할 사이에 해치웠다. 손 놀리는 거 어깨 위에 둘러메는 거 발을 내딛는 거 무릎으로 밀어치는 동작, 살점을 쪼개는 소리, 칼 두들기는 소리가 마치 뽕나무 숲에 춤을 추듯 음악에 맞고 조화를 이루었다. 이를 보고 감탄한 문혜군이 말했다.

"정말 훌륭하도다! 경지에 이르는 비결이 무엇인고?" 그러자 포정이 말했다.

"소인은 항상 도道를 위해 몸 바쳤습니다. 도는 단순한 기술보다 고상하지요. 제가 처음 소를 잡았을 때는 소 전체가 눈앞에 보였습니다. 그러나 3년 정도 지나니 소를 보지 않게 되더군요. 지금은 눈으로 보지 않고 마음으로 봅니다. 즉, 육감의 지배를 받기보다는 오직 마음으로 일하지요 그래서 소의 신체구조를 따라 뼈마디와 마디 사이로 칼날을 놀립니다. 자연히 살점과 심줄은 건드리지도 않고 큰 뼈를 다치지도 않지요."

장자의 양생주편養生主篇에 나오는 이야기다.

포정庖丁은 수천 마리의 소를 잡았지만 단 한 번도 칼을 바꾸지 않았다. 그 비결은 소의 골격과 살점을 분간하는 이치와 어디를 찔러야 하며 어디를 훑어야 하는지 그 요점을 잘 알기 때문이다.

　　포정해우와 같은 언어 구사 능력을 지녔다면 여기에 당랑박선의 이치를 잘 안다면, 세상 살아가는데 이보다 더 좋은 지혜는 없을 것이다. 그러니까 얼음의 온도, 한평생 살면서 온도를 잊는다는 것은 삶의 지혜를 저 스스로 뿌리치는 것일 게다.

　　여러분이 가진 위치를 생각해 보라! 사랑이 없는 온도라면 녹아 없어지는 얼음 같은 자리며 사랑이 가미 되지 않은 열정(온도)은 그 어떤 일도 참된 결과를 빚지 못한다.

　　도道,

　　내가 가는 길에 열정이 없다면, 그 길을 조금 걸었다 하더라도 걷지 않은 것보다 못하고 걸어도 아주 소용없는 허무한 삶에 불과하다. 그러니 삶의 온도는 너무 높아도 너무 낮아도 좋지 않다. 일관성, 오로지 내 일에 한결같은 사랑만이 나를 영원히 살릴 수 있는 길이다.

*허연: 서울 출생. 1991년 〈현대시세계〉 등단.
*장자莊子

에피스테메, 텍스트 미학 _ 김광기

숨구멍을 열고 오밀조밀 몰려있는 개미집 같고
곧은 씨알들이 촘촘히 박힌 해바라기 같기도 하지만
선험의 숨결이 응축된 기표와 기의의 횡단들,
무수한 기운들이 스멀스멀 피어나 세상으로 퍼진다.
소리로 키워내는 순간 의미는 분해되는 듯하지만
가슴에 다시 고여서 탄력을 갖는 패러다임,
읽을 때마다 의미는 달라진다. 뜻은 그대로이더라도
좌표는 달라진다. 삶의 경륜으로 읽히는 텍스트,
벽에 꽂힌 무수한 텍스트들, 갖가지의 무늬로 아침을 밝히고
때로는 깨알처럼 때로는 고딕폰트 문양 같은 높이로
시작을 알린다. 다시 텍스트만 있는 것 같다.
이제는 횡렬에 따르지 않고 아래를 내려 밟는다.
그렇게 오르려고만 했던 계단을 내려가기만 할 때
중심을 지탱하던 관절의 삐걱거림을 느끼며
노쇠한 무릎 때문에 올라가는 것보다 내려가는 것이
더 힘들다던, 어머니를 생각한다. 지나온 삶이 아니면
도저히 따라 읽을 수 없는 시간에 한 걸음씩 내려가는
텍스트 계단, 무수히 밟히는 시니피앙 시니피에들.

鵲巢感想文

　詩學은 마음공부다. 마음을 다스리는 학문이다. 위 詩는 우선 외국어가

많아, 정의부터 내려야겠다. 에피스테메 epistēmē 는 순수한 지식을 말한다. 텍스트 text 는 문장보다는 더 큰 단위를 말한다. 원문이나 본문쯤으로 보면 된다. 시니피앙 signifiant 은 귀로 듣는 단지 소리다. 그러니까 이 소리에 의미는 제외한다. 시니피에 signifie 는 소리에 담은 의미다. 시인 조말선 선생의 시「빈방 있습니까」에서 빈 방은 거저 시니피앙이다. 하지만, 시로 나타낸 이 속뜻은 마음을 말한다. 그러면 마음은 시니피에가 된다.

詩人의 詩는 詩의 묘사다. 詩는 숨구멍을 열고 오밀조밀 몰려있는 개미집 같다. 개미는 까맣고 작다. 그러므로 까만 글씨를 제유한다. 곧은 씨알들이 촘촘히 박힌 해바라기 같기도 하다. 해바라기는 태양만 바라본다. 그 특성을 볼 때 오로지 글의 제 주인은 독자다. 시는 선험의 숨결이 응축된 기표와 기의의 횡단들이다. 기표는 시니피앙이며 기의는 시니피에다. 무수한 기운들이 스멀스멀 피어나 세상으로 퍼진다. 시는 마치 생물처럼 살아 움직이는 어떤 힘으로 세상을 밝힌다.

시는 소리로 키워내는 순간 의미는 분해되는 듯하지만, 가슴에 다시 고여서 탄력을 갖는 패러다임이다. 시는 읽을 때마다 의미는 달라진다. 시는 뜻은 그대로이더라도 좌표는 달라진다. 시는 삶의 경륜으로 읽히는 텍스트다. 시는 벽에 꽂힌 무수한 텍스트들, 갖가지의 무늬로 아침을 밝히고 때로는 깨알처럼 때로는 고딕폰트 문양 같은 높이로 시작을 알린다. 여기서 벽은 마음의 벽이다. 고딕폰트 문양은 원뜻은 알지 못하고 반듯한 활자체로 그냥 읽는 맛을 말한다. 그러니까 시니피앙이다.

시는 다시 텍스트만 있는 것 같다. 이제는 횡렬에 따르지 않고 아래를 내려 밟는다. 아래를 내려 밟는다는 말은 이제는 읽는 것만이 아니라 쓰는 단계로 나의 철학을 알릴 때가 되었다는 말이다.

그렇게 오르려고만 했던 계단을 내려가기만 할 때 중심을 지탱하던 관절의 삐걱거림을 느끼며 노쇠한 무릎 때문에 올라가는 것보다 내려가는 것이 더 힘들다던, 어머니를 생각한다. 물론 어머니의 철학적 말씀도 맞고, 시는 또 어머니와 같다. 거울을 보고 내 철학을 담는 것은 어쩌면 중심이 흔들릴 수도 있기 때문이다. 어지간한 내공이 없다면 내려가는 길은 목숨 거는 것과 마찬가지다.

지나온 삶이 아니면 도저히 따라 읽을 수 없는 시간에 한 걸음씩 내려가는 텍스트 계단, 무수히 밟히는 시니피앙 시니피에들, 그러므로 시학은 어느 정도 경륜이 있어야 한다. 삶의 여러 가지 문양을 겪은 어른이야말로 그 어떤 인생 경험도 이해가 되며 살필 수 있기 때문이다. 한철 메뚜기가 겨울을 알지 못하고 우물 안 개구리가 바다를 모르고 모래사장만 걷던 어떤 생물 또한 코발트 빛 바다를 어찌 알겠는가 말이다.

낭중지추囊中之錐라는 말이 있다. 이 말은 사마천 사기에 나오는 말로 문자 그대로 해석하면 주머니 속에 송곳이란 뜻이다. 의역하면 재주가 뛰어난 사람은 저절로 드러난다는 말이다. 이 얘기의 근원인 평원군과 모수의 대화를 모두 옮길 순 없으나 간략히 얘기하면 이렇다. 모수는 평원군의 하인이었다. 춘추전국시대는 하루도 전쟁이 없는 날이 없었다. 궁지에 몰린 평원군은 이웃 나라에 구원병 요청을 위해 일정의 요원을 뽑는 중, 자원하고 나선 모수가 있었다. 모수는 평원군 하수로 들어온 지 3년이었다. 뛰어난 자는 어쨌든 간에 드러나는 법인데 두각을 나타내지 못한 이 사람을 평원군은 믿을 수 없었다. 이때 모수는 정곡을 찌르는 직언을 한다. 말인즉슨 자신을 주머니 안에 넣어 달라는 얘기다. 이에 탄복한 평원군은 모수를 쓰게 되었다. 그 이후 모수의 뛰어난 활약 덕분에 나라를 구하게 되었다는 얘기다.

21c 자본주의 시대다. 낭중지추의 의미를 다시 읽는 것은 시대의 의미를 알아야겠다. 춘추전국시대와 달리 이 시대는 웬만한 주머니에 들어가기에는 여간 어려운 것도 사실이다. 경쟁은 이미 우리가 상상하는 그 이상이다. 정말 낙타가 바늘구멍에 들어갈 지경이다. 춘추전국시대보다 전쟁은 없으나 새로운 자본가의 출현은 버금가는 시대다. 이러한 시대에 두각은 주머니를 스스로 만들고 스스로 바늘이 되어야 하는 웃지 않을 수 없는 시대가 되었다. 낭중지추囊中之錐가 아니라 심중지추心中之錐로 바늘과 같은 묘수를 하루라도

생각지 않으면 하루는 버티기 힘든 시대다.

에피스테메는 개천에 떨어지는 매화 꽃잎이다. 텍스트는 뿌리로 돌아가는 꽃이다. 시간에 한 걸음씩 내려가는 텍스트 계단, 무수히 밟는 시니피앙 시니피에들.

*김광기: 충남 부여 출생. 1995년 시집 『세상에는 많은 사람들이 살고』 펴냄으로써 작품 활동 시작.

오독의 전말 _ 이재훈

내 시작은 언제나 우연이었습니다. 빛이 있었고 물이 있었고, 물속에서 숨 쉬는 사람이 있었던 것일 뿐, 아무도 내게 가르쳐주지 않았습니다. 물속의 신비를, 먼 이방의 기억으로 게으른 발길질을 합니다.

당신에게 죄를 지었습니다. 마음을 저당 잡혀 세상 모든 습속들도 한없이 초라해 보였습니다. 손가락을 걸고 꿈을 꾸었습니다. 꿈 꾼만큼 당신에게 칼날 같은 말도 전했습니다. 그러니 이제 당신을 잊어도 된다고 생각했습니다.

변호의 말들은 그저 허황된 꿈이었을지도 모릅니다. 폭풍이 들이닥쳐도 평온한 방을 생각했습니다. 몇 방울의 물이 들어왔을 때, 혼인의 꿈도 잊은 채 숨차다고 허우적거렸습니다.

멀찍이 당신의 뒷모습을 지켜봤어야 했습니다. 당신의 구겨진 깃과 얼룩진 소매를 갈아주고 싶었습니다. 깊은 밤, 별만 바라볼 걸 그랬습니다. 작게 무너져가는 내 비애는 그저 표표히 흘러가는 종이배 같습니다.

오독으로 자욱한 밤, 내가 보이지 않는 밤입니다. 당신이 읽은 것이 그저 용서였다면 좋겠습니다. 당신이 제게 했던 칼 같은 말들로 살았습니다. 용서, 라는 말을 가진 당신이 그리운 밤입니다.

鵲巢感想文

시 읽을 때는 처음은 거저 시로 읽다가 다시 한 번 더 읽게 되면 시가 의미로 닿습니다. 의미가 웃음으로 전환할 때 시 읽는 맛은 머리가 횅한 어떤 중압감 같은 게 날아갑니다.

시인 이재훈 선생만의 글맛은 절대 자극적이거나 에로틱하지 않은데도 뒷맛은 꽤 탐미적이라는 데 있습니다. 처음 이 시를 읽을 때는 정말 오독에 대한 시측 대변인이었습니다. 끝까지 그렇게 믿고 싶었지요.

하지만, 또 그 무엇이 있을 것 같은 느낌을 받았을 때는 시 2연에 당신에게 죄를 지었습니다와 시 3연 '몇 방울의 물이 들어왔을 때'입니다. 미세 초자 같은 시를 생각하면 그 양은 버거울 거라는 생각도 듭니다. 마냥 허우적거려겠지요. 괜찮아요. 시간이 지나면 흘러내립니다. 당신은 밀대를 생각하겠지요. 전혀 그런 말이 아닙니다. 여기서는 오로지 '오독'의 행위를 두고 하는 말입니다. 더 나가 혼인의 꿈도 잊은 채 숨차다는 말에 그만 마음이 아팠어요.

그리고 멀찍이 당신의 뒷모습을 지켜봤어야 하는 자식 된 도리는 당신의 문장, 구겨진 깃과 얼룩진 소매를 갈아주고 싶다는 표현은 마! 압권이었습니다.

정말 세상은 오독으로 자욱한 걸까요. 나는 그렇게 믿고 싶진 않아요. 당신이 읽은 것은 그저 용서라고 하지 않았으면 싶어요. 당신이 제게 했던 칼 같은 말이 아니라 영원히 함께 타는 말이었으면 좋겠습니다. 함께 하는 장, 혼인은 현실로 다가와 그렇게 살았으면 싶습니다.

물론 이 필자가 읽은 건 오독일 수 있습니다. 그 전말이거등요.

시는 마치 지록위마指鹿爲馬와 같다. 사실이 아닌 것을 사실로 만드는 어떤 꾸민 이야기 같다. 물론 시인의 작문이지만, 요즘 문학은 한 편 글 놀이다. 하지만 시는 사슴을 가리켜 말이라 표현한 것이라 해도 진정 독자는 사슴으로 읽을 때 그때 시의 가치가 매겨진다.

어쨌거나 시는 그렇다하더라도 현 정치는 암담하기 짝이 없다. 지록위마指鹿爲馬라는 말이 나와서 말이지 국정농단과 대통령 탄핵은 역사의 씁쓸한 한 장면을 우리는 보고 있는 셈이다. 정치권은 예나 지금이나 지록위마指鹿爲馬로 말로 둔갑한 일들뿐이다.

*이재훈: 강원도 영월 출생. 1998년 〈현대시〉 등단.

*지록위마指鹿爲馬

1. 뜻

   사슴을 가리켜 말이라고 한다는 뜻으로, ①사실事實이 아닌 것을 사실事實로 만들어 강압強壓으로 인정認定하게 됨 ②윗사람을 농락籠絡하여 권세權勢를 마음대로 함

2. 유래

   진秦나라 시황제始皇帝가 죽자 측근 환관인 조고趙高: ?~B.C. 208는 거짓 조서詔書를 꾸며 태자 부소扶蘇를 죽이고 어린 호해胡亥를 세워 2세 황제皇帝로 삼았다. 현명한 부소보다 용렬한 호해가 다루기 쉬웠기 때문이다. 호해는 천하天下의 모든 쾌락을 마음껏 즐기며 살겠다고 말했을 정도로 어리석었다고 한다. 어쨌든 조고는 이 어리석은 호해를 교묘히 조종하여 경쟁자인 승상 이사李斯를 비롯, 그밖에 많은 구신舊臣들을 죽이고 승상이 되어 조정의 실권을 장악했다. 그러자 역심이 생긴 조고는 중신들 가운데 자기를 반대하는 사람을 가려내기 위해 호해에게 사슴을 바치면서 이렇게 말했다. "폐하, 말馬을 바치오니 거두어 주시오소서." "승상은 농담도 잘 하시오. 사슴을 가지고 말이라고 하다니指鹿爲馬······. 어떻소? 그대들 눈에도 말로 보이오?" 말을 마치자 호해는 웃으며 좌우의 신하臣下들을 둘러보았다. 잠자코 있는 사람보다 '그렇다'고 긍정하는 사람이 많았으나 '아니다'라고 부정하는 사람도 있었다. 조고는 부정한 사람을 기억해 두었다가 나중에 죄를 씌워 죽여 버렸다. 그 후 궁중에는 조고의 말에 반대하는 사람이 하나도 없었다고 한다. 그러나 천하天下는 오히려 혼란混亂에 빠졌다. 각처에서 진秦나라 타도의 반란이 일어났기 때문이다. 그중 항우와 유방劉邦의 군사가 도읍 함양咸陽을 향해 진격進擊해 오자 조고는 호해를 죽이고 부소의 아들 자영子嬰을 세워 3세 황제皇帝로 삼았다B.C. 207. 그러나 이번에는 조고 자신이 자영에게 주살 당하고 말았다.

오렌지빛 줄무늬 교복 _ 배수연

나는 우리 반 회장이고 정육점 집 딸이다

학기 첫날 담임선생님이 본인은 채식주의자라고 소개했을 때 내 오소리 같은 심장이 두근거렸다 학부모 총회에 못 나오는 엄마는 갈색 소스가 흐르는 싸구려 햄버거를 배달시켜 아이들 입에 넣어 주었다 창가에는 남자 회장이 가져온 베고니아의 똥꼬에 수술이 저 혼자 길게 자라났다 틈만 나면 손을 씻고 크림을 바르는 담임선생님의 손등에서 풍기는 아, 저 오렌지 냄새…… 엄마가 잘라주는 오렌지에는 고기 자르는 쇠칼 냄새가 났다 나는 오렌지 냄새가 너무 좋아서 두꺼운 오렌지 껍질을 온몸에 문질렀다 벗겨져 바닥에 마구 흐트러진 오렌지 조각들과 눈이 마주쳤을 때의 저릿한 슬픔, 토도독 내 홍채의 알갱이들이 터지며 눈물이 흐르는 것을 혀로 맛보았다 엄마가 쓰는 쇠칼의 씁쓸하고 버린 쇠 맛이 나는

어머니 표 오렌지를 생각만 해도 오렌지 살처럼 부푸는 내 가슴과 하얀 속껍질처럼 갑갑한 속옷 아래로 빽빽해지는 음모들, 담임선생님은 턱밑까지 스타킹을 올려 신고 가짜 속눈썹 아래로 일쑤로 미소를 흘린다 뻘건 닭국물을 퍼주며 찌푸리던 선생님의 표정과 나보다 키가 작은 남자아이들이 머저리처럼 그것을 핥아 먹는 점심시간, 서로의 다리 사이를 후비며 바짓가랑이 아래로 흐르는 베고니아 똥꼬의 유혹에 실내화가 물든다 나는 커서 엄마가 될지 담임이 될지 알려주지 않는 창문 밖으로 내리는 황사 섞인 단비를 내다본다 세상은 온통 탁한 오렌지, 오렌지 빛 줄무늬 교복을 입고 있었다

鵲巢感想文

시를 읽다 보면 파격적인 몇몇 여성 시인이 지나간다. 그만큼 이 시 또한

파격적이다. 오렌지빛 줄무늬 교복은 시인이 바라본 세계관이자 모서리가 된 젊은 날의 초상이다. 시에서 오렌지는 상징으로 준법정신이나 규율, 규칙, 일정이나 일관 혹은 규범에 얽매이는 현대인의 삶이다. 하지만 이 오렌지는 모두 빛깔은 하나다. 다른 여타 함수로 담임선생님과 어머니, 남자 회장, 남자아이들이 등장하지만, 모서리의 모태다.

시인은 모서리의 일변도로 담임선생님은 채식주의자라는 말에 심장이 두근거린다. 이는 오로지 편향적 성향을 묘사한 것이다. 갈색 소스가 흐르는 싸구려 햄버거를 배달시켜 아이들 입에 넣어 준 것은 시의 이단이다. 이런 와중에서도 제 뜻이 확고한 남자 회장은 혼자 잘났다. 그러니까 바른 생활의 소유자다. 담임선생은 온통 바른 세계관으로 우리 앞에 서고, 엄마가 딱 잘라 말하는 말씀은 가히 쇠칼처럼 단독적이다. 진학과 학구열 및 진출과 성공은 단지 슬프기 짝이 없다. 엄마의 칼 같은 말씀은 비릿하다.

어머니가 바라는 사회상은 나에게는 오로지 갑갑하며 내 마음 깊숙이 할 말만 많아진다. 여기서 시인의 묘사가 탁월한 문장을 다시 확인한다. 하얀 속껍질처럼 갑갑한 속옷 아래로 빽빽해지는 음모들, 성장할수록 할 말은 많지만, 거저 묵묵히 앓는다. 담임선생님은 턱밑까지 겉치레로 치장하며 상투적인 말씀뿐이다. 그러니까 가식적이다. 남자아이들은 그것도 모르고 달게 따르기만 한다. 여기서 키 작은 아이는 바른 생활의 아이라 보면 좋겠다. 서로 약점을 보완하며 다독이며 가는 우리의 형제다. 베고니아 똥꼬에 함께 조율하고 성공을 위하며 오늘도 쉬며 간다. 베고니아 똥꼬는 어쩌면 오렌지빛 줄무늬의 변형이다. 그러니까 같은 무리로 보인다. 실내화는 자아를 그린 제유다. 황사 섞인 단비는 어떤 갈등을 묘사한다. 온통 오렌지, 오렌지빛 줄무늬 교복, 모두가 눈이 깨야 하지만, 바른 생활은 우리가 지향하는 것이며 지향하는 사회에 있다.

똥꼬는 똥구멍의 속어로 오렌지빛 줄무늬로 변형된 어떤 사상이나 유형의 물질이다.

이 시를 읽으니 장자 도롱기屠龍技*가 생각나 적는다. 간략히 말하자면 용을 죽이는 기술이라는 말로, 쓸데없는 일로 몸을 소모한다는 뜻이다. 주행만朱泙漫이라는 사람이 있었다. 그는 집안 재산을 모두 팔아 천금을 마련하였다. 기술을 배우러 스승을 찾아가기 위해서였다. 마침내 그는 지리익支離益이란 선생을 만나서 용을 요리하는 기술을 배웠다. 3년 동안 열심히 배운 뒤에 집으로 돌아왔다. 사람들이 그에게 물었다.

"지난 3년 동안 너는 어떤 기술을 배웠느냐?"

"나는 지리익을 스승으로 모시고, 용을 도살하여 요리하는 기가 막힌 기술을 배웠다."

그는 잔뜩 뻐기면서 손발을 써가며 용 잡는 기술을 신나게 설명했다. 용을 잡을 때는 어떤 칼을 쓰며, 용의 머리는 어떻게 자르고, 내장은 어떻게 처리하고…….

그의 말이 다하기 전에 사람들은 웃으면서 물었다.

"너의 용 잡는 기술은 정말 기가 막히는 기술이구나. 그런데 네가 잡을 용은 어디에 있니?"

어렵게 배운 기술이지만, 정작 써먹을 수 있는 곳이 없다. 용은 없기 때문이다.

필자는 오랫동안 커피 교육을 해왔다. 창업상담은 셀 수 없을 정도로 많고 새롭게 문을 연 카페도 보고, 문 닫는 카페도 많이 보아왔다. 일을 해내는 사람은 뜻이 남들과 달라 분명하다. 하지만, 남들 하니까 이건 되겠지 하며 어설프게 뛰어다니는 사람도 많은데 이런 사람은 백이면 백 모두 문을 닫는다.

우리가 무엇을 하고 있는지, 열심히 일하는 내용은 가치 있는 것인지 한 번 생각해볼 필요가 있다. 얼마 전에 보험 사정 일을 하는 친구가 왔다. 20여 년 이 일만 해왔다. 이제는 자식도 모두 대학에 들어가야 하니, 돈이 제법 쓰이는 나이가 되었다. 회사는 채산성이 맞는 경영을 하려니 오래 머문 직원은 스스로 명퇴名退를 자청하고 남은 직원은 눈치를 보아야 할 상황이다. 친구는 직업에 대해 많은 고민을 하였다.

우리는 지금 무엇을 배우고 이것이 우리의 활동에 어떤 역할을 할 것인지 그 목적과 가치에 대하여 깊이 생각해야만 한다. 시간은 우리를 기다려 주지 않는다.

흐르는 강물을 보라! 무엇이 소중한 깃인지 똑똑히 보라!

*배수연: 1984년 제주에서 출생. 2013년 〈시인수첩〉 등단.
*장자莊子 열어구편列禦寇篇 학도룡어지리익學屠龍於支離益 단천김지가單千金之家 삼년기성이무소용기교三年技成而无所用其巧.

오전의 버스 _ 김윤이

빛이 왔다. 열 시 무렵 버스창에 너울대는 형태로. 추돌사고로 정체된 도로에서 연좌농성 중인 차창들 빛을 나눠가지네. 눈 뜨기 힘드네. 도로 복판에 돌멩이처럼 박혀있는 우리. 국경 넘는 난민들 같네. 가고자 하는 마음을 뒷전으로 미룰 때에야 흘러간 길로 들어갈 수 있네. 남자가 버릴 때 직장이 버릴 때 그 짧은 순간엔 어디서나 뽀얗게 먼지를 뒤집어쓴 햇빛이 두 눈 덮쳤네. 시간아, 언제나 열패의 아득함을 주었지. 한시바삐 시간을 돌리는 크로노스여, 나 행여나 하는 마음으로 사랑을 찾았으나 또 얼마나 떨쳐 버리려 했던가.

지구별 통로가 탈난 모양이네. 사랑의 여정도 병목일런가. 나더러 생고역쯤에서 기다리라네. 지구는 눈금판 시계처럼 둥글어라. 차량은 떠날 차비로 바빠서라. 환생이 주어진대도 나 이제 속 뜨건 사람이고 싶진 않어라. 험로를 뚫고 제일로 빠르게 일 차선이 풀리네. 억지로 차량들 빠져나가네. 어쩌나. 네 생각을 기어코 떨치고 가네.

鵲巢感想文

위 詩는 도로 한복판에서 어떤 추돌사고로 인한 시인의 심적 난처함을 그려 시적 묘사로 이끈 작품이다. 문장이 완벽하게 진행되지 않은 상태에서 마침표는 약간 위급함을 알리는 상황묘사로 닿기도 하며 단적인 사진 한 장 보는 듯 느낌이다.

빛처럼 시가 왔네. 시는 열 시 무렵 버스 창에 너울대는 형태로 말이네. 하지만 시는 추돌사고로 정체된 도로였네. 말하자면 연좌농성 중인 차창들처럼 혼선과 난삽함이었네. 나는 시 앞에서는 도로 복판에 박힌 돌멩이처럼 꼼짝달싹 못 하네. 마음은 마치 국경을 넘는 난민 같네. 이처럼 쫓기는 마음이네. 내가 어디 가고자 하는 목적지를 잠시 미루어야 시는 볼 수 있다네. 시는 날 버린 남자, 날 버린 직장처럼 뽀얀 먼지처럼 오네. 짧은 순간이네. 시간아, 이 아뜩한 열패여! 한시바삐 시간을 돌리는 크로노스여! 나 행여나 하는 마음으로 사랑은 찾았으나 또 얼마나 이 시를 떨쳐 버리려 했던가!

이 시의 첫 단락은 시적 교감을 말한다면 두 번째 단락은 시적 만남이다. 즉 쓴 시를 묘사한다.

지구별 통로가 탈 난 모양이네. 여기서 지구별 통로는 화자의 장腸을 제유한 시구네. 사랑의 여정도 병목이라는 말은 병 입구의 그 짤막한 부분을 말하네. 병목현상이라는 말이 있네. 즉 시원히 뚫을 수 없는 어떤 정체를 말하지. 나더러 생고역쯤에서 기다리라네. 시가 도착할 때까지 말이야. 지구는 눈금판 시계처럼 둥글다고 했네. 여기서 지구와 지구별은 그 속성이 같네. 지구는 지구별보다는 조금 더 넓은 상황으로 보아야겠지. 눈금판 시계처럼 둥글다는 말은 그만큼 시 문맥을 정교하게 살핀다는 말일세. 차량은 떠날 차비로 바빠서라. 내 머릿속 시적 어감을 실은 차량은 분주함을 묘사하네. 환생이 주어진대도 나 이제 속 뜨건 사람이고 싶진 않어. 다시 태어난다 해도 이렇게 시에 맹목적이고 싶지 않다네. 험로를 뚫고 제일로 빠르게 일 차선이 풀리네. 억지로 차량 빠져나가네. 어쩌나 네 생각을 기어코 떨치고 가네. 시는 거울에서 빠져나가 자신의 모습을 되찾는 과정을 묘사하네.

주역에 나오는 말로 '호리천리毫釐千里'라는 성어가 있네. 이 말은 '실지호리失之毫釐 차이천리差以千里'의 줄임말일세. 티끌만큼 조그만 차이도 훗날 천리만큼 커다란 차이로 벌어진다는 뜻이네. 호리는 아주 옛적 측량단위였다네. 문맥으로 보아 미세한 기준일 거야. 호는 가을에 털갈이할 때 새로 난 가장 미세한 털을 말하네. 추호秋毫라는 말이 있지. 추호도 없다며 강조하기도 하잖아! 아무튼, 호리천리 같은 일이 인생에서는 벌어지기도 하지.

어떤 큰 사건이 일어나면 이러한 말을 자주 사용한다네. 구제역 파동도

그 이전에 AI 파동도 미리 막지 못한 인재라 나중은 대처에 감당하기도 어려웠지. 하지만, 역으로

공부는 어느 때가 있겠는감! 하루라도 책을 조금씩 보는 양으로 치자면 훗날 호리천리와 같은 기대효과가 날 수도 있겠지. 우선 자리에 앉게. 읽는 것은 무엇을 쓰기 위함이라는 것부터 머리 새겨 넣으세. 바깥에 나가면 내 얼굴에 뭐 묻었나 싶어 자꾸 거울 들여다보지 않나? 뭐 묻은 것만큼 부끄러운 것도 없을 것일세. 내면도 마찬가지라네. 속에 든 것 없는데 어찌 대인관계가 원만하길 바라는가! 가만히 앉게. 그리고 쓰시게. 쓸 것 없으면 우선 읽게. 내 거울을 들여다보는 것을 잊지 말게.

이만 줄이네.

*김윤이: 2007년 〈조선일보〉 신춘문예로 등단.

月經 _ 김선태

　　보름딜이 무슨 놋세숫대야만큼이나 누렇고 커나랗게 사립을 엿보는 밤이면 마을 처녀들은 밤새 들판을 쏘다녔다 그때마다 그네들은 어김없이 월경을 하거나 원인 모를 임신을 했다 달의 경전을 읽었는지 암고양이며 밤 짐승들도 징상스럽게도 울어댔다 멀리 방조제 너머 바닷물도 그렁그렁 차올랐다 냇갈에서 목욕하는 아낙들의 희고 둥근 엉덩이가 보름달을 닮았다는 걸 그때 알았다 한번은 보름달을 거울 삼아 둠벙 가에서 빨래하던 처녀가 홀연 사라진 일이 있었다 물에 비치는 달빛에 홀려 몽유병 환자처럼 둠벙 속으로 걸어 들어갔다 긴 간짓대로 휘저으면 머리 푼 처녀가 수면 위로 불쑥 떠올랐다 마을사람들은 물귀신의 짓이라고 수군댈 뿐 아무도 달빛을 탓하지 않았다 그날 밤은 둥글고 환한 웃음소리가 온 우주에 가득했다

鵲巢感想文

　　월경月經은 성숙한 여성의 자궁에서 주기적으로 출혈하는 생리 현상이다. 여기서는 시의 출혈로 묘사했다. 시인께서 월경을 묘사할 일은 없지 않은가! 월경처럼 월경과 같은 詩 생산을 이 시는 묘사한다.

　　보름달을 놋세숫대야에 비유한 것과 커다랗게 사립을 엿보는 밤으로 묘사했다. 보름달은 완전한 성체며 더는 클 수 없는 달이다. 놋세숫대야는 세 숫물 담는 둥글넓적한 대야로 놋으로 만든 것이니 황토색을 띠는 것과 굳은 의지 같은 것을 숨겼음이다. 놋의 질감과 색상을 유심히 보아야겠다. 사립을 엿보는 밤이라 했는데 이 사립은 살+입이 그 어원이다. 마을 처녀들은 밤새 들판을 쏘다녔다는 말은 시인의 머릿속 세계관이다. 마을 처녀들이 마치 밤새 들판을 쏘다니듯 화자의 머릿속 혼돈을 말한다. 그러므로 보름달은 완벽

한 시를 제유한다.

그때마다 그네들은 어김없이 월경하거나 원인 모를 임신을 했다. 그네는 머릿속 혼돈과 현실 세계를 잇는 시적 장치다. 월경하거나 임신한 것은 시 접촉과 이해다.

달의 경전을 읽었는지 암고양이며 밤 짐승들도 징상스럽게도 울어댔다. 달의 경전은 보름달로 완벽한 시를 말한다. 징상澄爽스럽다는 말은 마음이 맑고 상쾌하다는 뜻이다. 암고양이와 밤 짐승은 완벽한 시 이전의 상태, 시 초다. 이는 목욕하는 아낙들의 희고 둥근 엉덩이로 변이하였다가 둠벙가에 빨래하던 처녀가 된다. 나중은 머리 푼 처녀가 수면 위로 떠오르면서 詩는 완성된다.

멀리 방조제 너머 바닷물도 그렁그렁 차올랐다. 시 탄생의 전초전이다.

냇갈에서 목욕하는 아낙들의 희고 둥근 엉덩이가 보름달을 닮았다는 걸 그때 알았다. 냇갈은 내의 방언으로 자연과 생물로 그 극을 이룬다. 자연은 완벽한 시다.

둠벙은 웅덩이의 방언이다. 보름달을 거울삼아 둠벙 가와 빨래하던 처녀는 극을 이룬다. 간짓대는 대나무로 만든 긴 장대다. 머리 푼 처녀는 문장을 제유한다.

둥글고 환한 웃음소리로 이 시는 마감한다. 결국, 웃음을 자초하는 시를 이루게 된 셈이다. 마을 사람도 시를 이루는 문장골 사람이다.

시 「월경」은 자연과 생물로 극을 이루며 방언과 6, 70년대 생활상을 문장 곳곳 볼 수 있게 그려놓은 것도 인상 깊다.

불균수지약不龜手之藥이라는 말이 있다. 장자에 나오는 말로 손 트지 않는 약으로 어떤 이는 솜 빠는 일로 여전히 고생하며 살지만, 어떤 이는 이 정보를 가지고 엄청나게 큰 땅을 얻어 살 게 되었다는 이야기다. 구龜자는 거북이라는 뜻이지만 균龜으로 쓸 때는 터진다는 뜻이 있다.

보름달을 떼어서 팔 수는 없는 일이다. 저 엄청난 자연을 누가 떼어 낸다는 것도 우스운 일이고 대대손손 보며 즐기며 더 나가 자연과 함께하며 마음의 위안으로 바르게 보았다면 더 큰 값어치는 없을 것이다.

하지만 달을 바르게 볼 방법을 익힌다면 불균수지약과 같은 효력은 못 미치더라도 평생 글을 즐기며 살 수는 있겠다.

세상사 좋은 일만 있을까, 각종 일감에 중압감으로 보내는 것도 많을 것이다. 보름딜을 보며 짐승처럼 울기보다는 아낙의 희고 눙근 엉덩이에다가 긴 간짓대로 머리 푼 처녀가 아닌 정갈한 단발머리 소녀라도 좋아라. 휘이익 휘이익 긋는 맛이라도 있어라!

모 화백의 말이 아직도 생각난다. '선을 그을 때 묘한 쾌감 같은 게 있어요.' 그러니 그어라!

*김선태: 전남 강진 출생. 1993년 〈광주일보〉 신춘문예 등단.

이상한 그늘 _ 최호일

양산을 쓴 여자가 그늘을 끌고 간다 발로 배를 걷어 차버린 강아지처럼 따라 간다 그늘은 말이 없고 성실하다

양산을 썼기 때문에 태양에 가장 가깝게 걸어간 그늘 같다 뜨겁고 무덥고 무겁고 다리가 있어 오래된 뼈와 살로 만들어진 그늘 같다

천변에는 지나가는 사람에게 침을 뱉듯 꽃이 피었다 꽃은 참을성이 없고 당신은 태연하다 나무 계단의 삐거덕거리는 소리를 들으며 혼자 변두리 자장면을 먹으러 오르는 사람은 무겁다

저녁이 오는 쪽으로 사람들은 죽고
여우가 여러 번 울어서 밤이 오면, 아무도 그것이 어둠을 열고 사라진 검고 이상한 사람인 줄 모른다 그늘이 조금씩 먹어치우고 있다는 것을

鵲巢感想文
시를 읽을 때는 늘 아득한 시간이 흐른다. 어쩌면 자아를 부정할 때, 시는 점점 밝아 오르기도 한다. 시제가 '이상한 그늘'이다. 그늘은 이 시에서 중요한 시어다. 그늘의 처지로 이 시를 본다면 거울에 비친 여러 사람의 모습과 자아를 담지만, 이는 또 다른 세계로 가는 열쇠가 된다.
양산을 쓴 여자가 그늘을 끌고 간다. 그늘은 어떤 무형의 형질을 갖고 있으나 굳이 나타내고자 하면 굳은 형질로 인쇄할 수 있다. 하지만 그 그늘을

온전히 표현할 수는 없을 것이다. 양산을 쓴 여자가 그늘을 끌고 간다고 표현했지만, 실은 그늘에 푹 빠져 있는 여자나 다름없다. 그늘은 말이 없고 무표정하며 어떤 색깔도 지니지 않았다. 그저 성실하다. 이 성실하다는 표현도 그늘을 알고 접근한 사람을 묘사한다. 그늘은 늘 그 자리에 있는 존재기 때문이다. 이때 그늘은 타인의 그늘이다.

그러면 나르시시즘의 그늘로 보자. 양산을 쓴 여자는 태양을 가린 존재다. 양산은 태양을 전도 받는 어떤 도구다. 자아를 그린 그늘은 태양을 바라본다. 이쪽을 보나 저쪽을 보나 그늘은 그늘이다.

시인은 발로 배를 걷어 차버린 강아지처럼 따라간다고 했다. 발로 배를 걷어 차버릴 정도로 무시할 수 있는 존재가 그늘이며 그렇다 하더라도 집에서 키우는 강아지처럼 하나쯤 가지고 싶은 것이 그늘이다.

시인은 가정을 내세웠다. 양산을 썼기 때문에 태양에 가장 가깝게 걸어간 그늘 같다며, 그러니까 그늘과 양산의 대립구도다. 하지만 양산은 그늘에 못 미친다. 조족지혈이다. 이들 모두는 태양을 그리워하는 존재다. 그러니까 아직 양산은 그늘이 아님을 알 수 있다. 그늘 같다고 했으니까 말이다. 하지만 이 양산은 태양을 향한 열정만큼은 높다. 뜨겁고 무덥고 무겁고 다리가 있어 오래된 뼈와 살로 만들어 간다.

천변에는 지나가는 사람에게 침을 뱉듯 꽃이 피었다. 천변은 천변川邊인 것 같아도 천변千變이다. 여러 가지로 변하는 존재자이자 그 천변天邊이다. 지나가는 사람은 태양이 변이한 시어로 보면 좋겠다. 침을 뱉듯 꽃이 핀 것은 어쩌면 성급한 성사成事를 묘사한다. 너무 이른 개화는 참을성이 없다. 누구나 보란 듯이 핀 것이지만 꽃이라 보기에는 어려운 것이다. 당신은 태연하다. 여기서 당신은 시인이다. 시인은 양산 쓴 여자를 바라보며 이 시를 쓰고 있는 것이다. 그러니까 양산 쓴 여자는 그럴싸한 어떤 인품을 지녔다. 어떤 적정선에 못 미치는 인격자라 보면 좋겠다.

나무 계단의 삐거덕거리는 소리를 들으며 혼자 변두리 자장면을 먹으러 오르는 사람은 무겁다. 이 문장의 주어부는 자장면을 먹으러 오르는 사람이

299

다. 자장면의 형태를 보자. 까맣다. 시를 제유한 시어임을 우리는 쉽게 알 수 있다. 그러니까 그늘의 일종이며 그늘에 가까운 것이다. 사람은 나무 계단의 삐거덕거리는 소리를 듣는다는 것은 시적 단계로 미완성의 길을 애써 오르는 심적 묘사다. 그러니 무겁다.

저녁이 오는 쪽으로 사람들은 죽었다. 저녁이 가는 쪽이 아니라 저녁이 오는 쪽임을 주목하자. 저녁이라는 시간과 저녁의 성질을 중첩적으로 그렸다. 저녁은 그늘보다 더 넓은 세계다. 저녁을 단지 저녁으로 보면 좋지 않다. 저녁은 하나의 세계다. 사람들은 죽었다고 표현했지만, 저녁을 좋아하는 즉 그늘을 이상향으로 여기는 사람이다.

여우가 여러 번 울어서 밤이 오면, 아무도 그것이 어둠을 열고 사라진 검고 이상한 사람인 줄 모른다. 여우가 여러 번 울었다는 것은 시 해체를 말한다. 어둠을 열고 사라진 검고 이상한 사람인 줄 모른다는 말은 시적 교감과 이해다. 이로써 시의 전이다. 그늘이 조금씩 먹어치우고 있다는 것을 다시 말하면 시에 매료가 되어가고 있다는 것을 말이다.

백문百聞이 불여일견不如一見이라는 말이 있다. 백 번 듣는 것보다 직접 한 번 보는 것이 낫다는 뜻이다. 문자나 말로 전해 듣는 것보다 실물을 한 번 보는 것이 그만큼 중요하다는 말이다. 시의 이론서를 수십 권 읽는 다고 하여 좋은 시를 쓸 수 있는 건 아니다. 물론 기본적인 바탕은 이루어야 하지만, 평상시 詩眼을 갖는 게 중요하다는 말이다.

시제 '이상한 그늘'을 보자. 첫 문장은 양산을 쓴 여자가 그늘을 끌고 간다. 물론 시인은 양산을 쓴 여자를 보았다. 이 여자와 어떤 우여곡절이 있어도 좋고 아니어도 괜찮다. 시적인 착상과 글쓰기는 거울을 들여다보듯 거울의 눈 같은 어떤 맵시가 있어야 한다. 그러니까 양산을 쓴 여자와 그늘은 대치되는 점이 있고 음과 양의 극을 이루니 시 쓰기의 좋은 출발점을 이루었다.

어떤 이론을 알고 나서 실천에 옮기려는 사람은 때로는 좋은 기회를 놓치거나, 빠른 방법을 버리고 많은 시간을 소모하기도 한다. 한비자韓非子는 이런 사람은 신발 가게 앞에서 자기 발 크기를 재, 그 본을 가지러 집으로 되돌아가는 사람과 같다고 했다. 자기 발을 직접 재면 그보다 정확한 치수가 없는데도 발을 그린 본을 가지러 가는 것은 현실現實보다 이론理論이나 문자文字에 의존하는 습관에 푹 젖었기 때문이다.

조선 시대의 한 실학사는 '그림같이 아름답다'는 말은 잘못된 비유라고 지적하였다. 그림은 실물을 본뜬 것인데, 실물보다 더 아름다울 수는 없다는 말이다. 실제와 실리를 중시한 실학자들의 생각이 사물을 보는 데도 철저히 나타난 사례라 할 수 있다.

지금 이 순간 내 옆에는 까만 암코양이 한 마리와 하얀 수고양이 한 마리 함께 누웠다. 광목 같은 천, 위에 누웠다. 두 발을 움켜쥐고 두 눈을 부릅뜨고 얼음장 같은 물이 지날 때면 때 묻은 털이 씻겨 나갔다. 청천벽력靑天霹靂 같은 일이었다. 두 발과 두 손을 핥고 또 핥았다. 무지갯빛 다리에 나비가 난다.

*최호일: 충남 서천 출생. 2009년 〈현대시학〉 등단.

一者 _ 김언희

 어딘가를 건드리면 쉬익 푸른 불길로 솟구치는 者다 가스라이터처럼 새파란 불
길로 훌훌 뛰는 者다 쉭쉭거리는 者다 허덕이는 者다 헐떡거리는 者다 피가 거꾸
로 도는 者다 돌리는 者다

 먹이의 숨이 끊어지기를 기다리는 맹금처럼 어미의 꿈이 끊어지기를 기다리는
者다 고기 없이는 단 하루도 못 사는 者다 가리는 고기가 없는 者다 개의치 않는
者다 개의치 않는 者다 개의치 않고 먹는 者다 먹이는 者다 포식자와 피식자가 한
몸인 者다

 너무 쉽게 너를 벗기는 者다 나무젓가락처럼 너를 짝 쪼개는 者다 서너 번 빨고
우지끈 등뼈를 꺾어 휴지통에 던지는 者다 빼도 박도 못하는 너를 김빠진 시체로
만드는 者다 입구이자 끝인 者다 출구이자 끝인 者다

 혓바닥이 발바닥인 者다 십자가 대신 갈고리가 오는 者다 머리도 내장도 없이 내
걸리는 者다 익명의 사지로 우둘우둘 떠는 者다 제수祭需처럼 전설되는 者다 부위
별로 음복되는 者다 두개골이 석류처럼 달게 벌어져 있는 者다

 사력을 다해 죽어 있는 者다 폭로하는 것이 무엇인지도 모르면서 모든 것을 폭
로하고 있는 者다 휘파람으로 네 넋을 바르는 者다 휘파람으로 네 심장을 가르는
者다 피 한 방울 묻히지 않고

鵲巢感想文

詩는 어딘가를 건드리면 쉬익 푸른 불길로 솟구치는 者다 詩는 가스라이터처럼 새파란 불길로 훌훌 뛰는 者다 詩는 쉭쉭거리는 者다 詩는 허덕이는 者다 詩는 헐떡거리는 者다 詩는 피가 거꾸로 도는 者다 詩는 돌리는 者다

詩는 먹이의 숨이 끊어지기를 기다리는 맹금처럼 어미의 꿈이 끊어지기를 기다리는 者다 詩는 고기 없이는 단 하루도 못 사는 者다 詩는 가리는 고기가 없는 者다 詩는 개의치 않는 者다 詩는 개의치 않는 者다 詩는 개의치 않고 먹는 者다 詩는 먹이는 者다 詩는 포식자와 피식자가 한 몸인 者다

詩는 너무 쉽게 너를 벗기는 者다 詩는 나무젓가락처럼 너를 쫙 쪼개는 者다 詩는 서너 번 빨고 우지끈 등뼈를 꺾어 휴지통에 던지는 者다 詩는 빼도 박도 못하는 너를 김빠진 시체로 만드는 者다 詩는 입구이자 끝인 者다 詩는 출구이자 끝인 者다

詩는 혓바닥이 발바닥인 者다 詩는 십자가 대신 갈고리가 오는 者다 詩는 머리도 내장도 없이 내걸리는 者다 詩는 익명의 사지로 우둘우둘 떠는 者다 詩는 제수祭需처럼 전설되는 者다 詩는 부위별로 음복되는 者다 詩는 두개골이 석류처럼 달게 벌어져 있는 者다

詩는 사력을 다해 죽어 있는 者다 詩는 폭로하는 것이 무엇인지도 모르면서 모든 것을 폭로하고 있는 者다 詩는 휘파람으로 네 넋을 바르는 者다 詩는 휘파람으로 네 심장을 가르는 者다 詩는 피 한방울 묻히지 않고

시에 관한 묘사로 이보다 더 좋은 시는 없을 것이다.

환공桓公은 춘추시대 제나라 군주로 관중의 보필을 받아 패권을 차지한 왕이다. '장자'에 환공이 나오는 우화가 있다.

환공이 당상堂上에 앉아 책을 읽고 있었다. 수레를 만드는 기술자는 뜰, 아래 수레바퀴를 깎고 있었다. 그런데 수레 기술자가 손에 들고 있던 망치와 끝을 내려놓고 뜰 위의 환공에게 질문을 했다.

"무례無禮를 무릅쓰고 여쭤봅니다만 임금께서 지금 읽으시는 것은 무엇

303

입니까?"

"성인의 말씀이니라."

"그 성인은 지금 살아 계십니까?"

"벌써 돌아가셨다."

"그렇다면 임금께서 읽으시는 것은 옛 성인의 찌꺼기 같은 것이군요."

신분이 낮은 수레 기술자의 입에서 말이 이렇게 나오니 환공은 격노激
怒했다.

"네가 책을 읽고 있는데 수레 만드는 자가 어찌 함부로 참견을 하였는
가? 이유가 옳으면 살려줄 것이지만 이유를 제대로 대지 못하면 죽이리라."

기술자는 담담하게 대답하였다.

"신臣은 제가 늘 하고 있는 일을 가지고 생각한 것을 말씀드린 것입니다.
수레바퀴를 깎을 때 헐겁게 깎으면 굴대가 겉돌고, 빡빡하게 깎으면 굴대가
끼워지지 않습니다. 헐겁지도 빡빡하지도 않게 깎는 것은 순전히 손에 익은
기술과 마음의 오묘한 짐작일 뿐, 입으로 말할 수는 없는 것입니다. 최고의
기술은 바로 거기에 있습니다. 제가 아들에게도 이것을 가르치기 어려워 칠
십이 되는 이 나이까지도 직접 수레바퀴를 깎고 있는 것입니다. 옛날 성인
들도 자기의 경지를 남에게 전하기 어려웠을 것입니다. 그렇게 보면 임금께
서 읽고 계시는 그 책은 최고의 경지를 전할 수 없고 그래서 찌꺼기라 말씀
드렸습니다."

장자는 이 우화에 앞서 글과 말, 마음보다 더 근원적인 것에 대하여 말한
다. 글은 말을 적은 것이고 말은 마음속의 뜻을 표현한 것인데 마음속의 생
각은 넓고 다양한 경험과 오랜 시간의 경험을 토대로 나타나는 것이라고 한
다. 그렇다면 마음속의 생각은 더 많은 전체의 한 부분일 뿐이고 말이나 글
은 그러한 마음의 움직임을 충분히 전할 수 없다는 것이다. 그러므로 최고
경지의 오묘한 비밀은 말이나 글로 전하기 어렵다는 결론이다. '주역周易'에
도 '서불진언書不盡言 언불진의言不盡意'라는 말이 나온다. '글은 말을 다하지

못하고 말은 마음을 다 표현하지 못한다'는 뜻인데 장자의 생각과 같은 생각을 말한 것이다.

어떤 분야에서 혼신을 다하여 오랜 시간 쌓은 경력은 다른 사람이 설명이나 책으로 읽어서 그대로 배우기는 어렵다. 그래서 책은 참고 자료이고 자신의 피나는 노력과 경험을 통하여 시행착오를 거치면 오묘한 경지의 실력자가 될 것이다.

시를 쓴다는 것은 언어의 미묘한 경지에 올랐다는 것일 게다. 우리가 사용하는 언어는 통나무다. 그러니까 아무리 언어를 잘 사용한다 해도 뒤돌아서면 무언가 거칠고 사각지대가 있는 것만 같다. 내가 유머 감각이 아주 뛰어나다면 말은 타고 다닐 만하나, 그렇지 못하면 그저 묵언수행默言修行 하는 것도 괜찮다. 다소 미소만 약간씩 띠며 있는 거다. 상대는 이 미소만 보아도 흐뭇하다. 입은 먹는 것도 힘이 들 지경인데 어떤 덕이라도 있을까마는 힘들어 행한 말 한마디가 도로 힘에 겨울 때 있다. 그러니 침묵하라!

아니면 그대의 새카만 구두를 매일 닦아라! 맑게 부드럽게 깔끔하게 간결하게 닦아라!

*김언희: 1953년 진주 출생. 1989년 〈현대시학〉 등단.

작달비

장미여관 _ 여성민

아무렇게나 떠오르는 첫 문장으로 인사를 하고 장미 여관에 가요

애인은 한 마리 핏빛 노을 계단은 파라핀처럼 녹아내리고 방금 사랑을 나눈 방에선 하얀 밀이 자라요 벽에는 귀를 댄 흔적들이 포개져 있죠

자다가 일어나 차가운 물을 마시고 발포와 발화에 대해 생각한 적이 있어요

따뜻한 바람이 부는 도시 발화하는 총구에서 새의 눈이 태어난다는 이야기를 들은 적 있죠

눈이 생겼다는 건 조준 되었다는 것 방들은 접혀 있어요

문을 열 때마다 애인들의 얼굴이 뒤바뀌죠 아무렇게나 떠오르는 첫 문장으로 인사를 하고 우리 장미 여관에 가요 애인은 열 마리 푸른 나비와 핏빛 노을

애인의 그곳은 귀를 닮았는데요 밤이 오면 손을 포개고 그곳에 귀를 밀어 넣어요 한 개 두 개 밀어 넣어요 까마귀 떼처럼 밀밭 위를 날아 검은 귀들이 사라져요

열 번의 밤이 오고 한 번의 아침,
귀가 사라진 얼굴에서 장미가 돋아나요 영토 없는 꽃처럼

뒤집어져서, 벽에서, 검은 벽에서

꽃들이 발포해요

생의 마지막 문장은 언제나 꽃의 발포에 관한 것 아무렇게나 떠오르는 첫 문장
으로 이별을 하고

鵲巢感想文

시적 언어는 따로 있는 것 같아도 또 그렇지도 않다. 장미는 시어로 많이
사용할 수 있을지는 모르겠다. 하지만, 여관은 시어로 그리 많이 보아오지는
않았기 때문이다. 시제가 '장미 여관'이다. 여기서 장미는 시를 제유하며 여
관은 나의 취미로 잠시 쉬어가는 어떤 공간으로 보는 것이 좋겠다. 그러므로
애인이 머무르는 공간이 여관이며 애인은 꽃이며 장미고 시가 된다.

詩人은 그 어떤 문장을 써놓고도 시로 도출하는 재능이 있어야겠다. 각
종 비유를 들어서 나의 장미를 만들 수 있는 능력이면 여관 같은 쉼을 이루
지 않을까 말이다. 첫 문장은 마치 이처럼 느꼈다. 다시 말하면, 아무렇게
떠오르는 첫 문장으로 인사를 하고 장미 여관에 간다는 시인의 말, 말이다.

詩 2행은 시적 교감을 위한 시인의 노력이 보인다. 파라핀paraffin의 사
전적 의미는 원유를 정제할 때 생기는, 희고 냄새가 없는 반투명한 고체. 양
초, 연고, 화장품 따위를 만드는 데 쓰는 원료로 되어 있다. 그러니까 밀랍
같은 어떤 물질로 보인다. 새처럼 시는 날고 계단처럼 진보적인 공부가 필요
하며 파라핀처럼 생각이 흘러야 함을 얘기한다. 하얀 밀이 자란다는 표현은
시적 장치로 공부에 매진한 결과 주체할 수 없는 표현력 같은 것이다. 귀는
각종 책이나 정보지 그 외 다른 어떤 정보체계를 상징한다.

詩 3행, 자다가 일어나 차가운 물을 마시는 것은 감정의 이질감이다. 차
다는 것은 그만큼 냉정한 것이므로 시에 맹목적 복종이라기보다는 어떤 비
판적인 의향을 내세웠다고 보면 된다. 결국, 시인은 발포와 발화에 이르기까
지 생각하지 않을 수 없게 됐다.

詩 4행, 따뜻한 바람이 부는 도시는 화자의 마음 및 시인의 내면을 묘사한 시구다. 발화하는 총구에서 새의 눈이 태어난다는 이야기를 들은 적 있다는 시인의 말, 그러니까 시인이 직접 말한 것은 아니고 어떤 정보체계를 통해 얻었던 시는 비평 속에 새로운 무지갯빛을 보는 것도 사실이다. 그러므로 문학의 발전을 우리는 도모할 수 있는 것도 여기에 있음이다.

詩 5행, 눈은 하나의 싹이다. 시 2연에서 말한 하얀 밀과 일명 맥이 같다. 그러니까 밀의 싹이다.

詩 6행, 여기서 좀 생각해 보아야 할 시구는 아무래도 애인은 열 마리 푸른 나비와 핏빛 노을이겠다. 왜 열 마리 푸른 나비인가? 그것은 다의성을 표현한다. 시 2연에 보면 애인은 한 마리 새와 핏빛 노을과 의미가 같다. 열 마리 푸른 나비라 하지 말고 열 개의 푸른 잎으로 치환해도 시에 크게 손상가지는 않는다. 여기서 장미를 우리는 그리는 것이기 때문에 나비보다는 꽃을 떠받드는 잎은 어떤지 조심스럽게 피력해 놓는다. 그래도 시니까 시의 휘발성을 고려하면 나비가 더 어울리는 것은 분명한 사실이다.

詩 7행, 귀는 우리가 보고 읽는 시의 의미를 상징한다. 그 뜻은 정확히 표현하기 어렵지만, 거울의 이면으로 여러 가지 상상할 수 있는 시인의 오감이라 보면 좋겠다. 까마귀 떼는 글을 제유한 시어며 밀밭은 하얀 종이를 제유한다.

詩 8행, 열 번의 밤이 오고 한 번의 아침, 사랑의 블랙홀이다. 열 번의 다의성을 거쳐 중첩적 이미지의 예술화는 그리 쉬운 일이 아님을 볼 수 있다. 애인의 비밀을 캐낼 수 있다면 애인을 만들 수 있다는 논리다. 그러므로 허공에다가 우리는 붉은 장미를 띄울 수 있게 된다. 허공은 영토 없는 형이상학적 세계다.

詩 9, 10행 뒤집어지고 벽 같고 검은 벽 같은 데서 꽃은 발포하듯 핀다. 탐미적 색채가 짙은 문장이다. 허공에서 탈출한 시와 그 실체를 말한다.

詩의 마지막 행이다. 생의 마지막 문장은 언제나 꽃의 발포에 관한 것 아무렇게나 떠오르는 첫 문장으로 이별한다는 것은 인사를 하고 장미 여관을 나오는 장면이다. 그러니까 시에 작별을 고하고 시집을 닫는 묘사다. 여관은 시집을 제유한다고 해도 괜찮겠다.

꽃은 상중지희桑中之喜와 같다는 생각을 했다. 마음을 꽃에 두었으니까 말이다. 시인은 시 한 수를 위해 여러 수십 계단을 만들고 핏빛 노을을 떠올린다. 파라핀처럼 녹아내리는 사유는 결국, 하얀 밀밭에 까마귀 떼를 보고 만다.

우리는 꽃을 그리기 위해 차가운 물을 마시고 뜻하지 않는 발포와 발화로 도시가 뒤집어지기도 하지만, 그 총구 끝에서 한 마리 새처럼 눈을 싹 틔우기도 한다. 이는 장미로 열 개의 푸른 잎이 떠받드는 꽃이다.

이 밤, 생의 마지막 검은 벽 앞에 서서 꽃의 발포와 아무렇게나 떠오르는 첫 문장으로 이별하고 깊은 잠자리에 드는 것은 우리의 희망 사항이다. 가볍게 방문을 닫고 영원히 잠자리에 들 수 있다면 말이다.

나비처럼 훨훨 나는 하얀 구름 밭 위 저 까마귀 떼 보아라!

*여성민: 1967년 충남 서천 출생. 2010년 〈세계의 문학〉 등단.

저녁 여덟 시 _ 최금진

보내지 못하고 서랍에 넣어둔 편지들은 해저에 산다

단어들은 허옇게 배를 내놓고 죽어가겠지

모래를 사랑한 사람은 모래가 되고

내게 남겨놓은 너의 눈먼 개들은 짖지 않는다

조개껍질이 되어 바다 밑을 구르는 일처럼

혼자 밥을 먹는 일처럼, 한없이

존재로부터 멀어져가는 말의 여운, 죽고 싶다, 죽고 싶다

저녁 예배를 드리고 집으로 돌아가는 길마다

세계는 투명하게 지워져갔다

쓰러져 누운 코스모스꽃들을 너에게 돌려보내야 하는 시간

바다 밑에 지느러미가 없는 새들이 기어 다니는 시간

비늘이 다 떨어진 바다뱀이 산호초 속에 추운 몸을 숨기는 시간

내가 건설했던 왕궁엔 온통 혼돈과 무질서뿐이고

내 품에 안겼을 때 네가 남긴 물고기들의 머리카락

머리카락을 입에 넣고 오래도록 맛을 본다

너는 나를 그리워하지 않아도 된다

서랍 속에 넣어둔 편지들은 조류를 타고 흘러가 뭍에 가서 썩고

네가 묶어놓고 간 개들은 입과 다리가 없고

시간은 어떤 식으로든 간다, 다만 매우 느리게 갈 뿐

나는 내가 없는 해저에 살고, 너는 유리병처럼 금이 간다

세계는 매우 단순해지고 달은 어두운 바다에 혼자 떠 있다

죽은 새끼를 끌어안고 우는 듀공처럼 나는

서랍 속에 들어가 눕는다

鵲巢感想文

詩人은 각기 나름의 글맵시가 있다. 글맵시에 자꾸 손이 가는 시집이 있다. 상상력을 유발하며 해학적이며 무언가 훤히 뚫는 그런 문장이 있다. 그러므로 詩가 참 재밌게 닿는 경우가 많다. 시인 최금진 선생의 시 또한 만만치 않은 문장이다. 전에 詩人의 詩 「어린이들」 읽고 감상에 붙인 적 있었다. 오늘은 선생의 시 「저녁 여덟 시」를 감상한다. 지금 시각 저녁 여덟 시다.

시인의 문장은 시에 대한 시적 묘사로 처음과 끝을 같이한다. 보내지 못하고 서랍에 넣어둔 편지들은 해저에 산다. 시적 교감으로 서랍과 해저는 자아를 제유한다. 단어들은 허옇게 배를 내놓고 죽어가겠지. 시를 읽지 못할 경우를 묘사한다. 모래를 사랑한 사람은 모래가 되고 내게 남겨놓은 너의 눈먼 개들은 짖지 않는다. 그러니까 그렇게 읽었으면 그렇게 가고 내가 공부한 흔적은 조용히 가겠다는 말이다. 시적 교감을 표현했다. 내게 남겨놓은 너의 눈먼 개들은 짖지 않았다는 것은 아직 시를 인식하지는 못함을 말한다.

조개껍질이 되어 바다 밑을 구르는 일처럼 혼자 밥을 먹는 일처럼, 한없이 존재로부터 멀어져가는 말의 여운, 죽고 싶다, 죽고 싶다 저녁 예배를 드리고 집으로 돌아가는 길마다 세계는 투명하게 지워져갔다. 문장이 제법 길다. 모두 시적 교감으로 외부와 단절된 시인의 감정을 읽을 수 있으며 시 해체작업과 고뇌가 엿보인다.

쓰러져 누운 코스모스꽃들을 너에게 돌려보내야 하는 시간, 바다 밑에 지느러미가 없는 새들이 기어다니는 시간, 바늘이 다 떨어진 바다뱀이 산호초 속에 추운 몸을 숨기는 시간, 내가 건설했던 왕궁엔 온통 혼돈과 무질서뿐이고 내 품에 안겼을 때 네가 남긴 물고기들의 머리카락, 머리카락을 입에 넣고 오래도록 맛을 본다. 이 문장 또한 제법 길다. 이 부분도 시적 교감과 시 해체를 통한 시 쓰기에 대한 묘사다. 여기서 재밌는 문장은 쓰러져 누운 코스모스 꽃과 바다 밑에 지느러미가 없는 새와 비늘이 다 떨어진 바다 뱀이 산호초 속에 추운 몸을 숨긴다는 말인데 모두 시 인식에 대한 묘사다. 내가 건설했던 왕궁은 화자의 詩며 네가 남긴 물고기들의 머리카락은 시 문장을 제유한다. 머리카락은 까맣고 길며 어떤 것은 곱슬하기까지 하니 나름 재밌게 표현한 문장이다.

너는 나를 그리워하지 않아도 된다. 물론 이미 읽었으니까 말이다. 나 또한 이 시를 감상에 붙인다만, 시인은 영원히 모를 일일 수 있으며 혹여나 아신다면 카페 조감도에 오시라! 커피 한 잔 진하게 내려 함께 마셨으면 싶다.

서랍 속에 넣어둔 편지들은 조류를 타고 흘러가 뭍에 가서 썩고 네가 묶어놓고 간 개들은 입과 다리가 없고 시간은 어떤 식으로든 간다, 다만 매우 느리게 갈 뿐 나는 내가 없는 해저에 살고, 너는 유리병처럼 금이 간다. 여기서 뭍은 자아를 제유한다. 서랍 속에 넣어둔 편지들은 조류를 타고 흘렀다는 말은 시 인식이다. 그러니까 서랍과 뭍은 그 맥이 같다. 네가 묶어놓고 간 개들은 입과 다리가 없고 시간은 어떤 식으로든 간다는 말은 시의 개체 변화다. 나는 내가 없는 해저에 살고, 너는 유리병처럼 금이 간다. 그러므로 나는 시가 되었고 너는 깨진 유리병처럼 시를 이해한 것과 다름없다.

죽은 새끼를 끌어안고 우는 듀공처럼 나는 서랍 속에 들어가 눕는다. 죽은 새끼를 끌어안고 우는 듀공이라는 표현도 재밌게 쓴 문장이다. 시인이 쓴 시초詩草로 듀공처럼 성장할 거로 생각하면 작가의 상상력을 우리는 읽을 수 있음이다. 서랍 속에 들어가 눕는다. 이제 시처럼 안식한다.

시인의 시를 읽으면 시인의 글 짓는 특색 같은 것이 보인다. 자주 사용하는 시어도 볼 수 있다. 이러한 시어에서 시인의 위치나 직업 어떤 취향 같은 것도 읽을 수 있다. 이러한 문장의 기술은 시인만 갖는 정도正道다. 이 길은 다른 시인과 분간한다. 그러므로 예술의 고유성과 진정성을 우리는 읽을 수 있음이다. 하지만, 이러한 정도로만 고집한다면 독자는 어떤 때는 식상을 느낄 수도 있음이다. 그러니 새로운 문장을 만드는 시인의 고통은 이루 헤아릴 수 없다. 시 한 편 쓰는 고통은 어찌 글로 표현할 수 있을까 말이다.

일도 마찬가지다. 나의 일에 있어 새로운 것을 모색하면서도 직업에 관한 의식은 반드시 있어야 하며 바르게 걸어야 뒤에 후덕함이 따른다. 일에 편법은 절대 있었어도 안 되며 생각지도 말아야 한다. 늦는 감은 있어도 정도를 걷는 사람은 지혜롭고 밝다.

*최금진: 충북 제천 출생. 1997년 〈강원일보〉 신춘문예 등단.

저녁의 표정 _ 홍일표

아직 끝나지 않은 어제의 노래
둥글게 뭉친 눈덩이를 허공의 감정이라고 말할 때
돌멩이 같은 내일이 아이스크림처럼 녹는다
깊게 파인 공중에서 밤이 태어나고

눈덩이의 부피만큼 훌쭉해진 허공은 너무 질겨서 삼킨 사람이 없다

바삭거리던 나뭇잎이 공중에 몸을 밀어 넣을 때
저기 새가 날아가네
서쪽으로 기운 나무는
그것을 천 개의 손가락을 가진 바람의 연민이라고 말한다

바람이 남긴 죽은 새들과 함께
수런수런 모여드는 저녁
남은 허공을 쥐어짜면 새들의 울음이 주르르 흘러내리기도 하는
여기는 바닥에 노래가 새겨지지 않은 곳

표정 없이 자전거 바퀏살에 감겨 헛도는 하늘처럼

鵲巢感想文

　저녁의 표정은 시의 표정이다. 시의 표정은 화자의 표정이겠다. 우리는 시

를 읽고 독해한다는 것은 그리 쉬운 일은 아니다. 상대의 마음을 읽는 것은 그만큼 시간이 걸린다. 시인이 쓴 시어에 단순 포괄적인 것 같아도 어쩌면 그 시어에 내포하는 의미는 또 방대해서 많은 것을 끌어다가 우리의 머리에 심기도 하기 때문이다. 그러므로 시학은 바다에 허우적거리다가도 어떤 외딴 섬을 만난 것 같은 느낌이다. 혹여 그 섬을 만나기라도 하면 그날은 기분이 좋은 것이다. 삶의 희망을 품었기 때문이다. 그 희망은 시인이 먼저 발견하였고 믿음을 우리에게 심어주었기 때문이다.

시 1연, 시인은 아직 끝나지 않은 어제의 노래를 읽고 있다. 둥글게 뭉친 눈덩이를 허공의 감정이라고 말할 때, 여기서 허공은 시인을 제유한 시어다. 허공 같은 마음의 공허함을 표현한다. 돌멩이 같은 내일이 아이스크림처럼 녹는다. 내일은 돌멩이와 같은 시가 생길 것이므로 지금은 아이스크림처럼 달고 맛있는 저녁을 보내고 있는 셈이다. 깊게 파인 공중에서 밤이 태어나고, 공중은 허공에서 진일보한 형태다. 깊게 파였다는 말은 그만큼 시 접근성으로 더욱 밀접한 관계를 묘사한다.

시 2연, 눈덩이 부피만큼 홀쭉해진 허공은 너무 질겨서 삼킨 사람이 없다. 허공에서 공중으로 변이한 화자를 우리는 보았다. 그러므로 홀쭉해진 허공이다. 눈덩이 부피만큼은 공부의 대가로 얻은 자아를 묘사하며 너무 질겼다는 말은 시의 융통성을 말한다. 그만큼 풀며 살아야 하지만, 고정관념이 강한 것이다.

시 3연, 자연과 공중으로 극을 이룬다. 바삭거리던 나뭇잎이 공중에 몸을 밀어 넣을 때, 실은 공중이 나뭇잎을 인식하였으므로 바삭거리므로 묘사한 셈이다. 새가 날아간다는 것은 시 의미 이전이다. 서쪽으로 기운 나무는 화자의 시 이해다. 그것을 천 개의 손가락을 가진 바람의 연민이라고 말한다. 시를 읽는 독자는 이를 희망을 품은 연민이라고 표현한다. 천 개의 손가락은 천 명쯤 되는 시 독자를 제유한다.

시 4연, 바람은 허공에서 공중으로 변이한 일족이나 다름없다. 죽은 새는 시 문장을 제유하며 새들의 울음은 허공의 또 다른 바람이다. 시를 읽었으므로 시 탄생의 전조다. 아직은 바닥에 노래를 새길 때는 아닌가 보다.

시 5연, 표정 없이 자전거 바큇살에 감겨 헛도는 하늘처럼, 시인은 시를 읽었다만, 멍한 공허에 빠진 상황을 묘사한다. 자전거 바큇살에 감겨 헛도는 하늘이란 문장도 재밌게 쓴 표현이다. 하늘은 시인을 제유한 시어다. 자전거는 어떤 진행하는 도구쯤으로 생각하자면 무언가 써야 한다. 하지만, 공허한 마음을 헛도는 바큇살로 표현한 것이다.

이 시는 하늘같은 마음을 얹었다. 우리는 어제의 저녁이 자전거에 타며 진행하는 그 표정을 보고 있는 셈이다. 필자는 돌멩이 같은 아이스크림을 쪽쪽 거리며 빨고 있으니까 말이다.

영과이진盈科而進이라는 말이 있다. 과科는 과목이나 과정 혹은 법의 뜻도 있지만, 구덩이라는 뜻도 있다. 구덩이를 가득 채우고 나서야 흘러간다는 말이다. 시는 마음이다. 마음은 꽉꽉 차야, 시는 나오는 법이다. 그 채우는 방법은 마음을 읽고 마음을 다지며 정립하는 것이 먼저다.

맹자는 물을 보는데 방법이 있다 하여 물은 웅덩이를 채우지 않으면 나아가지 못한다고 했다. 觀水有術 …… 流水之爲物也 不盈科 不行 근원이 있는 물은 용솟음치며 밤낮으로 그치지 않고 웅덩이를 채우고 나서야 나아가 사해로 흐른다고 했다. 原泉混混 不舍晝夜 盈科而後進 放乎四海 그러니 쉬지 않고 공부에 매진하면 언젠가는 큰 바다와 같은 세상을 볼 수 있지 않을까!

*홍일표: 충남 입장 출생. 1992년 '경향신문' 신춘문예 등단.
*맹자

적막 _ 송재학

    빙하가 있는 산의 밤하늘에서 백만 개의 눈동자를 헤아렸다 나를 가만히 지켜보는 별과 나를 쏘아보는 별똥별들을 눈 부릅뜨고 바라보았으나 별의 높이에서 나도 예민한 눈빛의 별이다 별과 별이 부딪치는 찰랑거리는 패물 소리는 백만 년 만에 내 귀에 닿았다 별의 발자국 소리가 새겨졌다 그게 적막이라는 두근거림이다 별은 별을 이해하니까 나를 비롯한 모든 별은 서로 식구들이다

鵲巢感想文

    詩를 보는 鵲巢. 빙하처럼 꽁꽁 언 산에 수많은 별이 있다. 鵲巢의 눈빛으로 산속, 별을 본다. 나를 가만히 지켜보는 별은 詩다. 나를 쏘아보는 별똥별들을 눈 부릅뜨고 바라보았으나 나 또한 예민한 눈빛으로 별을 보아야 시가 보인다.

    별과 별이 부딪치는 찰랑거리는 패물 소리는 시 이해와 인식이다. 시 이해와 인식은 백만 년 만에 내 귀에 닿았다고 했다. 물론 기준을 어디로 두느냐가 문제다. 지구의 시계는 백만 년은 아득하지만, 우주의 시계는 백만 년이 지구의 시계는 1초가 될 수 있으며 1시간이 될 수도 있다.

    시적 교감을 두고 마치 그렇게 느끼는 시간을 시적 시각이라 한다. 시적 시각은 별의 발자국 소리로 치환한다. 이를 적막이라 시인은 표현했다. 그러니까 적막은 시 인식을 앞두고 고요하고 쓸쓸한 정적인 상태를 말한다.

    근데, 여기서 시인은 왜 패물 소리라 했을까? 패물이란 패물貝物과, 패물佩物이 있다. 전자가 값진 물건이라면 후자는 몸에 차는 귀금속 같은 것이다. 시인에게는 詩만큼 값진 것이 없으니까 시 인식을 표현한 것으로 보인

다. 그러니까 전자다.

별은 별을 이해하니까 나를 비롯한 모든 별은 서로 식구들이다. 식구는 가족이라는 의미와 식사용 기구食具로 볼 수도 있다. 별은 서로 교감하니까? 밤에 별이 빛나는 건 서로 교감하며 보고 있기 때문이다. 그러므로 가족이며 식구다.

간위적막艱危寂寞이라는 말이 있다. 간위艱危는 어렵고 위태한 것을 말한다. 간위적막이란 어렵고 힘들며 괴로운 일이 있으면 적막寂寞한 성찰의 시간을 가질 필요가 있다. 내면의 안정과 고요 속에 나를 다시 들여다보며 마음의 길을 살피는 것이 좋다.

나의 가장 큰 멘토는 누구인가? 살아가는 데 있어 스스로 멘토를 찾거나 만들었다면 삶은 더 튼실하겠다. 가장 경제적이며 가장 가깝고 가장 확실한 멘토는 다름 아닌 책이다. 책을 늘 가까이하면 책처럼 되어간다. 인생의 성공은 책과 함께할 때 따른다.

책은 별이다. 별과 함께하는 일은 적막하다. 적막한 시간은 내 마음을 살피는 길이니 그 어떤 일보다 더 중요한 것은 없다.

*송재학: 1955년 경북 영천 출생. 1986년 〈세계의 문학〉 등단.

적목赤木 _ 윤성택

이별이 목발을 하고 우리를 지난다 을씨년스런 예감이 새벽의 안감에 박혀 스르르 말줄임표가 되어가는 별, 환자복에서는 파란 눈이 송이송이 날리고 소독약 냄새 같은 추억도 자정을 넘긴다 이별부터 시작되는 날이 맨 처음 첫인상에 이르면 운명도 단지 멀미일 뿐, 누구를 만난다는 건 이제 각오하고 우연과 헤어지는 것이다 불면에 구면舊面을 겹쳐본다는 걸 알면서도 아무도 모르는 사람을 알기 위해 밤기차를 타고, 비밀이 때로 비밀을 만나 돌아오지 않는 상상, 한쪽 어깨의 당분간 타인

누군가를 믿는다는 건 나 자신을 데리고 그에게 유배를 가는 것이다 그리고, 얼마 후 폐병을 앓다 죽은 날이 그가 나를 순장하듯 깨닫는 순간이다 추억이 한 문장씩 지워지면 검은 페이지의 내일이 바람을 훑으며 넘어온다 현재는 빛으로 꽉찬 문틈 같다 기억이 오래되면 그날 구체적인 상황이 유화처럼 뭉개져 알 수 없는 색으로 굳어간다 그리고 아주 작은 점으로 일생 안에 찍혀 화소가 되어 가겠지 그러니 나는 그림이 되어가는 중이고 결국 하나의 그림이 내 안에 들어와 이젤을 펴는 것이다

鵲巢感想文

시제 '적목赤木'을 본다. 적목赤木은 잎갈나무(소나뭇과의 낙엽교목)를 얘기하는 것이지만, 이 시에서는 이 나무와는 무관하다. 한자를 보면 붉다는 뜻을 지닌 '적赤'자가 들어가 있음으로 시인의 마음, 그러니까 시에 관한 붉은 마음을 펼친 것이다. 그래서 시제가 '적목赤木'이 된다.

시 감상 들어가기 전에 한마디만 붙이겠다. 시를 사랑하고 시를 마음에

들여놓기까지 참 오랜 시간이 걸린 듯하다. 시와 친구가 되었다는 것은 모르는 사람과 친숙하며 구면으로 익어가는 과정이라는 것을 깨닫는다. 한 편의 시는 한 편의 오래된 친구를 만난 듯 그렇게 와 닿을 때가 있어서 하는 말이다.

이 시는 총 2연으로 나뉘어 있다. 시 1연은 화자의 시 접근, 친숙해가는 과정을 그리는 거라면 시 2연은 화자가 또 다른 화자에게 친숙해지고픈 마음을 그리는 것이다. 문장이 다른 시인과 분간이 갈 정도로 탁월하다.

시 1연을 잠깐 보면, 이별이 목발을 한다거나 을씨년스런 예감이 새벽의 안감에 박혀 스르르 말줄임표가 되어가는 별과 환자복에서는 파란 눈이 송이송이 날리고 소독약 냄새 같은 추억, 이별부터 시작되는 날이 맨 처음 첫인상 이르는 것, 불면에 구면을 겹쳐보는 것, 비밀이 때로 비밀을 만나 돌아오지 않는 상상은 시인의 시에 대한 불안전한 마음을 묘사한다. 그래서 한쪽 어깨의 당분간 타인이라 적어놓고 시 2연을 시작한다.

시 2연을 보면, 누군가를 믿는다는 건 나 자신을 데리고 그에게 유배를 가는 거라 했다. 그러니까 시인의 마음은 독자에게 있으니 나를 이해하기를 바라는 마음이 이 속에 숨었다. 폐병을 앓다 죽은 날과 추억이 한 문장씩 지워지는 것은 시인의 시를 묘사한다. 그리고 독자와 친숙하고픈 마음을 뒤에 서술하는데 이를 내일이 바람을 훑으며 넘어오거나 유화처럼 뭉개져 알 수 없는 색으로 굳어가는 표현, 더 나가 화소로 결국 그림 한 장이 그려지니 독자의 이젤을 보는 셈이다. 미래의 독자와 만나는 장이 된다.

이 글은 시에 대한 감상문이지만, 시인은 미래의 친구를 하나 얻은 셈이다. 이것을 예견하듯 이 시는 그 내용을 담은 것이다. 참 아득하면서도 정감이 나는 시라 할 수 있겠다. 그러니 시를 읽는 이에게도 마음이 훈훈하며 어떤 따뜻한 편지 한 장 받은 듯하다.

누군가를 믿는다는 건 나 자신을 데리고 그에게 유배를 가는 것이다. 이 문장을 읽다가 시인 정현종 선생께서 하신 말이 생각나 적는다. "한 사람이 온다는 것은 실로 어마어마한 일이다. 그는 그의 과거와 현재와 그리고 그의 미래와 함께 오기 때문이다. 한 사람의 일생이 오기 때문이다." 조직을 맡은 대표는 얼마나 힘든 일인가! 가족을 이끈다는 것은 그 한 사람뿐일까! 딸린 식구는 또 얼마며 그와 관계된 이해관계는 또 얼마인가! 이 나라 정치를 맡은 최고 지도자는 또 어떤 마음일까! 우리의 목숨을 안은 국가는 또 어디로 가는가? 거저 시를 읽다가 잠시 넋두리하였다.

논어에 회사후소繪事後素라는 말이 있다. 그림을 그리는 작업은 먼저 그림을 그릴 흰 바탕을 마련하고 그다음에 한다는 말이다. 회繪는 그림을 뜻한다. 모든 일에는 순서가 있다. 집을 짓는데도 기초를 먼저 다져야 하고 강을 건너려면 다리를 놓아야 건널 수 있다. 모든 예술은 그 순서가 있다. 미술을 하려면 흰 종이를 마련하는 것과 마찬가지로 악보를 그리려면 노트가 있어야 한다. 시를 적으려면 먼저 시를 읽어야 한다. 책을 보아야 한다는 말이다. 아무 생각 없이 어찌 좋은 글을 바랄 수 있을까?

*윤성택: 충남 보령 출생. 2001년 〈문학사상〉 「수배전단」 신인상 수상 등단.

점등點燈 _ 이은규

　책장을 넘기는 데 팟, 하고 전구가 나갔어요 밝기의 단위를 1룩스라고 할 때 어둠의 질문, 당신의 밝기는 몇 룩스입니까 탐미적인 어느 소설가는 소셜리즘이 수많은 밤을 소모시켰다고 불평했어요 그토록 와일드한 오스카 이야기, 안타깝지만 그는 빈궁을 벗 삼아 죽어갔어요 뜻밖에도 오늘의 밑줄은 성서의 한 구절 '보이는 것을 바라는 것은 희망이 아니다'

　우리가 혁명의 스위치를 올리는 순간, 세상이 점등될 거라 선언해요

　때로 이상한 열기에 전구 내벽이 까맣게 그을릴 거예요 어두운 공기를 잔뜩 마신 시인의 폐벽처럼, 그럴 때 필라멘트는 일종의 저항선으로 떨려요 가는 필라멘트 같은 희망으로 아침을 켤 수 있을지 귀 기울여요 고백하자면 부끄럽게도 세상을 글로 배웠습니다 책 속에 길이 있다면, 오늘의 밝기는 몇 룩스입니까

鵲巢感想文
　점등點燈은 등에 불을 켜는 것을 말한다. 시 1연은 시인이 공부하는데 전구가 갑자기 나가는 것에 착안하여 詩를 짓게 된 동기다. 어두컴컴한 밤에 전구는 책을 볼 수 있게 빛을 주었다만 나는 이 전구에 비해 세상 바라보는 밝기가 몇 룩스나 되는지 의문을 품는다. 사회주의가 수많은 밤을 소모했다거나 빈궁을 벗 삼아 죽어 간 와일드한 오스카 이야기는 뜻밖의 일이지만, 오늘의 자본주의는 이와는 다름을 강조한다. 시인은 성서의 한 구절을 인용한다. '보이는 것을 바라는 것은 희망이 아니다.' 그러니까 보이는 것이 아니

라 우리가 보아야 한다.

우리가 혁명의 스위치를 올리는 순간, 세상이 점등될 거라 선언해요.

혁명은 보이는 것을 바라는 것이 아니다. 혁명은 지적인 세계를 뛰어넘어 행위의 실체로 이어지는 것을 말한다.

때로 이상한 열기, 즉 열정에 전구 내벽이 까맣게 그을리는 것처럼 전구 내벽은 자아를 제유하는 시구로 그만큼 내면의 각성을 말한다. 어두운 공기를 잔뜩 마신 시인의 폐벽은 이는 앞 문장을 더욱 강조한다. 그럴 때 필라멘트는 일종의 저항선으로 떨려요. 이 문장은 빛을 발하는 필라멘트로 자아를 이입하여 그리지만, 그 밝기가 전구 유리막에 가려 그 실체를 알아보기 힘들다. 그러니까 빛은 나갈지 모르지만, 필라멘트는 보지 못하는 경우다. 가늘고 힘없는 이 필라멘트 같은 희망으로 아침을 열자니 나는 어찌 세상을 글로만 보았을까! 그러니 부끄럽기만 하다. 책 속에 길이 있다면, 오늘의 밝기는 몇 룩스일까? 의문을 던진다. 전도가 아니라 도전임을 내심 강조한 詩다.

커피 17잔 / 鵲巢

사람은 도전을 어렵다고 말하나 아니 생각지도 않으며 왜 시도하지 않나 나는 이런 어려운 것을 다그치듯이 앞에 있는 이에게 전도하고 있나 먹고 사는 일이 부끄럽기는 매 한 가지인데 무엇을 그리 생각하나 전도는 인제 그만 모든 것 거꾸로 뒤집으라

전도는 인제 그만 전도는 뒤집으라

어찌 이 세상에 나와서 하는 일 실수 덩어리며 수습하기 어려운 일로 가득하다는 것을 모르나 뒤집으라 나는 앞에 서 있는 이에게 다그치고 있는 것이리라

머뭇거리고 있는 이에게 다그치고 있는 것이리라

전도는 인제 그만 모든 것 거꾸로 뒤집으라 세상을 향해 바윗돌만한 문이라도 한번 밀어나 보자 밀수 없는 문일지라도 전도는 그만하고 인제는 확 뒤집어보자.

필자의 시가 시인의 시 감상에 큰 도움이 될까마는 언뜻 생각나, 한 자리 끼었다. 읽는 맛이라도 되었으면 좋겠다마는 거저 시를 논하는 자리니 이해하시라!

좌이대단坐以待旦이라는 말이 있다. '서경'에도 나오는 말이며 '맹자'에도 나오는 말이다. 그 쓰임은 약간 다르지만, 두 문장을 빗대어 말하면 한 마디로 어진 정치를 펴고자 하는 군주의 충정이나 맡은 일에 게으름을 피우지 않고 밤낮없이 힘쓰는 성실한 자세를 비유한다.

필라멘트가 제아무리 밝다고 하나 유리막에 가려 세상에 들어나 보이지 않으니 그렇다고 하더라도 밤을 새운 시인의 마음은 세상을 바라보는데 어떤 게으름을 피운 것도 아니다. 하지만, 세상에 비하면 한낱 미약한 존재임은 분명하다.

세상을 거머쥔 지도자는 어쩔 수 없는 힘에 부치더라도 현실을 꿰뚫는 철학과 이를 굳건히 밀고 나가는 의지와 이를 반드시 이행하는 실천이 있다면 무슨 일인들 성공으로 이끌지 못하겠는가! 좌이대단으로 내일을 바라보는 자세가 필요할 때다.

*이은규: 서울 출생. 2006년 국제신문 등단.

젖은 책 _ 김명리

젖은 책을 열 때면 입속에 물이 괸다 종일 물 한 모금 마시지 않아도 목마르지 않다 옥호은전 속 카나리아빛 수면 위를 향유고래 한 마리 물비늘 반짝이며 유영하는, 물의 숨구멍들을 가만히 옥죄었다 놓는

젖은 책의 표지엔 몸통은 없고 날개만 있는 한 무리 새떼들 끝없이 날아가고, 날아오고 있다 비등하는 생의 목록마다 둥근 물웅덩이가 패었다 물거품들 찢긴 낱말들 쉴 새 없이 바람에 나부끼고 있다

아주 가느다란 속눈썹을 열고 생시까지 따라 나와 계속되는 젖은 꿈도 있다 되돌아서서 함께 울먹이는 것들, 꽃봉오리 같은 주먹을 힘차게 쥐었다 놓는 빗방울 속의 불꽃들, 마음만 먹으면 쉬 따라 잡을 것 같은 황혼의 걸음걸이도 있다

걷잡을 수 없이 부풀어 오르는 수많은 구멍들, 말줄임표들이 그 책의 잎새이다 갈피갈피 하늘을 비추는 올괴불나무 한 그루씩 꽃피어 있다 만수위滿水位의 낮은 물소리로, 사막의 물 담을 가죽부대가 그 책보다 오랜 그 책의 부록이라 전한다

鵲巢感想文

시제 젖은 책은 제유다. 무엇을 끌어다가 비유한 지는 글을 읽어보아야 알겠다.

젖은 책을 열 때면 입속에 물이 괸다. 종일 물 한 모금 마시지 않아도 목마르지 않다. 옥호은전은 젖은 책의 변이다.

옥호玉壺는 옥으로 만든 작은 병을 뜻하며 은전恩典은 나라에서 은혜를 베풀어 내리던 혜택이다. 카나리아 빛은 선황색 즉 레몬 빛을 말한다. 물의 숨구멍들을 가만히 옥죄었다 놓는, 그러니까 젖은 책 〉 물의 숨구멍 〉 옥호 은전 속 카나리아 빛으로 보인다. 시적 묘사가 탁월하다. 더 자세히 적는 것은 시인이 그리는 시에 누가 되겠다.

젖은 책은 어떤 한 인간의 정을 담은 것으로 보인다. 예를 들면 '어머님'으로 보이는 이유는 뭘까? 몸은 움직일 수 없으니 몸통은 있으나 없는 것 같고, 마음은 날개처럼 끝없이 하늘 날아가고 날아오고 있다. 생의 목록마다 둥근 물웅덩이처럼 말 못 할 사정은 많고 그러니까 물거품과 같은 찢긴 낱말처럼 거저 바람에 나부끼기만 한다.

아주 가느다란 숨소리와 더불어 지난 일은 꿈같은데 되돌아보면 지울 수 없는 울먹이는 일뿐이다. 삶을 힘차게 피웠다만 아직도 미련은 남아 열정만 가슴에 안았다. 마음만 먹으면 쉬 따라잡을 것 같은 황혼의 걸음걸이다.

걷잡을 수 없이 부풀어 오르는 수많은 구멍과 같은 침묵만 까맣다. 말줄임표 같다. 오로지 갈피갈피 오른 죽은 깨만 피었다. 다한 삶을 바라보는 시점에 낮은 목소리로, 마지막 가는 길을 전한다.

세상에 나 한 자리 머물 곳 있는 것도 행복이며 손에 맞는 일로 한평생 사는 것도 행복이다. 인생은 어떻게 되었다 하더라도 사람은 죽어서까지 어디에 갈 것인가를 생각하지는 않는다. 납골당이나 산이나 바다 혹은 강어귀 어딘가 뿌려지는 구름으로 마감하는 이도 많다. 그나마 내가 묻힐 곳이 있다는 것은 행복 중에서도 행복일지도 모르겠다.

필자는 서울에 종친회에서 운영하는 종산이 있다지만 손이 가지가지마다 이어 한 자리 꿰차는 것도 버거운 일이고 서울과 지방은 또 멀어 정이 늘 묻은 곳만 못하다.

장례문화도 많이 바뀐 것도 사실이다. 언제 아버지와 얘기를 나눴다. 사후에 관한 문제로 말이다. 할아버지는 서울 종산에 거처하였고 할머니는 동네 산에 묘소를 마련하였다. 이렇게 따로 모시게 된 것은 여러 이유가 있었다. 당시 동네는 스무 가구도 채 되지 않았다. 상조회가 있어 장례문화도 이곳은 늘 지켜왔다. 이 문화를 지키고 받든 것은 아버지가 마지막 세대였다. 우리 인생 한 번 가면 언제 오나~ 어어허 어어이야 어어허으 어어이야 할머니가 돌아가시고 상여를 매며 산으로 오를 때 나는 이십 대였는데 그나마 그 문화를 볼 수 있었다.

할머니는 동네에서 지정한 산 한 자리에 모셨다. 설이라 아버지와 어머니 모시고 산소에 다녀왔다. 할머니 묘 둘레를 자연석 쌓아 가지런히 다듬어 놓으신 아버지였다. 아버지는 평소에 말씀도 잘하시지 않아, 거저 이러쿵저러쿵하며 식구들끼리 얘기 나누며 산에 올랐지만, 할머니 묘소 앞에 죽 일 열로 서 있었는데, 아버지는 그때야 한 말씀 하셨다. "어머님 저 왔어요. 어머님 좋아하시는 손주도 오고 증손자가 이렇게 컸네요. 보세요 어머니", 나는 아버지 말씀을 듣고 그만 가슴이 울컥거렸다. 아버지는 여전히 서울 말씨(방언)다. 동향을 바라보며 누워계시는 할머니 뵙고 절을 올렸다.

그리고 우리는 산을 타며 내려왔다. 부모님께서 예전에 마련하였던 밭을 보았다. 어머니 아버지는 늘 이곳에 묻어 달라고 부탁한다. 예쁜 단지에 담아 큰 묘소도 만들지 말고 그냥 비석만 세우고 잔디만 심어달라고,

아버지 어머니의 유언이었다.

시 감상에 어울리는 글은 아니다만, 시를 읽으니 부모님 생각나 적었다. 시인이 쓴 시제 '젖은 책'은 부모님을 동경하며 지은 시다.

*김명리: 대구 출생. 1984 〈현대문학〉 등단.

종의 기원 _ 황인찬

우리 할머니는 자주 하시고, 하시고 난 뒤의 할머니는 기분이 좋다 하시고 난 뒤의 할머니는 등목을 하시고, 머리를 다듬으시고, 인찬아 물 좀 끼얹어라 말씀하신다

어느 날엔가 너무 어린 나는 땅바닥에 물을 쏟아버렸다 할머니는 너무 어린 나에게 이 망할 것아 말씀하셨다 쏟아진 물은 이미 사라지고 없는데

아직도 나는 망하지 않았다

나는 언제쯤 망할까? 그것이 언제나 가장 궁금했다 사람들은 세상이 망하기를 언제나 바라고 누군가 망하기를 언제나 바라지만

개가 태어나고 나무가 자라고 건물은 높아지고 있다 하늘에는 비행기가 날아다니고 해와 달이 뜨고 지고 운석은 충돌하지 않는다

어느 날엔가 너무 어린 나는 망해버린 세상을 보았다
그것은 꿈이었는데

거기서도 할머니는 하고 계셨다 깨끗이 씻고 계셨다 늙고 늙은 몸을 거대하고 축 늘어진 가슴을 들어올리며

우리 할머니는 아직도 하신다 백 년 동안 움직여온 그 입술로 내게 망할 것이라는 말씀을 자꾸만 하신다

나는 망하지 않는다 살아서

있다

鵲巢感想文

시제가 종의 기원이다. 종의 기원이라 하면 찰스 다윈Charles Darwin, 1809~1882이 생각게 한다. 찰스 다윈은 멸종한 동물과 현재의 동물과의 어떤 연속성을 파헤치다가 생명체는 자연선택을 통해 진화한다는 논리를 펼쳤다. 이를 연구하여 담은 것이 종의 기원이며 다윈의 진화론이다.

근데 이 시는 다윈의 진화론하고는 거리가 멀다. 오히려 시의 기원이라 보는 것이 맞겠다. 시인의 시어詩語 사용도 그리 어려운 단어는 없다. 할머니와 돈호법인 인찬아! 망하거나 망해버리거나 세상, 백 년 등이다. 할머니는 시의 원조다. 그러니까 제유다.

시 1연에서 자주 하시고, 기분이 좋고, 등목하시고, 다듬으시고는 시 수련을 말하는 묘사다. 물을 끼얹는다는 말은 세상을 똑바로 보란 말이다. 시 2연을 보면 할머니는 망할 것아 말씀하셨다는 말은 시인의 독백이다. 한 줄 글귀 하나 못 쓴 시인이다. 아직도 시인은 망하지 않았으니 말이다. 나는 언제쯤 망할까? 즉, 시인은 언제쯤 망할까? 그것이 시인은 가장 궁금하다. 하지만, 꿈같은 일은 벌어졌다. 시가 젊은 날에 이루었으니 말이다. 거기서도 원조의 시는 계셨고 마음을 닦았다. 가슴에 감동하여 가면서 말이다.

현대 시 100년의 입술로 시는 결코 망할 거라며 자꾸 말씀하시는 것은 역설이다. 이는 절대 긍정이다. 그러므로 시인은 망하지 않는다. 살아서 있다. 개가 태어나고 나무가 자라고 건물은 높아지고 하늘은 비행기가 날고 해와 달이 뜨고 지고 운석이 충돌하지 않듯이 시인은 살아서 세상을 볼 것이다.

어릴 때였다. 아마 초등학교 6년이나 중학교 다닐 때 아닌가 싶다. 서울에 사시는 고모할머니께서 내려오셔서 한동안 우리 집에서 함께 살았던 기억

331

을 한다. 나는 할아버지 얼굴을 모른다. 아버지 14세 때 돌아가셨다고 아버지는 나에게 말씀하신 적 있었다. 병을 앓았다. 지금은 웬만한 병은 다 치료하며 사니 평균수명은 꽤 늘었다. 하지만, 할아버지께서 사셨던 시대는 지금으로부터 60년 전쯤이니 50년대 후반이다. 할아버지 용안이 그리워 고모할머니 용안을 뵈며 할아버지 얼굴을 그려본 적 있다. 다른 집은 많던 할아버지 사진도 우리는 한 장도 없었다. 집이 가난하였지만, 그래도 가난이라고 해도, 사진 한 장이 없었을까!

저녁이면 서쪽 하늘가는 노을이 깔리고 그럴 때면 고모할머니께서는 홍두깨 들고 밀가루 반죽을 밀곤 하였다. 부엌칼로 정갈하게 쓴 칼국수를 바라보며, 뜨거운 물에 삶아내시는 것도 곁에서 지켜본 기억이 난다. 별 반찬이 없어도 양념장 하나면 국수 한 그릇은 배부르게 먹었다. 등마루에 온 식구 모두 둘러앉아 후루룩거리며 먹었던 누른 국수.

나는 지금 그때와 같은 촌에서 살지는 않는다. 촌은 역시 가깝지만 내가 만든 사회는 커피와 사람, 콘크리트 벽과 도로, 마트와 같은 현대문명에서 살고 있다. 황톳길 같은 농로도 논둑에 심은 콩도 그 콩깍지 새카맣게 태우며 까먹었던 콩서리도 개울가에 핀 돌미나리와 돌만 들면 뒷걸음질 치는 가재도 그립다. 무엇보다 할머니가 끓여 주셨던 그 국수는 더는 먹을 수 없으니 이렇게 기억으로나마 한 그릇 먹는다. 아득한 세월이다.

*황인찬: 1988년 안양 출생. 2010 〈현대문학〉 등단.

죽음은 계속 피어나고 _ 정재학

40년간 땅을 파다보니 이제 힘에 부치네. 그래도 사람 죽으면 나야 뭐 할 일이 있나. 적당하게 땅을 파주면 관이 들어오고 흙 좀 덮으면 유족들이 알아서 땅을 잘 밟아 준다네. 황천길 노자 돈을 좀 요구하기는 하지만 너무 책망 말게나. 내 벌이가 얼마 되나. 나도 노모와 처자식이 있다네. 사람들이 죽기를 바라는 건 아니지만 죽어야 나는 산다네. 그래서 가끔 울적하네. 내가 원하지 않아도 겨울이 지나면 들꽃과 잡초들이 올라오듯 죽음은 끝이 없으니까. 오늘 죽은 사람은 가족묘에 묻혔네. 젊은 나이에 죽었다더군. 물어볼 수 없었지만 가족들 눈빛을 보니 십중팔구 자살이라네. 죽기에 좀 이르지만 어쩌겠나. 벌레들도 먹고살아야 하니까. 그래도 무덤이 있는 사람들은 행복한 걸세. 얘야, 꽃을 꺾었구나. 가지고 이리와 보렴. 꽃의 무덤을 만들어 줘야지.

鵲巢感想文

제대로 표현하며 사는 사람은 행복하다. 상대가 있든 없든, 허공에다가 발언하든 표현하는 능력이야말로 우리는 있어야겠다. 시인은 40년간 땅을 팠다고 했다. 하지만, 그 이상의 세월을 보냈던 아니면 아직 여기까지 미치지 못했다하더라도 심중의 말을 표현하는 것은 용기다. 그러므로 우리는 등단에 매진하는지도 모르겠다.

시인은 사색의 결과로 표현한 세계, 우리는 시라 한다. 시인은 시를 죽음으로 제유한다. 어쩌면 시인도 직업인 사람은 무엇이든 생산할 수밖에 없는 고초를 엿볼 수 있음이다. 이들 죽음의 모두는 자살이다. 누가 대필한 것이 아니니 시인의 본업이다. 벌레와 들꽃과 잡초 더 나가 꽃을 위해 헌신하는 시인을 본다.

한평생 시인으로 살면서 시집 한 권을 만들었다면 이 시집이 만대에 읽는 작품으로 이루었다면 시인의 명예는 이 이상 무엇이 필요할까!

역으로 무덤을 파헤치며 죽은 사람의 뼛골을 짜 맞추는 작업은 꽃을 피우는 전초전이다. 어느 날 SNS에 오른 소식을 보았다. 중국 사람으로 국수만 뽑는 사람을 본 적 있다. 가늘게 뽑는 것도 기술이지만, 면 덩이에서 손으로 일일이 뽑아 솥에 던지는 작업은 가히 일품이었다. 이 일만 몇 십 년 했다고 하니 전문가가 될 수밖에 없는 경력이었다.

어떤 일이든 꾸준히 하면 무엇이든 이루지 못하겠는가?

시인의 시 「죽음은 계속 피어나고」 읽으니 예전에 읽었던 시가 생각나 이참에 옮겨본다.

단단한 뼈 / 이영옥

실종된 지 일년 만에 그는 발견되었다 죽음을 떠난 흰 뼈들은 형태를 고스란히 유지하고 무슨 소리에 귀를 기울이고 있었다 독극물이 들어 있던 빈 병에는 바람이 울었다 싸이렌을 울리며 달려온 경찰차가 사내의 유골을 에워싸고 마지막 울음과 비틀어진 웃음을 분리하지 않고 수거했다 비닐봉투 속에 들어간 증거들은 무뇌아처럼 웃었다 접근금지를 알리는 노란 테이프 안에는 그의 단단한 뼈들이 힘센 자석처럼 오물거리는 벌레들을 잔뜩 붙여놓고 굳게 침묵하고 있었다

鵲巢感想文

詩 작법과 메타포를 본다. 단단한 뼈들, 그 위 힘센 자석처럼 오물거리는 벌레들, 아마 그 오물거리는 벌레들은 까맣지 싶다. 시대상을 반영하기도 하고 작가의 마음을 3인칭 시점으로 옮겨놓는 것도 좋다. 마음은 역시, 詩다.

이로써 이 시인은 대어를 낚은 셈이다.

흰 뼈 같은 종이에 형태를 고스란히 유지하고 무슨 소리에 귀를 기울이듯 그대의 마음을 적어보자. 사이렌이 울리고 경찰차가 달려오고 많은 군중은 상상을 이끌 듯 요란한 현실을 정리하며 침묵한 세계를 그려보자.

아! 그나저나 일요일, 정말 무뇌아처럼 보내고 있다. 텅 빈 골이지만, 머리는 왜 이리 아픈 건가! 띵하다. 노출 콘크리트 벽 기댄 까만 철제의자는 커피 한 잔 마시며 도로만 본다. 수많은 차, 잘 닦아 놓은 도로 한 줄씩 지나가고 있다. 네 귀의 흰 줄 선명한 까만 동태, 행간에 딱 멈춘다. 에쏘처럼 날리는 난초 잎사귀, 기름 냄새가 바람 타고 사내의 코를 간질인다. 빈혈처럼 의자가 비틀거린다. 진열된 커피 몇몇 아카시아 꽃향기처럼 손짓한다.

*정재학: 1974년 서울 출생. 1996년 〈작가세계〉 등단.

지구의 속도 _ 김지녀

천공天空이 열린 아치처럼 휘어지고 있다
빽빽한 어둠 속에서
땅과 바람과 물과 불의 별자리가 조금씩 움직이면
새들의 기낭氣囊은 깊어진다

거대한 중력을 끌며 날아가 시간의 날카로운 부리를 땅에 박고
영원한 날개를 접는 저 새들처럼,
우리가 더 이상 살아길 수 없는 일들에 대해 생각할 때
교신이 끊긴 위성처럼 궤도를 이탈할 때

우리는 지구의 밤을 횡단해
잠시 머물게 된 이불 속에서 기침을 하고
다정한 눈빛을 보내지만, 묵음의 이야기만이 눈동자를 맴돌다 흘러나와
문득 창문에 비친 얼굴을 바라보며
서로의 어깻죽지에 머리를 묻고 잠들고 싶어도

근육과 뼈가 쇠약해진 우주인과 같이
둥둥 떠다니며 우리는 두통을 앓고
밥을 먹고 함께 보았던 노을과 희미하게 사라지는 두 손을 가방에
구겨 넣고는 곧 이 밤의 터널을 지날 것이다

어딘가로 날아갈 수밖에 없는 새들의 영혼처럼

누구도 알아채지 못하는 지구의 속도처럼

조용히 멀미를 앓으며

저마다의 속도로 식어 가는 별빛이 될 것이다

鵲巢感想文

이 시는 웹진 시인광장 선정의 책에서는 연 가름이 되어 있지 않으나 시인의 시집 『시소의 감정』에는 총 5연으로 나뉘어 있다.

시 1연과 2연은 우리와 지구의 시적 형태 묘사다. 주체와 객체가 나뉜다. 생물과 무생물로 보는 것이 훨씬 이해가 빠를 것이다. 지구는 우리가 아는 생물도 많겠지만, 여기서 말하는 지구의 속도는 지구를 의식하며 바라보는 생물이다.

시 3연은 우리는 잠시 이불 속에서 지구를 들고 횡단하듯 보는 것이다. 지구의 무생물과 그러니까 고체화된 어떤 형질과 서로의 어깻죽지에 머리를 묻고 잠들고 싶어도 눈동자를 돌려가며 몰입하는 과정을 묘사한다.

시 4연은 지구 내에 있는 형질은 이미 근육과 뼈가 녹은 경전 같은 말씀이다. 지구를 횡단하다 보면 노을도 그려지며 두통을 앓는 것은 당연하다. 길고 긴 터널 같은 밤을 보내는 것은 지구보다 나은 것은 없을 것이다.

시 5연은 시적 교감이다. 지구와 오랫동안 함께 걸으면 어딘가로 날아간 새의 영혼처럼 언젠가는 지구와 같은 별이 될 거라는 희망을 표현한다.

위 시도 좋지만, 김지녀 시인을 더 유명하게 한 시가 있다. 「지퍼의 구조」다. 이 시 전문을 행 가름 없이 필사하며 감상해보자.

지퍼의 구조 / 김지녀

뜨거운 계단이 열리고 있다 / 나의 목까지 밀고 들어오는 진흙처럼 / 계단은 가장 깊은 곳까지 나를 잡아당겨 놓았다 / 나는 한쪽으로 크게 치우쳐 있다 / 생각하는 자세로 오해받기 적당하다 / 그러나 지금 나에겐 어떠한 생각도 자세도 없다 / 움직일수록 계단들은 더 깊게 열린다 / 이것은 극단에 가깝지만 / 위에서 아래로 / 나를 힘껏 잡아당긴 것은 Y의 말대로, 나이다 / 그러고 보니 계단을 만들어 놓은 것 또한 나이다 / 이쪽과 저쪽이 잘 맞물려 서 있는 자세에 대하여 / 틀어진 이를 가지런히 만드는 방법에 대하여 / 나는 알지 못한다 / 아무리 힘껏 당겨도 닫히지 않는 계단 앞에서 / 나는 기울어져 조용히 멈춰 있다

– 민음사 76p, 지퍼의 구조

「지퍼의 구조」 시 전문이다. 여기서 지퍼는 시를 제유한다. 그러니까 시의 구조다. 계단은 지퍼 구조의 그 단계를 말하는 것이며 글을 파악하는 내공을 의미한다. 움직일수록 계단들은 더 깊게 열린다는 것은 생각힐수록 시의 구조는 어렵고 생각에 잠기는 것을 묘사한다. 위에서 아래로 시를 보는 것이며 Y의 말이란 지퍼 즉, 시의 말이다. Y가 마치 지퍼의 형태미를 갖춘 것에 착안한 것은 두말할 필요가 없겠다.

이 계단을 만들어 놓은 것은 나이라고 했다. 무슨 말인고 하면 고정관념의 깊이를 말한다. 나이가 많을수록 어떤 틀을 깨부수는 것은 실로 어렵다. 그러므로 시는 어려운 것이므로 나는 의자를 반쯤 젖혀두고 기울어져 있다. 조용히 멈춰 생각해 보는 것이 된다.

지퍼의 구조 / 김지녀

깍지 낀 손을 풀어 놓는다
두 개의 구멍이 된다

–민음사 77p, 지퍼의 구조

시인의 또 다른 시, 「지퍼의 구조」다. 시는 마치 깍지 낀 손을 풀어 놓는 것과 다름없다. 원관념이 있고 보조관념이 있듯 시는 두 개의 구멍이 된다. 실은 세 개의 구멍일 수 있으며 천 개의 구멍일 수도 있다. 시는 다의적이며 다족류고 파충류와 다름없는 냉혈한이기도 하지만, 우리가 모르는 외계인으로 분류해도 크게 손상 가는 일은 아니겠다. 여기서는 지퍼의 구조라 두 개의 구멍으로 얘기했다. 너와 나의 구조다.

*김지녀: 1978년 경기도 양평 출생. 〈세계의 문학〉 등단.

지나가 버리는 것에 대한 메모 _ 박형준

그 계절에는 발바닥에 별들이 떴다 / 발그레한 아이의 피부 같은, / 막 떠오른 별
들로 가득한 벌판에서 / 나는 말발굽을 주웠다 / 밤마다 달빛에 비춰보며 꿈을 꾸
었다 / 벌판을 지나 하늘에 화살을 박는 / 말 울음소리를 / 벌판의 꽃들이 짓이겨
진 / 하늘로 달려 나간 푸른 바람을 / 말발굽의 꽃물 범벅을

내 잠 속으로 향내 나는 청마가 달려오며 / 성운 가득 밴 냄새로 / 별자리를 엮
어갔다 / 빛나는 말발굽에 / 쩡쩡한 겨울 하늘도 / 파편으로 흩어졌다 / 우주가 내
발바닥으로 자욱하게 몰려드는 / 푸른 연기로

그러나 나는 이미 알았다 / 꽃들이 어스름 속에서 / 추억처럼 진해진다는 것을 /
짓이겨진 꽃물이 사실은 / 어스름이라는 것을 / 말발굽이 놓여 있는 / 빛의 길목으
로 / 지난 시절의 꿈들이 수줍은 듯 / 그렇게 지나가 버린다는 것을

鵲巢感想文

詩人의 詩集 『불탄 집』에 실은 詩다. 그 전에 시인의 시집 『생각날 때마다
울었다』 읽고 감상한 바 있다. 그때 읽었던 시절로 보면 몇 년이 지난 시간이
다. 시는 당분간 보지 않으려고 또 잊혀 있다가 다시 또 찾아오는 고향처럼
시를 본다. 다시 또 떠날 날이 있겠지만, 읽을 때만은 꽤 사랑하자.

시제가 '지나가 버리는 것에 대한 메모'다. 시제만 보아도 옛 추억이 된 메
모에 관한 시인의 회상이다.

詩 1연은 시인의 공부에 매진했던 옛 추억을 되살린다. 그 당시 화자는 아

직 시인이 아니었으므로 시인의 시를 그리며 무작정 읽은 시절이었다. 발그레한 아이의 피부와 같이 볼그스름한 열정으로 가득했다. 막 등단한 시인들로 가득한 세계에서 나는 발자취를 그려나갔다. 밤마다 등단한 시인의 시에 비춰보며 나름 꿈을 꾸었다. 내가 머문 세계를 지나 필시 등단의 목표로 필사하며 삶을 뒤흔들었던 정신적 세계가 있었다.

詩 2연은 시 1연의 세계를 뛰어넘는다. 시인으로서 왕성한 활동을 묘사한다. 내 잠 속으로 향내 나는 청마는 성운 가득 밴 냄새로 별자리를 엮었다. 시 1연의 말발굽이 허상의 세계라면 시 2연의 청마는 실체다. 빛나는 말발굽은 시 1연의 말발굽을 주운 것을 말한다. 책은 도끼라는 책 제목도 있다. 이는 비유다. 도끼처럼 가슴에 와 박는 것을 생각하면 책은 우리에게 강한 메시지를 던지는 것은 사실이다. 도끼가 양측 표현이면 말발굽은 음적인 표현이다. 이래나 저래나 같은 말이다. 우주가 내 발바닥으로 자욱하게 몰려드는 푸른 연기라 묘사했다. '푸른'이라는 색감만큼 신선하며 창창한 것도 없다. 그만큼 왕성한 시절이었다. 이 부분을 읽을 때는 마치 우주에 떠 있는 상황에서 수많은 별을 보는 느낌이다.

사실 詩人은 나의 이 책처럼 필사하며 뜯어보고 감상하는 장을 모두 거쳤다. 시를 보면 그 내막을 모두 읽을 수 있다. 필자는 이렇게 엮어 책을 내는 이유는 시를 사랑하고 더 가까이 가는 방법을 제시할 뿐 아니라 시인으로 등단하고픈 미래의 시인에게 발자취를 제공한다. 이는 이 시의 시인께서도 설명한다. 그러나 나는 이미 알았다는 것을, 꽃들이 어스름 속에서 추억처럼 진해진다는 것을 짓이겨진 꽃물이 사실은 어스름이라는 것을 말발굽이 놓여 있는 빛의 길목으로 지난 시절의 꿈들이 수줍은 듯 그렇게 지나가 버린다는 것을 말이다.

필자는 시인만큼 춘추를 겪지는 못했다. 시인은 오십 대다. 지난 시간이 주마등같다. 고향을 그리워하듯 지난 발자취는 남아 수구초심首丘初心은 잊지 않는다. 그러니 남은 시간은 일각천금一刻千金이다. 한자에 나무 목木 자가 있다. 줄기보다 뿌리를 더 많이 그려 넣은 것은 기반이다. 기반은 안정이다. 기반이 없으면 앞으로 뻗지 못한다. 그러니까 뿌리가 없으면 한 줄기 기둥으로 솟지 못한다. 인생은 뭉뚱그려보아도 극히 짧은 시간이다. 우리는 시간여행을 해도 역에서 다음 역까지 일촌광음으로 내달린다. 그러니 일각一刻이라도 절대 헛되이 보내서는 안 되겠다.

나는 이런 생각이 든다. 일각 같은 뿌리가 사후세계를 더 다지는 것 같다.

*박형준: 1966년 전북 정읍 출생. 1991년 〈한국일보〉 신춘문예 등단.
*일촌광음불가경 一寸光陰不可輕

진달래 꽃 _ 최문자

괜찮아, 괜찮아 뒷산에 불 지른 것 불이 나를 지나 내 푸른 노트 다 태워 버린 것 가장 찬란한 사랑은 언제나 다 타고 난 가루에서 빛나는 것 한 번의 뜨거움으로 죽도록 꽃은 가루가 되겠지 한 사나흘 비 뿌리는 동안 꽃이 물이 되는 거 그 물이 불을 끄고 돌아서서 다시 푸른 노트가 되는 것 괜찮아, 괜찮아 뒷산에 불 지른 것 불 지르고 돌아서서 진분홍 물이 되는 거 알 수 없는 그 고단했던 사랑
꽃잎 날리는 모든 이별
괜찮아

鵲巢感想文

캬! 김소월의 「진달래꽃」만큼 아름다운 시다. 「진달래꽃」 포함하여 시인 김소월의 시는 우리 민족의 고유한 정서와 리듬을 담았다. 시인의 시 특징이라면 7·5조의 음수율과 3음보 격 민요조의 전통적 리듬을 지녔다. 소월은 외가인 평북 구성에서 태어나 그 가까운 정주에서 자랐으며 그 가까운 곽산에서 31세의 나이에 아편 과다복용으로 유명을 달리했다.

시제가 '진달래꽃'이라, 진달래 하면 김소월을 빠뜨릴 수는 없어 간략히 언급하였다. 필자 또한 7·5조의 음수율을 맞춰 지은 시가 꽤 많다. 필자의 책 『가배도록』 1, 2권에 다수 실었다만, 모두 일기가 소재다. 이 중 몇 편을 소개하자면,

한 잔은 느끼세요 산 속 공기를
한 잔은 맛 보세요 삶의 의미를

한 잔은 이기세요 안은 세계를
한 잔은 즐기세요 카페 조감도

산 꿩이 참 많은 곳 백자산 언덕
산 공기 좋고 물맛 역시 좋은 곳
아래가 훤히 트인 전망 좋은 곳
구름도 아니 보는 카페 조감도

모두 사업적으로 이용하였다만, 이 외에 다수가 있다. 위 두 시는 필자가 운영하는 카페 조감도를 위한 컵 홀드와 컵에 모두 새겨 넣었다. 언제 시간 나시면 카페에 오시라! 산 좋고 물 좋은 동네라 커피 맛 또한 다르다. 사족이 꽤 길었다만, 시인의 시를 보자.

시인 최문자 선생의 시 「진달래꽃」은 뒷산이 갑이라면 진달래꽃은 을에 해당한다. 한 철 사랑을 노래했다. 김소월의 「진달래꽃」만큼 애달프게 읽힌다. 뒷산과 푸른 노트는 기본 성질은 같다. 하지만 뒷산이 무미건조하다면 푸른 노트는 알차고 풍성한 마음을 대변한다. 불은 진달래꽃이며 사랑으로 승화한다. 꽃이 피고 나면 다시 가루가 되고 한 사나흘 비 뿌리는 동안 꽃은 물이 된다. 이 물은 불을 끄는 것이 되며 푸른 노트를 적시며 양분이 되겠지. 괜찮아, 괜찮아 다시 봄이 오고 진분홍의 물로 꽃 같은 인생으로 피어남을 노래한다.

사랑이 없으면 어떤 일을 해낼 수 없음이요. 어떤 성숙미를 갖추기에도 모자라다. 사랑은 아픔이 있기에 더 갈망하며 불태우는가 보다.

시를 자세히 들여다보라! 한 사나흘 비 뿌리는 동안과 사랑은 언제나 다 타고 난 가루에서 빛나는 것, 나의 푸른 노트에 어떤 시가 남겨질 것인지 말이다.

괜찮아! 꽃잎 날리는 모든 이별이 있고 난 후, 이로 인해 영원한 꽃은 하늘 향해 올곧게 피어나 있음을…….

너무 많은 별을 일깨웠습니다 / 鵲巢

너무 많은 별을 일깨웠습니다 잠자는 거인을 깨워 숲에 세웠기 때문이죠 그들의
이름과 그들의 빛은 나무처럼 목적지가 분명합니다 오후면 별빛은 내리쬐는 밤하
늘에 있습니다 어느 날아가는 새가 그 별빛을 물어다가 둥지를 만들지 않을까요?
나는 별의 아픔을 너무 쉽게 고발한 것 같아 눈은 쉬이 흐립니다 하지만 아픔은 날
개처럼 바람을 맞으며 더 곱고 선명하게 빛날 겁니다 별 하나에 해바라기처럼 까만
얼굴이 빛나고 별 하나에 반듯한 나체로 음모를 보이며 별 하나에 새벽이슬처럼 빳
빳한 풀이 선다면 별 하나에 공습의 시간이 지나 남태평양의 평화가 온다면 바다는
강은 육지는 절대 외롭지 않을 겁니다 하얀 그릇에 정화수 한 사발 담아서 밤하늘
에 올립니다 단지 온 가족은 서로의 빛으로 밝아 밤하늘이 어둡지 않기를 바랍니
다 별은, 별을 이해하고 나무를 이해하고 새가 별이 되는 꿈을 이해하면 말입니다
온 세상 하얗게 눈이 내리면 목마른 갈증에 별처럼 세상 바라볼 수 있게 말입니다.

*최문자: 서울 출생. 1982년 〈현대문학〉 등단.

진창의 누각 樓閣 _ 김희숙

뇌수술을 한 친구의 문병 / 명징했던 한 인간의 누각樓閣이 / 고작 작은 실핏줄 한 가닥에 의지했었다니 / 어눌한 말투와 점령당한 뒤 / 남루한 표현들로 수습된 다니 / 평생을 쌓은 높이가 한 낱 / 어린아이가 뛰어 올라와 놀고 있는 높이라니.

가는 실핏줄을 오르고 있었던 / 불시不時를 살피지 못한 아둔함을 답습하고 있었다는 것 / 끝자락까지 뛰어간 생의 전환점에서 / 아이가 된 친구는 / 하루가 다르게 쑥쑥 자라겠지만 / 그것 또한 늙은 고아라는 것

병실 창밖엔 실핏줄 같은 빗줄기가 / 돌고 도는 뇌하수체인 듯 어지럽다. / 이제 빗줄기 그치고 맑은 날 와서 나들이나 가자고 / 다독거리고 돌아선 길 / 요란한 빗소리가 어느새 잦아들고 / 또 고요해지고 / 나는 이 우기雨期의 누각樓閣을 접어 / 지팡이처럼 젖은 길을 짚고 있다.

때론 가장 높은 곳이 / 가장 남루해질 때가 있다. / 펼친 순간엔 가장 높았던 곳이 / 접고 나면 가장 밑바닥이라는 것 / 그 끝에 어디서 묻었을 오욕이 / 뚝뚝 떨어지고 있었다.

鵲巢感想文

詩는 마음의 금자탑이다. 일상의 일을 혹은 기억에 남는 어떤 아픔 같은 것 상대에게 말하기 어려운 어떤 사실이나 나만의 숨기고 싶은 진실을 수첩처럼 적어 두는 곳, 이는 금자탑이다. 詩 한 편은 많은 것을 지우다가 가장

명징한 뼛골이 남으면 때론 가장 높은 곳에 향한 사다리가 되고 또 많은 것을 거르다가 가장 눈부신 사금이 남으면 때론 때 낀 머리도 곱게 치장할 수 있다는 거, 그럼 진창의 누각을 보자.

詩學은 얼마큼을 사실로 보아야 할지 그 의문부터 제공한다. 현실을 크게 왜곡하며 글을 쓰지는 않는다. 시인이라면 하지만, 읽는 내내 숙연한 마음은 사실이다. 이 숙연한 마음은 뒤로하고 시로 다시 읽는 것이 마치 진창을 헤매는 것과 같다.

어쩌다가 詩를 본다는 것은 뇌 수술한 친구를 문병 가는 것과 같다는 생각을 했다. 詩는 한 사람의 사상을 시로 승화한 작품이기에 이 詩를 본다는 것은 문병이나 다름없기 때문이다. 명징했던 한 인간의 생각은 고작 작은 실핏줄과 같은 한 가닥의 문장에 붙잡혀 어눌한 말투와 수습하지 못한 남루한 생각 같은 것으로 점철되기도 한다. 詩는 깨끗한 마음이므로 어린이가 뛰어 올라와 놀 수도 있는 문장이기도 하다. 그만큼 순수하다.

혹여나 여기서 내가 당신에게 묻는다면, 뇌수술하고 싶습니까? 그러면 놀라지 않을 사람은 별로 없을 것 같다. 거기다가 나를 이상한 사람으로 취급할 수 있으니 농도 보아 가며 잘 써야 하는 것이다. 詩 쓰고 싶으냐고 물으면 이해가 되는지 말이다.

詩 2연은 詩 인식을 표현한다. 생의 전환점을 도는 것은 시인으로 돌아선 자아를 묘사하며 아이가 된 친구는 시를 제유한 시구다. 하루가 다르게 쑥쑥 자란다는 말은 그만큼 문장이 좋아지고 있음을 묘사한 것이며 그것 또한 늙은 고아라는 사실, 나이는 속일 수 없고 문장은 외톨박이가 되겠다.

詩 3연은 자아의 발견과 표출이다. 병실은 시인의 세계관이다. 실핏줄 같은 빗줄기가 돌고 도는 뇌하수체인 듯 어지러운 것은 정립하지 못한 시인의 세계관을 묘사한다. 여기서 더 나가 진일보한 상태가 다음 문장으로 묘사한다. 이제 빗줄기 그치고 맑은 날 와서 나들이나 가자고 다독거리고 돌아선 길, 마치 앞의 문장과 거울 보듯 이야기는 진행되고 나는 이 우기의 누각을 접어 지팡이처럼 젖은 길을 짚고 있다. 그러니까 시를 쓰고 있다. 우기의 누각은 진창의 누각이며 사상의 누각이라 하기에는 詩人은 탄탄한 금자탑을 세우게 된다.

詩 4연에서 시인은 성찰한다. 때론 가장 높은 것이 가장 남루해질 때가 있다. 너덜너덜한 종잇조각처럼 읽는다면 말이다. 펼친 순간엔 가장 높았던 곳이 접고 나면 가장 밑바닥이라는 것 즉 펼쳐 보는 순간 별빛과 같은 눈빛은 이상이며 가장 밑바닥, 라면 냄비 깔개로 전락하는 순간을 맞는다. 그 끝에 어디서 묻었을 라면 국물 같은 오욕이 뚝뚝 떨어질 수도 있음이다. 라면은 희고 꼬불꼬불하다. 냄비는 으흠. 참고로 나는 국물은 절대 먹지 않는다.

사상누각沙上樓閣이라는 말이 있다. 뜻은 모래 위에 지은 집으로 기초가 튼튼하지 못한 어떤 일로 오래가지 못함을 말한다. 시인은 아무래도 이 사상누각과 친구의 문병 다녀온 사실을 중첩적으로 그리며 詩로 승화한 작품으로 보인다. 詩는 완벽한 집으로 탄생했다. 사상누각이 아닌 짜임새의 의미까지 완벽한 탑을 세웠다.

시 한편 더 보자. 올해의 좋은 시로 선정된 작품만이 좋은 시는 아니다. 아래에 시 한 편 더 감상한다.

봉인 / 이영주

나는 귀가 가장 어두운 동물입니다 젖은 베개를 마당에 널어놓고 검은 머리칼을 떨어뜨리면 아무것도 듣지 못하게 될 거예요 방문을 긁고 가는 철근 소리 어젯밤 큰언니들이 창밖에 걸어 두고 간 토끼의 빨간 귀 이건 놀이의 시작일 뿐 생물 시간이 되기도 전에 토끼의 목을 여섯 번이나 찌르던 큰언니들의 찬란한 노랫소리 너무나 많은 계단 때문에 우리 집은 꼭대기에 봉인되었습니다 언니는 머리칼을 한쪽 귀 뒤로 넘기며 쪽지를 씁니다 베개의 나이는 헤아릴 수가 없네요 언제 저 계단을 다 내려가나요 베개에 한쪽 귀를 묻어 두고 언니는 흐르는 피를 닦아 냅니다 우리 언니에게는 가장 어둡고 축축한, 미학적인 부위가 있는데요 아무도 그걸 찾을 수 없다고 생각하면 나는 가슴이 두근거려요

鵲巢感想文

여기서 '나'는 귀가 가장 어두운 동물이다. 귀가 가장 어두운 동물은 토끼다. 토끼는 시를 제유한 시어다. 젖은 베개를 마당에 널어놓는 것은 작가의 마음과 종이를 중첩하며 그린 문장이다. 검은 머리칼은 시 문장을 제유한 시구며 방문을 긁고 가는 철근 소리는 시 인식을 위한 시인의 노력으로 계단 및 토끼의 목을 여섯 번 찌른 것과 그 맥이 같다. 우리 집은 꼭대기에 봉인되었다는 말은 이미 문장을 완성한 금자탑, 그 최고봉에 안치한 것을 말한다. 그러니까 詩의 집에 들어간 것이 된다. 결국, 우리 언니와 나는 동일인으로 거울 보며 자아를 그린 자화상이다. 이 시가 아무도 못 읽는다면 나는 가슴 두근거리겠다.

*김희숙: 2011년 〈시와 표현〉 등단.
*이영주: 서울 출생. 2000년 〈문학동네〉 등단. 시집 『언니에게』

질투 _ 손진은

　　세상 가장 맑은 눈을 가진 생물은 / 파리라지 / 수천 홑눈으로 짜 올린 겹눈 / 흰 천보다 순금보다 거울보다 맑게 빛나게 / 두 손으로 두 팔로 / 밤이고 낮이고 깎아 낸다지 / 그렇게 깎인 눈 칠흑의 어둠도 탄환처럼 / 뚫을 수 있다지 / 꿀이 있는 꽃의 중심색이 더 짙어지는 걸 아는 것도 / 단숨에 그 깊고 가는 통로로 빨려드는 / 격렬한 정사情事도 / 다 그 눈 탓이라더군 / 공중을 날면서도 제자리 균형 잡아주는 / 불붙는 저 볼록거울! / 세상에 절여진 눈 단내가 나도록 깎고 깎아야 / 자신이든 적이든 먹잇감이든 제대로 보이는 법 / 같은 태생이면서도 짐짓 / 잘못한 것도 없으면서 손 비빈다고 / 날마다 닦아야 할 죄가 무이 그리 많으냐는 **뽀로통**한 입들에게 / 폐일언하고 / 눈알부터 깎으라고 / 부신 햇살 떠받치며 용맹정진하는 / 파리 대왕, 파리 마마들 / 소리들이 / 천둥같이 쏟아진다

鵲巢感想文

　　시는 비유가 없으면 좋은 시가 될 수 없다. 비유가 들어감으로 문장은 사색을 더 확대재생산 하기도 하며 사실을 더 명확하게 한다. 우리가 사용하는 말에 단순히 진술한다면 의미전달이 덜 분명할 때도 잦아 비유를 종종 들기도 한다. 특히 말 많은 곳이 정치판인데 얼마 전이었다. 모정당 모 대표의 말이다. "정당이 무슨 현금인출기인가?", 친족 비리를 두고 "고구마 줄기처럼 이어진다."는 말은 본지를 뛰어넘어 그 가치를 더 깔아뭉개는 역할까지 하니 비유가 얼마나 큰 역할을 하는지 알 수 있다. 물론 비유를 들어 본지의 가치를 더 높이는 것도 사실이다.

　　시제 '질투'를 본다. 시 1행에서 시 16행까지는 파리에 대한 형태묘사다.

이 형태묘사를 무엇으로 하느냐에 따라 시의 뒤 문장은 가치의 변화를 준다. 그러니까 파리에 대한 묘사다. 파리는 하찮은 곤충이며 우리에게는 어떤 이로움보다는 성가시고 어쩌면 불필요한 존재다. 하지만 시인은 파리의 눈을 한 겹 더 가치를 높였다. 이렇게 가치를 더 높인 파리에 비해 파리보다 못한 것이 인간임을 시 17행부터 진행한다. 사람은 제 눈도 못 닦으면서 제대로 보지 못한 사실을 왜곡하거나 퍼 나르기도 하니 이것이 시인은 질투임을 밝힌다.

그러니까 남 탓하지 말고 나의 그릇부터 닦아라! 라는 말이다.

논어 헌문편에 나오는 말이다. 불원천 不怨天하며 불우인 不尤人하니 하학이상달 下學而上達하여 지아자 知我者로 기천호 基天乎아라 했다. 즉 하늘을 원망하지 않고 사람을 탓하지 않으며 배워서 위로 통달하면 나를 알아주는 것은 하늘이라 했다.

경기가 매우 좋지가 않다. 이러한 때에 사회를 탓하고 더 나가 국가를 탓한들 무슨 소용이 있겠는가! 죽도록 공부하여 세상 이치를 꿰뚫는 것, 이러다 보면 만물의 이치를 통달하고 무엇이든 손에 잡는 일은 가벼워, 용기와 자신감은 몸소 배어나오니 어찌 어려운 경기가 어렵게만 하겠는가!

그러니까 시인은 뾰로통한 입들에게 폐일언하고 눈알부터 깎으라고 다그치며 한 수 읊은 게다.

*손진은: 1959년 경북 안강 출생. 1987년 〈동아일보〉 신춘문예 「돌」로 등단.

집중의 힘 _ 정용화

　알고 보면, 꽃은 계절이 불러 모은 허공이다. 지상을 향한 땅의 집중이다. 흩어지는 것이 거부의 형식이라면 피워내는 것은 모서리를 견뎌낸 침묵의 힘이다. 폭우가 쏟아지고 바람이 세차게 부는 날이면 나무는 땅 속을 움켜쥐고 있는 뿌리에 집중한다. 상처가 있던 자리마다 꽃이 피어난다. 꽃은 어둠 속에서 별이 떨어뜨린 혁명이다. 꽃으로 피어 있는 시간, 나뭇가지에 앉아 있던 새들이 하늘로 날아오를 때 날개에 집중한다. 나무는 얼마나 많은 새들의 울음을 간직하고 있을까, 온몸이 귀가 되어 집중할 때 그 소리를 들을 수 있다. 때로는 어긋난 대답처럼 꽃 진자리마다 잎새 뒤에 숨어서 가을은 열매에 집중한다. 알고 보면, 열매는 화려한 기억들을 끌어 모아 가을을 짧게 요약한다.

　세상에서 집중 없이 피어난 꽃은 없다고
　너는 우주의 집중으로 피워낸 꽃이다.

鵲巢感想文

　몸매 집중 관리, 모 장관 집중 추궁, 최고의 리드는 사람에게 집중한다, 세계 최고의 인재는 왜 기본에 집중하는가, 공부 집중하는 방법 등 집중은 우리의 일상에서 흔히 듣는 말이지만, 실천하기 힘든 말이기도 하다. 집중은 집중하는 순간 나를 잃을 수 있다. 하지만, 집중은 나를 한 단계 더 끌어올리는 자질과 역량을 준다. 집중은 또 다른 말로 몰입이라 한다.

　이 시에서 꽃과 나무, 뿌리와 잎새, 열매가 한 축이라면 계절, 땅, 폭우, 바람, 어둠, 하늘은 또 다른 한 축이다. 꽃은 그냥 피어난 것이 아니다. 많은 이변이 있고, 고난과 역경을 뛰어넘어 삶의 악착같은 몰입이 있어야 꽃은 피어난다. 세상엔 집중 없이 피어난 꽃은 없다. 그러므로 시인은 꽃은 어둠 속에서 별이 떨어뜨린 혁명이라고 했다.

어떤 일의 성과도 마찬가지다. 그 무엇이든 노력 없이 얻는 결과가 있던가!

필자는 다섯 평 카페로 커피 일을 시작했다. 7년 전이었다. 정말 남부끄럽지 않은 큰 카페에 떳떳하게 일을 하고 싶었다. 꿈이 강하면 이룬다는 말도 있듯 나에게 기회가 왔다. 동네에 매매도 되지 않는 자투리 같은 땅이 있었다. 어떻게 이 땅을 얻게 되었고 카페를 건축하였다. 1, 2층 규모의 70평대 카페를 얻게 되었지만, 이 건축과정은 어떤 말로 표현할 수 없을 정도로 힘이 들었다. 가장 큰 문제는 자금 부족이었다.

에스프레소 61 / 鵲巢

이 겨울 가진 것 하나 없어도
화석처럼 굳은 꿈 하나 있네
하늘에다 심은 그 꿈길
한 가닥 전선처럼 곧지만
그 길 걷는 마음은
외다리 줄 타듯 하네
어느 때보다 찬바람
씽씽 불지만
그 길 끝까지 걸을 수 있다면
나는 또 한 십 년 족히
커피 한 잔 마실 수 있겠네

-鵲巢日記 2010年 01月 13日-

은행과 보증기금을 통해 자금 구하기 바빴던 한때가 있었다. 집중이다. 다른 것은 눈에 들어올 일 없었다. 건물이 오르는 가운데 준공밖에 더 신경 쓸 일은 없었다. 어렵게 준공이 나고 본점다운 카페를 얻고 나니 일은 더 많아진 것도 사실이었다. 내 일은 누가 지켜주는 것이 아님을 또 깨달은 한 해였다.

일은 스스로 만들어 할 때 진정 일의 의미를 알게 되며 사회에 대한 존재와 기여를 더 갖게 됨을 밝혀둔다. 더 무슨 말이 필요하겠는가!

집중하라!

*정용화: 충북 충주 출생. 2001년 월간 〈시문학〉, 2006년 〈대전일보〉신춘문예에 등단.

초꽂이

착시 _ 김미정

두 마리 얼룩말이 달리고 있어 초원은 아니지 멀리서 보면 초원일지도 모르지 얼룩말이 아닐지도 모르지 리듬을 타는 검정과 흰색 사이 검게 탄 꽃잎들이 누워 있어 창밖에는 그녀가 펄럭이고 지난 밤 타오르던 침대는 젖어가지 오늘 이토록 현실적인 무늬는 없지 내가 고딕체로 사랑해 라고 말하자 서로 다른 시간을 달리던 손목들이 빠르게 시들었어 넌 계단을 오르고 난 종이 그림자를 움켜잡지 이제 너의 손을 놓을까 이 아침 빗줄기가 달리고 얼룩말이 달리고 검정도 흰색도 아닌 초원이 달리지 아니 초원이 아닐지도 모르지 두 개의 시계가 뜨겁게 울고 있는 지금, 불가능한 무늬는 멈추지 않고

鵲巢感想文

검은 세단을 타고 뱉은 내 심장 / 鵲巢

검은 세단을 타고 온 모자는 두 팔을 끼고 땅바닥 보며 무지갯빛 너머 구름의 파노라마 펼친다. 검은 테 검은 안경 검은 코트 죽을죄 지었어요. 마스크 벗어 던지고 "강압수사", "억울합니다." 평정심 잃은 검은 문장 근거 없는 하늘은 손에 손잡고 경제공동체 산을 만들고, 시간은 자꾸 거꾸로 가고 더러운 잠만 깊고 맑고 투명한 바람의 안쪽 그 세단細斷은 하늘에, 검은 혈세는 손을 끊고 땅을 찍고, 야 정신 차려 핸들 똑바로 잡아, 긴 터널 뚫으며 가는 검은 쏘렌토 태양 빛 작열한 이 차선 도로 시속 47, 이 추운 겨울을 빨리 벗고 싶어, 이 산 넘으면 더는 눈발 치는 광장은 모두 하얗거나 검정, 어정쩡한 말 뛰기 얼룩말, 속 시원히 들여다보는 네 입술 네 콧방울

핥고 또 핥은 결박은 결박을 모르고 바지를 내리며 뱉은 내 심장

세상은 두 마리 얼룩말이 달리는 초원이다. 너와 나, 진실과 거짓이라는 삶의 현장이다. 우리 인간은 하루에 참된 말보다 거짓말을 더 많이 한다. 이 것은 모두 얼룩말이다. 멀리서 보면 얼룩말이 아닐지도 모르고 오르지 세상 흐름의 리듬에 검정과 흰색 사이 검게 탄 꽃잎처럼 하루가 굳어간다.

열 길 물속은 알아도 한 길 사람 속은 모른다고 했다. 옛 오언대구五言對 句 등을 모은 '추구推句'에도 비슷한 경구가 있다. '화호난화골畫虎難畫骨 지인 미지심知人未知心이다. 호랑이를 그리지만 뼈는 그리기 어렵고 사람은 알지만 마음마저 알기는 어렵다는 뜻이다.

창밖에는 그녀가 펄럭이고 지난밤 타오르던 침대는 젖어간다. 우리 국민 은 얼마나 믿었던가! 오죽하면 '더러운 잠'이 내 걸렸으며 아직도 그 분노에 치밀어 오르는 국민은 이 난국에도 불구하고 한 분기 마감하며 혈세를 냈 다. 정부수립 이후 나라 곳간은 최대 호황을 누렸다. 국가 예산과 집행은 바 르게 행하는지 얼룩말이다. 정치가 무엇인가! 새삼 느끼는 우리의 현실이다.

우리는 현실적인 꿈은 있는가! 그 꿈을 받아 줄 수 있는 우리의 정부인가! 각종 비리로 얼룩진 얼룩말 보듯 흰색과 검정, 두 개의 시계가 뜨겁게 울고 있는 사회 현실, 아! 더는 불가능하다는 말이 없는 진실이 바르게 서는 사회 가 되었으면 좋겠다.

*김미정: 2002년 〈현대시〉 등단.

창문 _ 박진성

　　우리는 수서역에서 만나 / 창문에서 헤어졌지. 안나, / 바람이 끌고 가는 바람의 길 안에 / 너는 서 있어. / 네가 손에 쥔 건 내 손가락이었지만 / 네 손금을 만질 때 / 감각과 운명은 가장 가까워졌어. / 안나, 나의 신체에도 창문 같은 것이 열릴까. / 너의 이름은 계속 지워져. / 그리고 창문으로 소심한 길들이 드나들지. / 손금, 그 작은 길에도 / 덤불이 있고 물기가 있고 전쟁이 있다면, 안나, / 나는 나뭇잎이 드나드는 창문이야. / 맨 처음 창문을 연 어떤 힘이야. / 우리는 수서역에서 만나 / 창문에서 헤어졌지. / 창문 안에 네가 있고 창문 / 바깥엔 내가 있어. / 수서역은 지하의 손금을 끌고 / 어두운 창문을 드나들고 있어. / 붕텅붕텅, / 살리는 손금을 지하철 창문에 대어봐. / 창문 안엔 내가 있고 / 창문 바깥엔 수많은 네가 있어. / 찢어지고 있어.

鵲巢感想文

　　시인 조말선 선생의 시 「빈 방 있습니까」와 시인 천서봉 선생의 시 「행성 관측 2-원룸」을 감상한 바 있다. 이는 방이 소재였다. 이 시를 통해 시인의 마음을 볼 수 있었다. 이번 시는 시제가 '창문'이다. 창문은 하나의 경계다. 화자와 현실, 화자와 이상향, 화자와 내면 그 어떤 것도 이 창문을 통해 나를 들여다보는 시적 소재다.

　　시 1행 우리는 수서역에서 만나, 시 14행 맨 처음 창문을 연 어떤 힘이야 까지 시의 만남과 인식 그 결과로 얻는 시적 동요다. 시 15행에서 시 21행 까지는 주객이 전도된다. 시의 표출과 세상과의 교감이다.

　　우리는 수서역에서 만나 창문에서 헤어졌지. 안나, 시의 돈호법이다. 하지만 여기서 창문은 특정 장소가 나와야 하지만, 그렇지만도 않다. 수서역에서 만났지만, 헤어진 곳은 어떤 지역일 수 있으며 또 다른 공간이동이 될 수 있다. 그러므로 어느 특정한 것을 비유 놓은 것이 아니라 이것도 되고 저것도 되는 어떤 마음의 장소니 상징이다. 예를 들면 창문은 우리가 늘 들여다보는 시집이 될 수 있으며 또 다른 이미지를 떠올릴 수 있음이다.

시인이 머문 창문은 하나의 세계관이다. 바람이 끌고 가는 바람의 길 안에 있다. 네가 손에 쥘 수 있으며 또한 내가 파묻힌 곳이 창문이다. 물론 이 것은 내가 손에 쥐며 네 무덤을 판 결과겠다. 그러니까 모두 창문이다. 창문은 감각과 운명이 가장 가깝고 이러한 감각과 운명을 일깨우는 일은 소심한 길처럼 덤불이 있고 물기가 있고 전쟁 같은 것이 따르기도 한다. 하지만, 우리는 이 창문에서 마음의 위안을 찾고 또 마음의 위안이 되고자 부단히 노력하는 곳 무덤이기도 하다.

그러므로 창문 바깥엔 수많은 네가 있고, 찢어질 수 있는 어떤 허공을 발견하기도 한다.

일폭십한一曝十寒이라는 말이 있다. 출처가 맹자다. 원문의 뜻은 하루 폭쬐다가 열흘 차갑게 내버려 둔다는 말로 의역하면 일을 꾸준히 하지 못하고 중단된 상황을 얘기한다. 원래 문장은 일일폭지一日暴之, 십일한지十日寒之다.

시인은 세계관을 창문에다가 띄웠다. 목표한 세계, 확고히 굳은 세계에 이행은 그리 쉬운 것이 아니었다. 마치 나뭇잎이 창문을 여는 것과 같은 어떤 힘의 세계를 시인은 묘사하고 있다. 목표를 세웠으면 그것을 달성하기 위해 우리는 몰두하여야 한다. 마음에 간절한 그 무엇이 있다면, 먼저 내가 변해야 한다. 변화한 몸으로 조금씩 바뀌나가는 환경이 뒤에 따른다. 환경은 또 다른 세계로 나를 이끈다. 그 세계는 내가 원한 정상이다. 그러니,

어떤 일도 일폭십한一曝十寒 같은 일은 없어야겠다.

*박진성: 충남 연기 출생. 2001 〈현대시〉 등단. 시집『목숨』

*맹자가 말하였다. "왕이 지혜롭지 않은 것은 이상할 것이 없다. 비록 천하에 쉽게 자라는 물건이 있을지라도 하루 햇볕을 쬐고 열흘을 차게 한다면 자라지 못한다 無或乎王之不智也 雖有天下易生之物也 一日暴之 十日寒之 未有能生者也."

채식주의자들 _ 이이체

감각을 격리시킨 채로 이야기한다. 내가 이끼 낀 문명에서 태어났을 즈음이었다. 알을 못 낳는 암탉들이 속된 사랑에 감염되었다. 문지기는 뇌쇄적인 실연괴물, 쾌락과 타락을 음미하느라 밤색 머리의 처녀를 잊지 못한다. 성년식, 술에 취해 옷을 반쯤 벗어젖히곤 이단異端하듯 놀아나던 촌뜨기들. 쥐덫의 둘레를, 괴혈병 걸린 고양이는 제어할 수 없는 욕망으로 돌았다. 늦가을 들판에 우거져 있던 낯선 색깔들이 성가신 우연처럼 자꾸 눈에 거슬렸다. 그대들은 내일 미끼로부터 배척되어라. 거울을 상실 당한 쌍둥이 형제들은 서로를 탐했다. 때로 문지기는 자신의 가면 쓴 얼굴을 곡예라고 곡해했다. 유형은 치명적이었으므로, 들판에는 망원경으로도 풍요로울 차례가 오지 않았다. 흔적보다 더 진한 외상을 찾고 있다. 똥파리들이 닭장의 마디마디에 맺혀 있었다. 변성기 갓 지난 아이들은 출혈이 멎지 않자 통곡했다. 나는 풍향계를 믿어 본 적이 없다.

鵲巢感想文

얼핏 읽으면 무슨 말인지 모른다. 시제는 '채식주의자들'이고 내용은 난해하기 짝이 없다. 그러니까 이해하려고 읽는다면 이 시는 읽기 어렵다. 거저 詩라는 명제로 시를 묘사한 작품이기 때문이다.

채식주의자菜食主義者들이란 고기를 피하고 주로 채소 위주로 식생활 하는 사람들을 말한다. 하지만 여기서 채식이란 어찌 채식菜食으로 보이지 않고 채식採植으로 보이는 것은 아무래도 내 눈이 이제는 맛이 갔나 보다. 문장을 하나씩 분리하여 읽으면 또 그럴듯한 게 채식이다.

시제를 선정하는 것도 이런 편향적인 단어는 어떤 감정 표현에 아주 적합하다.

감각을 격리시킨 채로 이야기한다. 물론 필자 또한 감각이라고는 없는 이 시와 대화를 나누며 즐긴다. 내가 이끼 낀 문명에서 태어났을 즈음이었다. 흐르는 물에는 이끼가 끼지 않는다. 여기서 중요한 시구는 이끼 낀 문명이다. 그러니까 이끼가 낄 정도면 정체를 뜻하며 문명은 문채가 뛰어남을 말하니 이끼 낀 문명은 문채가 뛰어나지 못한 자아를 그린다.

알을 못 낳는 암탉들이 속된 사랑에 감염되었다. 독해의 부재를 뜻하며 아직은 이해가 되지 않는 시적 묘사다. 시를 읽고 창작에 이르면 이는 알을 못 낳는 암탉이 아니라 알 잘 놓는 암탉이겠지 뭐!

문지기는 뇌쇄적인 실연괴물, 쾌락과 타락을 음미하느라 밤색 머리의 처녀를 잊지 못한다. 문장이 좀 길다. 뇌쇄적惱殺的이라는 말은 애가 타도록 몹시 괴로워하는 것을 말하며 실연괴물失戀怪物은 연애에 실패한 괴상한 물체다. 밤색 머리의 처녀는 문장을 제유한 시나다. 실지, 밤색 머리의 처녀로 보아도 좋다. 시니까! 하지만, 문장과 시라는 측면에서 쓰였음은 두말할 필요가 없겠다.

성년식, 술에 취해 옷을 반쯤 벗어젖히곤 이단異端하듯 놀아나던 촌뜨기들. 시의 접근과 이해다. 성년식은 어떤 실마리를 제공하는 시어며 술에 취해 옷을 반쯤 벗어젖혔다는 말은 시의 이해를 뜻한다. 이단異端은 자기가 믿는 이외의 도道로 어떤 딴 방향을 의식하는 시어다.

쥐덫의 둘레를, 괴혈병 걸린 고양이는 제어할 수 없는 욕망으로 돌았다. 괴혈병壞血病은 비타민 씨C의 결핍으로 생기는 병으로 기운이 없고 잇몸, 점막과 피부에서 피가 나며 빈혈을 일으키고, 심하면 심장 쇠약을 일으킨다. 이 문장에서 보면 쥐덫의 둘레는 시의 객체로 시를 제유한다. 괴혈병 걸린 고양이는 시적 자아의 모습을 그린다.

늦가을 들판에 우거져 있던 낯선 색깔들이 성가신 우연처럼 자꾸 눈에 거슬렸다. 시의 이해다. 늦가을 들판은 시의 묘사로 시간관념과 수확의 이미지를 그린다. 낯선 색깔은 우리가 늘 보는 색깔이 아니라 역지사지易地思

之의 시안詩眼을 갖게 된 실마리다. 성가신 우연처럼 눈에 들어오기 시작했다. 뭐가? 시가.

그대들은 내일 미끼로부터 배척되어라. 거울을 상실 당한 쌍둥이 형제들은 서로를 탐했다. 시의 해체다. 시라는 바지를 벗는 계기다. 시는 거울이다. 이쪽도 저쪽도 이해할 수 없는 괴물 같아도 시인에게는 무척 매료되는 글이기에 머리가 선하다. 그러므로 마니아는 이를 즐긴다. 윤관영 시인의 시 「흥부면」에서 썼던 필자의 감상문처럼 쌍둥이 형제들은 이도류 남가지몽에 핀 똥물이다.

때로 문지기는 자신의 가면 쓴 얼굴을 곡예라고 곡해했다. 유형은 치명적이었으므로, 들판에는 망원경으로도 풍요로울 차례가 오지 않았다. 자신의 가면 쓴 얼굴은 시를 제유한 시구며 곡예의 곡해는 아슬아슬하게 쓴 문장을 그릇된 해석을 말한다. 유형은 치명적이라는 시구에서 유형은 유형有形이 아니라 유형類型이다. 그러니까 비슷한 일족은 치명적이다. 들판과 망원경이라는 시적 소재가 탁월하다. 들판은 어떤 수확의 개념으로 망원경은 실지 저 먼 광경을 바라보는 것이 아니라 두 개의 렌즈로 보는 기구로 시 문장에서는 쌍둥이 문장 같은 분별력으로 보인다. 차례가 오지 않는 것임으로 치명적이다. 그러니까 예술의 정당성을 강조한다.

흔적보다 더 진한 외상을 찾고 있다. 똥파리들이 닭장의 마디마디에 맺혀 있었다. 시의 진정성을 강조한다. 즉, 흔적보다 더 진한 외상 같은 시, 거저 스쳐 지나는 그런 사랑이 아니라 깊은 감동이 배인 시를 말한다. 똥파리들이 닭장의 마디마디에 맺혀 있겠지! 그러면,

변성기 갓 지난 아이들은 출혈이 멎지 않자 통곡했다. 나는 풍향계를 믿어 본 적이 없다. 더뎌 시의 탈피와 시의 입성이다. 변성기 갓 지난 아이들처럼 성숙한 시, 출현이 멎지 않자 통곡했다. 괴혈병 원인의 결과를 그리는 것 같아도 주체할 수 없는 필봉을 묘사한 문장이다. 풍향계는 바람의 방향을 관측하는 계기지만, 시의 처지에서 바라보는 바람이다.

대학에 나오는 말이다. '지지이후유정知止而後有定'이라는 말이 있다. 머무를 곳을 안 뒤에 바른 방향을 잡을 수 있다는 말이다. 안정된 방향성을 가지는 것은 최종의 목표를 성취하기 위한 초석이 된다. '지지知止' 곧 머무를 곳을 아는 것은 천리千里를 가기 위한 첫걸음을 떼기 전에 꼭 필요한 전제 조건이라 할 수 있겠다.

시를 쓰겠다고 멍청하게 앉아 있어도 한 줄 글귀 하나 적지 못한다. 시는 거울이다. 거울을 보듯 시인이 쓴 글을 보며 즐겨야 한다. 문장은 하나의 놀이다. 어떤 상상을 불러일으킬지는 몰라도 시인은 언어를 자유자재로 다루어야 한다.

시의 지지知止는 시집이며 이후而後에 읽고 난 후에 정定함이 있으니 즉 나아갈 방향이 있다는 말이다.

*이이체: 충북 청주 출생. 2008년 〈현대시〉 등단.

초대 _ 김경인

 마지막으로 문을 두드린 건 시인이었지 / 시인은 과장되게 몸을 흔들며 수백의 계절을 걸어서 왔다고 말했어 / 물론 너는 믿지 않겠지만 나의 스승과 친구와 후배와 자식뻘 되는 또 후배들의 / 무려 백 년 동안의 시상식에 참석하느라 나는 죽는 것도 까먹었지 뭐야 / 시인은 누구든 용서하기 싫어졌다고 말한 후 / 돌연 가방 속에서 한 뭉치 원고를 꺼내 읽기 시작했지 / 거울과의 비밀 연애 그 지루한 분노의 시를 / 백 년 동안의 독서와 필사적인 필사를 / 그동안 무처럼 갉아 먹은 기억을 / 무말랭이처럼 바닥에 쏟아져 말라가는 언어를 / 황금 재즈 시대 트럼펫처럼 / 무대 위에서만 빛나는 비유들을 / 다 버리고 나서도 / 겨울밤 두더지처럼 늘어나는 슬픔들에 대해 / 시인은 무언가 더 말하고 싶은 눈치였지 / 너는 하품을 참으며 / 상투적인 교양 소설의 독자처럼 차근차근 말해주었어 / 거울 속 아이들은 콩나물처럼 물만 줘도 쑥쑥 자라 어른이 되지 않고 / 언어는 불평등의 얼음판 위를 날랜 스케이트 날처럼 획획 가르지 않으니 / 유사 낭만 시대의 별처럼 빛나지 않아도 좋아 / 나의 시인이여, 이제 그만 죽어도 된단다, 너는 다정한 사망선고를 내리고 / 그는 울면서 돌아갔지 / 내일이면 집이 조금 가벼워지리라 / 창밖엔 산뜻한 구름, 너는 허공에다 줄을 건다

鵲巢感想文

이 詩는 고체화 한 詩가 詩人을 바라보고 쓴 독백이다.

마지막으로 문을 연 건 시인이었지. 시인 말고는 시를 볼 사람이 있겠나 싶다. 시인은 과장되게 몸을 흔들며 수백의 계절을 걸어서 왔다고 말했어. 물론 시인이 말한 것이 아니라 시가 그렇게 흘러 왔다는 묘사다. 詩人 황인찬

은 詩 종의 기원에서 '백 년 동안 움직여온 그 입술'로 표현했다. 어떤 존재의 부재 같은 것을 표현한다.

물론 너는 믿지 않겠지만 나의 스승과 친구와 후배와 자식뻘 되는 또 후배들의 무려 백 년 동안의 시상식에 참석하느라 나는 죽는 것도 까먹었지 뭐야. 이 부분도 마찬가지다. 존재의 부재를 알리는 표현이다. 이 부분에서 재밌는 표현은 나는 죽는 것도 까먹었지 뭐야, 다. 詩는 원래 그 존재가 들어나지 못하면 산 것이 되고 반대로 존재의 부각은 죽음이다.

시인은 누구든 용서하기 싫어졌다고 말한 후 돌연 가방 속에서 한 뭉치 원고를 꺼내 읽기 시작했지. 시인을 대변한 詩의 주장이다. 詩 존재 확인이다.

거울과의 비밀 연애 그 지루한 분노의 시를 백 년 동안의 독서와 필사적인 필사를 그동안 무처럼 갉아 먹은 기억을 무말랭이처럼 바닥에 쏟아져 말라가는 언어를 황금 재즈 시대 트럼펫처럼 무대 위에서만 빛나는 비유들을 다 버리고 나시도 거울밤 두디지처럼 늘어나는 슬픔들에 대해 시인은 무언가 더 말하고 싶은 눈치였지. 이 문장은 제법 길다. 자신과의 비밀 연애라든가 분노라든가 독서와 필사 그리고 기억과 언어 이러한 것은 트럼펫처럼 불어대는 비유와 슬픔을 어찌 다 표현할 수 있겠나 뭐 이런 뜻이다. 시는 문장화되었으므로 시인의 주장이지만, 이 주장은 시의 대변이다.

거울 속 아이들은 콩나물처럼 물만 줘도 쑥쑥 자라 어른이 되지 않고 언어는 불평등의 얼음판 위를 날랜 스케이트 날처럼 획획 가르지 않으니 유사 낭만 시대의 별처럼 빛나지 않아도 좋아. 고체화한 시는 상상력은 키울 수 있으나 그 어떤 물질적 형질로 커지거나 하는 속성은 없기 때문에 어른이 되지 않는다. 어쩌면 유사 낭만 시대의 별처럼 빛나는 그런 시인으로 남고 싶은 마음도 이 시 문장은 알리고 있다. 그것도 얼음판 위 삭삭 긋는 스케이트 날 같은 문장으로 올곧게 선다면 말이다.

너는 다정한 사망선고를 내리고 그는 울면서 돌아갔지. 너 때문에 나의 존재를 일깨웠으니까 나는 울고 싶을 정도로 기분은 좋았어. 내일이면 집이 조금 가벼워지리라 창밖엔 산뜻한 구름, 너는 허공에다 줄을 건다. 내일은 가벼울 거야. 몽상은 글쓰기 딱 좋은 상태거든, 이제 무엇을 걸 수 있을 거야. 내가 줄을 쳐놓았으니까! 자 이제 써봐?

다산 시문집에 나오는 말이다. '양덕 사람 변지의에게 주는 말(위양덕인변지 의증언爲陽德人邊知意贈言)'로 아래와 같다.

변지의가 천 리 길을 마다하지 않고 나를 찾아왔다. 내가 그 뜻을 물었더니, 문장 공부를 하기 위해 나를 찾아왔다고 했다. 때마침 이날 우리 아이들이 나무를 심었기에 그 나무를 가리켜 비유하면서 이렇게 말해 주었다.

"사람이 글을 쓰는 것은 나무에 꽃이 피는 것과 같다. 나무를 심는 사람은 가장 먼저 뿌리를 북돋우고 줄기를 바로잡는 일에 힘써야 한다. 그러고 나서 진액이 오르고 가지와 잎이 돋아나면 꽃을 피울 수 있게 된다. 나무를 애써 가꾸지 않고서, 갑작스레 꽃을 얻는 일은 절대 일어나지 않는다.

나무의 뿌리를 북돋아주듯 진실한 마음으로 온갖 정성을 쏟고, 줄기를 바로잡듯 부지런히 실천하며 수양하고, 진액이 오르듯 독서에 힘쓰고, 가지와 잎이 돋아나듯 널리 보고 들으며 두루 돌아다녀야 한다. 그렇게 해서 깨달은 것을 헤아려 표현한다면, 그것이 바로 좋은 글이요 사람들이 칭찬을 아끼지 않는 훌륭한 문장이 된다. 이것이야말로 참다운 문장이라고 할 수 있다. 문장은 성급하게 마음먹는다고 해서 갑자기 이루어지는 것이 아니다. 돌아가서 내가 말한 뜻만 좇는다면, 얼마든지 좋은 스승을 만날 수 있을 것이다."

좋은 문장을 남기고 싶은 마음은 시인의 갈망이다. 문학의 꽃이라 할 수 있는 시는 현재와 죽어서도 그 명예를 시인께 안겨 주니 밤낮 고군분투하는 게다. 다산 선생께서도 사람이 글을 쓰는 것은 나무에 꽃이 피는 것과 같다고 했다. 더 나가 이 꽃이 영원히 시들지 않는 민족의 꽃으로 남는다면 백 년의 고독과 슬픔은 어찌 보면 이겨볼 만하겠다 싶다.

*김경인
*『조선 지식인의 글쓰기 노트』, 고전연구회 사암 엄윤숙, 한정주, 255p~256p 포럼.

초면 _ 김예강

　초면에 물컵을 떨어뜨렸다 들고 있던 물컵의 작약이 흉터를 예감하며 저편 작약의 없는 손을 잡으려 한다 빗물이 창문에 남겨진 어제의 눈동자를 조용히 지우며 간다 이럴 땐 어제의 내부는 겹꽃 같아서 영혼이 어디론가 자꾸 숨는다 싸늘한 골목의 등은 밤사이 피를 데우려다 아침을 맞이하곤 한다 골목 안 담장에 길없음이라 쓴다 갈팡질팡하던 아침이 등이 흰 고양이가 곧 얇고 유연한 새 골목을 끌고 오는 것을 우두커니 바라본다 어디선가 들은 희미한 노래가 등 뒤에서 들린다 조금 자란 손톱을 들여다보다 손금이 어디까지 흘렀는지 생각한다 손바닥은 번개의 발자국이 새겨져 있다 내 안의 열에 내가 데인 자국이다 우리는 초면인데 애인이라 한다 우리는 초면인데 적이라 한다 나는 꿈속인데 느닷없이 사랑하는 말을 한다 고양이 울음이 밤을 서성이다 창문을 두드리고 간다 초승달 속에 오래전 내가 서성이던 골목

鵲巢感想文

　시제가 초면이다. 초면은 무엇인가? 초면初面인가 초면炒麵인가, 이것도 아니면 초면草綿인가 어쩌면 초면焦面일 수도 있겠다. 이것도 저것도 아닌 초면草面은 어떤가? 초면에 물컵을 떨어뜨렸으니 초면은 젖었다. 시적 계기다.

　물컵의 작약이 흉터를 예감하며 저편 작약의 없는 손을 잡으려 한다, 작약은 작약炸藥이 맞을 것 같다. 터질 것 같다는 어떤 마음의 심적인 시어다. 물컵의 작약은 행위자고 저편 작약의 없는 손은 미치는 대상이다. 시인이 시를 읽는 행위나 시인이 시를 쓰는 행위로 보는 것이 맞다.

　빗물이 창문에 남겨진 어제의 눈동자를 조용히 지우며 간다, 골목길 같은 추억, 그리 깊지 않은 어제의 일이다. 시인의 마음을 잘 나타내 보인 심적

묘사다. 이럴 땐 어제의 내부는 겹꽃 같아서 영혼이 어디론가 자꾸 숨는다, 시인의 마음은 겹꽃처럼 어제의 일을 숨기고 싶다.

싸늘한 골목의 등은 밤사이 피를 데우려다 아침을 맞이하곤 한다, 싸늘한 골목길 같은 화자며 나를 기댈 수 있는 필묵(등)은 밤새 피를 흘렸다. 그러니까 열정을 쏟으며 아침을 맞았다. 골목 안 담장에 길 없음이라 쓴다, 아무리 생각해도 나의 좁은 머리는 길이 없다. 만들 수 없다.

갈팡질팡하던 아침이 등이 휜 고양이가 곧 얇고 유연한 새 골목을 끌고 오는 것을 우두커니 바라본다, 갈팡질팡하던 아침이, 주어부다. 아침은 시인을 제유한 시어며 시인의 마음을 묘사한 시구다. 등이 휜 고양이는 모태가 되는 문장이며 주어부다. 곧 얇고 유연한 새 골목을 끌고 오는 것을, 그러니까 모태에서 파생한 문장이다. 이것을 아침에 시인은 본다.

어디선가 들은 희미한 노래가 등 뒤에서 들린다 조금 자란 손톱을 들여다보나 손금이 어디까지 흘렸는지 생각한다, 손톱은 시 결정제다. 손금처럼 집은 글이며 손금처럼 복잡하게 얽힌 시며 작품은 되는지 확인한다.

손바닥은 번개의 발자국이 새겨져 있다 내 안의 열에 내가 데인 자국이다, 번개의 발자국이라는 표현이 재밌다. 이는 내 안의 열에 내가 데인 자국이라 했다. 번뜩이는 사색을 놓치지 않고 필사한 시인의 노력이 보인다. 우리는 초면인데 애인이라 한다, 우리는 초면인데 적이라 한다, 여기서 초면은 초면初面이다. 시제는 좀 다른 성질이다. 시는 모두 시인만이 읽는 것도 사실이지만, 이 속에는 애인 같이 글을 읽고 마음을 잡는 이가 있고 비평가처럼 시인의 평을 두둔하는 이도 있다. 또 초면은 세상 한 자락을 묘사하며 그 양면성을 얘기하는지도 모른다.

나는 꿈속인데 느닷없이 사랑하는 말을 한다 고양이 울음이 밤을 서성이다 창문을 두드리고 간다 초승달 속에 오래전 내가 서성이던 골목, 시인의 꿈을 실현한 한 대목이다. 고양이 울음 같은 시와 이 시를 통해 밤새 서성이며 내 마음의 창을 두드렸던 시인, 더뎌 창은 열리고 초승달보다 나은 둥근 달을 그렸으니 꿈은 이루어진 셈이다.

처음 대하는 얼굴이 초면이다. 사람은 첫인상에 그 사람의 인품을 어느 정도 파악한다. 그 사람의 자태와 말과 몸짓에 무엇보다 얼굴에 나타난 표정은 상대에게 많은 것을 보여준다. 몇 년을 살았던 내가 살아온 인생이 고스란히 묻은 곳이 얼굴이다. 한평생 살아가는 것이 어느 사람이든 별다른 게 있겠는가! 하지만, 별다른 것이 또 인생이다. 누가 뭐라 해도 자신의 의지를 굳건히 하고 자기 관리를 뚜렷이 한 이는 반듯한 삶을 추구한다. 의지를 굳힌다는 것은 쉬운 일이 아님을 여러 사람을 통해 알 수 있다. 무엇보다 배우려고 하는 자세만큼 세상을 똑바로 보는 것도 실은 없다. 세상에 바르게 서는 것만큼 중요한 일도 없으려만 책 한 권 읽으려는 사람은 없는 것도 사실이다. 여유가 없기에 여유를 만드는 일이라는 허무맹랑한 말인 것 같아도 우리는 모두 영혼을 가졌기에 마음의 안정만큼 모든 일보다 더 우선시해야 함은 두말할 필요가 없겠다.

올해 정유년도 이제 한 달이 다 갔다. 나이 60이 넘지 않은 경제활동영역에 있는 사람은 매년 다가오는 해는 모두 초면이자 초년이다. 정유년은 세종대왕 탄생의 해이기도 하며 대한제국 성립의 해다. 이순신의 정유재란을 승전으로 이끈 420주년이 되는 해이기도 하다. 붉은 열정을 담아 새벽처럼 울부짖는 닭, 한 해 12개의 바둑돌이라면 이미 한 개의 돌을 세상에다가 놓은 셈이다. 우리의 붉은 열정을 담은 정유년, 한 해 어떻게 이끌 것인가?

*김예강: 2005년 〈시와 사상〉 신인상 등단.

춤추는 멜랑꼴리 _ 고은강

삶은 언제나 마지막을 필요로 했다 한낮은 대체로 구천을 씹어 먹는 맛이다 생을 육박하는 이 어두움 때문에 생사의 거리가 무릎을 스칠 듯 가까워졌다 징후는 파도를 일으켰고 마침내 한기가 심중에 표류했다 내면이 둘러앉은 술잔은 푸르다 푸른 해협 하나를 들이 마신다 어떤 어둠은 빛이 통과할 수 없다 시간은 치유가 아니다 치유는 복원이 아니다 오늘은 임종의 주둔지, 아름다운 생의 전문은 없다 나는 다만 언제라도 가장 첨예한 고독과 직면할 준비가 되어 있다 당신은 어때, 마지막 춤을 출 준비가 되어 있니? 섬뜩함으로 빛나는 햇살은 칼날 같다 그 칼날에 베이려고 나는 폐허처럼 서 있다 구원은 내 꿈이 아니나 나란 뭘 좀 뭉어뜯을 수 있게 빌어먹을 이빨이기를, 개들이 낙하한다 새까맣게 떨어진다 자고 일어나면 수척해지는 거울 속에서 믿을 수 없게 그늘은 산란한다

鵲巢感想文

우리가 일상적으로 사용하는 단어도 시에서 보면 무언가 특별한 의미가 있는 것 같다. 위 시에서도 구천이라든가 생사의 거리, 무릎, 파도, 술잔, 푸른 해협, 복원, 임종의 주둔지, 첨예한 고독, 햇살, 칼날, 폐허, 이빨과 개, 수척과 산란 같은 단어 말이다. 그리 어렵지 않은 단어이지만 이들 모두는 마음을 표현한다. 그러니까 시다.

우리는 시인의 마음이 어떤 상태인지는 모른다. 글 속에 무엇을 그렸는지 단어 하나로 읽는 독자는 수많은 것을 상상하니까 말이다. 그러니 우리는 수많은 상상을 떠올리며 어떤 섬 하나를 동경한다. 이것으로 실지 동경한 섬을 그려내기도 한다. 창조는 무에서 유를 창출하는 것이다. 이러한 시

읽기와 더불어 나의 섬을 만들고 안전하게 그려낸 섬에 도착하면 우리는 성공한 삶을 이룬다.

추적추적 비 오는 날이다. 멜랑꼴리melancholy는 우울과 구슬프다는 뜻이다. 시제가 춤추는 멜랑꼴리다. 우울함이 한바탕 굿판을 벌인 것이다. 삶은 언제나 마지막을 필요로 했다. 사랑이 없으면 내일로 넘어가지 못하듯 사랑의 블랙홀이다. 시와 같은 삶, 삶 같은 시다. 시 쓰는 행위는 마치 한낮에 구천을 씹어 먹는 맛이다. 현재를 뒤집어 놓는 일이니 그 어려움은 얼추 이해가 된다.

생에 육박하는 이 어둠과 생사의 거리가 무릎을 스치듯 가까울 때, 시는 이룰 수 있다. 파도 같은 징후가 일으키듯 하고 마음에 한기 스리 듯 느낄 때도 있다. 술잔처럼 담을 수 있는 세계다. 이 세계는 어울릴 수 있으며 작고 편하고 푸르다. 하여 푸른 해협 하나를 마시는 것 같다.

어떤 시는 어둠이 두터워 빛처럼 이해하기 어려울 때도 있다. 시간은 치유도 복원도 아니며 오로지 임종을 앞둔 생의 마지막 가장 첨예한 고독과 직면할 때도 있다. 당신은 어떤가? 나도 마찬가지다. 이럴 땐 마지막 춤을 추는 것은 어때? 필봉 같은 춤판을 벌이며 마지막 희망을 품으며 세상을 그리는 거야? 그 칼날에 최종 종착지인 나의 폐허를 파헤치며 섬뜩한 칼날을 건져 올리듯 꿈을 품는 건 어때? 구원이 아니란 말이야. 이빨 누구를 물어뜯을 수 있는 그런 이빨 말이다. 낙하한 개를 향해, 수척한 거울과 믿을 수 없는 그늘만 산란한 개를 향해,

여기서 이빨에 관해 시인 송찬호 선생의 詩「만년필」에 보면 '거품 부글거리는 이 잉크의 늪에 한 마리 푸른 악어가 산다'는 표현이 있다. 이빨에 진일보한 문장이라 할 수 있겠다. 그럼

빌어먹을 이빨이기를, 개들이 낙하한다는 문장이 있다. 시인 최금진 선생 시「어린이들」을 보면 '내가 키우던 개는 턱뼈가 부서진 채 끙끙 앓았지'가 나온다. 이빨과 개와 턱뼈 모두 시를 의미하기도 하고 시인이 쓴 시 문장을 제유한 시구다.

시 춤추는 멜랑꼴리는 시 생산 이전 단계다. 예술은 넉넉한 가운데 예술성을 창안하지는 못한다. 시는 어렵고 힘든 과정에 무언가 부족한 상태에 마음의 동요로 얻는 경우가 더 많다. 그렇다고 시 한 수 얻기 위해 그런 상태로 모는 일은 없겠지만, 멜랑꼴리한 비 오는 날이다. 마음을 충전하여 세계에 향해 뛰쳐나갈 준비로 다만, 이빨은 닦아야겠다.

　출기제승出奇制勝이란 말이 있다. 손자병법 및 사마천 사기와 세종실록에도 나오는 말이다. 기묘한 전술을 이끌어 승리를 얻어낸다는 뜻이다. 춘추전국시대는 수많은 국가가 있었다. 하루에 없어지는 국가가 있었던가 하면 새로 생성되는 국가가 있었다. 절대왕정시대는 춘추전국시대만큼 국가의 소멸과 생성은 빈번하지는 않아도 전쟁은 잦았으니 장수 된 자로 기묘한 전술을 도모하지 못하면 그 군대는 패배했다. 자본주의 사회, 춘추전국시대만큼 수많은 동종업종이 난립한 가운네 개인 사업장을 본다. 이 시대의 특성이 몇 백 년을 지속할지는 모르는 일이지만, 무분별한 창업과 폐업의 길을 걷는 자영사업장은 시대와 더불어 지속할 것이다. 그러므로 영업은 사업주의 기본 자질과 역량도 있어야 하지만, 이를 토대로 기묘한 전술과 전략 즉 마케팅은 있어야 한다. 마케팅하지 않는 기업은 살아남을 수 없다. 이러한 가운데 우리가 사용하는 언어가 기업문화에 맞게 갈고 닦아 널리 홍보에 힘쓰는 것만큼 대표의 할 일 또한 중요하겠다.
　마음을 충전하여 세계에 향해 뛰쳐나갈 준비로 다만,
　이빨은 닦아야겠다.

*고은강: 1971년 대전 출생. 2006년 제6회 〈창비 신인시인상〉 등단.
*[세종실록 권제30, 11장 앞쪽, 세종 7년 11월 8일(계묘)] 한국고전용어사전, 2001. 3. 30.
　*병조계 兵曹啓 무학병가중사武學兵家重事 위장수자 爲將帥者 수유재력 雖有才力 약불지병법 若不知兵法 칙무이출기제승 則無以出奇制勝 무과출신인 武科出身人 혹태어습

업或怠於習業 정통무경자精通武經者 심소甚少 불가불려야不可不慮也

병조에서 아뢰기를, "무술의 학문은 병가의 중요한 일입니다. 장수된 사람이 비록 재주와 역량이 있을 지라도 병법을 알지 못하면 기묘한 전술을 내어 승리를 얻을 수 없는데, 무과 출신의 사람이 혹 공부하기를 게을리 하여, 무경에 정통한 이가 매우 적으니 염려하지 않을 수 없습니다."

치국약사문略史文 _ 우진용

　구족이 사는 협곡 입구에 치국이 있었다 뾰족하고 뭉툭한 바위들이 빈틈없이 막고 있어 들어간 자 걸어 나오는 일은 없었다 치국 사람은 남을 죽여 저를 살리는 성정이 있어 주변 나라들이 사귀기를 꺼렸다 바위조차 달아오르는 가뭄이 계속되면서 국경의 구름 빛이 삼년 넘게 붉었다 입에 들이는 것이 드물어지자 치국은 작은 나라들을 닥치는 대로 집어삼켰다 소국의 수는 많았지만 좁쌀 열 번 구른들 대두大豆 하나만 하겠는가 탐욕은 끝 간 데 없어 포로들로 주지酒池를 파게하고 전리로 육림肉林을 쌓았다 기어 다니는 아이조차 무어라도 입에 물고 다녀야 직성이 풀렸다 치국 사람들은 스스로를 정正이라 내세우고 잡아온 사람들을 비非라 부르며 하대했는데 거친 음식과 무명옷으로 피골이 상접하여 차마 보기 어려웠다 산사태로 숱한 사람들이 묻혔어도 세월이 얼마간 흐르자 구우일모九牛一毛만한 측은지심惻隱之心마저 희미해졌다 미인경국美人傾國이요 의인구국義人救國이라 했으나 의義라는 말에는 애써 고개를 돌렸다 백성의 상투 위에 올라선 자들의 탐심은 나라의 안위安危도 가리지 않았다 그나마 둘로 나뉘더니 와각지쟁蝸角之爭 하루라도 편한 날이 없었다 가끔 땅이 흔들리며 왕궁의 연못물이 반쯤 줄었으나 직언하는 신하 하나 없었다 오히려 풍악소리 높아지고 교성은 더욱 간드러졌다 며칠간 마른번개 치더니 들쥐 떼가 기승을 부렸다 이윽고 지축이 크게 요동하니 마침내 바위마저 흔들렸다 곳곳에 누런 용암이 흘러내리고 유황 냄새가 천지를 진동했다 종탑이 쓰러지고 성벽이 허물어지니 천년 고목조차 바로 서기 어려웠다 백리 사방 온전한 땅은 찾기 어려웠고 남은 자들은 울면서 산으로 기어올랐는데 그 소리로 협곡이 사흘간 울려 삼명협三鳴峽이란 이름을 얻었다 현란한 말로 혹세하고 남의 호주머니로 배를 두드리던 자들 중에는 금덩이를 안고도 거적조차 못 덮었다는 소문이 돌았다 그 후 치국은 이목구비가 뚜렷한 의치라는 자가 무리를 끌고 나타나 방계傍系임을 주장하며 왕위에 올랐다 국세가 이미 기울어 남은 자들이 의심이 일어나도 일언반구 따지지 못했다 의치는 교언으로 귀를 막고 영색으로 사람들의 눈을 가렸다 재주가 신묘하여 홀연히 사라졌다 나타나곤 했다 의치 사람들은 교묘하게 꾸미는 기술이 남달라 부서진 성과 허물어진 둑을 그럴 듯하게 고쳐놓았는데 옛것과 구분하기 어려웠다 눈 밝은 자만이 겨우 눈치 챘으나 그나마 치국으로 들어간 자는 돌아오지 못해 이조차 풍문으로 돌다가 말았다 탐욕과 분쟁으로 멸국에 이른 자들이 스스로를 부끄럽게 여겼는지는 알 수 없다 고문헌에 화복무문유인자초禍福無門惟人自招 여덟 자만 남아있어 그 뜻을 짐작할 뿐이다 오호라 치국의 예가 그들만의 과오겠는가 다만 이를 깊이 새겨 자경自警의 터럭이라도 삼기를 바라는 마음에 여기 치국의 약사略史를 남기는 바이다

鵲巢感想文

시 한 편을 읽는데 마치 중국 어떤 왕조사를 읽는 기분이다. 시제 치국약사문은 치국의 역사를 간략하게 적은 문장이다. 치국이란 치국治國이 아니라 치국恥國이다. 한마디로 부끄러운 시다. 시인은 이 부끄러운 시를 경탄하며 질책으로 다그친다. 물론 시로 필자는 놓았지만, 시뿐이겠는가! 지금 나라 안이 이와 다를 바 없다. 대통령 탄핵과 비선실세의 농단은 시국만 흔들어놓았으니 일에 매진해야 할 국민은 근심·걱정으로 가득하기만 하다. 하루가 달리 변하는 대외정세에 국내정치는 아직도 그 후진성을 면치 못하니 이는 치국이다. 경제가 아무리 발전하면 뭐하는가! 스스로 공정한 사회를 만들지 못하면 나라가 부유해도 온전하지 못한다. 그러나 이것도 저것도 아닌 우리의 정치, 무엇이 가장 시급한 문제인지는 우리 스스로가 잘 안다. 하루 빨리 정치적 안정을 도모하여 민족의 대동단결로 부강한 국가로 우뚝 서길 바랄 뿐이다.

커피 38잔 / 鵲巢

나니가 찾아간 곳은 어느 움막이었습니다. 마크스는 혼자서 여럿이 함께 있었습니다. 마크스도 입 다물고 있었지만, 그의 친구들도 마찬가지입니다. 한동안 이어온 이 분위기 깨뜨렸던 건 나니였습니다. 산양이 여물을 되새김질 한만큼 흘렀을까요.

투치족 족장인 돈탁이 오는 거예요. 마크스는 당황했지만 태연하게 그를 보았습니다. 그는 야산에서 잡은 멧돼지 하나 이고 있었고 산양의 젖이 필요했던 거예요. 약간은 의아해 바라보았습니다. 그는 태연하게 움막 안으로 들어갑니다. 이미 받은 토기 뚜껑을 엽니다. 그리고 한 바가지 폭 떠서 산양 오줌보에다가 담습니다. 얼른 나가는가 했는데 주위를 아주 맵시 있게 바라보는 겁니다. 마크스는 정신없었습니다. 거저 지팡이만 짚었습니다.

그가 나가고 곧이어 낙타가 이쪽으로 오는 것 봅니다. 상크스와 토치였습니다. 상크스는 낙타 위에 있고 토치가 잠시 내렸다가 움막 인으로 들어가 무엇하나 들고 나갑니다.

나니는 돌 반석에 앉았고 구름을 얘기합니다. 구름 몰이하는 어느 소년의 이야기를 합니다. 마크스는 이미 이곳 별 아닌 달만 생각합니다. 눈빛은 돌 밑 떨어져 구르다가 나니의 다 헌 발바닥 지납니다. 흐릿한 산양의 세계는 그를 가리고 맙니다. 하지만 상크스는 야생에서만 나는 파파야가 하얗게 나는 단물 일품이라 했습니다. 얼마나 얘기했을까요.

마크스의 오른팔 쿤코가 와 마른 목 꾹 잡으며 시원한 파파야 달라며 애원합니다. 파파야 아닌 산양의 젖 담은 오줌보만 몇 개 들고 나가는 쿤코 있었습니다. 나니는 부러진 활만 들여다보았고 화살 하나 들고 들어오는 산티노가 이미 빈 그릇 들고 금빛만 내모는 둥근 달 보며 있었습니다. 달빛은 한없이 밝았습니다.

위 시인의 시와 감상에 필자의 시와 아무런 관계는 없다. 오로지 시인의 시를 읽었기에 다만, 커피 한 잔 놓고 갈 뿐이다. 제대로 된 커피일까 마는 거저 성의로 받아주기 바란다.

군자탄탕탕君子坦蕩蕩이라는 말이 있다. 물론 뒤에 말이 더 잇는다. 소인
장척척小人長戚戚 군자는 마음이 평온하고 너그러우며 소인은 항상 근심으로
조마조마하다는 말로 공자의 말씀이다.

윗물이 흐리니 아랫물인들 오죽하겠는가! 이를수록 군자의 마음을 가져
야 한다. 시는 마음을 여유롭게 하여 몸을 편안하게 한다. 몸이 편안해야 그
대가 다스리는 사회가 안정된다. 옛 성인은 무엇보다, 마음을 우선하였으니
마음이 편치 못하면, 부귀영화인들 좋을 수 있겠는가! 우리는 모두 군자다.

*우진용: 2003년 〈시사사〉 등단.

379

툭사리 포집다

통증 _ 고영민

중국에는 편지를 천천히 전해주는 느림보 우체국이 있다지요 보내는 사람이 편지 도착 날짜를 정할 수 있다지요 한 달 혹은 일 년, 아니면 몇 십 년 뒤일 수도 있다지요 당신에게 편지 한통을 보냅니다

도착 날짜는 그저 먼 훗날 당신에게 내 마음이 천천히 전해지길 원합니다 당신에게 내 마음이 천천히 전해지는 걸 오랫동안 지켜보길 원합니다

봄, 여름, 가을, 겨울 수십 번, 수백 번의 후회가 나에게 왔다가고 어느 날 당신은 내가 쓴 편지 한통을 받겠지요 겉봉을 뜯고 접은 편지지를 꺼내 펼쳐 읽겠지요 그때 나는 지워진 어깨 너머 딩신 뒤에 노을처럼 시시 함께 편지를 읽겠습니다

편지가 걸어간 그 느린 걸음으로 내내 당신에게 걸어가 당신이 편지를 읽어 내려가며 한 홉 한 홉 차올랐던 숨을 몰아 내쉬며 손을 내려놓을 즈음 편지 대신 그 앞에 내가 서 있겠습니다

鵲巢感想文

원래 이 시는 행 가름이 되어 있다. 하지만, 필자의 나름으로 행을 따로 정리했다. 원문은 그대로다. 거저 지면상의 이유도 있고 뜻을 분간해서 읽기 편하게 했다. 시인께 송구할 따름이다.

중국은 이웃 나라다. 이웃 나라의 관습을 예로 들었다. 보내는 사람이 편지 도착 날짜를 정할 수 있는 그러니까 일 년이고 몇 십 년이고 그 훗날 내가 지목한 사람에게 보내는 그 편지다.

이것처럼 당신에게 내 마음이 오랫동안 전해지길 바라는 것처럼 시인은 오랫동안 사랑하는 사람에게는 부재였다. 그 부재가 통증이며 고통이다.

봄, 여름, 가을, 겨울 수십 번, 수백 번 후회가 나에게 왔다 가고 어느 날 당신은 내가 쓴 편지 한 통을 받을 것이다. 그때는 이미 나의 모습은 지워지고 없는 아득한 시간이며 노을처럼 당신과 함께 그 편지를 읽을 수 있을지도 모르겠다.

하지만, 편지가 걸어간 시간만큼 나는 당신에게 존재하지 않았다. 그 시간만큼 나는 아픔이었다. 편지가 읽히지 않을지도 모를 이 통증(시)은 또 얼마나 그 긴 시간에 나에게 왔던가! 시인은 그제야 내 앞에 서서 지난 날 일이 엊그제처럼 반갑다며 손을 내민 것과 다름없다.

편지는 아마 90년 초반까지는 쓰지는 않았을까? 인터넷이 나오고 메일이 보급되면서 편지는 사라졌다. 더욱 통신문화가 발달한 요즘은 스마트 폰으로 연락을 주고받는 시대다. 편지를 주고받는 낭만 같은 것은 사라진 지 오래다.

우체통을 열어보면 각종 요금을 알리는 봉투만 가득하다. 어떤 때는 그 양이 수북하여 실은 뜯어보지도 않고 종이상자에 처박아 두고 재활용으로 넘어가는 일이 비일비재하다. 모두가 사는 데 바빠 여유가 없어진 게다.

사랑이 부재한 현대 사회의 통증은 오히려 이 수북한 각종 요금을 알리는 봉투일 수도 있겠다. 이러한 각종 요금 봉투는 수일이 지나, 봄, 여름, 가을, 겨울 수십 번 수백 번 지나오는 것도 있을 수 없는 일이겠지만, 매를 맞을 때는 그때 맞는 것이 낫겠다는 생각도 든다.

편지, 이제는 편지가 편지 같지가 않고 편지를 나르는 우체부 아저씨는 휴대전화기 요금 고지서 나르는 일꾼 같다. 세상이 변한 것이다. 변한 세상에 우리가 변한 것이다. 인스턴트식 급조한 말로 순간 날리는 시간이 아니라 오래 묵힌 마음 한 자락을 책으로 엮어 편지로 보내 보는 것은 어떨까!

편지, 보낼 곳이 없다면, 매일 나에게 일기를 쓰라! 일 년을 묶어 나에게 보상하고 그때 일을 다시 읽어 보라! 쓰는 것만큼 나를 앞에 세우는 것도 없을 것이다. 나는 늙어가지만 내 앞에 다시 선 나는 옛날 모습 그대로 서서 당신을 바라볼 것이다. 아득한 시간이 흐르고 내가 죽고 뼈가 진토가 되었을 때 나는 또 아득히 묻혔다가 클릭 클릭 클릭 한다면 새하얀 눈밭 길 까치 한 마리 날아가겠다.

대학大學에 신독愼獨이라는 말이 있다. 혼자 있어도 도리에 어긋나는 일을 하지 않는다는 말이다. 삼갈 신愼 홀로 독獨이다. 옛 선조들은 이 신독을 자기 수행의 지침으로 삼았다. 남이 보지 않아도 자세를 흐트리거나 막말을 하지 않았다. 요즘은 어떤가? 신독이란 찾아볼 수 없다. 조금이라도 기분 나쁘면 카스에 오르고 심지어 자기소개 난에도 'ㅆ ㅃ ㄱㅅㄲ' 이러한 문자는 여사다. 더는 숨길 곳 없는 현대사회에 자기감정을 더욱 표현하는 우리다. 잘못된 의사표현에 결국 피해를 보는 건 다름 아닌 나다.

몇 십 년이 지나고 내가 사회에 몸담을 때 어린 날의 어떤 잘못으로 그 잘못이 내 앞에 서면 그때는 부끄러움으로 더 큰 일을 수행할 수 없을 것이다. 모 국회의원의 아들, 모 씨의 자필 편지다. "저의 잘못으로 인해 많은 분들께 상처와 실망을 안겨드린 점 고개 숙여 사과드립니다." 그러니 매사에 신중하고 나를 다스리는데 아낌이 없어야겠다. 젊은이여! 신독愼獨하라.

*고영민: 충남 서산 출생. 2002년 〈문학사상〉 등단.

트락타트 _ 김은상

　새의 동공 속으로 창공이 휘말린다. 난생卵生과 날개가 잉태시킨 도감圖鑑을 골목의 겨울이 완성한다. 고대의 닭이 어느 날을 울어 새벽은 해석 불가능한 경전이 되었다. 눈발 속에서 붉은 종이 검劍을 벼린다. 누가 우리에게 이 검을 주었던가. 검은 스스로 울렁거리는 신전. 그리하여 단 한 번 용서를 기다리는 자의 모습으로만 별빛은 날카로워져야 한다. 오직 생生은 자신만을 살해하기 위해 주어진 예배이므로. 육친은 원망이 불가능한 별들의 숙주이므로, 죽은 새의 피안彼岸 속으로 영혼을 날려 보내는 일을 주저해야 한다. 누구나 성좌들 속에 자신의 점성술을 넣어둔다. 이것은 또 하나의 악행. 그러고 나는 이 악행을 숭배하였다. 새의 죽음을 살려 날게 했고 푸르른 공중을 선물했다. 부리에 문 나뭇가지로 둥지를 짓게 했고 부화한 어린 새들의 노래로 아침을 불러왔다. 폭풍과 뇌우를 차안此岸으로만 떨어뜨리며 함박눈의 겨울에서 영롱한 은유를 캐냈다. 그러나 지금 한 새의 죽음이 성에 긴 유리창에 박혀 있다. 그렇다면 나는 페가수스를 조류라 해야 하는가, 포유류라 해야 하는가. 아니면 조류이면서 포유류라고. 어느 편을 도감에 채우든 제의祭儀를 원하는 새는 새가 아니다. 나에게는 화장火葬을 원하는 늙은 어머니가 있고 매장을 원하는 병든 아버지가 있다. 화장부터 매장까지의 거리는 내가 걸어야 할 불면으로만 아름답다. 삶이 삶을 용서할 때 비로소 죽음은 온다. 함부로 말하고 함부로 말하지 않는 침묵, 이것이야말로 내가 나를 용서하는 트락타트*다. 별은 지상을 위해 빛나지 않고, 성자聖者는 단 한 번도 당신을 그리워하지 않았다.

鵲巢感想文

시제가 좀 이색적이다. 시인께서 각주 처리하여 그 뜻을 알게 되었다. 시제는 시인께서 쓰신 시에 크게 영향을 미치거나 글을 읽는 데 큰 역할을 하지 않는다. 시제의 말마따나 거저 작은 마음 한 자락 읊은 거로 보인다.

이 시에서 시의 객체는 '새'다. 시의 주체는 각종 이미지로 변하는데 나열하자면, 창공, 골목의 겨울, 새벽, 붉은 종, 별빛, 영혼이다. 이 시의 중반까지가 이미지 변환하여 진행한다. 전반부는 시의 객체와 시의 주체가 도치되어 문장을 꾀어 놓은 듯 읽힌다. 예를 들면 새의 동공 속으로 창공이 휘말린다는 표현을 보자. 여기서 창공이 주어다. 창공 같은 자아를 제유한다. 새는 문장의 제유다. 난생과 날개가 잉태시킨 도감이라는 표현도 재밌다. 난생은 부분이면 날개가 잉태시킨 도감은 전체. 詩와 詩集이다. 골목의 겨울은 주어로 자아를 제유한다. 골목 같은 협소한 머리와 겨울 같은 춥고 녹지 않은 마음을 묘사한다. 고대의 닭은 난생과 맥을 같이 하며 새벽은 창공과 골목의 겨울과 그 맥이 같다. 붉은 종은 난생과 고대의 닭을 흠모하며 변화하고픈 자아며 김鑁은, 난생과 고대의 닭 같은 깃으로 경진이다. 다음 문징에 경전→겸→신전으로 이전되는 것에 주목하자. 별빛은 붉은 종에서 발전한 모습이다.

생生은 날개 가진 삶을 말하며 육친은 난생이라든가 고대의 닭의 변환으로 별들의 숙주다. 붉은 종→별빛→별로 이전되는 상황을 유심히 보라!

누구나 성좌들 속에 자신의 점성술을 넣어둔다. 이것은 또 하나의 악행. 그러고 나는 이 악행을 숭배하였다. 이는 시작법을 논하는 장면이다. 시인은 자신만의 화법이 있다. 다른 무엇과 비교되는 어떤 말투나 문장의 기법을 가지고 있다는 말이다. 또 그러한 분간이 가야 자신만의 예술성을 살려낼 수 있음이겠다.

새의 죽음을 살려 날게 했고 푸르른 공중을 선물했다. 부리에 문 나뭇가지로 둥지를 짓게 했고 부화한 어린 새들의 노래로 아침을 불러왔다. 폭풍과 뇌우를 차안此岸으로만 떨어뜨리며 함박눈의 겨울에서 영롱한 은유를 캐냈다. 이 부분은 시의 해체다. 시 해체는 곧 또 다른 시 탄생의 목적이 된다.

시인은 한 새의 죽음이라 표현했는데 이는 시의 고체화다. 성에 낀 유리창에 박혀 있다는 것을 보라! 이 유리창은 자아가 보는 현실이다. 맑지가 못한 눈을 묘사한다. 시인이 쓴 페가수스라는 시어도 곰곰 생각해보라! 마치 페가수습弊家修習으로 읽히는 것은 나만 느끼는 것일까! 조류는 시의 세계며 포유류는 시인 즉 아직 등단하지 못한 우리를 그리는 것인지도 모른다. 우리는 포유류이기 때문이다.

시인은 제사나 의식으로 쓴 시는 시가 아니라고 한다. 시인의 시에 대한 철학을 읽을 수 있음이다. 화장을 원하는 늙은 어머니와 매장을 원하는 병든 아버지는 실제 시인이 처한 상황일 수도 있으며 이는 시의 모태로 시인이 걸어야 할 의무다. 즉 읽고 참고하며 공부하는 자료나 다름이 없다.

삶이 삶을 용서할 때 비로소 죽음은 온다. 함부로 말하고 함부로 말하지 않는 침묵, 이것이야말로 내가 나를 용서하는 트락타트*다. 별은 지상을 위해 빛나지 않고, 성자聖者는 단 한 번도 당신을 그리워하지 않았다. 시 탄생을 묘사한다. 별과 성자는 시를 제유한다. 별과 성자로 태어났지만, 누가 이를 펼쳐 볼 것인가? 별과 성자는 모르는 일이다.

오우천월吳牛喘月이라는 말이 있다. 우리식으로 고치자면 오우견월천吳牛見月喘이다. 오나라 소가 달을 보고 헐떡거린다는 뜻이다. 오나라는 중국 남방의 몹시 더운 지방에 위치한다. 낮 더위에 지친 소가 밤에 달이 뜬 것 보고 해 뜬 줄 알고 숨 헐떡거린다는 말이다. 담이 작아 미리 겁먹음을 말한다. 우리 속담에 자라 보고 놀란 가슴 솥뚜껑 보고 놀란다는 말과 같다.

사람 사는 사회, 사건 사고로 넘쳐난다. 신문은 새로운 소식으로 가득하다. 우리는 어떤 변화가 있는지 예의주시하며 본다. 또 한 편으로는 변화의 물결 그 주체로 움직일 때도 있다. 항상 내게 닥치는 일에 두려움을 가져서는 안 되겠다. 무엇이든 담담하게 받아 그 일을 꼼꼼히 처리하는 능력을 길러야 한다.

이러한 사회에 어쩌면 현대인은 글 한 자 보는 것도 힘들 것이다. 아예 소식을 끊고 지내는 사람도 있지 않을까! 글이라면 무서워하는 사람도 있을 것 같다는 생각도 해본다. 세상을 오우천월처럼 바라볼 수는 없는 일이다. 세상 바라보는 잣대로 각주구검 刻舟求劍*은 오히려 나를 도태시킨다. 시는 언어의 각종 묘미가 들어가 있다. 말은 평생 닦아도 모자란다. 시 한 수가 세상을 바라보는 데 얼마나 큰 힘이 될까마는 최소한 달 보고 헐떡거리는 일은 없어야겠다.

*김은상: 전남 담양 출생. 2009년 〈실천문학〉 등단.
*트락타트Traktat : 학술적인 논문 혹은 종교적인 소책자, 유인물을 뜻하는 독일어.
*세설신어 世說新語 언어편 言語編
*각주구검 刻舟求劍: 중국 초楚나라 사람이 배를 타고 강을 건너다가 들고 있던 칼을 물속에 빠뜨렸다. 그러자 그는 곧 칼을 빠뜨린 뱃전에 칼자국을 내어 표시해 두었다. 다음에 다시 찾아와 칼이 빠진 곳을 표시해 둔 것이었다. 하지만 배가 언덕에 와 닿자 칼자국이 있는 뱃전 밑 물속으로 뛰어들었다. 그러나 그에 칼이 있을 리 없었다. 배가 움직였다는 것을 모르고 배에 표시한 것만 생각한 것이다. 이처럼 옛것을 지키다 시세의 추이도 모르고 눈앞에 보이는 현상만을 고집하는 처사를 비유해서 한 말이다. 『여씨춘추 呂氏春秋』에 그 유래가 전한다.
어리석고 미련하여 융통성이 없다는 뜻이다.

팔레트 속 _ 김지녀

각자의 허기를 달래줄 국경이 됩시다

당근과 사과가 섞인 주스를 마시고 / 소주와 맥주가 섞인 술을 따르고 / 국적이 불분명한 얼굴로

태양을 그렸는데 달이 되고 / 산을 그렸는데 울타리가 되는

눈썹과 눈동자와 코를 그려 넣을 수 있는 계란만큼 / 훌륭한 얼굴은 없습니다 / 한쪽 귀는 절벽 다른 쪽은 바위 / 입술은 그리지 맙시다

입술이 열리면 / 말과 생각이 터지기 쉽습니다 / 배가 고파도 열리지 못하는 입술들이 있으니까

노란색 바나나는 더 노랗게 칠하고 / 한쪽 눈은 파랑, 다른 쪽은 주황 / 콧구멍은 갈색 / 머리는 초록색

무엇을 색칠하든 / 입술은 그리지 맙시다 / 지구에 사는 옷 속의 몸은 의외로 얇고 / 국적 없는 얼굴들에도 열렬한 사랑이 찾아옵니다

국경은 어디에 있습니까? / 칸과 칸 사이를 흘러넘친 이 색깔을 무슨 색깔로 불러야 합니까?

鵲巢感想文

팔레트palette는 미술용어다. 수채화나 유화를 그릴 때 그림물감을 짜내어 섞기 위한 판을 말한다. 한마디로 물감판이다. 詩에서는 마음을 표현하기 위한 어떤 형이상학적 물질을 시인은 팔레트로 사용했다.

허기나 국경이라는 단어는 시어로 사용하기 딱 좋은 말이다. 그러니까 시적 용어. 허기는 어떤 공복 배고픔을 떠나 영혼의 부재 혹은 영혼의 빈-노트로 자아를 상징하거나 공백 상태며 국경은 너와 나의 경계다.

당근과 사과가 섞인 주스를 마시거나 소주와 맥주가 섞인 술을 따르고 국적이 불분명한 얼굴로 태양을 그렸는데 달이 되고 산을 그렸는데 울타리가 되었다는 것은 영혼의 충전을 묘사한다. 마치 육체에 영향을 보급하기 위한 일련의 식사와 즐거움을 갈구하듯 영혼도 이와 마찬가지로 책을 읽고 충전한다는 이야기다.

눈썹과 눈동자와 코를 그려 넣을 수 있는 계란만큼 훌륭한 얼굴은 없습니다. 한쪽 귀는 절벽 다른 쪽은 바위, 행 가름하고 입술은 그리지 맙시다. 그러니까 계란형 얼굴만큼 뛰어난 것도 없겠지만, 굳이 계란 만큼이라 하는 것은 결코 강조하는 말이 아니라 눈썹과 눈동자와 코를 그렸다는 것만도 훌륭한 것이 된다. 자아를 표현한 것만큼 더 중요한 예술은 없으니까! 귀를 절벽으로 다른 쪽은 바위로 표현해도 무관하다. 오로지 입술만 그리지 말자. 그러니까 말은 삼가고 시를 쓰자 말의 근원지인 입술은 아예 그리지 말자는 말이다. 시인은 오로지 시를 써야 하니까!

입술이 열리면 말과 생각이 터지기 쉽다고 시인은 말한다. 또 한편은 배가 고파도 열리지 못하는 입술들이 있다며 부연 설명했다. 영혼의 공백, 허기는 그려놓은 입술을 입술로 받아들이기 힘들지도 모를 일이다. 그러니까 시의 오독을 묘사한다. 오독될 바에야 그리지 않는 것이 좋다는 말이다.

노란색 바나나는 더 노랗게 칠하고 한쪽 눈은 파랑, 다른 쪽은 주황, 콧구멍은 갈색, 머리는 초록색으로 무엇을 칠하든 입술은 그리지 말자. 지구에 사는 옷 속의 몸은 의외로 얇고 국적 없는 얼굴들에도 열렬한 사랑이 찾아

옵니다. 여기서 지구는 시집을 제유한 단어다. 시 한 편의 교감을 너와 나의 국경으로 정했다면 이 시는 한 편의 나라 국國이 된다. 그러니 그 한 장은 얇은 옷으로 이것만큼 더 얇은 것도 없겠다. 언젠가는 사랑은 찾아올 거라는 시인은 말을 남겼다만 모를 일이다. 이 시처럼 금시 찾아드는 국경이 있는가 하면 몇 천 년이 지나도 사장되는 시도 있을 것이다.

국경은 어디에 있습니까? 그러니까 나의 시 독자는 어디에 있습니까? 칸과 칸 사이를 흘러넘친 이 색깔을 무슨 색깔로 불러야 합니까? 검정이라 말하리.

노자 도덕경 10장에 이런 말이 있다. 전기치유專氣致柔, 능영아호能嬰兒乎. 기를 부드럽게 다하면 능히 어린아이처럼 된다는 말이다. 노자는 부드러움을 어린아이나 물, 새싹과 여린 식물로 상징한다. 부드러움을 잃어가는 것은 죽음에 이른다는 뜻이다.

중국인은 통치는 다스리지 않는 듯 그런 다스림, 지도자가 나서서 간섭하지 않으면서도 모든 것이 제대로 돌아가는 정치를 가장 으뜸으로 보았다. 개인이나 협의적 혹은 광의적 경영도 이처럼 최고경영자의 부재 아닌 부재라 하더라도 조직은 돌아가는 것이 최상의 경영이다. 경영자는 이를 목표로 한다.

詩는 세상 삶에 찌든 때를 벗긴다. 유아는 아니지만, 유아처럼 몸은 늙어도 마음은 물처럼 그 부드러움을 잃지 않는다. 그러므로 책詩을 읽는 자는 나이가 들어도 그 유순함이 몸에 배어 상대에게 위압감을 준다거나 경계의 눈빛을 제공하지 않는다. 도로 포근하면서도 그 어떤 일도 쉽게 받아들이고 이해하고 읽을 수 있는 자세 다시 말하면, 포용과 이해가 따른다는 말이다.

입술은 그리지 않아도 노란색 바나나는 더 노랗게 한쪽은 눈은 파랑, 다른 쪽은 주황, 콧구멍은 갈색, 머리는 초록색으로 표현해도 팔레트 속 물감은 제구실 다한 것이니 우리는 시적 교감을 만끽하며 지구에 사는 얼굴의 그 얇은 옷을 벗겼으므로 국적 없는 사랑을 열렬히 불태운 것이 된다.

*김지녀: 1978년 경기도 양평 출생. 제1회 〈세계의 문학〉 신인상 등단.

폭이 좁고 옆으로 긴 형식 _ 김지녀

망설이는 것만으로 우리는 옆이 길어집니다 오른쪽에서 왼쪽으로 옆이 전개될 때 우리는 예상치 못한 점선들로 분할되곤 했습니다

비가 많이 오던 날이었어요 약속했던 시간이 지나도 오지 않는 그녀에게 전화를 차마 하지 못했습니다 우산 아래서 옆이 다 젖도록 어둠이 길어져 있었습니다 먼 곳을 헤매고 있는 사람처럼 옆의 옆이 낯설어졌어요 자를 대고 칼로 긋듯 그날을 반듯하게 자를 수 있다면 우리는 아마 잘 접혔을 겁니다

한 번은 옆을 빌려달라고 부탁한 적이 있습니다 한 사람은 거절했고 다른 한 사람은 발등을 바라보며 망설이더군요 옆과 옆 사이의 어깨가 그 어떤 테두리보다 넓어서 건너갈 수 없었습니다

더 넓고 따뜻한 옆을 차지하기 위해 우리는 분주했습니다 옆에 얼마나 크고 넓은 폭포가 있는지 절벽과 진창이 있는지 가늠지 못하고 우리의 옆은 배경이 없는 화면처럼 점차 장편이 되어갔습니다

오후처럼요, 이웃의 그림자가 다음 페이지를 위해 발걸음을 재촉할 때도 바닥에 남겨진 흙자국들을 지우며 우리는 옆이 모르는 비밀 하나쯤은 남겨두고 있었습니다

할까 말까 망설이다가 우리는 옆이 점점 길어지고 있습니다 좀 더 많은 내용을 담은 것처럼 우리의 옆에 정원과 연못을 가꾸고 있습니다 비겁함을 쉽게 접기 위함

입니다 지나간 사건들을 돌돌 말아 놓고 오래 살기 위함입니다

鵲巢感想文

시제가 '폭이 좁고 옆으로 긴 형식'이다. 폭이 좁다는 것은 옆을 수식한다. 이 시에서는 옆이 중요한 시어로 등장한다. 시를 읽는 내내 옆은 어느 행이든 빠뜨리지 않고 등장하기 때문이다. 옆은 옆으로 읽는 맛도 있지만, 옆은 우리의 마음이다. 여기서 우리라는 시어도 너와 나 그리고 우리의 개념이 아닌 나와 내 속에 든 또 다른 나와의 관계를 의미한다. 그러니까 나와 내 마음을 의식한다.

굳이 감상하자면…….

망설이는 것만으로 우리는 마음이 길어집니다 오른쪽에서 왼쪽으로 마음이 전개될 때 우리는 예상치 못한 점선들로 분할되곤 했습니다

비가 많이 오던 날이었어요 약속했던 시간이 지나도 오지 않는 그녀에게 전화를 차마 하지 못했습니다 우산 아래서 마음이 다 젖도록 어둠이 길어져 있었습니다 먼 곳을 헤매고 있는 사람처럼 마음의 옆이 낯설어졌어요 자를 대고 칼로 긋듯 그날을 반듯하게 자를 수 있다면 우리는 아마 잘 접혔을 겁니다

한 번은 마음을 빌려달라고 부탁한 적이 있습니다 한 사람은 거절했고 다른 한 사람은 발등을 바라보며 망설이더군요 마음과 마음 사이의 어깨가 그 어떤 테두리보다 넓어서 건너갈 수 없었습니다

이하 생략한다. 이 시는 총 6연이자 6행이다. 한 단락씩 문장을 이룬다. 첫 번째 단락을 보면 점선들로 분할되곤 했다는 말은 마음이 점선처럼 끊긴다는 말이다. 시 이해의 단절성을 묘사한다. 두 번째 단락을 보면 자를 대고 칼로 긋듯 그날을 반듯하게 자를 수 있다면 우리는 아마 잘 접혔을 거라는 말에 이 시를 이해하는 데 중요한 실마리였다. 시는 거울을 보듯 자아

를 내다보는 것이라 나의 마음도 한때는 이해하기 힘든 어떤 묘사로 잘 나타낸 문장이다.

세 번째 단락에 마음을 빌려달라고 부탁한 자아와 한 사람은 거절했고 다른 한 사람은 발등을 바라보며 망설였다는 얘기가 나온다. 이는 현실과 현실을 대하는 내 마음과의 갈등을 묘사한다. 옆과 옆 사이 즉 현실을 접하는 마음과 내 이상향의 마음은 그 어떤 테두리보다 넓어 건너갈 수 없을 정도라며 시인은 얘기하고 있다.

네 번째 단락의 마음(옆)은 마음의 상황을 묘사하며 다섯 번째 단락에 직유로 쓴 오후는 시간관념으로 어떤 긴박감을 여섯 번째는 마음의 완성을 묘사한다.

학철부어涸轍鮒魚라는 말이 있다. 마른 수레바퀴 자국에 놓인 붕어라는 뜻으로, 곤궁한 처지나 다급한 위기를 비유한 말이다. 장자 〈외물편外物篇〉에 나오는 이야기다. 장자는 집안이 아주 궁핍할 정도로 어려웠다. 감하후監河侯라는 강물의 감독을 맡은 관리인에게 곡식을 빌리러 갔다만, 뜻대로 되지 않았다. 장자는 그 어려운 처지를 학철부어라는 말로 비유를 들어 설명하는 장면이 나온다. 이 이야기를 다 할 수는 없지만, 외세에 대한 우리의 마음을 진심 어린 자세로 보자는 것이다.

누가 나를 도울 것인가? 망설이는 것만으로 우리는 옆이 길어집니까? 우리의 옆에 정원과 연못을 가꾼다면 누가 찾아오겠습니까? 만약 풍성한 정원을 가꾸었다면 만약 아름다운 연못을 만들었다면 당신은 죽어서도 절대 외롭지는 않을 겁니다.

*김지녀: 1978년 경기도 양평 출생. 제1회 세계의 문학 신인상 수상 등단.

피뢰침 _ 김승일

하나의 번개가 흔들지 못한 / 나의 가느다란 기립은 무엇인가

피뢰침은 솜털 피뢰침은 지붕 위의 짐승

다만 아프다 / 아프게 활공하는 붉은 구름을 두 쪽으로 가르는 것들이

아프게 활공하는 붉은 구름이 저 멀리 다시 하나가 되는 것이 / 아프다

조용히 흘러나오는 울음처럼 기립한 자가 기립한 자들 속에서 걸어 나와 칼날
이 되어간다 / 땅속에 묻혀 있던 작고 반짝이는 쇳조각에 발이 베인 기분은 어떤가

사람들의 신발은 조금씩 깎여 나갈 것이다 더러운 고양이가 / 혀를 대보곤 깜짝
놀라 사람의 표정 같은 골목을 바라본다

鵲巢感想文

시제 피뢰침避雷針은 번개를 피하고자 땅에 세운 바늘 같은 금속제 봉이
다. 여기서는 시적 교감을 표현하는 지표다. 번개는 시 인식이며 솜털 피뢰침
은 어떤 감각적 표현으로 보면 좋겠다. 마치 코털처럼 감지하는 능력 말이다.
지붕은 자아를 제유하며 짐승은 어떤 특정 의미를 부여받지 못한 개체다.

다만 아프다. 아프게 활공하는 붉은 구름을 두 쪽으로 가르는 것들이, 시
를 읽는다는 것은 그만큼 정신적으로 꽤 많은 에너지를 소모하여야 하므로

육체적 닿는 고통은 이루 말할 수 없을 것이다. 심동신피心動神疲라 했다. 마음이 움직이면 정신이 피로하다는 말이다.

詩는 붉은 구름이다. 이 붉은 구름을 두 쪽 가르는 것도 다시 하나로 뭉치는 것도 아픈 일이다. '조용히 흘러나오는 울음처럼 기립한 자'는 자아며 '기립한 자들'은 이미 굳은 세계, 詩다. 시 인식의 결과로 시 탄생을 보고 있다. 이는 칼날처럼 정교하며 한 치 흐트림이 없는 詩로 변모한다.

땅속에 묻혀 있던 작고 반짝이는 쇳조각은 기립한 자들이다. 발이 베인 것은 시 인식과 혹여나 피를 쏟는 표현이라도 있으면 시는 더 완성미를 갖출 수 있지 않을까 한다. 하지만, 화자는 이를 의문형으로 독자의 몫으로 돌렸다. 쇳조각에 발이 베인 기분은 어떤가?

사람들의 신발은 조금씩 깎여 나갈 것이다. 이 한 문장만 보아도 여러 해석이 가능하다. 활동적인 측면에서 줄어든 영역이거나 사람의 믿음信發 혹은 사람의 신발新發, 어느 것도 피뢰침에 조금씩 깎여 나기겠디. 깎이지는 않았지만, 일종의 추증이다. 詩는 능동적이야 하므로 추증은 피해야 하지만, 화자는 분명 이유가 있겠다.

더러운 고양이는 시 인식 이전 단계의 심적 묘사다. 혀를 대보곤 깜짝 놀라 사람의 표정 같은 골목을 바라보는 것은 시 인식과 이를 통한 새로운 세계에 대한 진입이겠다. 그러므로 아까, 사람들의 신발은 조금씩 깎여 나갈 것이라는 단증을 달았지만 이는 골목을 바라보는 데 크게 도움이 된다. 골목은 시를 제유한다. 골목 같은 현실을 깨닫고 헤쳐 나오고 싶은 시인의 욕망을 그려볼 수도 있겠다.

카카오뮤직이라는 네트워크가 있다. 내가 좋아하는 음악을 사서 내 방에 심어 놓고 가끔 듣기도 하며 또 내 방에 찾아오는 손님이 취향이 맞으면 클릭하여 듣기도 한다. 듣고 마음에 들면 의사표시까지 할 수 있다. 피뢰침 같은 교류의 장이다.

요즘 사람, 시를 그리 많이 읽지 않는다고 하지만, 카스에 오른 자작시는 꽤 많다. 시만 매일 같이 올리는 동호인도 있다. 이렇게 바쁜 시간에 시의 맹신이며 절대복종한다. 어쩌면 시는 피뢰침이 맞다. 세상과 교류하는 철봉이다.

피뢰침 같은 글을 우리는 매일 쓴다. 세상에 던지는 암묵적 존재의 화두다. 언어의 바다에 물을 희석하며 물타기 한다. 물타기는 자신의 존재 부각이다. 마음을 씻고 마음을 닦고 마음을 비우고 마음은 하얗게 변한다. 소금처럼 하얗게…….

*김승일: 1981년 서울 출생. 2007년 〈서정시학〉 등단.

하뭇하다

하루살이 _ 허의행

암놈은 허공을 날아다니며 발버둥칩니다 딱 오늘 하루뿐인데
사랑을 모르는 수놈을 어떻게 유혹해야 하나, 언제 사랑을 연습해서
언제 어디로 데리고 가 사랑을 나누어야 하나, 처음인데 옷은
어떻게 벗겨야 하고 맞추어야 할 입은 입술을 빨아야 하나, 날개는
접어야 하나, 앞다리는 오므려야 하나, 뒷다리는 벌려야 하는지!

얼마나 숨은 차오를까 심장이 끓어올라 피가 솟아 넘치면
신음소리는 어떻게 내아 되는지, 사랑을 느끼는 수놈은 어떻게
몸을 뒤틀까! 아무 말도 하지 말아야 하는지, 아무 말이건
속삭여야 되는지, 눈은 떠야 되는지, 꼭 감아버려야 되는지,
끝내는 둘이 미쳐버려도 할 수 없는지! 미쳐서 날뛰다 하루가 가면
끝나지 않아도 죽어야 하는지!

鵲巢感想文

　시 「하루살이」, 문장 어느 곳도 어려운 단어가 있거나 이해가 안 되는 부분은 없으리라! 처음부터 끝까지 차분하게 하루살이에 대한 시간성, 그러니까 주어진 시간과 일에 관한 고찰이다.

　시인은 무엇을 말하고자 하는지 분명히 써놓았다. 주어진 시간은 한계다. 이 한계에 우리는 무엇을 해야 하는가? 머뭇거리다가 시간을 다 보내는 것이 우리의 인생이다. 나에게 주어진 시간이 얼마 남았는지는 우리는 모른다. 앞으로 2년이 남았을지 20년이 남았을지, 혹은 몇 달이 남았는지도 모를 일이

다. 오로지 이 시간은 신만이 아는 영역이기에 인간은 넘볼 수 없는 경계다.

젊을 때 어쩌다가 커피를 손에 잡았다. 하지만, 이것으로 20년이나 하게 될 줄은 꿈에도 몰랐다. 일은 부딪혀가며 하게 되었던 것 같다. 지금에 와서 생각하면 참 열심히 살았다. 혹여나 또 다른 일을 한들 이만치 걷겠나 싶을 정도로 후회는 없다. 그 어떤 일을 해도 이것보다 나을 수는 없을 것 같고 다시 또 이만한 노력을 하고 싶지는 않기 때문이다. 그만큼 힘이 들었다.

많은 사람에게 커피에 관해 얘기했다. 이중 커피 길을 걷는 분도 있으며 아직도 고민하는 분도 꽤 있다. 어떤 이는 고민하다가 그렇게 시간만 보내는 이도 많이 보았다. 매년 생각나면 찾아, 상담만 하다가 가는 이도 꽤 많다. 그사이 처음에 와서 상담한 때보다 조건은 나아질 일은 없다. 경기는 매년 악화하였고 땅값은 매년 오르고 인건비는 그사이 또 올랐다. 물가는 말할 것도 없고 경쟁업체는 부지기수로 늘었다. 그러니 더 좋지 않은 건 분명한 사실이었다.

어떤 일을 하든 삶에 질문하는 자세는 꼭 가져야겠다. 해답을 찾지 못했다면 여러분이 생각한 일에 전문가를 만나라. 전문가를 만나기 어렵다면 그 사람이 쓴 책을 읽어라. 방법은 책을 잡을 수 있는 아주 작은 노력에 있다. 해결은 책 속에 있으니 어떤 일이 있어도 읽어라. 한동안 정신 놓고 읽어도 좋다. 읽는 것만큼 더 중요한 것은 삶에 아무것도 없는 것 같다.

그리고,

우리에게 주어진 시간은 딱 하루살이다. 철저히 마감하라.

*허의행: 충북 충주 출생. 1989년 〈충청일보〉 등단.

한밤의 시소 _ 서안나

이별은 얼마나 차가운 물질인가
감정은 기우뚱거린다
당신은 무거운 우리는
연인이라는 한 팀이다

우리의 감정은
너에게로 기울었다
내게로 넘친다
지상에는 빛나서 슬픈 다리가 넷
같은 노래를 듣고
같은 모자를 써도
우리는 사랑의 중심에서 멀다
어떤 장르의 노래를 불러야
사적인 감정에 도착할 수 있나

짧아지거나 길어지며
우리의 감정은 완성된다

시소가
추락하듯 감정은
왜 밤에 깊어지는가

鵲巢感想文

시제 '한밤의 시소'는 여기서 한밤은 밤과 근묵(가까이 한 먹 近墨)을 중첩한 시어며 시소는 일종의 놀이기구로 긴 널빤지의 한가운데를 괴어, 그 양쪽 끝에 사람이 타고 서로 오르락내리락하며 즐길 수 있다. 그러니까 시의 특성을 살린 詩 한 수로 보아야겠다.

詩는 총 4연으로 구성한다. 1연은 시와 시인의 본질이다. 이별만큼 차가운 것도 없다. 인간사회도 시의 세계도 마찬가지다. 어차피 모태에서 이별하여야 새로운 것이 탄생한다. 시 한 수 짓는 일은 늘 감정으로 기우뚱거린다. 당신(독자)은 높고 나는 무겁다. 행 가름하고 가볍고 무거운 우리라고 했다. 여기서는 가벼운 존재는 시인의 정신세계며 무거운 것은 자아다. 이 모두가 우리다. 우리는 연인이며 한 팀이다. 여기서 가벼운 존재는 모태로 보아도 되지 싶다.

우리의 감정은 나의 정신세계와 시인으로서 나의 감정을 말한다. 너에게로 즉, 독자에게로 기울었다. 지상에는 빛나서 슬픈 다리가 넷이란 말은 지상은 지면을 제유한 시어며 늘 빛을 바라보는 입장이다. 슬픈 다리가 넷은 현실의 시인과 나의 이면인 정신세계다. 같은 노래와 같은 모자는 시문학계에 서정시에 소속된 처지, 우리는 독자의 사랑에서 멀다. 어떤 장르의 노래를 불러야 사적인 감정에 도착할 수 있을까?

詩는 짧거나 길므로 우리의 감정은 완성된다.

시소가 추락하듯 감정은 왜 밤에 깊어지는가? 시소가 추락한다는 말은 시의 완성을 말한다. 마음은 비웠으니까 가볍고 마음은 적었으니까 무겁다. 가벼운 영혼의 충전은 감정은 왜 밤에 깊어지는가? 밤에 새카만 글에 치중하며 마음을 공들여 놓는가?

시중 時中 이라는 말이 있다. 때에 맞춰 적절하게 대처함을 말한다. 출처가 중용이다. 중니왈 仲尼曰 군자 君子 는 중용 中庸 이요. 소인 小人 은 반중용 反中庸 이니라. 군자지중용야 君子之中庸也 는 군자이시중야 君子而時中也 이요 소인지 반중용야小人之反中庸也는 소인이무기탄야小人而無忌憚也니라 했다. 해석하면, 공자가 말씀하시길 군자는 중용을 행하고 소인은 중용에 어긋난 행동을 한다. 군자의 중용이라 함은 군자가 적합한 행동을 하는 것을 말함이요. 소인의 반 중용이라 함은 소인답게 거리낌이 없다는 말이다.

모든 것은 시기적절한 때가 있다. 시기적절한 때를 만났을 때 준비가 되어 있지 않으면 그 때를 만난들 아무런 소용이 없다. 역으로 때를 만나는 것은 마음과 기술을 준비 및 다졌다는 얘기가 된다. 이러한 준비가 되었을 때, 때를 만드는 것도 된다.

깜깜한 밤에 시소의 기울기는 나로 향해 무거웠다. 그만큼 하루를 올곧게 살았다는 얘기다. 나는 하루를 기탄없이 산 소인은 아니었는지? 그렇지 않으면 군자와 같은 중용을 행하였는지 그러니까 적합한 행동을 했는지 반성해 볼 필요가 있다. 적합한 행동이라 함은 직책과 그에 따른 업무를 말한다.

사회는 늘 시소와 같다. 이 시소 속에 균형을 잃지 않으며 즐기는 일이야말로 군자다.

*서안나: 1965년 제주 출생. 1990년 〈문학과 비평〉 등단.

행성관측 2 _ 천서봉
- 원룸

　　B102호, B103호······. 혹성의 이름 같은, 홀씨들이 벽마다 실금 긋는 방이다. 생의 캄캄한 산문散文을 위하여 아침은 햇살을 끌어다 담장너머로 던져주는 집배원의 말간 손가락 같다. 밤새 누군가 유리창에 쓰고 간 선명한 무늬들, 남루겠지. 서로 기대지 못한 것들은 모두가 궤도였네.

　　깊고 천박하여 내 잠은 알지 못했네. 밤이 어디로부터 와서 열병 앓는지. 서늘한 아궁이 속, 하얀 운석의 사리들을 긁어 대문 밖에 내다놓는다. 푸른 쓰레기차를 보낸다. 저 빛을 따라가고 싶어, 벽마다 뿌리가 자라는 방이라면 금 너머 어딘가 숲이 있었다는 뜻일까. 메아리 깊은 방, 하나를 말하면 하나가 벌거벗고 돌아오는 방.

　　카타콤 같은, 기억은 쉽게 땅 위로 떠오르지 못한다. 그러나 길을 잃지는 않을 것이다. 문門은 하나이니까······.중얼거리는 방. 두 개인 것 없는 방. 미라처럼 햇살이 쓸쓸함을 깊이 감아 도는 방. 아무도 깨워주지 않는 방. 〈잠만 잘 분〉 그렇게 구한 방. 자고 일어나 또다시 잠만 자는, 홀로 자전하는 방.

鵲巢感想文

　　시인의 시집 『서봉氏의 가방』을 2년 전에 사 본 적 있다. 시마을에 시 감상문을 적어 올리기도 했다. 이렇게 웹진 시인광장에서 선정한 작품집에서도 시인의 시집을 만나볼 수 있었어, 반가웠다.

　　이 시를 읽고 느낀 점은 시인의 원룸 생활에 어떤 고독 같은 것이 보인다. 글 읽는 내내 차분하고 가라앉은 듯 읽힌다. 시인이 생활하는 방(원룸)을 행성에다 비유를 놓았으니 절묘한 시 한 수 얻은 셈이다. 그러니까 원룸 건물에 원룸 하나는 모두 혹성의 이름을 갖는다. 그 이름은 B102호, B103호……

이러한 혹성의 하나는 모두 시다. 시가 모여 사는 곳이 시집이다. 원룸 건물이다. 홀씨 같은 생각의 파편들이 가늘게 오가며 어쩌면 집배원의 소식만 접할 수 있지 않을까, 햇살 보며 멍하니 서 있는 곳 남루한 유리창엔 흐릿한 망상만 떠오르는 그런 행성의 궤도와 같은 곳이 원룸이다. 시 1연은 시의 전개다.

시도 그렇고 사는 것도 그렇고 모두 깊고 천박하기만 하다. 하지만 밤은 열병처럼 한 편의 시 쓰기 위해 매진하며 이렇게 하여 생산한 잡다한 사리와 같은 쓰레기는 대문 밖에 내다 놓는다. 그러면 푸른 쓰레기차는 싣고 간다. 어쩌면 저 쓰레기차가 시일지도 몰라! 저 빛처럼 행성을 가로지르며 나가니까! 내가 머무는 방, 벽마다 온통 생각의 뿌리로 자란 나무의 숲으로 우거져 있다. 하나를 밀하면 하나가 푸르고 하나가 푸르면 하나가 죽는 혹성 같다. 시 2연은 시의 발전이다.

카타콤(지하묘지) 같다. 기억은 갇혔어 지면 위에 서지는 못하고 그러나 길을 잃지 않겠다고 다부지게 말하는 시인이다. 왜? 어차피 門은 하나니까! 이미 들어왔으니까 시를 생산했다는 말이다. 그러니까 앞의 말은 시의 고체화다. 고체화된 자아를 발견한 것이 된다.

그러니까 이미 들어온 방, 중얼거리는 방, 두 개일 수 없는 방, 미라처럼 햇살이 쓸쓸하게 깊이 감아 도는 방, 아무도 깨워주지 않는 방, 자고 일어나 또다시 잠만 자는 방, 홀로 자전하는 방, 이외에도 여러 방으로 묘사할 수 있겠으나 시인은 여기서 그쳤다. 이 모두는 시인의 심적 묘사이자 詩의 묘사다.

시를 읽으면, 시작법이 보인다. 시를 어떻게 써야 하는지 말이다. 마음을 그리되 역지사지와 시안을 가져야 한다. 이 시안은 독자의 가슴에 뭔가 뚫을 수 있는 홀씨 같은 것을 제공한다. 시를 읽을 때면 대체로 가을에 접한다. 가을에 핀 꽃을 보며 씨앗 같은 열매를 맺고 싶은 것이 독자다.

여기서 공자와 자공의 대화를 옮겨본다.

자공이 말했다. "가난하면서도 아첨하지 않고 부유하면서도 교만하지 않으면 어떻습니까?" 공자께서 말씀하셨다. "괜찮다. 그러나 아직 가난하면서도 즐거워하고 부유하면서도 예를 좋아하는 사람만은 못하다." 자공이 말했다. "『시경』에 '자른 것 같고 간 것 같고 쫀 것 같고 닦은 것 같다'라고 한 것은 아마 바로 이런 것을 두고 말하는 것이겠군요!" 공자께서 말씀하셨다. "사는 이제 함께 『시경』을 이야기할 수 있게 되었다. 그에게 지나간 일을 일러주었더니 앞으로 닥쳐올 일을 아는구나."

어느 때든 삶이 지옥 같은 시절은 누구나 있었다. 보잘것없는 원룸에 살았던 적도 있었다. 끼니도 잘 챙겨 먹지 못했던 젊은 시절, 어떻게 하면 더 나은 생활을 찾을 수 있을까 하며 고민했던, 내가 어떤 위치인가를 깨달을 때 삶은 조금씩 나아졌던 것 같다. 지금 생각하면 참 어렵고 힘든 시절이 있었다. 어렵고 힘든 시절을 가장 현명하게 보낼 수 있었던 것은 책이다. 책만큼 가장 저렴한 비용으로 삶을 깨우칠 수 있는 길도 없을 것이다.

책은 가난한 내가 즐거움을 찾는 방법이며 혹여나 부와 더불어 사회를 이루었을 때도 책만큼 예를 갖추는 것도 없을 것이다.

*천서봉: 1971년 서울 출생. 2005년 〈작가세계〉 등단.
*자공왈子貢曰: 빈이무첨貧而無諂, 부이무교富而無驕, 하여何如? 자왈子曰: 가야可也. 미약빈이락 未若貧而樂, 부이호례자야富而好禮者也. 자공왈子貢曰: 『시詩』운云: 여절여차如切如磋, 여탁여마如琢如磨, 기사지위여 其斯之謂與! 자왈子曰: 사야 시가여언賜也始可與言『시詩』이의己矣, 고제왕이지래자告諸往而知來者.

血書 _ 채상우

　가지 않았다 묵호에 가지 않았다 주문진에 가지 않았다 모슬포에 가지 않았다 하루 종일 집에만 있었다 느닷없이 들이닥치는 햇빛 그러나 가지 않았다 아르헨티나에 쿠바에 유고슬라비아에 가지 않았다 내 의지는 확고하다 창문을 휙 긋고 떨어지는 새처럼 무진은 남한에도 있고 북한에도 있지만 가지 않았다 그러니까 가지 않았다 약현성당에 가지 않았다 개심사에 가지 않았다 길안에 가지 않았다 길안은 내 고향에서 삼십 리 떨어진 동네 평생 가지 않았다 담배를 사러 가지도 않았고 술을 사러 가지도 않았다 아직은 그리하여 가지 않았다 파리에선 여전히 혁명 중인가 광수에선 몇 구의 시체들이 또 버려지고 있는가 게르니카는 아직 그려지지 않았나 꽃잎이 피고 또 질 때면 그날이 또 다시 그러나 가지 않았다 애인은 지금 열심히 애무 중일 테지만 가지 않았다 앵초나무에 꽃이 피려 한다 이제 최선이 되려 한다 그러나 가지 않았다 레바논에 사이공에 판지세르 계곡에 가지 않았다 가지 않았다 못 견디겠네 그러나 가지 않았다 그날 그때 명동에 신촌에 종각에 미도파백화점 앞에 꽃잎 꽃잎들 가지 않았다 그날 오전 열 시 민자당사에 구치소에 그날 새벽 미문화원 앞에, 가지, 았었.......다...그날 아침 그날 저녁 그날 밤 그곳에......꽃잎, 꽃잎, 꽃잎들 아직 있다 거기에 어디에도 가지 않았다 가지 않았다 오로지 가지 않았다 가지 않고 있다 가지 않는다 한 평생 아프리카를 떠나지 않는 잭카스 펭귄은 펭귄인가 아닌가

　끝끝내

鵲巢感想文

필사 / 鵲巢

　너무 웃었다 자리에 앉아 웃었다 까만 털보며 웃었다 부대끼는 하얀 털에 그만 웃었다 타이핑 치면서도 웃었다 하루 종일 그냥 웃었다 바깥엔 딸기 사라며 외치는데 나는 웃었다 그러나 나는 웃었다 내 옆에 앉은 하얀 수고양이가 까만 암고양이 등허리를 핥는데 그만 웃었다 핥고 핥아 또 핥는데 그만 웃었다 이제는 까만 암고양이가 하얀 수고양이 목덜미 잡고 비틀며 핥기 시작하는데 또 그만 웃었다 그러니까 웃었다 창밖엔 푸른 하늘인데 그만 웃었다 구름 하나 둥실 떠가며 웃었다 바람이 불고 바람은 차지 않고 바람은 손가락 끝에서 부는 데 나는 웃었다 밥 먹으라고 전화가 오고 웃었다 나는 됐다고 그만 웃었다 나의 고양이는 사열하고 있다고 아니 사열하며 나아가는 행진에 웃었다 껌뻑거리다가 또 껌뻑거리는 모니터 총탄에 웃었다 그 총탄을 얼른 지우며 달려가는 까만 암고양이 꼬리에 웃었다 그 꼬리 놓치지 않으려고 하얀 수고양이 달리는데 웃었다 타타타탁 탁탁 넘어졌다 웃었다 큰 얼룩말 같은 꼬리보고 웃었다 움푹 팬 말발굽에 영양 결핍 같은 시각에 그만 웃었다 앉았다가 마냥 앉았다가 줄무늬 총총 띄우는 그 까만 꼬리에 웃었다 코 커으엉컹 커으엉컹 짖으며 물 풍선 하늘 그릴 때 웃었다 움푹한 그림자 같은 구름은 하늘 떠 있었지만 웃었다 조금도 움직이지 않고 웃었다 백화점은 가지 말자고 웃었다 그냥 웃.....었....다 날카로운 고양이 이빨에 하품에 내뿜는 구린내에 그만 웃었다 이빨, 이빨, 이빨들 아직도 옆에서 우는 까만 암고양이 덩달아 함께 우는 하얀 수고양이 눈 동그랗게 떠 우는 나는 그만 웃고 말았다 절대 울지 않았다 절대, 자리보전하며 절대 어디 가지 않는 절대 가지 않는 더부살이 하는 이 까만 암고양이는 진짜 고양이인가 아닌가

　마침내

시인 채상우 선생만의 글 특색이다. 어떤 시를 읽어도 이건 시인만이 갖는 문장임을 알 수 있다. 시 「血書」를 읽다가 거저 나름대로 필사해보았다.

시인은 묵호에도 주문진에도 모슬포에도 가지 않았다. 오로지 집에만 있었다. 물론 몸만 가지 않은 것도 아니다. 아르헨티나와 쿠바, 유고슬라비아에도 가지 않았다. 사상의 변화도 일으키지 않고 오로지 글에 매진하는 시인을 우리는 보았다. 그것뿐인가! 길안에 담배나 술도 사지 않고 바깥은 어떤 혁명을 일으켜도 내 안의 심적 변화는 절대 동요 같은 것은 일으키지 않으며 애인 같은 글만 파고들었다. 오로지 하얀 꽃잎 같은 백지에 자리보전하며 시 쓰는 시인, 절대 가지 않겠다고 앉은

시인은 말한다. 아프리카를 떠나지 않는 잭카스 펭귄은 펭귄인가 아닌가? 아프리카는 검은 대륙, 문단이나 문의 세계를 그리는 제유다. 잭카스 펭귄은 아프리카 적도에서만 산다고 읽었다. 사실 이 펭귄에 대한 정보가 없어 내충 검색하며 읽었다. 그러니까 시적 제유로 시인만의 특색을 빌려 쓴 문장이겠다.

마중지봉麻中之蓬이라는 말이 있다. 이는 근묵자흑近墨者黑과 뜻은 유사하나 마중지봉은 긍정적인 뜻이 담겼다. 글을 가까이하면 글을 좋아하게 되고 글을 좋아하며 글을 쓰게 된다. 글을 쓰게 되면 자세 또한 바르게 된다. 다산 정약용 선생께서도 글을 쓴다는 것은 나무에 꽃이 피는 것이라 했다. 하루 어떤 놀이도 이 글 쓰는 것만큼 소홀히 대해서는 안 되겠다. 필자가 쓴 필사는 시인 채상우 선생의 시 「血書」를 더 재밌게 읽으려고 쓴 것이다. 시인의 시 「血書」는 2012년 올해의 좋은 시에 선정과 작품상 받은 작품이다. 지면이나마 축하의 말씀을 놓는다.

*채상우: 경북 영주 출생. 2003년 계간 〈시작〉 등단.

홍도 _ 김언희

시시각각 홍채의 색깔이 변하는 태양

퉤,퉤,퉤,퉤,퉤 침을 뱉어대는 바다

사방으로 튀는 침방울

좌판 위에서 잠을 깨는 물고기

썩어갈수록 싱싱해지는 핏빛 물고기 눈알

살 떨리게 몰아세우는 時時 刻刻의 혀

너무 길거나, 너무 짧은 혀

요원한 G-스폿, 詩여

매 순간이 아사 직전인

구멍 없는 매춘부!

鵲巢感想文

　시인 김언희 선생의 詩 특징이라면 『카페 확성기 1』에 시인의 시 「캐논 인 페르노」에서 다루었기에 여기서는 생략한다. 아무튼, 선생의 詩는 유별난 데 가 있다.

　시제가 홍도다. 한자 표기를 하지 않았기에 여러 가지 의미를 생각할 수 있으나 필자가 보기에는 홍도弘道로 보아야 할 것 같다. 도를 넓게 펼친다 는 뜻으로 시의 길을 말하겠다. 시는 묘사로 이루었다. 그럼 시인의 시를 들 여다보자.

　詩는 시시각각 홍채의 색깔이 변하는 태양이다. 카멜레온처럼 詩 의미의 다변화 및 다의성을 말한다. 詩는 퉤,퉤,퉤,퉤,퉤 침을 뱉어대는 바다다. 한마

411

디로 더럽고 아니꼽다. 시인의 심적 묘사다. 詩는 사방으로 튀는 침방울이다. 시 의미가 어디로 튈지 모르는 침과 같다. 詩는 좌판 위에서 잠을 깨는 물고기다. 詩는 고체화된 문자지만 독자가 읽으면 살아 움직이는 물고기와 같다. 詩는 썩어갈수록 싱싱해지는 핏빛 물고기 눈알이다. 시를 읽어가는 과정을 시인은 썩는 과정으로 묘사하였으며 이것은 살아 숨 쉬는 생물체 눈알에다가 비유했다. 詩는 살 떨리게 몰아세우는 時時 刻刻의 혀다. 時時 刻刻은 때때로 새기는 말씀이겠다. 詩는 너무 길거나, 너무 짧은 혀다. 詩는 요지며 그 요지는 마음에 담아두니 오래간다. 詩는 요원한 G-스폿, 詩여, G-스폿은 에로틱한 시어다. 여성의 성감대로 어느 특정 부위를 말한다. 나이가 들수록 G-스폿은 위로 올라간다. 귀나 입 혹은 손가락이 될 수도 있다. 유명 작곡가의 피아노협주곡만 들어도 오르가즘을 느끼는 이가 있는가 하면 갖은 욕설로 오르가즘을 느끼는 이가 있고 매번 두드려야(타이핑) 마음이 안정되는 사람도 있다. 그러니까 詩는 성감대라는 말인데 조금 비약적인 것 같아도 그럴 수 있겠다는 생각이다. 이러한 느낌이 들 정도라면 책을 진정 사랑하지 않고서는 나올 수 없는 말이다. 詩는 매 순간이 아사 직전인 구멍 없는 매춘부다. 굶주린 영혼의 먹잇감으로 이보다 더 좋은 묘사는 없지 싶다. 그러므로 시제 홍도는 홍도弘道가 된다.

시인의 시를 감상하니 필자 또한 시의 묘사만 이루어 써놓은 게 있어 잠깐 소개할까 한다. 2014년 동인 시집 『느티나무의 엽서를 받다』에 발표한 바 있다.

돌산 / 鵲巢

돌산 오르기 전은 큰 바윗돌
틈새 기어가는 개미
앞산 마을 하나 개간하고 나면 군소리

주검 하나 없는 발파한 동굴

탁 막힌 공간 떠받드는 발판과 발판,

이어 붙인 솜사탕

마치 가니 얇게 썬 슬라이스 치즈

가래떡 위 흩뿌린 콩고물

탁탁 트는 아름다운 말꼬리

꼬리 잇는 소대가리

그래서 서재는 무뚝뚝한 통나무

말씀 그득 안은 소금 절임

하얀 마늘종

    시는 돌산과 같다. 이 돌산이 하얀 마늘종으로 변하는 과정이다. 굳이 하얀 마늘종이라 표현하지 않아도 될 법했다. 그냥 마늘종이라 해도 무관하다. 마늘종의 그 색상은 하얗기 때문이지만 중복은 강조로 읽힌다.

    현대사회는 구석기 시대에 비하면 현격히 다 분화된 사회다. 이러한 시대에 사는 현대인은 하루가 어떻게 가는지 모를 정도로 바쁘게 산다. 이를 남선북마 南船北馬 라 한다. 고대 중국의 교통체계는 남쪽 지방은 배로 북쪽 지방은 말이었다. 화남지방은 강이 많아 수운이 편리했으며 화북지방은 산과 사막이 많아 주로 말을 이용했다. 이후 이 말은 사방으로 바쁘게 뛰어다닌다는 뜻으로 사용하게 되었다. 이러한 바쁜 시대에 사는 우리는 시학은 어쩌면 사치일 수도 있겠다는 생각이 들었다. 하지만 이 시는 우리의 영혼을 온전히 담아내는 배와 말과 크게 다를 바 없다. 하여 인생은 순탄한 길만 있을까 어쩌다 생활의 굴곡진 도로를 만나면 브레이크를 밟든가 아니면 리듬을 맞춰 엑서레이트를 살짝 밟아야 한다. 어쩌면 詩는 그 성체 船,馬 의 페달이다.
    잠시 마음의 안정을 취하며 삶의 속도를 제어할 줄도 알아야겠다.

*김언희: 진주 출생. 1989년 〈현대시학〉 등단.

홍조 _ 성동혁

칼을 눕히며

검지에 새긴 문신을 읽어내고 있다

슬픔은 신에게만 국한된 감정이면 좋을 뻔했다

머리카락을 끊어내는 중이다

헌금함에 머리카락을 넣고 천막을 뜯었다

주일이면 종탑에 갇힌 달처럼

검지를 접었다 펴며 종소리를 셌다

휘빌되는 것들은 내 위로

그림자를 버렸다

종탑 위 텅 빈 새들이

예배당을 나서는 내게로 뛰어내렸다

나는 왼쪽으로 기울고 있었다

새벽이면 십자가를 끄는 교회를 보며

칼을 눕혔다

나는 호기심을 참으며 구원을 받느라

여전히 누가 눈을 뜨고 기도하는지 알 수 없다

신은

나를

동산 위를 걸어가는

붉은 포자라고 했다

鵲巢感想文

레프 톨스토이의 말이다. 즐거운 놀이는 많은 일을 하는 것보다 더 필요하며 중요하다고 했다. 놀이와 공부는 서로 통하는 것이 있다. 그러니까 열심히 공부했는데 이것이 즐겁다면 더 바랄 게 없겠다. 시를 읽는다는 것은 때론 복잡한 머리가 선한 대로에 이끄니, 이로 하루의 중압감이 풀린다면 더 바랄 게 있을까!

시는 어떻게 읽느냐에 따라 해석은 여러 가지다. 탐미적으로 읽으려면 탐미적이고 유희적으로 읽으려면 또 유희적이다. 시제가 '홍조'다. 홍조는 아침 해가 붉게 비치는 자연현상을 말하기도 하고 부끄러워서 취하여 붉어지는 빛이다. 여성의 월경도 홍조다. 그러고 보면 시가 어찌 탐미적으로도 읽힌다. 시인은 이 시를 탐미적이거나 관능미로 그리려는 의도가 있다 하더라도 글은 시로 맺어야 한다. 그러니까 다각적인 해석이 나와야 한다는 말이다. 예를 들면, 시 첫 행을 보면 '칼을 눕히며'라고 했는데 이때 칼은 책이 될 수도 있으며 실지 한 여성을 그리며 쓸 수도 있기에 상징이다. 칼을 눕히는 것은 칼 같은 그 무엇을 눕힌 것이 된다. 칼의 형태미로 책으로 보기에는 어렵지 싶으나 칼 같은 문장은 그에 범접한 시어라 해도 좋겠다.

검지에 새긴 문신을 읽어 내거나 슬픔은 신에게만 국한된 감정, 머리카락을 끊어내는 것은 시인의 시에 대한 접근이다. 여기서 머리카락이라는 시어를 유심히 볼 필요가 있다. 머리카락은 가늘고 길다. 무엇보다 색상은 검정이다. 물론 곱슬머리도 있을 것이며 직모도 있겠지만, 일반적인 생각을 가져야 한다. 가는 문장을 제유할 수도 있음직하다. 헌금함에 머리카락을 넣고 천막을 뜯었다는 말은 항상 주체적 측면에서 시를 읽으려면 무슨 뜻인지 이해가 되지 않지만, 시의 처지로 보면, 헌금함은 독자를 제유했을 가능성이 높다. 시집은 독자가 사다 보는 격이니 어쩌면 헌금함이라 해도 크게 나쁘지는 않기 때문이다. 독자의 머리에 머리카락 같은 문장을 넣고 고정관념(천막)을 뜯어냈다면 어떨까! 뭐 그럴 가능성은 희박하지만, 이렇게 읽어 보자는 뜻이다.

주일이면 종탑에 갇힌 달처럼, 달은 항상 희망적 마음을 표현한다. 이상향이다. 종탑이라는 시어는 시인을 제유한 시어라 생각도 들지만, 시의 객체로 보인다. 종탑이라는 시어를 생각하니, 시인 송찬호 선생의 「모란이 피네」라는 시가 생각난다. 이 시에서는 종지기→종탑→종소리로 화자를 은유한 시어로 점층적 기법으로 쓴 시였다. 검지를 접었다 펴며 종소리를 셌다는 시인의 능청을 우리는 읽고 있지만, 해석하기는 좀 난감하다. 종소리를 들었다는 것은 시에 대한 인식을 말한다.

시 12행에 보면 나는 왼쪽으로 기울고 있었다는 표현을 보면, 우리는 책을 오른쪽 넘기며 보지는 않는다. 그러니 왼쪽으로 기울고 있다는 표현을 자주 쓴다. 시의 처지로 보면 해바라기처럼 태양을 본다고 할 때 오른쪽으로 기우는 것도 맞다. 그러면 그것에 맞게 시적 언어를 사용할 것이다. 예를 들면, 나는 왼쪽으로 기울고 있다는 것이 아니고 태양을 바라본 해바라기는 오른쪽으로 고개를 살짝 넘긴다든가 동쪽에서 서쪽으로 기울였다는 표현으로 써도 무관히겠다.

신은 나를 동산 위를 걸어가는 붉은 포자라고 했다. '신'이나 '동산'은 이 시에서 가장 재밌는 표현이다. 신은 사람 이름의 약자인지 아니면 진짜 신인지 물론 위에 십자가가 나오고 교회가 나오기는 했지만, 이들 모두도 제유적 성격이 강하다는 것도 의심해 볼 필요가 있기 때문이다. 동산은 부동산에 대한 대체적 시어로 움직이는 산이다. 여기에 포자도 그렸으니 홍조가 된다.

이 시를 읽다가 관능미로 보기에는 어려운 이런 일이 있었다. 국회 로비 전시회에 전시된 현직 대통령 풍자 그림에 대해 일각에서는 여러 말이 많다. 정치적 풍자는 당연한 얘기지만, 여성을 비하한 성폭력이라느니 나라를 이 지경으로 끌고 온 지도자에 대한 조롱으로 예술적 승화로 보아야 한다는 둥, 여러 말이 많다. 그림은 에두아르 마네의 '올랭피아'를 풍자하여 잠자는 대통령의 모습을 담았다. 그림의 제목은 '더러운 잠'이다. 오죽하면 이런 그림이 걸렸을까? 하는 생각이다. 나라가 어떻게 흐르고 있는지 분명히 보아야 한다. 대내외적으로 어려운 시기에 우리는 단 1초라도 아까운 시간을 보내고 있음은 분명한 사실이기 때문이다.

*성동혁: 1985년 서울 출생. 2011년 〈세계의 문학〉 등단.

환절기 _ 권혁웅

몸의 절반이 봄으로 건너가지 못한 여자가 있다 그녀의 왼쪽은 가로 등을 꺼버린 골목길이다 모세혈관마저 캄캄하게 돌아 나오는 길을 잊었으므로 그곳엔 지금 처음 남자에게 안겼을 때의 체온과 첫 입술이 서성이고 있다 심장도 쿵쾅거리며 돌아다니고 있다 누군가 왼쪽으로 넘어가는 다리를 끊어버렸으므로 그곳엔 녹지 않는 눈과 시어머니, 남편 딸들이 나란히 눕던 단칸방이 있다 선산으로 시댁으로 떠나보낸 상여와 가마는 여전히 그곳을 떠나고 있다 그녀의 오른쪽은 예순세 번째 봄이지만 왼편은 먼저 간 남편에게 세를 내준 것 같다 그와 나란히 누워 있는 것 같다 아니 왼쪽이 먼저 가서 함께 누운 것 같다 절반은 잔실이고 절반은 새 잎인 연옥의 하루, 오른쪽 절반이 이끄는 대로 끌려가는 왼쪽이어서 그녀는 어쩔 수 없는 우익이다 지난 번 다녀간 딸이 해준 눈썹 문신만 사철 푸르다 이제 아이라인도 그릴 필요 없어, 딸 덕분에 왼쪽 절반에도 자랑처럼 무성하게 돋아난 그런 풀이다

鵲巢感想文

몸의 절반이 봄으로 건너가지 못한 여자가 있다. 그러니까 몸의 절반은 봄으로 건넜다는 말이다. 그 반은 아직 겨울이다. 겨울과 봄 사이에 있었던 일이므로 환절기換節期다.

그녀의 왼쪽은 가로 등을 꺼버린 골목길이다. 왼쪽은 가로 등을 꺼버린 골목길과 같은 굴곡진 삶으로 어둠이다.

모세혈관마저 캄캄하게 돌아 나오는 길을 잊었으므로 그곳엔 지금 처음 남자에게 안겼을 때의 체온과 첫 입술이 서성이고 있다. 이는 몸의 절반을 묘사한다. 왼쪽 몸이겠다. 그러니까 왼쪽 몸은 죽은 거나 다름없다. 죽음은

이미 죽음을 맞이한 남자(남편)의 체온과 첫 입술만 지나간다.

심장도 쿵쾅거리며 돌아다니고 있다. 하지만, 그 왼쪽 몸은 죽었을지라도 심장은 뛴다. 따뜻한 가슴이 있고 끊지 못한 여린 마음이 있다.

누군가 왼쪽으로 넘어가는 다리를 끊어버렸으므로 그곳엔 녹지 않는 눈과 시어머니, 남편 딸들이 나란히 눕던 단칸방이 있다. 왼쪽은 죽음의 세계다. 이곳은 녹지 않는 눈과 시어머니, 남편 딸들이 나란히 눕던 단칸방이 있다는 말은 추억이다. 지금은 모두 죽었다. 다리를 끊어버렸으므로 지금은 건널 수 없는 세계가 되었다.

선산으로 시댁으로 떠나보낸 상여와 가마는 여전히 그곳을 떠나고 있다. 시어머니와 남편은 선산으로 상여를 탔으며 딸은 가마 타고 시댁으로 갔다. 그러므로 왼쪽의 세계는 과거의 시간에 묻혔다. 어쩌면 왼쪽은 단절된 시간을 묘사한다.

그녀의 오른쪽은 예순세 번째 봄이지만 왼편은 먼저 간 남편에게 세를 내준 것 같다. 그와 나란히 누워 있는 것 같다. 아니 왼쪽이 먼저 가서 함께 누운 것 같다. 왼쪽은 죽었으므로 먼저 간 남편에게 가 있는 셈이다.

절반은 잔설이고 절반은 새 잎인 연옥의 하루, 오른쪽 절반이 이끄는 대로 끌려가는 왼쪽이어서 그녀는 어쩔 수 없는 우익이다. 절반은 잔설이고 아직 겨울을 이기지 못하고 있고 절반은 새 잎인 연옥의 하루, 절반도 지옥이나 마찬가지다. 오른쪽 절반이 이끄는 대로 끌려가는 왼쪽이어서 어쩔 수 없는 우익이라는 말은 목숨은 붙었으나 이제는 삶의 희망마저 잃은 건 사실이라 어쩔 수 없는 생명을 지키는 쪽으로 갈 수밖에 없는 현실을 묘사한다.

지난번 다녀간 딸이 해준 눈썹 문신만 사철 푸르다. 이제 아이라인도 그릴 필요 없어, 딸 덕분에 왼쪽 절반에도 자랑처럼 무성하게 돋아난 그런 풀이다. 엄마와 가까이 있는 딸 덕분에 생명은 부지하였으나 나머지 절반마저도 몸은 풀처럼 움직일 수 없게 됐다.

시인은 어느 불구의 몸인 모친 이야기로 시를 묘사했다. 시는 암담한 현실을 묘사한다. 읽는 이로 하여금 가슴 뭉클하게 한다. 한 여인의 삶은 이렇게 비극적 결말로 치달으며 마지막을 종식한다. 하지만, 이 시가 꼭 한 여인의 삶으로 보이지 않는 것은 왜인가? 마치 우리 민족을 대변한 것 같은 느낌은 왜 자꾸 드는 건지 말이다. 진보와 보수, 이 나라 정치는 누가 이끌어야하는가? 정치가 바로 서야 민족의 발전이 있을 것이며 균형 있는 성장과 분배가 따르지 않겠는가! 단임 대통령제는 많은 모순을 낳았다. 삽날에 날아간 뱀을 보듯 몸통은 절규만 한다. 부들부들 뜨는 국민의 삶은 어두운 공포만 휩싸여 돈다. 오리 파동이 끝나니까 구제역이 발생하였고 구제역이 끝나면 이제는 또 무엇을 우리는 더 기다려야 하나 말이다. 민생경제는 도탄에 빠져건만 뱀 머리는 그 어디에도 찾을 수 없다는 것이 현실은 더 암담하게 한다.

*권혁웅: 1967년 충북 충주 출생. 1997년 〈문예중앙〉 신인문학상 등단.

흥부뎐 _ 윤관영

　사자후獅子吼 초식 하나로 상대의 칠공에서 피 흘리게 하는 고수가 있는가 하면, 붓 가리는 명필이 있는가 하면, 노소미추 가리지 않는 흥부가 살았는가 하면, 사람 농사를 우선 했는가 하면, 밭에는 안 가고 그 밭에만 갔는가 하면 그 일만 했는가 하면, 후배위 같은 자세로 밥 푸는 형수 뒤에 서서 허리를 굽실대며 저 흥분-데요 길고 나직하게 빼자 주걱이 날아와 다음 관문이 열렸는가 하면, 심후지경한 내공의 그가 태연자약, 밥풀을 떼며 저 지금 섰는데요 하자 자동문처럼 다음 관문이 열렸는가 하면, 흥분한 형수가 다시 반대편 뺨을 대각으로 좌수겸 휘두르듯 내리치자 그래도 사정할 데라곤 형수밖에 없는데요 하는 이 한 초식으로, 마지막 관문을 통과해 대형의 반열에 올랐는가 하면 초지일색이었는가 하면,

　어디서 박이 열리는지도 모르고 뻗어나가는 박 넝쿨처럼 사람 농사가 끝없었다는 얘기가 있었는가 하면, 주걱만 잡아도 애가 서는 경지였는가 하면, 박흥부라는 설이 있는가 하면 공전절후 전무후무

鵲巢感想文

놀부뎐 / 鵲巢

　우뢰광천雨雷光天 초식 하나로 상대의 면상을 후려치는 꺾기가 있는가 하면, 제비 다리를 일부러 부러뜨린 후 가느다란 신음이 있는가 하면, 일확천금 가리지 않는 놀부가 살았는가 하면, 호박씨에 우선했는가 하면, 집에는 안 가고 그 집에만 갔는

가 하면, 생각지 말아야 할 제비에 꽂혀 실실 웃고만 있는가 하면, 능수능란한 가위
치기에 제수의 후장을 그만 따먹었는가 하면 아전인수로 박 터지듯 웃음이 있었는
가 하면 야야 이제 우리 갑부 되는 갚다 콧노래 불러 싸며 박 쪼개자 도둑놈이 나
오는가 하면 형님 마 걱정 마소! 내사 곧 따라 가꾸마 다시 톱질 부추기는 둥근 달
같은 박이 있는가 하면 sick-fuck, sick-fuck 필봉은 선뜻하여 구곡간장 사정사정
이 한 초식으로, 이도류 남가지몽에 핀 똥물이 있는가 하면 흥건한 마당에 아직도
오매불망 댓돌 같은 박만 그리는가 하면,

어디서 왔는지 세상천지 보지 못한 까만 수염 까만 머리 까만 모자 눌러 쓴 줄줄
이 잇는 검은 팔찌가 있는가 하면, 세족 勢族만 보더라도 눈이 핑 도는가 하면, 족-
놀부라는 설이 있는가 하면, 근묵자흑 읍참마속

시를 읽있다면 딥 시도 보내야 할 듯싶이 한가락 읊었다. 시 「홍부뎐」은
상당히 재밌게 쓴 시다. 어찌 읽으면 좀 능청스럽기도 하고 익살스럽다. ~
있는가 하면, 반복적 읽힘과 사건의 점점 고조되는 느낌은 읽는 맛을 더 돋
운다.

이 시는 흥부전을 빌려 시를 승화한 작품이다. 사자성어가 많고 성적인
자극을 불러일으키는 시어가 간간이 섞여 있어 읽는 맛까지 한 수 더 높였다.
사자성어를 한번 보자. 사자후 獅子吼는 사자의 우렁찬 울부짖음이라 뜻
을 지녔는데 속어로 질투심이 강한 아내가 남편에게 암팡스럽게 떠드는 일
을 비유적으로 이르는 말이기도 하다. 칠공은 칠장이를 뜻하며 노소미추 老
少美醜는 늙음과 젊은이 아름다움과 추함을 뜻한다. 심후지경 深厚之境은 아
주 깊고 두꺼운 경지를 말한다. 태연자약 泰然自若은 마음에 어떠한 충동을
받아도 움직임이 없이 천연스러움을 말하며 좌수검은 우수검에 대치되는 말
로 시적인 용어다. 초지일색 初志一色은 처음 가진 뜻이 한결 변함없음을 말
하고 공전절후 空前絶後는 전에도 없었고 앞으로도 없을 것이라는 말로 전무
후무 前無後無와 같다.

시인의 시 「흥부면」을 읽고 답 시로 썼던 나의 「놀부면」을 보자.

우레광천雨雷光天은 말 그대로 자연을 빗대어 놓았다. 비, 번개, 빛, 하늘의 초식으로 시를 쓰겠다는 말이다. 일확천금一攫千金은 한꺼번에 많은 돈을 얻는 것을 말함이며 아전인수我田引水는 자기 논에 물을 댄다는 의미로 자기 이익을 먼저 생각한다는 뜻이다. 필봉筆鋒은 붓끝을 말하는 것이지만 붓의 위력, 문필의 힘을 말한다. 봉鋒은 칼끝을 뜻한다. 구곡간장九曲肝腸은 아홉 번이나 굴곡진 간과 창자라는 말로 굽이굽이 사무친 마음속을 뜻한다. 이도류는 두 개의 칼자루 즉 쌍검술을 뜻하며 남가지몽南柯之夢은 남쪽 가지 밑에서 꾼 한 꿈이라는 뜻으로, 일생一生과 부귀영화富貴榮華가 한낱 꿈에 지나지 않는다는 말이다. 오매불망寤寐不忘은 자나깨나 잊지 못함을 뜻하며 세족勢族은 세력이 있는 족속을 말한다. 근묵자흑近墨者黑은 먹을 가까이하면 검어진다는 말로 나쁜 사람을 가까이하면 그 버릇에 물들기 쉽다는 말이다. 읍참마속泣斬馬謖은 삼국지에 나오는 말로 눈물을 머금고 마속의 목을 벤다는 뜻으로, 사랑하는 신하臣下를 법法대로 처단處斷하여 질서秩序를 바로잡겠다는 말이다.

*윤관영: 충북 보은 출생. 1994년 〈윤상원문학상〉 등단.

작소일기

鵲巢日記 17年 01月 16日

아주 맑았다.

오전 기획사에 다녀왔다. '바리스타가 읽은 말-꽃, 카페 확성기' 링 제본 누 권했다. 투고하기 선에 대충 한 번 볼까 싶어 했다. 기획사는 아주 분주했다. 대학은 막바지 논문 작업이 한창이라 주문량이 꽤 많다며 사장은 얘기한다. 일이 어느 정도 마무리가 되었을 때 최 과장은 나의 것을 해주었다. 사장님과 함께 커피 한 잔 마셨다. 책으로 내는 거라고 얘기했더니 출판에 관한 여러 가지 정보를 들었다. 이거는 전국 유통의 목적을 두고 한 것이지만, 지난번 써놓고 내지 못한 글이 상당수라 이참에 낼까 보다. 전에도 몇 번 책을 내주셨기에 이번에도 도움을 청할까 보다. A4 440장 정도 된다. 신국판 크기로 규격에 변형 없이 저렴한 비용으로 소량 인쇄해 주겠다고 했다. 나는 200권으로 부탁했다.

오후 영아트에 커피 배송했다. 한학촌에 오래간만에 커피 배송했다. 한학촌은 방학이고 추운 날씨까지 더하여 영업이 좀 못하다. 오늘은 점장 얼굴을 볼 수 있었다. 여기서 조감도까지는 10여 분 거리다. 곧장 조감도에 가, 영업 상황을 지켜보았다. 점장 배 선생은 오늘 조카 병훈이가 몸이 아파 일찍 들어갔다며 보고했다. 나중에 병훈이에게 몸은 어떤지 물었더니 감기 기운이 좀 있다며 대답했다.

압량초등학교 앞, 문구점에 다녀왔다. 문구점은 연탄난로를 들이고 나서부터 동네 아지트가 되었다. 토요 커피 문화 강좌 들으시는 조 씨 아주머니께서도 계셨는데 연탄난로 불 쬐며가며 사회 돌아가는 이야기 잠시 나누다가 왔다. 조 씨 아주머니는 영대 앞, 어딘가 아르바이트로 일한다고 했다. 얼마 전에는 싸움이 붙었는지 한바탕했다는 것인데 벌금형을 받기도 했다. 싸움하실 분으로 보이지는 않지만, 무슨 곡절이 있었나 보다. 딸 아이 하나 있는데 이제 중3이다. 조 씨는 올해 만 쉰 넷이니 애를 늦게 본 셈이다.

鵲巢日記 17年 01月 17日

맑았다. 날이 좀 풀린 것 같다. 오늘은 영상이었다.

오전, 기획사에 잠깐 다녀왔다. 대학교 논문 마감이 얼마 남지 않아 그런지 오늘도 바쁜 모습을 보았다. 커피 주문이 있어 커피 배송했다. 조감도에서 블루마운틴 한 봉, 블루마운틴 분쇄한 것 한 봉을 챙겨 배송했다.

오후, 전라도 김 씨가 운영하는 카페에 커피를 보냈다. 엊저녁에 주문받은 커피였다. 택배로 보냈다. 컨테이너 카페 101, 안 씨 가게에 커피 배송하고 여기서 곧장 세무서에 다녀왔다. 그간 정리한 세무 신고 자료를 제출했다. 경산세무서에 들러 압량 조감도 사업장을 폐업 신고했다. 압량 조감도는 2012년에 사업 개시하여 2년 정도는 정상운영이 되었지만 2014년 가을 이후로 영업이 되지 않았다. 2015년 10월 이후로 예전 부산에서 카페 했던 경험이 있는 오 씨에게 맡겼다. 그간 무 실적으로 세무신고를 했지만, 이것도 너무 오래 가면 좋지 않다는 세무서 직원의 말에 오늘 폐업 신고했다.

압량 조감도는 여태껏 커피 사업 한 이후, 나의 실수이자 신중하지 못한 처신이었다. 아직, 건물이 남아 있기는 하지만, 오 씨가 아직 있어 처분하지도 못하는 실정이다.

사동 조감도에 잠시 있었다. 경모가 와 있었다. 경모는 방송국에서 다시 연락을 받았다. 방송이 재개되었다며 촬영을 마저 하겠다는 담당 PD의 전화가 있었다.

저녁, 시인 유홍준 선생의 시 「유골」을 감상하다가 반기문의 행보가 요즘 화제가 되어 글을 쓸까 했지만, 정치적이라 쓰지 않았다. 정치인들의 관행적인 행위는 어떤 시사 행위로 보아야 할 것이다. 여기에 소설가 이외수는 SNS에 한목소리 올렸다. 영 틀린 말은 아니었다. 평소 서민을 위한 정치라 한답시고 선거 때만 되면 시장을 돌아다니거나 떡볶이, 어묵, 핫도그, 튀김 따위를 처먹어 대는 가식 덩어리라며 정치인을 맹렬히 비난했다.

반기문은 지하철 발매장에서 들어가지도 않는 2만 원을 억지로 꾸겨 넣거나 서민의 에스컬레이터 사용 금지하고 노숙자를 몰아내기까지 했다. 반기문을 도와주는 사람을 어찌 읽게 되었다만, 정치란 마치 조선왕조의 역사를 볼 때 인조반정 때 어떤 붕당정치의 폐단 같은 것이 보인다.

본점에서 책을 읽었다. 경모와 대화를 나눴다. 경모는 며칠 전 사동 모 카페에 다녀왔다. 약 오십 평대 카페다. 인터넷에 들어가 그 카페를 보았다. 어느 정도 내실이 있는 카페. ○○○○로스터기 사용한다고 하는데 나는 보지 못했다만, 드립을 한다는 것은 커피에 그만큼 철학을 가진다는 말이다. 세상은 장장한 카페가 참 많다는 것을 느낀다. 가까운 곳이나 먼 곳이나 모두 나름의 긴 잣대로 세상 저어가는 모습을 본다.

鵲巢日記 17年 01月 18日

대체로 흐렸다. 조감도 점장은 이거는 황사 같다며 얘기했다.

오전, 대구 ○병원 매점에 커피 배송 다녀왔다. 점장께서는 병원 옆에, 문

연 지 얼마 안 된 커피 전문점 얘기를 한다. 여기서 파는 아메리카노 한 잔은 1,500원이다. 병원 내 병실까지 배달해 준다는 얘기다. 매점에서 파는 아메리카노 한 잔은 2,500원이다. 새로 문 열었던 그 커피 전문점은 신혼부부라며 얘기하는데 그렇게 세를 줘가며 장사가 되는지 의문이라며 점장은 얘기했다. 2,500원 팔아도 수지타산이 맞지 않을 텐데 1,500원은 그것도 배달까지 한다는 말에 나는 무척 놀라지 않을 수 없다.

세무 마감이 임박했다만, 화원의 모 카페는 넉 달째 커피 재료값을 보내지 않고 있었다. 금액 모두 합하여 70여만 원이다. 이 집은 커피는 부로 영업하며 정원을 꾸미는 각종 조경사업이 주다. 팔공산에 '카페 조감도' 2호점 계획이 있고 3월부터 착공 들어간다는 문자를 넣었더니 전화가 왔다. 휴대전화기를 꼬맹이가 만져 겨우 찾았다는 것이다. 며칠 전화해도 받지 않고 문자를 넣어도 답이 없었던 사람이다. 오후에 커피 재료값 넉 달 치를 송금했다. 돈은 어찌 되었건 간에 받았다만, 참, 어이없는 일이었다. 오후 늦게 세금계산서를 발행해서 문자로 넣었다.

서울 모 출판사에 전화가 왔다. '가배도록 3', '카페 확성기 −바리스타가 읽은 말, 꽃' 출판비를 조율했다. '가배도록 3'은 다른 데에서 이미 내려고 말은 맞췄다만, 서울로 다시 바꿨다. 이미 나의 책을 오랫동안 낸 경험이 있어, 책을 맡겼다. 이번 두 권은 변형 없이 신국판 크기로 내기로 잠정 결정했다. 한 권은 400여 쪽, 한 권은 640쪽 분량이다.

세무서에 다녀왔다.

사동점에 재료를 납품하고 조감도에 잠깐 들렀다가 영업상황을 보았다. 오늘 옆집에 간판 새로 다는 것을 보았다. 내가 지어드렸던 상호 '논둑을 걷는 소'가 한쪽 벽면에 크게 붙었다. 매년 조류파동에 그렇게 고생했던 사장이었다. 올해는 도저히 버틸 재간이 없어 천상 바꿀 수밖에 없는 처지였다. 한 해 장사를 잘하다가도 겨울에 다 말아먹는 꼴이다. 조류파동이 일고 몇 달 지나면 한 해 헛수고다. 도로 적자다. 올해는 옆집의 고난으로 우리 집까지 그 영향이 왔다. 11월과 12월은 평균치에 밑도는 성과였다.

본점에 경모와 정민이에게 이번 설에 관한 영업방침을 얘기하며 서로 의논을 가졌다. 문제는 정민이는 설에 가족들과 여행 가기로 약속했다는 건데, 설 연휴는 쉬었으면 하는 바람으로 보고했다. 전에 근무한 직원의 사례는 한 사람이 무슨 일이 있으면 다른 사람이 그 일을 맡아 돌아갔지만, 이번은 아예 쉬었으면 하는 보고라 마음이 꽤 언짢았다. 정민이는 문 하루 닫는다고 표 나느냐고 반문했다. 요즘은 노동자가 실권이다. 재원이 있어야 월급이 나갈 텐데 어처구니없는 일이다. 당연히 월급제니, 하루 빠져도 월급은 나갈 것이니까! 참 듣고 있으면 황당하다.

처남이 다녀갔다. 본점에서 커피 한 잔 마셨다. 처남은 카드회사에 다닌다. 올해 임금인상은 없는 듯하다. 경기가 좋지 않은 것도 문제고 물가는 오르고 생활은 빠듯하기에 무언가 대책을 세워야 했다. 본점이 영업 안 된다는 것도 알고 있다. 처남은 본점을 아예 닭집으로 꾸며 함께 해보자며 제의했다. 낚시를 하든 오릿집을 하든 나도 수없이 생각한 것이지만, 커피 집을 어찌 포기할 수 있을까! 조류파동도 그렇고 처남은 자세히 얘기하지는 않았지만, 다니는 회사에 불만이 큰 것은 분명했다. 나는 사업자의 비애를 여러 예를 들어 설명하기에 바빴다. 개인 사업자나 개인 사업자 밑에 일하는 직원이나 모두 이 사회에 불만이 고조된 것은 틀림없다. 나는 이 사회가 지뢰라 생각한다. 언제 터질지 모를, 누가 하나 발을 떼기라도 하면 곧 폭발할 그런 사회만 같다.

무거운 발 / 鵲巢

가로등 없는 도로 위, 몇 조각 파편으로 나뉠지 모를
시속 40마일 혹은 50마일의 속도로 달리는
덤프트럭 같다 어느 것은 과적에 어느 것은 미달에
달려야 하는 덤프트럭, 움푹 팬 길을 달리는 것은
어느 것이나 수수께끼 같아 혼자 마늘 까는 일이다

황단보도를 잊고 ㄱ 자처럼 다리를 잃고 발목 없는 발이

급브레이크 밟는, 별빛이 드러날 때 불빛 밝은 상가는

홈런처럼 자정을 향한다 어미 없는 아이가 달빛처럼

난산만 하는 하루, 무거운 발을 발판에 올려놓고

육기통 엔진 들어내는 일이다 젓가락은 쌍을 이루고

어느 하나가 없는 다리처럼 걸쳐 놓는 일이다

거저 마침표 하나 없이 죽 잇다가 그늘처럼 동태가

다시 열어놓는 하루 온전히 걸을 수 있다면,

비운 밑바닥 짐받이처럼 탁탁 털며 내려놓는 일이다

학원에서 둘째를 데려올 때였다. 둘째는 사촌 정훈이가 모 공고에 들어갔다며 얘기한다. 그 형은 모 대학에 원서 접수하였고 외삼촌은 본점에 다녀갔다. 둘째의 낯빛은 어두웠고 목소리는 힘이 없었다. 미래가 불안한 거다. 어제는 아는 모 형이 고등학교 졸업하고 모 공장에 취업했다는 데 월급 130만 원 받는다는 얘기까지 했다. '아빠 월급 130만 원이면 많은 거예요?' 공부 열심히 했으면 하고 말하고 싶었지만, 이 사회를 보면 마땅치 않은 해결이다. 애가 소심하지 않고 용기를 가졌으면 더 바랄 게 없다.

鵲巢日記 17年 01月 19日

맑았다.

하루를 이렇게 조용하게 보내는 것도 드물 것이다. 오전에 본점에서 책 읽으며 시간을 보냈다. 오후, 조감도에 잠깐 올랐다가 금고에 커피 배송 다녀왔다.

오후, 본점에서 창업상담을 했다. 구미에서 오신 분이다. 이야기 나눠보니까 아내 친구의 친구다. 친구 소개로 왔다. 구미에서도 커피 교육하는 곳

이 많지 않으냐고 얘기했더니, 그냥 한 번 와 본 거라며 얘기한다. 어느 대기업 공장 안이다. 부스가 2주 내로 비워진다는 말이 있다. 그러니까 주인이 바뀌는 셈이다. 하루 커피 판매량 평균 300잔이라는데 커피 가격은 1,500원이라 한다.

제주도 선생님께서 고사리를 보내주셨다. 너무 감사하다. 선생님께 잘 받았음을 문자로 답변 올렸다.

저녁, 시 한 수 읽었다. 권규미 시인의 「미생 未生」이라는 시를 읽었는데 글을 처음 읽으면 무슨 뜻인지 모른다. 어떤 감은 닿아도 정확히 알 수 없다. 한 문장씩 뜯어 읽으니 시인의 시작법이 보이며 문장을 볼 수 있었다. 토속적인 시구가 보이는가 하면, 불교적 색채도 보이고 그리스 신화적인 내용을 떠올리게 하는 시어도 보인다. 시 문장은 복합적이기는 하나 시를 향한 시인의 시적 묘사는 탁월하였다.

마감 때, 에르모사 상현 군이 왔다. 본점 바로 뒷집에서 돼지고기 구웠다. 밀양 돌아가는 사정을 읽었다. 경기가 무척 좋지 않으니 모두가 걱정이다. 부가세 300 나왔다며 한숨을 쉰다. 지난 하반기는 중간고지도 했다는데 상당히 많이 나온 금액이었다.

鵲巢日記 17年 01月 20日

아침에 눈발 날리고 바람 세게 불었다. 오후, 바람만 세찼다.

아침에 출근할 때였다. 굵은 눈발이 날리어 이 눈이 쌓일 것 같아 꽤 걱정했다만, 점심때 해가 뜨고 내린 눈까지 모두 녹았다. 바람은 여전히 세차게 불었는데 기온이 영하는 아니었지만, 몹시 추운 날씨였다.

아침에 시 몇 편을 읽었다. 시 「묘생」을 읽고 감상문을 썼다. 이외에 모 시인의 시집을 한 권 읽었으며 시인광장 선정한 시 몇 편을 읽다가 시인의 시집 몇 권 샀다. 근데, 오전에 주문한 시집이 저녁에 받았다. 예전에는 시집 주문하면 며칠이 걸렸지만, 이리 배송이 빠르니 뜻밖의 일이다.

오후 조감도에 잠시 있었다. 사회 돌아가는 상황이 별로 좋아 보이지는 않는다. 세상이 너무 조용한 것 같다.

본점에서 주문받은 커피 몇 군데 택배 보냈다.

오후 늦게, 오 선생은 로스팅하는 모습을 모 방송국 PD가 와서 찍었다고 얘기한다. 경모의 일이다. 내일은 토요 커피 문화 강좌를 찍겠다고 했다.

저녁 늦게 화원 모 카페에서 전화가 왔다. 카페에 자동화기기를 쓰는 것은 어떤지 묻는다. 점장은 기계를 모르니 자동화기기가 좋아 보였나 보다. 위생도 그렇고 AS 발생률도 높아 추천하지는 않았다. 점장은 합천에 무슨 꽃 축제마당이 있나 본데 그곳에 관공서에서 제공한 건물이 있다고 한다. 물론 카페를 위한 건물이다. 한 번 맡아서 해보지 않을는지 물었다. 규모가 엄청나게 크다. 큰 규모로 운영해야 하는 카페는 전문가 한 사람이 현장에 가 있어야 하므로 나는 못하겠다고 했다. 인력과 자금, 그리고 마케팅 등 여러 가지 문제가 산재한다. 가까운 곳도 관리는 꽤 어렵다. 합천은 여기서는 너무 멀다.

눈 깊은 고양이 내 얼굴만 본다.
그 까만 털을 내가 빡빡 핥는다.
밑 빠진 혀가 온통 흩어져 있다.

鵲巢日記 17年 01月 21日

맑았다.

오전, 토요 커피 문화 강좌 개최했다. 새로 오신 분, 두 분 있었다. 한 분은 청도에서 오셨고 한 분은 하양에서 오셨다. 잠깐 교육 소개할 때였는데 모 선생께서 나의 책『커피향 노트』를 읽으셨는지 또 다른 책이 있으면 소개해달라고 했다. 그리고 보니까, 모두 일기장인데 특별히 소개할 만한 책이 없었다.

아무래도 노자에 관한 것이 좋을 것 같아 『카페 간 노자』를 추천했다. 『카페 간 노자』를 다 읽으셨다면, 『커피 좀 사줘』도 괜찮을 것 같아 소개했다. 솔직히 아들이 책을 좀 읽었으면 하는 바람으로 썼다며 얘기했다. 교육 준비하느라 시간이 좀 남아, 3월에 '카페 확성기'라는 책이 나오는데 이 책도 간단히 소개했다. 우리가 사용하는 말에 대하여 그리고 어느 정도 나이가 들면, 표현하고 싶은 욕구에 대하여 글과 표현력을 두고 쓴 거라는 것을 중점적으로 얘기했다. 오늘 교육은 드립이었고 오 선생께서 수고해주었다.

장엄한 손 신비의 카페 / 鵲巢

신비의 카페에는 많은 사람이 오셨다. 모두 미래의 전사들이었다. 먼저 "장엄한 손"이 인사했다. 곧 있으면 어제 볶은 커피로 드립의 시연을 볼 것이며 새벽안개와 같은 영험한 맛을 보게 될 것이다. 장엄한 손은 커피 역사를 간략히 말했고 신비의 카페가 어떻게 현 시장에 이르도록 살아남았는지 얘기했다. 장엄한 손의 소개가 끝나고 "맨 먼저 든 자"가 주전자를 들고 드립에 관한 방법을 소상히 설명했다. 이를 놓치지 않으려는 듯 눈 부릅뜬 "붉은 의자"들은 주전자 끝을 예의주시했다. "맨 먼저 든 자"가 완벽한 드립을 자아냈다. 이제부터 "붉은 의자"들의 차례다. 해가 뜨는 동쪽에서부터 해가 지는 서쪽을 향해 순서가 정해졌다. "붉은 의자"들은 커피를 어떻게 뽑아야 하는지 알고 있었지만, 모두가 서툰 마음은 이내 감출 수 없는 듯 긴장한 마음이 역력했다. 주전자를 어떻게 잡느냐에 따라 이름이 붙여지기도 하기에 더욱 긴장한 장이었다. "붉은 의자"에 앉은 사람, 한 사람씩 나와 주전자를 들었다.

"김 모락모락", "두 손을 잡고", "한 손 받친 사모님", "손뼉을 치고", "고개 돌려 본 자", "잡은 휴대폰", "긁적거린 머리", "잔 두 개 든 자", "찡그린 얼굴", "큰 웃음소리", "입술 가린 손바닥", "떨리는 손", "바른 물방울", "맑은 물방울", "물방울 또 박또박", "마 부끄러운 샘님" 등 이름을 갖게 되었다.

"장엄한 손"은 짜증나는 통신을 읽다가 "맨 먼저 든 자"의 교육을 지켜보기도 하며 이름을 갖게 된 자와 한 사람씩 만나 정중히 인사를 드리곤 했다.

모두 "장엄한 손 신비의 카페"에 모인 이름이었다.

오후, '카페 확성기 2' 원고를 썼다. 글을 쓰기 위해 책 몇 권을 읽었다. 조감도에 잠깐 올라가 영업상황을 지켜보았다.

저녁, 가족 모두 데리고 옆집 "논뚝을 걷는 소"에서 저녁을 먹었다. 가게 이름을 바꿔서 그런지 주말인데도 손님은 많지 않았다. 식사 마치고 가게로 들어가는데 사장님, 사모님 두 분 모두 나오시어 인사했다. 아무쪼록 올해는 대박 나시길 기원했다.

鵲巢日記 17年 01月 22日

아침에 일어나니 온 세상이 하얗다. 밤새 눈이 내렸다. 날은 참 맑았다.

아침에 눈 치우느라 꽤 고생했다. 조감도 오르는 길, 내렸던 눈 모두 비로 쓸고 어두운 곳은 염화칼슘을 뿌렸다. 이렇게 작업하는 가운데 옆집 사장님 한 분 한 분 출근하는 모습을 보았다. 모두 차창을 내리며 인사했다. 오늘은 직원도 아침부터 꽤 고생했을 것 같다. 둘째 찬이와 오 선생도 아침에 나와서 눈을 치웠다.

가족이 모두 함께 한, 가운데 늦은 아침 겸 점심을 먹었다. 오후 2시였다. 오후, 본부에서 책 읽으며 보냈다.

시지 카페 우드와 정평 카페 디아몽에서 쌀 주문을 받았다. 쌀값은 얼마 되지 않지만, 이렇게 신경 써서 주문해주시니 너무 고마웠다.

오후 5시, 조회했다. 올해 영업방침에 관해 얘기했다. 올 3월에 책이 나오는 것과 가게 커피 가격 인상과 인건비 인상에 따른 자기관리를 특히 부탁했다. 오 선생은 가격은 조금 올렸다만, 걱정을 표현했다. 왜 그러느냐고 물었더니 이 가격에 맞게 우리의 자질이 되는지 그것이 문제라는 것이다.

저녁 늦게, 사동에 사시는 모 형께서 오셨다. 하시는 일과 사회 돌아가는 얘기를 나누며 커피 한 잔 마셨다.

鵲巢日記 17年 01月 23日

꽤 맑았다.

조회 때다. 이십만 원을 별도로 챙겨 배 선생께 드렸다. 예전에도 직원 퇴직선물로 배 선생 지인께 부탁한 바 있어 이번에도 그렇게 하기로 했다. 예시 제외하고 정직원이 4명이니 각각 5만 원씩 부담하고 나머지를 카페에 부담하기로 했다.

포항, 서울, 울진에 커피를 택배 보냈다. 울진은 어제 볶은 커피 케냐 60K를 보냈다. 옥곡에 커피 배송 다녀왔다. 설이 가깝고 설 선물 따로 하느니 커피로 대신했다. 포항도 마찬가지로 한 봉 더 보냈다.

경기도 커피 봉투 만드는 회사에 커피 봉투 주문했다. 조감도, 가비, 본점 1K 봉투가 다 되었다.

촌에 다녀왔다. 오후 2시쯤 출발하여 3시에 도착했다. 부모님 잠깐 뵙고 인사했다. 쌀 다섯 포 실었다. 거래처에 세 포, 조감도 한 포, 집에도 쌀이 다되었으니 한 포 있어야 한다. 근 다섯 시 가까이 경산에 올 수 있었다.

컨테이너 안 씨 커피 주문이 있었지만, 내일 가기로 했다. 전에 중앙병원에 일했던 교육생 이 씨로부터 전화가 왔다. 시지 모 상가 '주-카페'를 인수했다는 소식을 전한다. 나는 이 소식을 듣고 너무 놀라웠다. 언제 한 번 조용할 때 가게에 들러 커피 한 잔 청해 마시겠다며 말씀을 드렸다. 축하할 일이다.

저녁에 사동에서 전화가 왔다. "본부장님 가게 매매될 것 같아요" 사동점장의 목소리였다. 가맹점이라 여러 가지 조건을 재차 확인했다. 아직 막—대금이 오가지는 않았지만, 매매는 확실한 것 같다.

오후 9시쯤 전에 교육생 권 씨께서 오셨다. 청도 카페○○ 건 문제다. 매매금액 확인과 인수하면 과연 일은 될 것인지 손해는 안 볼 것인지 여러 가지 대화를 나누다가 가셨다. 한 해 매출이 있는지라, 그렇게 손해 볼 일은 없겠다. 더군다나 가게 세가 너무 싸다. 한 달 10만 원이라고 하니, 크게 부담 갈 일은 없겠다.

鵲巢日記 17年 01月 24日

맑았다.

경영은 정치인가? 비록 작은 가게지만, 정치처럼 바라볼 때가 있다. 세무서에서는 그간 자료를 바탕으로 올해 부가세 신고금액을 확정 통지했다. 금액이 거의 일천만 원에 가까운 돈이다. 오후에 이 금액을 마이너스 통장에서 인출하여 냈다.

엊저녁 본점에 일하는 하 군의 말이다. '본부장님 근로계약서를 다시 맺었으면 합니다.' 낮에 일하는 홍 씨와 급여 차이로 그간 불만이 많았던 모양이다. 하지만, 지체장애로 특혜 준 것도 사실이다. 매출은 하루 10여만 원에 부가세와 인건비, 각종 보험과 사회간접비용(전기세, 물세, 이자) 등을 고려하면 운영에 맞지 않는 경영이다. 나도 참 이상하지. 그간 실속 있는 경영을 하겠다고 얼마나 다짐했던가!

엊저녁에는 새벽 4시까지 잠을 잘 수 없었다. 아내와 이것저것 대화를 나눴다. 아무래도 본점을 폐점해야 할 것 같아? 아내는 또 왜 그런지 물으며 돈이 안 되더라도 끌고 가자는 얘기만 되풀이했다. 나는 경영할 수 없는 이유를 몇 가지 들어 설명했다. 한 달 총매출 500, 인건비 300, 전기요금 60여만 원, 물세 10여만 원, 들어가는 재료 100여만 원, 부가세 40여만 원 이

외 잡다한 카드 지출내용, 각종 세금을 제하면, 실질적으로 마이너스 운영이다. 더구나 주야 일하는 직원의 조화가 맞지 않은 것도 문제였다. 세상 사람은 나를 어떻게 볼까? 하 군은 지체장애다. 하 군이 결손가정에 자란 환경은 그의 성격에도 큰 영향을 준 건 사실이다.

아내와 몇 시간 대화 끝에 영업시간을 줄이기로 했다. 이번 달까지만 정상 영업하고 다음 달부터는 오전 10시에서 오후 6시까지만 운영하기로 했다. 저녁은 폐점하기로 했다. 하 군은 주말 아르바이트로 일하게끔 계획을 세웠다. 하 군은 중3 때 담임선생 지도로 본점에서 교육받은 학생이다. 교육받은 후 바리스타 2급 자격을 취득하였으며 지금은 고3으로 바리스타 1급 자격을 치렀다. 본점의 일은 담임선생과 보호자(할아버지, 할머니) 지도로 이루었다.

오후 영업방침을 본점 직원이 함께 한 자리에서 오 선생은 전달했다. 문제는 하 군이 큰 실망을 갖은 나머지 가게 앞 마트에서 산 담배로 몇 대를 피웠다. 바bar에시 나뒹굴었고 오 선생은 니에게 급한 전화를 몇 번이나 했다. 119를 불러야 했다. 나는 정말 큰 일이 난 것 아닌가 하며 가슴 조이며 조감도에서 본점으로 급히 차를 몰았다. 하 군은 가게에 없었다. 손님도 없었다. 나는 가게 문을 닫고 다시 119에 확인 전화하였다. 119는 모 병원 응급실로 가보라는 답변을 했다. 병원 관계자는 마음이 안정되었으니 큰일은 아니라고 말했다. 하 군의 보호자 할머님이 1시간 뒤에 오셨으며 할머님께 자초지종을 얘기했다. 하 군이 마음이 안정되면 그때 본점에 나오도록 부탁했다.

이외에 일기는 오늘 담지 않는다. 이는 너무 놀란 일이었고 지금 이 글 쓰는 시점도 나는 죄인처럼 고개를 들 수 없다.

鵲巢日記 17年 01月 25日

맑았다.

엊저녁도 아침도 점심도 먹지 못했다. 저녁에 이르렀어야 밥 한 술 뜰 수 있었는데 밥 한 끼 먹는 일이 이리 힘든가 하는 생각을 했다. 사람의 행복은 어데 큰 데 있는 것이 아니었다. 거저 편안한 마음에 가볍게 먹을 수 있는 밥 한 공기와 김치찌개 한 냄비 더는 없는 것 같다.

오전에 장 사장 다녀갔다. 내일모레가 설이니 인사차 왔다. 매번 설이나 추석이면 배 한 상자씩 가져오신다. 참 경기도 좋지 않은데 이것도 돈일 거로 생각하니 괜한 부담이겠다. 내부공사 일도 겨울은 뜸하다. 이제 설 쉬고 나면 사람들은 또 움직이니 일은 분명 있을 것이다.

오전에 잠깐 모 부동산과 학교 앞 기획사에 잠깐 다녀왔다. 인사차 들렀다.

점심때 보험 하시는 이 씨가 왔다. 설이라 인사차 오신 것 같다. 설 선물로 한과 같은 것을 받았다. 우리도 더치커피를 예쁘게 포장하여 선물했다.

오후, 정평에 예전 교육생이었던 임 씨를 만났다. 며칠 전에 주문받았던 쌀을 건넸다. 잠깐 여기서 머물렀는데 본점에서 전화가 왔다. 사동 가맹점 인수하신 분이라며 본점에 오신 게다. 가맹에 관한 여러 이야기를 나눴다. 가맹체결과 포스 이전을 위해 필요한 서류를 말씀드렸다. 새로 일하실 점장은 나이가 나와 비슷했다.

사동점, 한학촌, 컨테이너 안 씨, 청도에서 커피 주문을 받았다. 모두 내일 배송하기로 했다.

저녁 늦게 허 사장 다녀갔다. 예전 영천점 운영하시던 분이 포항에서 일하는가 보다. 기계가 그쪽으로 내려갔는데 친구와 함께 다른 가게를 얻어 영업한다고 했다. 근데, 기계 버튼이 고장이 났는지 부품이 필요했나 보다. 하지만, 필요한 부품은 버튼 두 조였지만 재고는 하나밖에 없었다. 천상 발길을 돌렸는데 설 쉬고 갈 수 있게끔 맞춰놓겠다고 했다.

鵲巢日記 17年 01月 26日

맑았다.

오전, 대구 곽병원 거쳐 동원이 가게에 들렀다. 이제 동원이는 우리 커피를 쓰지 않는지 벌써 한 달이 다 되어간다. 사귀는 여자 친구가 있다. 여자 친구도 다른 쪽 어느 업체에 일한다. 그쪽에서 받아쓰고 있다며 얘기했다. 그간 소식도 궁금하고 해서 잠시 들러 이것저것 대구 사정을 들었다. 동원이 가게 앞에 짓는 건물도 거의 다 지어가고 있었다. 세 350이라 했다. 그러니 자산가치가 10억쯤 되는가 보다. 건물주인은 음식점은 절대 세 놓지 않겠다고 얘기했다. 모두 3층 건물로 골조며 통이다. 건물 내부에 들어가 구조를 본 적 있는데 용도는 커피 전문점으로 지은 건물이었다. 1층 단일면적만 25평쯤 돼 보였다. 주차공간도 없고, 여기 이 골목은 주차난으로 심하다는 동원이 말로 보아, 실은 엊저녁에도 주차난으로 한바탕 했다는 것이다.

사실, 우리 본부 바로 옆에 카페 하겠다며 카페 전용 건물 다 지은 지 벌써 몇 달 지났다. 그간 건물 보러 온 사람은 몇 명 있었다. 주인장은 한 달 세 350으로 불렀다. 이 건물 맞은편이 우리 본점이다. 70평 대 가게다. 본점은 다음 달부터 저녁은 이제 폐점하기로 했다. 이 후진 동네도 커피 전문점은 4개나 된다. 스님이 운영하는 가게는 겨울철은 운영하지 않는지 문 닫긴지 오래되었고 어느 젊은 총각이 하는 'Brother'도 꾸준히 영업하는 것이 아니라 1주일 문 여는 날이 몇 번 되지 않는다. 이 집 바로 앞이 새로 지은 카페 세 350짜리 건물이다.

동원이는 대봉교 쪽에 100평 되는 큰 카페 두 업체와 친목 교류를 한다. 모 카페는 한 달 매출이 단 몇 백 수준이니 건물주가 직접 운영한다고 해도 버티기 힘든 것은 분명했다. 거기다가 신축건물에 전망도 좋아, 아무래도 커피가 좋다고 하지만, 다른 쪽으로 임대 놓는 것이 나겠다는 생각이다. 한 달 몇 백씩 적자 보는 것보다 차라리 병원이나 약국, 아니면 다른 업종으로 전환하는 것이 경제적 이치에 맞다. 동원이도 한 해만 일을 더 해보고 이 일을 계속할지 결정해야겠다고 다부지게 마음먹었다.

동원이 가게서, 청도 강 씨가 운영하는 가게에 커피 배송 다녀왔다. 강 씨 가게에서 사동 가맹점에 커피 배송했다. 점심을 오후 2시 지나서 먹었다. 실은 아침 겸 점심이었다.

오후, 은행에 다녀왔다. 신권 ○○○만 원 찾았다. 마트에 가, 설 선물로 몇 상자 샀다. 오후 4시 본점에 일하는 홍 씨, 오후 5시 조감도에 일하는 직원 모두에게 설 선물과 상여금을 챙겼다. 본점 영업에 아는 분은 아시겠지만, 조감도 직원이 모두 모인 가운데 다음 달부터는 저녁은 폐점한다는 것을 분명히 했다. 세금과 여러 경비가 오히려 더 많으니 어쩔 수 없는 결단이었다.

저녁에 카페 우드에 다녀왔다. 점장은 소득세에 관해 물었다. 소득세를 줄일 방법은 어떤 것이 있는지 말이다. 가장 큰 경비가 인건비다. 부가세로 첨부하지 않은 여러 경비, 기부금이 있다면, 이것도 많은 도움이 되겠다.

본점 마감하며 하 군에게도 설 상여금을 챙겼다.

鵲巢日記 17年 01月 27日

맑았다.

오전, 경찰서 직원이라며 사복 차림으로 두 명이 본점에 들렀다. 인근에 도난사건이 있었다며 CCTV 있으면 확인 협조로 부탁했다. 무슨 일이 있었느냐고 물었는데 편의점에 도난 사건이 있었다고 했다.

오전, 오후 본부에서 책 읽었다. 올해의 좋은 시 몇 편 읽고 시 감상문을 썼다.

저녁에 대학 친구인 홍 씨와 집사람도 함께 왔다. 본점에서 커피 한 잔 마시며 여러 가지 이야기 나누다가 갔다. 홍 씨는 H 회사, 손해 사정 업무를 본다. 20년 다 되어 가는데, 직장인의 비애감이라고 할까 지금에 와서 후회가 좀 된다는 말을 했다. 이제는 맏이가 고등학생이다. 집사람은 그간 작은 가게를 운영했다고 한다. 어느 카페에서 내 책 『커피 좀 사줘』를 읽다가 경산 쪽 이야기가 나오기에 저자를 다시 보았더니 남편 친구임을 알았다며 놀라워 했다. 친구는 선물 하나 주었는데 나는 준비한 게 없어 『카페 간 노자』 책을 선물했다. 몇 년 만에 본 친구였다. 모습은 그대로인데 머리는 희끗희끗했다.

鵲巢日記 17年 01月 28日

맑았다.
아침 일찍 차례 지냈다. 두 아들, 준과 찬이와 함께 지냈다.

오늘 본점은 쉬었다. 조감도는 개장하며 점장 배 선생께서 나오시어 새해 인사 주고받았다. 다시 본부에 와 이것저것 촌에 가져갈 물건을 챙겼다. 10시 조금 지나서 북삼으로 향했는데 다른 설에 비해 오늘은 교통이 원활했다. 그렇게 막힘이 없어 예전보다 일찍 도착했다. 11시 40분에 도착했다. 아버지 어머니께 세배를 드리고 점심을 함께 먹었다. 아내는 집에서 동태찌개를 끓여 왔는데 이 찌개와 어머니께서 내오신 깍두기 곁들여 먹었다.
가족 모두 데리고 할머니 묘소에 갔다. 산에 다녀온 일기는 담지 않는다. 오늘 김명리 시인의 시 「젖은 책」을 감상하다가 그 소감 밑에다가 써두었다.
산에 다녀오고 동생 집에 들렀다. 어쩐 일인가 싶기도 하고 반갑기도 하고 여동생 셋과 제부들이 모두 모여 있지 않은가! 서로 인사 나누며 반갑게 맞았다. 조카들도 다들 모여 있으니 대가족이었다. 올해 고등학교 졸업하는 조카도 있고 아직 초등학교도 들어가지 않은 어린 조카도 있다. 한 시간여 동안 담소 나누다가 아쉬움을 뒤로하고 우리는 다시 경산에 왔다. 오후 5시였다.
처형은 오늘 무슨 일이 있는지 보지 못했다. 처가 장인어른과 장모님께 세배 올렸다. 조카들로부터 세배도 받았다. 올해 큰 조카는 대학에 들어간다. 대학등록금 일부를 세뱃돈으로 보탰다. 저녁 식사가 끝난 후, 처남과 조카들

장인어른과 장모님 온 식구가 모두 모인 가운데 노래를 불렀다. 처가는 언제부턴가 거실에 노래방에서나 볼 수 있는 놀이기구를 갖췄다. 가끔 명절 때면 이렇게 노래를 부른다. 조카도 우리 아들도 모두 노래 실력이 만만치 않았다. 세월 참 빠르다는 것을 느낀다. 향후 10년이라 하지만, 이제는 10년이 한 해가는 것 같이 느껴질 때가 있다. 장자의 호접몽은 따로 있는 것이 아니었다.

鵲巢日記 17年 01月 29日

아침에 비가 왔나 보다. 도로가 축축하게 젖어 있었다. 오후에 빗방울이 보였다.

조감도 개장하며 잠시 있었는데 옆집 '논뚝을 걷는 소' 사장님께서 선물한 상자 들고 인사 주신다. 나는 사장께 커피 한 잔 대접했다. 사장님은 상호를 잘 지어주셔 감사하다는 말씀을 주셨다. 올 한해 예감이 좋다며 덕담까지 주시니 도로 고마웠다. 몇몇 손님은 고기 맛과 된장찌개가 맛이 있어, 단골도 생겼으며 가맹점 열어 달라고 하는 집도 여섯 집이나 생겼다는 것이다. 나는 사장님 말씀을 듣고 무척 놀랐다. 신매광장과 또 무슨 광장, 진량 등 여러 곳이라 한다. 나는 모두 아시는 분이냐고 물었다. 사장은 이 중 한 분만 지인이고 모두 손님으로 오신 분이라 한다. 가격이 싸고 맛이 좋으니 거기다가 상호가 범상치 않아 호감을 느끼게 되었나 보다.

옥곡 점장께서 본점에 오셨다. 재료 떨어진 게 있어, 잠깐 들리셨다. 가게는 아르바이트생에게 잠시 맡겨두고 곧장 울산 가신다고 했다. 친정이 울산이다. 그간 영업에 어려운 점을 얘기했다. 애들 하나는 군에 가 있고 하나는 서울대 졸업반이지만, 한 해 더 공부한다는 소식을 전했다.

오전에 어머님과 통화했다. 어머니는 술이라면 몸서리칠 정도로 싫어하신다. 엊저녁에도 막냇동생은 술이 좀 과하게 마셨는지는 모르겠다. 명절이면 다들 모여 술판을 벌이는 것도 어머님은 싫은 게다. 술도 적당히 마셔야 하지만, 과하니 언행이 삼가지 못하고 뜻하지 않은 실수도 나오는 법이다. 사람 사는 사회는 혼자 사는 것이 아니니 나의 외로움이 다른 어떤 분출로 여러 사람이 피해를 보는 격이다.

공부를 아무리 잘해도 인성이 좋지 않으면 사회에 받아주는 이는 없다. 어쩌면 공부보다 인성을 더 우선시하는 것이 사람 사는 사회다. 누가 보지 않는다고 욕을 올려놓는 카스, 이는 자기 얼굴에 침 뱉기다. 나와 이해관계에 있는 사람도 이는 좋게 볼 일이 없지 않은가! 대우를 좋게 하여도 본인은 고마움을 모른다. 내가 머문 국가에 고마워할 줄 알고, 내가 머문 사회에 고마워할 줄 알고, 내가 몸담은 조직에 고마움을 알아야 한다. 내가 어떻게 성장할 수 있겠는가? 모두 이러한 이해관계가 없다면 나는 어찌 성장을 기하며 먹고 살 수 있겠는가 말이다. 나이도 어린 것이 갈 길이 창창한 애가 저 스스로 무덤을 파니 참 안 되어서 하는 말이다. 불러서 타이른다고 들을 애도 아니다.

오후, 어머님은 경기가 좋지 않으니 살인사건도 나고 하는 것이라며 동네에 또 무슨 큰 사건이 있었나 보다. 사회가 메마르고 자기밖에 모르니 이러한 일이 벌어지는 것이다. 그러니 어릴 때부터 갖는 인성교육은 얼마나 중요한가!

조감도에 잠깐 있다가 본부에서 줄곧 머물렀다. 시 몇 편을 읽고 감상하였다.

鵲巢日記 17年 01月 30日

맑았다.

오후, 밀양에 커피 배송 다녀왔다. 에르모사에서 상현이가 직접 만든 피자를 함께 먹었다. 상현군에게 피자를 두 판 더 부탁했다. 조감도에 오 선생과 직원이 함께 먹을 수 있도록 포장했다.

조감도에서 정수기 일하시는 호○ 대표께서 오셨다. 서로 새해 인사 나누었다. 50대로 보이는 친구분과 함께 오셨는데 친구는 커피 배우고 싶다며 토요 커피 문화 강좌에 참석하겠다고 했다.

오늘 다빈이 어머님을 뵈었다. 다빈이 어머님은 오 선생과 고등학교 때 친구 사이라 한다.

저녁 가족과 함께 먹을 때였다. 오 선생은 본점 영업을 전에 교육생이었던 김 씨에게 부탁했다며 얘기한다. 홍 씨가 이달 말까지 일하고 그만두기로 했으니 그 후임이다.

鵲巢日記 17年 01月 31日

맑았다.

1월 한 달 마감했다. 거래명세표를 확인하고 세금계산서를 발행했다. 1월은 조용하게 보낸 것 같아도 여러 사건이 있었다. 청도 가비가 권 선생께서 인수하였고 사동 가맹점은 함께 일하신 분의 동생께서 인수했다. 대구 카페 다이노는 이달부터 커피가 들어가지 않았으며 밀양 천 사장 앞집 골동품 상회는 카페 건물을 다 지었다. 경량철골 구조로 색상도 알록달록하다. 지난 하반기 부가세 신고를 안전하게 마쳤으며 '카페 확성기', '가배도록 3' 원고를 정리하여 투고했다.

오후, 컨테이너로 카페 운영하는 안 씨 가게에 커피 배송 다녀왔다. 압량 조감도 '임대, 매매'라는 푯말이 떨어져 있어 다시 붙였다. 가게 안에 오 씨가 있어 새해 인사 나누었다. 오 씨는 본점은 어떤지, 저 위쪽 조감도는 또 어떤지 소식을 물었다. 경기가 이리 좋지 않은데 어느 집이든 좋겠는가마는 그래도 좀 나은가 싶어 캐묻는다. 솔직히 어느 위치든 경영은 힘든 것 아닌가! 사업가는 이윤을 목적으로 사업하며 더 나은 이윤을 위해 또 나가려고 노력한다. 경기악화와 최저임금제, 4대 보험과 각종 세금은 모두 톱니바퀴처럼 맞물려 있어 경영인 또한 월급쟁이만큼 수익을 챙기기라도 하면 다행하다. 모두가 잘사는 것으로 보이지만, 그들은 오히려 내가 더 나은가 싶어 바라보기도 한다.

한학촌에 다녀왔다. 조감도에 잠시 들렀다. 예지가 오늘 마지막 근무라 잠깐 보았다. 모든 직원이 그간 수고했음을 격려했다.

집에 어머니께서 전화가 왔다. 근 한 시간 가까이 통화했다. 어머님은 결혼하실 때 가져온 농지가 있다. 이 땅을 파시려고 내놓았다. 여동생이 모두 셋이다. 첫째와 셋째도 그 땅에 대해서 그렇게 말은 없었지만, 그나마 잘사는 둘째가 어머니 결정을 못마땅하게 여겨 부모님과 언쟁이 있었던가 보다. 이 일로 어머님은 서운한 나머지 오랫동안 나랑 통화했다.

농지 600평에 매매가 2억 정도 하는가 보다. 사업하느라 빚만 5억을 안아도 한 번도 집에 땅 얘기한 적 없었다. 부모님 걱정하실까 빚이 있다는 것도 말씀드리지 않았지만, 600평 한 해 소출은 약 300만 원이 못 된다. 2억에 1년 이자도 안 된다. 둘째는 며칠 상간에 집에 전화를 여러 번 했던가 보다.

鵲巢日記 17年 02月 01日

맑았다. 바람이 좀 불었다.

오전, 아내 오 선생과 함께 혁신도시 모 가게에 다녀왔다. 커피 납품과 기계 세팅 목적으로 가게 되었지만, 개업에 관한 상담도 하게 되었다. 아직 사업자등록증이 나오지 않은 상황이다. 간판은 간판업자가 와서 실측했다고 하니 다음 주면 달 것 같다고 한다. 상호는 카페코코CAFECOCO다. 집안에 형님과 함께 일하기로 했다. 그러니까 전 씨의 남편 누님이다. 분양받은 가게 이자만 200이라고 한다. 개업에 필요한 자재를 주문받았다. 본부에 준비되면 납품 들어가기로 했다. 주문받은 물품 중 몇 개는 재고가 바닥난 것도 있어 갖춰야 했다.

오후, 티포터, 밀크저그를 관련 상사에 주문 넣었다. 동네 미장원에 들러 이발했다. 택배로 온 커피와 다른 부자재를 받았다. 포항에 수리할 부품이 도착했다.

『카페 간 노자』를 발행할 때 책 400권을 받았는데, 이 책이 모두 다 나갔다. 그래서 어제 서울 모 출판사에 책이 있다면 더 내려달라고 했더니 오늘 100여 권이 도착했다. 고마운 일이다.

저녁 어머니께서 전화 주셨다. 47년간 쥐고 있었던 농지가 팔렸다는 소식을 전한다. 평당 30만 원으로 계약하셨다고 했다. 내일 이른 아침에 어머님 모시고 병원에 가야 한다. 눈 치료를 위해 아침 일찍 촌에 가기로 했다. 그때 더 자세히 말씀하시겠다고 한다.

어머니께서 시집올 때 사신 거라며 목숨보다 더 귀중히 여겼던 땅이다. 그간 살면서 어떤 일이 있어도 땅만큼은 팔지 않았던 어머니, 집안에 땅보다 더 큰 일은 없었던 어머니였다. 이제는 노환이 오고, 병도 잦아 병원에 자주 다니시게 되니 가진 것 모두 정리하시겠다는 말씀에 가슴이 먹먹했다. 땅이 팔렸다는데 마음은 왜 이리 우울한가!

鵲巢日記 17年 02月 02日

맑았다. 하늘에 구름 한 점 없었다. 바람은 좀 불어 추웠다. 저녁때 해가 낮게 떠 가라앉는 모습이 장관이었다.

이른 새벽 6시, 촌에 갔다. 어머님 모시고 대구 제일 안과에 갔다. 어머님은 당뇨 합병증으로 눈이 실명 위기였다. 일찍 병원에 들러 조처하여 지금은 많이 나아졌다. 그래도 가끔은 오른쪽 눈은 왼쪽보다 아주 어둡다고 하신다. 오늘 아침 일찍 길나서 진료와 처방을 오전에 마칠 수 있었다. 제일안과는 대구에서는 안과로 꽤 유명한 병원이다. 이른 아침에 들렀는데 젊은 사람은 한 명도 없고 모두 어머님 또래의 연세 많으신 어른뿐이었다. 대기실에 앉을 자리가 없을 정도로 많은 사람이 순번을 기다리며 진료와 처방을 받았다. 치료가 끝나자 잠깐 일 때문에 어머님 모시고 경산에 갔다가 다시 북삼으로 향했다. 북삼으로 가는 내내 어머님은 동생들에 대한 그간 서운함을 토로한다. 특히 둘째에 대해서 이번 일로 상심이 컸던 것 같다. 북삼에 도착하니 점심시간이 다되었다. 아버지도 함께 모셔 집에서 가까운 동태 전문식당에 가, 동태 찜 한 그릇했다. 열 평 채 안 되는 가게였다. 북삼은 읍이라고 하지만, 이런 식당은 다른 도시에 비해 많이 없어, 자리가 만 원이었다. 몇 명이 식사 끝난 후 겨우 자리 잡아 식사를 한 끼 했는데 마을금고에 다니시는 모 전무와 직원이 식사 하러 오셨다. 어머님은 소리를 낮춰 나도 얻어먹은 게 많아 저쪽 식사는 대신 하라고 하신다. 어머님 말씀에 따랐다. 아버지도 어머니도 매콤한 동태 찜 한 그릇 매우 좋아하셨다.

오후, 대구 칠성시장에 다녀왔다. 혁신도시 모 가게에 들어갈 물품이 부족한 게 있어 만복사장님 잠깐 뵈었다. 새해 인사였다. 사장님은 경기 어떤지 자꾸 물으신다. 커피 경기는 좋지 않다는 게 사장님도 아실 것이지만, 그래도 상황이 아주 좋지 않으니 답답한 모양이다. 샷 잔 2상자와 스테인리스강 계량컵 한 상자 샀다.

오전에 주문받았던 경산 모 치과에 커피 배송 다녀왔다. 조감도에 들러 영업상황을 확인하고 직원 부건 군 아버님께서 강원도에서 간장게장을 보내주셨나 보다. 점장, 태윤 군, 조카 병훈, 모두 함께 앉아 저녁을 먹었다.

저녁 우드에 커피 배송 다녀왔다. 점장님은 이번 주 월요일 1박 2일로 대마도 여행 다녀오셨다. 비용이 10만 원 채 안 들었다고 한다. 나는 여행경비가 너무 놀라웠다. 어떻게 이 경비로 다녀올 수 있는지 물었더니 어떤 패키지 상품이라 한다. 새벽에 출발하여 부산에서 배를 탔다. 대마도에서 식사를 해결한 이야기와 두루두루 다닌 여행을 들었다. 살이 좀 빠져 보였다.

鵲巢日記 17年 02月 03日

꽤 맑은 날씨였다. 하늘은 구름 한 점 없이 맑았다. 바람이 불지 않아 봄날 같았다.

오전, 하양 모 부동산 가게에 다녀왔다. 커피 전문점 곁들여 하는 가게다. 이 가게 앞에는 H 대와 K 대 정문이 불과 얼마 떨어져 있지 않다. 오늘은 H 대 졸업식이었는데 들어가는 길가로 꽃 파는 아주머니가 꽤 나와 있었다. 그나마 오전이라 차가 덜 밀렸는데 만약 오후에 들어왔다면 오도 가도 못 한 상황이었을 것이다.

점심때였다. 진량에서 부부로 보이는 40대로 창업상담을 하게 되었다. 처음은 나의 소개가 있었지만, 줄곧 고객의 말씀을 들었다. 약 30평 가게로 반은 피시방으로 반은 커피 전문점 형태로 만들고 싶다. 피시방도 커피 전문점도 그 어떤 정보도 가진 것 없이 막무가내 창업하겠다는 마음으로 온 것 같다. 30평이면 피시방만 하더라도 부족한 공간일 듯싶고 커피 전문점만 하더라도 어려울 텐데 두 개를 모두 하겠다니 어이가 없었다. 피시방만 하면 아예 자판기를 들여놓고 하는 게 오히려 나을 거라는 얘기와 사람을 써서 일을 도모하는 것은 될 수 있으면 피하는 게 좋을 것이라며 얘기했다. 아르바이트 비용은 가게 세는 투자비는 그리고 각종 세금은 그 어떤 것도 생각지 않고 상담하였는데 어쨌거나 이분은 무엇을 열든 가게는 열 것 같았다. 여태껏 상담해도 이런 경우는 또 처음이었는데 오후, 여러 가지 일이 많았지만, 내 일에 차질만 생겼다.

가맹점 옥곡에 대구 곽병원에 커피 배송 다녀왔다. 예전에 중앙병원 점에 일하셨던 이 씨와 아르바이트로 일했던 이 씨가 있었다. 이 씨가 시지 모아파트 앞에 ○카페를 인수하였는데 아르바이트로 일했던 이 씨가 오전에 여기서 일한다는 소식을 접했다. 그러니까 중앙병원 점에 일했던 직원 모두가 ○카페에서 일한 셈이다. 언제 한 번 시간 내서 가보아야 하는데 통 시간이 나지 않는다.

포항에 커피 택배 보냈다. 군위 안 사장께 커피 주문했다. 혁신도시에 들어갈 몇몇 기자재가 입고되었다. 경기도에서 커피 봉투가 들어왔다.

저녁, 아이들과 고깃집에서 늦은 식사를 함께했다. 준이는 고기를 먹지 못하니 매운 라면을 주문했다. 라면이 맵기로 입에 불날 정도라 물 한 통 비우는 것은 일도 아니었다. 나는 이 라면이 건강에 괜찮은지 의문이라 주인장께 물었다. 주인장은 거저 라면 조리법만 얘기했다.

鵲巢日記 17年 02月 04日

봄날 같았다. 햇볕이 따스하게 내리쬐는 그런 날이었다. 저녁에 비 약간 내렸다.

아침에 장 사장께서 전화가 왔다. TV 보다가 오 선생과 경모가 나와서 많이 놀랐다는 것이다. 가만 보니까 경모란다. 경모는 KBS프로그램 '동행'에 출현했다. 지체 장애로 현실의 어려움을 극복하며 제 꿈을 찾으려는 학생 이야기다. 저녁에 이 방송이 나갔나 보다. 대청 이 사장께서 전화를 다 주셨다. 식사하시다가 어디서 많이 본 카페라 자세히 보았더니 카페리코 본점이라는 것이다. 이 사장께서는 나의 경영철학에 존경을 표시하듯 여러 말씀이 있었다. 이 사장께서는 조감도 간판이나 본점 광고 목적으로 좀 더 부각했으면 좋을 뻔했다는 말씀을 주셨다. 이 사장님의 말씀은 영 틀린 말씀은 아니었지만, 나는 오히려 상호와 간판이 나올까 노심초사하며 지켜보기만 했음을 말씀드리지는 않았다. 누구의 도움으로 무엇을 일으킨다는 것은 모두 빚이나 다름없기 때문이다. 동생 지연이도 전화가 왔는데 부모님 모시고 저녁을 함께 먹고 있을 때였다. 언니가 TV 나온다며 어머니께 얘기한 모양이다. 어머니는 언니가 왜 나와? 그러면서 자세히 보고는 아주 놀라워했다는 것이다.

경모는 이달까지만 일하고 그만두기로 했다. 그것도 주말만 일하도록 했다. 일을 이렇게 처리한 이유는 경영의 어려움도 있으며 또 한 편은 경모의 처세에 있다. 경모는 그간 적지 않은 보수를 받아 갔다만, 오전에 일하는 홍씨와 차별에 대해 시기와 질투 같은 것이 있었다. 근로계약서에 의문을 제기했다. 문제는 경모가 아직 어리다는 것이다. 얘가 나중에 커서 자궁처럼 이 본점을 따뜻하게 바라볼 수 있다면 좋으련만 경모의 성품은 그렇지 못한 것이 문제다. 경모의 말은 따뜻하게 받아 준다고 해서 되는 문제가 아니었다. 바깥 경험을 충분히 할 필요가 되었으며 또 그럴 나이라 어쩔 수 없는 결단을 내렸다.

본점에서 토요 커피 문화 강좌 개최했다. 오늘 너무 많은 사람이 오셨다.

새로 등록한 분이 모두 8명이다. 교육 들어가기 전, 어떻게 이 커피 사업을 하게 되었는지 20여 년간 해온 일을 간략히 설명했다. 특히 가장 어려웠던 시절, 내 나이 26살 때의 이야기와 그 전에 대학을 어떻게 다녔는지를 설명했다. 나에게는 암흑 같은 시절이었다. 이렇게 건물을 지을 수 있었던 배경도 커피가 돈이 되는 사업은 아니었지만, 돈이 되게끔 할 수 있었던 이유를 설명했다. 모두가 그 어려웠던 이야기를 할 때 눈빛이 또렷했는데 수강하시는 교육생의 모습이 아직도 선하다. 오늘은 에스프레소 교육했다. 아내 오 선생이 애써 주었다.

교육 마친 오 선생은 잠깐 본점에 나와 대화했다. 본점 경영에 관한 이야기다. 가게를 이끈다는 것은 참 어렵다는 것을 매번 느낀다. 모두가 한마음이라면 좋겠지만, 각자는 생각하는 것이 달라 그 의중을 살펴야 하지만 그렇지 못함과 되돌아오는 역 감정에 힘이 드는 것이다. 인사와 관련한 얘기를 나누었다.

늦은 점심을 가족과 함께했다. 둘째 찬이가 김치찌개를 아주 맛있게 했다.

며칠 전에 주문했던 책이 왔다. 『올해의 좋은 시 2012』, 『인문에서 경영의 지혜를 배우다』. 올해의 좋은 시 2012, 몇 편의 시를 읽었다.

오후, 조감도에 있었다. 영업상황을 지켜보았다. 점장께서는 예지 어머님께서 다녀가셨다며 보고한다. 퇴사선물로 금반지와 팔찌를 준비했었다. 예지어머니께서 받아갔다. 영업과 보수인상에 관한 내용을 잠깐 설명이 있었다.

저녁에 기획사 잠깐 들러 한 시간가량 머물렀다. 둘째 아들이 일본에 간지 꽤 되었다. 이번에 둘째가 일본 모 대학에 응시하였는데 붙었다며 말씀하신다. 축하했다.

鵲巢日記 17年 02月 05日

흐렸다가 비가 좀 내리다가 아주 조금 내리다가 물방울이었다가 흐리다가.

아침 조회 때였다. 점장은 대구 어느 골목길에 자리한 모 카페에 다녀온 얘기를 했다. 우리 드립커피도 사람들은 맛있다고 하지만, 정작 우리 것이 맛이 있는지 의문이 생길 때가 있다는 것이다. 그래서 나는 점장의 말씀을 유심히 들었다. 대구 어느 골목길 그 카페는 젊은 아가씨가 운영한다. 그 아가씨 어머니께서도 카페를 한다고 했다. 나이 때가 아직 오십은 안 되었고 그 딸은 이십 대 후반인 것 같다. 나는 그 집이 스페샬 커피를 다루나 싶어 여러 가지 물었다만 그것도 아니었다. 거저 소침한 생각에 나온 얘기인 것 같다.

커피 맛이 좋으려면 우선 생두가 좋아야 한다. 다음은 로스팅 기술이 중요하며 다음은 일관성을 갖춰 정확한 내림 기술이 들어가 있어야 커피 맛이 있다. 그래서 점장께 혹여나 우려가 될까 싶어 생두와 로스팅에 관한 자세한 얘기를 들려주었다. 로스팅은 옆에서 보기에 모를 것이 없을 것이며 생두는 차별이 있음을 인지했다. 가장 중요한 것은 일관성이다. 내가 내리는 커피를 어떤 기준에 맞추느냐가 중요하다. 지금 바bar는 점장 배 선생께서 맞고 있지 않느냐, 배 선생 지도로 모두가 운영이 되니 이 기준에 맞게 함께 일하는 동료와 입을 맞춰야 할 것이다.

오후, 본부에서 책을 읽었다. 고전과 시와 다시 고전을 넘나들며 시를 읽다가 시 감상문 몇 편을 썼다.

저녁 먹을 때였다. 아내 오 선생은 본점 경영상황을 얘기했다. 앞으로 어떻게 이끌었으면 하는 얘기였다. 경모가 나가고 순영이가 새로 들어왔다. 주중에 일하는 성한이는 봄이 오면 학기 복학하여야 하고 주말은 안 되고, 주중도 오후만 된다고 하니, 그러니 옛 '정의'의 여자 친구가 있다고 하여 새로 들어온다고 한다. '정의'의 여자 친구는 아주 예쁘고 날씬하여 붙임성까지 있어 더할 나위 없이 좋다며 얘기했다.

계양동에 사업하는 모 카페 사장께서 저녁에 잠깐 들러 커피 한 봉 사가져 갔다.

책을 읽다가

허유괘표許由掛瓢라는 말이 있다.

허유는 요순시대의 은둔자인데, 요 임금이 나라를 물려주겠다고 하자 더러운 말을 들었다고 귀를 씻었다는 유명한 일화를 남겼다. 정치나 세속의 권력을 티끌과 같이 여기는 깨끗한 사람이었다. 허유괘표는 허유가 표주박을 걸어두었다는 말이다. 이 이야기를 간략히 말하자면,

허유는 기산에 숨어 살았다. 물을 마실 때 손으로 떠서 마시니 어떤 사람이 이를 딱하게 여겨 표주박 하나를 주었다. 허유는 그것을 사용하여 물을 마시고, 쓰고 난 뒤에는 나뭇가지에 걸어두곤 하였다. 그런데 바람이 불면 덜그럭덜그럭 소리가 났다. 허유는 그 소리가 듣기 싫어 마침내 표주박을 깨뜨려 버렸다.

표주박이라고 하나 있는 것이 신경 쓰인다는 말이다. 그런 거 보면 우리는 얼마나 재산이나 세상 물정에 집착하며 또 가지면 가질수록 더 갈증만 더하니 새삼 느끼는 저녁이었다.

옛날에 지독한 구두쇠 집안에 갓 시집온 며느리가 있었다. 그 집은 조기 한 마리를 사다가 천정에 걸어놓고 밥 한 숟가락 떠먹고 천정에 달린 조기 한 번 쳐다보는 그런 집안이었다. 시집살이를 통하여 그 집안에 어느 정도 적응한 며느리가 어느 날은 들에 나간 가족들이 빨리 돌아오기를 기다렸다. 아마 처음으로 칭찬을 받을 수 있을 것이라 믿어지는 일을 했기 때문이다. 그날 저녁상에는 생각지도 않았던 생선 비린내가 났다. 시아버지는 어찌 된 영문인지 물었다. 며느리는 의기양양하여 대답하였다. 아버님 오늘 낮에 생선 장수가 마을에 왔기에 제가 꾀를 내어 고기를 고르는 척하며 이리저리 만지고는 생선 냄새가 밴 손을 국솥에 씻어서 국을 끓였습니다. 잘했지요? 이 이야기를 듣고 시아버지는 이렇게 말했다. 그 손을 동네 우물에다 씻었더라면 온 동네가 생선국을 먹을 수 있었는데, 안 됐구나!

그렇다고 내 영혼을 너무 아낀다고 좋을 것 같지도 않다. 살이 되고 피가

되는 것은 무조건 먹어야 하며 먹고 싸는 것은 어쩌면 우리의 생리다. 잘 먹고 잘 싸는 것은 건강에 좋고 남 보기에도 좋아라!

鵲巢日記 17年 02月 06日

맑았다. 오전은 바람이 좀 불었고 오후는 잠잠했다.

아침 출근하는데 뉴스에 전북 정읍에 구제역이 발생했다는 소식을 들었다. 소 백구십 다섯 두를 살 처분했다는 데 조류에서 소로 이동한 옆집이 또 생각난다. 무엇을 해도 안전한 것이 없으니 참 남 같지 않은 일이다. 오늘 조감도와 본점 매출은 올해 들어 최저 매출을 올렸다.

오전, 대구 ○○○카페에 커피 배송 다녀왔다. ○○○카페는 이제 커피 영업은 하지 않는다. 제과 관련 학습이나 실습장으로 바꿨다. 단 몇 명만의 실습생을 모집하여 취미 삼아 혹은 약간의 전문성을 표방한 교육장으로 바꿨다. 점장은 이렇게 말했다. "예전에는 밤늦도록 문을 열어 놓아야 했는데 이제는 그렇지 않아도 돼요. 얼마나 편한지 모르겠어요." 딸이 하나 있다. 작년에 해외유학 가겠다며 떼를 썼다. 얼마 전에 프랑스에 제과 학습 목적으로 잠깐 다녀오기도 했다며 소식을 전한다.

반야월 혁신도시에 모 씨가 운영하게 된 카페에 다녀왔다. 지난주 주문받았던 초도물량을 챙겨서 배송했다. 모 씨 가게는 아직 어수선하다. 바깥은 높은 빌딩으로 둘러싸였고 정돈되지 않은 자동차 주차와 몇몇 사람이 오가는 모습도 보이기는 하나, 대체로 조용하다. 햇볕이 따뜻하여 봄날 같은 분위기였지만, 커피 영업을 시작하려는 모 씨를 보니 무언가 답답한 마음도 들었다. 일은 시작해 보아야 한다. 무엇이든 해보며 겪으면 숙달되어 간다.

촌에 어머니께 전화하였다. 어머니는 동네 여러 사정과 지난번 부동산 가게 주인장 이야기를 했다. 어머니는 땅값에 흡족하지 않으니 분에 차 있었다. 나는 어머님 마음을 위로했다.

오후, 한학촌에 커피 배송했다. 조감도에 들러 예지 퇴사문제로 점장 배 선생께 몇 가지 서류작성을 맡겼다. 하빈 모 교회에서 커피 주문을 받아, 택배로 보냈다. 오래간만에 동원이가 주문한다. 케냐 로스팅 커피 한 봉 볶아 달라고 한다. 볶았다.

鵲巢日記 17年 02月 07日

맑았다. 봄날 같았다.

맏이가 감기 걸렸는지 아침부터 몸이 시원찮았다. 오후에 애 엄마가 병원에 데려가 주사도 맞히고 그러더니 결국 집에 일찍 들어와 쉬었다.

오전, 청도 카페○○에 커피 배송했다. 인근 버섯농장에도 커피 배송했다.

점심때 세차하고 촌에 다녀왔다. 어머님 모시고 동네 부동산에 들렀다가 읍사무소와 농협에도 다녀왔다. 읍에 어머님이 가끔 가시는 중국집에 가, 가락국수 한 그릇씩 먹었다. 늦은 점심이었는데 오후 3시쯤이었다.

저녁, 컨테이너 안 씨 가게에 커피 배송했다.

저녁 둘째와 함께 먹었다. 팔공산에 카페 개업하실 채 선생께서 전화다. 1, 2층 규모로 건물 짓게 되면 커피를 어떻게 서비스해야 하는지 물었다. 덤웨이트 설치해야 함을 깜빡 잊고 있었다. 내일 조감도에 커피 한 잔 드시러 오시라 했다.

카페 우드에 커피 배송했다. 점장은 요즘 매출을 얘기하셨는데 다른 데비해 영업이 괜찮았다. 앞에 카페○○가 문을 닫았기 때문이다. 젊은 부부가 했었다. 실내 공간이 다섯 평 되는지 모르겠다. 그래도 2년이나 하였으니 제법 오래 한 셈이다. 이 집이 문 닫으니까 손님이 예전보다 많았다.

봄날처럼 맑았다.

아침 일찍 동생 지연이가 전화 왔다. 안부를 물었다.

시지 예전에 한 번 거래했던 교회 목사 사모님께서 전화를 주셨다. 새로 이사 간, 집 앞에 카페가 있다. 이 카페를 이번 달까지 그만두기로 했나 보다. 문제는 안에 집기를 중고로 처분하고 싶다는 전화였다. 현장에 곧장 들렀다. 예전 가맹점이 그 옆에 있었던지라 위치는 알고 있었다. 카페 내부에 로스터기와 커피 기계, 하부냉장고, 눈꽃빙설기계 등 커피 전문점이 갖춰야 할 기계는 웬만한 것은 모두 있었다. 중고로 일괄 처리하면 200만 원밖에 나오지 않는다. 물론 이것도 중고만 매입하는 서울 시세를 반영한 것이다. 내가 생각하기에는 로스터기만 해도 400은 족히 받을 수 있지 싶으나 서울은 아주 낮게 불렀다. 그 이유는 중고매물이 쏟아지고 있다는 얘기다. 카페 점장은 기분이 좀 상했을지는 모르나 사실을 얘기해드렸다. 점장은 한 번 더 생각해보고 전화 주겠다고 했다. 카페 문을 닫는 것은 분명했다.

일선 컵 공장에서 전화가 왔다. 전에 받은 컵홀더 결재 문제였다. 오후에 송금했다.

오후 팔공산에 개업하실 채 선생께서 오셨다. 본점에서 만나 뵈었다. 1, 2층간 덤웨이트 설치로 여러 가지 질문이 있었다. 덤웨이트도 문제지만, 더 큰 문제는 카페까지 들어가는 도로망이다. 폭 4m라 차가 들어가고 나가는 것이 어려울 것 같다. 카페 200평 정도면 하루 유동인구가 적어도 100여 명은 될 텐데, 채 선생은 도로망에 관한 여러 가지 안건을 제시했다. 시市에서 도로를 개선해준다면 모를까 비용이 꽤 들어갈 것 같다. 카페 들어가는 입구에 도랑이 흐른다. 이 도랑 위에 교각 하나 설치하는데 약 1억여 원이 들어간다고 하니 말문이 막혔다. 설계만 2천만 원이라고 했다.

서울 모 출판사에서 전화가 왔다. '카페 확성기 1' 디자인이 다 되었던 모양이다. 내일 받아볼 수 있게 오늘 택배로 보낸다고 했다. 마지막 교정을 부탁했다.

근로복지공단에 예지 퇴사와 다빈이 입사를 알렸다. 관련서류를 팩스로 보냈다.

오후 늦게 부산에 주간인물 모모 기사께서 전화가 왔다. 괜찮으시다면 찾아뵙겠다는데 오시라 했다 내일 카페 조감도에서 3시에 만나기로 했다.

저녁에 영대 앞 거리로 산책했다. 마음은 20대나 다름이 없건만, 몸은 늙었음이다. 영대 앞 상가는 내가 학교에 다닐 때나 지금이나 크게 변한 것은 없어 보인다. 거리는 크게 변한 것이 없지만, 사람은 늙었다. 예전에는 이렇게 산책하러 나가면 아는 이 몇은 보았다만, 이 동네는 이제 아무도 아는 사람이 없다. 어두운 거리에 쓸쓸한 사람이 걸어간다.

鵲巢日記 17年 02月 09日

옥곡 가는 길이었다. 남쪽 하늘에 흰 구름 하나 떠 있었다. 망망대해에 저 먼 데 설산 보는 거 같았다.

사동 가맹점 점장으로부터 전화를 받았다. 내일 막대금이 들어오면 계약이 성사되는가 보다. 점포 내 기계는 본부에서 임대로 나가 있지만, 1년은 무상 수리로 1년 지나면 자부담으로 하기로 했다. 기계 중앙에 온수 뽑는 기능이 몇 달 전부터 고장이었다. 실은 이 고장은 지금 현 점장께서 수리하고 가야 마땅한 도리지만, 어영부영 그렇게 넘어간다. 새로 인수하신 분은 그것이 불만이다. 나는 수리를 마땅히 해야 한다고 다시 말은 드렸다만, 그냥 넘어갈 것 같다. 돈 앞에 사람의 심리만 보인다.

경산 정수기 모 업체 사장께서 전화다. 아는 친구께서 더치 관련으로 창업하겠다며 얘기한다. 공장이나 혹은 제조판매에 관한 자세한 정보를 물었다. 시청에 들어가 알아볼 일이다만, 아침 이것저것 소식만 주고받았다.

오후, 부산에서 모모 주간잡지 모 기자가 왔다. 조감도에서 만났다. 기자는 나이가 어리다. 20대 후반으로 보이는 남자였다. 명함을 주고받았는데 이 씨였다. 기자가 말이 더 없어, 나는 본관이 어디냐고 물었다. 전주 이씨라 한다. 파를 물었는데 모르고 전주 이씨 집안 내력도 모른다. 나는 자세히 얘기해 주었다. 다시 본점에 넘어와 오 선생과 사진 몇 장을 찍었다. 카페 사업과 교육을 하게 된 이유, 책과 책을 쓴 이유 등, 여러 가지 대화를 나누었다. 나는 일이 바빠 잠깐 대화 나누다가 양해 구하여 먼저 자리에 일어섰다.

서울 모 출판사에서 '카페 확성기 1' 교정볼 원고가 내려왔다. 500페이지에 가까웠다. 오늘 200여 페이지를 읽고 교정했다.

예스24에서 책이 배달되었다. 성○○ 시인의 시집과 허○○ 시집을 받았다. 성○○ 시집을 읽고 시 몇 편 감상에 붙였다.

혁신도시에 곧 개업할 전 씨의 전화다. 포스설치에 인터넷을 먼저 신청해야 하는지 묻는다. 이외 관련 서류는 다 준비한 것 같았다.

鵲巢日記 17年 02月 10日

맑았다. 바람 조금 불었다. 쌀쌀했다.

아침 출근길에 어제 다녀갔던 모 기자의 문자다. '대표님, 인물 사진은 보내드렸고요. 대표님, 앞으로 목표를 좀 말씀해주세요?', 기자의 문자에 말문이 막혔다. 그간 뚜렷한 목표 없이 목표를 생각하지 않고 하루 산 것 같아 나 자신이 부끄러웠다. '네, 감사합니다. 목표라 하시니 그간 뭐하며 살았나 싶습니다. 거저 지역에 양질의 커피문화를 보급하며 시민이 더 편안하고 부담 없이 즐기는 커피 집을 만들고 싶습니다.', '네, 알겠습니다. 대표님, 오늘도 좋은 하루 되세요.'

대구 화원에 사업하시는 모 사장께서 조감도에 오셨다. 조감도에서 뵌 것은 참 몇 년 만이지 싶다. 사장은 관급공사를 주로 맡아 한다. 개인 소유의 땅도 있는데 언제부터 큰 카페 하나 하고 싶은 게 꿈이다. 그리고 관급공사를 하다 보니까 합천에 관에서 제공하는 괜찮은 자리까지 나와 있으나 투자 여력을 살피고 있었다. 관에서 제공하는 상가는 약 100여 평 정도 되지만, 이것을 꾸미고 인력을 투입하고 관리하는 일은 경영이므로 많은 고민을 하고 있었다. 오 선생도 함께 있었다.

보험 일 하시는 이 씨가 왔다. 점심을 함께 먹었다. 본점에서 커피 마시며 여러 이야기를 나누었다. 정치는 정치하는 사람만의 일은 아니다. 가족도 가족이 크면 정치가 된다. 가족을 위해 헌신하는 사람이 있는가 하면 그 희생에 따른 어떤 섭섭함은 가족 중에도 있다. 옛사람은 유교가 그 뿌리라 남존여비의 사상은 저버릴 수 없는 일이다. 이 씨의 어머니나 우리 어머니는 모두 옛사람이다. 죽어서도 제사를 모시는 것은 아들이기에 딸은 상속에 섭섭하다. 딸은 가계에 일조하였더라도 출가하였으니 어머님 재산 처분에 섭섭한 것이 있었다. 어느 집이든 다 마찬가지였다. 이 씨는 딸은 그러느니 하며 보내야 할 일이며 부모님이 그나마 건강하게 사시는 것을 복으로 여겨야 하지 않느냐는 말이었다.

이 씨가 가고 가맹점 옛 점장과 바뀐 점장께서 함께 본점에 오셨다. 포스 이전 문제로 준비한 서류를 가지고 오셨다. 인수한 점장은 기계가 불만이었다. 옛 점장께서 도의적으로 수리하면 되는 일을 끝까지 본부 측에 그 책임을 전가하려는데 기분이 좀 나빴다. 나는 도덕적으로 새로 인수받으신 분께서 일을 잘할 수 있도록 기계를 수리해주시고 가시는 게 맞지 않느냐며 얘기했더니 어제의 말이 다르고 오늘 말이 다르다는 말만 하신다. 나는 분명 말을 바꾼 일은 없다. 옛 점장은 1년 뒤에 기계 바꿀 텐데 굳이 수리해서 뭐하느냐는 뜻이다. 하지만, 인수하신 분은 기계를 써야 할 처지라 한 푼이라도 아끼고 싶다. 결국, 옛 점장은 수리하겠다고 했다. 옛 점장이 처음 일할 때보다 매출은 더 떨어졌고 세는 더 올랐다. 가게가 팔렸으면 도의적으로 해야할 것은 해야 한다.

구제역 여파는 속일 수 없는 일이다. 옆집도 큰 걱정이 된다만, 올해 들어 조감도는 최저의 매출을 올렸다.

맑았다. 새벽에 눈발이 날렸다. 바람이 몹시 불었고 날 꽤 추웠다.

토요 커피 문화 강좌 개최했다. 어느 60대 아주머니다. 이 강좌를 듣고 바리스타 시험에 응시할 수 있는지 물었다. 응시할 수 있다. 아주머니는 손자도 보셨다. 손자가 초등학교 다닌다고 했으니까! 근데 아주머니는 연세가 그렇게 많아 보이지는 않는다. 아들은 학원을 경영한다. 오후에 운전도 하신다고 했다. 커피 일을 하고 싶다고 했다.

몇 주 전이었다. 조감도에서 상담했던 어느 모 씨도 오셨는데 구미 인동에 세차장을 차린다고 했다. 규모가 500평이다. 세차장과 커피 전문점을 함께 하기 위해 설계가 들어간 상황이다. 3월부터 착공이다. 세차장 경영하기 위해 세차장에서 일부러 일도 해보았다. 커피 일을 곁들여 하기 위해 교육 오신 것 같았다. 개업할 장소와 거리는 멀지만, 구미 또 다른 세차장을 보여주었다. 카페도 만 원이었고 세차 공간도 빈 곳이 없을 정도로 성황이었다.

오후 3시 사동에 다녀왔다. 사동 점장은 가맹계약서에 서명했다. 점장은 올해 마흔 여덟이었다. 집에 딸만 셋이라 한다. 큰언니는 서울에 살고 둘째 언니와 함께 이 일을 하게 되었다. 모두 교육자 집안이었다. 주업은 따로 있지만, 소일삼아 하는 것 같았다. 둘째언니, 그러니까 지금 일하시는 분은 오래전부터 옛 사동점장 밑에서 함께 일하였기에 사동 상황을 잘 아는지라 걱정은 좀 덜었다. 성격이 차분하고 고객에게 붙임성도 좋아 그러니, 일은 몸에 맞아 좋아하시었다.

원고 '카페 확성기 1' 모두 읽었다. 내 책을 먼저 읽은 셈이다. 몇 군데 수정 볼 것은 종이를 접어 표시했다. 월요일에 다시 이 원고를 서울 보낼까 한다.

조감도에서 저녁을 먹었다. 효주가 돼지고기를 볶았다. 다빈이, 부건군,

조카 병훈, 효주, 그리고 나, 탁자에 빙 둘러앉아 저녁을 먹는다.

저녁에 시 한 수 읽었다. 김지율 시인의 'D'라는 시를 읽는데 오렌지라는 말에 너무 오래 생각했다. 잘 풀리지 않았다. 마치 원시 언어처럼 원숭이처럼 되돌이표처럼 소용돌이치다가 머리만 뱅글뱅글 돈다.

마음 집중이 안 되었다.

鵲巢日記 17年 02月 12日

맑았다. 날씨는 영하였지만, 그렇게 춥지 않았다.

조회 때다. 점장 배 선생과 김 군이 출근했다. 어제 읽었던 시인 김○○ 시 「D」를 낭송하며 설명했다. 배 선생은 일도 많은데 시인은 왜 이리 어려운 글만 쓰는지 이해 못 하겠다는 말씀이었고 김 군은 차분히 듣기만 했다. 배 선생 말씀도 영 틀린 말은 아닐 것이다. 바쁜 일상에 처리하는 일도 많고 나름의 휴식 시간도 챙겨야 하지만, 시는 솔직히 머리 아픈 일이라는 것이다. 어쩌면 시간 낭비일 수도 있다는 말이다. 아침에 이 일로 커피 타임이 흐뭇했다.

오후 카페 우드에 커피 배송 다녀왔다. 우드 앞집은 예전에는 카페○○였다. 오늘 철거하는 모습을 우연히 보았다. 인부 2명이 간판을 떼는 작업을 하고 있었다. 이 가게를 운영했던 분은 젊은 부부로 지체장애가 있었다고 한다. 가게 평수가 작아 테이블을 많이 갖출 수 없었다. 누구나 한 번쯤 해보고 싶은 카페로 내부공간미는 흠잡을 곳 없이 아담하고 예뻤다. 겉으로 보이는 미적인 아름다움과 실속은 크게 달랐다. 생계는 따라야 카페도 운영할 수 있었다. 이 부부는 어디로 갔을까?

한학촌에 커피 주문을 받았다. 가비에서도 커피 주문했다. 모두 내일 챙겨드리기로 했다.

鵲巢日記 17年 02月 13日

맑았다.

오늘 아침 신문이다. 이집트 소년 파라오 투탕카멘의 사인은 유전병인 쾰러병이라고 밝혔다. 그의 무덤은 1923년 2월 16일 세계 이목의 관심 속에 발굴되었다. 기원전 1361년 9살에 즉위하여 그는 고작 18살에 죽었다. DNA 검사에서 그의 부모가 남매임을 확인했다. 왕족의 씨를 보전하려는 근친결혼이 유전병의 재앙을 불러 오히려 씨를 말린 꼴이 됐다. 죽은 자는 말이 없다지만 그의 미라는 온몸으로 슬픈 가족사를 증언한다.

이집트만 그런 것이 아니라 우리의 신라 역사도 마찬가지 아닌가! 통일신라 말기 왕족은 대체로 수명이 짧은 것을 보면, 이것과 크게 다를 바 없겠다.

조회 때다. 김 군은 3월 말까지 일하고 그만두었으면 하는 바람이었다. 전공이 CNC 선반 작업이다. 이 일을 더 하고 싶다고 했다. 올해 나이 만 40세다. 김 군은 일 꽤 잘해왔지만, 너무 아쉬운 친구다. 나는 섭섭하게 대우하지는 않았지만, 다른 업계에 비하면 크게 좋은 것도 아니라서 미래를 생각지 않을 수 없는 일이다. 김 군은 나중에 나이 들어 조그마한 가게 하나 정도 여는 게 소원이라 하였다. 그에 맞는 기술은 충분히 익힌 셈이다.

화원에 사업하는 이 씨가 왔다. 점심을 본부에서 가까운 곳, 보쌈집에서 먹었다. 이 씨는 교육생 중 한 명이 곧 창업한다는 소식을 전한다. 기계와 창업에 관한 여러 가지 문의를 하였다. 기계 몇 가지 추천했다. 만약 자금이 달린다면 교육장 기계도 있으니 중고 값으로 처리할 수 있음을 이야기했다. 이 씨는 예전보다는 매출이 많이 좋아졌다고 얘기한다. 중요한 것은 로스팅과 로스팅 정보를 고객께 꾸준히 알린 덕분이었다. 볶은 커피, 소매 매출이 제법 되는가 보다. 또 하나는 주위 개인이 운영하는 카페 몇 개가 문 닫아 다른 집 고객이 더 늘었다는 것이다. 여기 임당동도 스님이 운영하는 카페가 문을 닫았다. 그 맞은편 건물주 아들이 하는 '브라더스'도 내놓았다. 하지만, 10억을 투자하여 새로 지은 카페 건물은 여전히 공실이다.

오후 3시 창업교육 상담을 했다. 자인에서 오신 50대 후반 아주머니다. 며칠 전까지만 해도 닭요리 관련 그러니까 백숙 종류지 싶다. 식당을 운영하다가 다른 사람에게 넘겼나 보다. AI 파동이 적지 않은 영향이 있었을 거로 보인다. 아주머니는 진량 어디쯤 카페를 내고 싶다고 했다. 나는 너무 급하게 서두르지 마시고 무료로 진행하는 토요 커피 문화 강좌가 있으니 한 번 참관해보시고 결정하시라 했다. 창업에 관한 여러 가지를 물으셨다. 친절히 답변했다. 작년 한 해 유명 가맹 사업하는 커피 전문점도 1,500여 개 개점과 500여 개 점포가 문을 닫았다. 개인은 더 심할 것이다. 아주머니는 생활정보지를 매일 보신다고 했는데, 실지 내놓은 커피 전문점이 너무 많다고 얘기했다.

오후 5시 조감도 전 직원에게 초콜릿 하나씩 선물했다. 내일은 발렌타인데이라고 하니 애인이 있으면 하나씩 집에 남군이 있으면 드렸으면 하니 모두 좋아했다.

예전, 카페 고객이었던 문 사장이 가게에 왔다. 전에 하던 술집은 문을 닫았다고 한다. 지금은 간판 관련 일을 한다. 로스팅 기계 중고 있으면 하나 구해달라며 얘기하는데 지난주 모 교회 앞에 모 카페에 보았던 그 기계를 소개했다. 문 사장은 점점 터프가이로 변한다. 나는 웃으며 반겨주었는데 매드맥스에서 보는 배우들 같다며 한마디 했다. 머리 왼쪽은 거의 밀었고 한쪽은 길며 수염은 깎지 않아 덥수룩한데 그 양이 많지 않아 논에 모 심은 거와 같았다. 상의는 가죽 잠바에 하의는 쫄바지와 비슷한데 몸이 통통해서 그렇게 보이지는 않았다. 문 사장은 여전히 책을 쓰느냐고 물었다. 나는 일 년 두 권 목표로 하며 산다고 했다. 『카페 간 노자』를 보았느냐고 물었더니 보지 않았다고 했다. 갈 때 한 권 사 가져갔다.

혁신 도시, 전 씨가 전화가 왔다. 포스 이전에 관한 기본 서류가 다 되었다고 했다. 사진을 먼저 찍어 보내왔는데 나는 이 서류를 모두 처남에게 전송했다.

한학촌, 옥곡 분점에 커피 배송했다. 사동에서 가맹금이 입금됐다. 늦어 죄송하다는 문자를 받았다.

鵲巢日記 17年 02月 14日

맑았다.

오전, 사동 분점에 다녀왔다. 기계 정수 뽑는 밸브가 고장이라 수리했다. 수리비를 전 점장께 청구했는데 1시간 좀 지났을까 입금되었다. 현 점장은 기계 수리하지 않고 인수·인계에 매우 불만이었다. 거기다가 시설 권리금까지 지급하였다만, 냉동고는 전 점장께서 가져갔다며 얘기한다.

청도 카페○○ 커피 배송했다. 점장은 나보다는 한 해 아래지만, 아들은 대학생이다. 요즘 등록금 내는 철이라 2월은 영업하기 어렵다고 한다. 대학 등록금이 4, 5백이라 하니 몇 달을 모아야 이 돈을 마련할 수 있을까! 예나 지금이나 등록금 마련하는 일은 큰일 중의 큰일이다.

정수기 허 사장 다녀갔다. 포항에 기계 관련 일로 내려간다고 했다. 약품 하나 사가져 갔다. 전에 영천에서 사업했던 모 씨다. 영천 점장으로 일한 바 있는데 가게 모두 정리하고 기계만 들고 포항에 내려갔다고 한다. 포항에서 카페를 하나 보다. 아무래도 허 사장이 그 일(기계 이전과 설치)을 모두 해 준 것 같다.

오후에 커피 볶았다. 울진에서 케냐 50봉 주문받았다. 오후 5시 택배 보냈다.

컨테이너 안 씨네 가게에 커피 배송했다. 안 씨는 블랜드 고장이라 관련 회사에 수리 보냈나 보다. 이제 두 달쯤 사용했다. 안 씨는 기계 산 지 몇 달 되지 않는데 공장에서 무상수리 하지 않는다며 불평을 했다.

저녁에 본점 주위로 해서 산책했다. 임당동 내에 아파트 단지가 들어오고 그 후문에 컨테이너 놓고 커피 판 집이 있었다. 약 두 평 채 안 되는 컨테이너다. 오늘은 그 내부가 모두 비어 있다. 안에는 빈 종이상자만 어디서 모았는지 가득 채워져 있다. 전에 산책하며 지나다가 그 모양이 적고 신기해서 옆에서 곁눈질을 참 오래 했던 기억이 있다.

상현이가 왔다가 갔다. 동네 호프집에서 맥주 한 잔 마셨다. 예전에 밀양

시에 샀던 고 주택을 리모델링한 바 있는데 올해는 이 집을 팔려나 보다. 영업에 관한 소식도 전한다. 커피 여섯 봉 가져갔다.

鵲巢日記 17年 02月 15日

맑았다.

아침에 뉴스 듣다가 김정남의 피살 소식에 매우 놀랐다. 왕정 시대에나 볼 수 있는 사건이었다. 정치는 피도 눈물도 없다더니 꼭 이를 보는 것 같다.

오전 조감도 조회할 때였다. 영대 강 교수님께서 전화다. 너무 오랜만이었다. 생두 가진 거 8K 있다며 볶아달라는 부탁을 받았다. 선생은 저녁때 다시 오셨다. 본점 앞 막창집에서 김치찌개 하나 놓고 식사 함께했다. 내일 볶아놓고 연락드리기로 했다. 선생은 예나 지금이나 커피는 관심이었는데 나중에 정년이 돼 퇴임하시면 커피 집 반드시 열 계획이셨다. 고향이 부산이라 낙동강 어느 자락에 자리 잡겠다며 다부지게 말씀하셨다.

오전, 대구 곽 병원에 커피 배송 다녀왔다. 점장은 경기 매우 안 좋다며 한 말씀 하였다.

오후 5시 사동 분점에 다녀왔다. 온수기 하나 있으면 설치해달라는 부탁을 받았다. 점장은 가게를 새로 꾸미려고 한다. 도배업자께 도배를 부탁했고 전기업자께 등을 신청했나 보다. 그러고 보니 초기 개점 때 이후로 거의 변화가 없었던 가게였다. 이번 점장으로 그나마 새롭게 단장하게 되었다. 메뉴판도 새로 만들어야 해서 관련 업자를 소개했다. 여전히 전 점장에 대한 서운함을 감추지 못해, 몇몇 말씀이 있었다. 아직도 잊히지 않는 말은 권리금을 다 드렸는데 그다음 날 '어머, 이 냉동고는 내가 산 건데' 하며 가져가셨다고 한다. 나는 웃을 상황은 아니었다만, 웃음을 참지 못했다.

저녁 영대 강 교수님과 식사 함께하며 본점에서 차 한 잔 마셨다. 그간 소식을 주고받았다. 커피 관련으로 특허 받은 것도 있고 화장품 개발에도 많은 연구와 노력이 있었다. 가실 때 화장품 몇 종류 선물 받았다.

오늘 시 두 편 강희안 선생의 시 「다시 쓰는 별주부전」과 문성해 선생의 시 「각시 투구 꽃을 생각함」을 감상했다.

鵲巢日記 17年 02月 16日

맑은 날씨였다.

오전, 전에 진량에서 쓰던 온수 통(핫워터디스펜스기)을 점검했다. 분명히 마이크로스위치가 나갔을 텐데 확인하니 괜찮다. 두 달 채 사용도 못한 기계다. 아무 이상이 없어, 정수기 일하는 동생 허 사장에게 설치 부탁했다. 사동 분점에 오늘 오후에 설치했다. 점장은 이 일로 매우 고마워했다. 어제 부탁한 일을 오늘 했으니, 이렇게 빨리해 주실 줄 몰랐다며 고마움을 표했다.

오후에 서울에서 소스가 내려왔다. 군위에서 커피가 들어오고 모 출판사에서 '가배도록 3' 초고가 내려왔다. 오후에 잠깐 시간 내어 '가배도록 3'을 읽었다. 크게 수정 볼 것은 없으나 한 번 더 읽었다. 몇 군데 조사부문 수정할 곳은 표시했다.

조감도 점장께서 내일 하고 모레는 결근이라며 보고한다. 대학생 딸이 있다. 서산 어디라고 했는데 방도 구해야 하고 여러 가지 일 볼 것이 많아 딸과 함께 가신다고 했다. 운전 조심히 하여 다녀오시라 인사했다.

오늘은 날이 풀려 그런지 카페 찾으시는 손님이 다문다문 있었다.

오후, 대평동에 창업하셨던 모 교수께서 오셨다. 그라인더 한 대 가져가셨다. 오래간만에 뵈어 커피 한 잔 마시며 담소를 나누었다. 청도 쪽에 어느 지인께서 카페를 낸다며 말씀을 주신다.

저녁때, 어제 오셨던 강 교수께서 다녀가셨다. 선생께서 가져오셨던 생두를 볶았는데 이 커피로 한 잔씩 내려 함께 마셔보았다. 그런대로 맛은 괜찮았다. 우리나라 경제에 관해 이모저모 말씀을 나누었다. 최저임금과 근로기준법, 그리고 현 실정을 말씀드렸더니 암담한 눈빛으로 바라보았다. 핸드-밀하고 서버, 그리고 볶은 커피를 가져가셨다.

나는 이러한 생각이 든다. 우리나라 요식업계는 노동청에서 정한 최저임금제로 버틸 수 있는 업계는 불과 10%도 채 되지 않는다고 여긴다. 그러니 4대 보험, 주휴수당이나 퇴직금은 이상한 나라의 엘리스가 집권하는 국가의 이야기다. 그러니 우리의 노동시장은 아직도 그 후진성을 면치 못한다.

鵲巢日記 17年 02月 17日

오전은 조금 흐렸다. 엊저녁에 이슬비가 약간 내렸다. 오늘 우수라 했는데,

조회 때, 김 군과 다빈이와 커피 한 잔 마셨다. 어쩌다가 부동산 이야기가 나왔는데 김 군은 생각보다 자산운용을 잘하고 있었다. 경기도 평택이라고 했지 아마, 미군 부대 이전관계로 부동산 투자가와 함께 땅을 산 것이 있다고 했다. 그 땅값이 곱절 올랐다고 했다. 이외 구미에도 사놓은 땅이 있다고 했는데 아직 총각인데 자산 관리에 너무 놀라웠다. 나는 그의 이야기를 들으면서도 나는 도대체 뭐 하고 있나 하는 생각뿐이었다. 카페 하며 한 달 마감보기 급급하고 이리저리 뛰어다니다가 먹고 산다는 이유로 글만 축내다가 시간 다 보내고 있으니 말이다. 답답하다.

정오에 채 선생께서 오셨다. 점심 같이하자며 오셨다. 오래간만에 영대 서문 국밥집에 갔다. 여전히 이 집은 만원이다. 대청에 오르는 순간 좌측은 장작불 끓이는 가마솥이 보였다. 국은 세 솥이나 보였는데 모두 펄펄 끓는다. 솥도 엄체 크다. 이 많은 양은 오늘 다 팔린다. 마침 12시 정각에 와서 그나마 자리에 앉을 수 있었다. 우리가 자리에 앉자마자 줄은 곧장 사 오십 명 가량 섰는데 또 금시 사라졌다. 그러다가 또 사람이 이었고 우리는 국밥을 먹었다. 우리도 알지 못한 사람 옆에 앉아 동석하여 국과 밥을 먹었다.

본점에서 2시 가까이 커피 마셨다. 여전히 채 선생은 카페 말씀이다. 세

간의 카페 이야기로 여러 말씀이 있었지만, 카페를 아직 해보지 않은 사람은 카페가 미련이 남는다. 물론 투자가치로 얘기하신 것도 있었다. 예를 들면 시내 땅 한 평 사두어도 크게 오르지는 않아, 시 외곽지로 꽤 큰 평수를 개발해 놓으면 그 땅 가치는 오히려 더 빛을 발할 때도 있다는 말씀이었다. 맞는 말씀이었다. 카페를 20년 한 사람은 카페가 힘들고 어렵고 모은 돈도 없으니 혹여나 걱정되었다만, 선생께서 하신 이러한 말씀은 솔직히 위안이다. 나중 카페를 열고 영업이 되지 않을 때는 큰 책임이 따를 수 있기 때문이다. 선생은 그러실 분도 아니다만, 나는 노파심이 좀 일었다.

오후 3시가 넘어 대평동 모 카페에 커피 배송했다. 기계가 이상이 있다는 말에 잠시 들러 보았다만, 아무 이상이 없었다. 기계 설치한 지 몇 달 되지 않아 상태는 좋기만 하다.

오후 5시 조감도에서 김 군 역으로 모 소개로 오신 모 분을 보았다. 나이가 나보다 한 살 아래다. 결혼하지 않은 여성이다. 이력서를 보니, 카페 경력이 꽤 되었는데 결혼은 아예 생각이 없는 듯하다. 오 선생의 지인이라 한다. 결정은 오 선생이 하겠지만 남자였으면 좋겠다는 점장 말씀이 자꾸 걸린다.

본점 11시 50분 마감했다. 14만 5천 원 올렸다. 나는 밤늦게까지 일한 성한 군에게 격려했다. '오늘 많이 팔았구나! 어여 들어가 쉬어라', 'ㅎ 넵 본부장님'

鵲巢日記 17年 02月 18日

날 맑았으나 바람이 좀 불어 추웠다.

아침, 가비 새로 인수하신 권 사장님 조감도에 다녀가셨다. 커피와 공병 한 상자 챙겨드렸다. 청도 운문사 앞이라 시장 상황을 말씀해주시고 가신다. 인수한 건물은 컨테이너로 합법적으로 가설한 것이나 자리가 부족하여 추가로 더 놓을까 싶어 여러 군데 알아보셨다고 한다. 하지만, 그 비용이 컨테이너만 설치하는데 2,500만 원이고 추가 설비는 안 할 수는 없는지라 약 3,500만 원은 예상해야 한다고 했다. 그래서 그냥 있는 그대로 인수하여 영업하시려고 하나 보다.

토요 커피 문화 강좌 개최했다. 오늘 수업은 로스팅 수업이다. 오 선생께서 애써 주었다.

오후, 대청 이 사장님께서 본점에 오셨지만 뵙지 못했다. 이 사장님은 지인 3명 더 모시고 오셨다. 아르바이트 순영 군에게 나이 많으신 어르신이라 잘 해드렸으면 하고 문자 보냈다. 이 사장님은 커피 외에는 아무것도 드시지 않았다고 했다. 무엇을 챙겨드리려고 했지만, 단호하게 거절했다며 순영이는 말한다.

저녁때 처가에 다녀왔다. 오늘 장모님 생신이라 처가 식구 모두 볼 수 있었다. 아내는 직접 만든 딸기 케이크를 차렸다. 조카 둘, 준과 찬, 동서, 처수, 형님, 장인어른 모두 자리에 함께 앉아 장모님 생신을 축하했다.

이외, 계양동에 사업하는 카페○○은 오늘 가게 정리한다며 의탁자를 어데 처분할 때 없는지 전화가 왔다. 혁신도시 전 씨가 여러 번 문자 왔다. 월요일 커피와 다른 부자재 주문을 받았다.

종일 나의 책 '가배도록 3'을 읽고 수정했다.

鵲巢日記 17年 02月 19日

맑은 날씨였다가 저녁 늦게 비가 왔다.

종일 책 읽으며 보냈다. 시 몇 편 읽고 감상에 붙였고 '카페 확성기 2'를 위한 책을 썼다. 노자에 관한 글을 읽을 때였는데 노자는 역시 경전임을 다시금 느꼈다. 전기치유 專氣致柔, 능영아호 能嬰兒乎라는 말이 있는데 이는 기를 부드럽게 다하면 능히 어린아이처럼 된다는 뜻이다. 도덕경 10장에 나오는 말이다.

우리나라는 중국문화권에 있다. 중국인의 습성이나 우리나 크게 다를 것이 있겠는가마는 중국인은 예부터 지도자가 나서서 간섭하지 않으면서도 모든 것이 제대로 돌아가는 정치를 가장 으뜸으로 여겼다. 물론 경영도 마찬가지다. 그러니 노자는 공자의 사상과 아주 다름을 다시 확인한다. 노자는 인, 의, 예, 지보다 도와 덕을 중시한다. 부드러움은 굳고 딱딱한 것을 앞선다. 굳고 딱딱한 것은 죽은 것이나 다름없다고 노자는 강조했다.

대표가 어린아이처럼 마음이 맑다면, 사회의 여러 때가 낀 대표가 아니라 어린이처럼 해맑은 웃음과 천진난만하다면 조직은 어떻게 될까?

나는 커피 파는 장사꾼이지 않은가! 일선에서 커피를 직접 파는 일은 떠났으니 몸은 덜 피로할지 모르나 나라에서 정한 여러 가지 법과 규정을 따르고 인사관리를 하는 것은 정신적으로 꽤 피로하다. 하지만 직원은 일이 없어 피곤한 일이 없도록 노력해야겠다.

오후, 가비에서 생두 예가체프 한 봉 가져갔다. 영수증을 끊지 못했다.

조감도에 손님 꽤 오셨는데 오늘 인근에 아마, 결혼식이라도 있었던 것 같다. 낮에 일하는 배 선생과 김 군, 다빈, 부건이가 매우 바빴던가 보다.

지난번에 써놓은 글을 읽다가 일기에 회의감이 들었다.

鵲巢日記 17年 02月 20日

맑았다. 날이 많이 풀렸나 보다. 바람이 봄바람처럼 느꼈다.

아침, 한학촌에 커피 배송 다녀왔다. 한학촌 오르는 길과 한학촌 앞마당에 승용차로 가득히 주차한 모습을 본다. 오늘 학교 졸업식이 있나 보다. 차가 어찌나 많았던지 들어가는 길도 나오는 길도 제구 빠져나왔다.

컨테이너로 운영하는 안 씨네 가게에 커피 배송했으며 혁신도시 카페 코코로 간판 내건 전 씨네 가게에도 커피 배송했다. 전 씨는 오늘 정식 개업 날이다. 전 씨네 가게 메뉴판을 보았는데 커피값이 너무 싸다. 거기다가 오늘 개업이라 5% DC까지 하며 영업하겠다고 하니 마음이 좀 답답했다. 아메리카노 2,500원이었던가 아마, 하루 10만 원 팔기도 어렵겠다. 차츰 나아질 것이다. 조금 더 숙달되면 메뉴도 더 첨가할 것이며 영업망도 더 넓혀갈 거로 본다.

오후, 은행에 잔돈 교환 차 잠깐 들렀다. 전무님 오래간만에 뵈었다. 커피가 다되었다며 주문했다. 조감도에 있을 때였는데 보험 일하는 이 씨가 다녀갔다. 어떤 한 손님 모시고 오셨는데 잠깐 인사하며 담소 나누다가 갔다.

예지가 해외여행 다녀왔나 보다. 배 선생과 김 군, 부건이와 함께 옆집 '논뚝소'에서 저녁을 함께했다. 중국 마카오와 홍콩, 서안을 두르는 여행이었나 보다. 예지 말로는 중국 사람이 오히려 우리나라 뉴스를 더 많이 보는 것 같다며 얘기한다. 공항이나 대중교통을 이용해도 우리나라 뉴스뿐이라고 했다.

鵲巢日記 17年 02月 21日

맑은 날씨였다. 바람이 조금 불었지만, 따뜻했다.

오전, 글을 썼다. '카페 확성기 2'를 위한 글이다. 어제 자정에 쓰다가 만 글이었다. '꽃의 블랙홀'을 읽고 감상하며 패러디도 남겼다. 꽃의 블랙홀을 생각하다가 예전에 보았던 영화가 생각난다. '사랑의 블랙홀'이었던가! 매일 똑같은 일이 벌어지는 현재, 주인공은 매번 죽지만, 아침이면 다시 원점으로 태어나 일은 반복된다. 주인공은 정말 내일을 위한다. 내일로 가는 일은 사랑이었다. 현대 시인은 마치 이 사랑의 블랙홀 같다는 생각이 들었다. 꽃을 보며 꽃을 그린다. 대부분 자화상이지만, 자화상 같은 그런 상도 아닌 하나의 취미로 글쓰기다. 시인이 상상한 세계를 역으로 읽으면 어떤 때는 웃기고 어떤 때는 공상을 그리기도 한다. 이러한 문장을 쓸 수 있다는 것이 현대 문학의 발전이겠다.

오후, 압량조감도와 혁신도시 카페 코코에 다녀왔다. 구미에 커피 택배 보냈다. 혁신도시 카페코코는 어제 매출 ○○만 원 올렸다고 한다. 생각보다 많이 했다. 역시나 그 전 주인장의 말처럼 고객이 몰리는 시간은 따로 있었다는 게 현 점장의 말이다. 저녁에는 문을 열지 않았다고 한다. 오후 7시 이후는 깜깜해서 그 어떤 이도 없다고 한다.

저녁, 둘째가 스테이크를 했다. 고기 구운 정도로 보면 미디엄인 듯하다. 속이 선 분홍빛 나는 고기였다. 둘째에게 물었다. '찬아, 고기 덜 구운 것 아니가?', '소고기잖아요.' 이렇게 굽는 것도 기술이다. 성미 급한 사람은 절대 이 정도로 구울 수 없다. 겉을 태우거나 속은 덜 익은 그 어떤 고기가 될 것이다. 하지만 이것은 잘 구웠다. 나름 소스를 두르고 차근히 요리한 흔적이 보였다. 마늘도 구워서 접시 옆에다가 장식했고 피망도 하나 길고 여리게 썰어 그 옆을 장식했다. 저녁은 양질로 보냈다.

이제 둘째는 정말 요리사가 다 된 것 같다.

늦은 밤, 카페 우드에 다녀왔다. 날이 많이 풀려 그런지 요즘 들어 카페가 분주하다. 연예인 이야기를 나눴다. 이번 베를린 국제영화제 여우주연상을 받은 배우 김민희와 홍상수 감독에 관한 이야기다. 베니스와 칸을 합쳐세계 3대 국제영화제라 한다. 우리나라 배우로서는 강수연과 전도연이 각각 이 상을 받았다.

鵲巢日記 17年 02月 22日

종일 비가 왔다.

하루 조용하게 보냈다. 오전 문구점에 다녀왔다. 이 집은 고양이가 여러 마리 있는데 이중 '용감이'라는 암고양이가 있다. 얼마 전에 몸 풀었다. 새끼 고양이 다섯 마리 보았다. 오종종하여 귀여워서 한 참 보다가 나왔다.

문구점 운영하는 전 씨는 친언니가 있다. 전 씨보다 딱 한 해 위다. 이번에 신춘문예에 당선하여 등단한 전 모 씨다. 그녀의 詩를 읽은 적 있다. 시제가 '궤나'다. 언젠가 이 시를 감상에 붙일까 한다.

영대 꽃집에 들렀다. 내일 아내 생일이라 꽃을 샀다. 오늘은 영대 졸업식이라 아주머니는 꽃값을 꽤 부르고 싶지만, 단골이라 값을 잘 매겨주었다. 내가 갈 때는 꽃이 거의 다 빠져 없는 상황이었다.

오후, 본부에서 '카페 확성기 2' 원고를 썼다.

늦은 오후쯤 출판사에서 전화가 왔다. 원고 '카페 확성기 1' 오늘 인쇄소에 넘겼다고 한다. 인쇄비 ○○○만 원 부탁한다. 나는 책을 여러 번 냈지만, 낼 때마다 자금은 고민이 많았다. 하지만, 책은 여러 사람을 위하는 것이며 내가 좋아하는 詩文學에 이바지하는 길이라 조금도 후회하지 않는다. 더욱 이것으로 인하여 나의 카페가 더 화기애애하다면 바랄 게 뭐 있겠는가! 스스로 위안한다. 실은 세상에 나와 책만큼 좋은 일하는 것도 없다.

오후, 영대 모 교수께서 전화가 왔다. 에스프레소 중고 기계 있으면 추천해달라고 했다. 나는 교육장 기계를 추천했다. 교수께서는 청도에 카페를 추가로 더 내겠다고 했다. 아무래도 기계를 가져갈 것 같다.

아내 오 선생의 전화다. 전에 교육생 노 씨가 창업한 일이 있다. 기계 살 돈이 없어 드립으로 가게를 운영하다가 어렵지만, 자금이 조금 마련되었나 보다. 중고기계를 찾는다며 내일 오전에 상담하러 오겠다는 말이다. 여러모로 고마운 사람이다. 책을 내려니 운이 따르는가 보다.

저녁에 둘째가 국수를 삶는다. 살만 좀 빠졌으면 더할 나위 없이 좋겠다만, 애비를 위해 한 그릇 담아주니 고맙기만 하다.

조감도는 오늘 비가 와서 많은 손님이 다녀가셨다. 어떤 이는 조감도라 하지 말고 우감도라 얘기했다. 비 오면 늘 손님으로 붐빈다. 그렇다고 비만 오라고 기우제 지낼 일은 만무하다만, 오늘 하루는 다복하게 보냈다.

鵲巢日記 17年 02月 23日

대체로 맑았다. 바람이 좀 불었으나 봄바람 같았다.

아침 조감도 개장할 때였다. 전에 교육생 노 씨가 다녀갔다. 어제 볶은 커피를 가져가셨다. 아침에 잠깐 자리에 앉아 기계에 관해 여러 말씀이 있었다. 3월에 자금이 되니, 그때 가져가겠다고 했다. 하지만, 오늘 오후, 지목했던 그 기계는 영대 모 교수께서 다음 주 월요일에 설치해달라며 부탁했다.

조회 때다. 오늘 오 선생 생일이라 어제 꽃가게에 들렀던 얘기를 했다. 그러니까 배 선생은 선물로 가방 하나는 해드리지 않았느냐며 얘기한다. 그것도 5백만 원짜리 정도는 해야 한다며 강조했다. 나는 단지 5만 원만 넣었다고 했다. 솔직히 말하자면 마음은 5백만 원이었다만 일은 이에 미치지 못하니 어쩔 수 없는 일이다.

서울 모 출판사에 원고 '가배도록 3' 수정본을 올려보냈다.

오후, 혁신도시에 커피 배송했다. 요즘 제법 커피를 판다. 점점 적응해나가는 것 같아 마음이 좀 덜었다. 여전히 고객은 몰리는 시간 때가 있어 일이 꽤 힘들다고 했다.

화원 모 카페와 서울에 커피 택배 보냈다.

청도 가비 권 선생께서 인수하셨나 보다. 감사하다는 문자와 커피 주문이었다. 아무튼, 앞으로 잘 이끌어 가시길 바란다며 답변 보냈다.

경기도 컵홀더 만드는 공장에서 문자가 왔다. 컵홀더 제작이 끝났는데 오늘 택배 보냈다는 문자였다.

자정쯤, 아내와 준과 찬이와 동네 허름한 고깃집에서 늦은 저녁을 먹었다. 뒷고기 한 접시와 목살 한 접시, 소주 한 병은 아내와 나눠 마셨다. 가게 돌아가는 일과 주위 카페 이야기를 안주 삼아 마셨다. 아내는 오늘 여러 군데서 선물로 꽃을 받았다.

鵲巢日記 17年 02月 24日

맑은 날씨였다.

이른 아침에 삼성생명 모 담당자께서 다녀가셨다. 선생께 커피 한 잔 내었다. 전에 담당자는 이 씨였는데 이 씨가 그만두어 팀장인 황 씨께 넘어갔다. 서로 인사가 있었으며 회사에서 나오는 어떤 선물 하나를 받았다. 가실 때 책을 선물했는데 선생은 빵과 커피를 사가져 가셨다. 매우 고마웠다.

가비 새로 부임한 점장 권 선생께서 오셨다. 사업자등록증 사본 한 장 받았다. 권 선생은 이번 가비 인수과정에 많은 어려움이 있었음을 얘기했다. 보증금과 권리금을 뚜렷이 밝히지 않은 점과 이외 포스 이전과 함께 은행 일이 순탄하지 못했음을 토로했다. 마음고생이 많았지 싶다.

오전, 경기도에서 컵홀더가 내려왔다. 모두 서른 상자다. 세금계산서를 받았다. 바로 송금했다. 청도 모 카페 기계 설치를 영대 모 교수와 잠시 통화하여 살폈다.

오후, 청도 가비에 다녀왔다. 가비는 여기서 약 사, 오십 분 거리다. 몇 달 가보지 않아 참 오래간만이었다. 카페는 옛 점장은 없었으며 권 선생과 지인께서 계셨는데 에스프레소 한 잔 청해 마셨다. 커피 한 잔 마시며 책꽂이에 관심 가는 책 한 권 있기에 눈여겨보았다. 시인 민병도 선생의 화보였다. 선생께서는 그림도 참 많이 남겼는데 그 양에 매우 놀랐다. 한참 보다가 나왔다.

옥곡에 커피 배송했다.

鵲巢日記 17年 02月 25日

맑은 날씨였다.

오전, 토요 커피 문화 강좌 개최했다. 새로 오신 선생이 한 분 있었고 재등록하신 분도 몇 분 있었다. 모두 스무 명에 가까웠다. 모 선생께서 창업에 관한 질문 있었다. 목이 좋아야 하는 건지 아니면 의지력인지? 물론 자리가 좋으면 좋겠다만 그렇지 않아도 사업하려는 의지만 있어도 방법은 찾을 수 있겠다. 창업한 몇몇 분을 소개했다. 처음부터 일을 잘하는 사람은 없지 않은가! 오 선생께서 드립 교육을 지도했다. 약 2시간 가까이 진행했다.

조감도에서 점심을 먹었다. 점장 배 선생께서 각종 요리를 했다. 소고깃국을 끓였고 잡채를 했다. 스테이크도 하였다. 정말 생애 몇 안 되는 감동이다. 생일을 조용하게 보내고 싶었지만, 아래 아내의 생일을 보내다가 그만 직원도 알 게 되었다. 배 선생은 특별히 요리에 신경 쓰신 것 같았다. 모든 직원이 특별한 음식을 먹게 되었다. 정말 고맙고 감사하다.

오후, 원고 '카페 확성기 2'를 썼다. 시 몇 편을 읽고 읽은 시, 감상을 위해 고전을 몇 편 읽었다.

저녁, 압량초등학교 문구점 하시는 전 씨가 본점에 커피 마시러 왔다. 전 씨는 최근에 겪은 어떤 고민을 얘기한다. 이야기를 들었다. 문구점 건물이 낡은 것도 문제고 중요한 건 압량초등학교가 올해부터 이전한 사실이다. 이 기회에 새로운 무언가를 도모하여야 하지만, 전 씨는 언뜻 마음 갖기가 어렵다. 오후 9시쯤에 와서 10시에 가셨다.

鵲巢日記 17年 02月 26日

맑은 날씨였다. 바람이 아주 따뜻했다.

오전 카페 우드에 커피 배송 다녀왔다. 엊저녁에 주문 들어왔었지만, 깜빡 잊고 말았다. 오전에 사장께서 직접 전화가 왔다. 커피 때문이 아니라 본점을 누가 사고 싶다는 말씀에 엊저녁에 배달 가야 할 커피마저 챙겨서 급히 갔다. 전에 한 번씩 들를 때 뵈었던 분이다. 학원을 경영하시는 모모 씨다. 모모 씨는 학원을 정리하고 카페하고 싶다는 말씀이었다. 물론 다른 어느 곳에서 커피 교육까지 받았다. 근래에는 임당 아파트 코아루에 이사 오기까지 했다. 본점을 인수한다고 해도 현지 사정을 잘 아시는 것 같으면 큰 부담이 없을 것 같지만, 주위 환경을 모르시는 것 같아 여러 말이 오고 갔다. 모모 씨는 꽤 관심을 가지고 나의 이야기를 들었다. 본점 건물을 살 건지는 모르겠다. 우선 전에 얘기했던 금액은 올린 것도 없고 내린 것도 없으니 깊게 생각할 것이다.

압량 조감도에 어제 볶은 드립용 커피 블루마운틴 배송했다.

오후, '카페 확성기 2'를 썼다. 몇 편의 시를 읽고 시 감상을 했다. 한참 글에 몰입하였는데 2시쯤 조감도 점장 배 선생께서 문자다. 4시쯤 시간 나시면 커피 한 잔 하시자며 보냈다. 나는 큰 일이 생겼나 하는 생각도 들었다만, 어제 생일 연장이라며 양념 통닭을 샀다. 조감도 직원 모두 자리에 함께 앉아 먹었다. 고마웠다. 근데 오늘 조감도는 꽤 많은 손님이 오셨다. 날 풀려 그런지도 모르겠다. 아침까지만 해도 차량이 어디론가 가는 행렬로 어느 도로든 통행량이 많아 손님이 그리 있을까하며 여겼다. 오후 4시쯤에 와서 6시까지 설거지했다. 접시가 그 큰 개수대에 다 담글 수 없어 옆 빵틀 위에다가 놓아야 했고 부건이는 치운 잔을 계속 들고 들어왔다. 배 선생은 주문받기 바빴고 태윤 군은 커피에 다빈이와 효주는 손님 접대에 바빴다. 정말 정신없이 일했다.

오후 6시쯤 지났을 때 손님은 좀 뜸했는데 그때야 쉴 수 있었다.

저녁, 본점 교육장 기계를 들어냈다. 내일 청도에 기계 설치를 위해 준비했다. 아들 준과 찬이가 본부에서 새 기계를 들고 본점에 옮기는 데 도왔다.

鵲巢日記 17年 02月 27日

봄 날씨처럼 따뜻했다. 아니 봄이다. 핀 매화를 보았다. 청도 모 카페 뒷마당에서,

오전, 원고 '카페 확성기 2'를 썼다. 오늘도 詩 2편을 읽고 감상에 붙였다. 누가 정한 목표도 아니다. 나는 오늘로 이 감상을 마칠지도 모른다. 하지

만, 책은 반드시 내야 해서 나 스스로 강행군을 고집한다. 한두 편은 재미로 쓸 수 있으나 200편은 고통이다. '카페 확성기 1'과 지금까지 쓴 것을 합하면 182편을 감상했다. 1권보다 2권이 더 된다. 하지만 2권은 일기부문이 작아 시를 더 감상하여야 1권과 맞는 분량이 된다. 또 시를 감상하지 않으면 내가 무엇을 하겠는가? 스스로 만든 일이다. 이 일이 끝나면 나는 본격적으로 카페를 짓기 위한 땅을 알아보겠다.

점심때 커피 공장 안 사장님께서 오셨다. 모처럼 뵈었다. 점심 함께했다. 인근에 보쌈집에서 먹었다. 안 사장은 안색이 좋지 않았다. 물량 제법 많이 들어가는 납품처 한 군데가 크게 신경 쓰이는가 보다. 가격압박이 첫째고 새로운 공급처를 알아보겠다고 이미 선언한 상태다. 안 사장은 직영점을 내고 싶다. 어떻게 하면 공장 부지에 카페를 세울까 고심한다. 카페를 만든다면 100여 평 이상은 되어야겠고 투자금액 생각하자니 5억은 족히 들어갈 것 같다. 은행대출을 고민한다. 어쨌거나 안 사장은 무슨 수를 낼 것 같다.

오후, 4시 청도 모 카페 기계 설치 다녀왔다. 약 2시간 반 이상 소요됐다. 카페 주인은 대평동 카페 ○○로지아 대표 모 선생이다. 대평은 매출이 아주 저조하다. 겨울은 하루 매상 5만 원이 넘지 못한다. 한 달 근 200 가까이 적자 보며 운영했다. 1억 5천을 투자한 가게다. 선생은 이를 모면하기 위해 새로운 카페를 알아보았고 청도 용암온천 둘레 길에 모 가게를 알 게 되었다. 한 달 세 100만 원이라 한다. 대평보다 여기는 관광지라 매출이 낫고 전망과 여러 가지 조건이 괜찮다며 선생은 말한다. 이곳에 기계를 설치했다. 기존에 운영하던 가게라 설치는 그리 어렵지 않았다.

청도 카페리*에 커피 배송했다. 몇 군데 월말 마감 정리했다.

鵲巢日記 17年 02月 28日

맑은 날씨였다.

조감도 조회 때였다. 어제 점장 배 선생은 하루 쉬었다. 동생께서 대구모 카페에 취업면접이 있어 함께 가야 할 일이 있었다. 그 카페는 커피뿐만아니라 떡과 사이드메뉴까지 취급하지 않는 것이 없을 정도로 꽤 큰 카페였다. 단독건물에 5층인지 6층인지는 모르겠다. 하여튼, 꽤 큰 카페라며 배 선생은 말한다. 동생 면접 본 얘기가 있었다. 배 선생께서 얘기하신 그 카페만 그런 것이 아니라 대구 시내에 큰 카페는 지금 경기가 좋지 않다고 하지만, 경기와는 무관하다. 손님은 꽤 북적거리며 그야말로 성시를 이룬다. 이에 비하면 개인 카페는 작년보다 더 못한 매출로 고전을 면치 못하니 현 자본시장을 보며 느낀다.

오전 대구 곽병원에 커피 배송 다녀왔다. 기계를 관리했다. 대구에서 경산 넘어오는 길, 어제 청도 모 카페에서 전화다. 제빙기 어느 부위에서 물이 새는데 카페가 물바다가 되었던 모양이다. 정수기 허 사장에게 얘기를 전달했다. 나는 어제 설치가 무언가 잘못되었나 싶었지만, 설치문제가 아니라 제빙기 자체문제였다. 기종도 좀 생소해서 아무래도 원래 설치했던 기사에게 문의를 드리는 게 맞을 것 같다.

정평 강 선생 가게에 다녀왔다. 전에 부탁한 유자원을 받았다. 여기서옛 가비점장 뵈었다. 얼굴은 초췌하다. 당분간 쉬었다가 일자리를 구하겠다고 했다.

오후, 원고 '카페 확성기 2'를 썼다. 월말 마감을 했다. 월말이라 대체로 조용하게 보냈다. 오후 늦게 서울 모 출판사 팀장께서 전화가 왔다. '가배도록 3' 디자인 다 되었다는 얘기다.

저녁에 카페 조감도 단골손님이다. 모 선생이다. 붓으로 화선지에 글 쓰시는 것을 보았다. 며칠 전에 글 쓰는 것을 보고 여백이 아까워 '梅一生寒不賣香(매일생한불매향)' 글 연습 삼아 적었다만, 오늘은 선생께서 나머지 시를 모두 적는다. 선생께서 한 번 쓰시고 뒤에 나도 따라 썼다. 외워도 좋은 글귀다.

桐千年老恒藏曲 동천년노항장곡

梅一生寒不賣香 매일생한불매향

月到千虧餘本質 월도천휴여본질

柳經百別又新枝 유경백별우신지

오동나무는 천 년을 늙어도 항상 그 곡조를 간직하고
매화는 한평생 추운 겨울에 꽃을 피우지만, 향기를 팔지 않는다
달은 천 번을 이지러지더라도 그 본래의 성질이 남아 있으며
버드나무는 백번 꺾이더라도 또 새로운 가지가 올라온다.

*출처 매일생한불매향 梅一生寒不賣香 상촌 신흠

鵲巢日記 17年 03月 01日

날씨 꽤 흐렸다. 저녁 느지막이 비가 내렸다.

아침에 서울에서 핫워터디스펜스기 내려왔다.

조감도 직원 한 명 새로 입사했다. 조 씨다. 조 씨는 대구에 산다. 이번 한 달은 김 군과 인수인계 과정을 거친다. 다음 달은 김 군의 일을 대신한다. 아침 조 씨와 김 씨, 배 선생과 함께 커피 한 잔 마셨다. 조 씨는 카페에 일한 경력이 꽤 된다. 웬만한 유명 카페는 일해 본 경험이 있다. 출근은 버스로 한다고 했다.

오후 점장 배 선생께서 카페 여러 문제점을 얘기했다. 특히 서빙은 힘들고 인력소모가 꽤 되는데 다른 카페처럼 진동-벨로 전환하는 것은 어떤지 건의했다. 커피를 손님 자리까지 서빙은 일이 너무 많다는 거였다. 그렇지 않으면 서빙만 전문으로 하는 직원을 뽑아달라는 부탁이다.

압량 조감도 오 씨가 마감서를 보내왔는데 2월 총 판매액이 794,500원이었다. 이 중 카드판매금액은 560,000원 팔았다. 한 달 매출 100만 원을 넘지 못했다. 너무 안타깝고 놀라운 일이다. 본점과 조감도는 한 달 경영은 적자다. 이렇게 적자 나는 건물을 파는 것도 부담이다. 아직 사겠다고 나서는 사람도 없지만, 나날이 고민이다.

인건비 마감을 했다. 모두 1,400만 원이 나왔다. 사대보험, 퇴직금 제외한 금액이니 이를 합치면 1,500만 원 조금 넘을 것이다.

鵲巢日記 17年 03月 02日

꽤 흐렸다.

본부 옆, 카페 용도로 지은 건물이다. 오늘 인부 2명이 와 금속작업을 하였다. 카페가 들어오려나 보다. 테라스로 보이는 곳에 난간 작업하고 있었다.

아침에 연금관리공단에서 전화가 왔다. 연금이 끊겼는데 그 이유를 물었다. 본부 직원이 지난달 모두 나가고 임시고용인이 가끔 일한다며 얘기했다. 연금관리공단의 말은 가끔 일한다고 해도 8일 이상은 연금을 내야 한다고 했다. 일단은 연금은 끊겠다고 말했다.

아침, 정수기 허 사장 다녀갔다. 기계에 샤워망 관련 부품 나사 몇 개 가져갔다.

조감도 아침 조회 때였다. 자식이 똑똑하면 나라 자식이고 돈이 많으면 처갓집 자식이고 빚 있으면 내 자식이라고 하니, 듣고 보니 일리 있는 말이었다. 김 군이 말했다.

청도에 다녀왔다. 핫워터디스펜스기 지난번에 설치한 게 문제가 있어 새것으로 바꿨지만, 새것도 상태는 썩 좋아 보이지는 않았다. 아무래도 전기용량이 달리는 것 같아 사장께 전기 밑 작업이 필요하다고 얘기는 했다만, 나중에 다시 보아야 할 일이다.

오후 시지에 은행 볼일이 있어 다녀왔다. 전에 쓰던 국민은행 계좌가 몇 년째 쓰지 않아 통장을 재발행할 필요가 생겼다. 오후 '가배도록 3' 책 출판비를 송금해야 했다. 국민은행 맞은편 신한증권에도 잠깐 들렀다. 계좌를 새로 개설했다.

오후 3시, 대구 혁신도시 전 씨 가게에 다녀왔다. 커피 배송이었다. 전 씨는 개업 때와 크게 다를 바 없음을 내비쳤다.

컨테이너 장만하여 영업하는 안 씨가 본점에 다녀갔다. 누가 드립용 커피가 필요하다 해서 커피 한 봉을 갈아갔다. 포항에 커피 택배 보냈다.

오후 5시, 조감도 직원들과 면담이 있었다. 조감도 경비내역과 수익을 설명했다. 2월 임금기준과 받는 보수를 설명했다. 김 군은 회식 한 번 하자며 제의했는데 그렇게 하기로 했다.

鵲巢日記 17年 03月 03日

대체로 맑은 날씨였다.

이른 아침부터 본부 옆, 카페 건물은 콘크리트 타설 작업한다. 카페 앞 일부 마당을 포장한다. 어제 왔던 금속작업도 와 있었다. 아침에 이모저모로 소란했다.

'카페 확성기 2' 원고를 위한 시 두 편 감상했다. 시 「신호대기」와 「지나가 버리는 것에 대한 메모」 두 편 읽었다.

지난 월말 마감을 다시 확인했다. 몇 군데 문자 보냈다. 오후, 본점 교육장 기계를 손보았다. 며칠 전에 설치한 기계. 모타펌프헤더가 작동하지 않아 기계를 뜯고 헤더에 나 있는 핀을 몇 번 돌려 다시 재조립했다. 새 기계라도 수입하는 과정과 국내 대리점에 머무는 시간도 있어 그런지는 모르겠다. 헤더 핀이 굳은 것이 원인이었다.

며칠 전에 기계 설치했던 청도, 학생 한 명이 본점에 다녀갔다. 탬퍼와 커피를 사가져 갔다.

오후, 조감도 직원 조 씨는 일을 그만두었으면 하는 바람을 얘기했다. 이틀 일했다. 손목이 좋지 않아 역시, 힘들다는 얘기였다.

컨테이너 안 씨 가게와 한학촌에 커피 배송 다녀왔다. 울진에 커피 택배 보냈다. 어제 볶은 케냐 50봉 보냈다. 본점과 조감도용으로 쓰는 블루마운틴 커피가 떨어져, 생두 2백 주문했다.

1

백구십육만 개의 피뢰침. 솜털처럼 서른에 핀 나무, 구름 한 점 없는 태양 오후 내내 맑았다.

저녁, 카페 우드에 다녀왔다. 기계 관리해 주었다. 고무가스겟을 갈고 재생 샤워망으로 교체했다.

鵲巢日記 17年 03月 04日

본점 아내가 가꾼 작은 텃밭에 할미꽃 순 오르는 것을 보았다. 갖가지 여러해살이 화초들이 순이 오른다. 아! 이제 봄날임을 느낀다.

오전, 토요 커피 문화 강좌 개최했다. 봄이라 그런지, 오늘 많은 분이 오셨다. 전에 공장 운영하신다던 모 선생 부부도 시집 『○○서기』로 꽤 유명세를 달렸던 시인도 경산 식당 운영하셨던 모 선생도 이외 나 많은 모 선생도 오셔 이 교육을 들었다.

교육도중에 상담도 꽤 있었는데 오늘 느낀 것은 고령화에 대한 준비로 직업에 대한 의미를 깨닫는다. 공장 운영하시던 모 선생은 공장이 수지타산이 맞지 않아 접겠다고 했다. 카페에 대한 여러 정보를 수집하는 과정이라 이 교육을 듣게 되었다. 모 시인은 카페 조감도에 한 번 다녀가셨다고 했다. 모두 중년이다. 50대 후반쯤 되시는 분이 대부분이지만, 60대이신 모 선생도 있었다.

60대 모 선생은 남편과는 별거하시며 경산에서 한식집을 운영했다. 지금은 몸이 좋지 않아 잠시 쉬고 있지만, 선생께서 하신 말씀이 아직도 귀에 쟁쟁하다. 아침에 일어나면 어디라도 갈 때가 있어야 한다며 한 말씀 주셨다. 자식은 모두 출가했다. 평균수명 80세를 기준으로 삼아도 앞으로 20년은 무엇을 해야 한다. 오랫동안 얘기를 나눴다.

생두 블루마운틴 두 백 입고되다.

둘째 찬이가 점심으로 베이컨 요리를 했다. 스테이크 같았다.

엊저녁에 알바천국에 직원모집을 올렸는데 오늘 두 명이 이력서를 제출했다. 모두 남자로 멋있고 잘 생겼다. 이력은 죄다 경력이 화려했다. 모 씨는 대형 카페체인점에서 일한 바 있어 관심이 꽤 가기도 했다.

오늘 오전에 얘기 나눴던 모 시인과의 대화가 자꾸 생각난다. 등단은 어디로 했는지? 출판은 어떻게 하는지 말이다. 시 감상문 얘기한 바 있는데 누구의 시를 감상했는지 묻기도 했다. 웹진 시인광장에서 뽑은 올해의 좋은 시만 했다고 대답했다.

저녁에 동네 조깅했다. 몸이 노화가 오기 시작한다는 것을 여실히 느낀다. 사람은 참 고독하다. 원룸단지 내 걸어도 사람은 없고 건물마다 불빛도 그리 없는 동네다. 어두컴컴한 거리, 마치 시를 읽는 듯 그런 느낌이다.

시인의 말이다. 글쓴이는 자기만의 작업실이 있어야 한다고 했다. 나의 작업실은 고양이 두 마리와 그간 흩뿌린 고양이털과 고양이 발자국 같은 흙먼지뿐이다. 사방은 오로지 나만 바라보는 책으로 이룬다. 많은 사람이 지나간다.

한 번이라도 스쳐 간 사람과 한 번이라도 읽은 사람은 아주 묘하게 잊히지 않는다.

鵲巢日記 17年 03月 05日

맑았다.

아침 대청 이 사장께서 조감도에 오셨다. 커피 한 잔 대접했다. 이 사장은 동서커피 총판을 맡고 있다고 해도 과언은 아닐 것이다. 고속도로 휴게소만 몇 군데 카페를 한다. 어느 집이든 하루 매출이 몇백은 되니 나와 규모가 다르다. 오늘 이렇게 아침 일찍 오시게 된 것은 로스터 커피에 관해서다. 동서에서도 커피를 이제 입맛대로 볶으니 함께 썼으면 하는 바람이었다. 예전만큼 커피 납품 들어가는 곳도 많이 줄었다. 이제는 납품처가 준 것도 사실이지만, 매장마다 고객과의 믿음과 맛의 신선함을 위해 직접 볶으니 우리는 필요하지 않다. 이 사장께서는 요즘 같은 경기는 하루 버티기 어렵다는 말을 남겼다. 생각 같으면 접고 싶다는 말씀을 했다. 우리나라 정치지도자의 부재에 따른 국정 공백 상태를 매우 안타깝다는 얘기다. 맞는 말씀이었다.

이 사장님은 올해 일흔둘이시지만, 정정하다. 아직 현장 일을 보며 관리한다. 본관은 성주다. 작년이었던가! 모 휴게소에 기계 설치 간 날, 그 날은 설이었다. 집 안에 관한 여러 이야기를 나눈 것이 아직도 생각난다. 선생은 집안의 내력도 그 누구보다 탄탄하게 알고 계시는 분이다. 그 외 어느 성씨 할 것 없이 그 내력에 모르시는 바가 없다. 성주 이 씨의 고향에 가까운 고령에 관한 문화축제를 얘기하셨다. 선생은 매년 참가하시는 것 같다. 고려 말의 문신 이조년과 그의 손자 이인임은 고려의 충신이었다. 이인임은 고령에서 태어났으니 고령의 문화축제는 이와 크게 연관되었을 거로 본다. 선생의 윗대 조상이다.

오후, 어제 이력서를 제출했던 몇 명을 면접 보았다. 오 선생은 최 씨가 가장 마음에 든다고 했다. 자세와 이력 그리고 조감도에서 가까운 데 사니 괜찮았다. 내일 아침 출근하도록 통보했다.

생두 블루마운틴 두 백을 올렸다. 두 아들이 나와 일을 도왔다. 꼬맹이처럼 볼 때가 엊그제 같은데 모두 키가 크고 덩치까지 있으니 보는 것만도 덤덤하다만, 책은 손에 잡기 힘드니 애가 씐다.

본부 앞, 건물 주 아들이 한다고 했다. 카페 '브라더스' 문 앞에 임대문의가 큼직하게 붙어 있었다. 본점 마감하고 본부 들어오는 길, 보지 않으려고 해도 눈에 들어오는 건 직업상 어쩔 수 없는 일인가보다. 이 맞은편 새로 지은 카페는 이미 다 지었지만, 몇 달째 빈 건물이다. 조만간 누가 또 들어올 것이다.

鵲巢日記 17年 03月 06日

모과나무가 연잎을 틔우고 있었다. 맑은 날이었다.

조감도 새로운 직원 최 씨가 첫 출근한 날이다. 최 씨는 4명 지원한 가운데 뽑혔다. 모든 직원은 최 씨가 좋다고 동의했다. 바리스타 자격증은 딴 바 있지만, 일은 아직 서툴다. 오늘은 주방 이곳저곳 점장의 말씀에 따라 배웠을 것이다.

오전에 『신한국 통사』를 잠깐 읽었다. 구석기 시대를 뗀석기로, 신석기 시대를 간석기 표현한 것은 아주 좋은 것 같다. 순우리말 표현으로 읽으니 새로운 맛이다. 하지만, 한사군 설치에 관해서 평양설을 두둔한 것은 잘못된 표현이다. 일제 식민사관이라 필자는 생각한다. 한사군은 요하 강을 기점으로 강어귀보다 강 상류 쪽으로 보는 것이 맞다. 당시 우리의 영역은 요하 강까지가 활동무대였다. 고조선의 문화유적으로 고인돌과 비파형 청동검은 이 일대가 가장 많이 나온 거로 알고 있다. 책 두께도 만만치 않고 많은 사람이 이 역사책을 읽을 거로 생각하면 아쉬움이 좀 일었다.

오늘 오전 북한은 탄도 미사일 4발을 동해상에 발사했다. 이 일로 일본과 미국의 대외 소식통은 말이 많았다. 이런 와중에 코스피는 올랐으며 삼성전자는 한때 최고가를 갱신하기도 했다.

'카페 확성기 2'를 썼다. 시 두 편 감상했다. 시 '비유법'을 읽고 한 편의 영화 보는 것보다 더 감동이었다. 아찔한 느낌이었는데 어떤 표현을 하기가 어려울 정도로 소름이 돋았다.

점심, 아내와 식사 한 끼 했다. 교동면옥에 가, 냉면과 찜을 선택했다.

오후, 옥곡에 커피 배송했다.

鵲巢日記 17年 03月 07日

꽤 맑은 날씨였다.

오전, 전에 한 번 설치 나갔다가 기계 이상이 있었던 핫워터디스펜스기 뜯고 수리했다. 온수통 내부를 열어보니 우끼가 부러져 있었다. 며칠 전에 부탁한 부품이 마침 오늘 아침에 받을 수 있어 교체하며 기계를 다시 작동해 본다. 정상이다. 부품 내구성이 조금 떨어진다. 우끼를 길게 늘인 철대가 요지 같아 부러지기 쉽게 되었다.

오후, 밀양에 커피 배송 다녀왔다. 상현 군 오래간만에 보았다. 전에 오 선생이 아가씨 한 분 소개한 일이 있다. 상현이와 나이 차가 조금 있기는 하지만, 아주 적당한 차이로 보인다. 상현이는 요즘 마음이 흐뭇하다. 아가씨와 잘 되었으면 한다.

상현이는 여동생 하나 있다. 미국에서 오랫동안 공부를 했다. 지금은 하버드대 약학 관련 대학원에 다닌다고 했다. 교육비가 만만치 않다. 여동생은 꽤 머리가 수재라 미국에서도 알아주는 영재다. 아버지께서 학비를 대는데 월급 모두를 보낸다고 했다. 여동생이 5년 만에 집에 왔다. 지금 방학이라 왔다고 한다. 미국에서 5년을 살았으니 여기는 미국과 생활문화가 꽤 차이 날 것이다. 아무래도 공부를 다 마치면 국내에 들어오기에는 마뜩찮을 거라며 얘기한다. 아마, 미국에서 약학 관련으로 여러 일을 보게 될 거라고 했다.

상현이는 미국에 학비로 보낸 거 생각하면 지금 경영하는 에르모사 몇 개는 더 차릴 수 있는 돈이라 했다.

나는 상현이 얘기를 들으니 착잡했다.

저녁, '카페 확성기 2' 원고를 오늘로 마감한다. 머리말과 후기 및 참고도서를 썼다. 꼬박 3개월 걸렸다. 시 207편과 직접 쓴 시 40여 편 그리고 감상에 곁들인 시가 또 수십 편, 일기 모두 합하면 300여 편이 넘는다. 그간 쓰면서 꽤 재미를 본 것은 필자다. 혹여나 나중에 우리 아이가 이 책을 보았으면 하는 마음이 간절하다. 모 시인의 '비유법'은 읽다가 소름 돋았다. 인생이 무엇인지 그 감동에 밀려 눈물이 났다. 이 일기를 쓰는 지금 내 나이 마흔일곱이다. 마흔일곱 해는 어떻게 왔는지 순식간에 벌어진 일이었다. 되돌아보면 엊그제 같은 일들로 기억에 가득하다만, 몸은 늙어 내일을 바라본다. 자다가 오늘이 마지막인 것 같다는 생각도 여러 번 한다. 깨어 있으니 오늘이고 오늘을 산다. 여태껏 낸 책이 그리 좋지는 않아도 나는 글을 쓰는데 게을리 하지는 않겠다.

그간 고생 많았다.

엊저녁에 한용유 선생님께서 산행 다녀오신 수필을 메일로 받았다. 선생은 춘추가 꽤 많다. 올해 여든은 충분히 넘기신 어른이다. 구순을 바라본다. 어르신께서 주신 메일은 필자에게는 많은 것을 깨우치게 한다.

경칩 날의 앞산 산행

오늘은 24절기 셋째 번인(입춘, 우수, 경칩) 驚蟄이다. 춘분과 우수 사이에 있으며 동면하던 벌레들이 놀라 깨어난다는 해동을 알리는 절후이다. 오후 1시 30분 앞산공원 산책 등반을 위해 집을 나섰다. 새벽 기온이 5도 이하로 내려가는 겨울철에는 새벽 산책을 안 하고 집에서 실내 요가운동으로 대신하고 오후 햇살이 달 때 은적사로 해서 약 1시간 내지 2시간을 산책을 계속하고 있다.

오늘 새벽 최저온도가 섭씨 1.5도이고 낮 최고온도가 15도까지 올라간다 했다. 충혼탑 주차장으로 해서 서편 산책길을 따라 올라갔다. 오르막길에 들어서니 이마에 땀이 나기 시작했다. 평소에는 케이블카 승강장으로 해서 은적사 입구와 동편 산책길 참갈 나무 아래서 요가 체조를 하고 돌아왔는데 오늘은 날씨도 따뜻하고 해서 만수 정까지 올라가기로 마음먹고 계속 서편 산책길을 따라 올라갔다.

대덕사 서편 비탈을 지나 가파른 길을 올라가니 땀이 나고 숨이 가빴다. 일요일이라서인지 산행객이 끊이지 않했다. 뒤따르던 사람들이 나를 앞질렀다. 중간에서 앉아 쉬고픈 생각이 났으나 참고 느릿느릿 올라갔다. 만수 정에 도착하니 오후 2시 45분이었다. 집을 나선 지가 1시 15분이 지났다. 전에 같으면 1시간 거리인데 그만치 나의 체력이 줄었음을 깨닫게 했다. 여기까지 올라오기는 엄청 오래된 것 같다. 대곡으로 간 이후 처음인 것 같다. 그러니 10여 년이 지난 것 같다. 만수 정 팻말 글씨도 희미하게 지워졌고 쌍으로 세워진 돌탑도 상층부가 허물어져 있었다. 두 군데의 약수터도 폐쇄되어 낙엽이 소복하게 고여 있고 물 쪽박과 쪽박거리도 흔적 없이 없어지고 말았다. 지난날 물통을 메고 매일 새벽 산행을 하면서 물을 받아 간 기억이 떠올랐다. 윗옷을 벗고 내의 바람으로 보건체조와 선 요가 체조를 30분간 되풀이 하고나니 등에 배였던 땀이 마르고 우수수 한기를 느끼게 했다.

동편 산책길로 해서 내려왔다. 10여 년 전에 오르내리던 산길이 새 돌계단과 버팀목으로 짜여 걷기가 수월했다. 은적사로 해서 주차장을 거쳐 집에 이르니 오후 4시 반이 지나고 있었다. 3시간의 산책으로 평소의 두 배를 걸었다. 한 창 새벽 산행을 계속할 때는 매일같이 했었는데 다리가 뻐근 했다.

7년 3개월의 대곡 큰애 아파트 돌봄이 생활에서 대명동 내 집으로 돌아온 게 지난 2015년 3월 28일이니까 두 해가 다되었다. 7년여의 아파트 생활에 익숙해졌는데 새삼 한옥 단독 주택생활이 서먹했으나 내가 직접 지어 30여 년간 살던 집이라 바로 적응이 되었다. 이 집은 1979년 7월에 신축해서 살았으니 올해가 38년이 되는 셈이다. 그동안 방 하나를 세를 놓고 집 관리도 하고 주말이면 별장처럼 내왕하며 보냈다. 도원동 아파트에 4년 대곡 아파트에 7년을 큰애 따라 도우미 삶 11년을 뺀 27년을 살았으니 구석구석 애정이 스며있는 집이다.

이제 여기에서 나의 삶을 마무리 할까 한다. 새로 짓고 사다 심은 3년생 자목련, 모과나무, 향나무가 2층 위로 솟아올라 내려다보고 있다. 냉동을 막기 위해 덮어씌웠던 비닐에서 벗어난 동백이 빨간 겹꽃으로 나를 반기며 바로 옆 장미가 질 새라 새순을 내민다.

2017년 3월 5일 경칩 날
한용유

한용유 선생께

선생님 주신 글 잘 읽었습니다. 산책 다녀오신 소감과 그간 사신 경험도 있어 편하게 읽었습니다. 선생님. 한날, 조감도 위 감나무 밭인가요. 그 위로 올라 가보았습니다. 청주 한씨 산소가 보이고 큰 소나무 아래는 백천동이 환하게 보여 새삼 느꼈습니다. 햇볕이 올곧게 받을 수 있어 참 여기만큼 좋은 곳 없다 싶었습니다.

가끔 건강의 중요성을 알지만, 운동은 여간 실천하기 어렵습니다. 사는 것이 아무리 바빠도 몸 돌보며 살아야 하는데 말입니다.

선생님 아무쪼록 건강유념 하시길 빕니다.

주신 글 정말 잘 읽었습니다.
감사합니다.

작소 올림

후기

　그간 詩 感想文 읽어주시어 감사합니다. 하루 두 편을 올리도록 한 규율도 간혹 어기면서 약 석 달간 나름의 강행군이었습니다. 본 마당에 제일 위 칸에다가 올려놓는 것은 그만큼 용기가 필요한 것 같습니다. 간밤에 공부한 이력을 올려놓는 것은 아직 부드럽지 못한 말로 어색함이 먼저 밀려올 것인데 말입니다. 어떤 거는 타이핑을 잘못하여 오타가 발생한 것도 더러 있었습니다. 아직 발견되지 못한 것도 있을 거로 생각하면 필자는 아득합니다. 다시 교정보며 수정해 나갈까 합니다.

　평론가로 활동하시는 김부회 선생님, 이 방을 특별히 관리하시는 조경희 선생님과 호암湖巖 선생과 안희선 선생을 비롯한 이 방을 빛내주신 여러 시인께 감사합니다.

　지금껏 감상한 詩는 '카페 확성기' 1권과 2권으로 묶어 출판하게 되었습니다. 혹여나 이 책이 필요하신 분은 연락해주시면 보내드리겠습니다. 진심으로 감사드립니다.

참고문헌

시인의 각 시집, 일일이 언급하지 못해 송구하다. 시인의 시에 각주를 달았다.

▫올해의 좋은 시 2011, 2012, 2013, 2015, 2016, 2017, 도서출판 시인광장
▫올해의 좋은 시 2009, 300選 웹진 시인광장 선정, 아인북스
▫고전의 품격, 이현구 지음, 도서출판 문화문고
▫처음처럼, 신영복 지음, 돌베개